本书由青海省科学技术著作出版资金资助出版

高寒草甸生态系统与全球变化

赵新全　主编

科　学　出　版　社

北　京

内 容 简 介

高寒草甸是青藏高原分布面积最大、类型最多的生态系统。本书系统总结了长期野外考察、样带研究和定位可控实验获得的高寒草甸生态系统对全球气候变化响应机制方面的最新研究成果,内容包括:高寒草甸地区生态要素及其特征、物种对全球变化的响应与适应机制、全球变化下的高寒草甸生物多样性与生态系统功能的关系、高寒草甸生产力与全球变化耦合过程、高寒草甸生态系统碳元素生物地球化学循环、全球变化对生态系统稳定性的影响、全球变化对高寒草地生态安全的影响及其对策。

本书可供从事全球变化生态学和草地生态学研究的科研人员、高校教师和研究生参阅;同时,还可供制定全球变化应对政策、建立生态补偿机制、进行国际碳贸易谈判等相关部门的管理及技术人员参考。

图书在版编目(CIP)数据

高寒草甸生态系统与全球变化 / 赵新全主编 . —北京:科学出版社,2009

ISBN　978-7-03-022603-7

Ⅰ. 高…　Ⅱ. 赵…　Ⅲ. 青藏高原－高寒草甸－生态系统－研究　Ⅳ. S812

中国版本图书馆 CIP 数据核字（2008）第 112821 号

责任编辑:张　震 / 责任校对:朱光光
责任印制:钱玉芬 / 封面设计:耕者设计工作室

科 学 出 版 社 出版
北京东黄城根北街 16 号
邮政编码:100717
http://www.sciencep.com

双 青 印 刷 厂 印刷
科学出版社发行　各地新华书店经销

*

2009 年 1 月第　一　版　　开本:B5 (720×1000)
2009 年 1 月第一次印刷　　印张:21 3/4
印数:1—2 000　　　　　　字数:430 000

定价:88.00 元

(如有印装质量问题,我社负责调换〈双青〉)

编 写 成 员

主　　编　赵新全

副 主 编　曹广民　李英年

编写成员　徐世晓　崔骁勇　周华坤　李英年

　　　　　赵　亮　曹广民　赵新全　孙　平

　　　　　王长庭　王启基　董全民

编写单位　中国科学院西北高原生物研究所

　　　　　中国科学院高原生物适应与进化重点实验室

　　　　　中国科学院海北高寒草甸生态系统研究站

序

  青藏高原是我国内陆及周边地区重要的生态屏障。高寒草甸是广泛分布于青藏高原东部及其周围山地的地带性植被，面积约 70 万 km^2，占高原可利用草场的近 50%。高寒草甸独特的物质循环和能量流动规律，典型的生态系统结构、功能与生物的生态适应和进化模式，引起国内外科学家的关注。在青藏高原特殊的自然环境影响下，高寒草甸生态系统极其脆弱，成为全球变化的敏感区域、生物多样性重点保护区，为世界科学界所瞩目。气候变化和人类活动的加剧，必将影响高寒草甸的物种、种群、群落和生态系统的稳定性；同时，它们亦会对全球变化产生相应的适应与反馈。因而，深入、系统地研究气候变化与人类干扰下的高寒草甸植物群落和生态系统的种类组成、结构、功能的动态演替过程及它们之间的相互作用，使高寒草甸生态系统调控和管理更趋科学，使其结构更趋合理，能量和物质转换效率更高，对实现高寒草甸生态系统可持续经营和发展具有重要的理论价值和实践意义。

  自 20 世纪 90 年代以来，中国科学院西北高原生物研究所科研人员在国家重点基础研究发展计划项目、国家科技支撑计划项目、国家自然科学基金资助项目及中国科学院知识创新工程项目等的支持下，紧紧围绕全球变化研究的国际学术热点问题和区域社会经济可持续发展的重点，通过国内外有效合作，运用生态学、生理学、草业科学、土壤学、地理学、生物化学、数学、气象学等系统理论，开展了野外长期监测、定位控制实验和样带研究等，在物种对气候变化的响应与适应机制、全球变化下的高寒草甸生物多样性与生态系统功能的关系、高寒草甸生态系统生产力与全球变化耦合过程、高寒草甸生态系统碳元素生物地球化学循环、全球变化对高寒草甸生态系统稳定性的影响、全球变化对高寒草甸地区生态安全的影响及对策等研究方面取得了可喜进展。目前，全球变化已对青藏高原高寒草甸地区生态安全产生了一定的影响，诸如生态群落时空分布格局发生变化、植物物种多样性下降、生态系统生产力及固碳能力降低、生态系统功能衰退、植被及土壤退化等；同时，高寒草甸物种及生态系统为在极其恶劣的环境中得以生存而使得自身代谢方式、遗传特性、多样性维持、生态系统稳定性发生适应性变化，在环境变化的前提下物种和生态系统具有持续生存的能力。全球变化背景下高寒草甸地区可持续发展对策应充分考虑其高寒性、敏感性、脆弱性等区域特点，兼顾区域生态保护和可持续发展的双重目标，针对高寒草甸地区的生态－生产－生活承载力的系统相悖性，尊重自然规律和科学发展观，提出了区域可持续发展的总体思路和应对策略。

该书正是以上研究成果的集中反映，是我国在青藏高原全球变化生态学研究方面具有重要意义的最新力作。该书的出版将加深大家对全球气候变化影响青藏高原高寒草甸生态系统的科学认识，对合理制定该地区应对气候变化的对策，推动我国全球变化方面的研究，具有重要的理论价值和实践意义，在该书即将出版之时，乐为之作序祝贺。

中国科学院院士

2008 年 9 月

前　言

　　随着全球气候变暖和人类活动的加剧，青藏高原目前正在发生的环境变化逐渐成为全球关注的焦点。受青藏高原严酷气候的影响，处于脆弱地表系统平衡条件下的环境因子常常处于临界阈值状态，气候变化的微小波动也会使生态系统产生强烈响应与反馈，导致高原生态系统的地理分布格局、生态系统过程与功能发生改变，表现为草场退化、湿地消失、生态系统碳源/汇功能转变等，同时还影响到气候、土壤、植被、生物多样性、生态系统生产力和稳定性等，使高寒草甸地区生态安全受到严重威胁。青藏高原在现代时间尺度上发生怎样的环境变化，这些变化又将使青藏高原生态系统产生怎样的响应，这不仅是青藏高原环境变化研究方面所面临的新的科学问题，也是国家经济发展与生态环境保护方面的重大战略需求；同时，青藏高原环境变化不仅从区域本身响应全球变化，而且通过一系列作用过程在周边地区和全球范围内产生影响，这种影响引起的连锁反应对人类生存环境的影响更为严重。自20世纪90年代，针对上述重大科学问题我们开展了长期野外调查和定位观测研究，获得了大量研究结果和科研资料，发表了一批学术价值很高的学术论文，提出了许多新的学术见解。本书正是对这些阶段性成果的系统总结与完善集成，内容包括：高寒草甸地区生态环境特征，物种对气候变化的响应与适应机制，全球变化下高寒草甸生物多样性与生态系统功能的关系，高寒草甸生态系统生产力与全球变化耦合过程，高寒草甸生态系统碳元素生物地球化学循环，高寒草甸生态系统的稳定性，全球变化对草甸生态系统生态安全的影响及对策。但愿本书问世对我国全球变化生态学、草地生态学的深入研究起到推波助澜的作用；同时，为全球变化应对政策的制定、生态补偿机制的建立、国际碳贸易谈判提供重要的参考和指导。

在本书即将出版之际，我要特别感谢长期从事高寒草甸生态系统与全球变化研究的周兴民、韩发、张树源、周立、师生波、刘伟、张堰铭等科学家，他们出色的开创性研究工作，使本书的内容更加丰满、资料更加翔实、科学价值更加显著。衷心感谢美国加利福尼亚大学伯克利分校的 Klein Julia 博士、日本国立环境研究所的唐艳鸿博士、日本农业环境技术研究所的杜明远博士，与他们长期的合作研究使我受益匪浅，感谢他们带来的新思想、新方法，为这本书增添了许多新的闪光点。

本研究得到中国科学院知识创新工程西部行动计划项目"三江源区受损生态系统修复机制及可持续管理试验示范（KZCX2-XB2-06-02）"、国家重点基础研究计划项目"青藏高原生态系统对环境变化的响应（2005CB422005-01）"、国家科技支撑计划项目"高寒草地退化生态系统综合整治技术研究（2006BAC01A02）"、国家自然科学基金资助项目（30770419、30500080、30700563、30500073）等的支持。中国科学院海北高寒草甸生态系统研究站、中国科学院高原生物适应与进化重点实验室提供了先进的研究平台和完备的实验条件，在此一并致谢！

赵新全

2008 年 5 月于西宁

目　　录

第一章　高寒草甸地区生态环境特征

高寒草甸广泛分布于青藏高原东部及其周围山地，是青藏高原等高山地区具有水平地带性及周围山地垂直地带性特征的独特植被类型。高寒草甸耐寒中生和旱中生地面芽与地下芽多年生植物得以充分生长发育，建群层片主要是适应高原和高山寒冷气候的低草型多年生密丛短根茎嵩草层片、根茎薹草层片和轴根杂类草层片等，建群种和主要伴生种以北极－高山成分与中国－喜马拉雅成分为主，草层低矮、结构简单，层次分化不明显，截然不同于我国低海拔地区广泛分布的隐域性草甸植被。由这些各具特点的植物所形成的群落及其生态系统，具有独特的物种组成、结构、生物量及其三维空间分布以及能量流动和物质循环规律与机理。

高海拔、高纬度地带的生态系统对气候变化最敏感。青藏高原这一特殊的地理单元具有独特的气候系统特征，被认为是气候变化的敏感区。青藏高原的高寒草甸面积约 70 万 km^2，占青藏高原可利用草场的近50%。全球变化进程的日趋加剧势必将对高寒草甸生态系统的植物物种、种群、群落和生态系统产生重要影响；同时，植物种、种群、群落和生态系统结构与功能的动态演替能够敏感地反映全球气候的变化。因而，需要深入系统地研究高寒草甸植物群落和生态系统的种类组成、结构、功能过程与机理，阐明群落、生态系统物种之间及其与各主要环境因素之间的相互关系，从而使群落和生态系统调控和管理更趋科学，使其生态系统结构更趋合理，能量和物质转换效率更高，实现高寒草甸生态系统可持续经营。

高寒草甸（Alpine meadow）是指以寒冷中生多年生草本植物为优势而形成的植物群落，主要分布在林线以上、高山冰雪带以下的高山带草地，耐寒的多年生植物形成了一类特殊的植被类型。该类地区气候寒冷、潮湿，土壤以高山草甸土为主。从组成高寒草甸的建群层片与建群种和主要伴生种的地理成分来看，建群层片主要是适应高原和高山寒冷气候的低草型多年生密丛短根茎嵩草层片、根茎薹草层片和轴根杂类草层片等；建群种和主要伴生种以北极－高山成分与中国－喜马拉雅成分为主，其中，以莎草科嵩草属植物为典型代表，主要有高山嵩草（*Kobresia pygmaea*）、矮嵩草（*K. humilis*）、线叶嵩草（*K. capillifolia*）、短轴嵩草（*K. prattii*）、喜马拉雅嵩草（*K. royleana*）、藏嵩草（*K. tibetica*）等建群种；

除此之外，还有珠芽蓼（*Polygonum viviparum*）、圆穗蓼（*Polygonum macrophyllum*）以及龙胆属（*Gentiana*）、虎耳草属（*Saxifraga*）、银莲花属（*Anemone*）等一系列高山植物种类。

在高原与高山严寒气候的影响下，高寒草甸植物种类组成相对较少，但是青藏高原高寒草甸生态系统种类组成最丰富者，平均为 15~25 种/m²，草层低矮、结构简单，层次分化不明显，一般仅草本一层，草群生长密集、覆盖度大、生长季节短、生物生产量低；同时，组成高寒草甸的绝大多数植物具有较强的抗寒性，它们具有丛生、莲座状或垫型、植株矮小、叶型小、被茸毛和生长期短、营养繁殖、胎生繁殖等一系列生物–生态学特性。其种类组成、季相和结构则随海拔与所处的位置变化较大，一般从东（南）往西（北）随气候逐渐变为干冷，这类草甸的种类组成由多而少，草层高度逐渐变低，季相从华丽趋于单调。

高寒草甸的发展和分布规律同其他地带性植被一样，受特定生态地理条件的制约，是生物气候的综合反映，也是一定地区生物气候的综合产物。在地势高亢的青藏高原东部，主要受西南暖湿气流的影响，气候寒冷而较湿润，年平均气温在 0 ℃以下，最冷月（1 月）的平均气温低于 –10 ℃，即使最暖的月份也经常出现霜冻和降雪，年降水量 400~500 mm，且自东南向西北递减，降水多集中在植物生长发育旺盛的 6~9 月，约占全年降水的 80%，而冬春季（冷季）少雨、多风。这种气候条件下，正是耐寒中生和旱中生地面芽与地下芽多年生植物得以充分生长发育的有利条件。此外，喜马拉雅山、祁连山和天山等高大山脉，虽然处于不同的经纬带和植被区内，因海拔梯度的变化和地形的影响，随着海拔升高气温逐渐下降；同时，暖湿气流在爬升过程与高山寒冷气候相遇而降水，因而地形雨较多；加之冰雪水的补给，气候寒冷，土壤湿润，草甸植被亦得到充分发育，构成山地垂直带谱的重要组成部分。由于所具有的这些基本特征截然不同于我国低海拔地区广泛分布的隐域性草甸植被，青藏高原等高山地区具有水平地带性特征及周围山地垂直地带性的这类草甸成为一种独特植被类型——高寒草甸（周兴民，吴珍兰，2006）。

第一节　高寒草甸分布特征

一、高寒草甸分布区域

高寒草甸是亚洲中部高山及青藏高原隆起之后所引起的寒冷、湿润气候的产物，是地带性植被类型。高寒草甸在中国以密丛短根茎地下芽嵩草属（*Kobresia*）植物建成的群落为主，是青藏高原和高山寒冷中湿气候的产物，是典型的高原地带性和山地垂直地带性植被，主要分布在青藏高原东部和高原东南缘高山以及祁连山、天山和帕米尔等亚洲中部高山，向东延伸到秦岭主峰太白山和小五台山，海拔 3200～5200 m（图 1-1）（王秀红，傅小锋，2004）。

图 1-1　中国高寒草甸分布图

高寒草甸在青藏高原独特的自然环境条件影响下得到了充分的发育，而且集中连片广泛分布于青藏高原，是青藏高原最为主要的植被类型，仅在青海即占各类草场面积的 49%（夏武平，1986）。青藏高原耸立在欧亚大陆的东南部，使欧亚大陆的大气环流形势发生变形、改变与生成，因此不仅影响着中国大陆植被分布格局，而且影响到欧亚大陆的植被分布格局。同时，青藏高原特殊的地理位置以及生态环境，使高原面上形成了一系列适应高原环境的高寒植被类型。因青藏高原地形复杂，并受控于西南季风、东南季风、西伯利亚高压以及青藏高压的综合影响，故高原水热条件的地域差异较大，从而导致高原高寒植被在地理格局上的分异。在青藏高原的南半壁，自东南向西北，西南暖湿气流从印度孟加拉湾逆横断山脉河谷而上，并随着海拔的逐渐升高其强度逐渐减弱，气温逐渐降低，降水逐渐减少，寒冷干旱程度不断增强，依次出现了高寒草甸、高寒草原和高寒荒漠。而在青藏高原的北半部，东南季风远途跋涉后又受高山峻岭的重重阻隔，到青藏高原时已成强弩之末，因此降水稀少，在低海拔的河湟谷地及两侧低海拔低山分布着以长芒草（*Stipa bungeana*）为优势的温带草原。这里原始的草原植被已被破坏殆尽，仅在中高山，由于受地形雨的影响，降水略多，同时因海拔较高、气温降低，难以垦殖，因此还分布着以嵩草为建群种的高寒草地自然植被；在青海湖周围的山地及湖盆，因海拔高、气候寒冷，则分布着高寒灌丛、高寒草甸和高寒草原；柴达木盆地因受控于西伯利亚冷高压，气温较低，降水稀少，蒸发量大，则分布着高原温带荒漠，盆地周围山地则分布着高寒草原和高寒草甸。所以，在青藏高原上，其植被的分布规律既不同于纬向分布，也不同于经向分布，而是在高原形成的一种水平分布叠加垂直分布的特有的高原分布规律（周兴民，2001）。

适应冷湿气候条件的高寒草甸在水平分布上体现了从适合森林带型向适合草原带型的高原水热条件的过渡，垂直地带性分布也可反映从季风性向大陆性过渡的性质。按照垂直自然带谱的基带、类型组合、优势垂直带及温度水分条件等特点，将青藏高原各山系的垂直自然带划分为季风性和大陆性两类带谱系统；其下可按温度水分状况及带谱特征进一步划分为九种不同的结构类型。高寒草甸出现在六个结构类型组中：①湿润结构类型组，以喜马拉雅南翼山地为代表，热带雨林或季雨林为基带、山地常绿阔叶林带为优势垂直带，向上依次为山地针阔叶混交林带—山地暗针叶林带—高山灌丛草甸带—亚冰雪带—冰雪带；②半湿润结构类型组，广泛分布于高原的东南部，多以山地针阔叶混交林带为基带，山地暗针叶林带常成为优势垂直带，横断山区若干谷地气候干旱，常出现旱中生落叶灌丛作为垂直带谱的基带；③高寒半湿润结构类型组，主要分布于高原中东部，带谱结构比较简单，为高山灌丛草甸带—亚冰雪带—冰雪带；④高寒半干旱结构类型组，见于藏南喜马拉雅北翼及羌塘高原诸山地，其带谱结构是高山草原带—高山草甸/座垫植被带—亚冰雪带—冰雪带；⑤半干旱结构类型组，以山地灌丛草原带/山地草原带为基带，在局部山地阴坡可有山地针叶林分布，其上接高山灌丛草甸带（或高山草原带），青海东部、祁连山东段及藏南山地多属之；⑥干旱结构类型组，较广泛分布于青藏高原北部和西部，分带的组合系列是：山地荒漠带—山地荒漠草原带—山地草原带（或含山地针叶林）—高山草甸带—亚冰雪带—冰雪带，其中山地草原带占有较宽的幅度（王秀红，1997b）。

二、分布规律

高寒草甸以适合低温的中生多年生草本植物为主，一般分布在比较冷湿的地区或部位；在比较干旱或温暖的地区，高寒草甸一般出现在海拔较高的高山。从高寒草甸上下限模拟的相关系数值可以看出其上限分布的规律性较强，这既与海拔较高处水热条件比较稳定、有类似海洋性的气候条件有关，也与在比较严酷的生境处植物对其生境的敏感性和适应性有关，亦即在较高海拔处，自然景观表现出趋同现象；而下限分布规律较差，这既与海拔较低处水热组合条件比较复杂，有类似大陆性的气候条件有关，也与在较好的生境条件下植物的竞争性增强有关。

（一）高寒草甸上限分布特征

高寒草甸上限分布的最大特征是具有极值点。在纬向上，首先，高原上的温度和降水量状况，总的趋势是由南到北逐渐减少，受温度垂直递减率的影响，高寒草甸分布上限随纬度值的增大而降低。其次，在青藏高原东南部降水丰沛、云量较大，一方面造成空气湿度较大，太阳辐射较低，高原东南部高山上部的温度较低；另一方面较高海拔处，降雪量大、雪线降低，造成亚冰雪带界线降低，因此高寒草甸的分布上限在高原东南部降低。最后，青藏高原具有很高的海拔，巨大的加热作用使高寒草甸的上限分布上升。在上述三方面因素的作用下，高寒草甸分布上限在纬向上出现极大值。纬向极值点出现的位置（30.7 °N）与藏南藏北的分界线冈底斯山、念青唐古拉山的位置比较吻合。高寒草甸分布上限在纬向上的极值出现在半干旱区的高原亚寒带－高原温带过渡带和温暖区的湿润－半湿润过渡带。在经向上，极值点不很明显，极值点以西上限分布高度的下降很小，故可近似认为随经度值的增大（向东部），上限高度基本上是下降的。经向极值出现在高原半干旱区向干旱区过渡的边沿，干旱区一般没有高寒草甸出现。经向极值的出现是因为东南部同理是降水量较大、云量多造成的空气湿度较大、太阳辐射降低以及雪线下降造成的胁迫作用，致使高寒草甸的分布上限降低；而高原的加热作用使上限高度随经度值的降低（向西部）而升高。结合高寒草甸带上部的亚冰雪带温度极低，以及高山稀疏植丛也以中生植物为主等特点的综合分析，造成高寒草甸带和亚冰雪带分异的主要因素是温度条件。换而言之，影响高寒草甸上限分布的主导因素是温度条件。综合以前半定量资料可以大致看出，高寒草甸上限的最暖月气温在 2～3 ℃，一般在比较湿润的地区上限最暖月气温较高，在比较干旱的地区最暖月气温较低。

（二）高寒草甸下限分布特征

高寒草甸的分布下限实际上是山地森林（高原东南部）、高寒草原（高原西北部）的分布上限。在纬向上，也由于从南到北温度和降水量递减的总趋势，其下限分布高度逐渐降低。与其上限相比，下限分布高度在高原南部的低纬度区，受降水量较大造成的空气湿度较大、太阳辐射降低的影响较小。在经向上，主要是由于由东到西较干旱的气候条件适合于高寒草原的扩展，故高寒草甸的下限上移。由于高寒草甸的下限是上述景观上限的组合，因此探讨各种景观之间的水热状况，可以推断决定高寒草甸下限分布的主导因素。根据高原温暖指数和湿度指数趋势面的分析表明，高寒草甸与相邻高寒草原分布区的湿润系数差异较大，而高寒草甸与相邻山地针叶林分布区的最暖月均温差异较大。这说明了决定高寒草甸下限分布的主导因素也有空间的变异。总的来看，在青藏高原东南部，决定高寒草甸下限分布（山地针叶林上限分布）的主导因素是温度条件，最暖月气温大约为 10 ℃；在高寒草甸分布的西北部，决定高寒草甸下限分布（高寒草原上限分布）的主导因素是水分状况，年湿润系数[①]约为 0.7，年降水量约为 300 mm（王秀红，1997b）。

第二节　气候特征

气候因素是植物生长和发育至关重要的环境条件，同时对于植物群落的空间分布格局（水平分布和垂直分布格局）、种类组成、发育节律、层片结构和群落的生物生产量以及能量流动和物质循环均起着重要作用。青藏高原海拔高、日光充足、辐射强、气温低、昼夜温差大和气压低等独特的自然环境及生成的"青藏高压"迫使大气环流形成特殊的西风环流和南北分流形势。高寒草甸是在青藏高原隆起、气候严寒等条件下，与恶劣环境条件相互作用的长期历史演化的产物。

一、大气环流

大气环流是与地理位置、海陆分布和大地貌等有关因素综合作用产生的一种大尺度大气运行的基本状况。青藏高原既是一系列巨大山系和辽阔的高原面的组合体，也是近 300 万年来大面积强烈隆起的巨大的构造地貌单元。具有巨大的高度和辽阔面积的大高原对大气环流产生深刻的影响，进而形成本地区特有的大气环流（李文华，周兴民，1998）。海拔平均在 4000 m 以上，面积约 250 万 km² 的青藏高原，耸立在欧亚大陆的中部，占对流层 1/3～1/2 的高度。它以强大的热力和地形动力作用，使北起中亚与西伯利亚、南至南亚次大陆与东南亚、东至东亚大陆与阿留申群岛以至日本这样一个广阔范围内天气和气候都受到影响而发生巨大的变形、改变或生成（张新时，1978），从而使这一辽阔区域的植被受到高原综合因素的影响并具有特殊的空间分布格局、多种多样的植被类型以及生物多样性。

受高海拔条件的制约，青藏高原广大区域气温较低，大部分地区最热月气温

---

① 年湿润系数＝1/年干燥度。

小于 10 ℃，因而只有冬季、夏季之分。冬半年对高原天气和气候有重要影响作用的是对流层西风、极地东风、平流层西风以及这些风带中的急流；夏半年影响高原大尺度基本气流是对流层热带东风、副热带西风、平流层东风以及相应的东西风急流（戴加洗，1990）。

冬半年（10 月中旬至翌年 5 月）地面基本以西伯利亚 – 蒙古冷高压为气压系统。1 月高压中心可达 1035 kPa 以上，脊线伸入亚洲西部，与中东欧的高压连成一片。与太平洋北部的阿留申低压系统相配合，盛行自大陆向海洋的季风，加之高原本身地形作用及极地大陆性气团水汽含量甚微这些特征，冬半年漫长、寒冷、干燥少雨、天空晴朗，但高原中部地带气压梯度大，形成明显的偏西风，且风速较大。据在 1.5 km 和 3.0 km 高度的西风流场分析，在高原西端具有明显的分支现象，而东边则有明显的汇合。高原本身的巨大高程和辽阔面积，成为高空西风环流中的巨大动力障碍和热源，而对它的运行产生阻碍和分支作用，恰好在30°N 至 40°N 之间，就迫使在高原西端分为南北两支，南支成西北气流，位置在20°N 至 30°N 之间；北支成西南气流，沿高原北部流动，位置在 37°N 至 52°N 之间。强大而稳定的青藏高压大大加强了北支气流的强度和稳定性。高原阻止了西伯利亚大陆积蓄，形成一个强大的反气旋环流系统，即蒙古 – 西伯利亚冷高压，成为冬半年的控制系统。因而青藏高原冬半年的气候极其严寒、干燥少雨、多大风。

夏半年（6~10 月）欧亚大陆强烈增温，形成了深厚广阔的印度低压。印度低压的存在，使印度洋湿暖气流从孟加拉湾源源不断地输送至青藏高原，形成明显的夏季风；其影响北界一般可达 35°N 左右，盛夏时平均北界在 37.5°N 左右，表现出青藏高原在夏半年东南部地区被海洋气团所笼罩，而西部及北部地区仍受变形的极地大陆性气团的影响，致使区域雨季短暂，气旋活动频繁。由于高原沟谷纵横，西部植被类型分布各不一致，下垫面性质具有很大的差异性，因而在青藏高原易触发地区热力差异和动力抬升作用下的对流天气过程，阵性雨、地形雨明显多于平原。

冬季环流型式向夏季环流型式过渡是比较突然的，高原在 5 月底以前，在90°E 剖面上，高空仍有南北两支西风急流，但在 5 月最后的几天中，南支西风急流突然消失，而西南季风得以迅速向北推进，于是，冬季环流型式结束，夏季环流型式开始建立，与环流形势的转变相联系，西南季风带有丰富的水汽，遇高山拦截而降雨，这就表示着青藏高原雨季的开始。相反，夏季环流型式向冬季环流型式过渡相对缓慢。

西南季风自东南向西北，随着海拔升高和进入高原腹地逐渐减弱，降水量逐渐减少，与此相适应自东南向西北依次出现森林、高寒灌丛草甸、高寒草甸、高寒草原和高寒荒漠。与高空西风环流前进和后退相联系，东南季风在夏半年经远途跋涉和层层高山的阻挡，其前锋到达兰州与西宁，再向西已成强弩之末，所以仅影响到青藏高原的东北部，成为半干旱的气候类型，与此相联系，分布着森林和温性草原类型，在祁连山山地，由于山地的影响，降水增多，因而在山地和滩地分布着高寒灌丛和高寒草甸。

二、气温

气温是地区热量高低的表述，热量条件是植物生长与发育的基本因素。当光照、水分和养分条件基本满足时，温度往往成为植物种、种群、群落和生态系统生长、发育、结构、生物生产力以及能量流动和物质循环的主要驱动因素。

根据青海省和西藏自治区气象台（站）的气象资料可以看出，各地年平均气温的分布殊异（图1-2）（戴加洗，1990）。青藏高原上有三个相对温暖的地区，即柴达木盆地、青海东部的"河湟"谷地和西藏东南部雅鲁藏布江与三江谷地。位于青藏高原东南部的墨脱和察隅地区是热量最高的地区，而位于西藏东北部的昌都（海拔3240.7 m）因纬度偏北，年平均气温7.6 ℃，最冷月平均气温 –2.5 ℃，最热月平均气温16.3 ℃，极端最低气温 –19.3 ℃，极端最高气温33.4 ℃。位于西藏北部的那曲（海拔4507 m）年平均气温 –1.9 ℃，最冷月平均气温 –13.9 ℃，最热月平均气温8.9 ℃，极端最低气温 –41.2 ℃，极端最高气温22.6 ℃。随着纬度偏高，气温有所下降，例如：位于青南高原南部的玛多

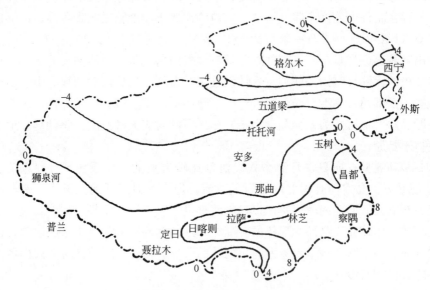

图1-2　青藏高原年平均气温分布图（单位：℃）

县（海拔4272 m），年平均气温 −4.2 ℃，最冷月平均气温 −17.1 ℃，最热月平均气温 7.4 ℃，极端最高气温 22.9 ℃，极端最低气温 −41.8 ℃。位于青藏高原东北一隅海拔 2400 m 以下的黄河、湟水流域河谷是热量为丰富的区域之一，成为发展农业的重要基地。

祁连山山地、青南高原、羌塘高原和藏北高原，由于海拔升高，气温随之降低，热量为青藏高原最低的地区，但由于南北横跨纬度 10° 左右，所接受太阳直射差异较大，因此，南北在海拔基本相同的情况下，南部较北部平均气温要高。例如地处祁连山中部的祁连县（海拔 2728 m），年平均气温 0.6 ℃，极端最低气温 −29.6 ℃，极端最高气温 30 ℃；托勒（海拔 3360 m），年平均气温 −3.2 ℃，极端最低气温 −35.4 ℃，极端最高气温 28 ℃。地处青南高原西北部的曲麻莱县（海拔 4262 m），年平均气温 −2.69 ℃，极端最低气温 −32.1 ℃，极端最高气温 24.9 ℃；玛多县年平均气温 −4.2 ℃，极端最低气温 −41.8 ℃，极端最高气温 22.9 ℃；青南高原最南端的囊欠县（海拔 3643 m），年平均气温 3.7 ℃，极端最低气温 −22.6 ℃，极端最高气温 27.9 ℃；地处青南高原西部唐古拉山北麓的五道梁（海拔 4645 m），年平均气温 −5.9 ℃，极端最低气温 −33.2 ℃，极端最高气温 23.2 ℃。除纬度、海拔对气温变化有影响外，地形条件对气温的影响亦是很大的。例如玛多县位于宽阔平坦的滩地中央，西面为鄂陵湖、扎陵湖以及星宿海，无山地为障，西风急流可长驱直入，加之辽阔的湖面和星宿海沼泽地的影响，所以年平均气温较它西部海拔高的曲麻莱县还低。

气温的日较差和年较差大，亦是本地区气候的重要特征之一。白天所接收大量的太阳辐射热，使近地面层的气温迅速上升，而夜晚，由于空气干燥少云，地面散热快，温度剧烈下降，导致每日温差很大。就全区的情况来看，日较差小于年较差，日较差以冬季 1 月最大，为 13 ~ 23 ℃，夏季 7 月最小，为 9 ~ 16 ℃；柴达木盆地最大，东部和东南部河谷地区次之，而青南高原较小。年较差以柴达木盆地较大，为 26 ~ 31 ℃，其余地区 19 ~ 26 ℃。白天温度高，光照强，有利于绿色植物进行光合作用；夜晚温度降低，植物呼吸减弱，可以减少物质消耗，而有利于营养物质的积累，提高植被类型的生物产量。

三、降水特征

青藏高原的降水受青藏高压、西风急流、东南季风和西南季风等大气环流系统的控制以及地形的影响，降水量在我国是比较少的地区，就整个青藏高原年平均降水量来看，东（南）西（北）差异很大，总的趋势是自雅鲁藏布江河谷的多雨地区向西北逐渐减少。如柴达木盆地西北部的冷湖年平均降水量只有 18 mm，比塔克拉玛干大沙漠还少；但在青藏高原南部雅鲁藏布江下游，可居我国第二位的多雨中心，如巴昔卡年降水量多达 4500 mm。由图 1-3 可以可看出，雅鲁藏布江下游到怒江下游流域以西，是青藏高原年降水量最高的地区，一般在 600 ~ 800 mm；另一个多雨区是黄河流域的松潘地区，年平均降水量约为 700 mm。受地形及北部"极锋"影响，祁连山脉的东南部也是一个多雨地区，年降水量为 500 ~ 600 mm，如中国科学院海北高寒草甸生态系统定位站年平均降水量达 580 mm，极端最高可达 840 mm。其余大部分地区年降水量为 200 ~ 500 mm。年降水低值中心除柴达木盆地外，大约在藏西北与新疆交界处，喜马拉雅山脉北麓，怒江以东的地区。这些趋势的分布与西南季风、地形阻挡等因素的影响至关紧密。西南季风溯金沙江、澜沧江河谷而上，到达青藏高原东南部的波密、昌都、川西以及青南高原的囊欠、班玛、久治等地，最远可到达 35°N 左右，向西北方向随着东南季风的减弱，降水亦逐渐趋于减少，到西部的伍道梁，年平均降水已减少到 267.6 mm。青海省东北部的黄河、湟水流域及祁连山地区，虽东南季风影响较弱，但由于高耸的祁连山山脉的拦截，加之"极锋"活动频繁，降水略多。湟水谷地年平均降水 370.7 mm 左右。西北部的柴达木盆地由于远离海洋，暖湿气流难以到达该区域，空气水汽含量极少，因而产生降水的概率不高，降水稀少，年平均降水量不足 100 mm，西部的芒崖、冷湖、乌图美仁等地，年降水仅 25 mm 左右。同时，地形对大气降水亦有明显的作用，处于祁连山东段的门源，年平均降水量为 514.5 mm，较民和与西宁等地多 130 mm 左右，引起这种差异的基本原因在于地形条件的影响，门源海拔较高，并处在高山环抱之中，东南季风沿大通河谷而

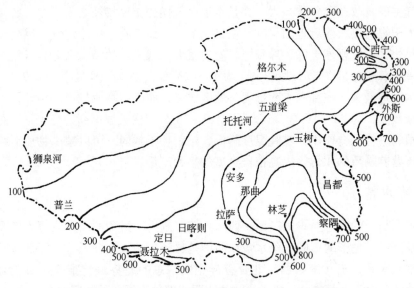

图 1-3　青藏高原年平均降水分布图（单位：mm；戴加洗，1990）

上，动力爬坡抬升，水汽易达饱和状态，凝结后所产生的降水相当丰富；相反，民和与西宁等地，由于河谷的热效应，形成干热河谷，不宜于冷空气下沉凝结降水。同青藏高原各地降水相应地出现了不同的植被类型：青藏高原东南部为森林，青南高原东部为高寒灌丛草甸，中部为高寒草甸，西部为高寒草原，东北部的黄河、湟水流域为森林草原，柴达木盆地则为荒漠。

在青藏高原，年降水量主要集中于下半年，雨季和干季分明，降水多分布在6～9月，占全年降水的80%～85%，而在冷季仅占年降水量的15%～20%，特别是寒冷的冬季，降水量只占全年降水量的5%左右。年内降水量随季节分配表现为两种形式，即单峰型和双峰型。除喜马拉雅山南麓和雅鲁藏布江下游河谷地区呈双峰型外，其他大部分地区为单峰型。如西藏的聂拉木、普兰、察隅等地为双峰型，高峰值基本出现于2～4月和7～8月；单峰型降水的分布地区，除个别地区雨季开始较迟外，降水量主要集中于6～9月。降水的季节分配，对植物的生长发育节律以及生物量季节变化是极其重要的气象因素。6～9月，正值青藏高原的暖季，期间气温凉爽，雨热分配同期，对农作物和植被的生长发育均十分有利。

四、辐射与日照

太阳辐射是地球大气和动植物生存的最根本能源，它的分布及其年周期性变化直接影响着气候的变化，是天气形成和气候变化的基础。青藏高原海拔高，空气稀薄，空气密度仅约为东南沿海的2/3，加之水汽和气溶胶含量少，空气透明度高，致使到达地面的太阳直接辐射能量大，直接辐射明显大于散射辐射，在总辐射中，直接辐射占有很大的比例，占年总辐射量的55%～78%，表现为光照充足、辐射强烈。

青藏高原地区年直接辐射总量为$3.0 \times 10^9 \sim 6.0 \times 10^9$ J/m²，年散射总量为$1.7 \times 10^9 \sim 2.9 \times 10^9$ J/m²，而总辐射能量居全国之首，年总量达$5.0 \times 10^9 \sim 8.0 \times 10^9$ J/m²，较同纬度的我国东部地区高$2.0 \times 10^9 \sim 3.0 \times 10^9$ J/m²。年总辐射量分布表现出西高东低，低值区在高原东南部和东部地区，藏东南地区小于5.0×10^9 J/m²，青海东部为$5.0 \times 10^9 \sim 6.0 \times 10^9$ J/m²，如昌都地区为6.32×10^9 J/m²，西宁为6.18×10^9 J/m²。高值区主要在羌塘高原的阿里地区和柴达木盆地，年总辐射量达$7.0 \times 10^9 \sim 8.0 \times 10^9$ J/m²，如格尔木为7.08×10^9 J/m²。

在一年中总辐射量的月际变化大多呈现单峰型曲线变化，最小出现于每年12月至翌年1月，最大出现于5～6月，3～5月的辐射递增量较5～9月的递减率要大。但由于高原地区间雨季强盛与衰减时间不一致，年总辐射量的月际变化也表现出双峰型的曲线变化，如玉树地区，6月云雨较多，太阳总辐射量明显小于前后的月值分布，呈现出准双峰态的变化过程。

青藏高原日照时间长，大部分地区年日照时间为 2500~3600 h，在植物生长期的 5~9 月，虽然正值多降水时期，云量多，但日平均日照时间仍在 6.5 h 左右，可满足植物生长的光照需求。就高原总体来看，日照分布形势是高原西部和北部日照丰富；东南部较少，呈现自西北向东南递减；西北部最高可达 3700 h，如青海冷湖 1962 年曾观测到 3786.7 h 的罕见值；东南部最低仅为 1500 h，如西藏波密平均为 1543.7 h，比冷湖地区要少约 2200 h。

在青藏高原日照时间分布基本有两个高值区，分别在柴达木盆地（年日照时间 3200~3600 h）和藏西南的阿里地区、雅鲁藏布江河谷中上游（年日照时间为 3200~3400 h）；低值区主要分布于高原东南部的玉树—那曲一线，年日照时间小于 2500 h。

日照时间的月际分布较为复杂，主要与当地气候湿润状况、夏季云雨分布及雨季来临迟早等天气状况有关。如西藏的波密、林芝、错那、帕里及青海的玛沁、久治、河南等地，气候湿润，云雨丰富，表现出冬季 11 月至翌年 1 月最大，而夏季的 6~9 月为最小。拉萨、那曲、江孜、西宁、共和、门源等地区，由于雨季来临迟，地区云系变化剧烈，这些地区月日照时间最大出现于 5~6 月，最小值出现于 8~9 月。位于高原西南部的狮泉河和高原西部的格尔木、托托河等地区干燥少雨，虽有一定云系的影响，但对日照时间的影响不甚明显，故最大值在 5~7 月，而最小值出现于 12 月至翌年 2 月。

五、气候变化特征

（一）青藏高原气候变化特征

青藏高原是全球海拔最高的一个巨型构造地貌单元，具有独特的自然环境和空间分异规律，受大气环流和高原地势格局的制约，它形成了独特的水热状况地域组合，呈现出从东南温暖湿润向西北寒冷干旱的变化。高原的隆起对高原及其毗邻地区自然环境的演化影响深刻，其气候变化与全球环境变化密切相关。被认为是"全球气候变化的驱动机与放大器"，并且是"全球变化与地球系统科学统一研究的最佳天然实验室"。青藏高原东西长约 3000 km，接近大气长波半波长尺度。南北宽约 1400 km，相当于大气长波的振幅，平均海拔在 4000 m 以上，达到对流层高度的 1/3。同时，青藏高原是一个较大容量的热载体，其冬季冷暖会持续影响夏季季风的强弱，因此它对东亚乃至全球的大气环流都有很大的影响，受到全球气象界的广泛关注；高海拔地区比低海拔地区对全球气候变化的反应更敏感，青藏高原气候变化的位相比我国东部位相提前，所以青藏高原的气候变化，对全国的气候变化具有指示性意义。

刘晓东和侯萍（1998）利用青藏高原及其邻近地区 165 个台（站）地面气温资料分析了青藏高原及其邻近地区 1961～1990 年气候变暖与海拔的关系。根据每个站的月气温距平计算这 30 年间逐年春（3～5 月）、夏（6～8 月）、秋（9～11 月）、冬（12 月至翌年 2 月）及年平均气温距平，然后再算出各季平均的线性增温率（即气温距平随时间变化的线性回归方程的斜率），以及 20 世纪 80 年代与 60 年代的温差，最后将所有 165 个台（站）按照海拔分成数目大致相近的 5 个高度区间，统计每个高度范围内的平均增温率及平均温差（表 1-1）。由同一高度范围各季的对比来看，从春、夏到秋、冬增温率是逐渐增加的；而就同一季节或年平均来看，增温率基本上是随海拔上升而增大。例如，对海拔介于 500～1500 m 的 37 个台（站）平均而言，春、夏的增温率分别为 −0.11 ℃/10a 和 −0.02 ℃/10a，秋、冬的增温率分别为 0.16 ℃/10a 和 0.42 ℃/10a，即这 30 年间春、夏季在变冷（变冷的原因还有待于研究），而秋、冬季才是变暖的，冬季升温幅度最大。3500 m 以上的 30 个台（站），春、夏、秋、冬四季增温率均为正，即全年都在升温。从年平均来看，500 m 以下台站的增温率为 0.0，即温度几乎没有变化趋势，这与我国东部大部分台（站）都在增温不同；但 1500～2500 m 的增温率为 0.12 ℃/10a，而 3500 m 以上地区的增温率达 0.25 ℃/10a。20 世纪 80 年代与 60 年代温差的变化特征与增温率的变化非常接近（表 1-1）。165 个台（站）按海拔排列的多年平均及冬季增温率比较结果表明，增温率随台站高度的升高而具有线性增加的趋势，且冬季更显著。

表 1-1　1961～1990 年高原及其邻近地区不同高度平均增温率及 20 世纪 80 年代与 60 年代间的平均温差

海拔（m）	台站数	项目	春	夏	秋	冬	年
<500	34	平均增温率（℃/10a）	−0.18	−0.07	0.08	0.16	0.00
		平均温差（℃）	−0.32	−0.11	0.08	0.24	−0.03
500～1500	37	平均增温率（℃/10a）	−0.11	−0.02	0.16	0.42	0.11
		平均温差（℃）	−0.16	0.04	0.30	0.70	0.22
1500～2500	26	平均增温率（℃/10a）	−0.17	0.03	0.15	0.46	0.12
		平均温差（℃）	−0.30	0.14	0.28	0.73	0.19
2500～3500	38	平均增温率（℃/10a）	−0.01	0.02	0.19	0.63	0.37
		平均温差（℃）	−0.20	0.16	0.44	1.10	0.52
>3500	30	平均增温率（℃/10a）	0.12	0.14	0.28	0.46	0.25
		平均温差（℃）	0.22	0.41	0.62	0.83	0.52

资料来源：刘晓东，侯萍，1998

　　吴绍洪等（2005）以青藏高原77个气象台（站）的观测数据（最低、最高气温，日照时数，相对湿度，风速和降水量）为基础，分析了青藏高原1971～2000年的气候变化趋势（表1-2）。青藏高原1971～2000年的年平均气温为3.39℃，整体的变化趋势是平均每年升高0.024℃，各站点变幅在−0.069～0.114℃/a。年降水量为482.8 mm，变化趋势为平均每年增加1.196 mm，各站点变幅为−5.849～8.451 mm/a；30年来青藏高原地区年降水量增加了6.9%。年最大可能蒸散量为756.8 mm，平均每年减少1.914 mm，各站点变幅为−8.742～2.849 mm/a；30年来青藏高原地区年最大可能蒸散减少了6.5%。气候观测数据表明，青藏高原近30年来气候变化的总体趋势是：气温呈上升趋势（96%的站点），Man-Kendall法检验结果显示显著性水平较高，置信度在90%的站点占总体的68%；降水以增加趋势为主（69%的站点），Man-Kendall法检验结果显示显著性水平较低，置信度在90%的站点仅占总体的18%；Penman-Monteith模型和Vyshotskii模型计算结果显示最大可能蒸散以减少趋势为主（84%的站点），Man-Kendall法检验结果显示显著性水平较高，置信度在90%的站点占总体的68%；干燥度以降低趋势为主（77%的站点），Man-Kendall法检验结果显示显著性水平较低，置信度在90%的站点占总体的38%。观测和计算结果分析显示了气候因子和干湿状况之间不是线性的关系，而且区域的干湿状况和气候变化之间还存在很大的不确定性。目前青藏高原陆地表层的干湿状况趋势总体是由干向湿发展，但是否属于暖湿型有待进一步研究。

表1-2　1971～2000年青藏高原气候变化趋势及其显著性的站点统计

站点数(百分比) 项目 ＼ 气候因子	气温	降水	最大可能蒸散	干燥度
增加趋势	74（96%）	53（69%）	12（16%）	18（23%）
减少趋势	3（4%）	24（31%）	65（84%）	59（77%）
95%置信度	43（56%）	10（13%）	48（62%）	18（23%）
90%置信度	52（68%）	14（18%）	52（68%）	29（38%）

资料来源：吴绍洪等，2005

　　分析研究表明，最近几十年内青藏高原地区气温变化的总趋势是上升的，而且增温率有增大的趋势；降水的变化趋势还存在争议，如1959～1998年青藏高原年降水量的变化趋势由偏少到偏多；20世纪50年代至90年代初青藏高原平均降水量呈减少趋势，主要分布在雅鲁藏布江一带，而藏东南、藏南、藏北地势较高地区及青海北部降水增加；1971～2000年西藏大部分地区降水变化为正趋势，速率为19.9 mm/10a，而阿里地区呈减少趋势（吴绍洪等，2005）。

（二）典型高寒草甸区气候变化趋势

本小节除应用了海北站气象观测的资料外，还采用了青海南部和祁连山地高寒草甸分布区的有关气象站资料。为了定量描述气象要素随时间变化的趋势，假设气象要素呈线性变化，用一元线性回归法求取气象要素序列的线性趋势，有

$$Y = a + bt \tag{1-1}$$

式中，Y 为某一气象变量（如年平均气温、年降水量、年蒸散量等）；t 为时间序号，这里以建立方程对应年的第一年为 1，第二年为 2，……，依此类推。进行最小二乘原理有

$$a = \overline{Y} - b\,\overline{t} \tag{1-2}$$

$$b = \frac{\sum\limits_{i=1}^{n}(Y_i - \overline{Y})(t_i - \overline{t})}{\sum\limits_{i=1}^{n}(t_i - \overline{t})^2} \tag{1-3}$$

$$r = \frac{\sum\limits_{i=1}^{n}(Y - \overline{Y})(t - \overline{t})}{\sqrt{\sum\limits_{i=1}^{n}(Y - \overline{Y})^2(t - \overline{t})^2}} \tag{1-4}$$

式中，a、b 为回归系数。b 代表了气象要素的线性变化趋势（也称倾向率），b 值的符号反映该变量上升或下降的变化趋势，当 $b < 0$ 时表示要素在计算时段内呈下降趋势，$b > 0$ 时表示要素呈上升趋势，同时 b 值绝对值的大小可以度量其演变趋势上升、下降的程度。其变化趋势的显著性可用 t 与 Y 的相关系数 r 的大小来检验。

1. 气温、降水变化趋势

图 1-4 给出了 1961～2005 年高寒草甸分布区的青海东北祁连山地区（祁连、海北定位站两气象站的平均，简称青北地区）、青海东南部黄河源地区（大武、达日两气象站的平均，简称青南地区）年平均气温变化特征及趋势。可以看到，1961～2005 年的 45 年间，青南、青北年平均气温（T）均随时间表现出增加的趋势（青南：$T = 0.0246t - 1.242$，$r = 0.5333$；青北：$T = 0.0232t - 0.8289$，$r = 0.5511$；t 为时间序列，取 1961 为 1，1962 为 2，……，2005 为 45，下同），青南、青北年平均气温升高的上升率分别为 0.25 ℃/10a 和 0.23 ℃/10a。青北地区比青南地区气温上升率低 0.02 ℃/10a。可见，近 45 年来不论青海北部还是青海南部年平均气温升高的趋势随年代进程明显，与时间进程的相关关系达极显著检验水平。

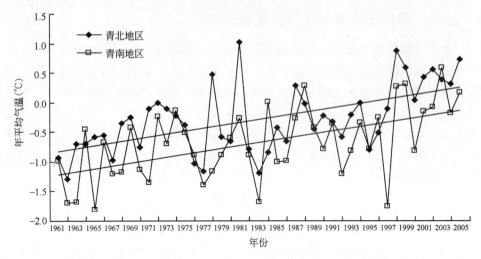

图 1-4　1961～2005 年高寒草甸分布区的青北地区和青南地区年平均气温变化特征及趋势

从气温的一年四季分布来看，近 40 多年来冬季变暖趋势最明显，秋季次之，春、夏两季变暖趋势不明显。20 世纪 80 年代的增温主要出现在秋、冬两季，进入 90 年代以后，秋、冬两季增温势头趋缓，而春、夏两季增温加剧。

全年和秋、冬两季青海气温的增温率明显大于全国气温增温率，年平均气温变化的位相超前于全国气温变化 5～6 年，这也证实"青藏高原主体可能是我国气候变化的先兆地区"的论断。

45 年来青北与青南年降水量变化趋势基本一致（图 1-5），均有所下降。青北年降水量（R）的下降（$R = -0.6359t + 489.47$）倾向率为 6.4 mm/10a，$r = 0.0387$；青南年降水量下降（$R = -0.3237t + 545.02$）倾向率为 3.2 mm/10a，$r = 0.1817$。虽然上述两地区随年代进程年降水量有一定的下降趋势，但年降水量下降趋势与时间进程的相关系数并未达检验水平，说明这种降水变化趋势属正常范围。从冬夏半年来看，夏半年降水量呈减少趋势，尤其是进入 20 世纪 90 年代以后降水量明显减少，原因是进入 90 年代后夏季、秋季降水量明显偏少。冬半年降水量呈明显的增多趋势，每 10 年约增加 11%。90 年代以来冬季降水量比多年平均值偏多 33%，而秋季比多年平均值偏少 7%。夏半年降水量和降水日虽在减少，但降水强度在增大。夏半年降水量的减少主要是降水日数的减少造成的，而冬半年降水量的增加是由于降水日增多和每个降水日平均雨量的增加造成的。随着气候变暖，夏季、秋季降水偏少，出现暖干化趋势。

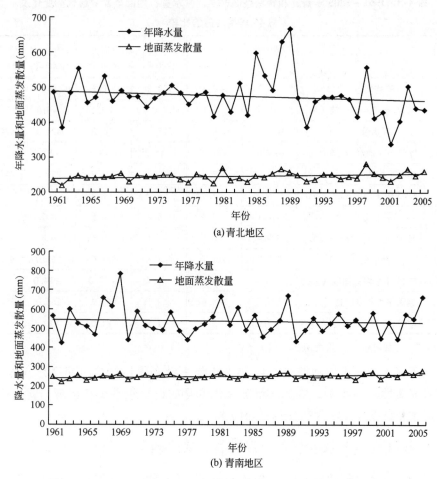

(a) 青北地区

(b) 青南地区

图 1-5　1961～2005 年青北、青南地区年降水量和实际蒸发散量变化

以年代而论（表 1-3），青北高寒草甸地区 20 世纪 60～90 年代以及 2001～2005 年的 5 年平均气温与 45 年平均值相比，距平值逐年增加，其中 80 年代与多年平均持平，90 年代转为正距平，表明自 90 年代以来增温明显加剧，而且加剧升高的趋势随年代进程逐渐加大，如 2001～2005 年 5 年平均气温比 45 年平均值升高近 3 倍。在青南高寒草甸地区，也有相同的变化规律，只是年代平均气温由负距平转向正距平的年代出现在 70～80 年代，其随年代进程升温的趋势比青北稍缓。不论是青北还是青南，年平均气温的这种变化趋势与我国乃至世界平均趋势是一致的，有趣的是在高寒草甸地区其升温幅度较为明显。

表 1-3　1961～2005 年青北和青南地区气温、降水量、地面蒸发散量代际变化及
与 45 年平均值的比较

地区	要素	1961～1970 年	1971～1980 年	1981～1990 年	1991～2000 年	2001～2005 年	1957～2000 年
青北地区	平均气温（℃）	-0.7	-0.4	-0.3	-0.1	0.5	-0.3
	与 45 年平均值比较（℃）	-0.4	-0.1	0.0	+0.2	+0.8	—
	降水量（mm）	478.4	468.3	523.1	455.0	424.0	474.8
	与 45 年平均值比较（mm）	+3.6	-16.5	+48.3	-19.8	-50.8	—
	地面平均蒸发散量（mm）	239.5	242.9	249.7	247.9	251.6	245.7
	与 45 年平均值比较（mm）	-6.2	-2.8	+4.0	+2.2	+5.9	—
青南地区	平均气温（℃）	-1.1	-0.8	-0.6	-0.6	0.1	-0.7
	与 45 年平均值比较（℃）	-0.4	-0.1	+0.1	+0.1	0.8	—
	降水量（mm）	558.7	518.7	544.3	521.6	551.6	537.6
	与 45 年平均值比较（mm）	+21.1	-18.9	+6.7	-16.0	+14.0	—
	地面平均蒸发散量（mm）	243.7	248.4	253.1	252.2	266.3	251.2
	与 45 年平均值比较（mm）	-7.5	-2.8	+1.9	+1.0	+15.1	—

注："+"为偏高；"-"为偏低。

由于降水量随机波动明显，45 年来年降水量变化趋势与时间序列（年份）达不到显著性检验水平，故降水量随年代变化的正负距平交替出现，就目前来看，降水量的变化基本保持多年平均的水平。

2. 植被实际蒸散量、气候湿润指数变化趋势

考虑到高寒草甸地区同广大地区一样，没有土壤实际蒸散量的观测，这里采用 Turc 经验公式法进行植被实际蒸散量长期变化趋势的分析，这样做虽然与实际值可能有一定的差异，可能有所偏低，但作为分析，其变化态势在全球变化研究过程中仍有非常重要的意义。Turc 经验公式为

$$E = \frac{1.05R}{\sqrt{1 + \left(\dfrac{1.05R}{E_0}\right)^2}} \tag{1-5}$$

$$E_0 = 300 + 25T + 0.05T^2 \tag{1-6}$$

式中，E 为实际蒸散量（植被蒸腾与土壤蒸发之和）（mm）；R 为年降水量（mm）；E_0 为年最大蒸发量（mm）；T 为年平均气温（℃）。

规定：$R > 0.316E_0$ 时，式（1-5）才能成立；若 $R < 0.316E_0$ 时，$E = R$。气候湿润度（或湿润指数，K）采用下列方法计算：

$$K = \frac{R}{E_0}$$
(1-7)

经 Turc 模拟计算发现（图 1-5），青北、青南地区 45 年来年平均蒸散量分别为 245.7 mm 和 251.2 mm。1961~2005 年不论是青北还是青南，45 年来下垫面蒸散量（E）在时间进程（t）中均表现出明显的升高趋势（青北：$E = 0.3381t + 237.95$，$r = 0.3707$；青南：$E = 0.4414t + 241.08$，$r = 0.4427$），其地面蒸散量增加的倾向率分别为 3.4 mm/10a 和 4.4 mm/10a；同时，青南增加幅度大于青北。由表 1-3，不论是青北还是青南地区，下垫面蒸散量从 20 世纪 70 年代到 80 年代，其距平从负值转向正值，也就是说，自 80 年代开始地面蒸散量加大，进入 21 世纪，其增大幅度更为明显，而且这种升高趋势与年代进程达显著性相关的检验水平，说明近 45 年时间，虽然降水变化不甚明显，但下垫面蒸散在气温升高的同时明显加大。

图 1-6 给出了 1961~2005 年 45 年来青海北部和青海南部高寒草甸地区气候湿润指数的变化情况。由图 1-6 看到，1961~2005 年的 45 年间，高寒草甸地区年平均湿润指数逐年下降（青北：$K = -0.0053t + 2.0522$，$r = 0.3286$；青南：$K = 0.0051t + 2.2512$，$r = 0.2578$；t 的意义同前），其下降幅度基本相同，青北湿润指数下降趋势随年代进程达显著性检验水平，青南稍差。可以看出，在 20 世纪 60 年代前期、70 年代和 80 年代后期以后均处于干燥时期，而在 60 年代末到 70 年代前期、80 年代中前期是较湿润时期，进入 2004 年和 2005 年略有升高。不论怎样，自有观测数据以来，青海北部和青海南部的高寒草甸地区，气候在温暖化趋势下，湿润指数在波动过程中向干燥方向发展。

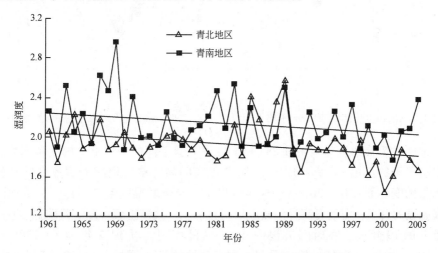

图 1-6　1961~2005 年青北、青南地区年气候湿润指数变化

以上分析说明，1961 年以来的 40 多年，降水变化态势是基本平稳的，具有一定的降水气候稳定性，而气温、蒸散量 45 年来上升明显，湿润指数下降，说明 45 年来在气候温暖化加剧的状况下，土壤植被的蒸散加剧，其气温、蒸散具有一定的气候不稳定性。气候在向温暖化发展的同时，下垫面蒸散加大，导致土壤越来越干燥。近 20 多年来，青南地区土壤退化，原生植被破坏严重，鼠类活动猖獗，草地生产力下降明显。从这个角度来讲，土壤及植被的蒸散量明显增加是导致区域生态环境变化中发生草地沙化或退化面积增加的原因之一。

3. 青海南部高寒草甸地区 1987 年以来土壤湿度的变化

对于高寒草甸土壤湿度的长期观测只收集到甘德气象站自 1987 年开始在植物生长季的观测值（甘德气象站提供）。图 1-7 给出了 1987~2005 年甘德气象站在牧业气象观测场每年 4 月 28 日至 10 月 8 日观测到的 0~50 cm 平均土壤湿度。为了比较，图 1-7 也给出了 4 月 28 日至 10 月 8 日期间的降水量。

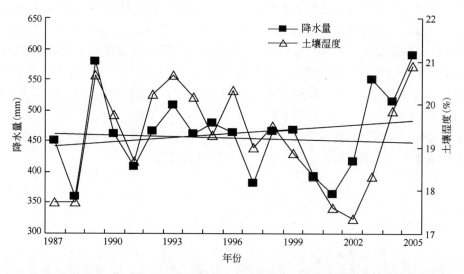

图 1-7　植物生长期 0~50 cm 平均土壤湿度（S_H）的年际变化及与降水量（R）的关系

由图 1-7 看到，每年 4 月 28 日到 10 月 8 日期间的平均土壤湿度与同期降水量具有显著的正相关（$P < 0.01$），这首先表明高寒草甸地区土壤湿度的高低依降水量的变化而变化。20 世纪 80 年代以来，与全球温度上升一样，甘德地区也存在明显的升温，温度升高导致蒸散量明显加剧，致使土壤湿度下降明显。1987~2005 年的 19 年间，在时间进程中（t 为时间序列，以 1987 年为 1，1988 年为 2，……，2005 年为 19）降水量基本在多年平均值上下波动，并略有升高的趋势（$R = 0.1705t + 453.54$，$r = 0.0141$）。但该时段土壤湿度下降明显，土壤湿度随

时间进程（$S_H = -0.0447t + 19.539$，$r = -0.2171$）的变化表现出递减的倾向率为 0.447%/10a，虽然看起来其下降的倾向率比降水的升高倾向率（1.7 mm/10a）在数值上低一个量级，因土壤湿度将比降水量低一个量级后还要低45%，即土壤湿度的稍有下降影响生态环境的程度比降水的影响更为严重，表明在气候温暖化状况下，土壤蒸发量远大于降水的补给量，导致土壤向暖干化发展。

第三节　地貌与水文

在地质历史演化的长河中，植物种、种群、群落与环境条件相互作用、相互影响，在地球上占有一定的空间，形成了有规律的分布模式和格局。在自然生态环境条件相对一致的一定区域形成的生态系统具有一定的种类组成、结构与功能特征，而在不同的生态条件下可以形成不同的生态系统类型。不同地貌条件和海拔等对光照、温度以及水分的再分配均起着重要作用，从而影响到植被的发生、演化和分布。青藏高原独特的地理单元和生态环境地域分异的复杂性决定了该地区生态系统的多样性。

一、地貌特征

高寒草甸主要分布于青藏高原东部及其周围的高山和新疆的天山、阿尔泰山等地，因而高寒草甸分布地区是以高原和高山为主的地貌形态类型。

阿尔泰山山地位于新疆准噶尔盆地的东北侧，地处中国、蒙古、俄罗斯边界，是一条呈西北—东南走向的褶皱断块山脉，山势西北高东南低，最高峰友谊峰海拔达4374 m，其上存在着现代冰川。天山山脉横亘于新疆中部，是经历了褶皱、抬升、剥蚀、沉降的古老地槽山地，山地结构复杂。天山实际上是由从北到南的几条平行山脉组成，可分为北路天山、中路天山和南路天山。北路天山由喀拉乌成山、阿尔善山、伊连哈比尔尕山、阿吾拉勒山、博罗霍洛山和阿拉套山组成，一般在海拔4000 m以上，个别山峰可超过5000 m，高山顶部常年积雪，雪线高度海拔3800~3900 m，地势高峻，角峰林立，多悬冰川和冰斗冰川。雪线附近寒冻风化强烈，形成规模巨大的倒石堆。中路天山较北路天山低，山地大都在海拔3000 m左右，自西而东逐渐降低，多由前寒武纪的变质岩、片麻岩、石英岩、大理岩、千枚岩组成。而南路天山最西山汇为腾格里山，汗腾格里峰海拔6995 m，这一山脉向东分出两支。其北支由奥陶纪的千枚岩、沙页岩和志留纪的大理岩，绿色片岩组成；南支多由奥陶纪、志留纪的沙岩、页岩、灰岩组成，山地切割破碎，机械风化强烈。而在腾格里山、哈里克套山有较大冰川发育，现在雪线一般在3600 m左右。

　　宏伟的祁连山系是在晚古生代海西褶皱带（华力西褶皱带）和中生代晚白垩世到第三纪始新世褶皱（燕山褶皱带）的基础上形成的，它一直以块状断裂的升降运动占优势，断裂方向以北西西—南东东为主，但北东走向的断层也经常出现，形成这些方向的河谷给东南季风与高空西风急流穿越祁连山提供了有利条件，并使祁连山山地成为东南暖湿气流和西伯利亚－蒙古干冷气流的交汇地，因而使祁连山山地植被的生长发育和分布具有多样性和复杂性。祁连山位于青海省的东北部，除北支主脉构成青海、甘肃两省的天然分界，最东部余脉伸入兰州西北地区以外，它的大部分舒展在青海省境内。东西长约 800 km，南北宽 200～300 km。它由一系列北西西—南东东的平行山脉与谷地组成。西段自北而南有走廊南山等七条山脉和黑河等六个谷地；东段只有冷龙岭、大坂山、拉脊山等三条山脉和大通河、湟水等两个谷地及青海湖盆地。地势自西向东逐渐降低，山地平均海拔 4000 m 以上，西段不少地区海拔超过 5000 m，最高的哈拉湖周围山地和走廊南山主峰海拔接近 6000 m，冰川地貌极为发育，山顶终年积雪，白雪皑皑，成为天然的固体水库，每当进入暖季，冰雪消融，补给了众多河流的水量，灌溉着甘肃省河西走廊和柴达木盆地荒漠地区的万顷良田，这也成为祁连山地和广阔的河西走廊与柴达木盆地自然植被生长发育所需的水分来源。谷地平均海拔 3000 m 左右，自西向东微缓倾斜，西部最高可达 4000 m，祁连山东段的青海湖盆地海拔 3000～3200 m，地势平坦，湖积平原广阔。最东部的大通河、湟水和黄河流域谷地，海拔降到 1700～2600 m，这一带是青海省海拔最低的地区，也是青藏高原向西北黄土高原逐渐过渡的一个地带，质地疏松的第三纪红色地层沉积较厚，上面覆盖着黄土，在强烈的流水侵蚀下，地面被切割得支离破碎，但由于海拔较低，气候比较温暖，成为青海省最主要的农业基地。

　　青南高原、藏北高原、川西高原、甘南高原和羌塘共同构成巨大的青藏高原主体。世界上最高大的山系之一——昆仑山以及唐古拉山、念青唐古拉山－冈底斯山铺展在广大的高原面上。昆仑山的许多平行支脉伸展于青南高原，其中较大且著名的山脉有博克雷克塔格山、布尔汗达山、可可西里山、巴颜喀拉山、阿尼玛卿山（积石山）、布青山等。昆仑山系属晚古生代海西褶皱带，特别是在古生代泥盆纪与二叠纪后期褶皱形成的山系，到第三纪末与第四纪初受喜马拉雅造山运动的影响，再度抬升，形成了现代巍峨逶迤的昆仑山的基本外貌。它西起帕米尔高原，向东横亘于青南高原且延伸到四川西部的阿坝地区，长达 2500 km，西部海拔 5000～7000 m，向东逐渐降低到 4000 m 左右。组成的岩石主要为绿色片岩、岩板、千枚岩、大理岩和花岗岩等。高原境内山峦起伏，连绵不断，平原相间，沟谷纵横、雪峰很多，古代冰川和现代冰川地貌特别发育，雪线高度一般在海拔 5000～5300 m。整个高原面自西向东倾斜，由于强烈的寒冻风化和风蚀作用，相对高差不大，地形比较平缓。西部江河源地区尤其开阔坦荡，河流比降很小，河谷开阔，平均海拔 4500 m 以上，气候寒冷、多风、少雨、干燥，分布着以寒旱生的紫花针茅（*Stipa purpurea*）为优势的高寒草原和以垫状植物甘肃蚤缀（*Arenarea kansuensis*）、苔状蚤缀（*A. museciformis*）、柔籽草（*Thylacospermum caespitosum*）、垫状点地梅（*Andorosace tapete*）等为主的高山垫状植被。而黄河、长江（在青海境内称通天河）、澜沧江（在青海境内分为两大支流，一支为扎曲，另一支为解曲，两者流至西藏昌都地区汇合称澜沧江），流经青南高原东部和东南部时开始深切，形成西北—东南和西南—东北走向的高山峡谷地貌，即著名的横断山脉地区，高差悬殊，相对高度均在 1000 m 以上，河谷狭窄，成为西南季风（印度洋季风）进入高原的通道。这一地区气候温暖湿润，降水较多，年平均降水量为 500～600 mm，与此相适应，山地阴坡海拔 3800 m 以下，发育着青海云杉（*Picea crassifolia*）、云杉（*P. asperata*）、川西云杉（*P. likiangensis balfouriana*）林。山地阳坡海拔 3800 m 以下，发育着祁连圆柏（*Sabina przewalskii*）、大果园柏（*S. tibetica*）等为主的山地寒温性针叶林；而在海拔 3800 m 以上的山地阴坡发育着以金露梅（*Potentilla fruticosa*）、毛枝山居柳（*Salix oritrepha*）、积石山柳（*S. oritrepha amnematdhinensis*）、尖叶杜鹃（*Rhododendron openshanianum*）、理塘杜鹃（*Rh. litangense*）、百里香杜鹃（*Rh. thymifolium*）、头花杜鹃（*Rh. capitatum*）等为主的高寒灌丛。海拔 3800 m（4000 m）以上的山地阳坡和辽阔的高原面上发育着以高山嵩草（*Kobresia pygmaea*）、矮嵩草（*K. humilis*）、线叶嵩草（*K. capillifolia*）和珠芽蓼（*Polygonum viviparum*）、头花蓼（*P. sphacrostachyum*）等构成的高寒草甸。青南高原、藏北高原、甘南、川西等地区由于地势高亢、开阔平坦，气候寒冷，地下发育着多年冻土，形成不透水层，排水不畅，每逢冰雪融化季节，形成众多的沮洳地和湖泊，如若尔盖以及青海玉树州和果洛州西部的莫云滩、星宿海便是有名的沼泽地带。在此等生态条件下，发育着以藏嵩草（*Kobresia tibetica*）、大嵩草（*K. littledalei*）为主的沼泽化草甸。

唐古拉山西段位于西藏中部，东段展布于青海、西藏之间，为青海与西藏的自然分界线。据近年的研究，认为唐古拉山可能是受中生代晚三叠世到早侏罗世印支运动褶皱升起的（据侵入岩体的 K－Ar 同位素年龄测定，1070～2100 ka）。褶皱展布范围包括了念青唐古拉山，在新生代受喜马拉雅造山运动的影响而再次上升，成为西南季风进入高原西部的天然屏障。唐古拉山地出露的岩层，主要为晚古生代石炭纪至二叠纪普遍变质的结晶灰岩、砂岩、板岩和中生代晚三叠纪的石灰岩，含煤碎屑岩以及早侏罗世的砾岩、砂岩、页岩和中侏罗世的砂岩、泥岩等。唐古拉山南北宽达 160 km，主脊大唐古拉山脊海拔平均在 6000 m 以上，但相对高度一般在 500 m 左右，最大可达 1000 m，主峰各拉丹东雪峰海拔 6621 m，位于托托河之上源。唐古拉山寒冻风化作用强烈，山脊形态尖刻，多呈锥形山峰，冰斗、U形谷等冰川地貌非常发育。

矗立于青藏高原最南侧的喜马拉雅山脉，是世界上最雄伟的年轻褶破山脉，东西绵延数千公里。尼泊尔、印度、不丹和缅甸以喜马拉雅山为界与我国西藏自治区为邻。整个山脉平均海拔6000 m以上，主脊平均海拔7000 m以上，位于中尼边界的珠穆朗玛峰海拔8848 m，为世界第一高峰。山势陡峭、雪峰林立，现代冰川比较发育。

综上所述，高寒草甸分布区的地貌比较复杂多样，复杂的地形地貌对大气环流以及大气温度、降水、辐射等产生了明显影响，因而对植被生长、发育和三维空间分布格局也相应发生明显作用。

二、冰川

青藏高原是世界上中低纬地区最大的现代冰川分布区，而这里现代冰川又是众多河流，特别是我国母亲河长江、黄河的摇篮。据统计，青藏高原在我国境内有现代冰川36 793条、冰川面积49 873.44 km^2、冰川冰储量4561.3857 km^3（表1-4），分别占我国冰川总条数、面积和冰储量的79%、84.0%和81.6%。也就是说，我国现代冰川绝大部分分布在青藏高原。青藏高原现代冰川主要分布在昆仑山、念青唐古拉山、喜马拉雅山、喀喇昆仑山、帕米尔、唐古拉山、羌塘高原、横断山、祁连山、冈底斯山及阿尔金山等各大山脉（表1-4）。

表1-4　青藏高原现代冰川在各大山脉的分布（刘宗香等，2000）

山脉名称	冰川条数		冰川面积		冰川储量		平均冰川面积
	条	（%）	（km^2）	（%）	（km^3）	（%）	（km^2）
祁连山	2815	7.7	1930.49	3.9	93.4962	2.1	0.69
昆仑山	7694	20.9	12 266.29	24.61	282.9279	28.2	1.59
阿尔金山	235	0.6	275.00	0.6	15.8402	0.3	1.17
唐古拉山	1530	4.2	2213.40	4.4	183.8761	4.0	1.45
羌塘高原	958	2.6	1802.12	3.6	162.1640	3.6	1.88
喀喇昆仑山	3454	9.4	6230.80	12.5	686.2967	15.0	1.80
横断山	1725	4.7	1579.49	3.2	97.1203	2.1	0.92
帕米尔	1289	3.5	2696.11	5.4	248.4596	5.4	2.09
冈底斯山	3538	9.6	1766.35	3.5	81.0793	1.8	0.50

续表

山脉名称	冰川条数		冰川面积		冰川储量		平均冰川面积
	条	（％）	（km^2）	（％）	（km^3）	（％）	（km^2）
念青唐古拉山	7080	19.2	10 701.43	21.41	1001.5806	22.0	1.51
喜马拉雅山	6475	17.6	8411.96	16.9	708.5448	15.5	1.3
合计	36 793	100	49 873.44	100	4561.3857	100	1.356

其中，昆仑山、喜马拉雅山和喀喇昆仑山，在冰川条数、面积和冰储量方面最多，3条山脉冰川占青藏高原冰川总数的55.5%、总面积的66.3%、总冰储量的73.5%；而其余8条山脉仅占青藏高原冰川总数的44.5%、总面积的33.7%、总冰储量的26.5%。从冰川面积与山地面积之比的冰川覆盖度来看，喀喇昆仑山的冰川发育最为集中，冰川覆盖度23.4%，属半分散冰川作用区，而其他山脉冰川覆盖度均在20%以下，属分散冰川作用区。由于各山脉均有高大山峰形成的冰川作用中心的存在，所以各山脉的这些冰川作用中心，冰川覆盖度大于20%以上的属于半分散冰川作用中心，如昆仑山的昆仑峰等，大于40%以上的属于半分散区的冰川作用中心，如乔戈里峰等。由于青藏高原气候与地形要素的不同组合，冰川在各山系南、北坡的分布上有如下特点：除念青唐古拉山和冈底斯山以外，青藏高原其他山脉北坡的冰川数量、面积和储冰量均大于南坡，北坡接受太阳辐射热量少，有利于冰川发育，是形成这些山脉北坡在冰川数量和规模上多于南坡的主要原因。而念青唐古拉山正好位于青藏高原南部雅鲁藏布江大拐弯处西南季风暖湿气流进入高原的通道上，南坡是迎风坡，降水丰沛，充沛的降水补给抵消了部分太阳辐射对冰川的消融，使得南坡冰川在条数、面积和冰储量上均大于北坡；冈底斯山南坡冰川条数多于北坡，但北坡冰川面积和冰储量大于南坡，这是由于冈底斯山位于念青唐古拉山西边，南坡也是迎风坡，但降水较念青唐古拉山要少，加之南坡太阳辐射值大，虽然发育了众多的冰川，但冰川消融强度大，冰川规模均较小（刘宗香等，2000）。

由于气候的波动变化和近几十年来的显著变暖，近百年来青藏高原冰川末端虽然出现过两次稳定或小的前进阶段，但总的变化过程仍然呈明显退缩趋势，并且退缩速率在逐渐加剧。受高原区域气候差异的影响，高原中部冰川的退缩幅度明显地小于高原南部和东南部冰川退缩幅度。以高原东部和东南部的冰川退缩最强烈，高原中部唐古拉山区和羌塘地区的冰川退缩幅度小而且显示出较稳定的状态。这和高原冰川物质平衡的分布特征具有很大的一致性。20世纪初至二三十年代，青藏高原多数冰川处于相对稳定甚至前进阶段，40~60年代冰川普遍处于剧烈退缩时期，70~80年代较为稳定或出现小的前进，高原中部的一些冰川一直延续到90

年代初。80年代末至90年代以来，高原冰川出现普遍的强烈退缩现象，近年退缩幅度呈逐渐加剧的趋势（蒲健辰等，2004）。

三、河流和湖泊

（一）河流

1. 外流水系

青藏高原的外流水系主要有长江、黄河、澜沧江、怒江、雅鲁藏布江等各大水系，这些水系均发源于青藏高原，因而青藏高原具有江河源之称（图1-8）。

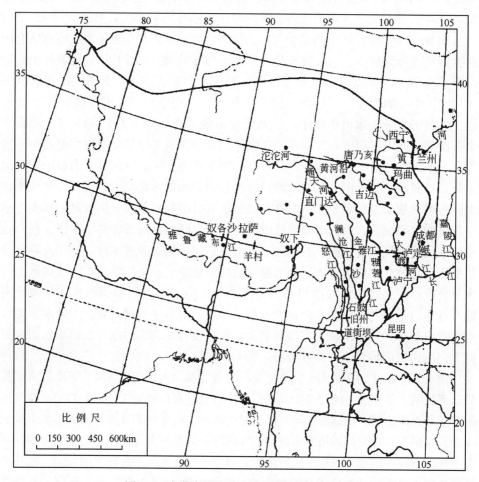

图1-8　青藏高原水系分布（赖祖铭，1996）

（1）长江水系。长江是我国第一大河，流经青藏高原的金沙江、雅砻江、岷江、大渡河和嘉陵江等河流的部分水域。金沙江是长江上游的称谓,其源头有楚玛尔河、沱沱河、尕日曲(又名通天河)、布曲和当曲五条较大的河流。沱沱河为长江的正源,它发源于唐古拉山主峰各拉丹东峰(6621 m)之西南姜古迪如冰川。河源地区地势开阔平坦,河流比降小,流速缓慢,因而河源地区的中、小型咸、淡水湖泊众多。湖周围有小面积的沼泽化草甸,流至玉树的直门达,河流开始下切,成为高山峡谷地貌。地势相对高差较大,嵩草草甸仅分布于高山顶部。雅砻江是金沙江的最大支流,发源于青海省巴颜喀拉山脉南麓。大渡河发源于巴颜喀拉山东麓,即青海、四川交界的梁各山,在青藏高原流域面积较小。岷江和嘉陵江均发源于青藏高原东缘地区,其上游影响到川西高原和甘南部分地区。

(2)黄河水系。黄河是我国第二大河,发源于青海省,其正源卡日曲位于各恣各雅山北坡4800 m,其上游有约古宗列曲、卡日曲等。约古宗列曲发源于约古宗列盆地西南隅,山顶海拔4650 m。两河各自东流,流经宽阔的谷地,由于河流比降小,两岸地下水位较高,发育着沼泽化草甸。约古宗列曲相汇卡日曲于星宿海北部。星宿海实为一片沼泽,河水自星宿海北部流入扎陵湖、鄂陵湖,出玛多县,流经达日县、久治县门堂乡。此间地域辽阔,地势开阔平坦,河流蜿蜒曲折,切割较浅。唐克、曲玛一带黄河迂回曲折形成许多牛轭湖,此处亦是一片沼泽地。黄河继续至香扎寺附近,又折回青海省境内,经兴海县唐乃亥,再转向东流至黄河著名的峡谷区。从峡谷区以下由于海拔较低、温度较高,其植被则以森林、草原为主,而草甸仅分布于山顶部。

(3)澜沧江水系。澜沧江发源于青藏高原唐古拉山南麓。其上游扎曲流经青海的杂多、囊欠两县后,进入西藏与子曲相汇,抵达昌都时又与吉曲相汇。此后便称为澜沧江。澜沧江再流经察雅芒康,下盐井后流入云南西部出境。澜沧江上游地区为辽阔的山源地貌,海拔较高、河谷宽坦、流速平稳,因而在其广大的地域分布着高寒灌丛和高寒草甸。

(4)怒江水系。怒江发源于青藏高原中部唐古拉山中段海拔5200 m的巴萨通本拉山南麓,穿行在唐古拉山脉与念青唐古拉山之间,先后有索曲和姐曲汇入,至沙丁后称为怒江。怒江河道在青藏高原平均海拔4000 m左右,河流下切微弱,水流平缓,河谷较宽。主要分布着高寒灌丛和高寒草甸。

(5)雅鲁藏布江水系。雅鲁藏布江发源于杰马央宗冰川,源头海拔5590 m,流出国境处的海拔约155 m,在国境内长约2057 km。雅鲁藏布江主要流经喜马拉雅山脉之间,一般讲山高谷深,气温较高,高寒草甸仅分布在高山带,成为嵩草草甸分布上限最高的地区。

除上述五大外流水系外,尚有位于喜马拉雅山南侧的恒河水系和印度河水系，这些水系在我国境内流程较短。

2. 内流水系

青藏高原内流水系区主要包括青藏高原西部辽阔的藏北高原、阿里地区、可可西里地区以及青藏高原北部的柴达木盆地和青海湖盆地，内流水系的河流一般均短小。发源于周围山地，以高山冰雪水补给为主。夏季水量较大，而冬季水量较小，许多河流为间歇性的。

（二）湖泊

青藏高原湖泊众多，据统计，共有面积大于 0.5 km^2 的湖泊 1770 余个，总面积达 39 615 km^2，主要有构造湖、冰川湖、堰塞湖和复合成因湖。内流区的湖泊（除青海湖）因气候极端干旱，一般不分布高寒草甸，因而这里不予以描述。而在外流区域，因河流地区雨雪比较丰富，地形平坦，加之地下多年冻土发育，不透水层增厚，排水不畅，形成许多湖泊和沼泽，如扎陵湖、鄂陵湖是黄河上游两个最大的淡水湖泊。而在青藏高原东北部分布着我国最大的内陆咸水湖——青海湖，面积约 4427 km^2。这些湖泊因地处高寒地区，湖周围发育着一定面积的嵩草草甸。

第四节　土壤要素及其特征

土壤的形成、发展与自然条件和植被的发生、演变有着密切的关系，它们互为条件，相互作用、相互影响、相互制约着对方的发生和演化，因而在漫长的历史演化过程中形成了统一的自然综合体。一方面土壤库中储存着可供植物生长发育所必需的营养物质（氮、磷、钾）以及其他生长发育所必需的元素和水分，同时，土壤中具有庞大的种子库，这些种子除绝大部分腐烂变质外，保存较好的种子在土壤适宜的水温条件下，经一段休眠期后发芽，以扩大种群的数量，维持群落的稳定；另一方面植物的枯枝落叶、碎屑物质和死亡根系以及动物、家畜的粪便和尸体等，经微生物的分解，变有机物质为无机养料，归还给土壤，构成了土壤—植物—动物（家畜）之间的物质循环的有机系统（周兴民，2001；王根绪等，2003）。

一、土壤形成的特点

青藏高原是我国自然植被和土壤保存比较完好的地区。土壤的发生、发展受自然因素（气候、生物、地形、母质、水文地质）和人为活动（经济活动）的综合影响和制约；反过来，它也综合地影响植被的结构、演替和生物生产力，因而土壤与植被相互影响、相互制约着对方的发生、发展和演化。高寒草甸土壤形成具有以下明显特征：

1. 土壤的年轻性

自第三纪以来，青藏高原强烈隆升，并形成现代的高原严寒气候。由于青藏高原隆升至现代高度及脱离第四纪冰川作用较晚，高山还有一些现代山岳冰川分布，因高寒生态条件影响，成土过程中的生物化学作用相对减弱，寒冻风化增强，从而导致土壤现代形成过程比较年轻。高山带由于海拔升高，温度降低，物理风化强烈，并且还有现代冰川的发育，故成土绝对年龄或相对年龄均较年轻，剖面发育普遍具有土层较薄、粗骨性明显的共同特点。土层总厚度一般仅 30～50 cm，表土层以下常夹有大量砾石，呈 A_s – A 或 C/D 的基本剖面结构，B 层发育不明显。常以 A/B 或 B/C 过渡层出现。

2. 有机质分解缓慢

在温湿季节高寒草甸生长旺盛，但由于高寒草甸分布区夏季气温较低，加之太阳辐射与紫外线强等原因，土壤微生物活动并不旺盛；漫长的冷季，微生物活动更趋微弱，甚至停止，因而植物残落物和死亡根系得不到完全分解，以半分解和未分解有机质的形式在土壤表层和亚表层累积，故高寒草甸土壤中形成了根系盘结的草皮层，在草皮层之下发育有暗色腐殖质层（乐炎舟等，1982）。

3. 淋溶淀积作用较弱

干冷季和温湿季的交替变化，引起土壤内部物质发生一定程度的淋溶和淀积，并因地形和坡向局部气候的差异而有不同的表现。发育在山地阳坡下部和开阔地形的碳酸盐高山草甸土，常可在 A_1/B 层发现有石灰新生体，C/B 层砾石表面具有石灰膜，钙化过程明显；分布于阴坡和阳坡中、上部的高山草甸土，淋溶较强，一般通层无石灰反应。淋溶淀积作用弱，甚至缺少淀积层，故风化程度低，发育程度弱。

4. 强烈的生草过程

高山草甸土的成土过程以强烈的生草过程为主导。其主要表征为表层有 4～15 cm 厚的草皮层（A_s）形成，草皮层盘结极为紧实而富有弹性，容量很小（1以下），而坚实度大（50～60 kg/cm³），草根可占本层总重的 25%～30%，土壤有机质含量高达 8%～25%，腐殖质全碳含量高达 5%～14%。草皮层以下腐殖质层（A_1）明显，腐殖质层全碳量达 1.8% ~ 8.8%，绝对量虽然低于上层，但占有机碳总量相对比例高于上层，反映出土壤内有机质积累远大于分解，腐殖质化过程十分明显。生草过程强烈和坚韧的草皮层的形成，主要由气候、生物因素造成。长期适应于高山严寒半湿润气候条件的嵩草属植物，尤其是高山嵩草、矮嵩草，其密集而庞大的根系大部分集中分布在 0 ~ 10 cm 土层，可占总根量的60% ~ 85%，死亡根系在低温条件下得不到应有的分解，长期积累加厚而形成草皮层，由于持水能力强（夏季雨后实测自然含水量可达自身干重的 80% ~117%），加之土壤孔隙度以毛管孔隙度为主（毛管孔隙度达 46% ~ 61%，占总孔隙度 90% 以上），易于造成嫌气环境，因而死亡根系多以有机残体和腐殖质形式保存下来。而下层则因草皮层的保护和缓冲，地理波动较小，利于腐殖化进行（周兴民，2001）。

二、土壤类型及其特征

根据高寒草甸土壤发生特性的共同性和差异性，以及成土条件、形成过程和土壤的基本属性，划分为高山草甸土和草甸沼泽土两类（周兴民，2001）。

（一）高山草甸土

高山草甸土曾称为黑毡土、亚高山草甸土、草毡土，它是在高原和高山低温中湿条件以及高寒草甸植被下发育的土壤类型。高山草甸土是青藏高原上分布最为广泛的土壤类型之一，主要分布在青藏高原寒温性针叶林带以上的山地阳坡、高寒灌丛带以上的山地以及青藏高原的中东部的高原面。成土母质为多种多样的冰积物、冰积沉积物、冲积物、残积物和坡积残积物，天山北坡有黄土母质。分布地区的气候寒冷而较湿润，年平均气温在 0 ℃ 以下，无 10 ℃ 以上（含 10 ℃）的天数或仅有几十天，年平均降水量为 350 ~ 700 mm。在高山带，冬春季有较厚的积雪，因而在山地土壤经常处于湿润状态。土壤有较长的冻结期，一般为 3 ~7 个月。由于青藏高原脱离海浸而成陆较晚，成土绝对年龄或相对年龄均较年轻，因此剖面发育普遍具有薄层性、粗骨性的特点，土层薄，一般仅为 40 ~ 60 mm，表土层以下常夹带多量砾石，剖面呈 $A_s – A_1 – C/D$ 的基本结构，B 层发育不明显。成土过程以强烈的生草过程为主导，表层具有 5 ~ 15 cm 厚的草皮层（A_s），草皮的根系可占本层总重的 25% ~ 30%，有机质含量高达 8 ~ 25 g/kg。由于干冷季和温暖季的交替变化引起土壤内部物质发生一定的淋溶和淀积，常可在发育在山地阳坡下部和开阔地带的碳酸盐高山草甸土中 A_1/B 层发现有石灰新生体，C/B 层砾石表面具有石灰膜，钙化过程明显。而分布于阴坡和阳坡中、上部的高山草甸土淋溶较强，一般通层无石灰反应。

根据生草过程的发育阶段和淋溶过程的强弱与附加过程的有无，联系成土条件，高山草甸土可分为原始高山草甸土、高山草甸土、碳酸盐高山草甸土、潜育高山草甸土等亚类。

1. 原始高山草甸土

原始高山草甸土主要分布于高山流石坡下部，分布高度可达海拔 4700 m 左右，是嵩草草甸与高山流石坡稀疏植被或垫状植被的过渡地段。气候极端严酷，寒冻风化强烈，植被稀疏，生草过程较弱，A_s 层不太明显，剖面分化处于原始比段，其下即为 C 层（母质层）或母质和基岩间的过渡，剖面呈 A_s – C/D 或 A_c – C/D 结构，土层薄，组骨性强，中 – 强砾质，地表常遭上部崩解的碎石覆盖，而使成土过程受到干扰或中断，上层土壤多呈中性至微碱性或微酸性反应。

2. 高山草甸土

高山草甸土主要分布于海拔 3300m 以上的滩地、山地阳坡或阴坡上部，发育于各种母质。常见母质有花岗岩、紫砂岩、石灰岩等基岩的残积物以及洪积物、冲积物等。多与矮嵩草草甸和线叶嵩草草甸相联系，生草过程明显，淋溶作用较强。一般通层无石灰反应，pH 为 5.8 ~ 7.0，少数在 A/B 层以下具石灰反应，剖面构造一般是 A_s – A_1 – A_1/B – C 或 C/D 结构。A_s 层不太坚韧，在 A_1 层中下部，多出现剖面最暗色层，有机质含量 A_s 层最高，为 8% ~ 25%，A_1 层 5% ~ 10%，向 A_1/B 层过渡，有机质锐减。腐殖质以全碳量计，A_s 层及 A_1 层达 5.66% ~ 7.48%，高于碳酸盐高山草甸土，腐殖质组成中胡敏酸与富啡酸的比值，A_s 层为 0.79，A_1 层为 1.18。质地多为轻壤或砂壤，A_1 层以下砾石增多。

3. 碳酸盐高山草甸土

碳酸盐高山草甸土主要分布于开阔的河谷阶地、盆地和平缓的山地阳坡等地形部位，所联系的植被类型为高山嵩草、异针茅（*Stipa aliena*）、紫花针茅等草原化草甸，所处的气候条件较高山草甸土地段略干燥。生草过程特别强烈，草皮层为高山草甸土类中最坚韧者，因干湿、冻融交替，使地面常产生不规则的多边形龟裂和寒冻裂缝，山地常具泥流阶地，这是独特的地貌特征。A_s 层、A_1 层有机质和腐殖质含量一般略低于高山草甸土，有机质含量 A_s 层为 10% ~ 11%，A_1 层为 2% ~ 5%。代表剖面分析，腐殖质以全碳量计在 5.5% 以下，胡敏酸与富啡酸的比值：A_s 层为 0.19 ~ 0.92，A_1 层为 062 ~ 0.81，与高山草甸土相比，表层均以富啡酸占优势。反映了两者水热条件的差异。由于所处的地形部位日照充足，蒸发强烈，土体相对干燥，除生草过程外，尚加以钙化过程，通层或 A_s、

A_1 层以下具有石灰新生体，砾石表面形成石灰膜。有些地方，钙化过程虽受钙质母质或母岩的影响，但在非钙质母质或母岩上仍可发育，说明钙化过程是与地方性气候条件紧密联系的。pH 为 6.5~8.8，一般上层在 7 左右，中下层达 7.2~8.4。质地多属于轻壤或砂壤，A_s 层以下砾石增多。

4. 潴育高山草甸土

潴育高山草甸土主要见于山地垭口附近平缓的半阴坡，呈零星块状分布，地表有时具小草丘，但丘间洼地并无长期积水。土壤常因下部冻层阻隔发生季节性过湿现象。除生草过程及淋溶过程外，尚加潴育过程，在 A_1 层即可见到明显的锈纹、锈斑，草皮层比较松软，通层无石灰反应或仅下部具石灰反应。呈酸性至中性反应。有机质及腐殖质含量多于其他亚类，代表剖面分析发现 A_s 和 A_1 层胡敏酸与富啡酸的比值均在 1 以下，说明富啡酸占优势。

（二）草甸沼泽土

草甸沼泽土为隐域性土壤类型，是在寒湿生境和沼泽化草甸植被下发育的土壤。主要分布在青海玉树州扎多县，治多县西部的莫云滩、旦云滩以及川西高原的红原、若尔盖和河流两旁，海拔 4500~4800 m；果洛州玛多县西部星宿海和扎陵湖、鄂陵湖的南岸，海拔 4500 m 以上，久治县西北部，海拔 4000 m 左右；祁连山中段山地上部的河源，海拔 3800~4500 m 以及川西高原的红原、若尔盖和甘南的碌曲、玛曲、那曲等地区。分布地形多为河曲、古冰蚀谷地底部、湖盆洼地、扇缘洼地、山间碟形洼地和坡麓潜水溢出带。成土母质以河湖沉积物居多，并有洪积物、坡积物、冰积物等。分布地区气候严寒而较湿润，年平均气温 −5~−3 ℃。年平均降水 400~500 mm，由于地形平缓低洼，气候寒湿，地下永久冻土发育（在青南高原夏季观察，50~60 cm 以下即为冻土层），构成不透水层，使较多的降水和冰雪融化水汇积于此而难以外泄和下渗，导致土体过湿和地表常年积水或季节性积水，并使潜水位抬高。寒湿生境下生长的藏嵩草、大嵩草和华扁穗草死亡的有机残体和根系，在低湿和通气不良的情况下得不到充分的分解，因而在土层的上部逐渐形成较厚的泥炭层和半泥炭化的泥炭层（A_T），下层土壤由于潜水和积水的影响，呈嫌气状态，还原作用旺盛，形成质地稍黏重的灰白色潜育层（G）。所以高原沼泽土的形成过程包括上层土壤的泥炭化过程和下层土壤的潜育化过程。一般呈微酸性至碱性反应，泥炭层有机质含量 20%~78%。根据泥炭层的厚度可分为高原泥炭沼泽土和高原泥炭土两个亚类：高原泥炭沼泽土，地下水位较高（夏季多在 20 cm 以内），泥炭层厚度大于 50 cm。高原泥炭土，地下水位一般较低（夏季多在 30~50 cm），泥炭层深厚，一般大于 50 cm，不少在 1 m 以上。

第五节　高寒草甸生态系统类型

根据高寒草甸对水分（包括大气降水、土壤含水量）条件的适应以及建群种的形态、生态 – 生物学特性，将高寒草甸划分为典型高寒草甸生态系统、草原化高寒草甸生态系统和沼泽化高寒草甸生态系统（周兴民，2001；孙鸿烈，2005）。

一、典型高寒草甸生态系统

（一）嵩草高寒草甸生态系统

嵩草高寒草甸是我国青藏高原及亚洲中部高山特有的类型之一，是最典型、面积最大、分布最广的一类高寒草甸生态系统，主要分布于青藏高原中东部排水良好、土壤水分适中的山地、低丘、漫岗及宽谷，也见于青藏高原周围高山，分布的海拔为 3200～5200 m，个别地区可下降到 2300 m。土壤为高山草甸土，土层较薄，有机质含量高，中性或微酸性，pH 为 6～7.5。群落外貌整齐，草层密茂，总盖度达 50%～90%；由于草群较低，群落结构简单，层次分化不明显。嵩草高寒草甸是典型的高原地带性和山地垂直地带性植被类型。嵩草长期适应高寒而产生的形态特征，如植株低矮、叶线形、密丛短根茎、地下芽等，使本类群可以巧妙地度过严寒的不利环境。嵩草高寒草甸生态系统主要包括矮嵩草（*Kobresia humilis*）典型草甸生态系统、线叶嵩草（*Kobresia capillifolia*）典型草甸生态系统、禾叶嵩草（*Kobresia graminifolia*）典型草甸生态系统、四川嵩草（*Kobresia setchwanensis*）典型草甸生态系统、短轴嵩草（*Kobresia prattii*）典型草甸生态系统、喜马拉雅嵩草（*Kobresia royleana*）典型草甸生态系统、塔城嵩草（*Kobresia smirnovii*）典型草甸生态系统、北方嵩草（*Kobresia bellardii*）典型草甸生态系统等。

（二）薹草高寒草甸生态系统

以根茎薹草为建群种的高寒草甸常呈片状或块状分布在青藏高原北部的祁连山和天山比较湿润的老冰碛丘和流石坡下部的平缓台地、U 形谷等地；在阿尔泰山的高山地带也有分布。土壤为高山草甸土，但同嵩草高寒草甸相比较，没有紧实的草皮层，土层一般较薄疏松，并多有裸露的砾石。薹草地下根茎发达，在湿润疏松的土壤中容易生长发育。群落结构简单，层次分化不明显，仅在局部地段有苔藓地衣出现。种类组成比较多，一般多为高山和亚高山草甸种类。薹草高寒草甸生态系统主要包括粗喙薹草（*Carex scabriostris*）草甸生态系统及黑穗薹草（*Carex atrata*）、黑花薹草（*C. melanantha*）为主的薹草草甸生态系统。

（三）丛生禾草高寒草甸生态系统

黄花茅（*Anthixanthum odoratum*）草甸生态系统是以中生多年生丛生的黄花茅为建群种的草甸植物群落，该类型仅分布于新疆阿尔泰山中部和东南部的高山带，常占据平缓的山坡和分水岭，土壤为高山草甸土，土体较为潮湿，建群种主要为疏丛型的短根茎禾草黄花茅，次优势种为丛生禾草阿尔泰早熟禾（*Poa altaica*）和紫羊茅（*Festuca rubra*）。群落盖度达 60% ~ 95%，草层高度 20 ~ 30 cm，种类组成较少，一般只有 10 ~ 20 种，常见的多为高山、亚高山杂类草，如冰霜委陵菜、卷耳、美蚤缀（*Arenaria formosa*）、偏生斗蓬草、繁缕、火绒草、香青、石竹、珠芽蓼、高山蓼（*Polygonum alpinum*）、五蕊莓、龙胆、北方拉拉藤、千叶蓍等。群落中有时苔藓较发育，其中以桧叶金发藓为主。

垂穗披碱草（*Elymus nutans*）草甸生态系统以垂穗披碱草为建群种的草甸植物群落，常呈小片或块状分布于青藏高原的东南部和祁连山东部山地，它的分布与滥垦草地和过度放牧有密切的联系，特别是在废弃的圈窝子，该类型发育极其茂密。垂穗披碱草草甸在高寒牧区属次生类型，因为垂穗披碱草行有性繁殖和无性繁殖，种子繁殖和根茎繁殖均需要比较疏松的土壤环境，然而天然的高寒嵩草草甸土壤具有厚约 10 cm 坚实的草结皮层，均不利于它的种群繁衍。只有高寒草甸被垦殖而弃耕或因过度放牧所引起的草地退化，加之鼠类的挖掘活动，使草结皮层破坏，土壤疏松，为种子的定居和根状茎的扩展创造了条件。另外，垂穗披碱草的生态幅度较大，在气候温暖、土壤疏松的低海拔地区生长发育良好，植株生长高大、茂密，而随着海拔升高、气候变冷，则生长发育较差，植株低矮，土壤为高山草甸土。垂穗披碱草草甸草群茂密，总覆盖度可达 70% ~ 95%；草层高 40 ~ 80 cm，最高者可达 150 cm。垂穗披碱草草甸常显单优势植物群落，由于垂穗披碱草生长较高，覆盖度大，抑制了其他植物的生长发育。因此，群落结构较简单，伴生种类极少，多为具有耐阴的杂类草，主要有鹅绒委陵菜、银莲花、毛茛、蒲公英、珠芽蓼和薹草等。

（四）杂类草高寒草甸生态系统

以杂类草为建群层片的高寒草甸类型，主要分布在青藏高原及其周围山地的流石坡下部冰碛夷平面与高寒嵩草草甸之间的过渡地带，地形一般比较平缓，气候严寒多风，冬半年多被大雪所覆盖，夏季排水不易或经常被冰雪融水所浸润，土壤潮湿,为高山草甸土,土层较薄、疏松,无草皮层,具有裸露的砾石。以莲座状、半莲座状的轴根形植物为主,群落外貌华丽,植物生长低矮,分布稀疏,盖度相对较小。杂类草高寒草甸生态系统主要包括以珠芽蓼(*Polygonum vivipa-rum*)为主的杂类草草甸生态系统、以圆穗蓼(*Polygonum sphaerostachyum*)为主的草甸生态系统及虎耳草(*Saxifraga* spp.)、高山龙胆(*Gentiana algida*)草甸生态系统。

二、草原化高寒草甸生态系统

以高山嵩草为建群种的草原化草甸,是青藏高原分布最广、占面积最大的类型之一,广泛发育在森林带以上的高寒灌丛草甸带和高原面上。分布地区内气候寒冷,年平均气温低于 0 ℃,年平均降水量为 350 ~ 550 mm;日照充足,太阳辐射强,风大。土壤为碳酸盐高山草甸土。因长期的寒冷风化作用,地面具有不规则的冻胀裂缝和泥流阶地。生草过程强烈,土层薄,表层具有 10 cm 左右的富有弹性的草结皮层,全剖面具有石灰反应。高山嵩草株高 3 ~ 5 cm,生长密集,夏季外貌呈黄绿色或绿色,并杂以杂类草的各色花朵,犹如华丽而平展的绿色地毯,很容易与其他类型相区别。组成该群落的植物种类较为丰富。根据在青海阿尼玛卿山地区的 16 个大小为 1 m² 的样方统计,约 50 种/m²。草层低矮,分布均匀,结构简单,层次不明显,总覆盖度一般为 70% ~ 90%。高山嵩草占绝对优势,分盖度为 50% ~ 80%。由于它水平分布广、垂直分布幅度较大,因而该群落的种类组成、结构和外貌等具有明显的差异。

在西藏东部的昌都、林芝一带,青海东南部的久治、斑玛以及川西的阿坝、石渠等比较湿润地区,高山嵩草草原化草甸主要分布在海拔 4200 ~ 4800 m 的山地阳坡,常与阴坡的高寒常绿杜鹃灌丛和高寒落叶灌丛成复合分布。总覆盖度为 70% ~ 90%,圆穗蓼常成次优势种或主要伴生种。圆穗蓼株高 10 cm 以上,形成群落的上层,盖度为 15% ~ 30%,此时,群落可分为二层结构。伴生种类主要有高禾草、薹草及杂类草,其中有多种薹草、羊茅、早熟禾、条叶银莲花(*Anemone trullifolia*)、紫苑(*Aster* spp.)、川藏蒲公英(*Taraxacum maurocarpum*)、川西小黄菊(*Pyrethrum tatsienense*)、高山唐松草(*Thalictrum alpinum*)、华丽龙胆(*Gentiana sinoornata*)、委陵菜(*Potentilla*)、风毛菊等。第二层以高山嵩草为优势,盖度 60% 左右。由于上层植物的覆盖,伴生种类矮小,其中有独一味(*Lamiophlomis rotata*)、小蓼(*Polygonum hookeri*)等。夏秋之交,圆穗蓼及杂类草的各色花朵,一齐开放,五彩缤纷,外貌比较华丽。

在藏北高原和青南高原东部,高山嵩草草原化草甸广泛分布于海拔 5300m 以下的阳坡、阴坡、浑圆低丘和河谷阶地,是该地区最具有地带性的类型。草群发育良好，群落总盖度 70% ~ 90%，高山嵩草为绝对优势，分盖度为 50% ~ 80%；结构简单，无层次分化。虽然也侵入多种杂类草，但数量较少而分布均匀，外貌呈黄绿色或绿色。常见的伴生种有矮嵩草、异针茅（Stipa aliena）、紫花针茅、羊茅、矮火绒草（Leontopodium nanum）、细火绒草（L. pusillum）、华丽龙胆、沙生风毛菊（Saussurea arenaria）、高山唐松草等。在海拔较高的山地上部或宽阔平坦的滩地，垫状植物苔状蚤缀（Arenaria musciformis）和垫状点地梅等侵入。

在喜马拉雅山北坡和雅鲁藏布江流域，由于宏伟的喜马拉雅山的屏障作用，南坡暖湿气流翻越高山之后不能立即下沉降水，使这些地区成为雨影地带，气候相对比较干旱，因而本类型分布在灌丛草原带之上，占据海拔 4600 ~ 5200 m 的高山带，与高寒草原交错分布。阴坡发育较好，阳坡因气温相对较高，排水性好，土体干燥，而加入了草甸草原成分。草层稍稀疏，群落的总盖度为 50% ~ 80%，群落外貌单调，高山嵩草的盖度为 30% ~ 60%，而冰川薹草（Carex atrata var. glacialis）的数量有所增加，其盖度有时可达 10% ~ 20%，其余常见的伴生种类有矮嵩草、硬叶薹草、黑褐薹草、高山早熟禾、光稃早熟禾（Poa psilolepis）、云生早熟禾（P. nubigena）、丝颖针茅（Stipa capillcaea）、紫花针茅、二裂委陵菜、木根香青（Anaphalis xylorrhiza）、矮火绒草、独一味、蓝玉簪龙胆（Gentiana veitchiorum）、高山唐松草、球花马先蒿（Pedicularis globifera）、藏布红景天（Rhodiolasangpo tibetana）、中华红景天（Rh. sinoarctica）、禾叶点地梅（Potentilla graminifolia）、苔状蚤缀和小叶金露梅（Dasiphora parvifolia）等。在 5000 m 以上的山地顶部，由于气候条件严酷，土壤发育原始，砂砾性强，因而群落发育较差，覆盖度较小，种类组成简单，垫状植物显著增多，除上述种类外，还有金发藓状蚤缀（Arenaria polytrichoides）、垫状蚤缀（A. pulvinata）、囊种草（Thylacospermum caespitosum）、长毛点地梅（Androsace villosa）等。

在更干旱的羌塘高原南部、雅鲁藏布江源头和阿里南部的高山上，本类型的分布往往同冰雪融化密切联系，发育较微弱，仅局部斑块分布于海拔 5000 ~ 5600 m 的阴坡。群落覆盖度显著变小，仅 30% ~ 40%，草层低矮，外貌黄绿色。常见的伴生种类有矮嵩草、高山早熟禾、羊茅、冰川薹草、细火绒草、沙生风毛菊、碎米蕨叶马先蒿（Pedicularis cheilanthifolia）、绵毛马先蒿以及垫状点地梅、山地蚤缀、囊种草和少量的小叶金露梅。

此外，在青藏高原内，外流水系的分水岭两侧，在高寒草甸与高寒草原的过渡地带，群落中除高山嵩草仍占优势地位外，侵入大量高寒草原成分，如紫花针茅、硬叶薹草等。这一类型主要见于冈底斯山北坡海拔 4900 ~ 5300 m 以及青藏高原东北部的长江、黄河谷地、湖盆周围的山地等。气候半干旱、多风；土壤为草原化草甸土，生草过程减弱，草皮层较薄，有机质积累减弱，质地多为砂壤，透水性强，土壤贫瘠。植物显著稀疏，盖度50%～70%，层次分化明显，一般可分为高低两层：第一层以丛生禾草紫花针茅为主，高度约20 cm，分盖度20%左右；第二层以高山嵩草为优势种，高3～5 cm，分盖度20%～30%。伴生种类较少，主要有硬叶薹草、早熟禾、矮火绒草、黄芪、短穗兔耳草（*Lagotis brachystachys*）、委陵菜、沙生风毛菊、高山唐松草等。除以上种类外，垫状植物苔状蚤缀和垫状点地梅，在迎风坡及平坦而开阔的滩地大量侵入，成为重要的组成成分。

三、沼泽化高寒草甸生态系统

（一）藏嵩草（*Kobresia tibetica*）沼泽化草甸生态系统

藏嵩草是一种耐寒喜湿种类，以它为建群种所形成的植物群落，广泛分布于青藏高原，是面积较大、分布较广的类型之一。在川西若尔盖、青海南部的莫云、星宿海等地尤为集中。主要占据排水不良、土壤过分湿润、通透性不良的山间谷地、河流两岸的低阶地、高原湖盆、高山鞍部和山麓潜水溢出带以及高山冰川下部冰碛平台等处。这些地段海拔高，气候严寒，地形平缓，地下埋藏着多年冻土，成为不透水层，使天然降水和冰雪消融水不能下渗而汇积地表，形成沮洳地带；土壤处于过湿状态或有季节性积水。因长期的寒冻作用，以及植物根系的固着作用，使地面产生了许多特殊的冻土地貌。这些冻土地貌，常引起土壤水分的差异，导致群落分布的差异。土壤为沼泽化草甸土。植物根系在寒湿条件下不能充分分解，在土壤表层大量累积，形成半泥炭化的泥炭层。泥炭层以下为潜育层，有机质含量高达20%～78%，呈微酸性至碱性反应。地下水位浅，一般为10～15 cm。

由于藏嵩草沼泽化草甸的分布地区辽阔，地形差异很大，因而群落的结构、种类组成各异。在祁连山东段海拔3600～3800 m的山地半阴坡和3200 m的滩地气候比较温暖，年冻土发育较弱，冻胀丘较小；本类型草群茂密，群落总盖度为70%～90%；藏嵩草高10～20 cm，生长旺盛，分盖度为20%～30%；小灌木金露梅散布其中，分盖度为10%～15%。伴生种类有羊茅、双叉细柄茅、山地虎耳草、镰叶假龙胆（*Gentianella falcata*）、假龙胆（*G. limprichtii*）、黑药蚤缀（*Arenaria melanandra*）、穗三毛、无瓣女娄菜、多子芹（*Pleurospermum candollei*）、沼生柳叶菜（*Epilobium palustre*）、长果婆婆纳（*Veronica ciliata*）、胎生早熟禾、冰岛蓼（*Koenigia islandica*）、爪虎耳草（*Saxifraga unguiculata*）、钻裂风铃草（*Campanula aristata*）、甘青乌头（*Aconitum tanguticum*）、淡黄香青（*Anaphalis flavescens*）、碎米蕨叶马先蒿（*Pedicularis cheilanthifolia*）等，盖度可达10%～15%。

在青南高原，因海拔升高，气候比较寒冷，地表冻土特征更加发育。以藏嵩草为绝对优势，而灌木已经完全消失；结构简单，仅有草本一层；总盖度为60%～95%，伴生种有羊茅、长花野青茅（*Deyeuxia longiflora*）、硬叶薹草、喜马拉雅嵩草、短轴嵩草、圆穗蓼、海韭菜、矮金莲花（*Trollius pumilus*）、长花马先蒿、无尾果、驴蹄草、双叉细柄茅、甘青报春（*Primula tangutica*）、条叶垂头菊（*Cremanthodium lileaxe*）、车前叶垂头菊、星状风毛菊（*Saussurea stella*）、高山银莲花（*Anemone demissa*）等。在塔头间没有积水的凹地，常被华扁穗草所占据。

在川西红原、若尔盖和甘南等地的宽谷底部、河流低阶地，由于该地区海拔较低（平均海拔3400 m），气候较高原内部温暖，所以组成群落的植物种类较多，层次分化亦较明显，一般可分为三层：第一层高15～30 cm，以藏嵩草为优势，伴生种有木里薹草（*Carex muliensis*）和多舌飞蓬（*Erigeron multiradiatus*）；第二层高3～15 cm，为各种杂类草，其中以驴蹄草为优势，伴生植物有羊茅、矮金莲花、小蓼、高山唐松草、矮地榆（*Sanguisorba filiformis*）、珠芽蓼等；第三层为苔藓植物真藓（*Bryum sp.*），盖度仅约为15%。

（二）大嵩草（*Kobresia littledalei*）沼泽化草甸生态系统

以大嵩草为建群种的沼泽化草甸植物群落，主要分布在唐古拉山以南的藏北高原、羌塘高原南部、喜马拉雅山北侧的藏南湖盆区以及雅鲁藏布江中上游流域的非盐渍化的湖滨、河滩和山麓潜水溢出地带，地下水位较高，为50～100 cm。地表一般没有积水或有季节性积水。土壤为沼泽化草甸土，有机质含量较高，泥炭层较为发育。在北部因海拔高，气候寒冷，地下发育着多年冻土层，埋深约1 m，冻土地貌发育；而那曲以南，因纬度偏南，地下很少有多年冻土的存在，地面塔头发育较弱，积水凹地较少，植物分布均匀。

该类型植物生长茂密，总覆盖度为60%～90%。由于分布地区辽阔，海拔跨度大，从低海拔到高海拔，随气候变冷，草层则由高变矮。群落结构比较复杂，层次分化明显，一般可分为两层：建群种大嵩草高10～25 cm，最高可达40 cm左右，构成群落上层，盖度为30%～60%；下层草本植物一般高度在5 cm以下，以低矮的矮嵩草为主，盖度为10%～30%。伴生植物种类较多，常见的有喜马拉雅嵩草、硬叶薹草、展苞灯心草（*Juncus thomsonii*）、华扁穗草、盅羊茅（*Festuca* cf. *fascinata*）、珠芽蓼、斑唇马先蒿（*Pedicularis longiflora* var. *tubiformis*）、碎米蕨叶马先蒿、异舌马先蒿（*Poederi* var. *heteroglossa*）、类紫菀（*Aster asteroides*）、蒲公英、鹅绒委陵菜、风毛菊、高山唐松草、云生毛茛（*Ranunculus nephelogenes*）、三尖水葫芦苗（*Halerpestes tricuspis*）、蓝白龙胆（*Gentiana leu-*

comelaena）、海韭菜、水麦冬等。

在地下水位降低的坡麓或距河流较远的地段，土壤湿度较小，大嵩草沼泽化草甸可逐渐向典型草甸过渡。在这种情况下，矮嵩草大量侵入，大嵩草数量减少，优势度降低；地下水位愈低，土壤水分愈少，矮嵩草愈占优势。大嵩草沼泽化草甸在藏北高原分布较广，草层高，草质优良。

（三）帕米尔嵩草（*Kobresia pamiroalaica*）沼泽化草甸生态系统

以帕米尔嵩草为建群种的沼泽化草甸植物群落，在西藏主要分布在阿里中南部地区，面积不大，地下水位较高，土壤为沼泽化草甸土，土壤潮湿，泥碳层较发育，有机质含量高。植物生长茂密，群落总盖度为80%~90%，帕米尔嵩草分盖度为40%~50%，伴生种类主要有喜马拉雅嵩草、硬叶薹草、华扁穗草、珠芽蓼、斑唇马先蒿、异舌马先蒿、类紫菀、蒲公英、风毛菊、唐松草、云生毛茛、蓝白龙胆、海韭菜、水麦冬等。

在新疆该类型仅见于帕米尔和西昆仑山海拔3000~3900 m的高山河谷阶地上。生境潮湿，土壤为沼泽化草甸土。地表具有盐霜和盐结皮。以帕米尔嵩草为优势种，薹草成为次优势种，两者往往成为共建种。草丛高5~20 cm，结构简单，层次分化不明显，覆盖度一般为60%~80%，而在湿润平坦的谷地，盖度可达90%。伴生种类较少，其中有较多的盐化草甸种类加入，如水麦冬、牛毛毡、海乳草（*Glaux maritima*）、赖草等。

（四）甘肃嵩草（*Korbresia kansnensis*）沼泽化草甸生态系统

甘肃嵩草是一种比较喜温湿的种类，以它为建群种所形成的沼泽化草甸植物群落在青藏高原分布面积较小，常呈块状分布于青海南部海拔3800~4700 m的山地垭口部位和山麓潜水溢水带，土壤为高山沼泽草甸土，土层较薄，土壤有机质含量高。

群落结构简单，组成种类比较丰富，以甘肃嵩草为优势。甘肃嵩草株高10~30 cm，最高可达40 cm以上，常呈一簇一簇地生长。所以外貌独特，植物生长茂密，总覆盖度为80%以上。伴生种类以湿中生植物为主，常见的有藏嵩草、驴蹄草、矮金莲花、硬叶薹草、沿沟草、海韭菜、星状风毛菊、条叶垂头菊（*Cremanthodium lineare*）、车前叶垂头菊（*C. plantagineum*）、珠芽蓼、头花蓼、斑唇马先蒿、长叶无尾果、双叉细柄茅等。

参 考 文 献

蔡英等. 2003. 青藏高原近50年来气温的年代际变化. 高原气象，22（5）：464~470
戴加洗. 1990. 青藏高原气候. 北京：气象出版社

赖祖铭．1996．气候变化对青藏高原大江河径流的影响．冰川冻土，18（增刊）：314～320

乐炎舟等．1982．海北高寒草甸生态系统定位站的土壤类型及其基本特点．见：高寒草甸生态系统国际学术讨论会论文集．北京：科学出版社

李文华，周兴民．1998．青藏高原生态系统及优化利用模式．广州：广东科技出版社

李英年．2000．海北高寒草甸生态系统定位站近40年降水分布特征．资源生态环境网络研究动态，11（3）：9～13

刘季科等．1991．藏系绵羊实验放牧水平对啮齿动物群落作用的研究：I．啮齿动物群落结构和功能的分析．见：高寒草甸生态系统第3集．北京：科学出版社

刘宗香等．2000．青藏高原冰川资源及其分布特征．资源科学，22（5）：49～52

蒲健辰等．2004．近百年来青藏高原冰川的进退变化．冰川冻土，26（5）：517～521

孙鸿烈．2005．中国生态系统．北京：科学出版社

王根绪等．2003．高寒草地植被覆盖变化对土壤水分循环影响研究．冰川冻土，25（6）：653～659

王启兰等．2002．青海高寒草甸土壤放线菌区系研究．微生物学报，44（6）：733～736

王秀红．1997a．高寒草甸分布的数学模式探讨．自然资源，5：71～77

王秀红．1997b．青藏高原高寒草甸的时空变化特征．地理科学进展，16（4）：54～60

吴绍洪等．2005．青藏高原近30年气候变化趋势．地理学报，60（1）：3～11

夏武平．1986．海北高寒草甸生态系统定位站的基本特点及研究工作简介．见：高寒草甸生态系统国际学术讨论会论文集．北京：科学出版社

杨元合，朴世龙．2006．青藏高原草地植被覆盖变化及其与气候因子的关系．植物生态学报，30（1）：1～8

姚莉，吴庆梅．2002．青藏高原气候变化特征．气象科技，30（3）：163～165

张新时．1978．西藏植被的高原地带性．植物学报，20（2）：140～149

周兴民．2001．中国嵩草草甸．北京：科学出版社

周兴民，李健华．1982．海北高寒草甸生态系统定位站的主要植被类型及地理分布规律．见：高寒草甸生态系统．兰州：甘肃人民出版社

周兴民，吴珍兰．2006．中国科学院海北高寒草甸生态系统定位站植被与植物检索表．青海：青海人民出版社

Wang X H, Fu X F. 2004. Sustainable management of Alpine meadows on the Tibetan Plateau: problems overlooked and suggestions for change. Ambio., 33（3）：152～154

Zhao X Q, Zhou X M. 1999. Ecological basis of alpine meadow ecosystem management in Tibet: haibei alpine meadow ecosystem research station. Ambio., 28（8）：642～647

第二章 高原典型物种对气候变化的响应与适应机制

　　青藏高原具有强烈的太阳辐射（包括紫外辐射）、低气压和剧烈的昼夜温度波动等环境特征，使得这里的物种对气候变化的响应可能具有独特特征。本章从植物对强紫外辐射的适应机制和对增强紫外辐射的响应、植物对强太阳辐射的适应策略和植物的光合特征及其生态意义、根田鼠种群结构与数量对增温的响应几个方面概括了研究的部分成果。

　　研究证实植物的紫外吸收物质含量随海拔升高而增加，而叶绿素含量、叶绿素 a/b、类胡萝卜素含量等的差异与紫外辐射强度的变化无显著相关性。人工增强紫外辐射在数小时内降低了麻花艽的光合能力，但叶片内抗坏血酸过氧化物酶活性的持续上调保护了叶片结构的完整性，使得植物的光合能力逐步恢复。中长期的紫外增强试验也发现几种植物的光合色素与紫外吸收物质含量、光合速率等无明显改变，但是叶片厚度显著增加，表明高寒草甸植物对臭氧层变薄导致的紫外辐射增强有很强的适应能力，植物的光合作用和物质生产可能并不直接受到负面影响，而紫外辐射改变引起的植物物候期变化可能有更为深远的生态意义。

　　高寒草甸植物的光饱和点大多较高，比低海拔地区相似植物具有更强的强光适应能力，即使共同移栽到较低海拔的地方，在几年内它们之间这种能力的差异仍然存在；高寒草甸植物叶片在受强光照射后光化学效率降低，在随后的弱光期内可以得到不同程度的恢复，恢复的程度和速度受强光和后续弱光的强度、持续时间，尤其是光的变动频率影响强烈；持续时间短、变动迅速的光引起光化学效率降低幅度最大。

　　低矮平伏叶片的植物更多地依赖于高的光化学能力，在强光下提高光呼吸速率可以有效地防止强光下的光损伤，但会降低叶片碳的净固定。叶片直立的植物利用热耗散的方式处理吸收的过剩光能的能力强。正是由于植物采取了不同的形态、生理和生化机制，使得更多的植物能够共存，造就了高寒草甸群落很高的物种丰富度。

　　实验增温导致海北高寒草甸地区根田鼠的冬季种群密度明显上升，而其性比、存活率、种群平均体重以及年龄结构无明显变化；在冬季，根田鼠有从对照样地向增温样地扩散或迁移的趋势。然而，引起根田鼠种群数量波动的调节机制方面的研究还有待加强。

植物物种对全球变化有着不尽相同的响应机制，研究物种间的反应差异是阐明区域植被和生态系统未来变化的重要基础。青藏高原是一个独特的地理单元，其环境条件和物种组成有着自身的特点。高原总体地势高亢、大气透明度高，因而太阳辐射及其紫外线成分强烈；高原面气温较低，温度的昼夜变化大；大气压低，CO_2 和 O_2 分压远低于海平面水平；低温和低气压削弱了空气容纳水汽的能力，促进了土壤和生物的水分损失。青藏高原当前的生态系统是由经受了生理筛选和生物竞争筛选后存留的物种组成的，这些物种是适应高原当前的环境条件的。对它们适应环境的生理生态研究过去二十多年里主要集中在紫外辐射影响、植物光合作用的环境响应和根田鼠的种群行为等方面，取得了初步的认识，但是总体上看相关的生理生态研究还相对缺乏，我们对高原生态系统的形成机理了解甚少，对其演替规律认识肤浅，这也严重阻碍了我们理解和预测青藏高原生态系统在全球变化下的发展趋势；而青藏高原又是全球变化敏感的区域，紫外辐射增强、气温升高等可能在这一区域内表现更为突出，因此需要加强动植物适应环境条件的生理生态机制的研究和全球变化下生态系统响应机制的研究。

第一节　人工增强紫外辐射对高寒植物的影响

一、青藏高原地表紫外辐射状况

太阳辐射中的紫外线一般分为三个波段：UV-A（400～320 nm）、UV-B（320～280 nm）和 UV-C（<280 nm）。其中 UV-C 波段由于大气的强烈吸收而几乎不能到达地表，大部分 UV-B 也被平流层和对流层中的臭氧吸收，因此地表生物接受的紫外辐射主要为 UV-A 和少部分 UV-B。冠层顶部紫外辐射强度的全球分布与太阳总辐射的分布模式相似，热带地区最高（Madronich et al., 1995）。紫外辐射强度还随着海拔的升高而增加，海拔每升高 1000 m 紫外辐射强度大约提高 4%～23%（Madronich et al., 1995），因此青藏高原成为热带地区以外的全球紫外辐射高值地区。研究表明：位于高海拔地区的五道梁（约 4610 m）海北高寒草甸生态系统定位站（约 3250 m）的太阳 UV-B 辐射明显高于相近纬度的西宁、兰州和南京地区（海拔分别约为 2300 m、1800 m、32 m），在 1993 年 6 月晴天测定的海北站的日最大 UV-B 辐射强度比南京高 40%～50%（图 2-1）（师生波等，1999；江灏等，1998）。青藏高原 UV 辐射占太阳总辐射的比值较为稳定，

为4%~5%，海北站的这一比值比西宁高12%（师生波等，1999）。在晴朗的冬季，海北站的紫外辐射占太阳总辐射的2%左右，其中UV-B辐射只相当于UV-A辐射能量的20%（Cui et al.，2008）。

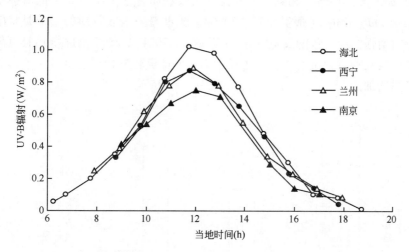

图2-1　不同海拔地区太阳UV-B辐射的日变化（1993年6月）

人类活动导致臭氧层变薄引起地球南北两极地区的紫外辐射明显增强，在其他地区则随着海拔的升高紫外辐射增加幅度加大（Madronich et al.，1995）。近些年来，在青藏高原上空观察到了微型臭氧空洞（Bian et al.，2006），地面观测也发现青藏高原边缘的紫外辐射季节变化比近中心地区弱（Cui et al.，2008），表明微型臭氧空洞对地表紫外辐射强度的影响在高原中心地区更明显。

地表紫外辐射的强弱除受太阳高度角和平流层臭氧浓度影响外，青藏高原上空云的作用也非常明显，云对UV-B的削弱作用强于对UV-A的作用。在植物生长季节往往天空云量较多，海北地区下午云量高于上午，因而下午的UV辐射特别是UV-B辐射较上午同样太阳高度角时低（Cui et al.，2008）。青藏高原面上的山地可能由于云量高，导致紫外辐射强度在高海拔的山地反而低于开阔的高原面，从而使得高山的植物没有表现出随海拔升高应对紫外辐射能力增强的现象，如达坂山（约4000 m）和小达坂山（约3800 m）的珠芽蓼相对于海北站附近的同种植物（师生波等，1999）。

二、生长于青藏高原不同海拔地区的植物对紫外辐射的反应

长期生活在高紫外辐射环境中的植物，会在形态和生理上形成适应强紫外辐射的能力。对采自青藏高原不同海拔的珠芽蓼（*Polygonum viviparum* L.）叶片紫

外吸收物质的测定表明，生长于海北站地区的植株叶片中紫外线吸收物质的含量明显高于移栽到西宁的同种植物，也略高于海拔较高的达坂山和小达坂山山顶的同种植物（图2-2）。即使移栽到同一地点（西宁），高海拔来源的植物唐古特大黄（*Rheum tanguticum*）和麻花艽的紫外吸收物质含量也明显高于低海拔植物菘蓝（*Isatis indigotica*）（师生波等，2006）。这些紫外吸收物质的增加是植物应对紫外辐射增强的最一致的反应（Searles et al.，2001），青藏高原植物具有较强的调节紫外吸收物质含量的能力，也预示着它们能够较好地适应臭氧层变薄引起的紫外辐射增加。

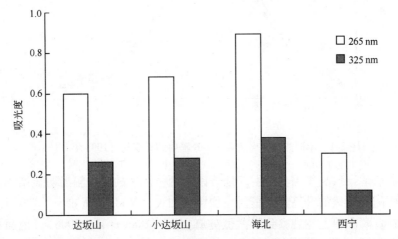

图 2-2　不同海拔地区珠芽蓼叶片中紫外线吸收物质含量的变化（1996 年 8 月 24 日）
（师生波等，1999）

海北站珠芽蓼叶绿素含量最低，而叶绿素 a/b 最高；达坂山和小达坂山叶绿素含量最高（周党卫等，1999，2003）。类胡萝卜素的含量以西宁最低，海北站、达坂山和小达坂山依次升高 ［图2-3（a）］。从海北站移植到西宁生长4年的矮嵩草（*Kobresia humilis*），与海北站的同种植物相比，叶片中叶绿素含量较高而类胡萝卜素含量较低 ［图2-3（b）］。叶绿素含量、叶绿素 a/b 及类胡萝卜素含量对紫外辐射的变化并没有一致的反应，青藏高原植物叶片中这些色素的分布与紫外辐射的空间差异可能关系不很密切，而主要受光强及温度环境因子的影响，植物之间也存在着较大的差异（韩发等，2003；师生波等，1999，2006a；周党卫等，2003）。

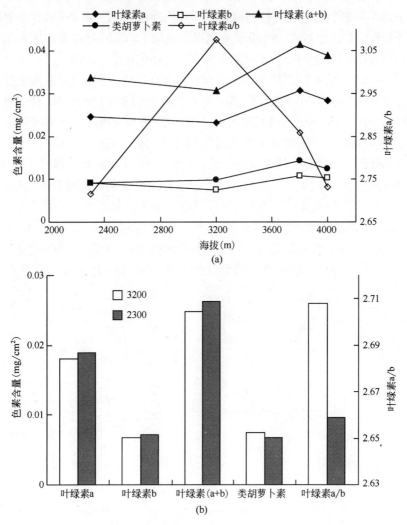

图 2-3 不同海拔地区珠芽蓼叶片中叶绿素和类胡萝卜素含量的变化

（师生波等，1999）

三、人工增强紫外辐射的影响

岳向国等（2001）在室内对麻花艽（*Gentiana straminea*）离体叶片进行增强 UV-B 辐射处理，发现三种 UV-B 强度照射 1 h 都可使其光合速率及表观量子效率较对照降低，4 h 后低、中、高强度处理的光合速率分别较对照降低了 4.49%、16.9% 和 29.6%，表观量子效率降低了 6.13%、22.1% 和 19.6%；但随着处理时间的增加，麻花艽的光合速率迅速恢复，表明其能很快地适应强 UV-B 辐射处理。三种强度的 UV-B 辐射处理没有抑制麻花艽叶片的呼吸作用，随着 UV-B 辐射时间的增加，UV-B 辐射强度越高，呼吸强度越强，说明 UV-B 辐射并未破坏麻花艽的呼吸机构，呼吸增强可能与光合作用的恢复有关（岳向国等，2005）。

麻花艽叶片光合作用对增强紫外辐射的响应与叶片内的抗氧化酶系统有关（李惠梅等，2005）。在 UV-B 处理的初期，麻花艽叶片超氧化物歧化酶（SOD）、过氧化物酶（POD）和抗坏血酸过氧化物酶（AP）的酶活性增加，迅速清除由于紫外线增强产生的自由基，因而表征膜脂过氧化程度的丙二醛（MDA）含量在起初的 4 h 内有所降低；但随着处理时间的延长，SOD 和 POD 的活性下降，虽然 AP 仍然保持上升趋势，但是过氧化氢酶的活性持续降低，MDA 的含量随 UV-B 处理时间延长而增加，表明 UV-B 降低了细胞内活性氧自由基的清除能力，膜脂过氧化作用加剧，导致了对麻花艽叶片的伤害效应（图 2-4）（李惠梅等，2005）。麻花艽叶片 CAT 的酶活性对 UV-B 处理敏感，但作为清除叶绿体中 H_2O_2 的关键酶 AP 的酶活性受 UV-B 刺激，AP 的酶活性的持续线性升高可能是叶片光合速率恢复的重要原因。

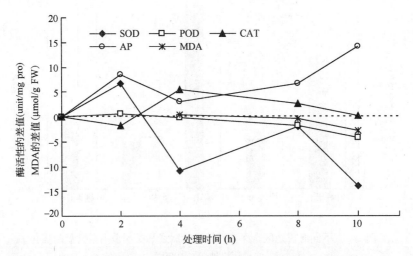

图 2-4　增强 UV-B 对麻花艽叶片抗氧化酶和 MDA 的影响

注：纵轴为增强 UV-B 处理与对照的差值，两种处理的剂量分别是 28.0 kJ/（m²·d）和 23.0 kJ/（m²·d）。

为模拟研究臭氧层变薄对野外生态系统的影响，中国科学院海北高寒草甸生态系统定位研究站（简称海北站）于 1998 年 5 月在植被较均匀的矮嵩草草甸建立了增强紫外辐射的实验装置，用 UV-B 荧光灯提供额外的紫外辐射，灯管的 UV-C 波段被一层纤维素双乙酸脂薄膜（厚度为 0.13 mm）隔离。UV-B 荧光灯分两组用两步方波方式照光，每天补充辐射从上午 10：00 开始，至下午 16：00，集中在当地太阳正午（13：15）左右进行。增强紫外辐射处理的地面接受到的

UV-B 辐射为天然和荧光灯的 UV-B 辐射强度之和，每天增补 15.8 kJ/m² 的辐射剂量，模拟平流层臭氧破坏约 5% 时近地表面太阳 UV-B 辐射的增强。

增强 UV-B 辐射处理 40 多天后，矮嵩草光合色素的含量 [(1.71 ± 0.003) mg/g FW)] 和叶绿素 a/b 的比值 (2.39 ± 0.007) 较对照 [分别为 (1.80 ± 0.005) mg/g FW 和 (2.57 ± 0.003)] 显著降低，而叶绿素 b/(a + b) 的比值有所上升 (处理和对照分别为 0.30 ± 0.002 和 0.28 ± 0.002)。增强 UV-B 辐射没有明显改变矮嵩草光合作用的光饱和点和光补偿点，但其光合速率、呼吸速率以及表观量子效率都下降 (图 2-5)，表明矮嵩草的光合作用对紫外辐射增强较为敏感 (易现峰等，1999)。

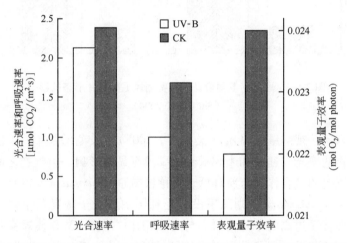

图 2-5　增强 UV-B 对矮嵩草光合速率、呼吸速率及表观量子效率的影响

在试验第三年测定的结果显示 (Shi et al., 2004; 师生波等，2001a)：UV-B 辐射增强并没有明显改变麻花艽和美丽风毛菊叶片的叶绿素、类胡萝卜素及紫外吸收物质的浓度，也没有对其光合作用产生明显的抑制或伤害。相反，单位叶面积的色素含量和光合 CO_2 吸收速率或 O_2 释放速率有所升高。早晨补充 UV-B 辐射后的短时间内，叶片气孔导度开放的速率较对照叶片明显提高，因而净光合速率也比对照有所提高。随着 UV-B 辐射时间的延长，在 11:30 ~ 12:30 气孔导度和净光合速率都有所降低，使得日变化表现为双峰曲线，而对照叶片则呈单峰式的日变化曲线。补充 UV-B 约 4 个小时后，处理和对照组叶片的气孔导度和净光合速率的差异趋于不明显。UV-B 波段的紫外辐射引起气孔关闭可能是处理和对照间叶片净光合速率差异的主要原因。增强紫外辐射导致麻花艽和美丽风毛菊叶片厚度都显著提高 ($P < 0.001$)，美丽风毛菊的叶片长度显著降低 ($P < 0.05$)，麻花艽的叶片宽度显著增加 ($P < 0.01$)，比叶面积 (SLA) 美丽风毛菊下降，

而麻花艽反而有所升高（图2-6）。

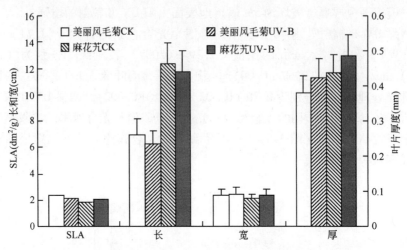

图2-6 增强UV-B对麻花艽和美丽风毛菊叶片形态的影响
(Shi et al., 2004)

试验第六年的观测结果显示（吴兵等，2005）：长期增强 UV-B 辐射对高寒草甸典型植物的净光合速率和表观量子效率没有显著影响，但植物之间存在较大的差异。矮嵩草的光合作用有所降低，垂穗披碱草（*Elymus nutans*）和钉柱委陵菜（*Potentilla saundersiana*）则几乎没有受到影响。由于矮嵩草个体低矮，可以从形态上避免接受过高的紫外辐射。与对照相比，增强 UV-B 使矮嵩草的紫外吸收物质浓度有所降低，但是叶绿素（Chl）浓度、叶绿素 a/b（Chl a/b）值，类胡萝卜素（Car）含量，Car/Chl 比值都有所升高。在抗氧化系统方面，矮嵩草的 SOD、POD 和谷胱甘肽（GSH）降低，而 CAT 和 AP 升高，H_2O_2 清除能力增强可能是其质膜氧化水平在增加 UV-B 辐射时反而降低的重要原因。钉柱委陵菜叶片的 MDA 含量在增加紫外辐射时也显著降低，其叶片的叶绿素、类胡萝卜素和紫外吸收物质浓度没有显著变化，而 SOD、CAT 和 AP 都大幅下降，因此 GSH 和 POD 显著升高可能是光合作用的主要保护机制；与矮嵩草及钉柱委陵菜相反，垂穗披碱草质膜氧化受到高 UV-B 的刺激，这与其叶片中的抗氧化酶均大幅降低有关；叶绿素和类胡萝卜素含量没有明显变化，紫外吸收物质浓度略有升高，它可能主要依赖 GSH 来抵抗高 UV-B 辐射的影响。这些说明青藏高原的植物具有抵抗强 UV-B 辐射、维持叶片的光合活性的能力，保护性色素的积累和抗氧化系统的协同作用可能起着重要的作用。在植物生长季节末，增强 UV-B 辐射降低了叶片中抗氧化剂的含量和活性氧清除酶的活性，从而可能加速在低温、高辐射的季节中叶片的衰老。

　　增强 UV-B 辐射可能对植物的生长发育过程产生影响。测定结果表明，UV-B 辐射增强后矮嵩草草甸某些物种开花期和开花数发生了变化，如麻花艽的开花数目明显增加，而尖叶龙胆植物的开花时间能提前 3~4 d（赵新全等，2003）。植物物候改变可能产生进一步的生态学作用，这方面的研究还有待深入。

　　极地臭氧层变薄导致 UV-B 辐射升高最明显的地区，也为众多研究者关注（Rozema et al.，2006）。青藏高原的高寒环境与极地有相似之处，而且臭氧层变薄也出现在青藏高原。但是极地植物的光合有效辐射（PAR）和 UV-B 背景值低，UV-B 增强的相对比例高；而青藏高原的 PAR 和 UV-B 背景值高，UV-B 增强的相对比例也低（Krizek，2004）。在青藏高原的自然情况下较高的 UV-B 辐射强度一般伴随着较高的光合有效辐射水平，研究发现在 PAR 较高时增强 UV-B 辐射，对高寒草甸植物光合放氧速率和量子效率的影响往往不大，但在阴天条件下，UV-B 辐射增强对大多数植物的光合放氧速率均有明显的影响，表明它们具有很强的光修复能力，这与其他地方植物的研究结果类似，即一定强度的 PAR 有利于修复紫外辐射造成的损伤（Meijkamp et al.，2001）。青藏高原高寒植物有较强的紫外辐射适应能力可能与光合有效辐射水平较高有关，这与极地植物低 PAR 的环境不完全相同，因此不能把极地的相关研究简单外推到青藏高原。

　　从已有的研究结果可以看到，青藏高原的主要植物具有较强的适应强紫外辐射的能力。株型低矮的物种本身接收到的紫外辐射强度低，自然情况下太阳紫外辐射增强的直接影响可能较弱。而植物通过叶片增厚等形态变化，可有效补偿增强 UV-B 辐射后引起的光合色素的光降解，改善单位叶面积为基础的光合速率。在生理上，紫外吸收物质浓度在紫外辐射增强时普遍存在不同程度的提高，清除自由基的酶系统活性发生相应的调整，非酶系统如 GSH 含量升高，这些适应机制使得植物具有较强的抵抗紫外辐射增强的能力。青藏高原的植物反应迅速，短时间的驯化主要依赖于生理的可塑性，长时间上则通过形态与生理的共同作用适应强 UV-B 辐射。对少数物种的研究已经看到植物之间在适应机制和适应能力方面存在一定的差异，如唐古特大黄的紫外吸收物质含量几乎是山莨菪（*Ardsodu tanguticus*）的 3 倍（师生波等，2006），可以预想，随着研究的植物种类的增加，这种差异的幅度也会增加。因此，如果未来臭氧层变薄和地面紫外辐射增强趋势不发生逆转，那么可能会引起青藏高原生态系统出现结构和功能的调整，但我们还不能准确预见其演替的过程和综合影响。

第二节　高寒植物对强辐射的适应策略

　　太阳辐射强烈是青藏高原的重要环境特征之一（李英年等，2000，2002），这主要缘于其高亢的地势和洁净的大气，因为大气层厚度较小、光线穿过时的损耗较少。地形和气候对地表接收的辐射强度也有一定的影响，高原山地顶部的积雪和裸露的岩石具有较强的反射能力，从而增加了附近高原面接受辐射的强度；当天空有不连续的云团存在时，地表可能不仅接受从薄云之间穿过的直接辐射，还接受云反射下来的太阳辐射，因此在高原面上测定到太阳总辐射超过大气上界的太阳常数也并不罕见（Körner，2003）。当然，瞬时强辐射并不意味着日累积太阳辐射量和生长季太阳辐射总量必然更高，因为它们还受天气和气候条件的强烈影响。同时，高原强辐射环境也并不意味着所有植物或植物的所有叶片都必然暴露于强辐射环境中，植物叶片实际上所处的光环境更多地受植株高矮、叶片的方位角、倾斜角以及周围植物的分布状况等决定（Cui et al.，2003）。开阔地带或冠层上部近水平分布的叶片可能接受较长时间连续的强光照射，近乎直立的叶片或冠层下部的叶片可能只接受到弱光照射或短时间的强光，云的移动和风的吹动导致光强的时间变化更趋剧烈。

一、高寒植物对连续强辐射的响应

高寒草甸冠层上部植物叶片可能接受较多的强光照射，其光饱和点大多在 800 μmol/($m^2 \cdot s$) 以上，有些植物，如唐古特大黄、美丽风毛菊、柔软紫菀、垂穗披碱草、薹草等在适宜条件下的光饱和点可能超过 1500 ~ 2000 μmol/($m^2 \cdot s$)（Cui et al.，2003；师生波等，2006a）。在其他环境条件适宜的情况下，这些植物对连续的强光照射有比较强的应对能力，荧光测定发现 1200 μmol/($m^2 \cdot s$)、1400 μmol/($m^2 \cdot s$) 和 1700 μmol/($m^2 \cdot s$) PPFD 连续照光 1 h，对美丽风毛菊的光化学效率（F_v'/F_m'）几乎没有影响，瑞玲草也仅有小幅度的下降（图 2-7）

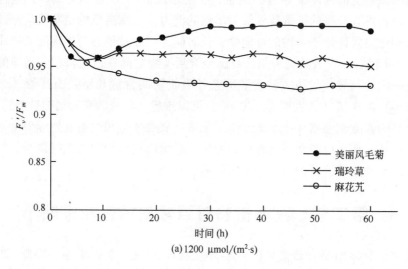

(a)1200 μmol/($m^2 \cdot s$)

（Cui et al.，2006）。野外气体交换测定的结果也显示，土壤湿润时美丽风毛菊和麻花艽的光合速率在光强达到 2000 $\mu mol/(m^2 \cdot s)$ 以前并不降低（Cui et al.，2003）。

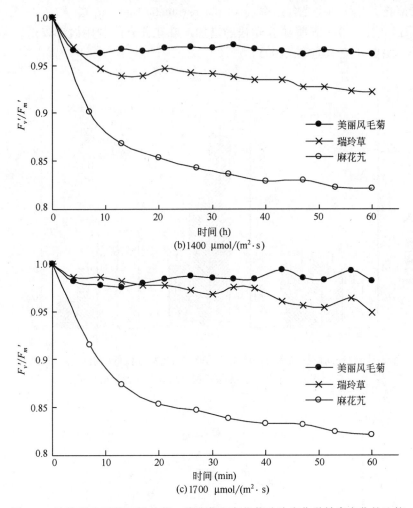

图 2-7　连续强光下美丽风毛菊、瑞玲草和麻花艽叶片光化学效率变化的比较

实验地栽种的柔软紫菀、垂穗披碱草、薹草、糙毛鹅冠草、矮嵩草等也没有或仅出现轻微的午间强光引起的光合作用下调现象，其 PSII（光系统II）最大光化学效率 F_v/F_m 的午间降低也比上海低光强地区的同种植物更小（张树源等，1999）。

　　将来源于不同海拔和辐射环境的植物都种植在西宁，两年后测定仍然看到：与低海拔植物菘蓝相比，三种高山植物（唐古特大黄、山莨菪和麻花艽）光合作用的表观量子效率（apparent quantum yield，AQY）都较低（图2-8），其他六种主要 C$_3$ 植物也类似，AQY 分布在 0.011～0.023 $\mu mol\ CO_2/\mu mol\ photon$ 之间，这也是适应于强辐射环境的植物的典型特征之一（师生波等，2006a）。比较西宁和海北两个不同海拔和辐射强度地区生长的麻花艽，发现一天中辐射较强的海北地区的麻花艽叶片的净光合速率（net photosynthetic rate，P_n）、F_v/F_m、F_v/F_0 均低于西宁（图2-9），表明随着光强的增加，麻花艽光能利用效率降低，并且午间光抑制加重（王学英等，2005）。

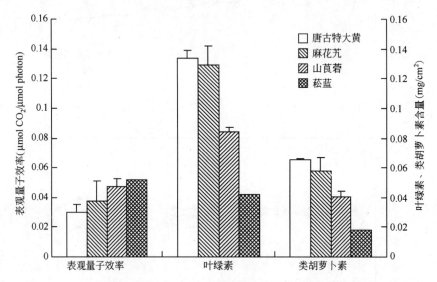

图2-8　三种高海拔强辐射环境生长的植物与低海拔较低辐射环境生长植物
菘蓝表观量子效率、叶绿素和类胡萝卜素含量的比较

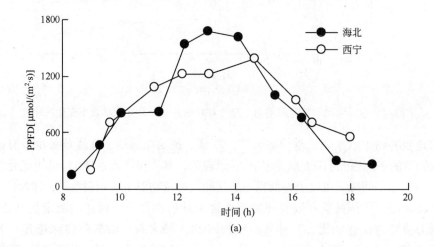

(a)

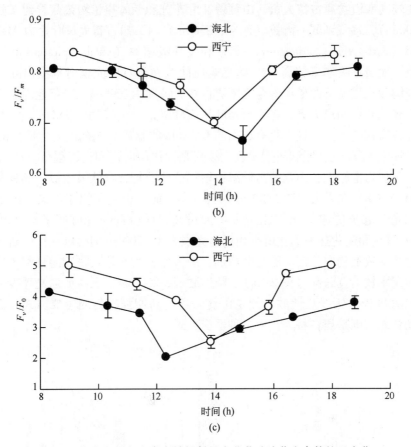

图 2-9　海北和西宁光合有效辐射及麻花艽叶片荧光参数的日变化

为应对强辐射，植物往往改变其形态（如植株低矮、叶片倾角大、叶表着生绒毛等）、结构（叶片表皮、叶肉栅栏组织和海绵组织细胞的形态和排布等）和生理（叶绿素运动、光化学过程、热耗散过程、抗氧化系统等）特征（Lambers et al.，1998）。强光下的过剩光能可能导致植物的光抑制（photoinhibition）和光损伤（photodamage），提高光合速率和增强光呼吸都可以提高利用已吸收光能的能力，从而减轻光损伤的风险。除此之外，叶黄素循环的加强可以有效提高热耗散的比例，降低叶片吸收的过剩光能对光化学过程的压力和对光合机构的破坏压力。海北的麻花艽比西宁的同种植物非光化学荧光猝灭（non-photochemical quenching，NPQ）高，热耗散能力强。强光环境下的美丽风毛菊、麻花艽、瑞玲草、唐古特大黄和山莨菪等植物都可通过提高光合速率、光呼吸速率或热耗散过程来减少光抑制（Cui et al.，2003，2004；师生波等，2007）。

已有的初步研究表明，高寒植物之间在强光应对策略和能力上存在明显的差异。比较高寒植物唐古特大黄、山莨菪、麻花艽和低海拔植物菘蓝看到（师生波等，2006a），移栽到同一海拔（西宁，2300m）后，唐古特大黄叶片的 AQY、羧化效率（carboxylation efficiency, CE）和光呼吸速率（photorespiration rate, R_p）都很低，而暗呼吸速率较高；P_n 的光响应曲线在全日照光辐射范围内并没有达到完全饱和；强光下的最大光合速率唐古特大黄和山莨菪都大于菘蓝。唐古特大黄的高光饱和点和最大光合速率与其叶片高叶绿素含量有关（图 2-8、图 2-10）。麻花艽与唐古特大黄一样，具有较高的 UV-B 吸收物质和光合色素含量，但其 R_p 较高，加之 P_n 受气孔限制较为明显，故其光合作用的饱和光强很低，P_n 相对于其他三种植物也较低；山莨菪与低海拔植物菘蓝的光合特性很相似，都具有较高的 AQY 和 CE。在光强小于 1200 $\mu mol/(m^2 \cdot s)$ 时，山莨菪用于碳同化的电子传递占总光合电子传递的比例比唐古特大黄高，而分配于光呼吸的电子传递及 Rubisco 氧化和羧化速率的比值则相反；光强大于 1200 $\mu mol/(m^2 \cdot s)$ 以后两种植物的这些参数都趋向稳定。随光强增加，唐古特大黄叶片吸收光能分配于热耗散的增加速率较山莨菪高（图 2-11）（师生波等，2006b），表明加强光呼吸途径的耗能代谢和 PSⅡ 天线热耗散份额是山莨菪适应高原强辐射的主要方式，而提高叶片光合能力则是唐古特大黄的一种适应方式。

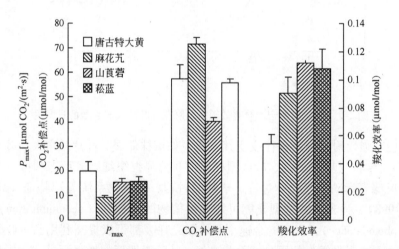

图 2-10　三种高海拔强辐射环境生长的植物与低海拔较低辐射环境生长植物菘蓝
最大净光合速率（P_{max}）、CO_2 补偿点和羧化效率的比较

　　有趣的是，一些高寒植物驯化于弱光的能力很强，遮光使太阳辐射降低 40%~60%，经过 40 d 后矮嵩草叶片叶绿素含量显著升高，叶绿素对可见光的吸光度也大幅度提高，低光强 [200 $\mu mol/(m^2 \cdot s)$] 下的光合速率较对照有所上升，而光饱和点、光补偿点和呼吸速率并没有降低（易现峰等，1999）。矮嵩草

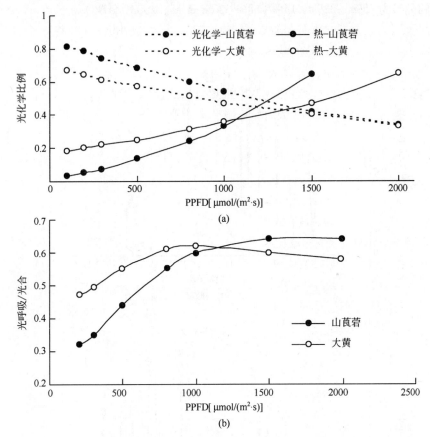

图 2-11　唐古特大黄和山莨菪热耗散、光化学电子传递的比例和 Rubisco
羧化酶的加氧反应与羧化反应速率的比值对光强变化的反应

植株低矮，在其自然生境中可能接受的辐射中有较高比例的弱光或动态光，所以它对弱光的驯化能力强。

二、高寒植物对动态光的响应

海北站的辐射观测看到，在太阳辐射强烈的 9∶00 ~ 15∶00，地表被云影响（光合有效辐射透过率低于 80%）的时间约为 60%，在此时间段以外云的出现更为频繁。高原又具有多风的特征，因此在大部分时间里高寒植物接受的太阳辐射是光强变化极大的动态光（图 2-12），美丽风毛菊叶片平伏、低矮，它在自然状态下接受持续时间低于 40 min 的弱光 [低于 700 μmol/（m²·s）] 的时间占日照光总时间的 18% 左右，其中持续 1 ~ 2 min、3 ~ 5 min、6 ~ 12 min 和 12 ~ 40 min 的弱光所占比例分别为 35%、22%、25% 和 18%；近乎垂直的瑞玲草（S. katochaete）叶片上述弱光的分布为45%、32%、15%和8%（Cui et al., 2003, 2006）。

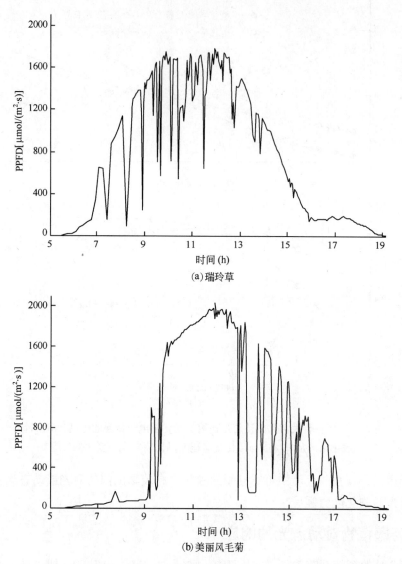

(a)瑞玲草

(b)美丽风毛菊

图2-12　美丽风毛菊和瑞玲草叶片接受光合有效辐射的日变化

采用不同光强组合［强光－弱光分别为1700－0，1400－300和1200－500 μmol/（m²·s）］和动态光频率（2 h处理期分别包含1次、5次、15次和60次强光－弱光循环，即每次循环时的强光持续期分别为60 min、12 min、4 min和1 min）的试验发现（Cui et al., 2006），持续时间为1 min的高频动态光使得三种高寒植物（美丽风毛菊、瑞玲草和麻花艽）叶片的光化学活性降低最多，处理结束时非光化学荧光猝灭最高，PSⅡ的最大光化学效率 F_v/F_m 最低。而持续期为 12 min 和 4 min 的动态光对光化学活性的影响较低（图 2-13）。这表明高寒植物能利用强光之后的短暂弱光期迅速恢复强光造成的光化学活性下调，持续时间 1 min 以上的弱光效果较好，过于短暂的弱光对恢复强光的抑制作用效果较差，较低强度的弱光恢复光化学活性的效果较好。另外，强光持续时间过长（如 60 min）造成的光抑制难以在后续的弱光期内得到较好的恢复，即使弱光期持续的时间也较长（如 60 min）。虽然接受的光合有效辐射总量一致，但是较强的辐射的影响被弱光恢复的程度低，因此，1700 − 0 光强组合的光抑制作用最强。

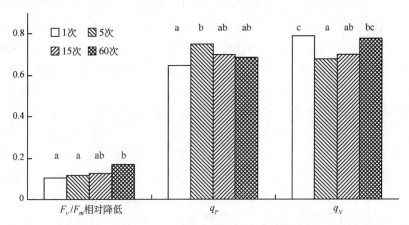

图 2-13　不同频率的动态光对三种植物叶片的荧光参数的影响（Cui et al., 2006）

注：F_v/F_m 的相对降低值是将处理结束时 F_v/F_m 的下降幅度与起始的 F_v/F_m 值相除得到的；q_P（光化学荧光猝灭）和 q_N（非光化学荧光猝灭）为处理结束时的值，处理前它们接近 1.0 和 0。

弱光期间植物叶片对强光光抑制的恢复速度和程度可用 q_N 的快速驰豫和慢速驰豫部分来表征。频率为 2 h 内 1 次、5 次、15 次和 60 次动态光循环处理结束后 q_N 的快速驰豫组分分别为 0.540b、0.372a、0.486b 和 0.482b；慢速驰豫组分为 0.530b、0.437a、0.554b 和 0.644c（不同字母表示在 $P < 0.05$ 的水平差异显著），高频动态光下慢速驰豫组分显著高于其他处理（Cui et al., 2006）。

对动态光的利用和防护能力依植物种类不同而异，美丽风毛菊光化学活性下降最低、非光化学荧光猝灭也较低，这可能与其叶片主要位于群落下部、自然条件下接受强光和动态光较多而形成了较强的光化学活性有关。研究表明，它主要通过高的光呼吸速率来消耗吸收的光能（Cui et al., 2006）。

第三节　高寒植物的光合特征及其生态学意义

已有的研究表明青藏高原高寒植被中没有 C_4 植物，主要植物都为 C_3 光合类型（Yi et al.，2003）。迄今为止已经对高寒草甸的 10 种常见植物的光合作用进行过较系统的观测（Shi et al.，2004；Wei et al.，2001；师生波等，2007，2006a，2006b，2001b；王学英等，2005；张树源等，1999，1995，1993，1992；郭连旺等，1995；李有忠等，1995；卢存福等，1995），结果显示这些植物具有典型的阳生植物的光合特征，叶片栅栏组织发达；细胞内叶绿体小，数量多，因而光合膜的面积增加，有利于合成更多的光合产物。高寒植物叶单位叶面积的叶绿素、类胡萝卜素和紫外吸收物质含量往往较高，而单位叶片质量的叶绿素含量较低，类胡萝卜素和紫外吸收物质含量较高；这可减少叶片对光的吸收，使植物免遭强辐射的损伤；具有较高的光饱和点和光补偿点、较低的表观量子效率。此外由于高寒地区植物的生长季短，因此这些植物的最大光合速率较高。同时高寒植物还有较完善的抗氧化系统和抗寒机制（韩发等，2005，2003，1995；吴兵等，2005），使得它们能够在气温较低的时间内保持生理活性和光合能力，因而可以充分利用短暂的生长季节内的光照。

高寒植物的光合作用对高原强光的适应往往受到多种环境因子的制约。例如，午间强光导致植物叶片吸收的光能增加，需要通过提高光化学反应速率或增强热耗散来消除过剩光能的危害，这就需要提高 CO_2 的供应速率。但是由于午间强光同时引起气温尤其是叶片温度的升高，因此扩大了叶片的饱和水汽压差（VPD）（图 2-14），在土壤湿度不能满足植物快速蒸腾的需要的时候，气孔导度

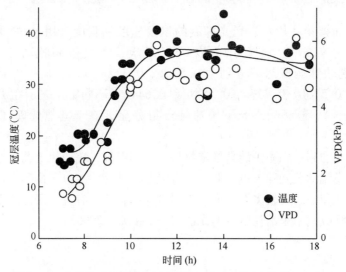

图 2-14　麻花艽叶片温度和 VPD 的日变化（师生波等，2001b）

将会降低，加剧了 CO_2 供应的不足。其后果是一方面叶片内部 CO_2/O_2 的比值降低，刺激光呼吸作用，引起净光合速率的迅速降低；另一方面，光化学反应速率的提高受到限制，导致强光引起光抑制或光损伤的风险增加。当前的大气 CO_2 含量远不能满足 C_3 植物发挥最大光合能力所需，在青藏高原由于气压低，CO_2 分压也相应降低，这进一步加重了 CO_2 的缺乏。研究看到，供应压强不同而浓度相同的气体时，相当于海拔 4 m 处的大气压强下高寒植物麻花艽和美丽风毛菊的表观量子效率比相当于海拔 2500 m 处大气压强下的高出近 1 倍。从这个角度上讲，高寒植物的光合作用对大气 CO_2 浓度升高的反应更为敏感。

虽然青藏高原气温较低，但是高寒植物的叶片温度一般较气温高，低矮植株叶温与气温的差异较株高较高且株型直立的植物叶片大（图 2-15）。叶片温度低于光合作用的最适温度时，随着叶温的升高光合速率提高。但是由于 CO_2 的溶解度随温度升高而降低的速度比 O_2 快，而 Rubisco 对 CO_2 的亲和能力下降速度也比与 O_2 的亲和能力降低更快，因此植物的光呼吸将随着叶温的升高而快速提高，导致净光合速率下降（Lambers et al.，1998）。叶温升高刺激光呼吸提升是某些植物光合作用午间下调现象的重要原因。如果未来青藏高原气温升高幅度较大，那么高温对这些植物光合作用抑制的时段就可能扩大，高温胁迫的程度可能加剧。当然，青藏高原植物生长季节时常出现夜间低温霜冻，在次日晴空强辐射作用下可引发光抑制现象（图 2-16）。现有的观测提示全球升温往往使夜间气温升高更明显，如果这样就可能缓解低温强光引发的光合作用的光抑制。因此气温升高对高寒植物和生态系统的影响可能比较复杂，不同升温前景、不同环境要素的综合变化可能对不同的植物有不同的影响。

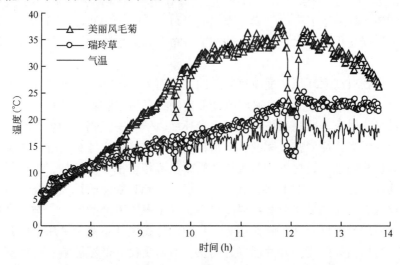

图 2-15　美丽风毛菊和瑞玲草叶片温度与气温的日变化（Cui et al.，2004）

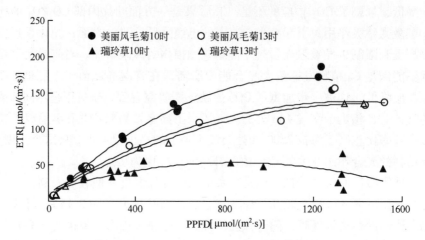

图 2-16　夜间低温霜冻后次日 10 时和 13 时美丽风毛菊和瑞玲草叶片电子
传递速率（election transport rate，ETR）的比较（Cui et al.，2004）

　　一般认为高寒草甸水分较为充足，不是影响植物光合作用的主要因素。但是由于气压低，水分损失快，加之强光引起叶片温度升高，扩大了水汽压差，因此在强光高温的时段有可能出现由于蒸腾速率过高引起的叶片失水胁迫。此外，即使土壤水分含量适中，也有可能出现午间土壤输水速度不能满足植物强烈蒸腾需水的情况，这都会导致气孔开度减小，从而限制植物的光合作用；并且还会进一步提高叶片温度，刺激光呼吸，降低碳的净固定量。试验发现，在正午时段喷雾加湿提高了植物的光合速率，减轻了光合作用的午间降低程度。与最适宜环境条件组合相比，麻花艽和美丽风毛菊日碳固定量在土壤湿润条件下因午间强光损失达17% 和32%，如果遇上土壤干燥，则损失量可达 53% 和 43%（Cui et al.，2003）。因此未来气候变化中降水量和降水的季节分布对高寒植物的光合作用有着深远的影响。

　　不同植物对高寒环境的适应机制不同，因而人类活动和全球变化对不同植物的影响可能有很大的差异，这必将改变群落的物种组成和物质循环，产生进一步的生态后果。研究表明高寒植物应对主导环境因子——强辐射的生理特征是与其植株和叶片形态特征紧密关联的，而植物形态又直接决定植物所处的实际微环境条件，即植物的生境，这可能与区域气候或土壤相差很大。例如，植株低矮的美丽风毛菊一般位于冠层的下部，其叶片平伏，因此其接受的最大光强和日累积辐射量都比近乎直立的瑞玲草叶片要高得多；处于冠层下部的叶片，与大气的耦合度差，边界层导度低，其蒸腾作用与叶片的水分丧失并不紧密关联，叶片温度控制困难，所以白天照光后叶片温度升高快，不易受夜间低温影响；但午间强光时叶温可远远大于气温（图 2-15），故而它形成了保持高气孔导度、高光饱和点、高光呼吸速率和高光合能力的生理特征；其高光合能力和光呼吸能力使得强光下叶片的过剩光能较少，降低了光抑制的风险。其高温抗性强，但同时高温引起的光呼吸增加大大削弱了它固定碳的能力。此外，由于受周围植物遮荫的影响，它对动态光的利用能力强。而直立型植物，如瑞玲草的叶片与大气耦合度高，可通过蒸腾作用和热交换作用降低叶片温度，同时它接受的辐射较美丽风毛菊低得多，因此它的光饱和点相对较低，叶片温度也较低，叶片对高温的抗性较差，光呼吸不是应对过剩光能的主要方式，热耗散成为重要手段；气孔导度需要精确控制以减少水分损失，因此它对土壤和大气水分状况较为敏感。同时由于其接受辐射少，叶片温度与气温相差小，因此易受夜间低温的影响而产生光抑制（Cui et al.，2004，2003）。这种植物长期适应环境形成的植株构型及生理特征差异可能导致其对环境变化敏感程度和反应模式出现分异，如夜间温度升高可能减少直立型叶片的霜冻和低温强光诱发的光抑制，但也可能使得植物夜间呼吸消耗增强；对平伏型叶片可能主要作用是呼吸增强。对水分、云量变化引起的辐射和空气湿度的反应上述植物也可能不同。

植物发育过程的差异可能对植物的光合作用和物质生产有着巨大的影响，对于植物将更多的光合产物用于构建新的叶片，如果环境条件更适宜于它们的光合作用，那么它们的生长和对周围植物的影响可能是非线性增加的。而如果植物的叶原基分化和叶片形成层活动一定，即形态可塑性较低，那么即使光合作用受到促进，对植物的净碳收入和生长也不会有很大的作用；而一旦受到不利的影响，则可能对生长和繁殖产生较大的抑制。但我们现在还缺少这方面的研究资料，因而也难以准确预测环境条件变化时不同植物的光合作用、物质生产以及生态系统的结构与功能的变化。

第四节　增温对根田鼠种群结构及数量的影响

全球变暖将对世界范围内的动植物产生何种影响以及动植物又是如何对全球变暖作出响应和适应的问题是众多生态学家关注的热点之一。大时空尺度上全球变暖对动物行为影响的研究表明，温度增加后，一些鸟类（Brown et al.，1999；Crick et al.，1997）和两栖类（Beebee，1995）的繁殖提前，蝴蝶出现的时间提前（Penuelas，Filella，2001），以及蝴蝶的分布范围明显扩大（Pimm，2001）；同时，全球变暖还可以通过影响动物的栖息地环境、食物分布格局等因素进而影响动物的种群特征及其分布，尤其是生活史（life-cycle）较短的动物，它们对全球变暖的响应就更为明显（Strathdee et al.，1993）。然而，当前更多的工作仅仅局限在模型方面（Dunbar，1998；Hodkinson，1999；Zhou，1997）。

根田鼠（*Microtus oeconomus*）是一种分布广泛的小型哺乳动物（Tast, 1966）。在海北高寒草甸地区，根田鼠是优势小型啮齿动物之一，主要分布于植被覆盖度较好的草甸和灌丛中，其生态寿命仅有七八个月，有关其种群数量动态及生理生化方面的研究相对较多（边疆晖等，1994；姜永进等，1991；孙平等，2002；王德华等，1995），本研究采用开顶小室（OTCs）模拟全球变暖的方法，测定不同季节、不同处理样方内根田鼠的捕获频次，通过统计分析温室内外根田鼠捕获频次的差异，确定局部实验增温对根田鼠栖息地斑块利用的可能影响，进而探讨根田鼠类动物对全球变暖的响应模式，并讨论了局部增温对根田鼠种群的影响。

一、局部实验增温对根田鼠栖息地内斑块利用状况的影响

（一）温室内外温度的差异

选用美国生产的四通道野外便携式（Onset Computer Corperation）自动记录设备——HOBO测定温室内外的温度。该设备可根据需要设定测定时间的间隔，从而长时间连续测定4个不同层次的温度。本实验中，于4月中旬在4个层次上（地上15 cm和5 cm，地下5 cm和10 cm）对温室内外的大气和土壤温度进行测定，每隔2 min测定1次，连续测定10 d。根据周华坤等（2000）的研究，在暖季，OTCs的建立，可以使温室内的温度升高1 ℃左右。利用HOBO测定的数据，计算出冷季温室内外4个层次上（地上15 cm和5 cm，地下5 cm和10 cm）大气和土壤温度的平均值，结果表明，不论是地上还是地下，温室内部温度比外部温度平均升高近1.3 ℃（图2-17）。

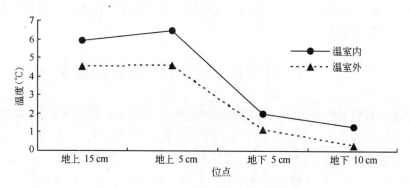

图2-17　冷季温室内外的温度

（二）隐蔽效应对根田鼠栖息地选择的影响

为防止由于高温、低温或雨雪等造成根田鼠个体的死亡，捕捉期内，每天检查3～5次，分别统计不同处理内捕获根田鼠的次数，记为捕获频次（孙平等，

2002）。对实验期间根田鼠的捕获频次进行配对样本的 T 检验，结果表明，相同的食物条件下，在重度放牧草甸（high grazing meadow，HGM）样地上，增温小室的建立所形成的隐蔽效应是不明显的 [$df=14$，$P>0.05$，EW（实验增温组）与 CK（对照组）；$df=14$，$P>0.05$，EWC（实验增温兼放牧组）与 CUT（放牧组）]；在轻度放牧草甸（low grazing meadow，LGM）样地上，增温小室的建立所形成的隐蔽效应对根田鼠的栖息地选择并没有显著影响（$df=15$，$P>0.05$，EW 与 CK；$df=15$，$P>0.05$，EWC 与 CUT）。

同时，在实验增温条件下，EW 与 EWC 内根田鼠捕获频次的比较发现，剪草处理对根田鼠的栖息地选择没有影响（$df=14$，$P>0.05$，HGM；$df=15$，$P>0.05$，LGM）。在自然条件下，CUT 与 CK 内根田鼠捕获频次的比较发现，剪草处理对根田鼠的栖息地选择并没有影响（$df=14$，$P>0.05$，HGM；$df=15$，$P>0.05$，LGM）。

（三）HGM 样地上不同季节不同处理内捕获根田鼠频次

在 HGM 样地上，不同季节不同处理内捕获根田鼠的频次如图 2-18 所示。Friedman 检验的结果表明，不论是在暖季，还是在冷季，四种处理内捕获根田鼠频次间的差异均达到显著水平（$df=3$，$P<0.05$，暖季；$df=3$，$P<0.05$，冷季）。

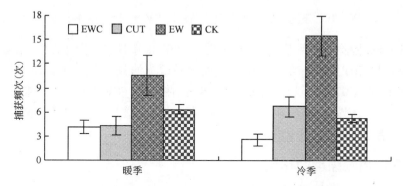

图 2-18　不同季节 HGM 样地上四种处理内根田鼠的捕获频次
注：EW：实验增温组；CK：对照组；EWC：实验增温兼放牧组；CUT：放牧组。

Wilcoxon 检验的结果表明，在暖季，EWC 与 CUT 之间捕获根田鼠的频次并无显著性差异（$P>0.05$）；EW 与 CK 样方内根田鼠捕获频次之间的差异亦未达到显著水平（$P>0.05$）。在冷季，EWC 与 CUT 间捕获根田鼠的频次并无显著性差异（$P>0.05$），而 EW 与 CK 之间捕获根田鼠频次的差异达到显著水平（$P<0.05$）。

（四）LGM 样地上不同季节不同处理内捕获根田鼠频次

LGM 样地上不同季节不同处理内捕获根田鼠频次（图 2-19）的 Friedman 检验表明，在暖季，LGM 样地上四种处理内捕获根田鼠频次间无显著性差异（$df = 3$，$P > 0.05$），而在冷季，随外界温度的降低，由于 CUT、CK 和 EWC 内捕获根田鼠频次的降低，以及 EW 内捕获根田鼠频次的增高，四种处理内捕获根田鼠频次间达到显著水平（$df = 3$，$P < 0.05$）。

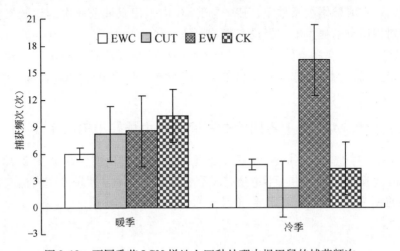

图 2-19　不同季节 LGM 样地上四种处理内根田鼠的捕获频次

Wilcoxon 检验的结果表明，LGM 样地表现出与 HGM 相同的格局，即在暖季，EWC 与 CUT 以及 EW 与 CK 间，捕获根田鼠的频次并无显著性差异（$P > 0.05$，EWC 与 CUT；$P > 0.05$，EW 与 CK）。在冷季，EWC 与 CUT 间捕获根田鼠的频次亦无显著性差异（$P > 0.05$），而 EW 与 CK 之间捕获根田鼠频次的差异则达到显著水平（$P < 0.05$）。

（五）放牧强度的作用

在暖季，同种处理不同放牧强度样地间根田鼠捕获频次的比较结果为：EWC 组间（$P > 0.05$）；EW 组间（$P > 0.05$）；CUT 组间（$P > 0.05$）；CK 组间（$P > 0.05$）。在冷季，同种处理不同放牧强度样地间根田鼠捕获频次的比较结果为：EWC 组间（$P > 0.05$）；EW 组间（$P > 0.05$）；CUT 组间（$P > 0.05$）；CK 组间（$P > 0.05$）。

已有的研究表明，栖息地结构特征影响啮齿动物的种群数量（刘伟等，1999）。在不同的放牧强度下，植物地上部分的生物量随放牧强度的增加而减少；

植被的盖度、高度以及群落组成都发生了变化，伴随优良牧草的减少而杂草增多，草食性小啮齿动物的食物多度和栖息环境发生越来越大的变化，最终导致根田鼠的种群密度随放牧强度的增加而降低，但对不同放牧强度样地上相同季节、相同处理内根田鼠间的捕获频次的比较分析发现，在暖季和冷季，放牧强度的差异对根田鼠的捕获频次并无显著影响。

人为活动导致的栖息地退化给有机体带来了新的选择压力，同时，栖息地破碎化要求物种具有不同的生存对策（Lens et al.，2002）。周华坤等（2000）的研究表明，实验增温改善了植物群落的小气候环境，一定程度上满足了植物对热量的需求，有利于植物的生长和发育，因此，种群的整体高度有所增加，并在一定程度上影响了植被的群落结构。同时，由于OTCs的影响，植物的生长期延长，衰退期被延迟，植被群落的生物量增加，其中禾草类和莎草类增加，而杂草类减少，并因此导致根田鼠的栖息地改变。植被和栖息地的变化，可能对一些种的种群有利，而对另一些种的种群不利（Ceier，1980）。我们的研究结果也表明，在HGM样地上，根田鼠对四种处理类型的斑块，表现出不同的选择格局。在四种类型的斑块中，根田鼠选择EW的频次最高（13.2±2.27，$n = 15$），而选择EWC的频次最低（3.33±0.73，$n = 15$），而其他两种斑块类型则居中（CUT：5.6±1.74；CK：5.8±1.24，$n = 15$）。在LGM样地上，也表现出类似的格局。

Baker（1968）的研究曾指出，适宜的栖息地可能是影响小哺乳动物分布最重要的环境因子。同时，Kolter（1984）研究表明，捕食风险导致具小体形的哺乳动物特化于隐蔽生境中活动。但是，我们的研究结果发现，在HGM和LGM样地上，增温小室的建立，对根田鼠的斑块利用格局并没有影响。因此，增温小室的建立，根田鼠捕食风险降低，导致根田鼠倾向于选择有增温小室的斑块，从而改变其栖息地斑块利用的假设是不成立的。

为了更好地适应环境，地面生活鼠类的活动往往避开地温最高时间，以避免高温和强烈日光照射的不良影响（曾缙祥等，1981）。因此，暖季，在食物条件充足的情况下，尽管实验增温使局部小范围的温度升高约1.3℃，但由于外界温度较高，局部实验增温对HGM和LGM样地上根田鼠的活动没有显著影响。然而，冷季，在海北地区，由于受积雪和寒风所导致的低温的影响，根田鼠对斑块的利用时间主要集中在光照较强的时间段10：00～15：30。随外界温度的降低，食物质量的下降，局部实验增温为根田鼠提供了较好的栖息环境，减少了非颤抖性产热（NST）对褐色脂肪组织的消耗，因而根田鼠活动时在EW内的几率上升，而在CUT以及CK内的几率下降，由此，实验增温组与对照组间的差异达到显著水平，而实验增温兼放牧组与放牧组间无明显差异。究其原因，在整个冷季，剪草处理内的植被高度一直保持在地上1～2 cm的水平，不能给根田鼠提供足够的食物资源。在冷季，尽管 OTCs 使温度增高，但由于食物条件的限制，根田鼠面临小尺度的增温和食物严重缺乏之间的权衡（trade-off）。因此，在暖季，局部实验增温对自然和模拟放牧两种情况下根田鼠的捕获频次无显著影响，即根田鼠的斑块利用倾向并未发生明显变化。在冷季，局部实验增温对自然条件下根田鼠的捕获频次影响显著，根田鼠地上活动主要发生在增温小室内，而对模拟放牧样方内根田鼠的捕获频次无显著影响，即增温小室的建立对根田鼠栖息地斑块的利用没有显著影响。

综上所述，根田鼠对四种处理类型的栖息地，表现出迥然不同的选择格局。增温小室的建立所形成的隐蔽效应对根田鼠的栖息地斑块的利用没有显著影响。在 HGM 和 LGM 样地上，根田鼠均更倾向于选择 EW 类型的斑块，而排斥 EWC 型。在暖季，局部实验增温对根田鼠栖息地内斑块的利用模式的影响不明显，而在冷季，这种影响在实验增温组与对照组间达到显著水平，而实验增温兼模拟放牧组与模拟放牧组间则不明显。

目前，国内外尚无有关实验增温对小型啮齿动物栖息地内斑块利用格局影响的报道，因此，采用温室内外根田鼠捕获频次的差异，来探讨实验增温对根田鼠栖息地内斑块利用影响的方法有待于完善和充实，同时，温室内外根田鼠活动时间的差异也有待于进一步研究。

二、局部增温对根田鼠捕获力的影响

捕获力（catch ability）是判断栖息地内某一物种种群数量大小的重要依据。已有的研究表明，在开放和密闭的种群中，田鼠的捕获力相同，同时，相同物种不同种群的捕获力非常稳定（Krebs，Boonstra，1984）。我们的研究发现，由于开顶式增温小室（open top chamber，OTC）的建立而导致的栖息地异质化，可以影响根田鼠对栖息地的季节性利用格局，即在暖季，局部实验增温对根田鼠的栖息地选择不存在明显影响，而在冷季，这种影响在实验增温组与对照组间达到显著水平，而实验增温兼剪草模拟放牧组与剪草模拟放牧组间则不明显（孙平等，2004）。本课题组采用 TOCs 模拟全球变暖的方法，在野外条件下，测定不同放牧强度样地上 TOCs 内外根田鼠的捕获力，通过统计分析温室内外根田鼠捕获力的差异，确定局部实验增温对不同性别根田鼠栖息地斑块利用的可能影响，进而探讨根田鼠类动物对全球变暖的响应模式。

（一）温室内雌、雄根田鼠的捕获力统计

采用标志重捕法，以新鲜的胡萝卜作饵料，对四个实验样地进行了冬季根田鼠种群特征的野外调查，在四块实验样地内分别按方格布笼，各放笼 16 个，笼

间距为 8 ~ 10 m。以每月每样地诱捕 3 d 为一个诱捕期，每天早 8:00 打开鼠笼，黄昏时关闭。诱捕期内，为避免冬季恶劣自然条件造成的根田鼠死亡，每天至少检查 2 ~ 4 次，对首次捕获动物采用耳标法或断趾法进行标记，称重（精确到 0.1 g）、判断性别、记录捕获地点后，立即在原捕获点释放。将实验期间在 HGM 和 LGM 样地上温室内捕获的雌、雄性根田鼠进行统计。根田鼠的捕获力定义为捕获个体中雄性或雌性根田鼠所占的比例，计算公式为

$$T = \frac{N_m(N_f)}{N_t} \tag{2-1}$$

式中，N_m（N_f）为雄性（雌性）根田鼠个体数；N_t 为总捕获数（图 2-20，图 2-21）。

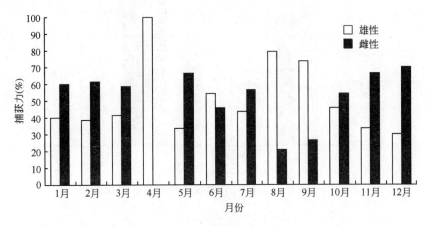

图 2-20　重度放牧样地上增温小室内雌、雄根田鼠捕获力

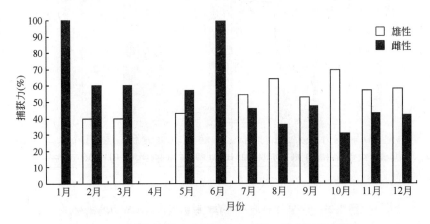

图 2-21　轻度放牧样地上增温小室内雌、雄根田鼠捕获力

（二）相同季节雌性与雄性根田鼠的捕获力比较

运用单样本 Kolmogorov-Smirnov 检验对所得数据进行分布型的检验，所有数据均为正态分布，故采用配对样本 T 检验（paired sample T-test）对两组数据进行统计学比较分析。在冬季，实验增温样地（HGM 与 LGM）上温室内雌雄性根田鼠捕获力间的差异未达到显著水平（$df=6$，$t=-0.326$，$P>0.05$）（图2-22）；在夏季，该差异也不明显（$df=4$，$t=0.793$，$P>0.05$）（图2-23）。

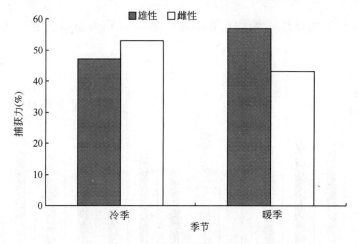

图 2-22 HGM 样地上不同季节雌雄根田鼠捕获力的比较

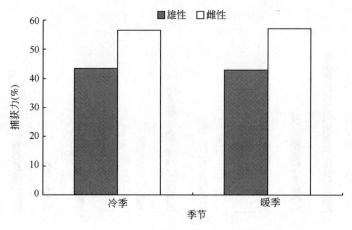

图 2-23 LGM 样地上不同季节雌雄根田鼠捕获力的比较

（三）不同季节间根田鼠捕获力的比较

配对样本的 T 检验表明，在 HGM 样地上冷暖季节间根田鼠的捕获力无差异（$t = 0.179$，$df = 9$，$P > 0.05$），LGM 样地上冷暖季节间根田鼠的捕获力也无差异（$t = -0.151$，$df = 11$，$P > 0.05$）；在两个样地上，冷暖季节间根田鼠的捕获力也无差异（$t = -0.364$，$df = 21$，$P > 0.05$）。

（四）不同样地间雌、雄根田鼠捕获力的比较

对不同样地间雌性根田鼠的捕获力进行比较，结果表明两者间无显著差异（$t = 0.906$，$df = 11$，$P > 0.05$），对雄性根田鼠的捕获力也进行了比较，结果发现两者间无显著差异（$t = -0.906$，$df = 11$，$P > 0.05$）（图 2-24）。

图 2-24　HGM 和 LGM 样地上雌、雄根田鼠捕获力的比较

研究结果表明，相同季节相同生境时，温室内雌雄根田鼠的捕获力没有差异。不同季节不同生境时，温室内雌雄根田鼠的捕获力也无差异。不论是同一季节不同生境，还是同一生境不同季节，温室内雌雄性根田鼠的捕获力间差异很小。

风是一种可以影响小哺乳动物空间分布的环境生态因子。Vose 和 Dunlap（1968）在美国 South Dakota 观察到，在冬季风口地带，小哺乳动物主要分布在风力小、隐蔽条件好的区域，而在强风区域则很少分布。他们认为，在风力的作用下，干草和雪形成具有良好隐蔽条件的局部小气候，可以增加小哺乳动物对恶劣气候的抵御能力，同时，还有利于躲避天敌（Vose，1968）。由于温室的建立，导致温室内外微生境的变化，即温室内外的温差达 1.3℃，温室内的风速明显降低（周华坤等，2000），这为根田鼠安全越冬提供了一个良好的栖息环境。

Peles 和 Barrett（1996）通过实验观察证明，人为地减少植被覆盖物后，可以降低草甸田鼠种群生长季节的雌鼠平均体重、繁殖种群密度以及累计后代数量，这表明，植被覆盖物是影响其适宜栖息地的重要组成部分。导致该结果的原因可能是，人为除去部分植被覆盖物既减少了食物资源又增加了捕食风险。

顶开式小室的建立对海北高寒草甸地区根田鼠捕获力的影响研究，尤其是捕获力的季节性变化和极端天气条件下捕获力的研究尚需加强。

三、局部增温对根田鼠冬季种群的影响

最近，全球变暖对动物种群和群落的影响引起了越来越多科学家的重视

（Barnosky et al., 2003；Sun et al., 2005）。目前的研究结果主要集中在大时空尺度上动物的繁殖、分布和群落结构的变化以及模型、模拟实验（Arft et al., 1999；Brown et al., 1999；Crik, Sparks, 1999；Cronin et al., 2001；Gian-Reto et al., 2002；IPCC, 2001；Pimm, 2001；Post, Stenseth, 1998；Tracy, 1992）以及由于全球变暖导致各种有机体栖息地的改变（Cotton, 2003；Meynecke, 2004；Parmesan, Yohe, 2003；Parmesan, Galbraith, 2004；Root et al., 2003；Williams et al., 2003）等，另外，为了更好地理解全球变化导致的微进化（microevolution）结果，也开展了物种种群的基因结构与全球变暖关系的研究（Levitan, Etges, 2005；Rice, Emery, 2003）。已有的研究表明，某地区哺乳动物群落对气候变化的响应主要表现在三个方面：①物种个体的相对多度；②物种的种类组成，如物种的局域化灭绝或全球化消失或迁移（colonize）；③物种的丰富度，如物种毁灭、消失和迁移的速率（Barnosky et al., 2003）。但是，目前尚未看到有关小型啮齿动物种群尤其是冬季种群对全球变暖响应的报道。仅有的研究发现，局部实验增温对不同处理条件下根田鼠栖息地内斑块的利用有不同程度的影响（Sun et al., 2005；孙平等，2004）。

（一）冬季 OTC 内外微环境的变化

统计结果表明，冬季（4月）温室内部温度比外部温度平均升高近 1.3 ℃（Sun et al., 2005；孙平等，2004）。对温室内、距离温室 25 cm 处以及对照样地上地温的测定结果显示，温室内的平均地温（$T_{温室}$）比距离温室 25 cm 处的平均地温（$T_{距离温室25\ cm}$）高 1.87 ℃，而距离温室 25 cm 处的平均地温又比对照样地的平均地温（$T_{对照}$）高 0.54 ℃左右，即 $T_{温室} > T_{距离温室25\ cm} > T_{对照}$。

（二）局部增温对根田鼠种群密度的影响

采用标志重捕法，以新鲜的胡萝卜作饵料，对四个样地内根田鼠的冬季种群特征进行了野外调查，在四块实验样地内分别按方格布笼，各放笼 16 个，笼间距为 8~10 m。以每月每样地诱捕 3 d 为一个诱捕期，鼠笼开放时间为 10:30~15:30。诱捕期内，为避免冬季恶劣自然条件造成的根田鼠死亡，每天至少检查 3~5 次，对首次捕获动物采用耳标法或断趾法进行标记，称重（±0.1g）、判断性别、记录捕获地点后，立即在原捕获点释放。若实验期间捕获到其他啮齿动物，一并统计。

实验期间没有捕获到其他的啮齿动物。运用 Schnabel 方法对统计的数据进行处理（表2-1），根据四个样地中所捕获根田鼠的统计数量计算根田鼠的种群密度（图2-25），在四个样地中，冬季根田鼠种群密度呈现明显的下降趋势，但

CM（对照草甸）样地除外。综合考虑增温与对照样地根田鼠的种群密度，采用单因素方差分析（One-Way ANOVA）对种群密度进行统计学比较分析，结果表明增温处理样地中根田鼠的种群密度明显高于对照样地（$F=32.4$，$P<0.001$）。在高寒草甸实验样地内，LWM（实验增温草甸）与 CM 之间的差异极其显著（$F=18.98$，$P<0.01$）；高寒灌丛样地内，LWS（实验增温灌丛）与 CS（对照灌丛）之间的差异也达到显著水平（$F=16.67$，$P<0.05$）。每个月份增温处理样地上根田鼠的种群密度都要高于其相应的对照样地。LWM 与 LWS 之间种群密度的差异很小（$F=0.92$，$P>0.05$），CM 与 CS 之间的差异也未达到显著水平（$F=5.91$，$P>0.05$）。

表 2-1　Schnabel 法计算根田鼠种群密度的相关指标

指标	LWM				LWS			CS		
	12 月	2 月	3 月	4 月	2 月	3 月	4 月	2 月	3 月	4 月
$1/N$ 的方差	0.056 25	0.074 28	0.058 25	0.050 6	0.078 0 1	0.214 64	0.339 15	0.077 72	0.275 76	0.133 34
$1/N$ 的标准差	0.006 88	0.005 31	0.008 22	0.024 54	0.009 56	0.019 88	0.062 80	0.008 25	0.036 68	0.210 82
自由度	4	6	6	4	8	10	4	6	8	5

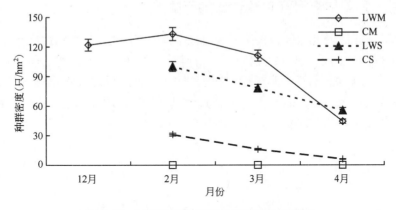

图 2-25　不同处理内根田鼠的冬季种群密度

气候因素是影响啮齿动物数量变动的一个重要因素（Andersson，Hansson，1974）。宗浩（1987）、孙平（2002）等的研究发现，海北高寒草甸地区根田鼠种群密度的大幅度下降可能主要受气候因素的影响。陈安国等（1981）对新疆小家鼠，按冬、春、夏 - 秋三个阶段的气候条件对种群密度的影响进行分析，发现冬季最寒时期的雪被厚度对其越冬存活数量有很大影响，而同初冬的雪势关系不密切。而夏武平（1966）对东北带岭林区气候条件对鼠类种群数量影响的研究说明，与春秋季相比，冬季的气候条件对鼠类数量的影响较大，初冬（11 月中、下旬）降雪，决定雪被形成的早晚与大小，直接影响鼠类的越冬条件。

尽管，OTCs 的建立导致 LWM 和 LWS 样地的地上生物量比 CM 和 CS 分别减少 62 g/m^2，然而 OTCs 形成的局部范围增温，为根田鼠提供了较为优越的越冬条件。已有的研究表明，在夏季，局部实验增温对根田鼠的栖息地选择无明显影响；在冬季，这种影响在实验增温组与对照组间达到显著水平（孙平等，2004）。实验增温与对照样地之间根田鼠的种群密度的差异均达到显著水平（$P < 0.05$），说明在海北高寒草甸地区，局部增温对冬季根田鼠种群密度存在显著影响。

全球变暖可以通过影响动物的栖息地环境、食物分布格局等因素进而影响动物的种群特征及其分布，尤其是生活史短的动物，其对全球变暖的响应就更为明显（Pimm，2001）。野外调查时，我们发现根田鼠个体有从对照样地向实验增温样地逆种群密度迁移的现象。在单方向迁移的三只根田鼠个体中，全部为雄性。这主要是因为雄性巢区面积较大，且活动范围较广，而雌性根田鼠的巢区面积相对较小的缘故（Tast，1966；孙儒泳等，1982）。因此，增温样地根田鼠种群密度明显高于对照样地的可能原因有二：①实验增温为根田鼠提供了较好的栖息环境；②根田鼠从对照样地向实验增温样地的迁移。

（三）局部增温对根田鼠性比的影响

以标记根田鼠中雄性个体的数量与雌性个体的数量之比来表示性比。采用单因素方差分析，对不同样地间的性比进行统计学比较分析。CM 样地上根田鼠种群完全丧失，因而无法比较 LWM 与 CM 之间性比的差异。而在样地 LWS 及 CS 之间，性比的差异不显著（$F = 1.83$，$P > 0.05$），均呈现变小的趋势（图 2-26）。在 LWM 和 LWS 之间性比的差异也很小（$F = 3.76$，$P > 0.05$）。

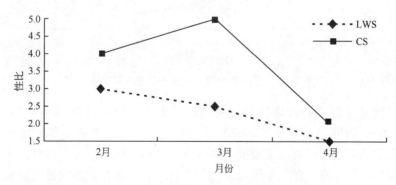

图 2-26　冬季 LWS 和 CS 样地上根田鼠的性比

对于大多数脊椎动物而言，种群的性比虽有变动，但一般变化不大，常围绕着 1∶1 上下波动（Clutton-brock，Iason，1986）。相同处理不同植被类型的 EWM 和 EWS 之间性比的差异也很小，这表明，在增温样地上，不同植被类型对根田鼠的性比也没有显著影响。样地 LWS 及 CS 间性比的不显著差异表明，局部增温对高寒灌丛样地根田鼠的性比没有明显影响。

（四）局部增温对根田鼠留存率的影响

留存率以月间留存率来表示：第 N_{i+1} 月捕获根田鼠中已标记个体的数量/第 N_i 月标记根田鼠的数量。不同实验样地各月份间根田鼠种群的留存率如图 2-27 所示。采用单因素方差分析对不同样地留存率进行统计学比较分析，结果显示，LWM 与 CM 间的差异未到达显著水平（$F = 13.4$，$P > 0.05$），而 LWS 和 CS 间也无显著差异（$F = 3.67$，$P > 0.05$），综合考虑增温与对照样地间根田鼠的种群留存率发现，两者之间的差异也没达到显著水平（$F = 5.57$，$P > 0.05$）。不同植被类型的增温处理 LWM 与 LWS 间无显著差异（$F = 1.2$，$P > 0.05$）；对照样地 CM 与 CS 间的差异也不显著（$F = 16$，$P > 0.05$）。

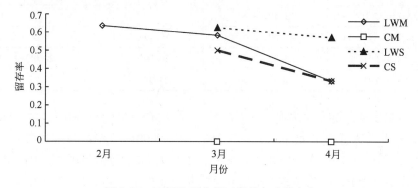

图 2-27　不同处理内根田鼠的冬季留存率

不同植被类型的增温处理（LWM 与 LWS）之间以及对照样地（CM 与 CS）之间根田鼠的种群留存率差异不明显，可以说明在该研究区域，食物和栖息地条件以及放牧强度对根田鼠种群留存率的影响并不显著。这一点与其种群密度的响应较一致。

同时，不论是单独考虑不同植被类型的增温处理与对照样地，还是综合考虑增温与对照，其留存率的差异都没有达到显著水平，这表明局部增温对海北高寒草甸地区根田鼠的种群留存率并没有明显影响。

增温和对照样地间性比和留存率的比较研究表明，随外界环境的持续低温，两者都呈下降趋势。与雌性相比，雄性根田鼠的攻击行为较强，巢区较大，并且雄性经常在一个较大的范围内移动，其移动范围甚至可达到 5000 m^2，其活动距离即使在冬季也比雌性根田鼠夏季的活动距离大（Tast，1966），因此雄性根田鼠更有可能遭遇捕食者的捕食，也可能是导致整个根田鼠种群性比和留存率发生变化的重要原因。

（五）局部增温对根田鼠体重的影响

用单变量 T 检验（one sample T-test）检验了根田鼠冬季体重的月间差异。实验样地 LWM、LWS 和 CS 上冬季根田鼠种群平均体重的统计结果（表 2-2）表明，LWS 和 CS 样地内，根田鼠种群平均体重的差异尚未达到显著水平（$F = 1.25$，$P > 0.05$）。不同植被类型的增温处理 LWM 和 LWS 之间的差异很小（$F = 0.12$，$P > 0.05$）。LWM 和 LWS 上根田鼠种群平均体重的月间差异达到显著水平（$F = 7.32$，$P < 0.05$）。

表 2-2　不同月份不同样地上根田鼠种群的平均体重（±标准差）　（单位：g）

时间	LWM	LWS	CS
2000 年 10 月	25.25 ± 4.48	22.89 ± 4.43	21.05 ± 2.92
2000 年 12 月	21.10 ± 4.48	—	—
2001 年 2 月	19.50 ± 2.43	19.19 ± 2.36	19.00 ± 2.71
2001 年 3 月	21.89 ± 2.82	20.59 ± 4.72	20.05 ± 3.74
2001 年 4 月	22.63 ± 4.50	24.34 ± 4.10	21.27 ± 2.51

单变量 T 检验的结果表明，在 LWM、LWS 和 CS 样地上，根田鼠冬季体重的月间差异都达到极显著水平（$t = 23.265$，$P < 0.001$，LWM；$t = 23.265$，$P < 0.001$，LWS；$t = 23.265$，$P < 0.001$，CS）。通过表 2-2 所列部分数据可以看出，10 月时，根田鼠种群的平均体重基本达到其当年体重的最大值，从 12 月开始，根田鼠种群的平均体重下降，尤其是在 2 月，根田鼠种群的平均体重达到最小值，而到了枯黄后期，随着天气转暖，植被开始萌芽，根田鼠的体重也逐渐上升。冬季期间，LWM、LWS 以及 CS 样地上根田鼠种群的平均体重分别为 21.28 ± 1.34 g、21.37 ± 2.66 g、20.11 ± 1.14 g。比 10 月低 3.97 g、1.52 g、0.94 g，减少体重分别占 10 月平均体重的 15.7%、6.6% 和 4.5%。

根田鼠个体体重的变化也呈现出与其种群平均体重相似的变化趋势。在不同月份间，尤其是冬季，有很大变化。许多物种在季节驯化过程中，冬季体重趋于降低，以此来减少能量需求，这被认为是高纬度小哺乳动物适应寒冷以及冬季食物缺乏的策略之一（Zegers，Merrittt，1988；Fuller，1969；Merritt，1984）。田鼠等啮齿动物多采取此类对策（Feist，White，1989；Fuller，1969；Merritt，1984；王德华，王祖望，1990），如草原田鼠（*M. pennsylanicus*）、高山田鼠（*M. montanus*）

和根田鼠以及红背𪙊（*Clethrionomys rutilus*）等。Gerald 等（1999）的研究发现，红背𪙊的体重在夏季达到最重而到了冬季则下降至最轻水平，冬季的体重可以比夏季低 30% ~ 50%。

Brown 和 Kurzius（1987）认为啮齿动物是在个体水平对局部环境产生响应的。Smith 等（1998）的研究表明，夏季和冬季温度升高，都导致 Sevilleta 地区成体白喉林鼠（*Neotoma albigula*）平均体重的下降。Koontz 等（2001）发现，尽管1989 ~ 1996 年 Sevilleta 地区温度升高 2 ~ 3 ℃，但成年梅氏更格卢鼠（*Dipodomys merriami*）的平均体重与温度变化没有关系。已有的研究发现，局部实验增温对海北地区雌、雄根田鼠的平均体重没有显著影响（Sun et al.，2005）。本研究结果表明，局部增温未能影响根田鼠体重下降的趋势（表2-3）。

表 2-3　2000 年、2001 年内不同样地根田鼠种群的冬季年龄结构

时间	LWM			LWS			LCS		
	成体	亚成体	幼体	成体	亚成体	幼体	成体	亚成体	幼体
2000 年 12 月	0.18	0.82	0	—	—	—	—	—	—
2001 年 2 月	0.083	0.833	0.083	0	0.889	0.111	0	0.8	0.2
2001 年 3 月	0.333	0.667	0	0.333	0.333	0.333	0	0.8	0.2
2001 年 4 月	0.5	0.5	0	0.4	0.6	0	0.5	0.25	0.25

单变量 T 检验的结果表明，在 LWM 和 LWS 样地上，根田鼠冬季体重的月间差异都达到极显著水平，这说明不同栖息地条件下，局部实验增温并不能改变或减缓根田鼠冬季体重急剧下降的趋势。在 LWM 样地上，根田鼠冬季种群的平均体重下降较快，而在 4 月上升幅度较小，相反，在 LWS 样地上，根田鼠冬季种群的平均体重下降幅度较小而其增幅较大，这主要是由于不同的放牧历史造成的。LWM 样地是冬场中的过度放牧样地，食物资源相对匮乏，而 LWS、CS 样地为夏场中的轻度放牧草场，其食物资源较为丰富。

（六）局部增温对根田鼠种群内年龄结构的影响

根田鼠年龄组的划分以每月动物的首捕体重（当年鼠一般不会参加繁殖）作为定量指标，参照梁杰荣等（1982）的研究标准，并充分考虑野外冬季根田鼠体重下降的实际情况，将捕获动物分为三组：成体（≤23.5 g）、亚成体（>16 g，且 <23.5 g）和幼体（≤16 g）。根据实验统计的结果，以各年龄组成占总体数量的百分比，作增温及对照样地上根田鼠的年龄结构（表2-3）。成体、亚成体所占比重的单因素方差分析结果表明，在 CS 和 LWS 之间没有显著性差异（$F = 1.15$，$P > 0.05$），而不同植被类型的增温处理 LWM、LWS 之间成体、亚成

体所占比重的差异也很小（$F = 1.40$，$P > 0.05$）。在三个实验样地上，成体、亚成体所占的比重均大于70%（LWM，0.979 ± 0.042；LWS，0.852 ± 0.17；CS，0.739 ± 0.067），但以对照样地 CS 的最低。

经历一个漫长而又严寒的冬季，再加上灾害性气候条件（大雪、持续低温等）的严重影响，大多数在9月、10月出生的根田鼠都因无法成功越冬而死亡，种群中成体和亚成体占绝对优势。严志堂等（1983）研究新疆地区小家鼠的种群数量时发现，1972年是新疆地区小家鼠数量的小爆发年，在12月的种群中，几乎全为成体和亚成体，差不多各占一半，而1974年11月的种群年龄组成中，亚成体占优势，占种群组成的73%，同时，该年也为小爆发年。作者解释为，新疆地区冬季寒冷，成体抵抗冬天恶劣环境的能力比幼体和亚成体强，所以在越冬前种群年龄组成中成体比例的增高，有利于下年种群数量的增长。我们的研究发现，随冬季温度的持续降低，造成当年出生幼体和亚成体的大量死亡，这也是种群密度降低的重要原因。但是，为何在 CS 样地上捕获到相当多的幼体，而在LWM、LWS 样地内捕获的根田鼠幼体相对较少（表2-3），这是一个偶然现象，还是 OTCs 的建立导致 LWM、LWS 样地内根田鼠的发育提前，还有待于进一步的研究。

（七）根田鼠对局部增温的响应——扩散/迁移

根据2000年10月、12月以及2001年初的记录发现，在增温处理样地 LWM 和 LWS 上都曾捕获到对照样地内标记的根田鼠个体。在 LWM 内捕获到2只，在LWS 内仅捕获1只。

限于目前的研究现状，我们对全球变暖的可能影响知之甚少，因而，有人提出假设，当前的全球变暖将在以下两个方面对哺乳动物产生影响（也有可能正在产生影响）：①参照生态标准，变暖过程持续的时间跨度非常大（譬如数百年，几千年甚至几百万年）时，该变化的结果是什么，可预测的程度有多少？②生态系统是否已经历过如此快的全球变暖？因为继而发生的生物学变化与过去变暖导致的变化根本不同（Barnosky et al.，2003）。另外，种间食物谱的重叠，导致其他物种对局部增温的响应也可能直接或间接地影响到根田鼠种群对局部增温的响应。总之，全球变化是一个长期的过程，啮齿动物冬季种群生态学的研究也是一项艰巨的工作，需要开展大量深入、细致的研究。

参 考 文 献

边疆晖等. 1994. 高寒草甸地区小哺乳动物群落与植物群落演替关系的研究. 兽类学报，14（3）：209～216

陈安国等. 1981. 新疆北部农业区鼠害的研究：（六）小家鼠种群数量的消长同气候的关系.

灭鼠和鼠类生物学研究报告，4：69～93

郭连旺等．1995．几种高寒草甸常见植物的光合特性及其光合作用的光抑制．见：高寒草甸生态系统．第4集．北京：科学出版社

韩发等．1995．青藏高原植物抗逆性的生理生化基础研究Ⅱ：矮嵩草叶片过氧化物酶和酯酶的同工酶及酶活性对不同海拔的反应．见：高寒草甸生态系统．第4集．北京：科学出版社

韩发等．2003．青藏高原不同海拔矮嵩草抗氧化系统的比较．西北植物学报，23（9）：1491～1496

韩发等．2005．青藏高原几种高寒植物的抗寒生理特性．西北植物学报，25：2502～2509

江灏等．1998．藏北高原紫外辐射的变化特征．太阳能学报，19（1）：7～12

姜永进等．1991．海北高寒草甸金露梅灌丛根田鼠种群生产力的研究Ⅰ：种群动态．兽类学报，11（4）：270～278

李惠梅，师生波．2005．增强 UV-B 辐射对麻花艽叶片的抗氧化酶的影响．西北植物学报，25（3）：519～524

李英年等．2000．祁连山海北高寒草甸地区微气候特征的观测研究．高原气象，19（4）：512～519

李英年等．2002．祁连山海北高寒草甸地区植物生长期的光合有效辐射特征．高原气象，21（1）：90～95

李有忠等．1995．海拔高度的变化对植物叶片内部结构的影响．青海师范大学学报，4：34～40

梁杰荣等．1982．根田鼠生长和发育的研究．高原生物学集刊，1：195～207

刘季科，苏建平，刘伟．1994．小型啮齿动物种群系统调节复合因子理论的野外实验研究：食物可利用性和捕食对根田鼠种群动态作用的分析．兽类学报，14（2）：117～129

刘伟，周立，王溪．1999．不同放牧强度对植物及啮齿动物作用的研究．生态学报，19（3）：376～382

卢福存，贾桂英．1995．高海拔地区植物的光合特性．植物学通报，12（2）：38～42

师生波等．2001a．增强 UV-B 辐射对高山植物麻花艽净光合速率的影响．植物生态学报，25（5）：520～524

师生波等．2001b．高寒草甸麻花艽和美丽风毛菊的光合速率午间降低现象．植物生理学报，27（2）：123～128

师生波等．2006a．青藏高原几种典型高山植物的光合特性比较．植物生态学报，30（1）：40～46

师生波等．2006b．青藏高原药用植物唐古特山莨菪和唐古特大黄光合作用对强光的响应．植物生理与分子生物学学报，32（3）：387～394

师生波等．2007．高山植物唐古特山莨菪和唐古特大黄对强太阳辐射光能的利用和耗散特性．西北植物学报，25（12）：2514～2518

师生波，贾桂英，韩发．1999．不同海拔地区紫外线 B 辐射状况及植物叶片紫外线吸收物质含量的分析．植物生态学报，23（6）：529～553

孙平等．2002．雪后海北高寒草甸地区根田鼠种群特征的变化．兽类学报，22（4）：318～320

孙平等．2004．局部实验增温对根田鼠栖息地内斑块利用的影响．兽类学报，24（1）：42～47

孙儒泳,郑生武,崔瑞贤. 1982. 根田鼠巢区的研究. 兽类学报,2 (2):219~231

孙儒泳. 1992. 动物生态学原理. 北京:北京师范大学出版社

王德华,王祖望,孙儒泳. 1995. 根田鼠消化道长度和重量的变化及其适应意义. 兽类学报,15 (1):53~59

王德华,王祖望. 1990. 小哺乳动物在高寒环境中的生存对策Ⅱ:高原鼠兔和根田鼠非颤抖性产热(NST)的季节性变化. 兽类学报,10 (1):40~53

王学英,师生波,吴兵. 2005. 西宁和海北麻花艽净光合速率和叶绿素荧光参数的日变化比较. 西北植物学报,25 (12):2514~2518

魏捷等. 2001. 青海高原矮嵩草和珠芽蓼的光合适应性比较. 植物学报,43 (5):486~489

吴兵等. 2005. 长期增强 UV-B 辐射对高寒草甸植物光合速率和抗氧化系统的影响. 西北植物学报,25 (10):2010~2016

夏武平. 1966. 带岭林区小型鼠类数量动态的研究Ⅱ:气候条件对种群数量的影响. 动物学报,18 (1):8~20

严志堂,李春秋,朱盛侃. 1983. 小家鼠种群年龄研究及其对预测预报的意义. 兽类学报,3 (1):50~62

易现峰等. 1999. 遮光及增加 UV-B 辐射对高寒草甸矮嵩草光合色素以及光合作用的影响. 青海草业,8 (4):1~4,10

岳向国等. 2005. 不同强度的 UV-B 辐射对高山植物麻花艽光合作用及暗呼吸的影响. 西北植物学报,25 (2):231~235

曾缙祥,王祖望,韩永才. 1981. 五种小哺乳动物活动节律的初步研究. 兽类学报,1 (2):189~197

张树源等. 1992. 青海高原主要 C3 植物的光合作用. 植物学报,31 (5):176~184

张树源等. 1995. 青海高原植物生理生态学研究 V:强光和低温霜冻对植物净光合速率以及光系统Ⅱ的光能转化效率的影响. 见:高寒草甸生态系统. 第4集. 北京:科学出版社

张树源等. 1999. 青海高原及上海平原地区植物叶片光合作用的光抑制. 西北植物学报,19 (1):56~66

张树源,武海,陆国泉. 1993. 青海高原植物生理生态学研究Ⅱ:高寒草甸植物的光合作用. 西北植物学报,13 (4):302~307

赵新全等. 2003. 创新研究群体研究方向:青藏高原高寒草甸生态系统与全球气候变化的相互作用机理研究. 科技和产业,3 (8):51~59

赵新全,张耀生. 2001. 嵩草草甸的合理利用及草地畜牧业可持续发展. 见:周兴民等. 中国嵩草草甸. 北京:科学出版社

周党卫等. 2003. 不同海拔珠芽蓼抗氧化系统的研究. 应用与环境生物学报,9 (5):489~492

周华坤,周兴民,赵新全. 2000. 模拟增温效应对矮嵩草草甸影响的研究. 植物生态学报,24 (5):547~553

周兴民,樊乃昌,景增春. 1996. 植被演替与鼠类种群消长的相互关系. 见:青藏高原形成、演化、环境变迁与生态系统研究. 北京:科学出版社

宗浩,夏武平,孙德兴. 1986. 一次大雪对鼠类数量的影响. 高原生物学集刊,5:85~90

Andersson M, Hansson L. 1974. Population regulation in small rodents some hypotheses. Fauna Flora (Stock, H), 69: 113~126

Arft A M et al. 1999. Responses of tundra plants to experimental warming: meta-analysis of the International Tundra Experiment. Ecological Monographs., 69 (4): 491~551

Baker R H. 1968. Habitats and distribution. In: King J A. Biology of Permyscus (Rodentia). Am Soc Mamm. Spec. Publ.: 593

Barnosky A D, Hadly E A, Bell C J. 2003. Mammalian response to global warming on varied temporal scales. J. Mamm., 84 (2): 354~368

Beebee T C. 1995. Amphibian breeding and climate. Nature, 374: 219~220

Bian J et al. 2006. Ozone mini-hole occurring over the Tibetan Plateau in December 2003. Chinese Science Bulletin, 51: 885~888

Brown J L, Li S, Bhagabati N. 1999. Long-term trend toward earlier breeding in an American bird: a response to global warming? Proc. Natl. Acad. Sci. USA. 96: 5565~5569

Burns C E, Johnston K M, Schmitz O J. 2003. Global climate change and mammalian species diversity in U. S. national parks. PNAS, 100 (20): 11474~11477

Ceier A R. 1980. Habitat selection by small mammals of riparian communities: evaluating effects of habitat alterations. J. Wild Manage, 44 (1): 16~24

Churchfield S. 1981. Water and fat contents of British shrews and their role in seasonal changes in body weight. J. of Zool (London), 194: 165~173

Clutton-brock T H, Iason G R. 1986. Sex ratio variation in mammals. Quart. Rev. Biol., 61: 339~341

Cotton P A. 2003. Avian migration phenology and global climate change. Proc. Natl. Acad. Sci. USA, 100: 12219~12222

Coulson S J et al. 1996. Effect of experimental temperature elevation on high-arctic soil microarthropod populations. Polar. Biol., 16: 147~153

Crick H Q P et al. 1997. UK bird are laying eggs earlier. Nature, 388: 526

Crik H P, Sparks T H. 1999. Climate change related to egg-laying trends. Nature, 399: 423

Cronin T W, Caldwell R L, Marshall J. 2001. Increasing shrub abundance in the Arctic. Nature, 411: 546~547

Cui X et al. 2008. Diurnal and seasonal variations of UV radiation on the northern edge of the Qinghai-Tibetan Plateau. Agricultural and Forest Meteorology, 148: 144~151

Cui X et al. 2006. Response of chlorophyll fluorescence to dynamic light in three alpine species differing in plant architecture. Environmental and Experimental Botany, 58 (1~3): 149~157

Cui X et al. 2003. Photosynthetic depression in relation to plant architecture in two alpine herbaceous species. Environmental and Experimental Botany, 50 (2): 125~135

Cui X et al. 2004. Leaf orientation, incident sunlight, and photosynthesis in the alpine species *Suassurea superba* and *Gentiana straminea* on the Qinghai-Tibet Plateau. Arctic, Antarctic and Alpine Research, 36 (2): 219~228

Cui Xiaoyong et al. 2006. Response of chlorophyll fluorescence to dynamic light in three alpine species differing in plant architecture. Environmental and Experimental Botany, 58 (1~3): 149~157

Cui Xiaoyong et al. 2007. Diurnal and seasonal variations of UV radiation on the northern edge of the Qinghai-Tibetan Plateau. Agricultural and Forest Meteorology, doi: 10.1016/j.agrformet.2007.09.008

Cui Xiaoyong et al. 2003. Photosynthetic depression in relation to plant architecture in two alpine herbaceous species. Environmental and Experimental Botany, 50 (2): 125~135

Cui Xiaoyong et al. 2004. Leaf orientation, incident sunlight, and photosynthesis in the alpine species *Suassurea superba* and *Gentiana straminea* on the Qinghai-Tibet Plateau. Arctic, Antarctic and Alpine Research, 36 (2): 219~228

Dunbar R I M. 1998. Impact of global warming on the distribution and survival of the gelada baboon: a modeling approach. Global Change Biology, 4: 293~304

Feist D D, White R G. 1989. Terrestrial mammals in cold. In: Wang L C H. Advances in comparative and environmental physiology. IV. 327~354

Fuller W A. 1969. Changes in numbers of three species of small rodents near Great Slave Lake, NWT, Canada, 1964~1967, and their significance for general population theory. Ann Zool Fenn, 6: 113~144

Gian-Reto W et al. 2002. Ecological responses to recent climate change. Nature, 416: 389~395

Hadly E A et al. 2004. Genetic response to climatic change: insights from ancient DNA and phylochronology. PLoS Biol., 2 (10): 290

Hajat S et al. 2002. Impact of hot temperatures on death in London: a time series approach. J. Epidemiol. Community Health, 56: 367~372

He Ji-Huan. 2007. Shrinkage of body size of small insects: a possible link to global warming? Chaos, Solitons and Fractals, 34 : 727~729

Hodkinson I D. 1999. Species responses to global environmental change or why ecophysiological models are important: a reply to Davis et al. Journal of Animal Ecology, 68: 1259~1262

Houghton J T et al. 1994. Climate Change 1994—Radiative Forcing of Climate and Evaluation of the IPCC 1992 Emission Scenarios. Cambridge: Cambridge University Press. 339

Inouye D W et al. 2000. Climate change is affecting altitudinal migrants and hibernating species. PNAS, 97 (4): 1630~1633

Intergovernmental Panel on Climate Change (IPCC). 1995. Climate Change 1995: the science of climate change. Contribution of working group 1 to the second assessment report. Summary for policymakers. Cambridge, Great Britain: Cambridge University Press

Intergovernmental Panel on Climate Change (IPCC). 2001. Climate change 2001: third assessment report of the intergovernmental panel on climate change IPCC (WG I & II). Cambridge, Great Britain: Cambridge University Press

Karaseva E V, Narskaja E V, Bernstein A D. 1957. The *Microtus oeconomus* inhabiting the neighbourhood of lake Nero in Yaroslav Oregion. Bull. Mosk. Isp. Prir. Otd. Biol., 62: 3, 5~8

Kolter B P. 1984. Risk of predation and the structure of desert rodent communities. Ecol., 65 (3):

689～701

Koontz T L, Shepherd U L, Marshall D. 2001. The effects of climate change on Merriam's kangaroo rat, *Dipodomys merriami*. Journal of Arid Environments, 49: 581～591

Körner C. 2003. Alpine plant life: functional plant ecology of high mountain ecosystems (2nd edition). Springer-Verlag

Krizek D T. 2004. Influence of PAR and UV-A in determining plant sensitivity and photomorphogenic responses to UV-B radiation. Photochemistry and Photobiology, 79 (4): 307～315

Lambers H, III Chapin F S, Pons T L. 1998. Plant physiological ecology. Springer

Lens L et al. 2002. Avian persistence in fragmented rainforest. Science, 298: 1236～1238

Levitan M, Etges W J. 2005. Climate change and recent genetic flux in populations of *Drosophila robusta*. BMC Evol. Biol., 5 (1): 4

Madronich S et al. 1995. Changes in ultraviolet radiation reaching the earth's surface. Ambio, 24 (3): 143～152

Marion G M. 1996. Temperature enhancement experiments. In: ITEX Manual. Molau U, Molgaard P. Danish Polar Center. Copenhagen, Denmark.

Maxwell B. 1992. Arctic climate: potential for change under global warming. In: Chapin F S et al. Arctic ecosystems in a changing climate. Academic Press, San Diego, California, USA. 11～34

McMichael A J, Woodruff R E, Hales S. 2006. Climate change and human health: present and future risks. Lancet, 367: 859～869

Meijkamp B B et al. 2001. The response of *Vicia faba* to enhanced UV-B under low and high PAR levels. Plant Ecology, 154: 117～126

Merritt J F. 1984. Winter ecology of small mammals. Spec. Publ. Amer. *Soci. Mamm.*

Meynecke J O. 2004. Effects of global climate change on geographic distributions of vertebrates in North Queensland. Ecological Modelling, 174: 347～357

Mitchell J F B et al. 1990. Climate change, the IPCC scientific assessment. Cambridge University Press, Cambridge, UK. 131～172

Parmesan C, Galbraith H. 2004. Observed impacts of global climate change in the U. S. Pew Center on global climate change. Arlington, Virginia, 67

Parmesan C, Yohe G. 2003. A globally coherent fingerprint of climate change impacts across natural systems. Nature, 421: 37～42

Peles J D, Barrett G W. Effects of vegetation cover on the population dynamics of meadow voles. J Mamm, 1996, 77 (3): 857～869

Penuelas J, Filella I. 2001. Responses to a warming world? Science, 294: 793～794

Pimm S L. 2001. Entrepreneurial insects. Nature, 411: 531～532

Post E et al. 1999. Environmental variation shapes sexual dimorphism in red deer. Proc. Natl. Acad. Sci., USA, 96: 4467～4471

Post E, Stenseth N C. 1998. Climate variability, plant phenology, and northern ungulates. Ecology, 80 (4): 1322～1339

Preti A, Lentini G, Maugeri M. 2007. Global warming possibly linked to an enhanced risk of suicide: data from Italy, 1974 ~ 2003. Journal of Affective Disorders, 102: 19 ~ 25

Rice K J, Emery N C. 2003. Managing microevolution: restoration in the face of global change. Front Ecol. Environ., 1: 469 ~ 478

Root T L et al. 2003. Fingerprints of global warming on wild animals and plants. Nature, 421: 57 ~ 60

Rozema J et al. 2006. Stratospheric ozone depletion: high arctic tundra plant growth on Svalbard is not affected by enhanced UV-B after 7 years of UV-B supplementation in the field. Plant Ecology, 182: 121 ~ 135

Schlosser I J et al. 1999. Climate variability and size-structured interactions among juvenile fish along a lake-stream gradient. Ecology, 81 (4): 1046 ~ 1057

Searles P S, Flint S D, Caldwell M M. 2001. A meta-analysis of plant field studies simulating stratospheric ozone depletion. Oecologia, 127 (1): 1 ~ 10

Seiko Osozawa, Shuichi Hasegawa. 1995. Diel and seasonal changes in carbon dioxide concentration and flux in an andisol. Soil Science, 160 (2): 117 ~ 124

Shi S B et al. 2004. Photosynthesis of *Saussurea superba* and *Gentiana straminea* is not reduced after long-term enhancement of UV-B radiation. Environmental and Experimental Botany, 51: 75 ~ 83

Smith F A, Browning H, Shepherd U L. 1998. The influence of climate change on the body mass of woodrats *Neotoma* in an arid region of New Mexico, USA. Ecography, 21: 140 ~ 148

Stachowicz J J et al. 2002. Linking climate change and biological invasions: ocean warming facilitates nonindigenous species invasions. PNAS, 99 (24): 15497 ~ 15500

Strathdee A F et al. 1993a. Extreme adaptive polymorphism in a high arctic aphid *Acyrthosophon svalbardicum*. Ecol. Entomol., 18: 254 ~ 258

Strathdee A F et al. 1993b. The effects of temperature elevation on a field population of the aphid Acyrthosophon svalbardicum. Oecologia, 96: 457 ~ 465

Sun P et al. 2005. Local warming about 1.3℃ in alpine meadow has no effect on root vole (*Microtus oeconomus*) population during winter. Polish Journal of Ecology, 50: 123 ~ 127

Tast J. 1966. The root vole, *Microtus oeconomus* (Pallas) as an inhabitant of seasonally flooded land. Ann Zool Fenn, 3: 127 ~ 171

Tracy C R. 1992. Ecological responses of animals to climate. In: Peters R L, Lovejoy T E. Global warming and biological diversity 171 ~ 179. New Haven: Yale University Press

Wei J et al. 2001. Comparison of photosynthetic adaptability between *Kobresia humilis* and *Polygonum viviparum* on Qinghai Plateau. Acta Botanica Sinica, 43: 486 ~ 489

Westgarth-Smith A et al. 2007. Temporal variations in English populations of a forest insect pest, the green spruce aphid (Elatobium abietinum), associated with the North Atlantic Oscillation and global warming. Quaternary International, 173 ~ 174: 153 ~ 160

Williams S E, Botho E E, Fox S. 2003. Climate change in Australian tropical rainforests: an impending environmental catastrophe. Proc. Roy. Soc. London, B (Biol Sci), 270: 1887 ~ 1892

Yi X F et al. 2003. No C4 plants found at the Haibei Alpine Meadow Ecosystem Research Station in Qinghai, China: evidence from stable carbon isotope studies. Acta Botanica Sinica, 45: 1291~1296

Zegers D A, Merrittt J F. 1988. Adaptations of *Peromyscus* for winter survival in an Appalachian montane forest. J. of Mamm., 69: 515~523

Zhao X Q, Zhou X M. 1999. Ecological basis of Alpine Meadow ecosystem management in Tibet: Haibei Alpine Meadow Ecosystem Research Station. Ambio., 28 (8): 642~647

Zhou X et al. 1997. Temperature change and complex dynamics. Oecologia, 112: 543~550

Zuercher G L et al. 1999. Seasonal changes in body mass, composition, and organs of northern red-baked voles in Interior Alaska. J. of Mamm., 80 (2): 443~459

第三章 全球变化下高寒草甸生物多样性与生态系统功能的关系

生物多样性和生态系统功能的关系研究始于 20 世纪 60 年代，近十多年来随着许多物种的灭绝和全球气候的变化，许多生态学家关注多样性和生态系统功能之间的关系研究。近年来关于物种多样性－群落功能的实验研究和理论方面虽有很大进展，但针对全球变化下高寒草甸生物多样性与生态系统功能关系的研究相对较少，因此，研究气候变化和人类活动与青藏高原高寒草甸生态系统之间的相互作用已成为国内外关注的学术热点。

本章通过详细论述控制实验对植物群落功能的影响，水热梯度下高寒草甸植物多样性和初级生产力的变化规律，放牧干扰对高寒草甸群落物种多样性、生产力的影响，高寒人工草地的群落结构、物种多样性及其对放牧的反应等四大研究内容，从土壤、植物、动物、微气候、牧草营养、物种多样性、物候、地上/地下生物量、草地退化、人工植被、群落稳定性等多个方面详细论述了全球气候变化和人类活动对高寒草甸生物多样性与生态系统功能间关系和相互作用的影响，揭示高寒草甸生态系统功能对全球变化的响应和反馈，使气候变化和人类活动对高寒草甸生态系统的不利影响降低到最低限度，为国家生态安全和区域社会经济的可持续发展奠定科学基础。

实验增温对局地微气候环境产生了明显影响，进而对植物群落功能产生一定影响。植物群落的物候期，特别是返青和枯黄期在增温背景下发生变化，在模拟增温初期，矮嵩草草甸生物量较高，增温 5 年后生物量反而有所下降，同时牧草营养物质含量发生变异。增温背景下，与放牧干扰比较而言，生物多样性下降迅速，这在全球高寒地区具有普遍意义。全球变暖不仅对植物的生物生产力影响较大，而且对植被类型的演替有着不可忽视的作用。

不同海拔梯度上，海拔与高寒草甸的物种数、多样性指数和均匀度指数之间的趋势模拟均呈负二次函数关系，中间海拔植物群落物种多样性最大。不同类型交错带纬度、海拔、坡向等的不同引起水热条件的再分配使立地条件产生较大的差异，从而使森林－灌丛交错带植被呈有规律的垂直和水平分布，群落的物种数和多样性的差异明显。不同的放牧强度，特别是在长期放牧干扰下高寒草甸植物群落的种类组成及其多度变化明显，而且物种多样性及其均匀度发生了变化，植物多样性、生产力与土壤养分的关系也随之改变。土地覆被变化对高寒草甸的群落结构、物种多样性关系产生明显影响，随着人工草地的建成和演替，植物群落的物种丰富度、多样性指数、均匀度指数因时间和空间的变化差异明显，群落演替从5年到6年，各群落丰富度和多样性指数增加、生物生产量降低、群落相似性系数增大，随着结构的复杂化，物种丰富度和多样性增大，群落稳定性提高。

第一节　控制实验对植物群落功能的影响

当今，全球变化（global change）、生物多样性（biodiversity）和可持续发展（sustainable development）等全球性问题为世人瞩目，而其中的 CO_2 浓度升高导致的温室效应和全球气候变化及其对陆地生态系统的影响，和生态系统对全球气候变化的响应和反馈，是关系到人类社会和经济生活、农林牧业生产、资源和生存环境的重大问题，成为众多科学工作者、各国政府领导人及普通民众所共同关注的焦点问题，于是温室效应对陆地生态系统的影响便成为当今国内外生态学家研究的核心问题之一（钟章成，1991；Jackdon，1994；Vitousek，1994；蒋高明等，1997；牛书丽等，2007），特别是高海拔、高纬度地带的生态系统对气候变化最敏感（Chapin et al.，1992；Korner，1992；Grabherr et al.，1994），已是生态学家研究的热点，并取得了一批重要的成果（Koner，1992；Grabherr et al.，1994；Zhang et al.，1996；周华坤等，2000；Kudo，Suzuki，2003；Klein et al.，2004，2005，2007）。

研究植物对全球气候变化及环境胁迫的响应始于野外观测，这些工作从20世纪早中期就有不少报道（张守仁等，2007）。但随着研究的深入，野外的自然环境条件的复杂性越来越满足不了探讨单因子变化的机理研究，这类实验对环境因子的控制及定量化要求越来越高。进入20世纪80年代以后，控制实验越来越多地成为植物生理生态学研究的主要形式。其中，CO_2 增加实验是规模最大、影响最深的模拟全球气候变化的控制实验。实验设备从最初的封闭控制环境因子系统（如玻璃温室），到开顶式增温小室（OTC），再到目前的FACE系统。目前在高海拔的青藏高原高寒草地生态系统展开的全球变化方面的研究中，控制性实验主要包括实验增温（Klein et al.，2005）、模拟放牧（朱志红等，2006）、降雨增减（沈振西等，2002）和紫外线增强等。

高寒草甸广泛分布于青藏高原东部和亚洲中部的高山上，是青藏高原和高山寒冷中湿气候的产物，是典型的高原地带性和山地垂直地带性植被（周兴民等，1987）。在高原和高山极端环境影响下所形成的高寒草甸生态系统极其脆弱，对人类干扰和由于温室效应引起的全球气候变化极其敏感，对这些干扰和变化的响应具有超前性。我国对青藏高原生态系统在全球变暖方面的研究始于20世纪90年代初期，大部分研究是利用地理信息系统（geographic information system，GIS）或数学模拟的方法来模拟全球变暖对生态系统所带来的可能影响，而缺乏控制实验证据。目前，除 Zhang 等（1996）、周华坤等（2000）、Klein 等（2004，2007）、李英年等（2004）、赵建中等（2006，2007）就模拟气候变化对高寒草甸产生的影响做过控制实验研究外，孙平等（2005）利用类似设施对高寒草甸地区的典型啮齿动物根田鼠（*Microtus oeconomus*）种群的相关特征进行了研究，大多以高寒草甸为对象，采用国际冻原计划（ITEX）模拟温室效应对植被影响的方法，研究对矮嵩草草甸群落结构、地上生物量和植物物种多样性的影响。

放牧是一种典型的人为干扰，也是高寒草甸地区最主要的土地利用方式，不仅可以直接改变草地的形态特征，而且还可以改变草地的生产力和草种结构，进而影响草地景观、物质和养分的循环及草场演替方式，同时过度放牧也会使草地成为不健康的生态系统。放牧对高寒草甸生物群落的重要特征，如植物物种多样性也有一定影响，尤其是长期重牧（周华坤等，2002，2004；赵新全等，2005）。中国科学院海北高寒草甸生态系统研究站从 2000 年开始，进行模拟增温、降水增减和模拟放牧等控制实验，以期有效揭示自然因素和人为干扰两大因素对高寒草甸演替的影响及其贡献，以探讨高寒草甸对增温效应及模拟放牧利用的反应，为预测全球气候变化对高寒草甸植被的影响以及高寒草甸对全球气候变化和人类活动的反应与反馈提供科学依据，揭示全球气候变暖和放牧利用与高寒草甸退化的相关关系。

一、实验增温对微气候环境的影响

微气候指在局地内，因下垫面条件影响而形成的与大气候不同的贴地层和土壤上层气候，这种气候的特点主要表现在个别气象要素、个别天气现象的差异上，如温湿度、风、降雨等（翁笃鸣等，1982）。

（一）温度变化

周华坤等（2000）的研究表明，增温小室内的气温、地表温度与地温比对照平均提高 1 ℃以上，而月间增温幅度不一致，呈现一定的季节性变化规律，如 5~10 cm 的地温温差在 4~6 月，一般为 0.48~0.98 ℃，8 月最大，达 2.53~2.63 ℃；5~20 cm 的气温温差在春季较大，一般为 1.23~2.15 ℃，以后随时间进程而减小。温差不仅有季节性变化，而且在不同高度（或不同深度）也有所不同，从地表到一定深度，温差逐渐降低。模拟增温实验的增温量在高海拔的西欧过去 15 年内报道的温度升高的范围内（Rozanski et al.，1992）和苔原生境下未来 50 年 CO_2 浓度翻倍所预测的温度升高的范围内（Maxwell et al.，1992），说明模拟温室效应的效果良好。

生长季节内，OTC 增温小室日气温平均提高 1.0~2.0 ℃，最高日气温提高 2.1~7.3 ℃，每日气温变化幅度为 1.9~6.5 ℃（Klein et al.，2005）。红外增温对土壤的效应高于对气温的效应，OTC 增温小室对微气候的效应与此不同。OTC 增温小室对微气候的效应在年际和生长季内差异显著，例如，OTC 增温小室对生长季节平均土壤温度有一个综合效应，牧草生长初期土壤温度稳定提高 1.0 ℃。实验增温与模拟放牧处理对微气候的影响没有交互作用，在剪草的 OTC 增温小室内地温和气温的增加高于不剪草的 OTC 增温小室。而且，实验样地背景状况与微气候和 OTC 增温小室调控功效动态关联，这有助于理解增温方法之间不同生态系统内的增温控制，增温与其他实验处理及其交互作用和多个时间尺度上研究点内不同的微气候效应。实验增温方法、地点和研究尺度可以说明一些潜在变量，实验增温研究中这些变量和因素的考虑有助于理解和预测高寒生态系统对人为气候变暖的响应（图 3-1）。

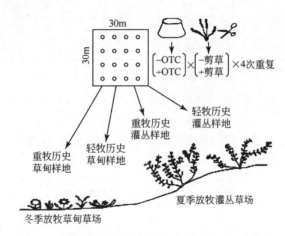

图 3-1　增温实验设置示意图（Klein et al.，2004）

李英年等（2004）利用 OTC 在高寒草甸进行了相关研究，5 年模拟增温后的观察表明，植物生长期 4~9 月温室内 10 cm、20 cm 地下土壤平均增温 1.86 ℃，10 cm、20 cm 处地上空气平均增温 1.15 ℃，地表 0 cm 平均增温 1.87 ℃，且增温在植物生长初期大于生长末期及枯黄期。

（二）湿度变化

5 cm 处土壤含水量变化不规则，其中 4~6 月温室内的土壤含水量大于对照（表 3-1），这是因为 6 月底以前，海北地区的土壤处于冻结状态，温室内温度较高，土壤消融较早，下层水分不断以毛管水形式向地表输送，造成地表含水量增多，而7月以后，土壤深层水很难上升到地表，所以7～9月在地下5 cm、10 cm、15 cm以及20 cm处，对照中的土壤含水量稳定地大于温室，这也与温室的修建多少影响了室内土壤表层对水分的获取有关。从上到下，土壤含水量逐渐下降，各月的这种趋势均一致。总的来说，近地表层（0～20 cm）的土壤含水量均为对照略大于温室，而两者间的差异在统计意义上不显著（表3-1，$P > 0.05$，$n = 12$）。

表3-1　土壤含水量月间动态

土深	处理	4月	5月	6月	7月	8月	9月	$\bar{x} \pm$ S. D.	重复数
5 cm	对照（%）	41.03	35.72	39.48	40.26	42.55	36.22	39.21 ± 2.71	
	温室（%）	42.11	36.73	39.55	35.08	38.63	34.26	37.73 ± 2.95	
10 cm	对照（%）	31.73	30.72	28.31	28.74	32.47	27.62	29.93 ± 1.99	
	温室（%）	30.74	26.85	28.32	25.76	28.19	26.62	27.75 ± 1.76	12
15 cm	对照（%）	29.17	27.06	26.54	26.57	29.51	25.90	27.46 ± 1.51	
	温室（%）	28.02	25.76	25.75	24.88	26.72	24.98	26.02 ± 1.18	
20 cm	对照（%）	28.89	27.12	26.47	26.61	28.50	25.22	27.14 ± 1.37	
	温室（%）	27.53	26.86	25.30	25.90	26.28	24.71	26.07 ± 1.00	

注：$\bar{x} \pm$ S. D. 表示平均值标准差，下同。

距地表20 cm处的相对湿度在温室、对照间高低变化不等，呈现出无规律性，而差异不显著（表3-2，$n = 10$，$P > 0.05$）。平均而言，对照内的相对湿度略高于温室，这是由于温室的修建影响了近地表层的空气湍流、热量与水汽的散失（翁笃鸣等，1982）等。

表3-2　温室内外的空气相对湿度

日期(年.月.日)	1998.4.18	1998.5.19	1998.6.2	1998.6.18	1998.7.21	$\bar{x} \pm$ S. D.
对照（%）	30.67	44.86	71.29	84.83	75.12	
温室（%）	28.30	44.57	76.36	80.67	77.09	
日期（年.月.日）	1998.8.4	1998.8.13	1998.9.3	1998.9.4	1998.9.12	70.80 ± 18.21
对照（%）	81.60	82.80	82.00	73.57	79.29	70.19 ± 18.54
温室（%）	83.60	79.80	82.33	71.43	79.29	

（三）风速变化

不论温室与对照，近地表层内，从低到高风速都有递增的趋势。温室内风速明显降低，与对照相比差异极其显著（表3-3，$n = 13$，$P < 0.001$）。正因为温室的阻挡作用，室内空气湍流明显减弱、风速降低，使热量不易散失，起了聚热作

用，加之玻璃纤维被太阳辐射中的红外线穿透的能力较好（Edward，1993），所以温室内温度提高成为了必然。

表3-3 温室内外的风速

项目	高度(cm)	日期(年.月.日) 1998. 4. 18	1998. 4. 24	1998. 5. 19	1998. 5. 26	1998. 6. 2	1998. 6. 18	1998. 7. 10
温室（m/s）	20	0.014	0.014	0.086	0.00	0.00	0.00	0.00
	30	0.23	0.13	0.17	0.00	0.029	0.00	0.057
	40	0.47	0.34	0.20	0.11	0.13	0.057	0.26
对照（m/s）	20	0.94	0.80	0.51	0.71	0.61	0.086	0.33
	30	1.38	1.64	0.60	1.00	0.91	0.21	0.56
	40	1.57	1.86	0.96	1.20	1.16	0.37	0.86

项目	高度(cm)	日期(年.月.日) 1998. 7. 21	1998. 8. 5	1998. 8. 13	1998. 9. 3	1998. 9. 4	1998. 9. 12	$\bar{x} \pm S.D.$
温室（m/s）	20	0.00	0.00	0.00	0.00	0.00	0.00	0.0088 ± 0.024
	30	0.00	0.00	0.14	0.033	0.00	0.057	0.065 ± 0.077
	40	0.20	0.17	0.46	0.15	0.057	0.26	0.22 ± 0.15
对照（m/s）	20	0.33	0.18	0.42	0.15	0.071	0.31	0.42 ± 0.28
	30	0.63	0.38	0.74	0.37	0.26	0.61	0.71 ± 0.43
	40	0.90	0.60	1.16	0.58	0.44	0.94	0.97 ± 0.43

（四）太阳辐射与反射系数的变化

经T检验，4~9月内对照与温室间的水平总辐射和反射系数（表3-4）差异不显著（$P > 0.05$，$n = 6$）。水平总辐射对照略高于温室，均于7月达到最高，变化趋势都为单峰式倒V形。对照条件下的反射系数平均为0.2595，其结果与贾桂英（1991）的观测结果相近，温室处理使平均反射系数略有提高，为0.2614。反射系数的月变化与植物群落的物候变化，植物器官的光学性质及植物群落结构有关，对照、温室下的变化趋势均为"高—低—高"。牧草生长初期，植被郁闭度小，反射率受地表影响较大，反射系数高，增温小室的修建使反射系数更高；此后，整个植被郁闭度变大，反射系数降低；牧草生长末期，气温下降，植被枝叶开始枯黄，反射系数变高，在此期间，增温处理使牧草枯黄期推迟，延长了生育期，影响了下垫面的颜色状况等，使反射系数低于对照。

表3-4   水平总辐射和反射系数月间动态

	月份	4月	5月	6月	7月	8月	9月	$\bar{x} \pm S.D.$
对照	总辐射 （W/m²）	575.5	598.3	708.1	758.4	594.1	472.5	617.82 ± 101.75
	反射系数	0.2528	0.2510	0.2475	0.2641	0.2648	0.2769	0.2595 ± 0.0170
温室	总辐射 （W/m²）	462.8	552.7	690.9	779.4	603.7	449.3	598.8 ± 129.29
	反射系数	0.2715	0.2816	0.2583	0.2453	0.2452	0.2666	0.2614 ± 0.0146

（五）极端温度的变化

温室内的极端温度值均高于对照（表3-5），但与对照间差异不显著（$n=5$，$P>0.05$）。不论对照、温室，极端最高温的变化趋势基本一致，均于8月达到顶点，分别为43.07 ℃、44.4 ℃，5~9月内的平均温差为2.82 ℃；极端最低温的变化趋势略不一致，对照于8月达到顶点（2.43 ℃），温室于7月达到顶点（3.86 ℃），5~9月内的平均温差为0.82 ℃。

表3-5   生长季节内极端地表温度月间动态

	月份	5月	6月	7月	8月	9月	$\bar{x} \pm S.D.$
温室	最高（℃）	34.47	41.42	42.67	44.40	35.91	39.77 ±4.35
	最低（℃）	−1.59	−1.08	3.86	2.87	−2.24	0.37 ±2.79
对照	最高（℃）	32.22	37.86	38.80	43.07	32.80	36.95 ±4.51
	最低（℃）	−1.86	−1.38	2.35	2.43	−3.82	−0.45 ±2.75

（六）CO_2 浓度的变化

全球温室效应的加剧主要是温室气体浓度的不断升高。据 IPCC 预测，到2050年，大气中 CO_2 浓度将由现在的350 ppm（μmol/mol，下同）左右增至700 ppm 或更高，全球年平均气温将升高1.5~4.5 ℃。为表明增温小室的架设对大气 CO_2 浓度的影响，采用美国产 CI-301 光合作用测定仪开路系统方法测量了温室内外的 CO_2 浓度，结果表明温室内外的 CO_2 浓度差异不明显（$n=8$，$P>0.05$），CO_2 浓度差值均小于15 ppm（表3-6），所以增温小室的修建在初期对其内的 CO_2 浓度没产生太大的影响，即没有明显的反馈效应。增温小室内的 CO_2 浓度略高于小室外，是由于温室的修建使近地表层风速明显降低，进而影响空气湍流，CO_2 气体流通不畅所致。同时，可以看出，不论温室、对照，随着天气由晴到小雨，CO_2 浓度有递增趋势，这主要是由于植物光合作用强度的变化所致。

表 3-6　CO_2 浓度观测

时间 （年.月.日 时：分）		1998.08.17 14：30 ~ 16：00	1998.09.02 10：30 ~ 12：00	1998.09.02 15：45 ~ 17：05	1998.09.22 10：00 ~ 11：20
天气		晴	多云	阴转多云	小雨
温室	浓度（ppm）	311.67 ± 6.54	329.30 ± 15.66	333.21 ± 14.60	372.01 ± 9.12
	箱体温度（℃）	24.81 ± 0.91	17.90 ± 2.65	16.14 ± 1.43	5.43 ± 0.90
对照	浓度（ppm）	303.25 ± 10.37	319.97 ± 9.43	319.40 ± 8.18	363.25 ± 6.52
	箱体温度（℃）	24.71 ± 0.76	17.74 ± 2.85	15.89 ± 0.98	5.33 ± 0.95
重复数		11	8	8	8
温室 - 对照（ppm）		8.42	9.33	13.81	8.78

（七）温度与其他气候因子间的关系

温室的修建对地温与湿度（土壤湿度和空气相对湿度）间、气温与空气相对湿度间的相关显著性有影响，其他除相关系数略有变化外不受太大影响。不论对照、温室，地表温度、气温与水平总辐射间相关极其显著（表 3-7），说明太阳辐射仍为最主要的热源，而地温则由于土壤热传导特性（翁笃鸣等，1982）的影响，与辐射相关性不显著。温度与风速间相关不显著，则是由于采集数据的时间选在全晴天 10：00 ~ 18：00，近地表层的风速对温度影响不大所致。温度与湿度间大多负相关或不相关，温室的修建使这种关系更加明显。

表 3-7　温度（X）与其他微气候因子（Y）间的相关系数和线性回归方程

		土壤湿度（%）	空气相对湿度（%）	风速（m/s）	水平总辐射（W/m^2）
对照	地表温度（℃）	$Y = 0.037X + 29.14$ $R = 0.0563, P > 0.05$	$Y = -1.14X + 82.98$ $R = -0.3680, P < 0.05$	$Y = 0.0029X + 0.37$ $R = 0.0343, P > 0.05$	$Y = 29.96X + 202.9$ $R = 0.7522, P < 0.001$
	气温（℃）	$Y = 0.11X + 28.15$ $R = 0.1550, P > 0.05$	$Y = -1.11X + 81.77$ $R = -0.3484, P < 0.05$	$Y = 0.039X + 1.33$ $R = -0.1086, P > 0.05$	$Y = 31.32X + 199.00$ $R = 0.7218, P < 0.001$
	地温（℃）	$Y = -0.31X + 32.31$ $R = -0.4651, P > 0.05$	$Y = 1.86X + 50.06$ $R = 0.3626, P < 0.05$	$Y = -0.031X + 0.66$ $R = -0.2174, P > 0.05$	$Y = 24.18X + 460.30$ $R = 0.2586, P > 0.05$

		土壤湿度（%）	空气相对湿度（%）	风速（m/s）	水平总辐射（W/m²）
温室	地表温度(℃)	$Y = -0.088X + 29.23$ $R = -0.1729, P > 0.05$	$Y = -1.14X + 80.15$ $R = -0.3536, P < 0.05$	$Y = -0.00039X + 0.011$ $R = -0.0934, P > 0.05$	$Y = 26.80X + 225.00$ $R = 0.7343, P < 0.001$
	气温(℃)	$Y = -0.13X + 29.80$ $R = -0.2408, P > 0.05$	$Y = -0.61X + 69.85$ $R = -0.1749, P > 0.05$	$Y = 0.0082X + 0.052$ $R = 0.0370, P > 0.05$	$Y = 29.58X + 186.30$ $R = 0.7290, P < 0.001$
	地温(℃)	$Y = -0.27X + 30.49$ $R = -0.5715, P < 0.05$	$Y = 0.48X + 56.18$ $R = 0.2330, P > 0.05$	$Y = -0.00049X + 0.0095$ $R = -0.073, P > 0.05$	$Y = 10.70X + 566.00$ $R = 0.1106, P > 0.05$
样本数		13	49	62	25

注：以上各微气候因子的测定位置分别如下：土壤湿度 10 cm，空气相对湿度 20 cm，风速 20 cm，水平总辐射 20 cm，地表温度 0 cm，气温 20 cm，地温 10 cm。

二、实验增温对物候的影响

植物物候学是研究植物生长发育节律的一门科学（竺可桢等，1983），它的观测在植物群落研究中有一定的重要性，一方面，反映了植物的生长发育与环境条件的相互关系；另一方面，在牧场管理上，可根据牧草生长发育周期，合理安排放牧与割草。一般的物候观测分营养期、花蕾期、花期、结果期、果后营养期、枯黄期、生长期等，每期又分为 2～4 个亚期（倍桀芒，1958）。以 10% 的该种植物样株的物候变化比率划分每一物候期的始期和末期，统计出每种植物各物候期的延续天数和生态因子值。国内外对植物物候学的观测已有大量文献报道（竺可桢等，1983；王义凤，1985；史顺海等，1988；祝宁等，1990；王启基等，1991；张堰青等，1994；周华坤等，2002；Zheng et al.，2002，2006）。然而，尚未见到增温效应对高寒嵩草草甸植物物候影响的有关报道，为阐明青藏高原对全球气候变暖的贡献与响应，对增温效应下高寒草甸植物的物候变化进行观测和研究就显得极其重要。

（一）物候期的延迟与提前

增温效应对矮嵩草草甸建群种和主要伴生种的生长发育具有明显的影响，温室内植物种群生长期平均延长 4.95 d。各物候期的始期提前，而末期推迟，其中结果期始期提前最多，达 2.84 d。果后营养期延迟最多，达 5.74 d（表3-8）。花蕾期的始期、末期均延迟，但延迟天数甚少。花期的始期延迟，末期提前，这与植物在孕蕾开花阶段生理方面的光周期有关。增温小室或多或少影响了日照时数及牧草光能的获取。增温小室改善了植物群落的小气候环境，一定程度上满足了植物对热量的需求，有利于植物的生长和发育，对群落结构产生一定的影响。

表 3-8　矮嵩草草甸物候期始、末期的变化　　　　（单位：d）

物候期	始期	末期
营养期	+ 0.37	− 2.42
花蕾期	− 0.84	− 0.16
花期	− 1.47	+ 1.26
结果期	+ 2.84	− 0.42
果后营养期	+ 0.37	− 5.74
枯黄期	+ 0.89	− 3.00
生长期	+ 0.37	− 4.58

注：上述数据为矮嵩草草甸 19 个植物种群的统计平均值，都是温室处理对对照而言，"＋"表示提前天数，"－"表示延迟天数。

（二）物候特征的变化

采用物候指数（PI）、某一植物种特定物候期延续的天数（LD）和物候变化比率（PAR）（周华坤等，2002）计算了增温对矮嵩草草甸物候特征的影响，将其结果列于表 3-9，可以看出 PI 值除花期和枯黄期外均有所提高，花期 PI 变低主要是因该期 LD、PAR 变低所致，枯黄期 PI 变低是因 LD 值变高不足以弥补 PAR 变低带来的效应。LD 在生长期内除花蕾期和花期外，均有延长，特别是果后营养期延长天数最多。花蕾期和花期 LD 减少的原因主要是由于温室内温度的提高使植物花期整齐而集中所致，果后营养期则因温室内温度较对照高，满足营养生长所需的热量所致。PAR 值总的趋势为减小，是由 LD 值增大所引起。

表 3-9　矮嵩草草甸植物不同物候期的物候特征

	物候期		营养期	花蕾期	花期	结果期	果后营养期	枯黄期	生长期
物候特征	物候指数（PI）	温室	58.14	8.18	12.75	7.07	41.14	11.04	138.31
		对照	56.82	7.52	14.20	6.61	39.59	12.67	137.06
		温室 − 对照	1.22	0.66	− 1.45	0.46	1.55	− 1.43	1.25
	物候延续天数（LD）(d)	温室	73.42	26.42	31.33	17.74	73.21	26.79	169.00
		对照	70.95	27.53	34.00	17.11	64.63	23.84	164.16
		温室 − 对照	2.47	− 1.11	− 2.89	0.63	8.58	2.85	4.84
	物候变化比率（PAR）	温室	0.75	0.31	0.41	0.38	0.54	0.42	0.82
		对照	0.77	0.27	0.42	0.39	0.60	0.50	0.78
		温室 − 对照	− 0.02	0.04	− 0.01	− 0.01	− 0.06	− 0.08	0.04

注：上述数据为矮嵩草草甸 19 个植物种群的统计平均值。

（三）物候类型的划分

聚类分析是运用数学方法对不同的样本进行数量分类，定量地确定样本间的亲属关系，并按它们之间的相似程度，归组并类，以便客观分类的一种多元统计分析方法（屠其璞等，1982）。

利用聚类分析法，取相对欧氏距离（RED）为 0.50，温室内外的 19 种植物可明显地区分为三种不同的物候类型，各类型均具相近的生活习性、生态特征和遗传反应。第 I 类型属花期较早的植物，主要是莎草科的矮嵩草、小嵩草、二柱头藨草和杂类草矮火绒草四种，它们均以无性繁殖为主，属寒冷中生和旱中生植物，返青早，在返青后经过短暂的营养生长便进入花期，开花期在 5 月中旬前后，温室条件下略有提前，这类植物是高寒草甸中的早花植物，结果后进入较长的果后营养期，所以第 I 类型植物在果后营养期具有相对较高的物候指数和积温、降雨、日照时数等生态因子值，其他物候期则相对较低。第 II 类型为开花期出现在牧草生长旺盛期的植物类群，对照包括雪白委陵菜、甘肃棘豆、高山唐松草、蒲公英（*Taraxacum mongolicum*）、鹅绒委陵菜、甘肃马先蒿、薹草（*Carex* sp.）、雅毛茛、兰石草九种植物，温室条件下仅仅少了蒲公英，这是由于温室处理使蒲公英花期延迟所致。这类植物大多能进行有性繁殖过程，返青后经一段时间的营养生长后，进入花期，开花期在 7 月中旬前后，温室条件下有所延迟（表3-8），这类植物结果后经一段时间的果后营养期，逐渐枯黄，呈现出发育节律的一致性。第 III 类型为开花期较晚的植物类群，对照包括美丽风毛菊、麻花艽、线叶龙胆、羊茅（*Festuca ovina*）、早熟禾（*Poa* spp.）、垂穗披碱草（*Elymus nutans*）六种植物，温室处理下仅仅多了蒲公英。这类植物以有性繁殖为主，花期在 8 月中旬前后，唯线叶龙胆开花最晚，花期在 9 月中下旬，温室条件下有所延迟（表3-8）。这类植物结果后进入短暂的果后营养期后逐渐枯黄，营养期较长，该期具较大的物候指数和生态因子值，其他物候期则相反。

上述各类植物开花迟早，与它们的生物－生态学特性密切相关（史顺海等，1988），所以温室处理下仍与对照一样划分为三种物候类型，仅有蒲公英一种植物在 II、III 类型发生了跃变，温室效应对其他植物的影响仅仅在 I、II、III 类型内部种间相对欧氏距离的变动上。由物候指数关系而划分的物候类型可以直观地反映增温效应对物候变化产生的初步影响，同时也表明：不论温室、对照，同一生境条件下，不同类植物的物候变化具趋同适应性（祝宁等，1990）。

（四）增温效应对五种植物生长的影响

增温效应对莎草、杂草和禾草生长的影响可以通过对其代表种的影响加以体现。增温效应使矮嵩草、薹草、垂穗披碱草和麻花艽的叶长、叶宽、株高、穗秆长、穗（花）长、穗（花）宽等各项生长参数大多高于对照，美丽风毛菊则不同，叶长、叶宽变大，株高、花长和花宽反而变小（表3-10）。温室处理使土温提高，增加了土壤矿化作用以供给植物氮素，这种氮素的增加有利于植物各个器官的生长，故增温效应下五种植物的许多生长参数均高于对照，而美丽风毛菊的花长、花宽和株高低于对照，这主要是因为美丽风毛菊为阳性植物，当其他植物在温室效应下茁壮成长，它处于群落下层，与之过分竞争了光照、水肥等，不利于其繁殖器官的生长发育。经 T 检验，温室处理使五种植物的叶长、叶宽和株高等营养器官的有关参数与对照间大多差异显著，而穗秆长、穗（花）长和穗（花）宽等繁殖器官的有关参数与对照间大多差异不显著。造成五种植物的这种差异，其主要原因在于温室增温之后，提高了植物的营养生长，因而，叶长、叶宽以及株高等高于对照，但植物的繁殖器官受短期增温干扰较小，尽管温室内温度有所提高，对繁殖器官的影响较小。

表 3-10　对照和温室下五种植物的生长参数

		矮嵩草	薹草	垂穗披碱草	麻花艽	美丽风毛菊
对照	叶长（cm）	8.49	13.50	8.85	13.78	6.79
	叶宽（cm）	0.20	0.26	0.25	1.68	2.12
	株高（cm）	11.42	15.54	30.02	13.07	6.47
	穗秆长（cm）	10.03	4.59	28.56	—	—
	穗（花）长（cm）	0.96	1.10	3.77	3.18	1.68
	穗（花）宽（cm）	0.16	0.17	0.19	1.10	0.90
	样本数	24	25	23	23	23
温室	叶长（cm）	12.65	20.82	12.57	18.37	7.90
	叶宽（cm）	0.29	0.38	0.30	1.97	2.62
	株高（cm）	19.92	20.14	33.74	23.74	6.45
	穗秆长（cm）	18.57	7.84	39.02	—	—
	穗（花）长（cm）	1.42	0.63	4.49	4.26	1.02
	穗（花）宽（cm）	0.21	0.11	0.28	1.23	0.58
	样本数	20	19	20	22	22

（五）影响物候变化的生态因子

植物的物候变化与生态因子的累积值密切相关，与生态因子平均值相关性较差（张堰青，1992）。经相关性分析与排序（表3-11），结果表明对照条件下影响物候变化的主要生态因子为地表高于 5℃（含 5℃）的积温、大气高于 5℃（含 5℃）的积温和降水量，而温室内则为大气高于 5℃（含 5℃）的积温、地表高于 5℃（含 5℃）的积温、地表高于 0℃（含 0℃）的积温。不论温室、对照，在植物生长期内与物候变化最密切的生态因子均为温度，然后为日照或降水，这与王启基等（1991）对禾草生长发育影响因子的研究结果一致。另温室条件下生长期内诸生态因子与物候指数的相关系数均高于对照（表 3-11）。就各个物候期而言，温室内外与花期、花蕾期相关最密切的生态因子为日照时数，而后为温度，这与该阶段植物在生理上对日照的需求有关。与果后营养期密切相关的生态因子温室内外有所差异，对照为日照、温度、降雨量，而温室内为温度、降雨量、日照，主要由于该期的增温依赖于日照时数的增加，而架设温室使这种依赖性变小。其他物候期在架设温室后，相关最密切的仍为温度，而后为日照时数和降雨量。

表 3-11　不同物候期物候指数与主要生态因子的相关系数及排序

处理	生态因子	营养期	花蕾期	花期	结果期	果后营养期	枯黄期	生长期
对照	大气≥0℃积温	0.9848[1]	0.5350[3]	0.6569[2]	0.9051[2]	0.9646[2]	0.9577[3]	0.4505
	大气≥5℃积温	0.9422	0.4297	0.5618	0.8934	0.9534	0.9356	0.5772[2]
	地表≥0℃积温	0.9835[2]	0.5376[2]	0.6410[3]	0.9070[1]	0.9629[3]	0.9661[1]	0.3608
	地表≥5℃积温	0.8871	0.4184	0.5697	0.8996[3]	0.9500	0.9336	0.5853[1]
	降水量（mm）	0.9771[3]	0.3064	0.5237	0.8604	0.9629[3]	0.9256	0.5441[3]
	日照时数（h）	0.9654	0.5948[1]	0.7362[1]	0.8898	0.9704[1]	0.9645[2]	0.5367
温室	大气≥0℃积温	0.9692	0.6049	0.7113[2]	0.9204[2]	0.8565	0.7173	0.6229
	大气≥5℃积温	0.9757[1]	0.6504[2]	0.6329	0.9077	0.9280	0.8149[3]	0.7237[1]
	地表≥0℃积温	0.9749[2]	0.6385[3]	0.6331[3]	0.9231[1]	0.9151	0.8267[1]	0.6319[3]
	地表≥5℃积温	0.9740[3]	0.5977	0.6196	0.9190[3]	0.9424[1]	0.7987	0.6846[2]
	降水量（mm）	0.9564	0.5158	0.4368	0.8610	0.9419[2]	0.7612	0.5498
	日照时数（h）	0.9594	0.7165[1]	0.7309[1]	0.9184	0.9334[3]	0.8230[2]	0.6241

注：数据右上角"1、2、3"为与各物候期相关最密切的前三个生态因子排序值。

三、实验增温和模拟放牧对植物种丰富度的影响

增温小室改善了植物群落的小气候环境，一定程度上满足了植物对热量的需求，有利于植物的生长和发育，对矮嵩草草甸群落结构产生一定的影响（表 3-12）。种群的高度整体上有所增加（$P < 0.05$，$n = 16$），大多数植物种的密度有所增加，而薹草（*Carex* sp.）、双叉细柄茅（*Ptilagrostis dichotoma*）、雪白委陵菜

（*Potentilla nivea*）等的密度有所减小，这与三种植物的生态特征有关，薹草和雪白委陵菜属阳性植物，当其他植物高度和密度增加，它们处在群落的下层，阴湿环境影响了它们的生长与发育，而双叉细柄茅属疏丛性植物，当其他植物密度增加时，它的分蘖受到抑制，数量便相对减少（周华坤等，2000）。

表 3-12　增温对矮嵩草草甸种群数量特征的影响

种名	高度（cm）		盖度（%）		密度［株/ (25×25cm²)］		频度		重要值		综合 优势比（%）	
	对照	温室	对照	温室	对照	温室	对照	温室	对照	温室	对照	温室
矮嵩草	10.9	11.7	6.69	8.69	25.13	38.63	1.00	1.00	5.10	6.42	53.68	61.65
二柱头藨草	11.5	14.3	3.68	3.86	66.63	68.63	1.00	1.00	6.87	7.01	60.21	61.30
薹草	28.5	31.7	1.20	0.74	4.00	2.00	0.88	0.75	2.99	2.50	44.10	38.55
洽草	30.1	31.0	0.03	0.04	0.13	0.13	0.13	0.13	1.63	1.45	22.76	20.47
缴细柄茅	27.7	35.6	0.01	0.11	0.25	0.69	0.13	0.13	1.52	1.84	21.21	26.47
垂穗披碱草	38.5	45.0	7.44	5.33	45.13	29.00	1.00	1.00	7.89	6.28	79.18	70.04
羊茅	22.2	28.0	6.85	6.55	44.5	47.50	0.88	0.88	6.75	6.91	64.04	65.50
早熟禾	28.5	35.1	7.80	8.60	43.38	50.50	1.00	1.00	7.40	8.10	72.92	77.91
异针茅	27.3	32.0	11.9	11.48	83.25	86.00	1.00	1.00	10.94	10.96	92.73	92.78
紫羊茅	35.0	42.5	3.58	3.95	10.5	11.50	1.00	1.00	4.51	4.71	58.40	60.56
双叉细柄茅	25.0	33.8	0.2	0.11	0.75	0.31	0.13	0.13	1.47	1.60	20.00	22.23
麻花艽	14.7	18.5	8.23	3.68	5.13	3.25	1.00	0.88	4.66	2.99	54.28	41.11
美丽风毛菊	4.7	4.5	6.04	4.18	5.25	4.38	1.00	1.00	3.39	2.75	42.32	37.88
矮火绒草	1.6	1.6	0.44	0.41	2.13	2.00	0.63	0.63	1.06	1.00	18.23	17.99
雅毛茛	9.5	11.2	0.16	0.14	0.75	0.63	0.50	0.50	1.14	1.10	19.23	19.20
高山唐松草	4.4	5.7	2.64	2.15	11.75	8.50	0.75	0.75	2.54	2.20	30.68	29.07
兰石草	2.2	2.5	2.03	1.88	4.38	4.00	0.88	0.88	1.96	1.86	28.88	28.52
甘肃棘豆	13.4	17.5	1.51	3.59	1.75	2.88	0.63	1.00	1.91	3.04	28.02	43.38
黄花棘豆	12.5	17.7	1.94	1.91	3.88	3.38	0.88	0.75	2.40	2.32	35.23	33.73
线叶龙胆	9.5	11.5	0.89	1.05	2.50	2.50	0.50	0.50	1.45	1.49	21.29	21.90
尖叶龙胆	7.8	7.5	0.3	0.30	1.13	0.88	0.25	0.25	0.82	0.73	12.28	11.33
异叶米口袋	6.4	8.5	4.8	6.78	6.88	10.63	0.88	1.00	3.08	4.04	38.18	47.58
藦苓草	10.1	12.3	1.00	0.98	1.00	1.38	0.13	0.13	0.98	1.02	12.08	12.49
银莲花	5.7	6.5	0.2	0.60	0.25	0.63	0.25	0.38	0.64	0.90	10.45	14.48
蒲公英	12.1	12.5	1.16	1.55	2.13	2.75	0.88	0.88	2.06	2.11	32.81	32.99

续表

种名	高度（cm）		盖度（%）		密度［株/(25×25cm²)］		频度		重要值		综合优势比（%）	
	对照	温室	对照	温室	对照	温室	对照	温室	对照	温室	对照	温室
二裂委陵菜	7.8	6.8	0.088	0.40	0.13	0.88	0.13	0.63	0.56	1.15	8.41	20.53
鹅绒委陵菜	8.5	8.8	0.41	0.61	0.38	0.38	0.25	0.25	0.84	0.84	12.74	12.58
雪白委陵菜	7.1	7.5	2.04	1.61	2.88	2.00	0.88	0.88	2.11	1.87	31.64	30.13
甘肃马先蒿	8.0	8.7	0.063	0.025	0.25	0.13	0.13	0.13	0.57	0.52	8.53	8.05
甘青老鹳草	2.3	2.4	0.18	0.075	0.75	0.50	0.50	0.38	0.79	0.57	14.60	11.02
花苜蓿	8.5	10.0	5.99	5.69	21.75	18.50	1.00	1.00	4.58	4.27	49.64	48.32
紫菀	7.2	9.8	0.113	0.188	0.125	0.25	0.25	0.25	0.54	0.62	8.08	9.05
獐牙菜	7.0	7.5	0.138	0.05	0.38	0.13	0.25	0.13	0.69	0.48	11.20	7.44
四叶葎	3.6	3.7	0.125	0.50	1.00	2.25	0.50	0.63	0.85	1.13	15.40	19.42
立梗高山唐松草	13.0	16.2	0.15	0.125	0.50	0.38	0.13	0.13	0.85	0.88	12.03	12.51
平均值	13.48	15.72	2.38	2.33	10.63	10.74	0.57	0.59	2.63	2.65	31.08	31.77

1998～2001年为期4年的模拟增温实验（Klein et al., 2004）表明, 1999年增温引起总物种数下降5～14种, 2001年增温引起总物种数下降为9～15种（随放牧历史的不同而有所差异）, 即高寒灌丛对模拟增温的响应在植物物种变化方面呈现为总物种数16%～30%（1999年）和26%～39%（2001年）的下降趋势（图3-2和图3-3）, 而在较干旱且氮含量较少的实验样地物种丧失得更多。同时, 研究表明气候变化对物种丰富度影响的间接效应可能被植物间的相互作用所减弱; 热效应和增温导致的枯草积累是物种对于实验增温反应的有力解释。这项控制实验研究首次报道了气候温暖化导致高海拔生态系统短时间内植物种多样性迅速下降, 将有效地支持关于人为气候变化下物种丧失的模型预测研究。

增温改变了植被组成, 温室内耐旱的禾草类比例明显增大, 杂草比例下降, 说明温暖化效应对植物种演替的影响是重要的, 物种多样性比原生植被的物种有所减少, 植物种群优势度发生倾斜, 原生适应寒冷、湿中生境的矮嵩草为主的草甸植被类型逐渐退化, 有些物种甚至消失, 被以旱生为主的植被类型所替代（李英年等, 2004）。模拟增温使得物种丰富度降低了26%～36%（Klein et al., 2004）。这些变化是极为复杂的过程, 与地下资源的改变、枯枝落叶的积累、小哺乳动物活动的增加、植被热量的增加等有关（Klein et al., 2004）, 并与植物种对环境条件竞争有很大的关系。禾本科植物一般对温度的反应较为敏感, 当温度增加时生长迅速, 在短时间内盖度增大, 而杂草类受禾草类郁蔽作用的抑制, 难以旺盛生

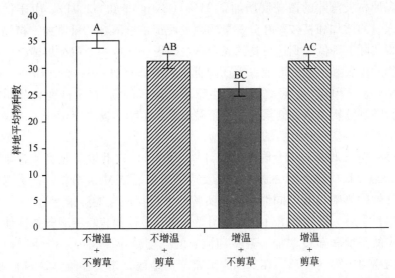

图3-2　高寒灌丛不同实验处理下单位面积平均物种数（Klein et al.，2004）

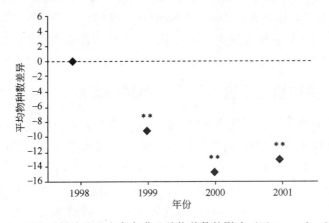

图3-3　增温对低放牧强度高寒灌丛总物种数的影响（Klein et al.，2004）

长，甚至消失。当然这其中水分的作用也不可忽视，温室内地表蒸散（土壤的蒸发和植被的蒸腾）较对照高，这样可导致温室地表至植物层内出现暂时的、相对干燥的低湿度环境，形成了禾草类植物生长发育需要的温湿度条件。

在青藏高原地区，超过80%的降雨量集中在植物生长季，增温通过改变土壤氮素的有效性而影响到生态系统的资源平衡（Klein et al.，2004）；地下资源条件的改善能间接地降低物种多样性（Tilman，1997）；然而，氮的增加可能通过植被生产能力的提高而降低物种多样性（Tilman，1994）。因此，模拟增温改变了地下养分资源的平衡，间接地减少了高寒草甸物种丰富度（Klein et al.，2004）。

增温使枯枝落叶的覆盖度增加了 25% （Klein et al., 2004）。由于枯枝落叶的年输入量的增加和枯枝落叶分解量的减少使得枯枝落叶的量增加，植物枯枝落叶的积累实际上降低了到达植物的光合有效辐射而形成一个机械屏障，这些都影响到植物的生长和植被的形成，因而降低了物种多样性（Foster, Gross, 1998）。Cornelissen 等（2007）对环北极高寒生态系统地区的 33 个全球变化控制实验的结果进行整理分析，认为气候变暖对植被组成和生物多样性有影响，地表枯枝落叶的分解对气候变暖具有负的反馈效应。

Walker 等（2006）综合国际冻原计划（ITEX）在北欧、北美和青藏高原的 11 个实验点 OTC 增温实验的植物群落反应结果，通过 Meta 分析，认为温暖化对植物多样性的影响具有趋同性。这些实验点中植物冠层增温幅度为 1～3 ℃，经过两个生长季后，植物群落都会发生明显反应。总体而言，温暖化效应使落叶灌木和草本的高度和盖度增加，苔藓和地衣的盖度减小，物种多样性和均匀度减少。这与赵建中等（2006）在三江源高寒草甸地区，李英年等（2004）和 Klein 等（2004，2007）在海北高寒草甸地区的 OTC 增温实验结果，以及北极冻原其他区域增温实验（Moline et al., 2004；Marchand et al., 2005）和相关模型预测（李英年等，2000；徐祥德，2004）的结论是一致的。温暖化效应至少在短期内将使冻原区域的生物多样性减少，在一定意义上具有普遍性意义，得到该领域研究学者的认可（Walker et al., 2006）。

四、实验增温和模拟放牧对地上生物量的影响

在模拟增温条件下，矮嵩草草甸植物的生长期被延长，植物群落的衰退期亦被延迟，这有助于矮嵩草草甸获得更高的生物量。增温效应下，莎草中薹草生物量降低，二柱头藨草和矮嵩草的生物量有所提高；禾草中除了垂穗披碱草有所降低外，其他均有所上升；杂草中除棘豆、异叶米口袋、花苜蓿等有所上升外，其他杂草生物量大多降低（表 3-13）。矮嵩草草甸主要种群地上生物量的这种变化状况决定了表 3-14 中各类草地上生物量的增减趋势。模拟增温实验结果发现，禾草地上生物量增加了 12.30%，莎草增加了 1.18%，杂草减少了 21.13%，总量增加了 3.53%（周华坤等，2000）（表 3-14）。禾草是青藏高原东部高寒草甸的建群种，在增温和保护条件下，其分蘖能力的增强和资源分配模式的改变延长了对土壤元素的获得时期，其地上生物量增加较多；而莎草科的嵩草及其薹草较禾草耐阴，当禾草植物占据群落上层时，形成郁闭的环境，它们成为群落下层，同时，莎草一般为短根茎地下芽植物，与禾草竞争吸收氮素的能力不高，所以莎草地上生物量增加较少。杂类草则由于禾草和莎草之过分竞争了光照和养分，生长受抑制，使生物量减少。禾草量增加，杂草量减少，莎草量增加很少，正是这

种缓冲作用，使群落地上生物量增加仅 3.53%。

表 3-13 矮嵩草草甸主要植物种群的地上生物量 ［单位：g/(0.25×0.25 m^2)］

	矮嵩草	二柱头 藨草	薹草	垂穗披 碱草	羊茅	早熟禾	针茅	紫羊茅	麻花艽	美丽风 毛菊	矮火 绒草	雅毛茛
对照	1.64	1.06	0.35	3.21	4.25	0.81	7.75	0.10	2.11	0.52	0.040	0.013
温室	1.77	1.21	0.10	1.79	6.14	0.91	8.67	0.57	1.98	0.12	0.028	0.008

	高山 唐松草	兰石草	棘豆	线叶 龙胆	异叶米 口袋	摩苓草	银莲花	蒲公英	二裂 委陵菜	雪白 委陵菜	花苜蓿	四叶葎
对照	0.15	0.059	0.51	0.52	0.40	0.13	0.020	0.10	0.023	0.098	0.35	0.12
温室	0.06	0.053	0.66	0.015	0.56	0.084	0.014	0.072	0.006	0.059	0.40	0.12

表 3-14 生长季末的地上生物量 ［单位：g/(0.25×0.25 m^2)］

	禾草	莎草	杂草	总量
对照（C）	16.134	3.047	5.452	24.633
温室（H）	18.119	3.083	4.300	25.502
(H-C)/C（%）	12.30	1.81	−21.13	3.53

周华坤（2004）、赵建中等（2006）在三江源高寒草甸地区的模拟增温实验结果与周华坤等（2000）在青海海北高寒草甸的研究结论是一致的：增温初期对地上生物量动态有正面效应。

李英年等（2004）采用同样方法的相关研究表明，在模拟增温初期年生物量比对照高，增温5年后生物量反而有所下降。增温使禾草类植物种增加，杂草减少。从表面来看，增温可使植物生长期延长，利于增大生物量，实际受热效应作用，植物发育生长速率加快，植物成熟过程提早，生长期反而缩短，加之玻璃纤维的存在使温室内外温度交换减缓，减少了温度日变化，限制干物质积累，终究导致生物量减少。这说明在小气候的作用下环境条件诱发土壤结构变化，植被的种群结构也随之改变，甚至出现演替的过程，全球变暖不仅对植物的生物生产力影响较大，而且对植被类型的演替有着不可忽视的作用。

五、实验增温和模拟放牧对牧草营养成分的影响

为更好地了解气候变暖对青藏高原牧草品质的影响，利用青海达坂山北坡3200～3800m 的海拔梯度，以温度为主要影响因子，用海拔不同造成的温差模拟全球变暖带来的升温效应，研究气候变暖对青藏高原牧草营养含量及其体外消化率的影响（表3-15）。针对羊茅（*Festuca ovina*）、早熟禾（*Poa annua*）、洽草

（*Koeleria cristata*）、矮嵩草（*Kobresia humilis*）和黑褐薹草（*Carex alrofusca*）五种生长在不同海拔梯度的高原牧草中酸性洗涤纤维（ADF）、木质素（ADL）、粗蛋白（CP）、无氮浸出物（NFE）、灰分等营养含量及其经藏系绵羊瘤胃液培养后的体外消化率差异。研究结果发现：随着温度升高，牧草 CP 和 NFE 的百分含量都呈现降低的趋势；牧草 ADF 和 ADL 的百分含量与温度存在正相关关系，随着温度升高，牧草 ADF、ADL 的百分含量都呈增加的趋势；牧草体外消化率与牧草生长的环境温度存在负相关关联，随着温度升高牧草体外消化率呈降低趋势（图 3-4）。模拟研究表明，就温度这一重要环境因素而言，未来气候变暖尤其是夜间温度的升高引起青藏高原牧草营养品质的变化，牧草 CP、NFE 含量的降低，ADF、ADL 含量的增加，牧草消化率降低，从而不利于反刍动物对牧草的消化利用（Xu et al.，2002）。

表 3-15　不同海拔梯度、温度与牧草粗蛋白等的相关分析

牧草种类	达坂山北坡(m)	温度(℃)	粗蛋白(%)(±SD)	无氮浸出物(%)(±SD)	酸性洗涤纤维(%)(±SD)	木质素(%)(±SD)	相关分析			
							温度和粗蛋白	温度和无氮浸出物	温度和酸性洗涤纤维	温度和木质素
羊茅	3800	7.26	9.96±1.35	42.69±1.16	35.77±1.27	8.62±0.96				
	3600	7.59	8.97±0.66	41.39±0.19	39.69±1.41	10.17±1.25	r=−0.9430	r=−0.7158	r=0.8643	r=0.9528
	3400	8.13	8.90±1.46	38.35±1.38	41.67±1.63	12.80±1.48	P<0.01	P<0.05	P<0.05	P<0.01
	3200	8.72	7.90±0.73	40.05±0.31	41.74±1.45	13.25±1.90				
早熟禾	3800	7.26	10.49±1.32	43.83±1.31	32.53±1.58	7.60±1.28				
	3600	7.59	8.35±1.40	44.02±0.70	35.12±1.23	8.20±1.28	r=−0.7140	r=−0.8141	r=0.9637	r=0.9846
	3400	8.13	8.48±0.73	41.21±1.09	37.28±1.22	10.88±1.59	P>0.05	P<0.01	P<0.01	P<0.01
	3200	8.72	8.27±0.06	41.79±0.36	38.49±1.24	12.18±0.87				
洽草	3800	7.26	8.87±0.48	35.75±1.53	43.65±1.87	14.72±0.96				
	3600	7.59	7.13±0.58	33.75±1.09	44.39±1.65	16.57±1.39	r=−0.1537	r=−0.9516	r=0.9407	r=0.8954
	3400	8.13	6.87±0.67	31.48±0.31	47.98±1.33	19.26±1.30	P>0.05	P<0.01	P<0.01	P<0.05
	3200	8.72	8.3±1.18	30.89±1.36	48.30±2.36	18.96±1.39				
黑褐薹草茎	3800	7.26	8.34±0.35	46.12±0.45	42.05±1.96	8.53±1.00				
	3600	7.59	7.85±0.53	46.24±0.60	42.90±0.96	11.87±1.61	r=−0.9277	r=−0.9637	r=0.7765	r=0.7033
	3400	8.13	6.86±0.85	44.26±1.25	41.96±1.07	13.64±0.53	P<0.05	P>0.05	P>0.05	P>0.05
	3200	8.72	6.85±1.05	43.27±1.61	45.85±1.77	12.31±1.18				
黑褐薹草叶	3800	7.26	11.45±2.35	46.47±1.86	29.28±1.66	6.38±1.03				
	3600	7.59	9.99±2.72	44.44±3.32	33.22±2.01	7.58±0.90	r=−0.9041	r=−0.9648	r=0.8676	r=0.9330
	3400	8.13	10.01±2.10	43.93±3.06	35.26±1.44	8.01±0.91	P<0.01	P<0.05	P<0.05	P<0.01
	3200	8.72	9.02±2.08	41.81±1.87	35.35±1.46	8.53±0.99				

续表

牧草种类	达坂山北坡(m)	温度(℃)	粗蛋白(%)(±SD)	无氮浸出物(%)(±SD)	酸性洗涤纤维(%)(±SD)	木质素(%)(±SD)	相关分析			
							温度和粗蛋白	温度和无氮浸出物	温度和酸性洗涤纤维	温度和木质素
矮嵩草茎	3800	7.26	8.21±0.24	44.49±0.40	35.70±1.97	9.57±1.06				
	3600	7.59	7.47±0.12	43.49±2.70	39.26±1.79	10.65±0.95	$r=-0.7235$	$r=-0.9910$	$r=0.8881$	$r=0.9868$
	3400	8.13	6.99±0.98	41.39±1.89	40.88±1.19	12.79±0.61	$P>0.05$	$P<0.05$	$P<0.05$	$P<0.01$
	3200	8.72	7.31±0.70	40.20±0.96	41.36±1.53	13.85±0.99				
矮嵩草叶	3800	7.26	11.22±3.49	46.25±4.06	29.00±1.49	5.58±1.18				
	3600	7.59	11.38±2.92	45.19±2.50	30.94±1.49	6.32±1.53	$r=-0.8485$	$r=-0.8469$	$r=0.8991$	$r=0.9940$
	3400	8.13	9.72±2.28	45.72±2.93	37.08±1.89	7.41±1.06	$P>0.05$	$P<0.05$	$P<0.05$	$P<0.01$
	3200	8.72	9.90±1.61	43.57±1.67	36.43±1.81	8.21±1.42				

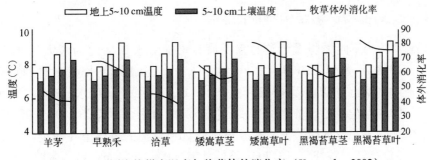

图 3-4 不同海拔梯度温度与牧草体外消化率（Xu et al., 2002）

Klein 等（2007）在中科院海北高寒草甸生态系统定位站的长期控制实验研究表明，在非放牧条件下模拟增温降低了青藏高原草场的质量。增温条件下，草甸和灌丛草场的可食优良牧草地上生产量减少量达到 10 g/(m²·a)。增温条件下药用植物麻花艽（*Gentiana straminea*）生长量减少和有毒植物狼毒（*Stellera chamaejasme*）生物量增加也对草场质量的下降、营养成分的改变有负面影响。在灌丛草场，叶可消化干物质占 25% 的灌木在增温环境中逐渐代替叶可消化干物质占 60% 的灌木，这种植物种的替代不仅降低了牧草营养成分，还对植物组成产生影响。尽管增温延长了不放牧样地牧草的生长期限，却由于牧草产量和营养价值的下降降低了整个草场的质量。适度放牧干扰对可食牧草地上生物量没有明显效应，却通过增加 20~40 g/(m²·a) 牧草地上的产量，影响牧草 C、N 含量而改善草场质量。该研究同时表明放牧能够减缓气候变暖对草场的负面作用，特别是牧草的营养价值和未来牧草的组成。

六、降水变化对高寒草甸群落的影响

全球气候变化对生态系统的影响是目前生态科学研究的热点，其中植物对降水格局改变的响应机制是研究我国陆地生态系统生态安全机制的必要基础。青藏高原是全球气候变化最敏感的区域之一。当全球气候变化后不同地区的降水规律将如何变化，这种变化是否影响植物群落结构及植被分布规律，对人类活动将会带来怎样的影响，备受人们的关注。因此，研究模拟增加和减少降水对植物种群、群落的影响是十分必要的。国内在降水量及模拟降水对植物种群、群落及生物量影响的研究均在干旱半干旱地区进行，而在高寒矮嵩草草甸模拟增加和减少降水对植物种群、群落及生物量影响的实验研究报道较少。沈振西等（2002）通过野外控制实验，探讨矮嵩草草甸的群落特征、生物量以及主要植物种群对模拟降水的响应，为研究全球气候变化对高寒草甸植被变化及其生产力的影响提供科学依据。

（一）对植物群落结构特征的影响

矮嵩草草甸不同类群禾草类的重要值在增加降水 20% 时为最大（19.76），与对照（18.84）差异不显著（$P > 0.05$，$n = 4$），增加降水 40% 时的重要值（16.46）与对照（18.84）差异显著（$P < 0.05$，$n = 4$）。说明水分适中，有利于禾草类植物的生长，而水量增加过多，使疏丛型植物（禾草类）的分蘖受到抑制，从而影响了其他种群特征，重要值下降。莎草类的重要值在减少降水 50% 时最大（21.25），与对照（18.79）差异显著（$P < 0.05$，$n = 4$），表明减少降水对植株矮小、喜光的莎草类生长发育有利，重要值增加。杂草类在减少降水和增加降水处理下重要值变化不大。

（二）对地上生物量的影响

不同的减少降水、增加降水处理对组成群落的植物类群重要值的影响不同，从而进一步影响矮嵩草草甸群落不同类群的地上生物量。逐渐增加降水量，不同植物类群（禾草类、莎草类）地上生物量也逐渐增加，到增加水量 20% 时为最大（1158.24 g/m^2、310.88 g/m^2），与对照间差异显著（$P < 0.05$，$n = 4$）。不同嵩草草甸类型，由于优势种的不同，其生物量的变化和组成成分差异较大。其中，矮嵩草草甸以禾草类和杂类草占优势。随着自然降水的增加，气温的逐步升高，植物生长进入旺盛期，对降水量的需求相对较高，此时期的降水量对地上生物量增长产生较大的影响。在植物旺盛期增加一定量的水分，这给来年牧草进入

正常生长发育提供了较好的土壤墒情，利于牧草营养生长阶段的水分要求，最终为牧草产量的提高奠定了基础。另外，植物吸收水分与土壤渗透的能力是有限的，过多的降水会形成地表径流而流失，不利于植物生长和生物量的积累。植物生长后期，较少的降水有利于植物根系的生长和储藏营养物质的积累。

（三）与地下生物量的关系

高寒矮嵩草草甸的地下生物量大部分根系分布在 0～10 cm 深的土层中。无论是 0～10 cm 或 0～30 cm 土层其地下生物量各处理组与对照相比差异不显著（$P > 0.05$）。但从数值上看，0～10 cm 和 0～30 cm 土层地下生物量均在增加降雨 20% 时最高，地下生物量的平均值也在增加降雨 20% 时最高。适中的水分资源可能更有利于植物根系的生长和储藏营养物质的积累，水分资源过多会对地下生物量的积累起到抑制作用。

（四）地上生物量与地下生物量的关系

植物的每一部分是一个有机的统一整体，地上部分对地下部分的生长有很重要的影响，它不但是地下部分生长发育的能量来源，而且靠地下部分吸收生长所需要的 N、P 及矿物质和水分。地下生物量与地上生物量的比值即根、茎比是生态系统的重要参数，随着自然降雨和模拟降雨的增加，地下、地上生物量的季节变化较大，越接近于生长季末，其比值越大，减少降雨 50% 为 8.52、减少降雨 25% 为 8.40、增加降雨 20% 为 7.90、增加降雨 40% 为 8.37、对照为 8.63。在模拟增加降雨 20% 的水平时，7～9 月地下和地上生物量分别为 1767.52 g/m^2、611.18 g/m^2、2110.56 g/m^2、884.53 g/m^2、3573.92 g/m^2、452.21 g/m^2，较其他处理组略高。另外，地下生物量在总生物量中所占的比例是植物地上、地下相互关系的直观反映，它的季节变化类似于地下与地上生物量的比值，接近于生长季末，比值越大。它们有着相互依赖、相互制约的关系，植物根系发育良好，则能促进植物地上部分的生长发育。高寒地区植物地下生物量占有很大比例，这是高寒地区植物适应高寒生态的一个重要特征。

（五）植物群落多样性分析

物种多样性反映了生物群落功能的组织特征，是群落中关于丰富度和均匀度的一个函数，用多样性可以定量地分析群落的结构和功能。按每月的平均值计，6 月在增加降水 40% 的处理条件下，植物群落多样性指数和均匀度指数最大，分别为 6.615 和 1.832，均与对照 5.880 和 1.746 差异显著（$P < 0.05$，$n = 4$）。7 月在增加降水 20% 的处理条件下，植物群落多样性指数和均匀度指数最大，分

别为 6.691 和 1.853。在植物生长初期,随着降水量的适当增加,植物群落多样性指数和均匀度指数也逐渐增加,生境资源(水分)的互补,使多物种在同一生境下生存成为可能。这与植物物种多样性与年降水量显著正相关的研究结果相似。但是随着自然降水的逐渐增加,过多增加降水,植物群落多样性指数和均匀度指数反而减小,可能是由于水分资源过剩,抑制了其他种的侵入和生长。在科尔沁沙地,从不同时期降水量变化对物种多样性指数的影响来看,生长期降水量对物种多样性的影响大于年降水量。另外,降水的数量、时间变化也会影响到草地生态系统地下生物量的分配和生态过程。

在全球气候变暖的趋势下,降水格局也将发生变化,而且就某一地区而言,降水的变化有很大的差异。模拟增加降水使高寒矮嵩草草甸群落的多样性、植物种群数量特征(重要值)、不同植物类群的生物量均有不同程度的提高。而且在未来气候条件下,李英年(2000)预测在高寒草甸地区,若降水增加较多,加之温度升高,利于牧草生产力的提高;若降水增加较少,植被蒸散所造成的水分散失与降水补给量不平衡,导致牧草生长发育对水分的需求不满足,将成为牧草产量提高的限制因素。应注意的是,在不同地区,气候特点、地貌类型等不尽相同,主要气候因子(温度和水分)哪一个对植物群落生长是主要限制因子也不尽相同。据黄富祥文献报道,毛乌素沙地低地草甸芨芨草(*Achnatherum splendens*) - 盐爪爪(*Kahdium follatum*)群落地上生物量主要受气温因子的影响,降水因子在这样的环境条件下不能成为植物群落生长的限制性因子。当然,在高寒草甸生长季早期植物除受增加降水的影响外,温度、光照等因子特别是水分与温度在青藏高原高寒草甸分布地区哪一个是第一限制因子及两者的关联程度,还需要进一步加以研究且予以高度重视。

第二节　水热梯度下植物群落多样性和初级生产力的关系

一、垂直梯度下群落多样性、　生产力的关系

(一) 地上、地下生物量的垂直分布

高寒草甸由于受青藏高原高海拔和寒冷气候条件的影响,植物群落结构简单,层次分化不明显,植物群落地上、地下生物量的空间分布格局均呈金字塔和倒金字塔模式(表3-16)。但是,由于植物群落类型和所处生境条件的差异,其生物量垂直分布规律也不尽相同。高寒草甸植物一般从 5 月下旬开始返青,干物质即从植物返青开始积累,并随着植物生长发育节律和气温升高及降水量的增加而逐渐增大,其峰值一般出现在 8 月底或 9 月初。随着海拔的逐渐升高,地上生物量

逐渐减少，海拔最低的第一梯度（3840 m）8 月地上生物量最高为 371.60 g/m²，第二梯度（3856 m）为 335.08 g/m²，第三梯度（3927 m）为 288.12 g/m²，第四梯度（3988 m）为 220.60 g/m²，第五梯度（4232 m）为 173.16 g/m²，海拔最高的第六梯度（4435 m）8 月地上生物量最低为 132.00 g/m²，每个梯度地上生物量的峰值均出现在 8 月（图 3-5）。

表 3-16　高寒嵩草草甸地上、地下部分生物量百分比例空间分布格局

层次（m）	地上部分			地下部分		
	Ⅰ	Ⅱ	Ⅲ	Ⅰ	Ⅱ	Ⅲ
0~10	91.79	75.90	71.70	90.43	80.42	45.51
10~20	7.16	15.36	20.73	7.47	8.80	26.40
20~30	1.05	4.07	5.32	1.67	7.00	23.16
30~40	—	1.58	1.78	0.43	3.78	4.93
40~50	—	2.08	0.47	—	1.01	—

注：Ⅰ为小嵩草草甸；Ⅱ为矮嵩草草甸；Ⅲ为藏嵩草沼泽化草甸。

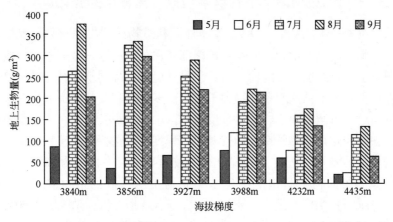

图 3-5　高寒草甸不同海拔梯度地上生物量季节动态（王长庭等，2004）

6 个海拔梯度中，海拔最低的第一梯度（3840 m）和海拔最高的第六梯度（4435 m）地下生物量最高，每个梯度地下生物量季节动态规律明显，均呈 V 形变化。即牧草返青初期（5 月）和枯黄期（9 月）较高，6 月、7 月较低。这是由于返青后期嵩草属植物正处于开花结实阶段，同时植物地上部分营养器官的生长速度加快，根系储藏物质大量消耗以及死根分解，地下生物量也随着下降。在植物生长旺盛期，由于水热条件有利于植物的生长发育，光合产物的一部分转运到地下供给根系的生长发育，新根、地下茎不断增加，生物量也随着

增加，到 9 月末，牧草处于枯黄期，地下生物量达到最大，为越冬和翌年生长做好准备（图 3-6）。

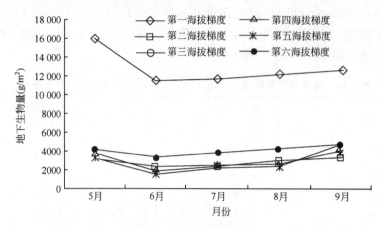

图 3-6　高寒草甸不同海拔梯度地下生物量季节动态（王长庭等，2004）

（二）不同海拔梯度下植物群落组成、多样性的变化

Whittaker（1967）认为，环境、植物种群和植物群落之间有如下规律：①存在着一个环境梯度，土壤和小气候沿该梯度变化；②沿这一梯度每一植物种群据自身生理学上对该梯度的反应而分布；③沿环境梯度不同植物种群的组合，即植物群落在群落特征上彼此联系。物种丰富度、多样性和均匀度指数作为描述群落结构特征的一个可测度指标，是定量反映群落生态组织及生理－生态学特性的依据，对认识和比较群落的复杂性和资源丰富程度具有重要的意义。

随着海拔的增加，植被的垂直分布比较明显，第一梯度为藏嵩草沼泽化草甸，组成该群落的植物是由湿中生多年生为主所形成的植物群落，以藏嵩草（*Kobresia tibetica*）为绝对优势，结构简单，仅有草本一层，总盖度为 60%～95%。主要植物有 35 种。第二梯度为异针茅群落，建群种为异针茅（*Stipa aliena*），次优势种为二柱头藨草（*Scirpus distigmaticus*），总盖度为 60%～88%，主要植物有 37 种。第三梯度为小嵩草草甸，主要优势种为小嵩草（*Kobresia pygmaea*）、矮嵩草（*Kobresia humilis*）等，伴生种有早熟禾（*Poa annua*）等禾本科植物，杂类草有异叶米口袋（*Gueldenstaedtis diversifolia*）、黄帚橐吾（*Ligularia virgaurea*）等，总盖度为 60%～85%，主要植物有 41 种。第四、五梯度为小嵩草草甸，优势种为小嵩草（*Kobresia pygmaea*）等，伴生种为羊茅（*Festuca ovina*）、异针茅（*Stipa aliena*），主要植物分别有 39 种、40 种。第六梯度为线叶嵩草草甸，线叶嵩草（*Kobresia capillifolia*）为绝对优势，并且结构简单，总盖度为 40%～60%，主要植物有 26 种。

从表 3-17 可以看出，第一、六梯度群落类型具有较低的丰富度、均匀度和多样性。其中，藏嵩草和线叶嵩草是明显的优势种，因此两群落的均匀度降低、多样性减少；相对于第一、六梯度，第二、三、四、五梯度群落类型具有较高的物种丰富度、均匀度和多样性，物种多样性指数的变化基本上与种的丰富度变化相吻合。

表 3-17　不同海拔梯度高寒草甸群落的物种数、生物量和物种多样性指数

海拔（m）	群落	物种数	地上生物量（g/m²）	地下生物量（g/m²）	Shannon-Wiener 指数	Pielou 指数
3840	藏嵩草沼泽化草甸	35	371.60	12 236.00	3.20	0.90
3856	异针茅群落	37	335.08	3098.67	3.36	0.93
3927	小嵩草草甸	41	288.12	2674.66	3.52	0.95
3988	小嵩草草甸	39	220.60	3354.66	3.37	0.93
4232	小嵩草草甸	40	173.16	2364.89	3.26	0.91
4435	线叶嵩草草甸	26	132.00	4260.00	2.79	0.86

在海拔 3856（第二梯度）～4232 m（第五梯度），物种多样性指数和物种丰富度较大，物种数达到 37～41 种。通过海拔与物种数、多样性指数和均匀度指数之间的趋势模拟均呈负二次函数关系，其拟合系数 R 值分别为 0.9706、0.9509 和 0.9086，均大于 0.5，χ^2 检验值分别为 6.113、6.311 和 6.709，均小于 $\chi^2_{0.05}$ = 11.07，$df = 5$，拟合结果良好，说明单峰式函数关系能较好地表达六个不同海拔梯度植物群落物种丰富度、多样性和均匀度与海拔间的分布格局（王长庭等，2004）。由此可见，中间海拔植物群落物种多样性最大（图 3-7）。

通过六个海拔梯度植物群落物种丰富度、均匀度和多样性指数与地上生物量之间的趋势模拟均呈负二次函数关系（图 3-8），其拟合系数 R 值分别为 0.8853、0.9847、0.9546，χ^2 检验值分别为 6.661、10.147 和 8.040，均小于 $\chi^2_{0.05}$ = 11.07，$df = 5$，拟合方程的结果可信，说明六个海拔梯度中植物群落生产力在中等水平时，物种丰富度、均匀度和多样性为最高。这与杨利民等（2002）研究的 16 个草地群落物种丰富度、均匀度和多样性在群落生产力水平中等时为最高相似。藏嵩草沼泽化草甸虽然具有较高的生产力水平，由于环境条件的制约，物种丰富度和均匀度较低，因而使群落多样性较低。而高海拔的寒冷湿中生的线叶嵩草草甸虽然水分条件较好，但温度低、水热条件不一致，导致生产力和物种多样性较低。

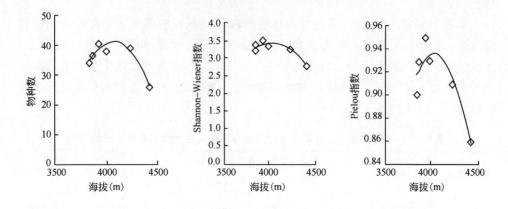

图 3-7　高寒草甸群落物种数、多样性、均匀度沿海拔的变化趋势

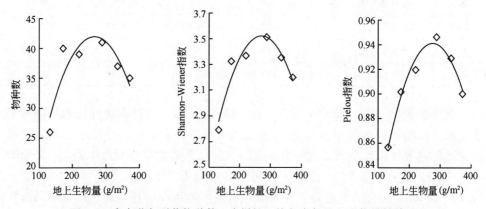

图 3-8　高寒草甸群落物种数、多样性、均匀度与地上生物量的关系

（三）高寒草甸群落植物多样性、生产力与土壤养分的关系

　　土壤作为生态系统中生物与环境相互作用的产物，储存着大量的碳、氮、磷等营养物质，因而土壤养分对于植物的生长起着关键性的作用，直接影响着植物群落的组成与生理活力，决定着生态系统的结构、功能和生产力水平。从表 3-18 可以看出，不同的海拔梯度内土壤有机质的含量在海拔最高和最低的第六、第一梯度最高，中间梯度较低，第一、六梯度分别为 10.32%、14.08%（表 3-18）。第一梯度是沼泽化的藏嵩草草甸，土壤湿度过大，水分充塞了绝大部分土壤孔隙，使通气受阻，有机质的矿化率低，故有利于有机质的积累和保存。而第六梯度虽然水分适宜但温度较低，土壤微生物的活动受到抑制，有利于有机质的积累。

表 3-18　不同海拔梯度高寒草甸土壤养分含量和主要环境因子

海拔（m）	土壤有机质（%）	土壤全氮（%）	土壤全磷（%）	土壤速效氮（mg/kg）	土壤速效磷（mg/kg）	土壤含水量（%）	土壤温度（℃）
3840	10.32	0.50	0.16	26.00	3.63	89.56	12.32
3856	7.45	0.30	0.12	16.00	4.13	25.44	11.69
3927	7.01	0.18	0.10	10.00	3.47	19.49	11.16
3988	7.89	0.22	0.11	22.00	4.40	27.19	10.50
4232	10.32	0.44	0.17	28.00	3.40	50.04	9.21
4435	14.08	0.74	0.17	42.00	4.91	74.19	7.93

对不同海拔梯度土壤有机质含量与土壤含水量、土壤温度之间的关系分析表明，土壤有机质含量和土壤含水量之间显著正相关（$P < 0.05$），相关系数 $r = 0.8523$（表 3-19）；土壤有机质含量和土壤温度之间显著负相关（$P < 0.05$），相关系数 $r = -0.8843$（表 3-19）。这说明海拔梯度内土壤有机质含量与水分、温度有关，当然还受其他因子的影响。水分对土壤有机质的影响大于温度的影响，适宜的温度有利于土壤有机质的积累，过高或过低的温度对土壤有机质的积累有负效应。

表 3-19　不同海拔梯度高寒草甸土壤养分与土壤温度和土壤含水量的相关关系

	有机质	全氮	全磷	速效氮	速效磷	土壤含水量	土壤温度
有机质	1						
全氮	0.9786	1					
全磷	0.8672	0.8883	1				
速效氮	0.9680	0.9313	0.8419	1			
速效磷	0.4768	0.4490	0.0883	0.5717	1		
土壤含水量	0.8524	0.8905	0.8463	0.8029	0.2417	1	
土壤温度	-0.8843	-0.8064	-0.7637	-0.9419	-0.5357	-0.5782	1

土壤中的磷素主要分为有机态和无机态两大类，自然土壤一般含全磷在 0.01%～0.12%，但也有超过 0.12%，其中大多数来自母岩矿物。不同海拔梯度内土壤全磷含量呈现出与土壤有机质和土壤全氮有所不同的变化，即在第五、六梯度和第一梯度较高，第二、三、四梯度较低的趋势。第一、五、六梯度分别为 0.16%、0.17%、0.17%；第二、三、四梯度分别为 0.12%、0.10%、0.11%（表 3-18）。

土壤速效磷是指植物能够吸收利用的磷，来自土壤有机磷的矿化和无机磷的释放。土壤全磷与土壤速效磷之间没有显著的相关性，相关系数 $r = 0.0883$（表3-19），土壤速效磷的分布与土壤全磷相比呈现出差异。第五梯度最低，为 3.40 mg/kg；第六梯度最高，为 4.91 mg/kg。土壤全磷含量与土壤含水量之间存在显著正相关，相关系数 $r = 0.8463$（表3-19）；土壤全磷含量与土壤温度之间存在不显著负相关，相关系数 $r = -0.7634$（表3-19），土壤速效磷含量与土壤含水量、土壤温度之间不存在显著相关关系。

不同海拔梯度的微环境内，物种丰富度随着土壤资源的增加而降低，特别是土壤有机质、土壤速效碳、土壤速效磷的含量（图3-9），进一步回归分析发现物种丰富度与土壤有机质、土壤速效碳、土壤速效磷的含量之间呈显著的线性关系（图3-10、图3-11、图3-12），同样的结果也在物种多样性指数得以体现（图3-13）（Wang et al., 2007）。

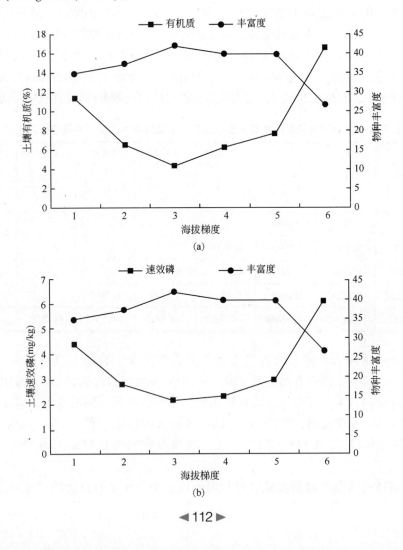

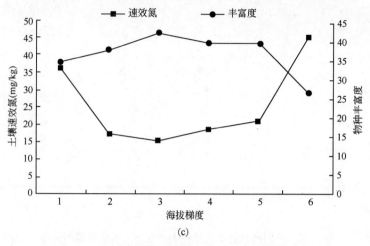

(c)

图3-9 不同海拔梯度物种丰富度与土壤养分关系

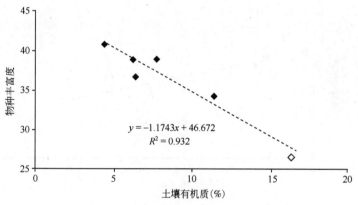

图3-10 不同海拔梯度上物种丰富度与土壤有机质的关系

注：R^2 表示拟合系数的平方，下同。

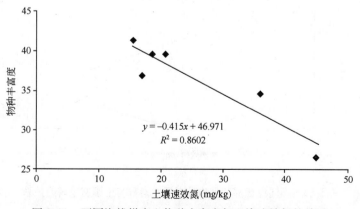

图3-11 不同海拔梯度上物种丰富度与土壤速效氮的关系

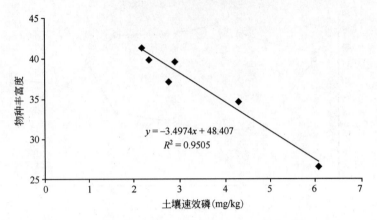

图 3-12　不同海拔梯度上物种丰富度与土壤速效磷的关系

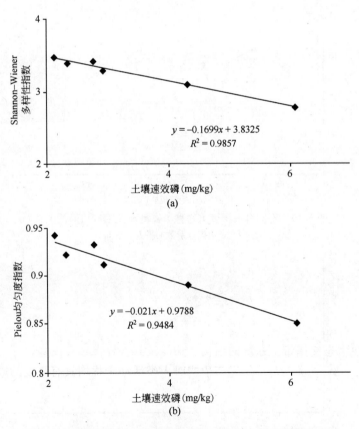

图 3-13　不同海拔梯度上物种多样性指数与土壤速效磷的关系

为了研究土壤各项环境因素对不同海拔梯度群落地上、地下生物量的影响，我们进行了地上生物量与土壤水肥等指标的相关分析和逐步回归。从表3-20可以看出，不同海拔梯度群落地上生物量的高低与地表温度和土壤温度关系密切，相关系数分别为0.8772和0.8493（$P<0.01$）。

表3-20　不同海拔梯度高寒草甸群落地上生物量与土壤各项指标的相关系数

相关项目	相关系数	相关项目	相关系数	相关项目	相关系数
土壤含水量	−0.1161	土壤有机质	−0.5817	土壤全磷	−0.3421
土壤温度	0.8493	土壤全氮	−0.4342	地下生物量	0.5511
地表温度	0.8772	土壤速效磷	−0.4501		
地表湿度	−0.1729	土壤速效氮	−0.6457		

不同海拔梯度地上生物量（Y_a）与土壤含水量（X_1）、土壤温度（X_2）、地表温度（X_3）、地表湿度（X_4）、地表辐射（X_5）、地表反射（X_6）、土壤有机质含量（X_7）、土壤全氮含量（X_8）、土壤速效氮含量（X_9）、土壤全磷含量（X_{10}）、土壤速效磷含量（X_{11}）进行逐步回归分析，结果表明地上生物量（Y_a）与地表温度（X_3）之间差异显著，其回归方程为

$$Y_a = -92.982 + 13.832X_3 \qquad (F = 13.355, P < 0.05) \qquad (3\text{-}1)$$

说明温度对植物群落初级生产力（地上生物量）的作用最大，是决定不同海拔梯度植物群落初级生产力的主要环境因子。当然，土壤碳、氮、磷的含量不仅与温度、降水量等环境因子有关，而且与土壤特性、土地利用方式、植被特征及人类的干扰程度有关。

二、水平梯度下群落多样性、生产力的关系

（一）青藏高原主要类型交错带物种组成及多样性

生态交错带是陆地生态系统对全球变化响应的关键和敏感地区，是一种植被类型逐渐向另一种植被类型演变的过渡带。由于生态交错带是由一类生态系统向另一类生态系统空间转换的相变区，其间的环境因子、生物类群均处于相变的临界状态。在生态交错带上系统的结构、功能及其多样性较为复杂，同时表现了它的脆弱性。因此，对于全球气候变化或对人类活动干扰均具有高度的敏感性。生态交错带可作为外界干扰信号的放大器、全球变化响应的预警区。因此，选择有代表性的典型地段进行群落组成及其物种多样性研究对了解青藏高原主要生态系统交错带环境、气候变化与生物多样性的关系及生物多样性的潜在力具有重要的意义。

罗天祥等（1999）以 18 种群落类型的实测数据和 1000 余块森林样地的估算数据为基础，系统地分析和比较了青藏高原主要植被类型生物生产量的构成规律及水平分布格局。亚高山暗针叶林的生物量一般在 300 t/hm² 以上，最高可达约 1600 t/hm²，叶生物量 8 ~ 39 t/hm²，根茎比 0.1 ~ 0.2，生产量 8 ~ 13 t/（hm²·a）；高山灌丛类型生物量 20 ~ 40 t/hm²，叶生物量 3 ~ 6 t/hm²，根茎比 0.4 ~ 0.8，生产量 4 ~ 7 t/（hm²·a）；高寒草甸生物量一般为 20 ~ 60 t/hm²，沼泽草甸高达 100 t/hm² 以上，叶生物量 2.5 ~ 5.5 t/hm²，根茎比 8 ~ 20，生产量 4 ~ 9 t/（hm²·a）；高原冬小麦和春小麦年生物产量高达 26 ~ 30t/hm²，叶生物量 12 ~ 16 t/hm²，根茎比约 0.06。

由表 3-21 可知，由于不同类型交错带引起水热条件的再分配使立地条件产生较大的差异，从而使森林 – 灌丛交错带植被呈有水平规律的分布。以西川云杉（*Picea likiangensis*）为优势种的阴性树种占据着山地阴坡和半阴坡。以密枝园柏（*Sabina convallium*）为优势种的阳性树种占据着山地阳坡、半阳坡，而且根据坡面呈不规则的块状或片状分布，乔木的树种较为单一。灌木以窄果茶藨（*Ribos stenocarpum*）、冰川茶藨（*R. glaciale*）、岩生忍冬（*Lonicera rupicola*）、毛果悬钩子（*Rubus ptilocapus*）等为主，草本植物以黑褐薹草（*Carex atrafusca*）、长盖铁线菊（*Adiantum fimbriatum*）、烟管菊等为主，平均每 25 m² 约有 27 种植物。高寒灌丛 – 高寒草甸交错带植物群落中灌木以金露梅（*Potentilla fruticosa*）、毛被柳（*Salix oritrepha*）、肋果沙棘等为主，草本植物以矮火绒草（*Leontopodium nanum*）、艾蒿（*Artemisia argyi*）、糙啄薹草（*C. Scabrirostris*）、珠牙蓼（*Polygonum viviparum*）、羊茅（*Festoca ovina*）等为主，平均每 25 m² 约有 28 种植物。高寒草甸 – 高寒草原交错带植物群落中以小嵩草（*K. pygmaea*）、羊茅、雪白委陵菜（*P. nivea*）、矮火绒草等为主，平均每 1 m² 约有 18 种植物。高寒草原 – 高寒荒漠交错带植物群落中紫花针茅（*Stipa purpurea*）、针叶薹草（*C. duriuscula*）、西藏点地梅（*Antrosace mariae*）、垫状蚤缀（*Arenaria pulvinate*）、西伯利亚蓼（*P. sibiricum*）等为主，平均每 1 m² 有 11 种植物。

表 3-21　高原主要类型生态系统交错带的多样性指数

生态系统类型	样地数	层次	丰富度	Shannon 指数	均匀度指数
森林 – 灌丛	9	T	1.11 ± 0.11	0.11 ± 0.11	0.079 ± 0.08
		S	6.78 ± 0.36	2.50 ± 0.13	0.96 ± 0.01
		H	19.67 ± 1.12	3.83 ± 0.11	0.87 ± 0.01
合计	—		27.56 ± 1.42	6.44 ± 0.22	—
高寒灌丛 – 高寒草甸	11	S	4.55 ± 0.75	1.74 ± 0.26	0.79 ± 0.09
		H	23.73 ± 2.41	4.03 ± 0.19	0.85 ± 0.02

续表

生态系统类型	样地数	层次	丰富度	Shannon 指数	均匀度指数
合计	—	—	28.27±2.79	5.82±0.35	—
高寒草甸－高寒草原	22	H	18.32±1.07	3.66±0.09	0.87±0.01
高寒草原－高寒荒漠	19	H	11.00±0.89	2.84±0.14	0.87±0.01

注：T 为乔木层；S 为灌木层；H 为草本层。

（二）高原主要类型交错带物种数与多样性的关系

由于地理位置的差异使不同类型交错带植物群落立地条件发生变化，导致群落的物种数和多样性的差异明显（图 3-14、图 3-15）。

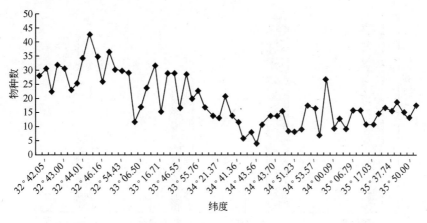

图 3-14　水平交错带纬度与物种数的关系（王文颖等，2004）

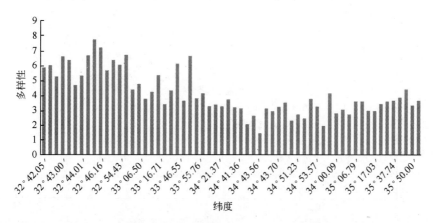

图 3-15　主要交错带纬度与多样性的关系（王文颖等，2004）

由图 3-14 和图 3-15 可知，青藏高原主要类型交错带植物群落物种数、多样性随纬度的增大而减小。通过计算还可以看出物种数和多样性随经度的增大而增加。图 3-14、图 3-15 中后面几个样方虽然纬度较高，但是它们的经度较大，海拔较低，所以物种数和多样性也较高。

从调查的 61 个样方数据可以看出，按主要类型交错带分物种丰富度依次为：高寒灌丛 – 高寒草甸 > 森林 – 灌丛 > 高寒草甸 – 高寒草原 > 高寒草原 – 高寒荒漠；多样性指数依次为森林 – 灌丛 > 高寒灌丛 – 高寒草甸 > 高寒草甸 – 高寒草原 > 高寒草原 – 高寒荒漠；均匀度指数依次为高寒草甸 – 高寒草原 > 高寒草原 – 高寒荒漠 > 高寒灌丛 – 高寒草甸 > 森林 – 灌丛；物种数与多样性呈显著的正相关（图 3-16、图 3-17）。

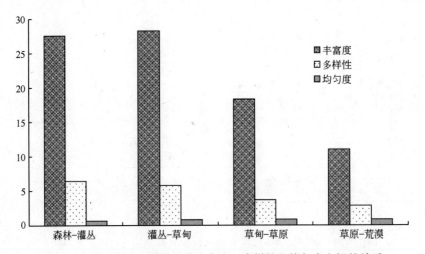

图 3-16　主要类型交错带物种丰富度、多样性和均匀度之间的关系

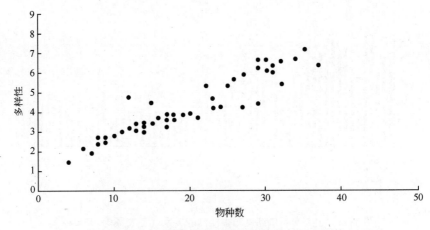

图 3-17　主要类型交错带物种数与多样性指数（王文颖等，2004）

（三）气候因子对群落类型、物种数目及多样性的影响

王文颖等（2004）通过研究主要交错带部分地区年均温度和湿润指数的关系，发现水平样带调查区的年平均气温从东南部的班玛县（2.5 ℃）向西北部的花石峡（−5.0 ℃）逐渐下降，即随纬度的增加而减小。湿润指数从班玛县（0.90）向西北的玛多县（0.43）逐渐减少，即随纬度的增加而减少。这种变化趋势与物种数和多样性的变化趋势相一致，即物种丰富度和多样性随年平均气温、湿润指数、降水量的减少而减少。植被类型的分布依次为山地森林、高寒灌丛、高寒草甸、高寒草原、高寒荒漠，这种分布规律说明水热条件是植被类型分布的主导因子，也是生态交错带发生迁移的驱动力。随着全球气候变化以及我们多年的观察结果，该区的气候也向暖、干的趋势发展，其主要类型交错带也向南迁移，尤其是高寒荒漠、高寒草原带的迁移较为明显。

第三节　放牧对高寒草甸物种多样性、生产力的影响

一、不同放牧强度下金露梅灌丛物种多样性、生产力的变化

草食动物与植物的相互作用是通过两种方式实现的：一方面，可利用植物的数量和质量影响着食草动物种群的多度和分布格局；另一方面，草食动物通过对可食性牧草的采食改变了植物群落中个体植物的特征和种的相对多度。由此引起草食动物的空间、时间格局就直接反馈到植物上。家畜放牧干扰将对草场内植物物种、群落和景观水平上产生影响，也可以对土壤、水源和野生动物产生影响，既有正效应也有负效应。放牧强度直接影响植物营养器官被家畜采食的频率和强度，进而影响放牧生态系统的植物演替和能量流动。植被对放牧强度的反应最好用长期放牧试验来评估，而 Miller 等（1994）认为研究放牧干扰对植物群落组成和结构的影响至少应在超过 10 年的放牧结果上进行。周华坤等（2004）通过对海北站放牧 18 年后金露梅灌丛植被变化的分析研究，揭示了长期放牧对植物种多样性和地上现存生物量的影响。

放牧试验开始于 1985 年（Zhao，Zhou，1999），在海北站金露梅灌丛共设 5 个放牧梯度样地和 1 个对照样地。放牧试验前的调查表明各样地植被没有明显差异。放牧总面积 9.05 hm^2（452.47 m × 200 m），分 6 个样地：重牧样地（A）、次重牧样地（B）、中牧样地（C）、次轻牧样地（D）、轻牧样地（E）和未放牧样地（F）。各处理的放牧率见表 3-22，用于放牧的家畜为 2 岁健康无病的藏系绵羊。每年 6 月 1 日体重相近的藏系绵羊用于放牧，10 月 31 日结束，并将各个

样地用网围栏分割。

表3-22　金露梅灌丛放牧试验设计

放牧处理	A	B	C	D	E	F
牧草利用率（%）	60	50	45	35	30	0
放牧时间（月）	5	5	5	5	5	0
放牧面积（hm^2）	0.93	1.12	1.40	1.85	2.75	1.00
放牧家畜数目（只）	5	5	6	6	7	0
放牧强度（只藏羊/hm^2）	5.35	4.47	4.30	3.24	2.55	0

（一）不同强度长期放牧干扰对金露梅灌丛物种多样性的影响

连续多年的放牧干扰后，不同样地间的物种数目差异不显著（$P > 0.05$，$n = 10$），而且所有的植物种都是金露梅灌丛中原有的，没有外来入侵种。随着放牧强度增大，禾草减少而杂类草增加是物种数目变化的主要原因。从轻度放牧到重度放牧，植物科的数目增加不显著（$P > 0.05$，$n = 10$）。未放牧样地（F）、轻牧样地（E）和次轻牧样地（D）中优良牧草如金露梅、线叶嵩草（Kobresia capillifolia）和异针茅（Stipa aliena）占优势；中牧样地（C）中灌木、禾草和少量典型杂草共同占优势，如金露梅、矮火绒草（Leontopodium namum）、异叶米口袋（Gueldenstaedtia diversifolia）和异针茅；重牧样地（A）和次重牧样地（B）中以典型杂草占优势，如矮火绒草、异叶米口袋和鹅绒委陵菜（Potentilla anserina），它们也是高寒草场退化的指示物种（周华坤等，2002）。随着放牧强度增加，长期放牧下优良牧草被典型杂类草替代，各个样地的主要伴生种同时也随着优势种的替代而发生变化。

不同强度长期放牧对物种多样性和均匀度的影响可以通过Shannon-Wiener指数和Pielou指数加以说明。随着放牧强度增大，这两个指数均呈现单峰模式。在中度放牧强度样地（C）中，Shannon-Wiener指数和Pielou指数最大（表3-23）。Duncan多重检验表明放牧18年后6个样地间Shannon-Wiener指数的差异不显著（$P > 0.05$，$n = 10$），中度放牧样地（C）的Pielou指数显著高于重度放牧样地（A）和未放牧样地（F）（$P < 0.05$，$n = 10$，表3-23）。

表3-23　不同强度长期放牧后物种多样性和均匀度的变化

放牧处理	A	B	C	D	E	F
Shannon-Wiener 指数	2.47±0.38[a]	2.64±0.23[a]	2.72±0.20[a]	2.59±0.12[a]	2.51±0.11[a]	2.36±0.11[a]
Pielou 指数	0.67±0.10[ab]	0.74±0.07[bc]	0.75±0.06[c]	0.72±0.03[abc]	0.69±0.03[abc]	0.65±0.03[a]

注：表中的数据表示为"平均值±标准差"。在同一列中的数据，右上角如有相同字母则差异不显著（$P > 0.05$）。

相似性指数能够反映不同放牧处理样地中植物群落间植物组成和地上生物量分配的差异。如果群落间植物组成和地上生物量分配越相似，则相似性指数越接近1.0。未放牧样地（F）和轻牧样地（E）间的相似性指数最大，而和重牧样地（A）间的相似性指数最小（表3-24）。随着各样地之间放牧强度的差异增大，植物群落间相似性指数逐渐减小。

表3-24　不同放牧处理植物群落间相似性指数的比较

	A					
A	1.0000	B				
B	0.8545	1.0000	C			
C	0.8186	0.8591	1.0000	D		
D	0.7092	0.7861	0.8327	1.0000	E	
E	0.6021	0.7344	0.7824	0.9185	1.0000	F
F	0.5979	0.7199	0.7564	0.8992	0.9206	1.0000

注：放牧处理 A~F 的放牧强度见表3-22。

（二）不同强度长期放牧对金露梅灌丛地上生物量的影响

金露梅灌丛内不同经济类群地上生物量见表3-25。从重牧样地（A）到未放牧样地（F），枯草和禾草的地上生物量增加。未放牧样地（F）内由于没有了放牧采食和家畜践踏，所以枯草积累量大于其他放牧样地。除了未放牧样地（F）外，从重牧到轻牧，金露梅、莎草和优良牧草的地上生物量以及总生物量都有所增加，而且优良牧草生物量比例有同样的变化规律。杂草地上生物量在重牧样地（A）中最大，轻牧样地（E）中最小（周华坤等，2004）。各样地地上生物量间显著性差异水平见表3-25。

表3-25　不同强度长期放牧对金露梅灌丛地上生物量的影响（单位：$g/0.25m^2$）

样地	枯草	灌木	禾草	莎草	杂草	总生物量	优良牧草生物量	优良牧草比例
A	5.52±4.06[a]	8.83±9.48[a]	7.09±4.68[a]	0.86±0.93[a]	29.51±8.64[c]	51.81±13.86[a]	16.79±8.88[a]	0.32±0.13[a]
B	9.10±3.17[ab]	19.67±18.93[ab]	9.23±4.90[a]	2.19±1.96[ab]	16.81±6.92[ab]	56.99±26.06[ab]	31.08±21.98[ab]	0.39±0.14[a]
C	13.44±5.12[b]	19.46±15.64[ab]	9.92±4.14[a]	5.48±2.37[bc]	23.62±8.60[bc]	71.92±16.71[ab]	34.86±20.18[ab]	0.45±0.94[ab]
D	19.52±3.82[c]	29.44±19.40[b]	16.20±1.95[a]	5.24±4.31[bc]	12.11±2.06[a]	82.50±21.57[bc]	50.88±21.51[bc]	0.60±0.11[bc]
E	20.92±1.70[c]	39.66±23.10[ab]	37.12±13.23[b]	7.18±5.29[c]	8.75±2.44[a]	113.64±29.27[d]	83.96±28.48[d]	0.74±0.06[c]
F	22.95±2.02[c]	19.71±7.47[ab]	41.84±17.11[b]	6.06±3.73[bc]	13.86±4.89[a]	103.22±25.90[cd]	67.61±21.10[cd]	0.65±0.06[c]

注：表中的数据表示为"平均值±标准差"。在同一列中的数据，如有相同字母则差异不显著（$P > 0.05$）。

二、放牧强度对矮嵩草草甸群落结构及功能的影响

（一）不同放牧强度下植物群落结构特征

1. 群落的垂直结构

在不同放牧强度（表3-26）的影响下，由于微环境条件的逐渐改变，植物种群的生态位和适应特征发生变化。它们的同化器官（枝、叶）和吸收器官（根系），随时间的变化向不同的空间生态位发展（图3-18），以保证植物种群在单位时间和空间获取更多的养分和环境资源。

表 3-26 矮嵩草草甸不同放牧强度的试验设计

放牧强度	羊只数	面积（hm²）	轮牧小区面积（hm²）	载畜量	
				只/（hm²·季节）	只/（hm²·a）
A	5	0.953	0.317	5.24	2.65
B	5	1.141	0.380	4.38	2.21
C	5	1.423	0.474	3.51	1.93
D	5	1.888	0.629	2.65	1.46
E	6	2.806	0.932	2.14	1.16
对照	—	0.100	—	—	—

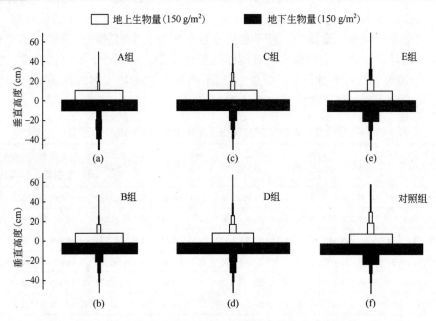

图 3-18 不同放牧强度下地上、地下生物量垂直分布（王启基等，1995a）

在不同放牧强度下，植物地上、地下生物量垂直分布呈金字塔模式，在 A、B 放牧条件下，植物群落的层次分化不明显，垂直高度明显下降，最高植株约50 cm。生物量主要分布在 0 ~ 10 cm 的冠层中，占地上总生物量的 91.84% ~ 95.72%。10 cm 以上冠层中的生物量仅占 4.28% ~ 8.16%。在 D、E 放牧条件下，植物群落的层次分化明显，垂直高度增大，最高植株可达 60 ~ 70 cm。0 ~ 10 cm 的冠层中生物量占地上总生物量的 78.02% ~ 82.09%。10 cm 以上冠层中的生物量占 17.91% ~ 21.98%。经相关分析表明，0 ~ 10 cm 的冠层中的生物量比例随着放牧强度的减小而减小（$r = 0.9249$，$P < 0.01$），10 ~ 20 cm 冠层中的生物量比例随放牧强度的减少而增大（$r = 0.9698$，$P < 0.01$）。

地下生物量主要分布在 0 ~ 10 cm 的土层中，约占地下总生物量的 85.53%，随土壤深度的增加明显减少。10 ~ 20 cm、20 ~ 30 cm、30 ~ 50 cm 土层中的比例依次为 8.08%、3.63%、2.76%。在 A、B 放牧条件下，地下生物量减少，分别为 722.88 g/m^2、708.96 g/m^2，平均值占对照组的 75.35%；D、E 地下生物量分别为 912.96 g/m^2、852.48 g/m^2，平均值占对照组的 94.32%。其地上生物量与地下生物量呈线性相关（$r = 0.8698$，$P < 0.05$）。由此可见，矮嵩草草甸在牧草返青期过度放牧，一些家畜喜食的优良牧草经反复采食和践踏，植物光合面积减小，光合产物不能满足其生长发育的需求，同时还要消耗根系已经储存的营养物质作为补充。其结果不仅影响植物根系的发育，而且制约了地上干物质的积累，造成这些种的逐渐衰退甚至消失（王启基等，1995）。

2. 群落的水平结构

由于植物种群自身的生物 - 生态学特征、耐牧性和种间竞争能力以及对放牧压力的适应性等差异，使群落水平结构发生分化，植物种群的分布格局和个体水平配置亦有不同。在 A、B 放牧条件下，优势种植物矮嵩草，不仅有较高的密度和频度，而且分布的斑块较小。一些适口性差的阳性植物如美丽风毛菊（*Saussurea superba*）、矮火绒草（*Lagotis nanum*）、鳞叶龙胆（*Gentiana squarrosa*）、黄花棘豆（*Oxytropis ochrantha*）等得到充分发育，其频度和密度增大，并占据一定的空间生态位。而在 D、E 放牧条件下，矮嵩草种群的频度和密度明显下降。它被周围的禾本科牧草分割成较小的斑块。垂穗披碱草、紫羊茅、异针茅等种群得到恢复和发育。虽然他们的频度变化不明显，但密度均有明显增加，植物高度和丛径增大，成为群落的优势种植物，使杂类草对光照、水分、养分等因子的利用受到制约，其频度和密度明显下降。

不同放牧强度下，不同植物种群的群聚度指数变化趋势各不相同（表3-27）。其中禾本科植物的群聚度随放牧强度的减小而增大，矮嵩草和喜光的杂类草的群聚度指数随放牧强度的减小而减小。说明放牧强度不仅影响植物的生长发育节律和繁殖能力，而且改变了分布格局，促使植物群落的演替过程发生变化（王启基等，1995）。

表 3-27　不同放牧强度下植物种群的群聚度指数

植物种群	放牧强度					
	A	B	C	D	E	CK
高山早熟禾	1.58	1.73	2.04	2.14	3.02	2.90
异针茅	2.95	3.11	2.93	2.60	3.95	3.27
垂穗披碱草	2.62	1.63	2.25	2.41	3.39	2.68
紫羊茅	1.46	3.03	2.32	3.03	4.61	2.91
平均	2.15	2.37	2.38	2.55	3.74	2.91
矮嵩草	4.88	4.48	2.74	2.87	3.65	2.32
黑褐薹草	1.59	1.65	2.58	2.53	2.04	2.00
二柱头薹草	2.74	1.35	3.21	3.24	2.70	3.20
平均	3.17	2.49	2.84	2.88	2.80	2.52
美丽风毛菊	1.62	1.96	1.52	1.60	1.39	1.57
细裂亚菊	1.90	1.54	2.26	1.18	1.78	1.33
矮火绒草	3.94	3.88	4.59	1.92	2.02	3.62
鳞叶龙胆	3.34	3.08	2.48	1.17	1.61	1.25
萼果香薷	1.28	1.42	1.25	1.08	1.00	1.00
黄花棘豆	1.33	1.97	1.67	1.32	1.20	1.20
摩玲草	1.48	1.38	1.25	1.25	1.18	1.14
平均	2.13	2.17	2.14	1.36	1.45	1.59

在不同放牧强度下主要植物类群优势度变化见表 3-28。禾本科、莎草科植物的优势度随放牧强度的减小而增大，杂类草植物的优势度则随放牧强度的减小而减小。C、D、E 放牧条件下，行营养繁殖和种子繁殖的禾本科牧草得到更新和恢复，草场植被向进展演替方向发展。而在 A、B 放牧条件下，草场植物群落结构变化简单，草场生产力和利用价值下降，向逆行演替方向发展。

表 3-28　不同放牧强度下主要植物类群优势度变化

植物类群	放牧强度					
	A	B	C	D	E	CK
禾草类（%）	26.84	26.36	28.74	31.33	33.41	32.81
莎草类（%）	12.30	11.99	14.74	13.07	13.57	14.57
可食杂类草（%）	44.20	42.37	40.51	40.31	40.05	37.86
不可食杂类草（%）	16.66	19.38	16.01	15.29	12.69	14.76

（二）不同放牧强度下地上生物量动态和生产效率

放牧强度不同，草地植物群落生物量的季节变化亦不相同（表3-29）。由表 3-29 可知，除 E 组外其他放牧强度下，地上生物量高峰期均出现在 8 月底，但最大值各不相同。其中，A 放牧条件下的净生物量最低（396.1 g/m²），C 放牧条件下最高（453.6 g/m²）。生物量达到最大值后持续的时间随放牧强度和植物群落的种类组成的不同而有差异。在返青期（4~5 月），由于 A、B 放牧条件下过度采食，植物光合叶面积减少，根系营养物质大量消耗，植株的生长发育不良，导致植物净生产量下降。而在 C、D 放牧强度下，适宜的采食使植物地上净生产量有所提高。

表 3-29　不同放牧强度下矮嵩草草甸地上生物量季节动态　　　（单位：g/m²）

放牧强度	时间（月.日）						
	4.25	5.31	6.28	7.27	8.29	9.27	10.23
A	97.8	131.7	184.8	268.8	396.1	342.1	300.0
B	105.8	122.4	212.8	314.1	418.1	408.8	324.0
C	109.8	134.4	228.0	336.8	453.6	439.5	330.0
D	119.8	125.8	225.2	335.5	435.2	434.0	329.0
E	140.8	125.4	232.0	362.1	419.2	427.2	362.0
CK	174.4	184.4	268.2	368.0	430.0	415.0	348.0

在不同放牧强度下，地上生物量绝对变化速率呈单峰式曲线（王启基等，1995a）。在返青期较低，平均值为 0.36 g/(m²·d)，6 月中旬至 8 月上旬较高，其峰值和出现的时间随放牧强度的不同而不同。A 放牧条件下，由于返青期过度采食，使植物的生殖生长受到抑制，多数植物处在营养生长阶段，故生物量变化速率的高峰期延迟到 8 月 [3.86 g/(m²·d)]，其他各组的峰值均出现在 7 月，B、C、D、E 和 CK 的峰值分别为 3.77 g/(m²·d)、3.75 g/(m²·d)、3.80 g/(m²·d)、4.48 g/(m²·d) 和 3.44 g/(m²·d)。经相关分析表明：在返青期，生物量绝对变化速率随放牧强度的增大而增大（$r = 0.8825$，$P < 0.05$）。这是由于 D、E 放牧条件下和对照组上年所剩余的立枯草较多，覆盖度较大，使刚萌发的新生草所获得的太阳总辐射量减弱。在牧草生长旺盛期（7 月），因矮嵩草草甸（冬春草场）放牧结束时植物的留茬高度、利用率和光合叶面积等参数的差异，其生物量绝对变化速率随放牧强度的增大而减小（$r = -0.9446$，$P < 0.01$）。到 8 月，A 放牧条件下，大部分植物处于营养生长阶段，此时气温较高、雨量充沛、生物量增长速率最大 [3.86 g/(m²·d)]，B、C、D 居中 [2.91~3.04 g/m²·d)]，E 和 CK

条件下，由于大部分植物进入生殖生长和果实成熟阶段，生物量增长速率明显下降 [1.73 ~ 1.88 g/(m² · d)]。到9月中旬，植物开始枯黄，地上部分的养分向根系转移以及成熟种子和部分枝叶的凋落，生物量绝对增长速率呈负值（王启基等，1995a）。

上述分析表明，放牧强度对冬春草场植物生长发育和干物质积累有很大的影响。因此，选择最适放牧强度和放牧制度是提高草地初级生产力、维护草地生态平衡和防止冬春草场退化的有效途径之一，应在畜牧业生产实践和放牧生态系统的研究中给予足够的重视。

三、不同放牧水平下啮齿动物种群的变化规律

（一）根田鼠

金露梅灌丛试验样地的放牧强度见表 3-22。刘伟等（1997）分析了 A、B、C、D、E 六个放牧样地的啮齿类动物种群数量动态，发现 6 ~ 10 月，不同放牧处理下根田鼠种群呈上升趋势，但 6 ~ 8 月数量变化不明显。其中，A、B 处理在 8 月数量最高，其余处理在 9 月达到密度高峰。随放牧强度减轻，根田鼠种群数量逐渐增高，E 处理的种群密度明显高于其他处理（$t_{AE} = 5.60$，$t_{BE} = 4.140$，$t_{CE} = 3.843$，$t_{DE} = 3.440$，$df = 4$，$P_{AE} < 0.01$，$P_{BE} < 0.02$，$P_{CE} < 0.02$，$P_{DE} < 0.02$）。相关分析结果表明，根田鼠种群平均密度与放牧强度呈显著负相关（$r = -0.9095$，$df = 4$，$P < 0.02$）（刘伟等，1997）。

（二）甘肃鼠兔

不同放牧处理甘肃鼠兔的种群数量见表 3-30。在 A 处理和 B 处理，未捕获到甘肃鼠兔。随放牧强度从 C ~ E 减轻，甘肃鼠兔种群数量有所增加，且轻度放牧处理的甘肃鼠兔数量较多。尽管各处理甘肃鼠兔的种群数量均比较低，但它基本上反映了甘肃鼠兔种群与放牧处理之间的关系。即放牧强度越小，甘肃鼠兔的数量就越高（刘伟等，1997）。

表 3-30　不同放牧处理甘肃鼠兔的种群数量

月份	处理				
	E	A	B	C	D
6 月	0	0	0	0	0
7 月	0	0	0	1	2
8 月	0	0	1	1	1

月份	处理				
	E	A	B	C	D
9月	0	0	0	1	1
10月	0	0	1	0	2
合计	0	0	2	3	6

（三）高原鼢鼠

高原鼢鼠1年内挖掘活动的高峰一般在6月和10月。在此期间，有大量的新土丘出现，土丘数的多少基本上能准确地反映高原鼢鼠的丰富度。在7～9月高原鼢鼠繁殖活动减弱，分巢活动也没有开始，因此挖掘活动较弱，主要是修复或营造地道。这时的新土丘数不能够反映高原鼢鼠的实际数量。因此用6月和10月的新土丘数作为高原鼢鼠种群大小的相对指标。在6月，A、B、C处理高原鼢鼠的新土丘数较多（表3-31），D、E处理较少，各处理间的差异是由于放牧的滞后效应所致。经过5个月的放牧至10月，A、B、C、D处理的土丘数均有不同程度的增加，A、B处理高原鼢鼠的土丘数分别增加了1.6倍和2.5倍，A、B、C处理的土丘数也远高于D、E处理。轻度放牧的E栏，土丘数下降33%。相关分析结果表明，6月和10月各处理的新土丘数与放牧强度呈显著的正相关（$r_{6月}=0.9431$，$df=4$，$P<0.01$；$r_{10月}=0.9383$，$df=4$，$P<0.01$）。

表3-31　不同放牧处理高原鼢鼠新土丘数

月份	处理				
	E	A	B	C	D
6月	14	10	12	6	6
7月	3	0	3	2	0
8月	0	3	0	0	0
9月	0	0	0	0	0
10月	37	35	22	10	4

刘伟等（1999）研究结果表明：栖息于不同放牧强度试验区的啮齿动物群落组成不尽相同（表3-32）。随着放牧强度的增加，植被的盖度和高度降低。伴随优良牧草的减少而杂草增多，草食性小型啮齿动物的食物多度和栖息生境发生越来越大的变化。其结果是随着放牧强度的增大引起适应隐蔽生境的根田鼠和甘肃鼠兔数量减少，以及喜食杂草地下根的高原鼢鼠数量增加。根田鼠和甘肃鼠兔个体小，采食量低，在种群数量不是很高时不会对草场植被产生严重危害。因此，

科学地选取适度的放牧强度，保持较高的优良牧草比例，是治理高原鼢鼠危害、发展持续畜业经济的生态学途径。

表 3-32　不同放牧处理小哺乳动物种类组成

种类	处理				
	A	B	C	D	E
根田鼠	+	+	+	+	+
甘肃鼠兔	-	-	+	+	+
高原鼢鼠	+	+		+	+
种类数目合计	2	2	3	3	3

注："＋"表示该放牧处理样地中有此类小哺乳动物，"－"表示该放牧处理样地中无此类小哺乳动物。

四、放牧扰动下高寒小嵩草草甸多样性、生产力对土壤养分变化的响应

（一）不同放牧梯度下小嵩草草甸的基本特征

1. 土壤基质——"载体"量和根系的变化

土壤是岩石圈表面的疏松表层，是陆地植物生活的基质。它提供了植物生活必需的营养和水分，是生态系统中物质与能量交换的重要场所。由于植物根系与土壤之间具有极大的接触面，在土壤和植物之间进行频繁的物质交换，彼此强烈影响，因而土壤是植物的一个重要生态因子，通过控制土壤因素就可以影响植物的生长和产量。正是由于土壤养分的持续供给、土壤基质这种"载体"量的多少影响着植物群落物种组成、结构、功能和生态系统的稳定性。不同放牧干扰下，高寒小嵩草草甸群落土壤根系和孕育土壤根系的"载体"量发生了明显的变化（表 3-33）。中度放牧条件下 0~10 cm 土层的根系量与土量的比例为 0.16；重牧条件下 0~10 cm 土层根系量与土量的比例最大，为 0.18；而轻牧条件下 0~10 cm 土层的根系量与土量的比例最小，为 0.12，见表 3-33。

表 3-33　不同放牧干扰下高寒小嵩草草甸根土比的变化

层次（cm）	轻度放牧 根/土	中度放牧 根/土	重度放牧 根/土
0~10	0.12 ±0.06[c]	0.16 ±006[b]	0.18 ±0.04[a]
10~20	0.03 ±0.01[b]	0.06 ±0.04[a]	0.03 ±0.01[b]

续表

层次（cm）	轻度放牧 根/土	中度放牧 根/土	重度放牧 根/土
20～30	0.01 ± 0.00^a	0.01 ± 0.00^a	0.01 ± 0.00^a
30～40	0.01 ± 0.00^a	0.01 ± 0.00^a	0.01 ± 0.00^a
0～40	0.03 ± 0.02^b	0.05 ± 0.02^a	0.04 ± 0.01^{ab}

注：不同放牧梯度同一层次数据，右上角相同字母表示数据间差异不显著。

2. 土壤环境特征

由表3-34可知，随着放牧干扰强度的增加，土壤湿度、土壤养分指标（如有机质、全氮、硝态氮、铵态氮和速效钾）值明显减小，但是土壤容重逐渐增加。说明过牧干扰引起高寒小嵩草草甸植物群落草丛中结构、组成发生改变，草地植物群落发生退化演替，随着植被的退化演替，土壤也逐步贫瘠化，即放牧影响着草地群落结构及其土壤生境。

表3-34　不同放牧干扰下小嵩草草甸群落的土壤特征

项目	轻度放牧	中度放牧	重度放牧
容重（g/cm³）	0.95 ± 0.07^b	0.98 ± 0.06^b	1.04 ± 0.04^a
湿度（%）	28.82 ± 2.24^a	26.41 ± 2.88^b	22.42 ± 2.08^c
有机质（%）	10.76 ± 0.75^a	8.53 ± 0.99^b	6.58 ± 0.73^c
全氮（%）	0.58 ± 0.06^a	0.47 ± 0.06^a	0.32 ± 0.04^c
硝态氮（mg/kg）	8.80 ± 1.22^a	7.25 ± 1.02^b	5.05 ± 1.41^c
铵态氮（mg/kg）	7.95 ± 1.67^a	6.08 ± 2.02^b	4.33 ± 1.18^c
全磷（%）	0.063 ± 0.007^a	0.06 ± 0.012^a	0.061 ± 0.006^a
速效磷（mg/kg）	5.88 ± 2.08^a	5.36 ± 2.69^a	5.90 ± 2.02^a
全钾（%）	1.99 ± 0.07^a	1.92 ± 0.06^a	2.01 ± 0.06^a
速效钾（mg/kg）	225.49 ± 23.16^a	218.66 ± 11.51^b	215.45 ± 24.79^b

注：不同放牧干扰强度同一层次的数据，右上角相同字母表示数据间差异不显著。

（二）不同放牧强度下小嵩草草甸植物多样性、生产力的变化

由表3-35可以看出，随着放牧强度的增加，物种多样性测度明显不同。中度放牧条件下，植物群落地上生物量、物种数、Shannon-Wiener指数和Pielou指数最高，而群落地下生物量最低；重度放牧条件下，植物群落地上生物量、物种数、Shannon-Wiener指数和Pielou指数最低，而群落地上生物量最高，表明任何生物的能量均有其合理分配，并通过这种能量使用的调节来促进自身的生存和繁殖，但持续的过牧能使种群生境恶化，群落的物种组成多样性降低，结构简单

化，地上生物量下降。

表 3-35　小嵩草草甸群落物种数、地上生物量、地下生物量和物种多样性指数

群落	物种数	地上生物量 （g/m²）	地下生物量 （g/m²）	Shannon-Wiener 指数	Pielou 指数
轻度放牧	33[b]	422.69 ±46.68[a]	4111.90 ±207.25[b]	3.4174 ±0.09[b]	0.9612 ±0.03[b]
中度放牧	35[a]	426.67 ±35.00[a]	4044.83 ±139.95[c]	3.5170 ±0.16[a]	1.0394 ±0.05[a]
重度放牧	29[c]	244.34 ±27.00[b]	4480.70 ±202.77[a]	3.2761 ±0.05[c]	0.9370 ±0.02[c]

注：不同放牧干扰强度下同一层次的数据，右上角相同字母表示数据间差异不显著。

（三）不同放牧梯度下植物多样性、生产力与土壤养分的关系

土壤作为一种重要的自然资源可以为人类提供食物和其他工业用品，并维持着陆地生态系统，同时土壤也可以促进植物根系的生长，接受、储存和供给水分，储存、提供和转移营养，调控气体交换，促进土壤生物活性等生态过程。高寒草甸不同放牧干扰下草地群落生产力和多样性的变化因土壤养分资源的供给水平差异表现出不同的反映（表 3-36、表 3-37、表 3-38）。不同放牧干扰下，土壤养分资源（土壤有机质、全氮、全钾）与草地群落生物量（地上、地下）显著相关（$P < 0.05$）；微生物生物量碳与地上生物量（轻度、中度放牧）、地下生物量（重度放牧）显著相关（$P < 0.05$）；物种数与地上生物量（轻度、中度放牧）、地下生物量（重度放牧）显著相关（$P < 0.05$）。放牧压力的增加，土壤容重增加，土壤微生物生物量碳降低，加上植物群落结构的改变和土壤水肥气热状况的变化，必然影响到其草地生产力，从而使群落地上生物量降低，地下生物量增加，群落中植物的能量分配发生变化，其自身的生存和繁殖策略随之改变。

表 3-36　不同放牧干扰下土壤养分与植物多样性、生产力的相关系数（轻牧）

相关系数	土壤有机质 （%）	全氮 （%）	全磷 （%）	全钾 （%）	微生物生物量碳（g/kg）	地上生物量 （g/m²）	地下生物量 （g/m²）	物种数
土壤有机质	1							
全氮	0.93**	1						
全磷	0.49	-0.33	1					
全钾	-0.5	0.76	0.09	1				
微生物量碳	0.5	-0.75	-0.29	0.89*	1			
地上生物量	0.84*	0.87*	0.46	0.83*	0.86*	1		
地下生物量	0.97**	0.94**	-0.51	0.51	-0.56	-0.77	1	
物种数	0.75	-0.77	0.76	-0.42	0.37	0.84*	0.85*	1

注：* 表示 $P < 0.05$，** 表示 $P < 0.01$。

表 3-37 不同放牧干扰下土壤养分与植物多样性、生产力的相关系数（中牧）

相关系数	土壤有机质（%）	全氮（%）	全磷（%）	全钾（%）	微生物生物量碳（g/kg）	地上生物量（g/m²）	地下生物量（g/m²）	物种数
土壤有机质	1							
全氮	-0.32	1						
全磷	0.23	-0.03	1					
全钾	0.08	-0.54	0.78	1				
微生物量碳	0.61	-0.16	-0.64	-0.62	1			
地上生物量	0.84*	0.84*	0.68	0.34	0.82*	1		
地下生物量	0.86*	0.97**	-0.56	-0.04	0.43	0.59	1	
物种数	-0.68	-0.31	0	0.31	0.18	0.85*	0.87*	1

注：* 表示 $P < 0.05$，** 表示 $P < 0.01$。

表 3-38 不同放牧干扰下土壤养分与植物多样性、生产力的相关系数（重牧）

相关系数	土壤有机质（%）	全氮（%）	全磷（%）	全钾（%）	微生物生物量碳（g/kg）	地上生物量（g/m²）	地下生物量（g/m²）	物种数
土壤有机质	1							
全氮	0.35	1						
全磷	0.3	0.47	1					
全钾	0.09	0.60	-0.29	1				
微生物量碳	0.91*	-0.3	-0.37	-0.1	1			
地上生物量	0.94**	0.59	-0.41	0.18	0.67	1		
地下生物量	0.91*	0.24	-0.09	0.14	0.83*	-0.8	1	
物种数	-0.73	-0.36	0.07	0.08	0.64	0.6	0.87*	1

注：* 表示 $P < 0.05$，** 表示 $P < 0.01$。

生境因素（如植物群落特征、土壤特征、种间竞争等）的变化往往影响着群落植物的生长和发育。放牧干扰不仅改变了高寒小嵩草草甸群落土壤根系和孕育土壤根系的"载体"量，改变了植物群落的结构和功能，而且使土壤的物理和化学特性发生了明显的改变。

土壤作为生态系统中生物与环境相互作用的产物，储存着大量的碳、氮、磷等营养物质，因而土壤养分对于植物的生长起着关键性的作用，直接影响着植物群落的组成与生理活力，决定着生态系统的结构、功能和生产力水平（Crick，

Grime，1987）。随着牧压强度的变化，草地植物群落的主要物种的优势地位发生明显的替代变化，这与其生物学特性和动物的采食行为密切相关（王炜等，1996；杨利民等，1996）。Baker（1989）认为，草地利用的强度对草地的影响是十分明显的，草地的退化是以适口和非适口的植物种类比例变化为特征的，在轻牧和适牧条件下适口性好的植物在群落中所占比例最大，过牧可降低适口性好的植物的活力，而适口性差的植物免受影响，并对有限资源竞争处于更有利地位，最终导致适口性差的植物在群落中占优势。Ritchie（1998）认为不管在任何放牧制度下，载畜量增大都将使丛生禾草向矮生禾草演替，并使牧草的再生能力降低，而且牧草叶量、分蘖数、株高和总生物量均下降。

土壤有机质主要来源于植物地上部分的凋落物及地下的根系，随着放牧强度的增加，孕育土壤根系的基质量逐渐减少，根土比特别是 0 ~ 10 cm 土层的根土比例增加（表3-33），"载体"量减少导致大部分地下根系由于营养供给水平的降低而死亡，归还土壤中有机质的数量逐渐减少，加之地上部分持续利用，土壤养分也在不断消耗，土壤基质量的减少和土壤资源持续供给能力的下降，草地发生逆向演替，表现在物种数减少、多样性下降、能量的分配转向地下等。土壤性状上的某些改变（土壤容重、土壤湿度等），也会引起植被组成、物种多样性变化。反之，植物群落结构和功能的改变（植物群落生长的高度、盖度及组成），对土壤的影响则是有机质来源减少而分解速度加快、土壤结构破坏、土壤养分量减少、土壤蒸发加快，这样就使得土壤向干旱化、贫瘠化方向发展，推动了土壤的退化过程。适当的环境干扰或逆境（包括放牧），使群落丰富度和复杂度增加，维持了草地植物群落的稳定，利于提高群落的生产力。

土壤表面的适度干扰和原有植物的适度破坏为入侵新种提供了小生境，从而允许新的植物侵入群落，并提高了植物的丰富度。但是，在受到强度干扰时，草地植物群落的主要物种的优势地位发生明显的替代变化，从轻牧、中牧条件下的丛生禾草向矮生禾草和毒杂草群落方向演替，适口性好的植物所占的比例下降。如垂穗披碱草（*Elymus nutans*）的重要值从28% ~ 23%（轻牧、中牧）下降到10%左右，而毒杂草的重要值增大，如柔软紫菀（*Aster flaccldus*）为14%、乳白香青（*Anaphalis lactea*）为12%、青海风毛菊（*Saussurea katochaete*）为16%，雪白委陵菜（*Potentilla nivea*）为11%，能适应的植物种减少，植物丰富度也就降低。在干扰强度很低时，植物对有限资源的竞争排斥作用增强，加之植物凋落物的影响，种的丰富度又将变低。

土壤是草地生态系统的基础环境，土壤的稳定性（土壤养分的持续供给水平和根土比例）是支撑草地生态系统结构和功能稳定性、生态系统恢复的重要因素。适当的放牧，使植物群落丰富度增加，维持了植物群落的稳定，有利于提高群落的生产力，归还土壤中有机物质的数量增加，土壤根系和孕育土壤根系的"载体"量之间的比例维持在一个合理的水平上，植被的类型、物种组成与生境的资源状况才能相适应。

第四节　高寒人工草地的群落结构、物种多样性及其对放牧的响应

　　土地利用变化引起的植物群落结构、物种多样性的变化是研究全球变化的热点之一（王启基等，2008）。在重度退化草地上建植人工草地是高寒草甸分布区土地利用变化的一种主要形式，是综合恢复治理的一种主要形式（周华坤等，2007）。人工草地不仅在农牧业生产和发展中占有重要地位，而且在环境保护和环境产业中具有重要的意义。大量实践证明，发展多年生人工草地是解决青藏高原高寒草地高效生产和持续发展矛盾的一条重要途径，有助于减轻天然草地放牧压力，防止草地退化，是保护生物多样性、改善生态环境、维持生态平衡的重要措施，是现代集约化草地畜牧业的必由之路。青藏高原高寒地区退化草地生态系统中，人工草地具有创造新的草地生产力和改善草地生态环境的双重功能。据不完全统计，目前位于青藏高原的江河源区约有 357.13 万 hm^2 退化草地，约占草地总面积的 1/3，其中严重退化草地面积约 95.66 万 hm^2，约占退化草地面积的 26.79%，这已经威胁到当地的生态环境、生物多样性保护和畜牧业经济的发展。在青藏高原高寒草甸分布区，人工草地的建植是土地利用格局变化的一种典型形式，土地覆被发生了明显变化。对人工、半人工草地建成后的植被恢复效果、生长动态、植物群落特征、物种多样性以及稳定性演变趋势等的分析，对高寒地区集约化草地畜牧业发展、退化草地治理和生态环境建设中人工草地的建植和管理意义重大。

一、人工草地群落特征、多样性及其稳定性分析

（一）不同处理条件下植物群落特征

　　草原植物群落的结构外貌通常以优势种和种类组成为特征，优势种的更替是草原演替阶段的标识（周志宇等，2003）。江河源区退化草地恢复与重建的过程中，根据草地退化演替阶段的不同，采用老芒麦＋冷地早熟禾混播（LP）、老芒麦单播（ES）、原生植被＋封育（PV）、对照＋封育（CKF）、对照不封育（CK）等治理措施后，经过几年演替，植物群落结构特征发生明显变化（表3-39）。

表3-39   不同处理区物种丰富度、多样性、均匀度指数

项目	5 年生				6 年生			
	LP	ES	CKF	CK	LP	ES	CKF	CK
物种数	10	9	24	21	26	22	35	21
多样性指数	1.621	1.510	2.768	2.701	2.426	2.374	3.261	2.758
均匀度指数	0.704	0.687	0.871	0.887	0.745	0.757	0.957	0.829

由表3-39可知，5年生老芒麦＋冷地早熟禾混播群落由10种植物组成，隶属6科10属。优势种植物为老芒麦，优势度为42.20％，次优势种为冷地早熟禾，优势度为29.33％，其余5科8属8种植物主要由甘肃马先蒿（*Pedicularis kansuensis*）、直立梗唐松草（*Thalictrum alpinum*）、细叶亚菊（*Ajania tenuifolia*）等组成，优势度为28.47％。5年生老芒麦单播群落由9种植物组成，隶属7科9属。优势种植物为老芒麦，其优势度为56.6％，次优势种有藏忍冬（*Lonicera tibetica*）、白苞筋骨草（*Ajuga lupulina*）、甘肃马先蒿，其优势度依次为10.54％，9.85％和9.41％，其余3科4属5种植物的优势度仅占19.54％。对照区通过5年的封育，植物群落由24种植物组成，隶属14科24属。优势种为藏忍冬、蜜花香薷（*Ersholtzia densa*），优势度分别为17.45％和15.55％，次优势种有早熟禾（*P. annua*）、白苞筋骨草、灰绿藜（*Chenopodium glaucum*），优势度分别为7.78％、7.25％和7.13％。伴生种有垂穗披碱草、黄帚橐吾（*Ligularia virgaurea*）、圆萼刺参（*Morina chinensis*）等，优势度分别为6.03％、4.41％和4.01％，其余7科16属16种植物的优势度为30.39％。对照区（不封育）由21种植物组成，隶属12科21属。优势种为播娘蒿（*Descurainia sophia*）、高山葶苈（*Draba alpina*），优势度为17.44％和13.93％，次优势种有海乳草（*Glaux maritima*）、白苞筋骨草、早熟禾，优势度分别为8.13％、7.25％和7.13％，伴生种有兔耳草（*Lagotis glauca*）、垂穗披碱草、直立梗唐松草，优势度分别为6.42％、6.31％和5.96％，其余5科13属13种植物的优势度为27.43％。

6年生老芒麦＋冷地早熟禾混播群落由26种植物组成，隶属17科21属。优势种植物为老芒麦，其优势度为40.29％，次优势种为冷地早熟禾，优势度为10.22％，伴生种有直立梗唐松草、高山唐松草（*Thalictrum alpinum*）、密花香薷等，优势度分别为5.16％、4.98％和4.63％，其余14科17属21种植物的优势度为30.09％。6年生老芒麦单播群落由22种植物组成，隶属15科20属。优势种植物为老芒麦，其优势度为28.04％，次优势种为甘肃马先蒿，优势度为24.96％，伴生种有高山唐松草、直立梗唐松草、白苞筋骨草等，优势度分别为5.97％、5.32％和4.36％，其余11科16属16种植物的优势度为31.35％。原生

植被封育 6 年后植物群落由 35 种植物组成，隶属 14 科 30 属。优势种植物为垂穗披碱草，优势度为 10.41%，次优势种为双叉细柄茅（*Ptilagrostis dichotoma*）、青藏棱子芹（*Pleuresperm pulszkyi*）、麻花艽（*Gentiana straminea*）、小嵩草（*Kobresia pygmaea*）和早熟禾，优势度分别为 6.66%、5.94%、5.91%、5.64% 和 5.48%，伴生种有羊茅（*F. ovina*）、薹草（*Carex spp.*）、黑褐薹草（*C. atrofusca*）、异叶米口袋（*Gueldenstaedtia multiflora*）和矮嵩草（*K. humilis*）等，优势度分别为 4.77%、4.43%、4.32%、4.31% 和 4.06%，其余 9 科 22 属 24 种植物的优势度为 38.08%。对照区（6 年）植物群落由 21 种植物组成，隶属 13 科 18 属。优势种植物为播娘蒿，优势度为 16.79%，次优势种有兔儿草、白苞筋骨草、青藏棱子芹和藏忍冬等，优势度分别为 9.79%、9.55%、9.01% 和 8.82%，伴生种有黄帚橐吾、海乳草、铁棒锤（*Aconitum pendulum*）、鹅绒委陵菜（*Potentilla anserina*）和露蕊乌头（*A. gymnandrum*）等，优势度分别为 5.32%、4.79%、4.12%、4.05% 和 4.04%，其余 5 科 9 属 11 种植物的优势度为 23.72%（史慧兰等，2005）。

（二）不同处理条件下植物群落物种丰富度、多样性与均匀度比较

草地植物群落物种丰富度，即其所含的植物物种总数，是群落多样性的最基本特征。草地生态系统的可持续性和草地生产力的维持在很大程度上依赖于草地群落的生物多样性。不同处理条件下草地植物群落的物种丰富度、多样性指数、均匀度指数因时间和空间的变化而有明显的差异。同年度比较，5 年生植物群落物种丰富度、多样性指数依次为对照 + 封育 > 对照 > 混播 > 单播；均匀度指数依次为对照 > 对照 + 封育 > 混播 > 单播。6 年生植物群落物种丰富度依次为原生 + 封育 > 混播 > 单播 > 对照；多样性指数依次为原生 + 封育 > 对照 > 混播 > 单播；均匀度指数依次为原生 + 封育 > 对照 > 单播 > 混播。不同年龄比较，对照区 5 年生和 6 年生植物群落物种丰富度、多样性指数和均匀度指数变化不大，而混播群落和单播群落变化明显。6 年生植物群落的物种丰富度、多样性指数和均匀度指数较 5 年生植物群落明显增加。这是由于人工草地的管理不到位以及老芒麦、冷地早熟禾生物、生态学特性和杂类草的入侵，使优势种植物老芒麦、冷地早熟禾种群数量和优势度下降，为甘肃马先蒿等杂草侵入创造了条件，整个群落向生态稳定性发展。

Grime（1997）和 Kvaesth（1991）的研究指出，物种多样性是群落的重要特征，是生态系统功能维持的生物基础，包括物种丰富度和均匀度两个方面。全面衡量物种多样性需要从物种丰富度、均匀度和生态优势度三个方面进行比较，它们都从不同的角度反映群落物种组成的结构水平，三者具有一定的联系（Kvaesth，1991）。经相关分析表明，物种数与多样性指数呈极显著的正相关（$P < 0.01$），多

样性指数与均匀度指数呈极显著正相关（$P < 0.01$），物种数与均匀度指数呈显著正相关（$P < 0.05$），说明群落物种数、多样性和均匀度之间有着密切的正相关关系。

（三）植物群落稳定性分析

人工草地是通过农作措施建立并运用各种管理控制措施维持的人工植物群落，要持续地获得优良牧草的高额产量，同时使人工草地中各种牧草保持适宜而恒定的组成比例，要使草地处于一种相对稳定的状态，即实现某种意义上的稳定性，称此种稳定为"生产稳定性"，而由天然草地的顶级或偏途顶级状态所决定的草地生态系统的稳态一般称为"生态稳定性"。许多实践和研究证明，遏制人工草地向生态稳定性回复的趋势，保持生产稳定性，是实现人工草地高产和持续利用所应遵循的生态学原则。

人工草地建成后如何稳定与持续利用，特别是劣质牧草入侵导致草地退化的问题，值得进一步研究。所以，要研究人工草地在生产稳定性与生态稳定性间的转化机制，研究防止人工草地再次退化的新技术，并与已有的成熟技术集成，提供配套的人工草地建植、管理和资源优化配置技术。

1. 不同处理下人工草场异质性变化

该试验开始前，各处理草场均为退化较严重的"黑土滩"，而在不同的处理下，5 年生与 6 年生草地植物群落结构相似性有较大变化（表3-40）。

表3-40　不同处理植物群落相似性比较

处理	LP6	ES6	PV6	CK6	CK5	CKF5	LP5	ES5
LP6	1	62.50	49.18	38.30	42.55	40.00	38.89	34.29
ES6		1	49.12	46.51	46.51	43.48	43.75	38.71
PV6			1	50.00	35.71	44.07	26.67	27.27
CK6				1	52.38	48.89	25.81	26.67
CK5					1	62.22	32.26	33.33
CKF5						1	35.29	36.36
LP5							1	42.11
ES5								1

注：LP5 代表 5 年生老芒麦 + 冷地早熟禾混播人工草地；LP6 代表 6 年生老芒麦 + 冷地早熟禾混播人工草地；ES5 代表 5 年生老芒麦单播人工草地；ES6 代表 6 年生老芒麦单播人工草地；PV6 代表封育 6 年的未退化原生草地植被；CK5 代表 5 年生对照不封育的退化草地；CK6 代表 6 年生对照不封育的退化草地；CKF5 代表 5 年生对照 + 封育处理的退化草地。

从表 3-40 可看出,随着演替的进行,群落相似性系数增加。5~6 年生,单播和混播群落间的相似性系数提高 19.39%,共有种从 4 种增加到 15 种;混播和对照群落间的共有种从 5 种增加到 9 种。群落间相似性系数的变化说明,单播(ES)与混播(LP)人工草地群落有趋同演化的趋势。5~6 年生,人工草地群落结构的变化比对照群落结构变化更为明显。这与人工群落中杂类草如甘肃马先蒿、多裂委陵菜、青海风毛菊、多枝黄芪、白苞筋骨草、黄帚橐吾、直立梗唐松草、高山唐松草等的入侵有关。而人工草地群落随着结构的复杂化与对照群落间的相似性提高,说明群落演替逐步向生态稳定性发展。

此外,随着生育年龄的增加,表现出单播群落的稳定性比混播群落更差,由于种内竞争加剧,导致群落优势种的优势度明显降低,较早发生退化,而混播处理由于群落配置时较为合理,较单播处理群落更稳定一些。这与王刚(1998)的研究结果一致,他指出品种组合是调节人工草地种间竞争机制的主要途径,对人工草地群落稳定性有明确效应。

2. 群落丰富度、多样性和均匀度与人工草场群落稳定性之间的相关性分析

安渊(2001)等的研究认为,特定资源生产力水平下草地群落固有的生物多样性,是保持草地稳定和健康发展的基础。王国宏(2002)认为,群落的稳定性受制于群落物种的多样性。通过各种处理条件下群落物种丰富度、多样性、均匀度与群落稳定性的比较分析表明,原生植被 + 封育处理物种丰富度最大,多样性指数和均匀度指数最大,它是该地区的气候顶极群落,是长期适应高寒环境和气候的结果,其群落稳定性最好。5~6 年生混播处理(LP)物种丰富度、多样性指数、均匀度指数分别提高 160.0%、49.66% 和 5.82%,单播处理(ES)物种丰富度、多样性指数、均匀度指数分别提高了 144.44%、57.22% 和 10.19%,对照处理(CK)的物种丰富度没有变化,多样性指数仅增加了 2.11%,均匀度指数减少 6.54%。这一结果说明,5 年生人工草地由于群落结构简单,多样性指数和均匀度指数较低,群落稳定性也较差。随着生育年龄的延长和杂类草的入侵,群落物种丰富度和多样性指数增大,群落的生态稳定性相对增大,群落生产力呈现严重退化趋势。

生物生产力的变化与群落稳定性不同处理区 6 年生地上生物量比较,原生植被 + 封育(VP)处理地上生物量最高,其次为混播群落(LP)和单播群落(ES),对照区(CK)最低。此外,地下、地上生物量比值依次为 PV6(22.31)> CK6(8.46)> ES6(5.98)> LP6(5.84)。由此可见,地下、地上生物量比值越大,越接近气候顶极群落,其群落稳定性越好。此外,5~6 年生地上总生物量呈降低趋势,其中总生物量在 LP 处理中降低了 29.74%,ES 处理降低了

41%，CK 处理降低了 25.21%；禾草类生物量在 LP 处理中降低了 29.77%，ES 处理降低了 71.58%，CK 处理降低了 56.76%。随着群落优势种的优势度下降，群落生产力稳定性也降低。单播处理的禾草比例较混播处理明显下降，杂类草比例增加，说明单播处理群落生产力稳定性较混播群落更差。混播群落结构复杂，群落容纳量增大，种间竞争和种内竞争相对减弱，群落稳定性相对较高（王启基等，1995）。

二、放牧扰动下人工草地群落结构、 多样性的变化

放牧强度对人工草地群落数量特征的影响，国内外学者已较多地研究报道（胡民强等，1990；蒋文兰等，1993；王刚等，1995；王淑强等，1996；McKenzie，1996，1997；姚爱兴等，1997；Hume et al.，1997；王德利等，2003；董世魁等，2004）。但这些报道多集中于对温带和亚热带地区白三叶、红三叶和多年生黑麦草草地的研究，有关放牧强度对青藏高原高寒人工草地群落特征的研究很少（董世魁等，2002，2004；刘迎春，2004）。Reategui（1999）认为，不管任何放牧制度下，载畜量增大将使丛生禾草向矮生禾草演替，进而导致草地退化。草地上植物的耐牧性不同，在低放牧压力下，所有植物的生存不受影响，但强的放牧压力将降低植物的生存率，而降低的程度存在种间差异。放牧强度对植物群落组成和生物多样性也有很大影响，随放牧强度的增加，一些适口性高、中生性强、不耐牧的种类减少，而那些适口性差、耐牧的种类增多（夏景新，1993）。

（一）植被盖度的变化

不同放牧强度试验区植被的盖度见表 3-41。在三个放牧季内，放牧强度对放牧区植物群落盖度的影响极显著（$P < 0.01$），同一放牧区的年度变化不显著（$P > 0.05$），但同一年度不同放牧区群落盖度的年度变化显著（$P < 0.05$）。相关分析表明，不同放牧处理植物群落盖度与放牧强度呈显著的负相关（$R_{2003} = -0.9882$，$P < 0.01$；$R_{2004} = -0.9692$，$P < 0.01$）。

表 3-41　放牧强度对植被盖度的影响

时间	放牧处理				
	CK	D	C	B	A
2003 年	96.30	94.00	76.00	70.00	57.00
2004 年	96.20	91.80	83.80	77.40	61.60
2005 年	97.30	95.00	81.00	72.00	55.00

续表

时间		放牧处理				
		CK	D	C	B	A
年度变化	2004～2003 年	−0.10	−2.20	7.80	7.40	4.60
	2005～2003 年	1.0	1.0	5.0	2.0	−2.0
	2005～2004 年	1.1	3.2	−2.8	−5.4	−4.0

注：放牧强度 A 为 10.52 头牦牛/hm^2，B 为 8.00 头牦牛/hm^2，C 为 5.26 头牦牛/hm^2，D 为 2.63 头牦牛/hm^2，CK 为 0 头牦牛/hm^2。

2003 年为人工草地建植第二年（第一年夏季未放牧，冬季放牧），因此在对照、极轻和轻度放牧下，植物群落盖度主要受植物生长规律的影响，但在中度和重度放牧特别是重度放牧下，牦牛过度采食新生枝叶，植物的有效光合面积过低，因而影响了植物对营养物质的积累和储存，导致群落盖度降低。2005 年，由于放牧的"滞后效应"和"累积效应"，中度和重度放牧草地的盖度进一步降低（表3-41）。这种差异虽然是三年的放牧经历和气候条件共同作用的结果，但在环境条件相似的情况下，不同放牧强度则为导致群落盖度差异的主要原因（董全民等，2006）。

（二）不同植物类群地上现存量比例的变化

随放牧强度的加强，垂穗披碱草地上现存量和比例均呈下降趋势，杂类草和星星草的地上现存量和比例呈上升趋势（图3-19）。放牧强度的提高抑制了披碱草的生长和种子更新，导致其地上现存量减少（董全民等，2005）。另外，因为构成内稟冗余的植物（杂类草）虽不为牦牛所喜食，但一些植物可被其他动物所

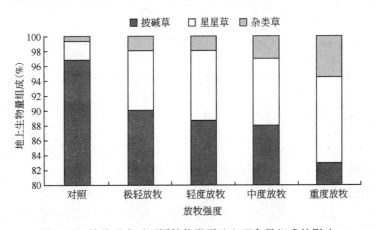

图3-19　放牧强度对不同植物类群地上现存量组成的影响

利用，这对草地群落的生物多样性和均匀度有重要作用。由于内禀冗余的存在，垂穗披碱草种群落随放牧强度的加重，补偿和超补偿作用加强，就会增加种群数量和生物量，补偿放牧强度过高下群落的功能降低；同时放牧强度的提高，给星星草（下繁草）和杂类草的生长发育创造了条件，使其能够竞争到更多的阳光、水分和土壤养分，因此杂类草和星星草的地上现存量和比例有所增加。

（三）群落优势植物株高的变化

随放牧强度的提高，人工群落优势植物（垂穗披碱草和星星草）的株高呈下降趋势（图3-20）。在两年的试验期内，放牧强度对试验区内垂穗披碱草和星星草的株高有显著的影响（$P < 0.05$），但它们的年度变化不显著（$P > 0.05$）。而且相关分析表明，不同放牧处理垂穗披碱草和星星草的株高与放牧强度呈显著的负相关（垂穗披碱草：$R_{2003} = -0.9792$，$P < 0.01$，$R_{2004} = -0.9891$，$P < 0.01$；星星草：$R_{2003} = -0.9432$，$P < 0.01$，$R_{2004} = -0.9597$，$P < 0.01$）。

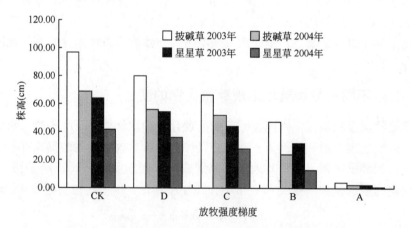

图3-20　不同放牧强度下垂穗披碱草和星星草株高的变化

注：放牧强度：A——10.52 头牦牛/hm^2；B——8.00 头牦牛/hm^2；C——5.26 头牦牛/hm^2；D——2.63 头牦牛/hm^2；CK——0 头牦牛/hm^2。

（四）群落相似性系数的变化

从表3-42 可以看出，在三个放牧季内，对照区与其他各放牧区植物群落的相似性系数随放牧强度的增加而减小。从年度变化来看，极轻放牧区与对照区植物群落的相似性系数随放牧时间的延长略有增加，而其他放牧区与对照区植物群落的相似性系随放牧时间的延长而逐年降低。放牧强度相近的两放牧区之间植物群落的相似性系数较大，而且放牧强度越相近，相似性系数越大。这表明随放牧强度的增加，除了极轻放牧，其他三个放牧区与对照区植物群落的相似程度下降，植物群落均朝着偏离对照区植物群落的方向变化，而且放牧时间越长，各放牧区与对照区植物群落的相似程度越小。相关分析表明，各放牧区与对照区植物群落的相似性系数与放牧强度呈显著的正相关（$R = 0.9205$）。

表 3-42　不同放牧强度下人工群落相似性系数的变化

处理	时间	相似性系数				
对照	2003 年	1.0000				
	2004 年	1.0000				
	2005 年	1.0000				
极轻放牧	2003 年	0.9241	1.0000			
	2004 年	0.9233	1.0000			
	2005 年	0.9295	1.0000			
轻度放牧	2003 年	0.9147	0.9001	1.0000		
	2004 年	0.8732	0.9120	1.0000		
	2005 年	0.8219	0.9297	1.0000		
中度放牧	2003 年	0.8741	0.8436	0.8213	1.0000	
	2004 年	0.8232	0.8019	0.7997	1.0000	
	2005 年	0.7931	0.7810	0.7820	1.0000	
重度放牧	2003 年	0.7998	0.7369	0.7634	0.8421	1.0000
	2004 年	0.7206	0.7230	0.7322	0.8001	1.0000
	2005 年	0.6120	0.6210	0.6723	0.7214	1.0000

三、放牧强度对植物种多样性和均匀度的影响

群落的物种丰富度及多样性是群落的重要特征，放牧及其他干扰对群落结构影响的研究都离不开物种多样性问题（王正文等，2001；汪诗平等，2001；董全民等，2005c）。α 多样性是对一个群落内物种分布的数量和均匀程度的测量指标，是生物群落在组成、结构、功能和动态方面表现出的差异，反映各物种对环境的适应能力和对资源的利用能力（马克平，1994；杨利民等，2001；汪诗平等，2001；江小蕾等，2003）。从表 3-43 可以看出，不同放牧强度下群落的物种多样性指数、丰富度和均匀度指数的变化不同。经过一个放牧季的放牧，轻度放牧区植物群落的物种丰富度和多样性指数最高，而均匀度指数在对照区最高，其次为中度放牧区，三个指数的排序分别为：物种丰富度为对照 < 重度放牧 < 中度

放牧＜极轻放牧＜轻度放牧；均匀度指数为重度放牧＜轻度放牧＜极轻放牧＜中度放牧＜对照；多样性指数 H' 和 D 均为对照＜中度放牧＜重度放牧＜极轻放牧＜轻度放牧。经过三年的连续放牧，轻度放牧区植物群落的物种多样性指数、物种丰富度和均匀度最高，三个指数的排序如下：物种丰富度为重度放牧＜对照＜中度放牧＜极轻放牧＜轻度放牧；均匀度指数为重度放牧＜对照＜极轻放牧＜中度放牧＜轻度放牧，多样性指数 H' 为对照＜极轻放牧＜重度放牧＜中度放牧＜轻度放牧，多样性指数 D 为对照＜重度放牧＜极轻放牧＜中度放牧＜轻度放牧。在 2004 年，多样性指数在极轻放牧区最小，而在重度放牧区最大，这与 2003 年和 2005 年的结果差异很大。这是因为多样性指数（D 和 H'）是物种水平上多样性和异质性程度的度量，能综合反映群落物种丰富度和均匀度的总和，因此必然与物种丰富度和均匀度的度量结果有一定程度的差异多样性（江小蕾等，2003），本试验中的结果也是如此。均匀度反映各群落中物种分布的均匀程度。在不同放牧强度下，第一个放牧季，对照区的均匀度指数最大，其次为中度放牧，重度放牧区最小，而经过连续三个放牧季的放牧后，轻度放牧区最大，其次为极轻放牧区，重度放牧区仍然最小（表3-43）。

表 3-43 不同放牧强度下群落多样性、丰富度和均匀度指数的变化

时间	指标	对照	极轻放牧	轻度放牧	中度放牧	重度放牧
2003 年	丰富度（物种数）	13	22	26	17	14
	均匀度指数 J'	0.8221	0.7766	0.7752	0.8128	0.7640
	多样性指数 H'	1.7086	2.2420	2.3761	2.0094	2.0639
	多样性指数 D	0.6970	0.8066	0.8138	0.7596	0.7967
2004 年	丰富度（物种数）	16	15	23	19	17
	均匀度指数 J'	0.8133	0.8029	0.8565	0.8636	0.7789
	多样性指数 H'	1.8697	1.9561	1.8687	1.9175	2.3623
	多样性指数 D	0.7148	0.7500	0.7181	0.7221	0.8503
2005 年	丰富度（物种数）	24	30	34	28	23
	均匀度指数 J'	0.6878	0.7292	0.8025	0.7623	0.5910
	多样性指数 H'	2.1859	2.4800	2.5776	2.5403	2.5047
	多样性指数 D	0.7735	0.8042	0.8686	0.8633	0.8013

回归分析表明（表3-44），在三个放牧季内，放牧强度与物种丰富度、多样

性指数 H'、多样性指数 D（除了 2003 年）和均匀度指数 J'（除了 2004 年）均呈显著或极显著的二次回归，它们的回归方程见表 3-44。另外，不同放牧强度下群落多样性指数（D 和 H'）与丰富度呈极显著的正相关（$P < 0.01$），与均匀度指数（J'）呈显著的正相关（$P < 0.05$）。

表 3-44　放牧强度与丰富度、多样性指数和均匀度指数之间的关系

时间	指标	回归方程 $Y = aX^2 + bX + c$（a, b, $c > 0$）			R^2	显著性检验
		a	b	c		
2003 年	丰富度（物种数）	− 0.3878	3.9685	13.6660	0.8288	*
	均匀度指数 J	0.0004	− 0.0068	0.8109	0.7692	*
	多样性指数 H'	− 0.0153	0.1793	1.7742	0.6919	*
	多样性指数 D	− 0.0022	0.0287	0.7145	0.5834	ns
2004 年	丰富度（物种数）	− 0.1457	1.7600	14.7890	0.5418	*
	均匀度指数 J	− 0.0020	0.0208	0.7967	0.5098	ns
	多样性指数 H'	0.0023	− 0.0149	0.7343	0.7064	*
	多样性指数 D	0.0023	− 0.0149	0.7343	0.7064	*
2005 年	丰富度（物种数）	− 0.3340	3.3675	23.992	0.9336	**
	均匀度指数 J	− 0.0056	0.0528	0.6092	0.8817	**
	多样性指数 H'	− 0.0083	0.1134	2.2042	0.9607	**
	多样性指数 D	− 0.0026	0.0321	0.7627	0.8515	**

注：ns 表示差异不显著，* 表示差异显著（$p < 0.05$），** 表示差异极显著（$p < 0.01$）。

群落的物种丰富度及多样性是群落的重要特征，放牧及其他干扰对群落结构影响的研究都离不开物种多样性问题（汪诗平等，2001；江小蕾等，2003）。多样性指数是物种水平上多样性和异质性程度的度量，能综合反映群落物种丰富度和均匀度的总和（董全民等，2005d），因此必然与物种丰富度和均匀度的度量结果有一定程度的差异多样性（江小蕾等，2003）。本试验的结果表明，不同放牧强度下群落多样性指数（D 和 H'）与丰富度呈极显著的正相关（$P < 0.01$），与均匀度指数（J'）呈显著的正相关（$P < 0.05$）。放牧造成草地植物群落多样性发生变化，但不同放牧强度对植物多样性的影响程度不同。众多研究表明，适度放牧对草地群落物种多样性的影响符合"中度干扰理论"（Connell，1978；Sousa，1984；Tilman et al.，1994，1997；汪诗平等，2001；Benjamin et al.，2004），即中度放牧能维持高的物种多样性。然而，有些学者的研究结果表明，植物种的多样性随放牧强度的提高而升高（江小蕾等，2003；Karen et al.，2004）。在本试验三年的连续放牧期内，物种多样性指数均在轻度和中度放牧之间（牧草利用

率为 40% ~60%）。经过连续三个放牧季的放牧试验期内，轻度放牧区群落的物种丰富度指数、均匀度指数和多样性指数均最高。这是因为适度的放牧通过牦牛对垂穗披碱草和星星草的采食，使一些下繁草品种的数量增加，同时一些牦牛不喜食的杂草类和不可食的毒杂草类数量也增加，提高了资源的利用效率，增加了群落结构的复杂性（杨利民等，2001；江小蕾等，2003）。在重度放牧下，由于牦牛采食过于频繁，减少了有机质向土壤中的输入，土壤营养过度消耗，改变了植物的竞争能力，导致植物种的重要值和多样性的减少。在极轻放牧时，牦牛选择采食的空间比较大，因而对植物群落的干扰较小，群落的物种丰富度指数、均匀度指数和多样性指数也都不高。对照草地由于没有牦牛的采食干扰，群落由少数优势种植物所控制，多样性和均匀度最小。

参 考 文 献

安渊等. 2001. 内蒙古大针茅草原草地生产力及其可持续利用研究 I：放牧系统植物地上现存量动态研究. 草业学报，10（2）：22~27

倍桀芒. 1958. 地植物研究中的物候学观测方法. 郑钧镛译. 北京：科学出版社

贾桂英等. 1991. 高寒草甸生态系统微气候和植物的生理生态反应 I：定位站地区太阳辐射特征及植物冠层对辐射吸收的分析. 见：高寒草甸生态系统. 第 3 集. 北京：科学出版社

董全民等. 2005a. 牦牛放牧率对小嵩草高寒草甸暖季草场植物群落组成和植物多样性的影响. 西北植物学报，25（1）：94~102

董全民等. 2005b. 牦牛放牧率与小嵩草高寒草甸暖季草场地上、地下生物量相关分析. 草业科学，22（5）：65~71

董全民等. 2005c. 江河源区披碱草和星星草混播草地土壤物理性状对牦牛放牧率的响应. 草业科学，22（6）：65~70

董全民等. 2005d. 牦牛放牧率对江河源区混播禾草种间竞争力及地上初级生产量的影响. 中国草地，27（2）：1~8

董全民等. 2006a. 不同牦牛放牧率下江河源区垂穗披碱草/星星草混播草地第一性生产力及其动态变化. 中国草地学报，28（3）：5~15

董全民等. 2006b. 放牧强度对江河源区垂穗披碱草/星星草混播草地群落和高原鼠兔的影响. 西北农业学报，15（2）：28~33

董世魁等. 2004. 放牧强度对高寒地区多年生混播禾草叶片特征及草地初级生产力的影响. 中国农业科学，37（1）：136~142

董世魁，江源，黄晓霞. 2002. 草地放牧适宜度理论及牧场管理策略. 资源科学，24（6）：35~41

胡民强等. 1990. 红池坝人工草地放牧强度试验. 农业现代化研究，11（5）：44~49

江小蕾等. 2003. 不同干扰类型对高寒草甸群落结构和植物多样性的影响. 西北植物学报，23（9）：1479~1485

蒋高明，韩兴国，林光辉. 1997. 大气 CO_2 浓度升高对植物的直接影响——国外十余年来模拟

实验研究之主要手段及基本结论. 植物生态学报, 21 (6): 489~502

蒋文兰, 李向林. 1993. 不同利用强度对混播草地牧草产量与组分动态的研究. 草业学报, 3: 1~10

李英年等. 2000. 气候变暖对高寒草甸气候生产潜力的影响. 草地学报, 8 (1): 24~30

李英年等. 2004. 5 年模拟增温后矮嵩草草甸群落结构及生产量的变化. 草地学报, 12 (3): 236~239

刘伟, 周立, 王溪. 1999. 不同放牧强度对植物及啮齿动物作用的研究. 生态学报, 19 (3): 376~382

罗天祥等. 1999. 青藏高原主要植被类型生物生产量的比较研究. 生态学报, 19 (3): 823~831

马克平. 1994a. 生物群落多样性的测度方法 I：α 多样性的测度方法（上）. 生物多样性, 2 (3): 162~168

马克平. 1994b. 生物群落多样性的测度方法 I：α 多样性的测度方法（下）. 生物多样性, 2 (4): 231~239

牛书丽等. 2007. 全球变暖与陆地生态系统研究中的野外增温装置. 植物生态学报, 31 (2): 262~271

沈振西等. 2002. 高寒矮嵩草草甸植物类群对模拟降水和施氮的响应. 植物生态学报, 26 (3): 288~294

史惠兰等. 2005a. 江河源区人工草地及"黑土滩"退化草地群落演替与物种多样性动态. 西北植物学报, 25 (4): 655~661

史惠兰等. 2005b. 江河源区人工草地群落特征、多样性及稳定性分析. 草业学报, 14 (3): 23~30

史顺海等. 1988. 矮嵩草草甸主要植物种群物候观测和生物量测定. 高寒草甸生态系统国际学术讨论会文集. 北京：科学出版社

孙平等. 2005. 局部环境增温对根田鼠冬季种群的影响. 兽类学报, 25 (3): 261~268

屠其璞, 王俊德. 1982. 气象应用概率统计学. 北京：气象出版社

汪诗平等. 2001. 不同放牧率对内蒙古冷蒿草原植物多样性的影响. 植物学报, 43 (1): 89~96

王长庭等. 2004. 高寒草甸群落植物多样性和初级生产力沿海拔梯度变化的研究. 植物生态学报, 28 (2): 240~245

王长庭等. 2005. 高寒草甸不同海拔梯度土壤有机质、氮、磷的分布和生产力变化及其与环境因子的关系. 草业学报, 14 (4): 15~20

王德利等. 2003. 放牧条件下人工草地植物高度的异质性变化. 东北师大学报自然科学版, 35 (1): 102~109

王刚, 蒋文兰. 1998. 人工草地种群生态学研究. 兰州：甘肃科学技术出版社

王国宏. 2002. 再论生物多样性与生态系统的稳定性. 生物多样性, 10 (1): 126~134

王启基, 周立, 王发刚. 1995a. 放牧强度对冬春草场植物群落结构及功能的效应分析. 见：高寒草甸生态系统. 第 4 集. 北京：科学出版社

王启基等.1995b.不同调控策略下退化草地植物群落结构及其多样性分析.见:高寒草甸生态系统.第4集.北京:科学出版社

王启基等.2008.江河源区高山嵩草草甸植物河土壤碳、氮储量对覆被变化的响应.生态学报,28(3):885~894

王启基,周兴民.1991.高寒矮嵩草草甸禾草种群的生长发育节律及环境适应性.植物生态学报与地植物学学报,15(2):168~176

王启基,周兴民,王文颖.1999.高寒草甸主要植物群落种多样性的初步研究.高原生物学集刊,14:77~86

王淑强,胡直友,李兆方.1996.不同放牧强度对红三叶、黑麦草草地植被和土壤养分的影响.自然资源学报,11(3):280~287

王炜,刘钟龄,郝敦元.1996.内蒙古草原退化群落恢复演替的研究I:退化草原的基本特征与恢复演替动力.植物生态学报,20(5):449~459

王文颖,王启基.2001.高寒嵩草草甸退化生态系统植物群落结构特征及物种多样性分析.草业学报,10(3):8~14

王文颖等.2004.青藏高原青南地区植物群落生态梯度分析.兰州大学学报(自然科学版),40(3):60~65

王义凤.1985.内蒙古地区大针茅草原中主要种群生物量的季节动态的初步观测.见:草原生态系统研究.第1集.北京:科学出版社

王正文等.2002.松嫩平原羊草草地植物功能群组成及多样性特征对水淹干扰的响应.植物生态学报,26(6):708~716

翁笃鸣.1982.小气候和农田小气候.北京:农业出版社

夏景新.1993.放牧生态学与牧场管理.中国草地,14(4):61~65

徐祥德.2004.青藏高原及其周边地区对区域水分和生态的影响.http://www.ycqx.gov.cn

杨利民,韩梅,李建东.1996.松嫩平原主要草地群落放牧退化演替阶段的划分.草地学报,4(4):281~287

杨利民,韩梅,李建东.2001.中国东北样带草地群落放牧干扰植物多样性的变化.植物生态学报,25(1):110~114

姚爱兴,李宁,王培.1997.不同放牧制度和强度下多年生黑麦草/白三叶人工草地种群密度研究.宁夏农学院学报,11:11~15

张守仁,樊大勇,Rate J Strasser.2007.植物生理生态学研究中的控制实验和测定仪器新进展.植物生态学报,31(5):982~987

张堰青等.1994.金露梅灌丛主要植物种物候特征的数值分析.见:植被生态学.北京:科学出版社

赵建中等.2006.模拟增温效应对矮嵩草生长特征的影响.西北植物学报,26(12):2533~2539

赵建中等.2007.模拟增温效应对黑褐薹草生长特征的影响.甘肃农业大学学报,42(2):84~90

赵新全,周华坤.2005.三江源区生态环境退化、恢复治理及其可持续发展.中国科学院院

刊, 20 (6): 471~476

钟章成. 1991. 森林植被和温室效应. 见: 生态学研究进展. 北京: 中国科技出版社

周华坤. 2004. 江河源区高寒草甸退化成因、生态过程及恢复治理研究. 西宁: 中国科学院西北高原生物研究所博士学位论文

周华坤等. 2002a. 矮嵩草草甸植物种群的物候学定量研究. 草地学报, 10 (4): 279~286

周华坤等. 2002b. 放牧干扰对高寒草场的影响. 中国草地, 24 (5): 53~61

周华坤等. 2004a. 围栏封育对轻牧与重牧金露梅灌丛的影响. 草地学报, 12 (2): 140~144

周华坤等. 2004b. 长期放牧对青藏高原高寒灌丛植被的影响. 中国草地, 26 (6): 1~11

周华坤等. 2007. 高山草甸垂穗披碱草人工草地群落特征及稳定性研究. 中国草地学报, 29 (02): 13~25

周华坤, 周兴民, 赵新全. 2000. 模拟增温效应对矮嵩草草甸影响的初步研究. 植物生态学报, 24 (5): 547~553

周兴民, 王质彬, 杜庆. 1987. 青海植被. 西宁: 青海人民出版社

周志宇等. 2003. 阿拉善荒漠草地恢复演替过程中物种多样性与生产力的变化. 草业学报, 12 (1): 34~40

朱志红, 王刚, 王孝安. 2006. 克隆植物矮嵩草对放牧的等级性反应. 生态学报, 26 (1): 282~290

竺可桢, 宛敏渭. 1983. 物候学. 北京: 科学出版社

祝宁, 江洪, 金永岩. 1990. 中国东北天然次生林主要树种的物候研究. 植物生态学报与地植物学学报, 14 (4): 358~365

Baker J P. 1989. Nature management by grazing and cutting (Geobotany 14). Amsterdam: Kluwer Academic Publisher. 11~17

Barnosky A D, Hadly E A, Bell C J. 2003. Mammalian response to global warming on varied temporal scales. J. Mamm., 84: 354~368

Beebee T C. 1995. Amphibian breeding and climate. Nature, 374: 219~220

Benjamin F T et al. 2004. Effects of plant diversity on invasion of weed species in experimental pasture communities. Basic Appl. Ecol., 5: 543~550

Brown J L, Li S H, Bhagabati N. 1999. Longterm trend earlier breeding in an American bird: a response to global warming. PNAS., 96: 5565~5569

Chapin et al. 1992. Arctic plant physiological ecology in an ecosystem context. In: Arctic ecosystems in a changing climate: an ecophysiological perceptive. San Diego: Academic press. 441~452

Connell J H. 1978. Diversity in tropical rain forests and coral reefs. Science, 199: 1302~1310

Cornelissen J H C et al. 2007. Global negative vegetation feedback to climate warming responses of leaf litter decomposition rates in cold biomes. Ecology Letters. , 13: 619~627

Crick H Q P et al. 1997. UK bird are laying eggs earlier. Nature, 388: 526

Crick J C, Grime J P. 1987. Morphological plasticity and mineral nutrient capture in two herbaceous species of contrasted ecology. New Phytol., 107: 403~414

Dunbar R I M. 1998. Impact of global warming on the distribution and survival of the gelada baboon:

a modeling approach. Glob. Change Bio., 4 : 293 ~ 304

Edward M D. 1993. Design of greenhouse for the manipulation of temperature in Tundra plant communities. Arc. Alp. Res., 25: 56 ~ 62

Foster B L, Gross K L. 1998. Species richness in a successional grassland: effects of nitrogen enrichment and plant litter. Ecology, 71: 2593 ~ 2602

Grabherr G. 1994. Climate effects on mountain plants. Nature, 369: 448 ~ 450

Grime J P. 1997. Biodiversity and ecosystem function: the debate deepens. Science, 277: 1260 ~ 1261

Hickman K R et al. 2004. Grazing management effects on plant species diversity in tallgrass prairie. J. Range Manage., 57: 58 ~ 65

Hodkinson I D. 1999. Species responses to global environmental change or why ecophysiological models are important : a reply to Davis et al. J. Animal Ecol., 68: 1259 ~ 1262

Hume D E, Brock J L. 1997. Morphology of tall fescue (*Festuca arundinacea*) and perennial ryegrass (*Lolium Perenne*) plants in pastures under sheep and cattle grazing. J. Agricul. Sci., 129: 19 ~ 31

Jackdon R B et. al. 1994. CO_2 alters water use, carbon gain, and yield for the dominant species in a natural grassland. Oecologica., 98: 257 ~ 262

Klein J A, Harte J, Zhao X Q. 2004. Experimental warming causes large and rapid species loss, dampened by simulated grazing, on the Tibetan Plateau. Ecology Letters, 7: 1170 ~ 1179.

Klein J A, Harte J, Zhao X Q. 2005. Dynamic and complex microclimate responses to warming and grazing manipulations. Glob. Change Bio., 11: 1440 ~ 1451

Klein J A, Harte J, Zhao X Q. 2007. Experimental warming, not grazing, decreases rangeland quality on the Tibetan plateau. Ecol. Appl., 17: 541 ~ 557

Korner. 1992. Response of alpine vegetation to global climate change. In: Walker. International Conference on Landscape Ecological Impact of Climate Chance. Lunteren, The Netherlands, Catena verlag. Supplement. 22: 85 ~ 96

Kudo G, Suzuki S. 2003. Warming effects on growth, production, and vegetation structure of alpine shrub: a five-year experiment in northern Japan. Oecologia, 135: 280 ~ 287

Kvaesth T O. 1991 . Note on biological diversity, evenness, and homogeneity measures. Oikos, 62: 123 ~ 127

Marchand F L et al. 2005. Performance of High Arctic tundra plants improved during but deteriorated after exposure to a simulated extreme temperature event. Global Change Bio., 11: 2078 ~ 2089

Maxwell B. 1992. Arctic climate: potential for change under global warming. In: Arctic ecosystem in a changing climate: an ecophysiological perceptive. 11 ~ 14

McKenzie F R. 1997. Influence of grazing frequency and intensity on tiller apperance and death rates of *Lolium perenne* L. under subtropical conditions. Austr. J. Agricul. Res., 48 : 337 ~ 342

Miller R F, Svejcar T J, West N E. 1994. Implications of livestock grazing in the Intermountain Sagebrush Region: Plant composition. In: M Vavra, W A Laycock, R D Pieper. Ecological implications of livestock herbivory in the west. Society for Range Management, Denver, CO. 101 ~ 146

Moline M A et al. 2004. Alteration of the food web along the Antarctic Peninsula in response to a regional warming trend. Global Change Bio., 10：1973～1980

Penuelas J, Filella I. 2001. Responses to a warming world. Science, 294：793～794

Pimm L S. 2001. Entrepreneurial insects. Nature, 411：531～532

Reategui K. 1999. Persistence of mixed pastures with different pasture management system on clay. Agricul. Ecosys. Environ., 72 (3)：16～24

Ritchie M E. 1998. Herbivore effects on plant and nitrogen dynamics in oak savanna. Ecology, 79 (1)：165～177

Rozanski K. 1992. Relation between long-term trends of O-18 isotope composition of precipitation and climate. Science, 258：981～985

Sheldon A L. 1979. Equitability indices：dependence on the species count. Ecology, 50：466～467

Sousa W P. 1984. The role of disturbance in natural communities. Annu. Rev. Ecol. Syst., 15：353～392

Strathdee A F et al. 1993a. The effects of temperature elevation on a field population of the aphid *Acyrthosophon svalbardicum*. Oecologia, 96：457～465

Strathdee A F et al. 1993b. Extreme adaptive polymorphism in a high arctic aphid *Acyrthosophon svalbardicum*. Ecol. Entomol., 18：254～258

Tilman D, Downing J A. 1994. Biodiversity and stability in grassland. Nature, 367：363～365

Tilman D, Knops J, Wedin D. 1997. The influence of functional diversity and composition on ecosystem process. Science, 277：1300～1302

Vitousek P M. 1994. Beyond global warming：ecology and global change. Ecology, 75：1861～1876

Walker M D et al. 2006. Plant community responses to experimental warming across the tundra biome. PNAS, 103：1342～1346

Wang C T et al. 2008. Changes in plant biomass and species composition of alpine Kobresia meadows along altitudinal gradient on the Qinghai-Tibetan plateau. Science in China Series C：Life Science, 51 (1)：86～94

Wang C T et al. 2007. Effects of altitudinal gradients on the relationship between plant species diversity and productivity on alpine meadow, Qinghai-Tibetan plateau. Australian J. Bot., 55 (2)：110～117

Xu S X et al. 2002. A simulative study on effect of climate warming on nutrient contents and in vitro digestibility of herbage grown in Tibetan Plateau. Acta Botanica Sinica, 44：1357～1364

Zhang Y Q, Welker J M. 1996. Tibetan alpine tundra response to simulated changes in climate：aboveground biomass and community responses. Arc. Alp. Res., 128：203～209

Zhao X Q, Zhou X M. 1999. Ecological basis of alpine meadow ecosystem management in Tibet：Haibei Alpine Meadow Ecosystem Research Station. Ambio, 28：642～647

Zheng J Y et al. 2006. Spring phenophases in recent decades over eastern China and its possible link to climate changes. Climate Change, 77：449～462

Zheng J Y, Ge Q S, Hao Z X. 2002. Impacts of climate warming on plants phenophase in China for the last 40 years. Chinese Science Bulletin, 47：1826～1831

Zhou X et al. 1997. Temperature change and complex dynamics. Oecologia., 112：543～550

第四章　高寒草甸生态系统生产力
与全球变化的耦合过程

植物在进行有机物质的生产、循环和流动中，维持着地球各类生态系统的平衡。同时，植物随气候波动和人类活动的双重影响而发生生产力的时空差异。为此，研究植物的物质生产、物质循环及其与气候和人类活动的耦合关系就显得特别重要。

多年来，中国科学院海北高寒草甸生态系统定位站（以下简称海北站）致力于高寒草甸生态系统结构、功能及能量流动和物质循环的研究，特别是在应对全球变化对生态系统的响应与适应及机理研究过程中，海北站开展了高寒草甸植被生产力、人类活动对生态系统影响的研究等。近几年又加强了高寒草甸碳收支通量的观测，以便于更精确估算草地植物初级生产力、植物固碳及土壤碳储存能力，以及人类活动所带来的可能影响等。这些研究对探讨高寒草甸生产力及应对气候变化与响应的机制深入研究具有重要意义。

本章总结了海北站近30年来气候环境、植被生物量动态和净初级生产力、人类活动对生态系统生产力的影响，联系青藏高原其他地区有关气候变化特征及放牧强度对生态系统生产力的影响，探讨了高寒草甸气候变化影响植被净初级生产力气象因子的主次排序，揭示了高寒草甸植被生产量与环境因素间适应与响应的耦合关系，并建立回归预测预报模型，提出了气候变化对草地生产力影响的可能结果，以更好地为生态系统的深入研究提供依据；同时也指出了人类活动对高寒草甸生态系统消费者亚系统中藏系绵羊、牦牛、啮齿类动物等的影响。

由于生态环境的异地性差异明显，植被类型存在着各不相同的分布和种类组成。气候、土壤等环境条件与植物种类组成、群落分布、植被生产力等具有显著的相互作用和耦合关系。作为描述大气特征的气候，表征了区域时间和空间上的基本环境特征。同时，一定的气候类型决定了该地土壤－植被的分布类型和植被生产力的高低，形成土壤—植被—大气统一的连续体，三者间相互依存、相互影响，具有显著的耦合关系。青藏高原脱离海浸而成陆较晚，是地球上发育最年轻、海拔最高的高原，其特殊的地理环境造就了该地区特殊的气候、土壤和植被类型。高寒草甸因其植被生产力、植被盖度、种类组成等均有别于高原其他的植被类型，不但分布广泛，而且草质优良，营养丰富，是优良的天然放牧草场，在青藏高原占据重要位置，使得高原畜牧业具有得天独厚的优势和潜力，而且在涵养水源、调节气候等过程中起到不可忽视的作用。同时，青藏高原对全球变化具有显著的敏感响应和强烈影响（姚檀栋，朱立平，2006；郑度，2003）。为此，深入系统地研究高寒草甸植被生产力形成过程及其动态变化，掌握高寒草甸生态系统植被生产力形成的机制问题，探讨草地生产力与环境因子间的耦合关系以及人类活动对生态系统生产力的影响等一系列全球变化过程，对指导畜牧业生产，发挥有限资源优势，应对未来气候和人类活动下生态系统的演替等均有重要的意义；对生态系统的科学管理和调控策略，使其结构更为合理，能量和物质达到最大交换，以及对保护生态学、持续发展等至关重要。

本章在海北站高寒矮嵩草草甸多年监测资料的基础上，联系三江源高寒草甸地区放牧实验资料，分析了高寒草甸分布区的气候环境变化过程，植被生产力形成机制及其与气候因素的耦合关系，以及人类活动过程对生态系统生产力的影响等，同时利用气候环境因素对高寒草甸区植被生产力进行预测预报。为了比较，本章部分内容还应用了海北站藏嵩草沼泽化草甸、金露梅灌丛草甸等区域观测的气象环境及植被结构与功能资料。

第一节　高寒草甸区环境要素特征

一、光能

（一）太阳总辐射

高寒草甸畜牧业生产实质就是能量转化的物理过程，即绿色植物将日光能转化为植物能，植物能又通过家畜转化为肉、乳、毛、皮等畜产品。而日光能最主要的当属太阳总辐射。到达地面的太阳总辐射是太阳直接辐射和天空散射辐射两部分组成，其辐射量的多少与强度由太阳高度、地理纬度、海拔、大气透明度、云量等因素所控制。高寒草甸地区年内月太阳总辐射最高值在5～7月，月最低值在12月（图4-1）。5月虽然太阳高度角小于6月，但该期正值我国北方干旱时期，大气清洁，空气干燥，有较强的太阳辐射。如2005年5月辐射总量为700 MJ/m², 12月为348 MJ/m², 全年达6163 MJ/m², 占当地理想总辐射的62%左右，其中植物生长期的5～9月为3065 MJ/m², 占该期间理想总辐射量的55%左右。这些值高于同期我国东部同纬度地区，也是我国辐射资源较丰富的地区之一。但因高寒草甸分布区多处在青藏高原与我国东部的过渡区域，降水相对丰富，云系多，与青藏高原的广大地区相比稍低。

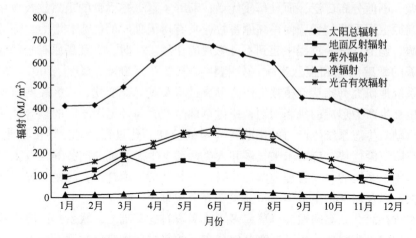

图 4-1   海北高寒矮嵩草草甸地区太阳总辐射、地表反射辐射、
紫外辐射、光合有效辐射和净辐射的月变化

由于各月太阳总辐射占理想总辐射的百分率与气象站测定的日照百分率变化趋势一致。为此，利用海北站观测资料，采用较常用的计算实际总辐射的方法，提出海北站太阳总辐射（E_g）的模拟估算式：

$$E_g = E_{g0}(0.0897 + 0.9768 \frac{S}{S_0})\qquad(4-1)$$

式中，E_{g0} 为月理想太阳总辐射；S 为月实际日照时间；S_0 为月可照时间。

式（4-1）模拟拟合率较高，达极显著检验水平，这给青藏高原高寒草甸地区太阳总辐射估算提供了便利。

（二）反射辐射及地表反射率

海北高寒矮嵩草草甸地区反射辐射的月变化表明，3 月高寒草甸地区降水相对于前期增多，且以降雪为主，虽有放牧等活动但地表仍有大量的植物枯草残留，地表常有积雪或颜色浅，故有较强的反射辐射，3 月总量最高达 189 MJ/m²。6~8 月降水丰富，地表潮湿，加之植被生长地表呈现绿色，反射辐射降低，9~10 月以后因太阳高度角降低反射辐射降低明显（图 4-1）。年内反射辐射总量为 1526 MJ/m²，其中植物生长期的 5~9 月为 703 MJ/m²。

矮嵩草草甸地表反射率的日（年）变化趋势一致，一般在早晚（冬季）高，中午（夏季）前后低，为一 U 形分布状况（李英年等，2006）。首先，这种分布与太阳高度角变化有关，在太阳高度角低的早晚（冬季），地表反射率大；反之，随太阳高度角的增加，太阳辐射中短波的波长部分所占的比重增大，入射角减小，导致地表反射率减小。其次，受下垫面性质的改变地表反射率将有所不同。

海北高寒矮嵩草草甸地表反射率在植物非生长期的 10 月到次年植物生长初期，植物枯黄，冬春放牧活动频繁，季节干燥，风速强劲，前期地表颜色浅，后期地表近似裸露，土壤表层干燥，加之气温低有时有积雪存在，导致地表反射率增高，如 12 月地表虽无积雪产生，但地表反射率平均达 0.25；而在 2 ~ 3 月的部分时间因气候干燥、植被枯黄和有降雪并在地表积雪达 5 cm 厚的天气状况下，地表反射率值可达 0.75 左右。植物生长期，随季节进程植物生长加快，气候湿润，植被盖度加大，地表反射率下降。6 ~ 7 月由于植被并未进入开花期，植被表面多呈深绿色，地表反射率最低，平均为 0.21；8 月以后随植物开花、结实以及后期降水减少，气候趋于干燥，地表反射率逐渐升高。

数据监测表明（李英年等，2006），高寒矮嵩草草甸地表反射率年平均为 0.24，其中，植物生长期内的 5 ~ 9 月地表反射率平均为 0.22。由于植被类型不同，受土壤湿度、植被分布结构的影响，同一区域不同植被类型区其地表反射率将不同，如在海北站附近的金露梅灌丛草甸地表反射率月平均在植物生长季内 5 ~ 9 月为 0.15，植物非生长季的 10 月至翌年 4 月为 0.20，年平均为 0.18；而在沼泽化藏嵩草草甸（湿地）地表反射率 1 ~ 2 月明显大于其他季节，生长季(5 ~ 9 月）平均为 0.16，非植物生长季平均最高可达 0.60 以上，年平均为 0.30。

（三）光合有效辐射

光合有效辐射与太阳总辐射一样表现有明显的日、年变化特点。年内在植物生长期光合有效辐射日总量在离夏至日较近的 5 ~ 7 月最高，在植物非生长期的 12 月最低（李英年等，2006）。光合有效辐射年总量可达 2511 MJ/m^2，其中植物生长期内的 5 ~ 9 月总量为 1302 MJ/m^2。

长久以来，植物生理学家及气象学家一般将太阳总辐射的近 1/2 作为光合有效辐射的能量（周允华等，1984；欧阳海等，1990），大多取 0.44 ~ 0.50，提出估算模式有：PAR $= aE_g$，a 为折算系数。海北高寒草甸观测资料表明，折算系数 a 的取值稍低，我们建立直线回归方程：

$$PAR = -3.8044 + 0.4177E_g \qquad (4\text{-}2)$$

式中，PAR 为月平均光合有效辐射；E_g 为地区月平均太阳总辐射（李英年等，2006）。

回归方程拟合率高，达极显著检验水平。

（四）日照时间及日照百分率

海北高寒草甸地区太阳高度角最大分布在 35°00′（冬至日）~81°46′（夏至日）。晴天状况下若不考虑四周高山遮蔽的影响，理想状况下夏至日日照时间长达 14.6 h，冬至日日照时间为 9.2 h，两者相差 5.4 h。全年可照时间为 4434.7 h（闰年为 4445.4 h）。实际天气状况下，受云系降水等影响，海北站地区实际日照时间约为 2467.7 h，占可照时间的 57%（李英年等，2004a）。年内日照时间冷季低、暖季高（表4-1），植被生长期的 5~9 月平均日照时间达 6.7 h。

表 4-1　海北高寒矮嵩草草甸地区有关气象要素的统计情况（1980~2001 年）

月份	1月	2月	3月	4月	5月	6月	7月	8月	9月	10月	11月	12月	年平均
平均气温（℃）	−15.0	−11.5	−6.1	−0.3	4.3	7.8	10.1	9.0	5.0	−0.9	−8.0	−13.2	−1.6
降水量（mm）	3.4	8.1	19.6	35.0	59.4	93.7	109.0	110.2	71.3	28.4	6.8	2.8	560.0
日照 可照时间(h)	305.9	302.9	367.7	394.3	438.4	439.7	446.6	419.4	371.1	346.4	303.4	296.9	4434.7
日照 实照时间(h)	206.3	191.7	205.9	210.7	217.6	196.7	210.6	215.4	182.8	203.0	217.9	209.2	2467.7
日照 百分率（%）	67	63	55	54	50	45	47	51	49	58	72	71	57
平均水汽压（hPa）	1.1	1.4	2.3	3.7	5.3	7.4	9.5	8.9	6.7	4.0	2.1	1.3	4.5
相对湿度（%）	57	57	60	65	68	72	77	78	77	72	62	60	67
蒸发量（mm）	58.8	68.7	88.8	115.9	149.5	140.3	152.1	139.5	105.8	82.6	72.1	63.8	1238.0
地表温度（℃）	−13.3	−8.2	−1.5	4.9	9.2	12.4	15.2	13.8	9.2	2.6	−5.2	−11.8	2.3
10 cm 地温（℃）	−11.1	−7.8	−2.8	1.5	5.7	9.4	12.3	12.2	8.7	3.4	−2.2	−8.1	1.8
20 cm 地温（℃）	−9.2	−6.9	−2.8	0.3	4.1	8.2	11.4	11.8	9.0	4.2	−0.8	−6.0	1.9
40 cm 地温（℃）	−7.4	−6.5	−2.9	−0.1	2.4	6.8	10.4	11.4	9.1	5.0	0.9	−3.4	2.1
80 cm 地温（℃）	−3.0	−4.0	−2.6	−0.8	0.3	3.3	7.3	9.7	8.7	6.0	2.7	0.4	2.3
160 cm 地温（℃）	0.4	−0.8	−0.9	−0.4	−0.1	0.7	3.7	6.9	7.5	6.3	4.1	2.1	2.5
320 cm 地温（℃）	2.9	1.9	1.2	0.9	0.8	0.9	2.0	3.9	5.2	5.5	4.8	3.9	2.8

区域日照百分率在年内表现出 W 型变化规律，这主要与夏季西太平洋副热带高压和冬季蒙古－西伯利亚冷高压活动有关。冬半年受蒙古－西伯利亚冷高压控制，天气晴好；夏半年受西太平洋副热带高压的影响，云系较多，降水丰富，但在 7 月末到 8 月初，西太平洋副热带高压发展最为强盛，区域处在该系统的西北缘，由于反气旋环流作用，地区常出现几日的晴好天气，降水少，有对流云产生，但天空多以"环山云"为主，致使 8 月出现短时较高的日照百分率，形成 W 形分布（表4-1）。

太阳总辐射强、日照时数多是高寒草甸地区的主要气候特征之一。光能资源丰富，光合作用潜力大，光质好（蓝紫光合和红橙光波辐射强），有利于提高植物叶面温度和光合作用，是高寒草原气候资源的一大优势。在太阳辐射条件下，植物叶温比周围平均气温高 1~3 ℃。高寒草甸地区热量不充裕的情况下，由于光照和辐射的补偿作用，一定程度上弥补了热量资源的不足，因而在水分条件满足的情况下，能够使高寒草甸植物得到较高的净初级生产力。

二、热量

（一）空气温度及积温

通常，一年内按气候的候温标准可划分为四季，但在海北高草甸地区由于最热月平均气温为 10 ℃左右，因而只有冷暖季或冬夏半年之分，具有长冬无夏、春秋相连的基本特点。高寒草甸区冬季漫长而寒冷，每年有近 7 个月时间日平均气温低于 0 ℃。而日均气温高于 0 ℃（含 0 ℃）的天数最长也只有 160 d 左右，在凉爽的暖季，甚至在最热的 7 月仍可出现日极端最低气温小于 0 ℃的霜冻、结冰等冬季才有的天气现象，从而造成高寒草甸分布区没有绝对无霜期，相对无霜期很短，年无霜期短的仅有几十天，甚至十几天。多年观测表明（李英年等，2004a），海北高寒矮嵩草甸区最暖月（7 月）平均气温为 8~11 ℃，极端最高为 26.3 ℃。冬季 1 月气温最低，平均气温为 -18~-14 ℃。极端最低气温达 -37.1 ℃。气温年较差大，多年平均为 25.1 ℃。

日平均气温 0 ℃、3 ℃、5 ℃、10 ℃是在生产中常用的高寒草甸界限温度。高寒草甸地区日平均气温稳定通过各界限温度初日出现时间晚，终止出现时间早。在海北高寒矮嵩草甸分布区日平均气温稳定高于 0 ℃（含 0 ℃）、3 ℃（含 3 ℃）、5 ℃（含 5 ℃）出现时间的初日基本对应在 4 月下旬初、5 月中旬、6 月上旬，终止时间基本对应于 9 月中旬、9 月下旬、10 月上旬。高寒草甸分布区由于气温低，暖季短促，各界限温度稳定维持累积的积温、维持时间等均较低（短）。在海北高寒矮嵩草甸区日平均气温稳定通过高于 0 ℃（含 0 ℃）、3 ℃（含 3 ℃）、5 ℃（含 5 ℃）的积温大约为 1150 ℃·d、1010 ℃·d、930 ℃·d，而维持时间基本为 180 d、138 d、119 d，日平均气温高于 10 ℃（含 10 ℃）的维持时间不足 10 d，其积温在 100 ℃·d 左右。

青藏高原高寒草甸分布区处在中低纬度西风带，受高海拔等因素的影响，冷季严寒，暖季凉爽，年均气温在 0 ℃以下。同时，由于高原气候干燥、空气稀薄，白天太阳光透过大气层损失的能量少，地面辐射强，日间受热强烈，近地层气温高，夜晚地面辐射冷却快，降温迅速，造成日夜气温变化趋于极端，导致高寒草甸分布区气温日、年较差普遍较大。气温日较差大对农牧业生产一方面是一个有利的因素，生物在正常生长的条件下，白天气温较高，有利于作物和植被的光合作用，制造较多有机物。夜间温度降低，呼吸作用减缓，减少有机物质的消耗，有利于生物有机物质的积累。因此高寒草甸植被富含各种营养成分，具有粗蛋白、粗脂肪、无氮浸出物含量高，粗纤维含量低的"三高一低"的特点，对家畜生产有利。另一方面，气温日较差大，一日间冷暖的急剧变化，往往会增加早晚霜冻的机会，缩短生长季节，限制了生物对热量资源的充分利用。

（二）土壤温度

一个地区的地温表征了土壤热量的高低，当外界气温变化明显（特别是冬春或秋冬季节交替时期）时，地温变化比气温变化平稳，并保持较高的水平，因而对植被生长发育特别是初春营养生长阶段起着极重要的作用。海北站资料分析表明（表4-1），矮嵩草草甸区冷季（1月）地温在地表最低（-13.9 ℃），到320 cm升高到3.0 ℃，地温随深度加深而升高；暖季（7月）地温在地表高（15.1 ℃），到320 cm为1.4 ℃，地温随深度加深而降低；4月和10月地温的垂直分布与冷暖两季有所不同，4月地表温度4.8 ℃，到160 cm（-0.5 ℃）逐渐下降，而后升高，到320 cm上升到0.9 ℃；10月地表温度2.7 ℃，到160 cm（6.2 ℃）逐渐升高，而后下降，到320 cm下降至5.0 ℃。从年平均来看，不同层次的年平均地温基本接近，随深度变化表现平稳，但总的趋势是随深度加深而升高。

地温和气温一样周期性变化明显，而且地温从表层到深层变化逐渐平稳，年较差自表层向深层降低。如海北高寒矮嵩草草甸地区地表面温度年较差29.0 ℃，到深层320 cm为4.2 ℃，平均每10 cm年较差下降0.8 ℃左右。地温在随深度变化过程中不仅年较差减小，而且其最高最低出现时间位相落后。地表0 cm最高值出现在7月，最低值出现于1月，到320 cm深层，最高值出现于10月，最低值出现于6月，从地表到320 cm深层最高值落后3个月，而最低值出现时间落后5个半月，不同温度状况其落后位相不一致。

（三）热量平衡

近地层净辐射（辐射平衡）表征了大气、土壤间湍流交换的强弱，在土壤-植被-大气连续体的能量转换过程中有着重要的作用，是决定小气候形成的最基本的因素。净辐射作为土壤-植被-大气系统的外部驱动能量，主要以感热通量、潜热通量的形式加热大气边界层底部，部分能量以土壤热通量的形式进入土壤，以作为土壤增温的强迫能量，同时植被层部分能量的储存也来自净辐射能量，但这部分能量极小（一般小于净辐射的5%）而常被忽略。

在海北高寒矮嵩草草甸植被区，具有较高的净辐射通量（图4-2），日、年变化明显，白天日变化与太阳总辐射的变化一致（张法伟等，2006），白天下垫面得到的净辐射能量较高；夜间为负值，属净损失能量，且变化平稳，但因受天空云系分布、土壤湿度、风速等因素影响最低值出现时间极不一致。净辐射在一日中两次通过零点的时间分别在早晨日出后的半小时左右和傍晚日落前的半小时左右。

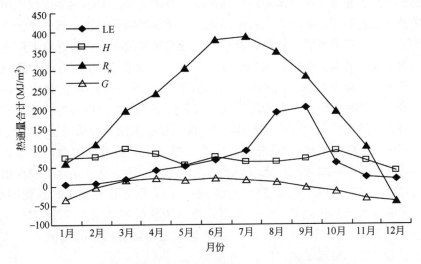

图4-2　海北高寒矮嵩草草甸净辐射（R_n）、潜热通量（LE）、

感热通量（H）和土壤热通量（G）的月变化

海北高寒矮嵩草草甸地区净辐射正向（日间）在植物生长期内的6月、7月高，分别为 463 MJ/m^2 和 406 MJ/m^2，而在冷季的12月、1月低，分别为 144 MJ/m^2 和 149 MJ/m^2；净辐射负向（夜间）绝对值在11月和12月高，分别为 93 MJ/m^2 和 91 MJ/m^2，暖季6~9月，负向（夜间）月平均为 37 MJ/m^2 以上。表明在海北站地区白天地表受热快，但在夜间释放热量也极为迅速。由图4-2看到，净辐射月累计最高在太阳高度角最高的6月、7月分别达 311 MJ/m^2 和 301 MJ/m^2；最低出现在12月，为 51 MJ/m^2。年总净辐射能量为 2205 MJ/m^2，占太阳总辐射能量的36%。

高寒矮嵩草草甸植被区的感热能量，其变化与常见情况一样，在上午逐渐增大，中午13:00达到最大，午后随太阳总辐射的减弱逐渐减小，到晚上感热通量向下，转为负值。表现为白天地表向大气输送热量，夜间转变为由大气向地表输送热量，日间感热通量变化基本在 -28 W/m^2 至 320 W/m^2 之间波动。年内感热通量一般出现两个高值时期和两个低值区（图4-2）。除冬季为明显的低值区外，在7月前后辐射强烈。太阳总辐射、净辐射均较高，植物蒸腾显著增大，蒸发耗热明显，导致活动面温度下降，其结果使气温与活动面温度差缩小，进而影响到感热通量的下降，出现第二个低值区。感热通量年总量为 576.1 MJ/m^2，植物生长季的5~9月为 396.3 MJ/m^2。从年平均来看，感热通量占净辐射通量的比例为

35%左右（张法伟等，2006）。

潜热通量主要是由地面蒸发和大气凝结潜热所致，它表征了地表植被水分蒸散量的多少，其能量交换与水的相变相联系。潜热通量的大小主要依赖于植被表面所接受净辐射通量的强弱。在较湿润地区，净辐射通量的较大部分能量应用于潜热的消耗，空气愈湿润，潜热通量愈大。海北高寒矮嵩草草甸近地面层潜热通量在白天大部分时间为正值，与感热通量一样，一般在 7:00 左右通过零点，从凝结潜热转变为蒸发潜热。从 8:00 开始逐步加大，中午 14:00 达最大，以后又逐渐下降，到傍晚 19:00 左右通过零点，成为负值。白天与夜间潜热通量的不同分布，表示了高寒草甸地区日间 8:00～19:00，植被表层水分从低层向空气散失，而在夜间的 20:00 到次日 7:00 左右，土壤－植被表层蒸散发生微弱，存在自空气向地表层植被凝结水分的现象。与感热不同的是潜热在季节变化中表现出植物旺盛生长高、冬季低的单峰式变化特征（图4-2）。而且在植物生长繁茂的夏季，潜热通量明显大于感热通量。全年来看，潜热通量的年总量为772.4 MJ/m^2，植物生长季的 5～9 月为 327.0 MJ/m^2。年平均所占净辐射通量的比例为47%，大于感热通量占净辐射通量的比例。

高寒草甸地区，受高原气候影响，白天土壤地表接受太阳照射强烈，温度升高很快，夜间长波辐射冷却也极为剧烈。由于土壤热导率低，温度变化主要发生于地表，导致土壤深层吸收的热量并不高，因而所表现的土壤热通量变化也较小。土壤热通量变化与地表温度的变化有关，在上午 8:00 开始为正值，热量由地表向土壤深层输送，到 14:00 达最大，至下午 19:00 左右变为负值，由地下向地表释放热量，日间变化与净辐射通量一致，夜间虽然为负值，但变化平稳，量值也较低。土壤热通量在年内所表现的季节变化较为平滑（图4-2）。因3～5月土壤温度仍然较低，热量传输明显，土壤热通量明显较高。冷季大气温度低，日平均地温大于同期气温，土壤向大气释放热量，导致土壤热通量为负。土壤热通量年平均所占净辐射通量的比例为4%左右。

三、水分

（一）降水

海北高寒草甸地区深居欧亚大陆腹地，又处于青藏高原的东北隅，冬夏大气环流截然不同，具明显的高原大陆性气候。暖季受弱的东南季风影响，暖湿气流顺大通河谷溯源而上，受地形热力和动力爬坡作用及与北方冷空气交汇影响，水汽易达凝结高度，地方性降水多，地形雨明显。而在冷季，西伯利亚－蒙古冷高压盘踞欧亚大陆，高空多为下沉气流，近地面层气流发生辐散，空气干燥，水汽含量低，天空晴朗，降雪极为稀少。在海北高寒矮嵩草草甸地区，年降水量为

425.3～850.4 mm，多年平均为 560.0 mm（表 4-1）。降水在 7 月、8 月最多，1 月、12 月最少；暖季的 5～9 月降水量为 444.6 mm，占年降水量的 79%，冷季的 10 月至翌年 4 月降水量只有 115.3 mm，只占年降水的 21%，特别是 11 月到翌年 2 月，降水极为稀少，仅占年降水的 4%。降水在年内受"极锋"活动，以及大气环流的年际振荡、夏季风来临迟早、副热带高压的强弱及维持时间长短等影响，年间分布差异明显，最高年份是最低年份的 2 倍左右。月际分布也极不均匀，多数年份呈现单峰式的变化规律外，也有呈现双峰式甚至三峰式的变化规律。以旬降水相对系数的大小来衡量海北站雨季分布情况，雨季在 5 月中旬开始到 9 月上旬结束，长达 12 旬 120 d 左右。7 月下旬到 8 月上旬可出现一较弱的降水间歇期。当然各年雨季强度及维持时间受夏季风来临迟早影响而有较大的差异。海北站地区年降水量与临近的刚察、祁连、门源、海晏等气象站相比，均表现有较高的量值；与全球陆地年降水量相比少 242 mm，比中国大陆少 36 mm，但比我国北方地区的降水量要高 47 mm（张家诚，1991）。

由于高寒草甸区所处地区海拔高，地形复杂多样，既有巍峨的高山，又有大小不等的盆地以及宽窄不一的谷地，致使降水的分布在地域上分布差异显著。高寒草甸分布区多处在青藏高原东部，其降水分布多受东亚季风，地形热力及偏东暖湿气流动力爬坡作用的影响，降水相对丰富，而且季节变化明显，同时夜雨多。而且在季节分布上也极不均匀，年际降水量极不稳定。降水的种类也较多，一天中雨、雪、霰、雹都出现的情况并不鲜见。日平均气温高于 0 ℃（含 0 ℃），雨热同期，这种水热同季的气候环境，既能保证植物有机体细胞生理活动的正常进行，又可提高植物合成碳水化合物过程中各种营养物质和矿物元素的传输效率，有利于植被的生长发育，提高水分的利用效率。

（二）空气湿度

高寒草甸区暖季降水丰富，形成区域较高的水汽压，但比同纬度的我国东部地区要低 8～14 hPa。在海北高寒矮嵩草草甸地区水汽压多年年平均为 4.5 hPa（表 4-1）。年内暖季高冷季低，最高在 7 月，最低在 1 月（仅为 1.1 hPa），年较差为 8.2 hPa。年变化与降水的多少具有显著的相关性，他们之间有直接的因果关系，与气温年变化相似，但出现的最高时期比气温最高出现时期将稍有推后。年内极端最高水汽压可达 14.2 hPa，常出现于强雷阵雨前期；极端最低水汽压仅为 0.1 hPa，出现在冬季温度极低的早晨。一日间最高出现于午后 14:00～15:00，最低出现在早晨的 6:00～8:00，日较差一般为 1.5 hPa 左右。

其多年平均相对湿度约为 67%（表 4-1），在青海及我国北方大部内陆地方均较高。年内相对湿度暖季高，冷季低，最高在 8 月，月平均为 78%，最低在

1~2月, 平均为57%。一日中相对湿度变化较大, 即日较差很大, 达55%以上, 最高出现于早晨6:00~8:00, 时常达90%以上, 冷季稍低。最低在午后的15:00~17:00, 一般降至30%以下, 冷季气温低、风速大时更低。日变化的这种分布, 主要是早晨温度低、风速小, 大气层结稳定, 乱流微弱, 水汽不易扩散, 相对湿度则大; 而在下午气温高、风速大, 大气层结极不稳定, 乱流强烈, 近地层水汽易扩散到上空, 相对湿度则较低。

(三) 土壤水分

土壤水分 (占干土重的百分比) 是土壤重要的物理特性及组成部分, 亦是土壤发育中最为活跃的影响因素。土壤水分大小对物质循环和能量流动起着不可置疑的作用, 进而影响着植物的生长发育及年产量形成。海北高寒草甸地区保持较高的土壤水分, 5~9月0~60 cm 土层平均在30% (阳坡) ~54% (阴坡), 草皮表层因持水力强而保持较长时间的高水分状况, 在植物生长期一般不出现干燥缺水现象 (图4-3)。然而受土壤质地、结构以及自然降水分配不均等影响, 不同时期、不同深度土壤含水量显著不同。观测表明, 土壤含水量在土壤表层较高, 依深度加深而降低。有些地方在30~40 cm 层次由于黏粒沉淀层的明显存在, 土壤含水量略高于上层。当然土壤水分的不同分布明显受制约于植物生长的阶段性所产生的蒸腾蒸散、自然植被覆盖多少以及天气气候的影响。

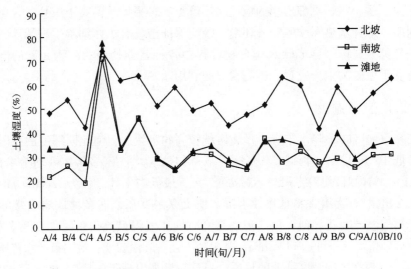

图4-3　海北高寒草甸不同地形部位4月上旬到10月中旬0~60 cm
土壤平均湿度的旬变化

注: A、B、C分别代表上、中、下旬。

在植物生长期内的 5 月初，地表因冬春牧事活动基本裸露，降水相对前期增多，深层 40~180 cm 冻土维持，冻层一方面使降水不易下渗底层，另一方面冻融过程使冻层水向上层迁移，这种状况使土壤保持了较高的含水量。而冻土消失的 6~9 月，虽然降水较 5 月以前丰富，但土壤水渗漏速率高，有降水时土壤水分含量迅速提高，而在无降水的晴好天气状况下，土壤水分急剧下降。土壤水分含量不仅随深度增加有降低的趋势，而且在植物生长季内随时间游程变化也有很大的差异。土壤水分季节变化波动明显，表现为 5 月高，以后逐渐降低，至 8 月开始又有所升高。图 4-3 可以看到，随季节推进可分为四个时期，即初春水分消耗期、雨季初水分补给期、水分波动消耗期和冬季冻结水分稳定聚集期。

（1）初春水分消耗期。春季气温逐渐升高，植被因受冬春放牧及多风天气影响地表近似裸露，有植物幼苗的生长，但叶面积极小，白天地表吸收太阳辐射后迅速升温，夜间长波辐射冷却强烈。土壤表层日消夜冻，较深层冻土维持，融冻水从底层冻结层以热力条件为载体，可补偿给融化层，但裸露地表蒸发大，虽然植被的蒸腾微小，但可产生较高的土壤蒸发过程。期间大气降水少，而地表蒸散量远大于降水的补给，地表土壤水分散失明显。

（2）雨季初水分补给期。雨季来临初期，气温继续升高，日均气温稳定通过高于 3 ℃（含 3 ℃），植被普遍返青，但植物生长并不茂盛，叶面积逐渐加大，地表有一定的植被盖度，地表温度变化不如前期剧烈，蒸发有所下降，植物蒸腾升高，蒸散量加大但少于大气降水，底层冻土出现于 50~200 cm，深层冻土不但阻碍冻水的渗漏损失，而且使其冻融水通过毛管引力补偿迁移给上层土体。降水增多，地表径流低，降水易下渗储存于土壤，使土壤水分得到提高。

（3）水分波动消耗期。雨季开始及中后期，气温高，日均温稳定通过高于 5 ℃（含 5 ℃），降水最为丰沛，大气层结极不稳定，天空对流旺盛，降水时间分布不均衡，强度大，雷阵雨频繁。植被生长旺盛，叶面积年内达最大时期，植物蒸腾强度大，植被耗水最多。虽有降水的补充，但入不敷出，季节土壤冻结层融化尽，土壤渗漏加大，土壤湿度随降水变化明显，当降水量大且降水过程持续时间长时，土壤湿度迅速上升，入渗亦明显，可超过 50 cm 土体，遇数日无降水或降水量很小时，土壤含水量迅速下降，使土壤湿度在该期呈现强烈的波动性，且波动周期随降水间隔增宽而延长，其峰值及土体湿度亦因每次降水量的递减而减小。

（4）冬季冻结水分稳定聚集期。9 月底海北高寒草甸地区地表开始冻结，以后随时间推移，约在 10 月下旬开始土壤自上而下出现稳定冻结且逐渐加深，到翌年 4 月底土壤冻结达最深。期间气温低降水极少，植被处于枯黄阶段，地表凋落物增多，蒸腾变得极为微小，枯黄植被及凋落物的存在，使地表蒸发也明显减小。降水虽然较前期下降，但多以雨夹雪为主，降水均匀，水分下渗充分，冻结过程中土壤水分从下部相对暖和的底层向上转移聚集，并结成冰晶，随冰晶的"长大"，土体含水量提高，使冬季土壤保持了较高的土壤湿度，且变化平稳。

（四）水面蒸发

本节所指的蒸发量是指气象站专用20 cm口径，离地面70 cm处的水面蒸发量。由表4-1看到，海北高寒矮嵩草草甸地区年蒸发量达1238.0 mm。蒸发量在1月最低，日平均占1.9 mm；5月为最高，日平均达4.8 mm。这与气候周期变化及植被覆盖度等有关。冷季正值干旱时期，但温度低，蒸发量低；5月正是我国北方干旱时期，气温有所升高，风速大，植被覆盖度由于冬春牧事活动及吹风作用影响近似裸露，牧草生长刚进入萌动发芽－返青阶段，空气干燥，而植被蒸腾量又很小，从而导致蒸发量最大；6～8月降水丰富，空气湿度大，虽温度高，但地表植被盖度的加大，蒸散量增大，使水面蒸发量相对平稳且较5月稍低；8月以后，随冷季来临，气温降低，风速减小，蒸发量逐步降低，直至来年2月才有所上升。

四、不同地形土壤温湿度特征及比较

高寒草甸植物种类较为贫乏，但在不同地形部位高寒草甸有着其自身的分布特点，生态功能差异较大。在海北站，区域虽属同一大气环流背景，但因微气候及土壤环境的差异，相近的区域和高程范围内，发育着多种高寒草甸植被类型。在土壤湿度适中的大部分平缓滩地、山地阳坡分布着高寒矮嵩草草甸，土壤潮湿的山地阴坡、河滩阶梯以及部分平缓滩地多为金露梅灌丛草甸，在土壤湿度达饱和或过饱和的坡麓潜水溢出和高山冰雪下缘等低洼地带为藏嵩草沼泽化草甸，另外一些山地阳坡土壤湿度更低的区域还分布有小嵩草草甸。这些植被群落结构与该地的气候、土壤、地形部位（坡向）等环境条件相关，特别是与土壤温度、湿度的相关性尤为明显。为此有必要对不同地形的土壤气候作简要分析。

地形，包括海拔、坡向、坡度以及局部的小地形等，本身对植被并不产生直接作用，而是通过气候、土壤等因素形成间接的影响。高寒草甸分布区一般在地形复杂多样的山地及其山地所环绕的山涧盆地。山体的大小及坡向和坡度导致接受太阳辐射量的差异，下垫面温度随之改变，山地存在也可使自然降水分配不均，同时由于地形的动力抬升作用易使降水在山地的迎风坡产生较大的降水量，背风坡因焚风作用降水减少，终究使植被的发育和生长因地形的不同而不同。统计海北站高寒草甸不同地形部位土壤10 cm、20 cm、40 cm、50 cm四层次地温月际变化表明，不同地形部位地温年变化趋势大致相同，但数值存在较大的差异（李英年，2001a）。由表4-2看到，不同地形部位的地温南坡 > 滩地 > 北坡，10~50 cm整层年平均地温分别为3.5 ℃、1.9 ℃、−1.0 ℃，年内整层月平均最高均在8月，三地形部位分别为8.3 ℃、11.5 ℃、12.3 ℃，而月平均最低南坡出现于2月（−5.8 ℃），北坡和滩地出现于1月（−11.4 ℃和−9.2 ℃）。

表4-2 海北高寒草甸不同地形部位地温变化特征的比较

地形部位	土壤深度 (cm)	月平均地温					年较差	月最高		月最低	
		1月	4月	7月	10月	年平均		地温	出现月	地温	出现月
南坡	10	−8.9	3.5	12.3	3.0	2.3	22.3	12.3	7	−9.9	2
	20	−6.3	4.0	12.5	3.9	3.1	19.7	12.5	7	−7.2	2
	40	−3.5	3.5	11.4	5.7	4.3	19.0	12.4	8	−3.5	1
	50	−2.6	3.8	10.9	6.5	4.6	15.1	12.5	8	−2.6	1
北坡	10	−14.2	−0.2	8.0	0.8	−1.8	23.0	8.8	8	−14.2	1
	20	−12.3	−0.2	7.9	1.5	−1.1	21.2	8.9	8	−12.3	1
	40	−10.4	−0.8	5.3	2.7	−0.7	18.1	7.7	8	−10.4	1
	50	−8.6	−0.4	5.0	2.7	−0.3	16.1	7.5	8	−8.6	1
滩地	10	−12.0	2.3	11.6	2.4	1.4	23.6	11.6	7, 8	−12.0	1
	20	−10.0	1.1	11.9	3.4	2.0	22.2	12.2	8	−10.0	1
	40	−7.6	−0.4	10.1	4.2	2.0	17.7	11.0	8	−7.6	1
	50	−7.1	−0.5	9.5	4.7	2.0	17.7	11.1	8	−7.1	1

垂直方向上不同地形部位的地温变化也略有区别。10~50 cm土层上地温的垂直变化一般三地区在最冷的1月地温是随深度加深而升高，自10 cm层次到50 cm深处，北坡、南坡和滩地分别升高5.6 ℃、6.3 ℃和4.9 ℃，表现升温均很明显，其中南坡升高最为明显，滩地最低。7月地温自10 cm层次到50 cm深处，随深度加深是降低的，北坡、南坡和滩地分别下降3.0 ℃、1.4 ℃和2.1 ℃，下降幅度表现为北坡 > 滩地 > 南坡，而进入8月这种下降明显减弱，在南坡甚至出现微弱的上升。在冷暖季节转换时期，不同地形部位地温随深度的变化较为复杂，一般北坡从4月开始自表层到深层地温降低（南坡和滩地分别于6月和3~4月开始降低），到8月底结束（南坡和滩地分别于7月和8月结束），9月开始地温是自表层至50 cm深处处于上升（南坡和滩地分别于8月和9月），一直维持到次年的3月（南坡和滩地分别在5月和2~3月），表现为不同地形部位地温从地表浅层到深层不仅在月际变化过程中有较大的差异，而且垂直分布上差异也较

为明显。

同一地区不同地形部位的南坡、北坡及滩地，虽然降水量基本保持相同，但由于接受太阳照射通量及日照时间长短不一，加之植被类型的分布差异，地表受热不均及蒸发力不同，土壤湿度将发生明显的差异（李英年，2003a）。由图4-3可以看出，海北高寒草甸寒冻雏形土分布区的不同地形部位，其土壤湿度均具有较高的水平。植物生长期内的4月上旬到10月中旬，0~60 cm整层土壤湿度北坡最大，期间平均为54%，南坡最小，为31%，滩地居中，平均为35%。这是由于地区年降水量高，植物生长发育好，植被盖度在90%以上，土壤0~20 cm层次植物根系盘根错节，具有较高的持水和滞水能力，使土壤保持有较高的湿度。同时看到，不同地形部位，高寒草甸土壤湿度的季节变化过程均表现出相同的变化规律，如前所述，不同地形部位土壤湿度随季节推进划分的四个时期，在不同地形部位其变化位相及振幅等基本一致。

总体来讲，土壤湿度南坡最小。植物生长期内的不同时期，不同地形部位由于植物根系分布不同，以及土壤蒸发、植被蒸腾、受太阳辐射强弱等影响，地表受热不均一，土壤底层消融时间不一致，所造成土壤湿度的垂直变化及空间分布差异明显。在垂直方向，不同地形部位的土壤湿度，一般其表层较大，随深度加深逐渐减少，但视地形部位的不同，随深度加深减少幅度较不一致。北坡土壤湿度随土壤深度加深下降明显，滩地次之，南坡最低。这种因素受多方面的影响，其主要原因是，在土壤表层由于不同地形部位、植被类型和盖度、坡向所受太阳辐射不同，以及坡向所受不同方向下的风速性质不同，致使地表蒸发差异明显，造成地表土壤湿度北坡＞滩地＞南坡。而在深层植物根系分布基本相似，不同地形部位均到达石质接触面，土壤水分的侧渗和下渗基本处于相同水平，从而导致不同地形部位土壤湿度随土壤深度的加深出现不同的变化幅度。

第二节　高寒草甸植被净初级生产力变化特征

一、植被净初级生产力的变化特征

（一）植被地上、地下生物量季节变化及净初级生产力

1. 植被地上生物量及不同植被类型间的比较

高寒草甸植物群落地上生物量自萌动发芽开始到植被枯黄的整个过程中，干物质积累表现出缓慢积累、快速增加、相对稳定、折损减少等四个阶段（李英年等，2004b），与日平均气温≥0 ℃、≥3 ℃、≥5 ℃相联系。大体上对应时间分

别在4月下旬至6月中旬、6月中旬至8月中旬、8月底至9月初和9月初以后（图4-4）。但由于各年气候环境的不同，这四个阶段的发生时间提前或滞后，维持时间也有所不同。

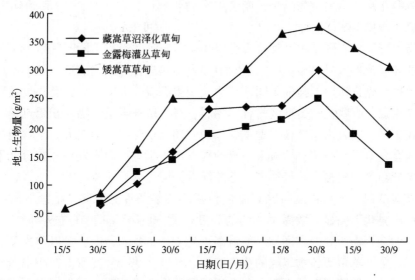

图4-4　高寒草甸三种不同植被类型地上生物量季节变化

每年自3~4月天气转暖，日平均气温接近0℃开始，地温逐渐提高，土壤自上而下开始融冻，并伴随日消夜冻现象，依时间进程土壤融化层逐步加深。4月下旬日平均气温稳定通过高于0℃（含0℃）时，高寒植物开始萌动发芽，此时土壤20 cm以下土层冻土仍可维持。6月上中旬日平均气温稳定通过高于3℃（含3℃）时，降水增加，高寒植物进入强度生长初期，该期气温仍较低，地表40 cm以下依然为季节冻土，受"春旱"或"春寒"的影响，植物生长缓慢，地表有生物量积累，但积累缓慢。6月中旬以后日平均气温稳定通过高于5℃（含5℃），7月、8月温度达年内最高时期，其中7月平均气温接近10℃，该期间高寒草甸地区降水最为丰富，7~8月降水是全年总量的40%左右，太阳辐射强烈，植物蒸腾蒸散明显加剧。有利的水热条件，致使植物生长最为迅速，是高寒植物快速生长阶段，生物量积累最快。以后随季节进程温度逐渐下降，至日平均气温稳定通过高于5℃（含5℃）结束期间，高寒植物处于成熟时期，生物量达年内最高，并相对稳定。日平均气温稳定通过高于5℃（含5℃）结束以后，气温变化剧烈并下降，降水明显减少，高寒草甸大部分植物停止生长，只有少部分如龙胆科属植物仍处于开花等生长过程，生物量不再积累。直至日平均气温稳定低于0℃（含0℃）开始，植被完全枯黄，完成整个生长发育阶段。

如果说日平均气温高于0℃（含0℃）开始时为高寒草甸植物的萌动发芽开始，那么日平均气温稳定高于5℃（含5℃）结束则基本与植物的生长停止相联系，期间若遇日最低气温小于-7℃时的低温环境，也不至于冻伤高寒植物。按此推算海北高寒草甸植物的生长期多年平均状况，将在4月21日开始到9月13日结束，维持148 d左右。

毫无疑问，不同植被类型分布区植物群落、种类组成不同，其植被生长发育所处的环境条件差异明显。由于不同植被类型建群种对环境的适应性不一致，将会导致植被光合作用的强度不同，干物质积累有着较大的差异，有些植被区植物光合作用强，有些植被类型区光合作用弱，有些植被类型干物质积累迅速，有些则比较缓慢。同时由于植被类型不同，物候期出现时间差异较大，干物质积累停止时间有先有后，必然对植被生物量的提高产生影响。观测发现，在海北不同植被类型分布区，植被生物量季节动态差异较为明显（图4-4）。

高寒草甸由于受青藏高原高海拔和寒冷气候条件的限制，植物群落结构简单，层次分化不明显。矮嵩草草甸的高度仅为30~45 cm，在灌丛可分为两层，一层即为金露梅所处的高度，一般最高可达60~80 cm；低层多以矮嵩草、线叶嵩草、针茅、羊茅等植物组成的草甸植被，高度在30 cm左右。在积水较多的高寒沼泽湿地，其藏嵩草草甸由于食草家畜、其他食草类动物及其人类在雨季很难涉及其内，外界干扰低，致使植物长势良好，高度比矮嵩草草甸的高度高，约达50~60 cm，而且其外观整齐。从生物量的月际动态（李英年，2003a）可以看出，不同的植被类型，其各群落生物量分布差异较大，生物量从大到小依次有矮嵩草草甸＞藏嵩草草甸＞金露梅灌丛草甸（这里金露梅仅考虑了当年新增生物量，没有包括多年累计的木质部分，下同）。

另外，从不同植被类型生物量的季节变化中发现，在各时期生物量变化的幅度（即相对增长率）、生物量达最高的时间均有所不同。矮嵩草草甸植物群落生长最快约在6月中旬到8月中旬之间，金露梅灌丛草甸出现在7月中旬到8月中旬，藏嵩草沼泽化草甸出现时间与金露梅灌丛草甸一致。不论何种植被类型，其生长过程均遵循逻辑斯蒂曲线增长过程（王启基等，1995a，1998）。只是不同植被类型所处的地形部位不同，且气候、光照、土壤等环境条件不同，萌动发芽、返青、强度生长、成熟、进入枯黄等出现的时间略有差异，从而导致生长曲线过程有不同的分布，主要表现在各主要生长阶段出现的时间发生提前和滞后。对于植被地上生物量季节动态，较多利用逻辑斯蒂曲线增长曲线模拟（王启基等，1998）。为了比较，这里以高寒矮嵩草草甸为例，对植物地上生物量从开始积累到达年内最高时期的季节动态变化用日变化进程的三次曲线方程进行模拟仍有很好的效果。由海北站对高寒矮嵩草草甸多年观测表明，多年平均来看，4月21日为该地区日均气温稳定通过高于 0 ℃（含 0 ℃）日，若以 4 月 21 日为高寒植物萌动发芽日，统计日均气温稳定通过 0 ℃后的累计天数（$\sum n$）与植被地上生物量（JW）季节动态之间存在下列关系（蒲继延等，2004）：

$$JW = -0.0002(\sum n)^3 + 0.0586(\sum n)^2 - 2.24483(\sum n) - 20.545$$

(4-3)

对式（4-3）求一阶、二阶导数，则分别有：

$$\frac{d(JW)}{d(\sum n)} = -0.0006(\sum n)^2 + 0.1172(\sum n) - 2.24483 \qquad (4-4)$$

$$\frac{d^2(JW)}{d(\sum n)^2} = -0.0012(\sum n) + 0.1172 \qquad (4-5)$$

式中，$d(JW)/d(\sum n)$ 表示了植被地上生物量随时间推移的增长率，当 $d(JW)/d(\sum n) = 0$ 时，增长速率等于零，此时 $\sum n$ 为生物量达到最高值的日期。经计算可得 $\sum n = 173$，表明对多年平均而言，一般年生物量达到最高值的日期为日均气温稳定通过 0 ℃（4 月 21 日）后的第 173 天，即 9 月 14 日。$d^2(JW)/d(\sum n)^2$ 表示植物干物质积累速率的加速度，当 $d^2(JW)/d(\sum n)^2 = 0$ 时，生物量增长率达到最大，经计算可得 $\sum n = 97$，表明生物量积累最大速率出现的日期为日均气温稳定通过 0 ℃后的第 97 天，即 6 月 30 日，多年平均积累速率为 3.478 g/（m²·d）。

2. 植被地下生物量及不同植被类型间的比较

地下生物量按 0～10 cm、10～20 cm、20～40 cm 和 0～40 cm 分层统计。5～9 月地下生物量的季节变化较为复杂。一般高寒草甸地下生物量呈现 N 形变化规律（表4-3；李英年等，2003a）。就海北高寒矮嵩草草甸来看，地下生物量在 6 月末 7 月初和 9 月底较高，7 月较低。在植物生长初期，较深层土壤仍有季节冻土维持，地下部分生长发育缓慢，地表及大气温度仍然较低，常受到低温、霜冻等不利的环境因子干扰，地上部分生长将依靠大量的地下能量来补充，致使萌动-返青初期地下生物量较低。6 月中旬植物进入强度生长之前，气温仍然较低，日均气温在 5 ℃上下波动，日最低气温常在 -5 ℃以下，甚至出现小于 -10 ℃的低温，植物地上部分生长发育缓慢，大量的光合作用产物储存于地下部分，利于根系的发育和生长，地下生物量增高明显。6 月下旬以后，气温继续升高，降水丰富，季节冻土完全融化，水热协调配合，植物生长旺盛，地上部分生长消耗大量地下部分储存的营养和能量来维持植物光合以及蒸散耗热，导致地下生物量急剧减少。8 月中旬以后，光合作用供给植物地上部分的生长发育，随着时间推移气温降低，日最低气温常低于 0 ℃，但较深层土壤温度处于年内最高时期，地上生物量增加不明显,地下部分则有大量的能量储存,对地下生物量的再次增高创造了良好的条件。随着冬季到来,土壤完全冻结,地下生物量有所下降。

表4-3 不同植被类型地下生物量季节变化

时间 (日/月)	矮嵩草草甸(g/m²)				金露梅灌丛(g/m²)				藏嵩草沼泽化草甸(g/m²)			
	0~10	10~20	20~40	合计	0~10	10~20	20~40	合计	0~10	10~20	20~40	合计
15/5	1762.2	98.1	35.6	1895.9	1270.8	110.9	82.5	1464.2	4086.6	2358.7	1938.3	8383.6
30/5	2038.5	102.3	44.9	2185.7	1300.4	118.8	94.2	1513.4	—	—	—	—
15/6	2144.3	99.4	65.7	2309.4	1388.5	121.6	98.4	1608.5	3146.2	4473.0	2881.8	10501.0
30/6	2510.5	118.6	61.5	2690.6	1331.7	146.8	97.8	1576.3	—	—	—	—
15/7	2099.8	159.1	70.2	2329.1	1270.0	209.9	122.2	1602.1	4209.8	3642.7	2916.7	10769.2
30/7	2011.6	93.8	31.8	2137.2	1727.7	216.7	114.4	2108.8	—	—	—	—
15/8	1692.2	217.5	50.6	1960.3	2272.9	277.8	207.5	2758.2	3231.4	2191.3	1140.7	6563.4
30/8	1480.7	147.1	56.1	1683.9	1914.7	192.9	136.2	2243.8	—	—	—	—
15/9	1839.2	209.6	65.6	2114.4	1512.1	216.8	184.3	1913.2	3469.8	1734.6	1530.8	6735.2
30/9	2061.7	1044.2	52.4	2221.3	1952.1	261.3	158.8	2372.3	—	—	—	—
15/10	1698.7	114.0	38.2	1850.9	1082.7	206.6	159.8	1449.0	—	—	—	—

高寒矮嵩草草甸地下生物量主要分布在0~40 cm土层。0~20 cm地下生物量要占地下总生物量的93%左右,20~40 cm仅占6%;地下总生物量是地上生物量的5~8倍(王启基等,1998)。40 cm以下地下生物量微小,是高寒草甸地下生物量分布的一大特征。高海拔地区,土壤热通量极小,一般只占辐射平衡的4%左右(李英年等,2003b)。土壤温度变化主要发生在地表0~10 cm层次,深层热量传播缓慢,日变化极小。深层次热量不足,限制了植物根系的向下生长。由于植被类型不同及环境条件差异,高寒草甸不同植被类型地下生物量具有不同的分布。比较发现,矮嵩草草甸、金露梅灌丛草甸地下生物量季节的变化基本出现N形变化规律,并随植被类型的不同,其峰值与谷值出现时间较不一致,且地

下生物量表现有较高的水平。藏嵩草沼泽化草甸与上述植被类型不同，表现出单峰型变化过程。沼泽化草甸地下生物量的单峰式变化除与植物季节生长中地下根茎与地上植物能量转换以及土壤温度的变化有关外，与湿地水体物理特性的影响有很大的联系。主要表现在湿地季节冻土融化缓慢，地表积水使土壤热容量大、导热率低，地温低而变化平稳，年较差小，热量传输缓慢等有关。

从测定的结果来看（表4-3），藏嵩草沼泽化草甸地下生物量远高于矮嵩草草甸和金露梅灌丛草甸的地下生物量。同时，藏嵩草沼泽化草甸地下生物量垂直分布与矮嵩草草甸和金露梅灌丛草甸不同，在藏嵩草沼泽化草甸地下生物量自上而下降低幅度明显减缓，如7月15日0~10 cm地下生物量占0~40 cm层次生物量的43%，随深度加深，不同层次所占的比例降低，但相互差异不大，10~20 cm和20~40 cm占0~40 cm的比例分别为31%和26%（李英年等，2007）。更深层次的地下生物量我们虽然未进行观测，但可以看到在高寒湿地地下生物量分布深度厚，而且分布量巨大。

3. 植被净初级生产力

植被的净初级生产力包括了地上和地下两部分。一般将地上现存生物量达最大时的生物量视为地上净初级生产力，而地下净初级生产力因测定困难，常采用周转量法来计算（陈佐忠等，1988）。植被年间净初级生产力依各年气候条件波动而受影响，变化较为复杂，年际波动明显。根据海北站1983年以来的观测资料发现，海北高寒矮嵩草草甸地上年净初级生产力在305 g/m² ~441 g/m²波动（图4-5），最高年份是最低年份的1.46倍，多年平均为371.1 g/m²。若以其平均值作基础产量，那么其实际产量将在 -66.7 ~69.3 g/m²变动，说明植被产量受气候年景影响较大。当然植被类型不同其植被地上年净初级生产量有所不同，这里仅列举了海北站综合实验站长期观测结果。

在海北高寒草甸地区，地下净初级生产量仅见于杨福囤等（1989）和王启基等（1998）报道的1980~1985年的观测结果。另外，2002~2005年有所测定和报道（李英年等，2003a，2004b）。发现不同时期观测的数据差异较大，大多数年份为620~787 g/m²，也有个别年份达到1000 g/m²以上，如1981年和1983年分别达1333.0 g/m²和1328.0 g/m²。近些年的观测表明，海北高寒草甸植物地下净初级生产量在670 g/m²左右，如表4-3矮嵩草草甸2002年为663.6 g/m²，其地下生产量周转值（地下生产量增加量与最高生物量的比值）为0.3193，较温性草原低（陈佐忠等，1988），这与高海拔地带温度低、环境恶劣等有关。高寒草甸杂草类居多，且其根茎具有较高的含水量，冬季严寒可使杂草类根茎冻伤或拉断，待来年生长时被冻伤或拉断的根茎腐烂死亡。随着暖季的到来，新根茎加

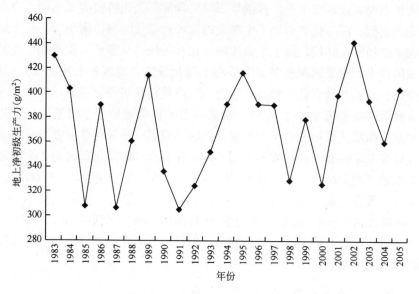

图 4-5　海北高寒草甸植物地上净初级生产量的年际变化

速生长。不同年份地下生物量累积量差异较大，其周转值相应变化较大。与过去的测定结果比较发现，在气候条件好的年份，如气温高、降水丰富等，地下生物量周转值也高。当然，近几年的观测发现，不同区域的高寒草甸植被因土壤环境等不同，周转值差异较明显，如表 4-3 的其他植被类型。

　　分析表明，若不考虑枯枝落叶部分，高寒矮嵩草草甸植被地上、地下净初级生产力（NPP）平均基本保持在 1110 g/m² 左右，部分年份甚至更高。当然，不同植被类型净初级生产力将有所不同，由 2002 年观测结果表明（李英年等，2003a），三种植被类型中，地上、地下净初级生产力表现出藏嵩草沼泽化草甸 > 金露梅灌丛草甸 > 矮嵩草草甸。不难理解，金露梅灌丛草甸中金露梅的根茎较粗壮，而且生长深厚，在一定面积内所占的比重也较高，地下净生物量较高。矮嵩草类型区域，植物多有禾本科种类，而禾本科类的植物根茎多以毛须根占据大量的比重，植物根茎并不发达，且多分布在土壤表层，扎入地下并不深厚，其地下生产量也就显得较低。

4. 植被光能利用率

　　一般将光合产物中固定的物化能与光合作用可利用的太阳辐射能之比称为光能利用率。光能利用率的计算有多种形式。这里采用吸收 PAR 的辐射能 E_{PAR} 来评价高寒草甸植被光能利用率状况，公式如下：

$$\eta_{PAR} = \frac{qM}{\sum E_{PAR}} \qquad (4\text{-}6)$$

式中，η_{PAR} 为光能利用率；q 为植物热值含量，对于高寒草甸，植物生长在恶劣的生物环境下，群落热值含量高于湿润、温暖等适宜环境条件下的热值含量，且在生长期内季节变化明显，高寒矮嵩草草甸地区植物群落地上部分生物量干物质热值含量平均为 19.37×10^3 J/g；M 为植物群落生物学产量（g/m²），海北站地区多年平均值约为 371.16 g/m²。若以海北高寒矮嵩草草甸地区植物于 4 月 21 日平均气温稳定通过高于 0 ℃（含 0 ℃）时进入萌动发芽，到 9 月 16 日日平均气温稳定降至 5 ℃以下，大部分植被生长基本停止转而进入枯黄期计，所吸收 PAR 的辐射能（$\sum E_{PAR}$）为 1181.985 MJ/m²，则高寒矮嵩草草甸地区植物群落对 PAR 的光能利用率约为 0.61%。

高寒草甸分布地区海拔高、空气清洁、大气透明度大、太阳辐射强烈，光合辐射仅占太阳总辐射的 42% 左右，比低海拔地区稍低，低温环境也可影响到植物的光合作用，植物光合作用所能固定的能量也有限。通过对不同海拔来源的同种植物的比较研究，发现尽管最大光合速率随植物生长海拔的升高而升高，但表观光合量子产额随海拔升高而降低。而且同一种植物在高原地区测定时，光合作用和量子效率均较平原低（周兴民，2001）。因此，可以说尽管高寒草甸地区具有丰富的太阳辐射能，但能被植物光合作用所固定的能量依然很小，被植物冠层截获的绝大多数辐射能可能主要用于热量交换。

（二）植被枯落物季节变化

不同植被类型区枯枝落物季节变化明显，变化趋势一致。海北站三种主要植被类型枯落物在植物生长季的变化状况如图 4-6 所示。春季 4 ~ 5 月，矮嵩草草甸和金露梅灌草甸区因冬春牧事活动，植物立枯草被家畜采食并践踏倒伏残留地表，枯枝落叶生物量较高。随气候转暖降水增多，植物从返青到强度生长后，适宜的环境条件，使残留在地表的枯枝落叶分解加速，6 月中旬以后枯枝落叶生物量降低明显，7 月下旬最低，8 月以后随冷空气活动加剧，早晨常出现 0 ℃以下的低温环境，冻害加速植物的枯黄，导致枯枝落叶生物量缓慢升高。

藏嵩草沼泽化草甸枯枝落叶生物量季节变化与矮嵩草草甸和金露梅灌草甸略有差异，在整个植物生长期明显高于矮嵩草草甸和金露梅灌草甸，特别是前期和后期尤为明显。植物萌动发芽开始逐渐减少，在植物旺盛生长后期最低，以后逐渐增加。这主要表现在冬季藏嵩草沼泽化草甸地表结冰，同时也将上年度极大部分枯黄植物留存在地表，春季解冻后，牲畜采食因受到污染等影响，大部分残留

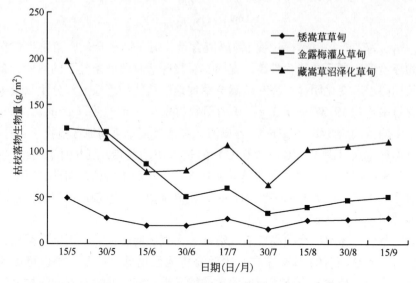

图4-6　植物生长期高寒草甸三种植被类型枯枝生物量变化

于地表，导致春季出现高的枯草量。春季后这些枯草随温度的升高，发生分解，但很大部分在温度升高的同时，水体浸泡后倒伏留存在湿地土壤表面中，致使枯草逐渐降低。9月以后受低温影响，枯黄植物又逐渐增多。

王启基等对矮嵩草草甸（y_1）、高山嵩草草甸（y_2）和藏嵩草草甸（y_3）的枯枝落叶在植物生长期的动态变化提出了下列模拟方程式（t 为自4月21日开始的时间）：

$$y_1 = 0.0108t^2 - 1.7413t + 76.4883 \qquad (4\text{-}7)$$

$$y_2 = 0.0054t^2 - 0.9177t + 51.5200 \qquad (4\text{-}8)$$

$$y_3 = \frac{225.87}{1 + \exp^{(2.375 - 0.0152t)}} \qquad (4\text{-}9)$$

这些回归统计模式均可达极显著检验水平，可说明不同植被类型地表枯枝落叶在植物生长期内的基本动态变化特征。但是由于气候年景不同，上年度植被现存量高低、冬季牧事活动轻重，以及本年度受天气气候状况下霜冻等灾害天气影响的不同，植物枯黄凋落物在不同年景有所不同，这些相关模拟方程的有关系数将有所不同。

不同植被类型地表枯枝落叶不仅在气候环境及人类活动影响下具有显著的季节变化，同时与植物生长期内地上生物量有明显的反相关关系，当然两者间存在一定的时间滞后性。如在藏嵩草沼泽化草甸（图4-7），在地上生物量达最高时，枯枝落叶量较低，而地上生物量较低时枯枝落叶量高。

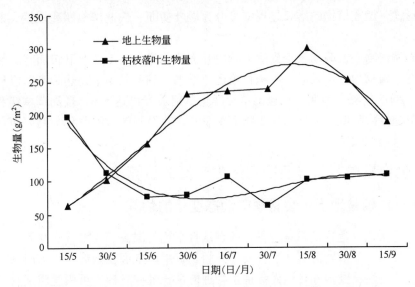

图 4-7　植物生长期内藏嵩草沼泽化草甸枯枝落叶地上生物量动态变化

（三）植物叶面积指数季节变化

　　植物叶面积指数为植物群落多叶性的一种度量，可以定量表示某一群落地段内植物叶片的密度，是决定太阳辐射强度在群落内削减程度的一个主要因素。同样对矮嵩草草甸、金露梅灌丛草甸和藏嵩草沼泽化草甸的叶面积测定表明（图4-8），三种植物群落的叶面积均表现出相同的变化规律，变化趋势一致，具有 S 形曲线

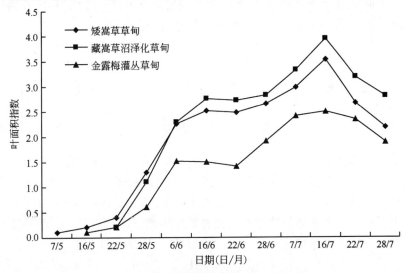

图 4-8　高寒草甸三种植被类型植被叶面积指数的季节变化

变化形式，即在植物的增长过程中可分为展叶初期、快速增长期和缓慢衰老三个时期。

春季植物进入萌动发芽到返青阶段叶面积指数低，5月中下旬随着水热条件的转好，植物加速生长后叶面积指数迅速增加，到7月中下旬达最高，以后逐渐降低。2005年测定表明，藏矮嵩草沼泽化草甸最高可达3.6，矮嵩草草甸和金露梅灌草甸依次降低，分别为3.2和2.4左右。叶面积的这种变化与高寒草甸植物的生长过程相联系。

二、生物量季节动态及净初级生产量的估算

（一）植被地上生物量季节动态变化的估算

如前所述，生物量积累过程，就是从日平均气温高于0℃（含0℃）开始到结束的过程。就植物群落从生长发育开始到日平均气温稳定低于0℃时植被完全枯黄，整个生长过程和自然界各种生物种群消长规律一样，可用逻辑斯蒂生长函数来描述（王启基等，1998）：

$$\Delta GW = \frac{GW_0}{[1 + e^{(a+bt)}]} \tag{4-10}$$

式中，ΔGW 为生物量；GW_0 为生物量最终可能达到的最大值；a、b 是与参量 t 选择有关的两个回归系数，它与植物生长的地区生态条件及植物生物学特征有关。由于高寒草甸区降水量一般为 400~700 mm，土壤湿润，水分条件基本满足植物生长的发育需求，而热量条件因海拔高、温度低，将成为高寒植物生长的限制因素，因此对自变量（t）取日平均气温稳定高于0℃（含0℃）开始后随植被生长的积温（$\sum T$）为宜（李英年等，2001），有

$$\Delta GW = \frac{GW_0}{[1 + e^{(a+b\sum T)}]} \tag{4-11}$$

如果采用生物量相对增长量（W）和相对积温（k），作规一化处理，即

$$W = \frac{\Delta W}{GW_0}, \quad k = \frac{\sum T}{\sum T_0} \tag{4-12}$$

式中，$\sum T_0$ 为植物生长期内日平均气温稳定高于0℃（含0℃）开始，到植物生长后期日平均气温稳定高于5℃（含5℃）结束期间的积温。事实上，植物生长后期日平均气温稳定高于5℃（含5℃）结束时，只有如龙胆科类等少部分植物仍有生长外，极大多数植物枯黄，而且群落生物量不再有积累，故这里将积温结束期取到日平均气温稳定高于5℃（含5℃）的终止日，有

$$W = \frac{1}{[1 + e^{(a+bk)}]} \tag{4-13}$$

对上式求一阶、二阶、三阶导数分别有

$$\frac{\mathrm{d}W}{\mathrm{d}k} = \frac{- b e^{(a+bk)}}{W^2} \tag{4-14}$$

$$\frac{\mathrm{d}^2 W}{\mathrm{d}k^2} = - \frac{\mathrm{d}W}{\mathrm{d}k} \frac{\left[e^{(a+bk)} - 1 \right] b}{W} \tag{4-15}$$

$$\frac{\mathrm{d}^3 W}{\mathrm{d}k^3} = - \frac{\mathrm{d}W}{\mathrm{d}k} \frac{\left[e^{2(a+bk)} - 4 e^{(9a+bk)-1} \right] b^2}{W^2} \tag{4-16}$$

$\mathrm{d}W/\mathrm{d}k$ 的意义是生物量随积温变化的相对生长率；生物量极大相对生长率就是 $\mathrm{d}W/\mathrm{d}k$ 的极大值，可由 $\mathrm{d}^2 W/\mathrm{d}k^2 = 0$ 求得；求导后还可以求算出生物量极大相对生长率所对应的相对积温，最大相对生长时段的起止相对积温和该期间内平均相对生长生长率等有关参数。

相对生长率（CGR）为

$$\mathrm{CGR} = \frac{\mathrm{dGW}}{\mathrm{d}\sum T} \tag{4-17}$$

极大相对生长率（CGR_0）为

$$\mathrm{CGR}_0 = - \frac{- b}{4} \tag{4-18}$$

极大相对生长率出现时期的相对积温（k_0）为

$$k_0 = - \frac{a}{b} \tag{4-19}$$

最大相对生长时段的初始相对积温（k_1）为

$$k_1 = \frac{\ln(2 + \sqrt{3}) - a}{b} \tag{4-20}$$

最大相对生长时段的终止相对积温（k_2）为

$$k_2 = \frac{\ln(2 - \sqrt{3}) - a}{b} \tag{4-21}$$

生物量积累最快时段内的平均相对增长率（$\overline{\mathrm{CGR}}$）为

$$\overline{\mathrm{CGR}} = \int \mathrm{CGR} \frac{\mathrm{d}k}{(k_2 - k_1)} = \frac{1}{\sqrt{3}(k_2 - k_1)} \tag{4-22}$$

根据上述参量就可清楚地描述出高寒草甸植被生物量积累的有关特征与过程。在建立标准曲线回归方程时，生物量最终达到的最高值（GW_0），选择了历年气候年景尚好、植被产量最高的年份，用式（4-23）计算：

$$\mathrm{GW}_0 = \frac{2\mathrm{GW}_1 \cdot \mathrm{GW}_2 \cdot \mathrm{GW}_3 - \mathrm{GW}_2^2 \, (\mathrm{GW}_1 + \mathrm{GW}_3)}{\mathrm{GW}_1 \cdot \mathrm{GW}_3 - \mathrm{GW}_2^2} \tag{4-23}$$

式中，GW_1、GW_2、GW_3 分别为任意三个等距自变量（取测定时间长度）所对

应的生物量。对海北高寒矮嵩草草甸监测结果普查，以 1983 年为准并得出 GW_0 = 438.5 g/m^2。同样也采用类似办法计算得出年可能最大积温（$\sum T_0$）为 1154.2 ℃·d。通过对生物量与积温之间季节动态关系的分析，有标准曲线方程：

$$W = \frac{1}{1 + e^{(2.6072 - 4.4410k)}} \qquad (4\text{-}24)$$

从而亦得生物量积累过程的动态模拟方程为

$$\Delta GW = \frac{438.5061}{1 + e^{(2.6072 - 0.0038 \sum T)}} \qquad (4\text{-}25)$$

方程的回归相关系数为 0.9764，达极显著检验水平（$n = 9$，$P < 0.001$）。计算有关参数，CGR_0、k_0、k_1、k_2 和 CGR 分别 1.1103、0.5871、0.2905、0.8836 和 0.9734。由 k_0、k_1、k_2 及积温关系推算知，约在 8 月 1 日前后，积温达 678 ℃·d，其相对生长率达极大，约在 6 月 24 日到 9 月 13 日间，积温在 335~1020 ℃·d 期间植被相对生长率最大，在这 80 多天的时间，生物量积累最为迅速，所积累的干物质要占整个生物量的 2/3，而时间只占全生长期的 1/2，说明该期是植被产量形成的关键。这些特征表明，植被生长过程中生物量生长速率呈现单峰式的曲线变化。生物量积累速度最快出现于植被进入成熟期的前期，这时也正是植被叶面积最大、气温最高、降水最为丰富之时，光合有效辐射利用率处于最适宜状态。9 月 13 日前后是生物量积累的基本结束期。这与多年观测到日平均气温稳定高于 5 ℃（含 5 ℃）结束相一致，与前面用三次曲线讨论的结果仅相差一天。表现出秋季日平均气温稳定低于 5 ℃ 开始是植被基本停止生长，年内生物量积累变缓甚至自然分解而下降的一个重要指标值。

（二）植被地上年净初级生产量的估算

预测和估算陆地植被净初级生产量（NPP）具有十分重要的实际和理论意义。对此，研究者利用计算机模型估算陆地植被生产力已成为一种重要而广泛的研究方法。研究者从不同植被类型分布或利用不同尺度上的观测资料建立了多种类型的预测和估算陆地植被类型 NPP 的模型。这些模型大体可分两种：一种是根据已有的每一种植被类型的实际测定数据计算生产力，然后在再扩大此类型植被分布面积的基础上估算该类型植被的生产力；另一种是利用与环境因子相关联的方法建立模型，包括了经验回归和机制性过程模型等，这种模型应用较为广泛。尽管这些方法是依一些实验点上得到的观测数据进行处理而建立的模型，演绎到其他地区或全球范围，但对于推算大尺度区域受到一定的限制，而且外推算后存在着诸多的疑问和不稳定性，但就目前来讲仍然是一种可行的方法。

基于经验回归模型，海北站一直进行着探讨和研究高寒草甸植被地上 NPP

估算与预测。比较发现，Miami 模型、Montreal 模型具有较高的精度，但仍有 13% ~25% 的误差，Chikugo 模型也有一定的参考价值，其他多种模型则误差更大。以下是海北站研究者在不同时期利用统计学方法建立的高寒矮嵩草草甸地上年 NPP 的预测模式的总结。

李英年等（1995）利用气象因子建立气候波动产量（W_w，植被地上净初级生产量与多年平均差），构建了与气温年较差（A）、4 ~7 月降水量（R_1）、5 月平均气温（T_5）相关的模式：

$$W_w = -788.4753 + 25.8892A + 0.2557R_1 + 14.6438T_5 \qquad (4\text{-}26)$$

李英年（1996）利用判别法，建立了二次型预报模式，定性地对高寒草甸植被地上净初级生产量作了判别分析，提出二次型方程：

$$GW = -26.2012AT^2 - 0.0138RP^2 + 1.2144AT \cdot RP + 280.9599AT - 6.4936RP$$

$$\qquad (4\text{-}27)$$

式中，GW 为对高寒草甸植被地上净初级生产量作判别分析的判别量，并按最小错分次数原则，计算取判别值（GW_0）为 755.2308，规定：$GW \geqslant GW_0$ 时，判 A 类，为丰收年；$GW < GW_0$ 时，判 B 类，为欠收年。气象因子取 5 ~7 月平均气温（AT）和 4 ~7 月平均降水量（RP）。

利用该方法实际上指出了温度与降水协调配合下植被地上年净初级生产量的响应过程。但是降水相对较少的年份温度明显偏高，高寒植物生长则受到一定影响，导致植被地上净初级生产量相对较低。如：1991 年 5 ~7 月平均气温为 7.8 ℃，比多年平均（7.1 ℃）高 0.7 ℃，同期降水量月平均为 72.6 mm，比多年平均（86.8 mm）少 16%，植被地上净初级生产量比 1980 ~1995 年年平均偏少 52.3 g/m²。这也证实，在高寒草甸地区水热配合在一定的区域内，如两者同时在多年平均值的基础上偏高或偏低（但不要偏低十分明显）时，均有利于高寒植物的生长和净初级生产量的提高。反之，降水和温度呈现反向性变化，如温度升高但降水偏少，或温度偏低降水偏多，或温度异常偏高降水偏少，或降水温度均异常偏少（低），均对高寒草甸植被生长和地上净生产量提高带来不利的影响。

在上述资料基础上，李英年等（1997）又利用地温观测资料，建立影响高寒草甸植被地上生产量的正交多项式积分回归模式：

$$GW = 359.6\left[1.9176 + a_k \int_1^{11} \Psi_k(t)X(t)\,dt\right] \qquad (4\text{-}28)$$

式中，GW 为植被地上净初级生产量；a_k 为某一时段内的回归参数；$\Psi_k(t)$ 为正交多项式的值；$X(t)$ 是 t 到 $t + dt$ 时段内地温因子（X）的取值。建立方程时采用了 1981 ~1993 年的资料。方差分析表明，具有极显著检验水平，平均相对误差仅在 2.3%。利用该模式对 1994 年和 1995 年进行预报，相对误差分别为 3.5% 和

4.7%，精度较高。

王启基等（1998）根据 1980～1993 年测定值分析认为，高寒草甸植被年地上净生产量与气温年较差（$r = 0.7387$，$P < 0.01$）、4 月降水量（$r = 0.5338$，$P < 0.05$）呈显著正相关，与 5 月平均气温（$r = 0.4876$）、年降水量（$r = 0.3222$）呈正相关，而与 1 月平均气温（$r = -0.7257$，$P < 0.01$）呈负相关。通过植被年地上净生产量与多类气候因子的逐步回归分析，提出高寒矮嵩草草甸年地上净生产量的预测预报模型为

$$W = 22.0053x_5 + 1.1869x_7 + 0.3707x_8 - 293.2563 \tag{4-29}$$

式中，x_5 为气温年较差；x_7 为 4 月降水量；x_8 为 7 月降水量。根据实测值与预测值的比较，误差范围在 $0.08～15.9 \ g/m^2$，平均为 $4.79 \ g/m^2$。

由于高寒草甸地区降水相对丰富，降水主要分布于牧草生长发育期内的 5～9月，可认为除在植物强度生长期的 7 月发生弱的水分胁迫影响外，其他时间降水可基本满足高寒草甸植物生长发育的基本需求。而热量条件则成为植物年产量提高的主要限制因素。从而，可引进表示地上净生产量的积温比概念（李英年，2000）：

$$K = \frac{W}{\sum T} \tag{4-30}$$

式中，W 为高寒草甸植被年地上净初级生产量；$\sum T$ 为候平均气温高于 0 ℃（含 0 ℃）的活动积温，为了计算方便，仅以候平均气温高于 0 ℃（含 0 ℃）开始的那一候起计算，至地上生物量达最大后的 9 月最后一候期间的积温，期间遇候平均气温低于 0 ℃时，按 0 ℃计算；K 为植被年地上净初级生产量所占积温的比例系数，可理解为地上净生产量的积温比。在此基础上，利用海北站 1980～1995 年 16 年实际测定资料，建立高寒草甸植被年地上净初级生产量与积温比间的回归相关关系，来确定植被年地上净初级生产量的估算模式：

$$W = \frac{492.557 \sum T}{\sum T - 945.572} \tag{4-31}$$

该方程也达极显著检验水平。

李英年等（2001）又利用主成分分析法建立了预报模式。主成分既能使较多的因子降低维数，又不损失或减少因子信息，它不是简单地把多个相关因子予以加、减、乘、除等方式进行合并，而是利用因子间正交性这一特点，巧妙地排除了因子间平行关系，将较多因子的信息集中反映在较少因子的数目上。通过主成分分析后的气象因子物理意义一般较为明确，利用这些较少数目的因子再进行多元回归分析，效果会显得更好。通过主要气象因子的主成分分析，建立矮嵩草草甸植被地上净初级生产量（GW）的估测模式：

$$GW = 349.82 - 22.5756z_1 + 7.632z_2 + 19.9415z_3 - 16.1837z_4 \tag{4-32}$$

式中，$z_1 = 0.5234X'_1 + 0.1881X'_2 + 0.0365X'_3 + 0.6619X'_4 - 0.3571X'_5 + 0.3516X'_6$；

$\quad z_2 = 0.0403X'_1 + 0.6729X'_2 + 0.6693X'_3 - 0.0307X'_4 + 0.2654X'_5 - 0.1612X'_6$；

$\quad z_3 = 0.5330X'_1 - 0.0547X'_2 - 0.2293X'_3 - 0.1048X'_4 + 0.7697X'_5 + 0.2385X'_6$；

$\quad z_4 = -0.5482X'_1 - 0.0093X'_2 + 0.1600X'_3 + 0.1155X'_4 + 0.1981X'_5 + 0.7882X'_6$。

其中，X'_1、X'_2、X'_3、X'_4、X'_5、X'_6 分别为气象因子 X_1、X_2、X_3、X_4、X_5、X_6 的标准化变量。X_1 为 5～8 月的平均气温；X_2 为 5～8 月的降水量；X_3 为 5～8 月的降水量与平均气温的比值；X_4 为 5～8 月的日照时间；X_5 为 1 月的平均气温；X_6 为上年度 9～11 月的降水量。

所建立的牧草产量多元回归估测模式复相关系数为 0.7398，经显著性检验，达显著性检验水平（$P < 0.05$）。进行模拟处理可以看出，其拟合率较高，说明利用上述气象因子能综合反映出高寒草甸植物群落地上净初级生产量情况，依此来评估年净初级生产量具有一定的准确性。作为预报，以 1980～1994 年的资料，还提出采用前期气象因子，可建立气象因子影响高寒矮嵩草草甸植被地上净初级生产量的简单回归模式：

$$GW = 21.9874 - 20.0341T_1 + 0.2204R_{9\sim11} \qquad (4\text{-}33)$$

式中，GW 为高寒草甸植被地上净初级生产量的预报值；T_1 为当年 1 月平均气温；$R_{9\sim11}$ 为上一年度 9～11 月降水量的合计。预报回归方程具有极显著的相关性水平（$R = 0.7410$，$P < 0.01$）。对 1995 年植被地上净初级生产量进行试报，实际产量为 415.8 g/m^2，而预报产量为 387.9 g/m^2，其相对误差仅为 6.7%，说明预报准确率较高，表明用前期气象因子 T_1 和 $R_{9\sim11}$ 可作为高寒草甸牧草产量的预报因子。从而在当年初，可求出当年牧草产量的高低，以及时指导生产。

植被地上净初级生产量及其各生长的物理过程与环境的关系一直受到生态学家的关注，在实践当中生态学家对植被与环境之间的关系从未中断。Holdridge 发现，决定生命地带类型的气候要素主要有生物温度、年降水量和可能蒸散率，实际上可能蒸散率又取决于热量和降水。一地的植物群落组合及稳定由这三个基本气候要素予以界定，这个组合就是生命地带分类模型。由于生物温度、年降水量和可能蒸散率与一地的植物类型及生长过程之间存在密切相关关系，因而就可以用生物学尺度来衡量和评价这些气候指标。

本章虽然讨论的是高寒矮嵩草草甸生态系统生产量与全球变化的耦合关系，但海北高寒草甸生态系统的研究者也利用 Holdridge 提出的指标，联系收集到青海省温性草原、高寒草甸、高寒草原等植被地上净初级生产量和有关气象资料，建立了青海各地地上 NPP 与地理纬度（LAT）、经度（LNGD）、海拔（ALT）、生物温度、年降水量之间的关系。分析发现各地植被地上 NPP 与上述环境要素具有显著的相关关系，有

$$NPP = 16.569LAT + 7.987LNGD + 0.0472ALT + 15.852BT + 0.4142PR - 1584.03$$
(4-34)

或有

$$NPP = 8.9736BT + 0.3828PR + 0.1998 \qquad (4-35)$$

我们也分析了三江源高寒草甸分布区环境因素对植被地上净初级生产量的影响关系，发现高寒草甸植被地上 NPP 除与地理纬度（LA，NPP = -20.681LA + 903.66，$P < 0.10$）相关性较差外，与地理经度（LNG，NPP = 18.388LNG - 1616.30，$P < 0.01$）、海拔（ALT，NPP = -0.0497ALT + 382.29，$P < 0.05$）、年平均气温（T，NPP = 10.934T + 198.30，$P < 0.01$）、年降水量（PR，NPP = 0.4714PR - 18.288，$P < 0.01$）均具有一定的显著相关关系。

上述是近些年来海北站研究者在高寒草甸研究工作中提出的多种预测高寒矮嵩草草甸植被地上净初级生产量的预报模式。虽然研究取得了较为显著的预测水平，但毕竟因测定年代短，样本容量不够大，在实际工作中仍还有一定的误差，相信再经过多年的努力，会使这些统计模型有所完善，进一步在社会经济发展中起到应有的作用。

第三节　高寒草甸植物生产力形成及与环境要素的关系

植被的生产力及其地理分布除受植物本身的生物学特征限制外，很大程度上受气候因子（如光、温度、水分、CO_2 浓度等）、土壤（如土壤气候、土壤营养元素、土壤质地、有机物、土壤呼吸等）的影响，当然还受到人类活动（如火、放牧、采集、土地利用等）的干扰。在天然高寒草甸放牧草地，由于土壤理化形态一定时期内基本保持均衡状态，草原建设水平及调控策略措施改变（投入）不大，因而认为高寒草甸植物群落的产量颇大程度上取决于气象因子的制约，土壤因子显得次要。尽管在上节我们花了大量的篇幅进行了高寒草甸植被地上生物量季节变化动态、植被群落地上净初级生产力与气象条件的关系及其预测预报模式的建立，但是植被生产力与气候因子之间的关系是复杂而多样的，特别是在青藏高原高寒草甸分布区，社会投入有限，其年间净初级生产量的高低与地区各类气象条件以及其他环境息息相关。为此，本节有必要以不同方法继续深入探讨环境条件对高寒草甸植被净初级生产量的影响关系。

一、气温、降水等对植被净初级生产力影响的关联分析

在高寒草甸地区，太阳辐射强烈，日照时间长，这些基本保证了高寒草甸植物生长发育的光能条件。但因地区海拔高、温度低、热量条件差、降水变率大且

年度分配不均，将对植物生长带来很大的影响。上节在进行高寒草甸植被年净初级生产力的估算时，实际上已分析了水、热等气象因子对高寒草甸植被地上净初级生产力的影响机理问题，这里尝试利用关联分析方法，进行了降水、温度和日照时间对矮嵩草草甸地上净初级生产力影响的因子分析（李英年等，2001）。

关联分析是确定时间序列与比较时间序列之间随时间变化动态发展趋势是否接近的一种有效方法。它在推断解释系统间的关系、揭示其内部的联系规律方面有着非常重要的作用。探讨植被生产力与气象因子间的关联程度，解释各气象因子影响植被生产力的主次成分，是植被生态学理论联系生产实际的一个重要思想。关联分析实质上是曲线间几何形状分布的比较，它包括了关联系数、关联序及关联程度等的求算。为了便于运算，既消除量纲影响，又可使数值缩小，对序列数值已进行均值化处理。

设植被产量时间序列 $X_0(t_k)$ 和比较气象因子的时间序列 $X_j(t_k)$ 分别为

$$X_0(t_k) = \{X_0(t_1), X_0(t_2), \cdots, X_0(t_n)\} \qquad (4-36)$$

$$X_j(t_k) = \{X_j(t_1), X_j(t_2), \cdots, X_j(t_n)\} \qquad (4-37)$$

式中，$j = 1$，2，$\cdots$，m，为比较时间序列的因子数；n 为样本容量；t_k 表示第 k 时刻植被产量与比较气象因子时间序列的采样点。记 X_0 对 X_j 的关联系数为 $L_{ij}(t_k)$，则有

$$L_{ij}(t_k) = \frac{\Delta\min + \eta\Delta\max}{\Delta_{0j}(t) + \eta\Delta\max} \qquad (4-38)$$

式中，$\Delta\min$ 为各时刻所有比较序列的最小绝对差，即

$$\Delta\min = \min\min|X_0(t_k) - X_j(t_k)| \qquad (4-39)$$

$\Delta\max$ 为各时刻所有比较序列的最大绝对差，即

$$\Delta\max = \max\max|X_0(t_k) - X_j(t_k)| \qquad (4-40)$$

$\Delta_{0j}(t_k)$ 为 k 时刻 X_0 与 X_j 的绝对差值，即

$$\Delta_{0j}(t_k) = |X_0(t_k) - X_j(t_k)| \qquad (4-41)$$

η 为常数，即分辨系数。由于当 $\Delta_{0j}(t_k) = \Delta\min$ 时，关联系数达上界，有 $L_{0j}(t_k) = 1$；当 $\Delta_{0j}(t_k) = \Delta\max$ 时，关联系数达最小下界，即

$$L_{0j}^m = \frac{\eta}{1 + \eta} \qquad (4-42)$$

可见关联系数取值越小，分辨率越高，更能体现人们对最大差值的重视程度，η 的取值范围以 $0.1 \leq \eta \leq 0.5$ 为宜。得出关联系数后，可求出产量序列 X_0 与比较序列间的关联程度——关联度。关联度是表征序列间关联程度大小的一种关系，用他们的时间平均计算，即

$$r_{0j} = \frac{1}{n}\sum L_{0j}(t_k) \qquad (4-43)$$

通过灰色关联分析便可找出影响高寒矮嵩草草甸植被产量气象因子哪些是主要的，哪些是次要的，哪些则成为限制因子。我们本着生物意义明显，确定对植被产量影响较深刻的主要气象因子，同时考虑到冬春以及上年度气象因素延伸滞后影响的可能，取 X_1 为 5~8 月的平均气温，X_2 为 5~8 月的降水量，X_3 为 5~8 月的降水量与平均气温的比值，X_4 为 5~8 月的日照时间，X_5 为 1 月的平均气温，X_6 为上年度 9~11 月的降水量作为气象因子。

取上述气象因子的生物意义是：5~8 月正是植被返青至成熟的全生育期。在高寒草甸地区，植被一般于 4 月下旬进入萌动发芽阶段，此时日平均气温刚刚稳定通过 0 ℃以上（含 0 ℃）；在 5 月上旬植被返青，到 8 月下旬，植被进入成熟阶段，部分植被已形成草籽，少部分植被已开始停止生长；9 月中旬植被生物量达最高值，9 月中旬开始，也是日平均气温稳定地低于 5 ℃，日最低气温降至 -7 ℃以下，大部分植被停止生长，植被部分枯黄。因此，X_1、X_2、X_3、X_4 取为 5~8 月的平均气温、降水量、降水量与平均气温的比值，以及期间的日照时间。其中降水量与平均气温比值表示了水热因素的综合水热指数；1 月平均气温表征了冬季冷暖程度，一定意义上反映了土壤冻结时，土壤冰晶水以及其他土壤水分留存于土壤中含量的多少，即与土壤墒情有很大的直接或间接关系；另外，考虑到当年植被生长与前期降水亦有很好的关系，本文还考虑了上年度 9~11 月的降水量情况。寒冷的 12 月至翌年 2 月，降水量极为稀少，土壤表面有一定的干土层，有降水时，不几日的时间里所降的水量将蒸发完尽，故仅考虑了 9~11 月的降水情况。对已均值化处理的气象因子与植被产量资料（略）进行相对差计算得

$$\Delta min = 0.0004，\quad \Delta max = 0.8630$$

取分辨系数为 0.5，先计算各气象因子与植被产量在各年的关联系数。最后得出植被产量与各气象因子之间的关联度见表 4-4，关联度用 r_{0j} 表示，j 为气象因子序列。

表 4-4　高寒矮嵩草草甸植被产量与气象因子的关联度

	5~8 月平均气温	5~8 月降水量	5~8 月降水量/平均气温	5~8 月日照时间	1 月平均气温	上年度 9~11 月降水量
r_{0j}	0.7913	0.7434	0.7540	0.7711	0.8348	0.6384

可以看到，最冷的 1 月平均气温与高寒矮嵩草草甸植被产量关联度最大（0.8348），同时方差分析还表明，1 月平均气温与植被产量有显著的负相关（$P < 0.01$），表现出 1 月平均气温越低，当年植被产量高，这可能是因为 1 月气温低，土壤冻结厚而坚实，利于土壤内部大量的水分储存。在早春植被萌动发芽初期时

段，我国北方正值"干旱"，较高的土壤水分可弥补短时"干旱"胁迫的危害，使植被初期营养生长阶段有水分的补给。虽然寒冷的冬季可冻死冻伤植物的根茎，但与土壤水分储存量的作用相比显得次要。

长期以来，对于影响高寒草甸植被生长及年产量形成的气象因子其主次成分难以定论，也困扰着人们对此深入的认识。通过关联分析表明，关联度有 $r_{05} > r_{01} > r_{04} > r_{03} > r_{02} > r_{06}$，证明高寒草甸地区植被生长发育、年产量的提高虽然一定程度上特别是植物强度生长时期受降水多少的影响，但总体与气温关系密切。这与内蒙古干旱草原有明显不同，内蒙古干旱草原热量充足，降水则成为限制因子。虽然在植被萌动发芽到返青前后的时段内，降水量较少，气候上正值我国北方普遍干旱时期，但该时期冻土仍然维持于 20 ~ 180 cm 深层，地表 0 ~ 20 cm 地温上升至 0 ~ 3 ℃ 以上，地温的梯度较大，冻土层内冰晶水以及其他土壤水分受热力条件影响不断地迁移补充给地表层，而且草皮表层因根系发达，盘根错节，有较强的持水和滞水能力。多年观测表明，0 ~ 60 cm 土层，土壤湿度达干土重的 38% 以上，0 ~ 20 cm 可达 50%，表现出土壤水分含量有较高的水平，年内保持有较长时间的水分湿润状况，一般不出现干旱现象，致使植被在整个生长发育期水分是适宜的。同时高寒草甸植物属湿冷性植物，适宜的水分条件下可以忍耐短时 -7 ℃ 的低气温环境。但高海拔条件的制约，植被生长季气温较低，最热月平均气温低于 10 ℃，5 ~ 8 月平均仅为 7.1 ℃，日平均气温高于 0 ℃（含 0 ℃）的积温只有 1150 ℃·d，因而热量显得不足，成为植被产量提高的主要限制因子。从植被生长季（5 ~ 8 月）来看，影响植被产量形成的主次气象因子，依次有平均气温、日照时间、水热综合协调的配合，最后为降水量的多少。可见降水量相对于温度条件在植被产量形成的过程中显得次要，总体上可基本满足植被生长发育的水分需求，比较而言，温度条件则成为限制高寒植物生长及产量形成的主要因子。

二、冷季水分资源及季节冻土对植被地上净初级生产力的影响

在海北高寒草甸地区的冷季，西伯利亚 - 蒙古冷高压盘踞欧亚大陆，高空多为下沉气流，近地面层气流发生辐散，空气干燥，水汽含量低，天空晴朗，降水（雪）极为稀少。除 9 月仍受一定的夏季风影响外，其他时间的降水主要发生于柴达木盆地两小高压东移时，其中后部气流辐合上升时产生微量降水，虽然降水量不高，但在地表可形成一定厚度的积雪，维持时间长短不一，对土壤水分起到一定的保墒作用，影响到来年植被的正常生长发育和植被产量的提高。统计降水量的月际分布表明（李英年，2001c），海北高寒草甸地区冷季的 9 月至翌年 4 月，降水量呈现 U 形变化过程。其中 9 月和 4 月较高，多年平均分别为 75.4 mm

和 39.9 mm，而 12 月最小，平均只为 3.2 mm。冷季长达 8 个月，平均降水量仅为 193.9 mm（最高达 356.0 mm），是年降水总量的 34% 左右。特别是寒冷的 11 月至翌年 2 月，平均降水量为 23.8 mm，占年降水量的 4%，是冷季降水量的 12%。同时 11 月至翌年 2 月以降雪为主，大部分降雪来不及融化入渗地表，就由于吹风、蒸发等过程而散失，对土壤水的增加贡献较小，很大程度上形成无效降水。这些特点表明，冷季降水在年内分布少，降水资源贫乏。同时，海北站地区冷季降水年际振动明显，年间差异较大，分布极不均匀，有的年份在 11 月到翌年 2 月不产生降雪。

高寒草甸地区，植物根系发达，主要分布于地表 0~20 cm 土层，占地下总生物量的 93.2% 以上（王启基等，1998），植物根系有较强的滞水和持水能力，土壤水分下渗不明显，大部分自然降水易聚集于地表上层。当冬季来临，土壤冻结，可使水分以冰晶水的形式留存于土壤中。观测表明，冷季的 10 月至翌年 4 月土壤地表封冻，土层冻结深厚，同时因植物根系具有良好的储水能力，土壤水分得到保持而不致散失，形成一个良好的天然"蓄水库"，这个"蓄水库"储水明显，且相当稳定。暖季正值雨季，土壤得到降水的补给，致使年内土壤不出现干燥状况。春季受冬春牧事活动过程及低气温、多大风等恶劣环境的影响，地表近似裸露，地表蒸发大，加之也是我国北方干旱胁迫最重的时期，较高的土壤含水量可通过融冻过程，以土壤温度梯度的热力条件为载体，水分自深层向地表迁移，对降水偏少、"春旱"频繁发生的高寒草甸地区的植物生长提供了水分供应的需求。

虽然如前所述，在植物生长期降水相对温度条件在植物生长与发育过程显得次要，但在冷季，降水虽然较少，但对来年草甸植物的生长和发育有着毋庸置疑的影响作用。它不仅表现在秋季降水多，利于土壤底墒的提高，使冷季土壤封冻后土体含水量充足。而且冷季一定量的降雪，虽受吹风、蒸发影响，入渗土壤较少，但可提高地区空气湿度，减少土壤深层水分散失，保证土壤"蓄水库"有较高的水分储存。这给来年植被进入正常生长发育阶段提供了一定好的土壤墒情，从而可弥补自然降水的不足，发挥秋雨春用，利于植被营养生长阶段的水分需求，最终为植被产量提高奠定了有利的基础作用。统计海北站冷季各月降水量与年植被产量线性回归相关系数可以发现，冷季 9 月至翌年 4 月各月及多年冷季平均降水量与年植被产量普遍存在正相关性（表 4-5）。虽然相关系数不高（只有 4 月的相关系数通过 0.05 的信度检验），但一定程度表明了植被产量与冷季降水的关系存在。从而说明冷季水分资源对高寒草甸植被产量有一定的影响机制。

表 4-5　降水量与矮嵩草草甸年植被产量线性回归相关系数

月份	上年度				本年度				9 月至翌年 4 月
	9 月	10 月	11 月	12 月	1 月	2 月	3 月	4 月	
r	0.237	0.367	0.312	0.002	0.403	0.398	0.063	0.529	0.462

通过以上分析，以冷季降水量作为植被产量的预报因子是很有意义的。考虑到因子间还存在一定的相关性，建立预报方程时采用逐步回归法。为了对所建立的模型进行检验，这里仅采用 1981 ~ 1993 年 13 年的植被资料来建立模式，而用 1994 年和 1995 年的资料来进行预报正确与否的效果检验。通过对高寒草甸地区冷季各月降水量进行逐步回归后建立草甸植被产量的估测模型如下：

$$GW = 280.80 + 3.8256X_3 - 9.2795X_4 - 0.8872X_7 + 2.5554X_8 \quad (4-44)$$

式中，GW 为植被产量模拟估算值；X_3、X_4、X_7、X_8 分别为冷季上年度 10 月、12 月和本年度 3 月、4 月各月降水量。

所建立植被产量的多元回归估测模型复相关系数为 0.9035（$n = 13$），经显著性检验，达极显著性检验水平（$P < 0.01$）。进行模拟处理可以看出，利用上述气象因子来估测年植被产量具有一定的准确性。证实其拟合率很高，作为植被产量的预报方程是可行的。对 1994 年和 1995 年植被产量进行试报，实际产量分别为 390.8 g/m^2 和 415.7 g/m^2，而预报产量分别为 387.5 g/m^2 和 381.0 g/m^2，其相对误差仅为 0.9% 和 8.4%，说明效果良好。

高寒草甸植被是青藏高原所特有的植被类型，具有独特严酷的环境条件。其植被产量高低主要取决于自然环境条件的波动变化。冷季降水资源虽然贫乏，但对草地生产力影响甚为明显，冷季降水较少时一定程度上限制了来年植被的生长发育以至植被产量的提高。虽然土壤水分资源丰富，但土壤水分的高低直接或间接受冷季前期降水及冷季期间降雪波动变化影响明显。分析表明，在秋季蓄墒阶段，把降水量大部分储存在土壤中，采取覆盖措施，防止水分损失，通过冬季封冻稳定储水的有利条件，合理利用土壤水分资源，充分发挥秋雨春用的作用，对提高植被产量是有利的。

冬季气候寒冷，特别是 11 月至翌年 3 ~ 4 月冻土很深的这个阶段，土壤冻结速率越快，越易使土壤冻结深厚而坚实，同时受低温环境影响地表蒸散量明显减少，从而会储存较多的土壤水分。虽然温度低将对植物的根茎带来不利的影响，但水分的储存将弥补春季植被萌动发芽时受天气气候胁迫下干旱的影响，对植被初期营养生长阶段有利，终归影响当年植被产量的形成与提高。研究表明（李林等，2005），近几十年来季节冻土分布区，地温显著升高，冻结持续日数缩短，最大冻土深度减小，这也证实在未来气候变暖的趋势下，若降水仍保持现有的水平, 季节冻土变得浅薄, 不利于冬季土壤水分较高的储存, 因而高寒草甸植被的净初级生产量将有下降的可能。

第四节　人类活动对高寒草甸生态系统生产力的影响

草地是发展畜牧业的重要物质基础。草地生态系统结构比较简单, 功能脆弱, 易受人类活动的干扰和破坏。在长期进化发展过程中, 草地产生了许多特有的生物类群, 具有丰富的生物多样性, 为人类提供了大量的生物资源, 然而这些资源的利用价值还有很大部分尚未被我们认识, 更缺乏科学有效的管理, 有些珍稀资源已受到严重的破坏。广泛分布于青藏高原东部及其周围高山和新疆的天山、阿尔泰山等地的高寒草甸, 海拔高, 气候寒冷, 是我国重要的畜牧业基地。高寒草甸草地辽阔, 牧草品质优良, 营养丰富, 具有高蛋白、高脂肪、高无氮浸出物以及热值含量高和纤维素含量低等四高一低的特点, 是发展草地畜牧业的物质基础 (赵新全等, 2000)。高寒草甸畜牧业以盛产青藏高原的特有畜种——藏系绵羊和牦牛而闻名于世。肉、乳、毛、皮等畜产品是广大牧民群众的生活必需品。不仅如此, 高寒草甸主要分布区还是我国黄河、长江的发源地, 合理利用和保护草地, 可以起到涵养水源、有效地控制水土流失、防止土地荒漠化的作用, 为我国东部地区工农业发展提供保证。高寒草甸主要分布区是藏族等少数民族聚居地, 发展可持续集约草地畜牧业对于促进地区经济繁荣、改善和提高人民生活水平、加强民族团结均具有重要的意义。然而, 由于寒冷气候条件的限制, 高寒草甸物质生产力比较低, 在长期落后的生产经营管理下, 随着人口的增长和对畜产品需要的增加, 导致过度放牧, 土地承载力超负荷, 使本来脆弱的生态系统整体功能受到严重破坏。这不仅阻碍了草地畜牧业持续、稳定、协调发展, 而且由于草地严重退化, 引起水土流失和环境恶化, 对人类的生存条件造成了威胁。

人类与植物群落的相互关系, 比任何其他关系都更密切。早期的人类就是生物群落结构中的依赖者, 他们构木为巢, 以植物或动物充饥, 只能伴随着森林而栖息。一方面人类开垦种植, 变野生动植物为家养, 培育了新品种, 同时也创造了高产的、适合于人类需要的新的群落类型, 但另一方面也开始了人类破坏自然植被的历史, 这种人类活动, 常无意识地帮助植物传播, 也引起了不良的后果。人类对群落的作用是巨大的。远古以来, 人类就因生活需要对自然进行干预, 它一方面创造了不少人工群落, 并在利用自然植被中积累了丰富经验, 为人类带来了福利; 但另一方面也在不知不觉中破坏了植被和整个环境。如果说在人口稀少、技术不甚发达的时期, 这种破坏还是有限的, 那么在人类掌握了新技术之后, 这种破坏力量就不只是增加几倍几十倍, 而是增加成百上千倍。因此, 在还没有合理掌握最后结果之前，对于自然群落不应该加以变动。对一个群落中种间平衡的管理和操纵是可能的，但是只有当对个体和群落的生态有了很好的了解时，才可能提出成功的最好远景，这样，自然保护区的建立就越来越显得重要和迫切了。

放牧是一种最简单、最经济的草地利用方式，放牧强度通常以一定的时间内单位面积草地放牧家畜数量来表示。适当的放牧，可以刺激植被的再生性，有助于产草量的提高。而放牧不适当，如不放牧或放牧强度过大，产草量降低，可食植被成分下降，严重时可造成草地退化。草地植物组成的多样性在很大程度上维持着草地生态系统的可持续性和草地生产力，放牧干扰导致植物群落物种组成和种间关系的变化是物种多样性变化的主要根源。牧业区在放牧时间上很难避开植被生长的敏感期，即春季返青和秋季根部储存营养时期，从而导致优良植被的退化，并造成草地的过牧或浪费。

一、全球变化下高寒草甸自然植被演替的一个典型实例

这里以海北高寒湿地的藏嵩草沼泽化草甸植被群落作一案例来探讨人类活动及气候暖化影响下植被演替的过程。王启基等（1995b）在 1989 年 8 月下旬的调查表明，当时环境下沼泽化草甸植被群落生长茂盛，种类组成较少，每平方米有 10～18 种，植被总盖度约 95%。植被群落约由 23 种植物组成，隶属 9 科 21 属。若以主要科属的重要值计，依次为莎草科＞菊科＞禾本科＞龙胆科。在 23 种植物中，藏嵩草重要值最大，占 28.11，在群落中占据绝对优势，伴生种依次有星状风毛菊，重要值为 17.41，微药羊茅为 7.29，垂穗披碱草为 6.64，青海风毛菊为 5.67，黑褐薹草为 5.07，华扁穗草为 4.25，菭草为 4.10，双柱头藨草为 3.11，形成了以藏嵩草为优势种的植被类型。

到 2000 年 8 月在 1989 年调查的地段调查时发现（李英年等，2003c），由于气候的干暖化及人类活动干扰的影响，该地段积水水滩（坑）消退，土壤变得干燥，过去那种以藏嵩草草甸为主的植物景观处于演替阶段。调查发现，至 2000 年该地区植物种类组成较 1998 年增多，每平方米有 19～25 种，植被群落由 29 种植物组成，隶属 11 科 23 属，表现出植物群落组成发生变异，物种多样性、生态优势度均比湿地原生植被的物种有增大的趋势。原生的适应寒冷、潮湿生境的藏嵩草为主的草甸植被逐渐退化，转变为以线叶嵩草和黑褐薹草为主的草甸植被，重要值分别为 12.78 和 12.68，而藏嵩草（重要值 8.97）比 1998 年明显减少，成为主要的伴生种，伴生种还有线叶龙胆（重要值 4.89）、华扁穗草（重要值 4.79）等。有趣的是在 1998 年所能观测到的青海风毛菊、垂穗披碱草、蒙古蒲公英、湿生扁蕾等植物种，理应可生长在稍为干燥的地带，而且青海风毛菊、

垂穗披碱草两种植物在 1998 年还有较高的重要值，到 2000 年并未观测到，这些种除由于在湿地退化过程中可能出现暂时的间歇退化现象外，也有可能与样地的设立以及人为观测的手法有关。但可认为，伴随人类活动的加剧及气候的干暖化，原湿地的有些物种在减少，甚至消失，而有些物种则有所迁入，被那些寒冷湿中生为主的典型草甸类型植物种所替代。从湿地植被近几年的演替来看，线叶嵩草逐渐增多，种类组成加大，表现出湿地植被类型在向阴坡（北坡）地带性典型植被类型发展。

海北高寒湿地的藏嵩草沼泽化草甸植被，在短短的 10 多年时间随湿地的退化发生了明显的演替，植物种类组成发生改变，植物群落的湿中生种类减少，而中生种类（如线叶嵩草）增加，群落盖度相对降低，1998 年群落总盖度达 95%，到 2000 年下降到 60%～80%。同时群落的层片及垂直结构也发生变化，1998 年地上生物量在 0～10 cm、10～20 cm、20～30 cm、30～40 cm 和 40 cm 以上分别占总生物量的 71.70%、20.73%、5.31%、1.78% 和 0.47%，而到 2000 年这种垂直分布格局有所变化，对应地上生物量分别占总生物量的 73.43%、21.57%、3.82%、1.18% 和 0%，植物很难达 40 cm 以上的高度。不仅如此，湿地退化过程中，植物群落地上年净初级生产量也有大幅度下降，如 1998 年测定为 518.4 g/m²，2000 年仅为 350.0 g/m²。这不仅因各气候年景的不同而有所不同，也与气候干暖化和人类活动加剧，导致湿地沼泽化草甸植被退化有关。

二、放牧家畜生产力随季节变化状况

（一）藏系绵羊体重动态变化与环境的关系

藏系绵羊不仅是高寒草甸生态系统主要的次级生产者，也是高寒草甸生态系统的主要组成部分，在我国畜牧业生产中占有很重要的地位。其生理机能、体质结构、外貌特征、生产性能等方面是对青藏高原独特环境长期适应的结果。主要分布于青藏高原及其周围山地。虽然藏系绵羊对高寒地带气候具有很强的适应能力，但在传统畜牧业中，由于畜群结构与植被结构不相协调，绵羊个体重因受季节放牧的影响，从出生到出栏屠宰，生理形态发生明显的周期变化。由于牧草供应和牲畜需要很难做到动态平衡，进而表现出逐年波动性强，年内绵羊所出现的"夏饱、秋壮、冬瘦、春乏"格局十分突出。绵羊这种季节动态变化不仅是对自然季节节律的反应，而且与自然节气变化相对应的气候周期性波动息息相关。

从春季至夏秋季，藏系绵羊出现增重过程，其重量的增加一般在春季牧草返青，绵羊能啃食到青草开始。依次经过抓水膘、肉膘、油膘，尔后保持相对平稳等过程。从时间分配来看，与动植物种群消长规律一样，可用 Verhulst-Pear 方程描述：

$$\frac{dw}{dt} = kw(w_0 - w) \tag{4-45}$$

方程的解析式即为逻辑斯蒂（Logistic）生长函数：

$$w = \frac{w_0}{1 + \exp(a + bt)} \tag{4-46}$$

以上两式中，w 为绵羊体重的变化量；w_0 为可能最大重量；k 为比例系数；t 为自变量；a、b 为与自变量 t 有关的回归参数。对于自变量这里取月序。以 1993 年 3 岁的绵羊为例，从 3 月底（t 为 1）到 10 月底（t 为 8）绵羊体重的动态变化经模拟有曲线方程：

$$w = \frac{50}{1 + \exp(-0.2363 - 0.2157)} \tag{4-47}$$

表明 3 岁的藏系绵羊在 4~7 月体重增加较为明显，4 个月时间净增加12.7 kg，日平均增重 0.1039 kg；7~10 月基本保持平稳，日平均增重 0.0155 kg；10 月底个体体重达最高，为 42.5 kg。从 4 月到 10 月底的 7 个月内绵羊体重增加 14.0 kg，日平均增重 0.0655 kg。这里仅取 1993 年观测资料进行了绵羊体重变化过程的分析，但各年间绵羊体重增加时期是基本一致的，即一只绵羊在达到出栏年龄时与 3 岁绵羊体重变化期基本一致。由此认为，藏系绵羊 10 月下旬体重达最大，这时也正是绵羊出栏进行屠宰的最好时机。

秋季以后，气候严寒，牧草完全枯黄。牧草不仅品质低劣，所含养分不能满足绵羊的生理需要。特别是后期，牧草受冬春的牧事活动及干燥多大风气候环境的影响，草场近似裸露地表。绵羊为了吃饱肚子，在日间连续奔波，还要抵御低温的侵袭，势必消耗大量的体内能量和自身脂肪来维持生命活动，致使绵羊体重大幅度下降。直至来年 5 月以后牧草返青，植物地上生物量增加，绵羊体重才有所回升。绵羊体重在冬季的累减过程仍可由逻辑斯蒂曲线方程来描述，1992~1993 年 2.5 岁左右绵羊体重变化曲线方程为

$$w = \frac{A - 80}{1 + \exp(-1.0767 - 0.1719t)} \tag{4-48}$$

式中，t 取从 11 月底开始到来年 4 月底的月序列；$A - 80$ 为绵羊体重在冬季可能下降的最大量（这里 A 取 100）。2~3 岁的绵羊在冷季体重的减值过程中，虽然只有 5 个月，但绵羊体重的减值似乎呈直线下降。

年复一年的地球公转过程中，植物地上生物量、气候因素相应发生周期变化，从而也引起绵羊体重的周期性变化，这种变化很形象地体现于"夏饱、秋壮、冬瘦、春乏"的循环格局中。藏系绵羊体重的周年变化具有明显的正弦波动性，并随年代进程逐年提高（图4-9）。

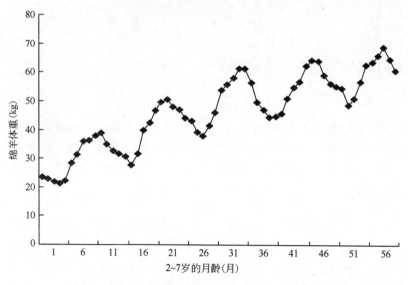

图4-9 2～7岁藏系绵羊体重变化（赵新全等，2000）

在草返青期和草盛期，由于牧草生长旺盛，绵羊可得到充足的牧草供应，绵羊的产热主要来源于碳水化合物分解，该期绵羊蛋白质代谢为正平衡，因此，呼吸熵较高，为0.90，其糖和脂肪参加氧化的比例为70%和30%。在枯黄期和枯草期，由于牧草停止生长而枯黄，其质量明显降低，不能满足绵羊的营养需要，绵羊必须分解体内脂肪和蛋白质产热来维持生命。在枯草期的前期，绵羊经过暖季放牧沉积了大量的脂肪和蛋白质，此时若营养不足，绵羊则主要依靠分解体内脂肪来维持生命过程，以呼吸熵0.75计，其脂肪和糖类产热所占的比例分别为81%和19%。在枯草期的4月，绵羊经过漫长的冬季，营养极度贫乏，体内脂肪基本耗尽，其产热有一部分靠分解体内蛋白质来实现。据测定，这个时期绵羊每日糖类、脂肪和蛋白质产热所占的比例分别为66.95%、28.70%和4.35%。以上分析表明，由于高寒草甸草场可食牧草供给在一年之内分配与绵羊的营养需要不平衡，从而导致绵羊物质代谢有明显的季节变化规律。

在一个周期变化过程中，绵羊体重自4月底开始到10月底为增值期，从11月到翌年4月为减值期。如果一只羊按5周岁出栏成为商品畜，则从哺乳期到屠宰，绵羊要经历7次增重期和6次减值期。图4-9为2岁藏系绵羊到7岁时体重随时间（月龄）的周期变化过程。绵羊体重的这种周年变化采用波谱分析法模拟，即

$$w = \bar{w} + \sum_{k=1}^{3} \left[a_k \cos k\omega(T-1) + b_k \sin k\omega(T-1) \right] \tag{4-49}$$

式中，w意义同前；$\bar{w}$表示绵羊在全生长期内的平均重量；T为全生长期的生长月

序数；a_k、b_k 为谐波系数；k 为谐波数，由于绵羊体重具有明显的周期变化，故一般取 3 即可满足精度需要；$\omega = 2\pi/n$，n 为总的月序列累计数。

（二）牦牛体重动态变化与环境的关系

与藏系绵羊体重变化一样，高寒草甸地区自然放牧牦牛体重动态变化具有与之相同的变化规律。薛白等（2005）研究了自然状况下牦牛体重变化及与环境之间的关系，指出青藏高原放牧牦牛的生长是不连续的（图4-10）。

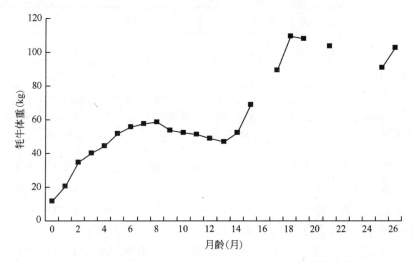

图 4-10　自然状况下牦牛从 4 月出生后体重随月龄的变化

一头牦牛在 4 月出生后体重随月龄的延升波动中增加。从出生（4 月）到 8个月龄（12 月）呈上升趋势，13 个月龄（第二年 5 月）降至该年度低谷，之后又开始上升，到 18 月龄（来年 10 月）迎来体重的第二次高峰，此后又开始下降，到 25 个月龄（第三年 5 月）降至该年度低谷，然后又开始新一轮体重上升。但是牦牛第二年体重开始下降的时间比第一年早 2 个月，这可能是由于牦牛出生第一年 3～4 个月的哺乳期，推迟了第一个冷季体重下降的时间。说明断奶前的放牧压力（如载畜量高、草畜矛盾等）并不影响犊牛断奶后第一个冬季和春季的生长性能。

由表 4-6 看到，牦牛从出生到 8 月龄（4～12 月）体重增加 47.2 kg，在其随后的第一个冬季掉膘期，体重下降 6.5 kg，占出生当年体重积累的 14%，而在其第一个春季掉膘期体重下降了 5.6 kg，占出生当年体重积累的 12%，第一个冬、春季牦牛体重下降幅度差异不显著（$P > 0.05$）。因此，牦牛出生当年所增加的47.2 kg 体重中，有 26% 在第一个冷季被消耗。到第二年 5 月，随牧草的萌发，牦牛开始第二个暖季的体重积累，直到同年 10 月，这段时间牦牛共增加体重

62.9 kg，其中夏季增重 22.2 kg，平均日增重为 0.364 kg。秋季增重 40.7 kg，平均日增重 0.442 kg，秋季日增重大于夏季日增重（$P < 0.05$）。第二个暖季增重后是第二个冷季减重，期间牦牛共减重 18.7 kg，其中第二个冬季体重下降 6.0 kg，占第二个体重积累的 10%；第二个春季体重下降 12.7 kg，占第二个体重积累的 20%。因此，在第二个冷季牦牛的春季体重下降幅度大于冬季，牦牛在第二个暖季所增加的体重有 30% 在第二个冷季被消耗。

表 4-6　牦牛体重变化的季节动态（薛白等，2005）

时间	出生当年	第一个冷季		第二个暖季		第二个冷季	
		冬	春	夏	秋	冬	春
体重变化（kg）	47.2	−6.5	−5.6	22.2	40.7	−6.0	−12.7

注：第一个冬季指 12 月至翌年 2 月（8～10 个月月龄）；第一个春季指来年 2～5 月（10～13 个月月龄）；第二个夏季指 5～7 月（13～15 个月月龄）；第二个秋季指 7～10 月（15～18 个月月龄）；第二个冬季指来年 10 月到第三年 2 月（18～22 个月月龄）；第二个春季指第三年 2～5 月（22～25 个月月龄）。

　　气候变化一方面引起草场生产力和植物组成成分的变化，即引起草场负载牲畜能力的差异，因而间接地影响放牧绵羊与牦牛体重的相对变化；另一方面气候环境与牲畜自身调节能力息息相关，直接影响放牧家畜体内的能量代谢、热量平衡等生理机能。藏系绵羊和牦牛是长期适应高寒特殊气候的产物，但当外界气候条件发生变化时，对绵羊及牦牛将有不同的影响。在气温适宜且变化平稳时，家畜代谢机能较强，发育状况好，生长体格强壮，显得活泼、好动、皮毛柔软、毛泽清亮。气温低，且变化急剧，势必影响家畜的发育状况，皮毛失去光泽，眼角泪痕明显，绵羊显得邋遢、萎靡，更为严重的是会有大批放牧家畜死于严酷的气候环境中。研究证实，在冬季寒冷时期，家畜必须把摄入的营养物质的一部分用于发热，才能维持体温，而冬季寒冷时期往往也是草料严重不足时期，草料短促使家畜要消耗体内大量的营养物质，从而导致体重下降。冬季寒冷时间越长且温度越低，体重下降越明显。因此家畜不论是在暖季还是在冷季其热量条件均显得特别重要。暖季热量条件好，利于家畜生长发育，体重增加；冷季热量条件虽然差，但相对温暖时将利于家畜保持较好的体能，而不至于掉膘严重，体重下降也就迟缓。

　　不论是藏系绵羊还是牦牛，其体重变化与气温变化具有很好的对应关系，但有明显的滞后性，表现出气温变化位相较早于体重变化，这种滞后性关系主要是由于气温变化首先直接影响牧草生长发育状况，而后绵羊采食到牧草才能满足生理需求，使其转化成体重需一定的时间过程。在这种转换过程中，放牧家畜体重的变化主要表现于藏系绵羊与牦牛膘情结构的转变。在从 5 月到翌 4

月底一个周期的变化中，膘情要历经抓水膘、肉膘、油膘、相对平稳、掉膘等5个阶段。

每年春季后的5月中旬日平均气温稳定通过高于5℃（含5℃）开始，新生长的绿色牧草方可被家畜采食到，此时青草幼嫩、水分多，绵羊和牦牛采食后体质很快开始恢复，其体重依时间推移逐渐增加，到6月中旬这段时间是放牧家畜水膘的时间。以后随温度升高，到8月上旬温度达最高期间，高寒草甸植物生长迅速，地上生物量及植物养分快速积累，适宜的温度条件及充足的青草供给，使放牧家畜得到很好的能量补充，有利于放牧家畜的肉膘增长。8月中旬到9月下旬，牧草生长从乳熟期到成熟期，牧草水分含量低，干物质比例大，绵羊采食上草籽后上膘快，脂肪含量较大。秋季日均气温下降到3℃以下，到10月底日平均气温低于−5℃（含−5℃）开始，牧草逐步枯黄，日最低气温常出现在−10℃以下，该时期草场草料充足，草籽丰富，绵羊采食后仍能保持较强的体质，膘情稳定，体重保持相对平稳。自11月初日平均气温低于−5℃（含−5℃）开始，直至来年日平均气温高于3℃（含3℃）出现阶段（约在5月中旬）的近185 d时间，高寒草甸地区日最低气温往往在−15℃以下，甚至更低，此种恶劣的环境条件对家畜体重保持带来负面影响。前期高寒草甸地表植物现存量经冬春牧事活动逐渐减少，到4～5月甚至出现地表裸露，后期虽然有植物幼芽的生长和发育，但其生物量非常低，放牧家畜一方面要抵御外界低气温环境的影响，另一方面为吃饱肚子而长途奔波，"跑青"频繁，难以觅食幼苗，要消耗大量的自身能量和脂肪，体力消耗更严重。期间草料与家畜采食矛盾十分突出，在没有人工补饲的状况下，家畜掉膘体重减轻非常明显。有的年份低气温危害下，加上雪灾，绵羊体重降低更为突出，甚至造成数以万计的绵羊死于不适的气候条件下。这种局面只有到日平均气温高于5℃（含5℃）开始，高寒植物生长到一定高度并能被家畜采食到后方得以缓解，家畜体重才有增加。

（三）人类活动对生态系统生产力影响的耦合关系

在草地资源中有许多牧草在适度利用下再生性强，再生周期短，是最经济的资源。放牧是一种最经济的牧草资源利用方式。放牧的青草具有良好的营养价值，富含蛋白质、维生素、矿物质及其他某些活动性的物质（如动情素等），对于幼畜的生长、成年畜的繁殖、畜产品产量和质量的提高，都有重要意义。与其他饲料比较，放牧青草是营养价值较高的饲料，高于同样青草所调制的带叶干草。在放牧过程中家畜通过采食牧草，摄取营养物质，不断地放牧运动，可以促进新陈代谢，强健体质，提高对疾病的抵抗力，从而提高家畜的生活力和生产力（董全民，2006）。然而，高寒草甸放牧草场由于受寒冷气候的影响，植物生长期短而枯萎期很长，季节牧场很不平衡，降低了物质和能量的转化效率，浪费了大量的牧草资源，草畜矛盾突出（赵新全等，2000）。由于其特有的生物学属性，牦牛和藏系绵羊是牧草资源进行动物性生产的主要家畜，在高寒草甸生态系统中占有主导地位。但长期以来，由于掠夺式的经营方式和粗放的管理模式，使牦牛和藏系绵羊始终处于"夏饱、秋肥、冬瘦、春乏"恶性循环之中，生产处在低水平的发展阶段。特别是近年来，随着人口的迅速增长、家畜数量迅猛增加，草地超载过牧日益严重，草畜矛盾日益突出，加速了天然草地的退化，严重影响着高寒草地生态系统的平衡与稳定（周华坤，2004；赵新全等，2005）。

在高寒草甸牦牛和藏系绵羊、牦牛生产区，终年放牧、靠天养畜的饲养方式和极度粗放的经营管理，使牦牛和藏系绵羊生产始终处于较低水平。夏秋季节牧草生长旺盛，营养过剩，造成营养物质的浪费；冬春季牧草枯萎，营养供应不足，导致营养不良。长期营养失控的状况下，使牦牛和藏系绵羊育肥缓慢，饲喂周期长，周转慢，商品率低，尤其是遇到周期性的雪灾，由于没有储备饲料，导致大量的牦牛死亡，造成严重的经济损失。另外，随着人口的迅速增长，藏系绵羊和牦牛数量的迅猛增加，加之不合理的放牧强度和放牧体系以及鼠虫害等，导致草地严重退化、沙化，"黑土滩"型退化草地面积逐渐扩大，草地生态环境日趋恶化。其突出表现为草场初级生产力下降，生物多样性减少，草地植物群落结构发生变化，优良牧草丧失竞争和更新能力而逐渐减少，毒杂草比例增加，使草地质量逐年变劣。伴随而来的是家畜个体变小，体重下降，畜产品减少，出栏率、商品率低，能量转化效率下降等一系列问题。这不仅严重影响着绵羊和牦牛业的发展及经济效益的提高，而且威胁着高寒草地畜牧业的可持续发展和人类生存的安全，对高寒草甸地区的经济发展提出严峻挑战。

草地放牧系统的研究已成为人们关注的热点。在草地放牧生态系统中，草与畜之间相互影响，相互制约。放牧强度的调控是实现草畜平衡的有力技术手段。放牧强度的研究促进了草地学和畜牧营养学的结合，发展了放牧生态学。提出许多新的理论模式，如状态－过渡模式、演替多稳态理论，虽然对放牧系统草－畜互作方式，如草地植被在放牧影响下的生产力变化，即采食后的再生能力，尤其有无补偿能力和超补偿性生长，以及这种生长反过来对家畜生产的作用，仍存在着很大的争议，但都说明了植物补偿性生长的存在。表明在草地放牧系统管理中，畜草平衡是草场管理的核心和理论基础。放牧强度是影响家畜生产力、草场恢复力和稳定性的重要因素，也是放牧管理的中心环节，而且放牧强度比放牧体系更重要。

家畜放牧是一个复杂的生态系统，由许多因素组成，包括牧草、家畜、土壤和气候，它们之间相互作用，相互影响，具有相耦合的关系。在这些因素中，牧草和家畜是放牧生态系统中的主体。土壤和气候是牧草生存的条件，牧草是草地的初级生产者，家畜是牧草的消费者，也是畜产品的生产者。牧草的生长、家畜对牧草的利用和畜产品的转化是草地放牧系统中的重要环节。草地为家畜提供饲草，家畜则通过采食、践踏、排泄等活动影响牧草生长，它们处于一个矛盾的统一体中。因此在放牧生态系统中，家畜的种类、数量、放牧时间和强度都会对草地发生影响。反过来，牧草的生产、种类以及牧草不同生长阶段又影响家畜的放牧利用、家畜以及其他植食性动物的种群组成和生产力。为此，本节将以董全民（2006）博士论文的研究为主，结合海北站工作整理了人类活动－放牧强度对高寒草甸生态系统生产力影响的研究。

1. 放牧对植被地上净初级生产力的影响

董全民（2006）通过1998年和1999年高寒小嵩草草甸－牦牛放牧系统研究表明，不论是暖季草场还是冷季草场，不同放牧强度下地上净初级生产力发生明显变化（表4-7）。在试验期内，各年度不同放牧强度下各月地上净初级生产力均低于对照区，随放牧强度的加重，地上净初级生产力趋于减小。从年度变化来看，轻牧和中牧区1999年各月的地上净初级生产力略高于1998年，对照组各月的地上净初级生产力明显高于1998年。这是由于一方面，冷、暖季草场试验前牦牛的放牧强度20多年以来均比试验期的重度放牧还要高，因此，相对于试验前，试验期的三个放牧强度均较轻，其后数年（尤其第二年）牧草均能有不同程度地显示草场自我恢复对放牧强度的响应；另一方面，在牧草生长期，1999年的降水量明显高于1998年，这也证实了地上净初级生产力更易受降水和气温的影响，且轻牧牧草充足，牦牛的采食对它的生物量影响不大，它的变化主要受牧草生长规律的影响，重牧组变化除了受牧草生长规律的影响，牦牛的采食对生物量影响很大。

暖季，高寒植物处于牧草生长期，轻牧和中牧下，放牧牦牛的采食行为刺激莎草和禾草快速生长，以补偿莎草和禾草的损失。但当地上净初级生产力达到一定水平时，这种功能补偿又往往产生牧草的生长冗余，因此轻度和中度放牧下莎草和禾草的地上净初级生产力降低比较缓慢。但随放牧强度的提高，重牧情况下，虽然该种功能补偿形式可以弥补在该利用率下莎草和禾草生物量降低的损失，但多为牦牛不喜食或不可采食的杂类草，毒杂草的地上净初级生产力的增加，使禾草和莎草的生产受到了更为严重的胁迫。造成轻牧、中牧与重牧地上净初级生产力之间存在一定差异。随放牧强度的加强，莎草和禾草的地上净初级生产力降低，可食杂草和毒杂草的生物量增加，而且莎草、禾草的地上净初级生产力和总的地上净初级生产力 1999 年均比 1998 年略有增加。

表 4-7　不同放牧强度下各植物类群平均地上净初级生产力 　（单位：g/0.25m²）

植物群落		重牧		中牧		轻牧		对照	
		1998 年	1999 年	1998 年	1999 年	1998 年	1999 年	1998 年	1999 年
暖季	莎草	10.6	10.28	13.0	13.3	17.07	17.33	17.4	17.8
	禾草	5.3	6.7	9.73	9.85	11.13	13.68	33.75	34.5
	可食杂草	13.94	14.95	9.17	10.87	9.13	8.21	8.68	6.99
	毒杂草	7.83	6.47	5.5	4.88	4.77	3.69	3.72	3.14
	总生物量	37.67	38.40	37.70	39.20	42.1	42.91	63.5	60.4
冷季	莎草	10.03	13.55	14.5	16.9	15.1	21.7	16.78	24.6
	禾草	9.53	15.1	10.4	20.7	10.7	27.5	11.23	30.9
	可食杂草	8.29	15.4	10.1	14.7	8.8	15.2	8.34	12.6
	毒杂草	4.46	8.3	5.4	7.9	4.8	8.2	4.49	6.8
	总生物量	32.30	52.3	40.4	60.2	40.4	72.6	40.83	74.9

　　冬季，高寒草甸草场由于经过一个夏天的休牧（实验前期为暖季草场）期，草场以相同的程度恢复。牦牛放牧时，牧草已经枯萎。轻牧相对试验前的放牧属极轻放牧，对已发生退化的小嵩草高寒草甸的放牧称为草场改良性放牧强度。而中牧和重牧相对而言则属轻牧和中牧，放牧的"滞后效应"对牧草第二年的生长影响不大。而且第二年牧草生长期的降水量明显高于 1998 年，因此第二年草场的自我恢复效应程度不同地显现出来。从表 4-7 可以看出，随着放牧强度的加强，莎草和禾草的地上净初级生产力降低，可食杂草和毒杂草的生物量增加，且莎草、禾草、可食杂草和毒杂草的地上净初级生产力和总的地上净初级生产力 1999 年均比 1998 年明显增加。

　　高寒草甸牧场主要由多年生植物组成。家畜对牧草（尤其是喜食的品种）不同强度的啃食，引起叶面积不同程度地减少，冠层物理结构和透光率也发生了变化；不同数量的家畜排泄物改变了土壤的营养状况；因而光合速率也发生不同程度的变化，亦即不同程度地改变了植物当年的生长状况，特别是那些喜食的品种。加之家畜对花、果实的采食，在不同程度上干扰了牧草的生殖过程。显然，这直接影响到秋季牧草根系营养储存的恢复以及繁殖植株的数量。多年生植物早春嫩芽生长所需营养主要来自根系储存，因此，不同放牧强度不仅程度不同地影响了当年牧草生长、物质积累和生殖过程，还程度不同地影响了第二年牧草的萌发和生长，尤其是返青期。

不同放牧强度下植物群落地上净初级生产力百分比组成的变化表明，随放牧强度的提高，禾草和莎草的比例增加，可食杂草和毒杂草比例下降（表4-8）。在不同年度之间，莎草的比例减小，禾草的比例增加；重牧和中牧可食杂草和毒杂草比例增加，而轻牧和对照中可食杂草和毒杂草比例下降。因为在轻牧和对照情况下，不论是暖季草场还是冷季草场，禾草和莎草的生长过程中对可食杂草和毒杂草有比较强的抑制作用，优良牧草（莎草和禾草）的生长量比较高，而可食杂草和毒杂草的生长就受到影响。一方面，在中牧和重牧情况下，暖季草场放牧牦牛的采食行为刺激莎草和禾草快速生长，以补偿莎草和禾草的损失，但这种补偿形式只能实现在该利用率下莎草和禾草生物量降低的部分损失，因而莎草和禾草对牦牛不喜食或不可采食的杂类草的抑制作用就相对减弱。杂草和毒杂草生长量增加，使禾草和莎草的生产受到了更为严重的胁迫（资源亏损胁迫）。另一方面，在中牧和重牧情况下，植株高的禾草比例的减少提高了群落的透光率，从而使下层植株矮小的莎草和杂草截获的光通量增高，光合作用的速率提高、干物质积累增加。因此对照组莎草的比例均低于其他放牧组。在冷季草场中牧和重牧情况下，草场的自我恢复效应和牦牛放牧引起的"滞后效应"互相叠加，共同影响牧草的生长，导致1999年重牧和中牧中可食杂草和毒杂草的比例比1998年高。

表4-8 不同放牧强度各植物类群平均地上净初级生产力的百分比组成（董全民，2006）

季节	植物群落	重牧		中牧		轻牧		对照	
		1998 年	1999 年	1998 年	1999 年	1998 年	1999 年	1998 年	1999 年
暖季	莎草（%）	28.14	25.45	35.28	35.20	40.55	37.47	27.33	25.96
	禾草（%）	14.07	9.16	25.81	25.82	29.44	33.44	40.14	47.69
	可食杂草（%）	37.01	41.38	24.73	24.73	21.69	20.07	16.67	11.97
	毒杂草（%）	20.79	24.01	14.59	15.45	11.33	9.02	9.86	5.38
	优良牧草比例（%）	42.21	34.60	61.09	61.02	66.98	70.91	67.48	73.66
	优良牧草比例年度变化（%）	−7.61		−0.07		3.93		5.88	

续表

季节	植物群落	重牧		中牧		轻牧		对照	
		1998 年	1999 年	1998 年	1999 年	1998 年	1999 年	1998 年	1999 年
冷季	莎草（%）	31.03	25.91	35.98	28.38	38.32	29.88	41.09	32.80
	禾草（%）	29.49	29.78	25.64	33.37	27.22	37.90	27.50	41.25
	可食杂草（%）	25.66	28.46	24.96	25.47	22.40	20.94	20.42	16.87
	毒杂草（%）	13.81	15.86	13.42	13.78	12.06	11.28	11.00	9.08
	优良牧草比例（%）	60.52	55.68	61.62	61.75	65.55	67.78	68.59	74.05
	优良牧草比例年度变化（%）	−4.84		0.13		2.23		5.46	

2. 放牧对植被地下净初级生产力的影响

不论是暖季草场还是冷季草场，各土壤层地下净初级生产力随放牧强度增大呈明显下降趋势（表4-9）。暖季草场各放牧处理 0～10 cm 地下净初级生产力占 0～30 cm 总地下净初级生产力的 88.0%～89.4%，10～20 cm 占 7.1%～9.3%，20～30 cm 占 2.3%～3.5%；冷季草场各放牧处理 0～10 cm 地下净初级生产力占 0～30 cm 总地下净初级生产力的 88.0%～91.1%，10～20 cm 占 5.4%～8.0%，20～30 cm 占 3.4%～3.9%。暖季草场对照 0～30 cm 的地下净初级生产力（包括活根和死根）干物质达到 4948.8 g/m^2，分别是轻牧、中牧和重牧的 1.1、1.6 和 1.7 倍；冷季草场对照 0～30 cm 的地下净初级生产力干物质达到 5112 g/m^2，分别是轻牧、中牧和重牧的 1.2、1.5 和 1.7 倍。不论是暖季草场还是冷季草场 20～30 cm 地下净初级生产力的比例相对稳定，其次为 10～20 cm。

3. 放牧对牦牛生产力的影响

放牧家畜通过采食、践踏和排泄（粪、尿）影响草场，继而对放牧家畜自身的个体大小、生产性能和牧草利用效率等产生反馈效应，而且食草动物在进化过程中的成功，以及它们作为牧养家畜的最终价值，取决于它们从食物资源中获取足够营养的能力。董全民（2006）通过高寒小嵩草草甸－牦牛放牧系统研究表明，牦牛体重及总增重的变化在轻牧、中牧和重牧的三个处理中，牦牛的个体体重均呈现上升趋势，其中轻度放牧（30%）牦牛平均体重增长较快，中度放牧（50%）增长次之，而重度放牧（70%）牦牛平均体重增长最慢。不同季节及年度不同放牧强度下牦牛个体平均增重有不同表现（表4-10）（董全民，2006）。

表4-9　不同放牧强度下地下净初级生产力及其组成的变化（董全民，2006）

季节	项目	土层深度（cm）	处理			
			对照	轻牧	中牧	重牧
暖季	各层地下生物量（g/m²）	0～10	4356.8	3971.2	2945.6	2496
		10～20	462.4	409.6	235.2	217.6
		20～30	129.6	100.8	115.2	89.6
		0～30	4948.8	4481.6	3296	2803.2
	各层的比例（%）	0～10	0.8804	0.8861	0.8937	0.8904
		10～20	0.0934	0.0914	0.0714	0.0776
		20～30	0.0262	0.0225	0.0350	0.0320
	各层所占对照的比例（%）	0～10	—	0.9115	0.06761	0.5729
		10～20	—	0.8858	0.5087	0.4706
		20～30	—	0.7778	0.8889	0.6914
		0～30	—	0.9056	0.6660	0.5664
	地下净初级生产力/地上生物量		19.53	21.18	19.07	18.53
冷季	各层地下生物量（g/m²）	0～10	4499.2	4097.6	3179.2	2579.2
		10～20	411.2	244.8	286.4	216
		20～30	201.6	153.6	132.8	110.4
		0～30	5112	4496	3598.4	2905.6
	各层的比例（%）	0～10	88.01	91.14	88.35	88.77
		10～20	8.04	5.44	7.96	7.43
		20～30	3.94	3.42	3.69	3.80
	各层所占对照的比例（%）	0～10	—	0.9107	0.7066	0.5733
		10～20	—	0.5953	0.6965	0.5253
		20～30	—	0.7619	0.6587	0.5476
		0～30	—	0.8795	0.7039	0.5684
	地下净初级生产力/地上生物量		17.09	15.49	14.94	13.89

表4-10　不同放牧强度下牦牛个体平均体重增长　　（单位：kg）

放牧强度	轻牧		中牧		重牧	
年份	1998 年	1999 年	1998 年	1999 年	1998 年	1999 年
暖季	45.1	62	45.4	72.7	37.0	70.2
冷季	25.1	4.5	10.3	0.2	−4.4	−9.3

放牧强度	轻牧	中牧	重牧
第一年	70.2	55.7	32.6
第二年	66.5	72.9	60.9
总增重	136.7	128.6	93.5

在实验的第一年（1998 年 6 月 28 日至 1999 年 5 月 31 日），无论是暖季、冷季，还是全年，放牧强度对牦牛个体增重显示出一定的差异，但不是很明显。与周立等（1995）、汪诗平等（1999）在放牧绵羊上的实验结果基本一致。但在第二年的轻度放牧下，牧草返青后，由于牧草的品质好，营养价值高，牦牛增重明显。到后期由于牧草资源丰富，优良牧草（莎草和禾草）的数量大于牦牛的采食需求，品质和营养价值下降，有些植物的种子就能够成熟，牧草中的单宁含量增加，进而影响牧草营养的消化吸收，牦牛个体增重减慢。中度放牧下，牦牛的采食行为刺激莎草和禾草快速生长，优良牧草的品质比较好，营养价值较高，导致牦牛在整个放牧期内的个体增重高于轻度和重度放牧，牦牛个体平均增重与放牧强度的二次拟合曲线的显著性大于一次曲线，即有较大的相关系数（$R^2 = 0.9883$）。这一结果与周立等（1995）、李永宏等（1999）、汪诗平等（1999）在绵羊上的研究结论不一致。在冷季草场，尽管草场自我恢复性放牧强度或改良性放牧强度和放牧强度引起的"滞后效应"在牧草生长期同时存在，但在放牧期，牧草已经枯萎，因此放牧强度的差异是影响牦牛增重的决定因素。因此，我们选择第一年的实验数据作为探讨放牧强度对牦牛生产力效应的依据。在实验期内，三个处理的牦牛平均总增重依次为 136.7 kg、128.6 kg、93.5 kg，轻度放牧组较中度放牧组高 6.3%，较重度放牧组高 46.2%。

4. 放牧对藏系绵羊生产力的影响

周立等（1995）报道了在海北高寒草甸地区依据 1988～1990 年放牧强度对藏系绵羊生产力影响的研究。放牧强度依次定为重度放牧（A），次重度放牧（B），中度放牧（C），次轻度放牧（D）及轻度放牧（E）。按照高寒牧场传统的两季轮牧制度，夏秋季在金露梅草场轮牧，放牧时间为 5 个月。放牧用实验动物皆为同龄成年藏系绵羊羯羊。根据各季草场的平均年度地上净初级生产力和一般成年藏系绵羊在各季草场上的牧草采食量，设计各放牧强度实验区的牧草利用（消费）率分别为 60%（A）、50%（B）、45%（C）、35%（D）、30%（E）。相应 5 个放牧强度见表 4-11。于 1988 年 6 月 1 日将体重没有明显差异（$P \geq 0.05$）的 1.5 岁羯羊按设计强度放入夏秋草场各实验区，至当年 11 月 1 日将其分别转移到对应放牧强度的冬春草场各实验区，再于翌年 6 月 1 日转回夏秋草场，周而复始。到 1990 年 5 月 31 日为止，经过两年的实验，两季草场及年度各放牧强度藏系绵羊个体平均体重增长列于表 4-12（周立等，1995）。

表 4-11　各实验放牧强度设计（周立等，1995）

处理	A	B	C	D	E
设计牧草利用率（%）	60	50	45	35	30
夏季草场放牧强度（只/hm²）	5.35	4.47	4.30	3.34	3.55
夏季放牧时间长度（月）	5	5	5	5	5
冬春草场放牧强度（只/hm²）	5.24	4.38	3.51	2.65	2.14
冬春放牧时间长度（月）	7	7	7	7	7
年度放牧强度	2.65	2.21	1.93	1.46	1.16

表 4-12　放牧强度藏系绵羊个体平均体重增长　（单位：kg/只）

	放牧强度	A	B	C	D	E
夏秋牧场	1988 年 6 月 1 日	9.80	10.05	9.80	7.80	9.61
	1989 年 11 月 1 日	8.35	9.20	9.54*	9.88	11.32
冬春牧场	1989 年 11 月 1 日	-2.25	-2.05	-3.65	-0.25	-1.82
	1990 年 5 月 30 日	-3.62	-1.05	-1.10	-0.38	-0.48
年度增长	1988 年 6 月 1 日	7.55	8.00	6.15	7.55	7.79
	1990 年 5 月 30 日	4.73	8.15	8.44	9.50	11.80

两年实验发现藏系绵羊体重随放牧强度的增大而减小，在重、中、轻度放牧强度条件下，藏系绵羊个体平均增重依次为 36.8 kg、41.9 kg、44.4 kg；5～9 月，中度放牧的增重最大 [94.9 g/（只·d）]，轻度放牧的居中 [81.6 g/（只·d）]，重度放牧的增重最小 [70.5 g/（只·d）]（赵新全等，2000）。实验的第一年（1988 年 6 月 1 日至 1989 年 5 月 31 日），放牧强度对藏系绵羊个体增重并未显示出明显影响。这主要是由各实验区的本底差异引起的。例如，A、B 两强度夏秋草场实验区的优良牧草比例明显高于 C、D 实验区，因而家畜对牧草的选择性并没有随放牧强度成比例降低。但第二个年度（1989 年 6 月 1 日至 1990 年 5 月 31 日）不同放牧强度的藏系绵羊个体增重明显随放牧强度减轻而增加，表明放牧强度已成为影响个体增重的关键因素。

分析不同放牧强度下 1988～1989 年、1989～1990 年两个年度各季草场以及年度个体增重实验数据发现，1988 年夏秋草场较重的放牧强度（C、B、A）藏系绵羊个体增重均高于放牧强度较轻的 D、E 放牧强度。但到第二年，与之相比前三者的个体增重下降了，并且随着放牧强度的增加下降幅度越来越大，而后两者反之。较轻的 D、E 放牧强度促使草场向好的方向发展，随之家畜个体增重增加。反之，较重的 B、A 放牧强度使草场变劣，家畜个体增重降低。在 C 的放牧强度下草场基本稳定，个体增重不变，这一事实说明 A、B 放牧强度偏重。为了维持草场以及家畜生产力的稳定，夏秋草场的放牧强度不应超过放牧强度 C。显然，最大家畜生产力放牧强度（7.05 只/hm²）过重。冬春草场除 A 外，各放牧强度均能不同程度地改善草场和家畜生产力。放牧强度对冬春草场的影响以 4 月下旬和 5 月（草返青期）最为显著，家畜"抢青"、采食处于生长发育初期的嫩芽和嫩叶，对当年乃至下一年牧草的质量和数量均产生较大影响。在两季草场各放牧强度同等牧草利用率条件下，B 放牧强度下的年际家畜个体增重相同。但夏秋草场变差，家畜个体增重减小，冬春草场反之，两季草场年度平均基本不变。而低于 B 放牧强度者随着放牧强度的减轻年度个体增重增加，平均两季草场状况增幅改善，只有 A 放牧强度引起两者变劣。前已述及，每公顷草地年度藏系绵羊最大生产力的放牧强度是 C，而 C 强度轻于 B 强度，在该放牧强度之下两季草场状况及家畜生产力不但不会劣于前一年，冬春草场还会有一定的改善。因此，从两年的实验数据来看年度家畜生产力，放牧强度 C 能持续最大生产力。

藏系绵羊不同放牧干扰压力下，对牧草的消化利用率也有所不同，重牧条件下藏系绵羊对牧草有机物质的消化率在返青期、草盛期和枯黄期没有明显差异，而在中牧和轻牧条件下草盛期显著高于返青期和枯草期。

5. 放牧对植食性啮齿动物和土壤动物的影响

高寒草场植食性啮齿动物主要有高原鼠兔、甘肃鼠兔、根田鼠、高原鼢鼠和喜马拉雅旱獭等，它们构成了高寒草场生态系统消费者的优势种群。由于在放牧牦牛强度实验中未进行植食性啮齿动物的调查，这里依海北站藏系绵羊放牧强度的实验阐述放牧强度对植食性啮齿动物的影响（刘季科等，1991；刘伟等，1999）。放牧强度可改变植食性啮齿动物的栖息地环境和食物资源，导致喜隐蔽生境的根田鼠和甘肃鼠兔种群密度下降，喜开阔生境的高原鼠兔和营地下生活、喜食植物地下轴根的高原鼢鼠数量增加，改变了啮齿动物的物种多样性和均匀度。边疆晖等（1994）研究表明，放牧干扰强度与啮齿动物群落多样性指数存在显著正相关，而与均匀度指数的关系则相反，符合草地小型哺乳动物群落决定于栖息地结构特征的假设。另外，刘新民等（1999）的研究表明，内蒙古典型草原大型土壤动物的密度、生物量、群落多样性、均匀度、种类丰富度与放牧强度呈负相关。

啮齿动物生存的条件之一是对空间和栖息地有严格的选择。由于重度放牧可以导致植被盖度及地上部分现存量降低，使根田鼠的密度和生物量有所限制，但在次轻度和轻度放牧条件下，特别是轻度放牧处理，植被覆盖度明显增大，随之根田鼠的密度和生物量增高，且迅速形成以该种为优势的群落（表4-13）。鼠兔属在地表下栖居的小型种类——甘肃鼠兔对植被覆盖降低亦有类似反应。与根田鼠和甘肃鼠兔相反，体型较大、喜栖开阔环境的高原鼠兔和喜马拉雅旱獭，以及营地下生活的高原鼢鼠，在重度、次重度和中度放牧处理下较为丰富，而在次轻度和轻度放牧处理则较贫乏或消失。啮齿动物群落的多样性，不仅与植被覆盖水平和植株高度具有显著的负相关，还与实验放牧强度有显著的正相关。

表4-13　不同放牧处理啮齿动物生物量密度（刘季科等，1991）

放牧强度（以羊计）(只/hm²)		5.43	4.50	4.30	3.26	2.55
放牧羊数（只）		5	5	6	6	7
可放牧面积（hm²）		0.92	1.12	1.39	1.85	2.75
生物量密度	高原鼠兔（以湿重计）(g/hm²)	4744.76	3521.76	2739.44	1152.56	
	甘肃鼠兔（以湿重计）(g/hm²)	1767.00	3095.19	8655.88	6068.92	3499.00
	喜马拉雅旱獭（以湿重计）(g/hm²)	1206.00	3618.00	7202.00		
	根田鼠（以湿重计）(g/hm²)	451.62	533.83	1761.00	2829.60	3732.84
	高原鼢鼠（以湿重计）(g/hm²)	3044.00	1894.00	2100.00	420.00	210.00

高原鼠兔和高原鼢鼠是高寒草甸地区危害草场的主要鼠种。在重度和次重度放牧处理条件下，这两种害鼠具有最大的生物量密度（表4-13），而在次轻度和轻度放牧处理中，它们的生物量密度则显著降低，因此，在重度和次重度放牧条件下，鼠类对草场的危害较其他放牧处理严重；相反，在中度、次轻度和轻度放牧处理中，根田鼠和甘肃鼠兔则有最大的生物量密度，然而，这两种鼠对草场尚不造成危害，即在中度、次轻度及轻度放牧条件下，鼠类对草场的危害甚轻或不存在危害问题。

刘伟等（1999）在上述实验基础上作了不同放牧强度下啮齿动物根田鼠生物量密度，甘肃鼠兔种群数量，高原鼢鼠新土丘数，喜马拉雅旱獭洞口数的季节变化研究。其中根田鼠和甘肃鼠兔的种群数量估计采用直接计数法（只/2500 m²），高原鼢鼠的种群数量以其新土丘数的多少作为相对指标，喜马拉雅旱獭数量以实际观测值为准。发现5月和10月根田鼠随放牧强度加大种群密度增加明显，在6~8月数量变化有一定变化但不甚明显（表4-14）。其中，A、B处理在8月数量最高，其余处理在9月达到密度高峰。随放牧强度减轻，根田鼠种群数量逐渐增高，E 处理的种群密度明显高于其他处理。相关分析表明，根田鼠种群平均密度与放牧强度呈显著负相关。

表 4-14　不同放牧处理根田鼠种群密度、甘肃鼠兔种群数量、
高原鼢鼠新土丘数及在暖季季节变化（刘伟等，1999）

月份	根田鼠种群密度 (只/2500m²)					甘肃鼠兔的种群数量 (只/2500m²)					高原鼢鼠新土丘数 (个/强度样地)				
	E	A	B	C	D	E	A	B	C	D	E	A	B	C	D
5 月	7	3	1	1	4	—	—	—	—	—	—	—	—	—	—
6 月	16	6	6	5	8	—	—	—	—	—	14	10	12	6	6
7 月	16	6	7	6	9	—	—	—	1	2	2	—	—	3	2
8 月	16	6	8	8	9	—	—	1	1	1	—	3	—	—	—
9 月	18	3	7	10	10	—	—	—	—	1	—	—	—	—	—
10 月	14	4	8	8	9	—	—	1	—	2	37	35	22	10	4

不同放牧处理甘肃鼠兔的种群数量在 A 处理和 B 处理中未捕获到甘肃鼠兔。随放牧强度从 C 到 E，甘肃鼠兔种群数量有所增加，且轻度放牧处理的甘肃鼠兔数量较多（表 4-14）。尽管各处理甘肃鼠兔的种群数量均比较低，但它基本上反映了甘肃鼠兔种群与放牧处理之间的关系，即放牧强度越小，甘肃鼠兔的数量就越高。

高原鼢鼠年内挖掘活动的高峰期一般在 6 月和 10 月，在此期间有大量的新土丘出现。土丘数的多少基本上能准确地反映高原鼢鼠的丰富度。在 7～9 月高原鼢鼠繁殖活动减弱，分巢活动也没有开始，因此挖掘活动较弱，主要是修复或营造地道，这时的新土丘数不能够反映高原鼢鼠的实际数量。因此用 6 月和 10 月的新土丘数作为高原鼢鼠种群大小的相对指标。在 6 月，A、B、C 处理高原鼢鼠的新土丘数较多，D、E 处理较少，各处理间的差异是由于放牧的滞后效应所致，经过 5 个月的放牧至 10 月，A、B、C、D 处理的土丘数均有不同程度的增加，A、B 处理高原鼢鼠的土丘数分别增加了 1.6 倍和 2.5 倍。A、B、C 处理的土丘数也远高于 D、E 处理。轻度放牧的 E 栏，土丘数下降 33%。相关分析表明，6 月和 10 月各处理的新土丘数与放牧强度呈显著的正相关。

实验期间共发现喜马拉雅旱獭洞口 13 个，观察到旱獭 3 只，其 13 个洞穴大小分布不一，所有洞口均朝向北方。其中 B、C 处理各有一个洞口较大，洞口前土堆较为明显，其余各洞穴洞口较小。有些洞口的土为实验期间推出的新土（C 处理）。认为这 13 个洞穴应为两个家族。B 处理的 4 个洞穴和 C 处理的其中一个（离 B 处理较近）洞穴构成一个家族，其余 8 个洞穴（C 处理 6 个和 D 处理 2

个）为一个家族。C 处理穴较多，A、E 处理没有洞穴也没发现喜马拉雅旱獭活动。实验样地坡面朝北，且地形变化多样，高低起伏不平，阳光充足，不易水淹。C 处理正处于一个山丘隆起的地方，是喜马拉雅旱獭理想的栖息场所。初步认为喜马拉雅旱獭受放牧强度的影响较小，栖息场所的地形则是重要的因素。

研究认为（赵新全等，2000），在中度、次轻度放牧水平条件下，可以抑制鼠害。随放牧强度的增大引起适应隐蔽生境的根田鼠和甘肃鼠兔数量减少，而以喜食杂草地下根的高原鼢鼠数量增加。根田鼠和甘肃鼠兔个体小，采食量低，在种群数量不是很高时不会对草场植被产生严重危害。因此，科学地选取适度的放牧强度，保持较高的优良牧草比例，是治理高原鼢鼠危害、发展持续畜业经济的生态学途径。

（四）人工草地的建立及生态学意义

在高寒草甸放牧区，传统畜牧业依靠天然草地有限的牧草自然生产力牧养家畜，科学技术落后，经济基础薄弱。由于冷季漫长，牧草生长期短暂，牧草生长和放牧需求季节不平衡，放牧家畜冷季掉膘严重，牧草生长和放牧需求季节不平衡导致草畜矛盾突出。另外超载过牧现象普遍，鼠虫害与毒杂草危害严重，使草地生产力下降，草畜矛盾更加突出。同时，高寒草甸区自然灾害频繁，饲草储存不足，抗灾保畜能力差，雪灾之年牲畜常常成批死亡，造成巨大的损失。这些问题严重制约着草地畜牧业以及高原地区经济的持续发展。因此，大力发展人工草地，增加对草地畜牧业的物质和科技投入，实行集约化经营，是解决草地过度放牧利用，冬季严重缺草的有效途径。

人工草地可以大幅度提高草地生产力，使牧草产量提高 5~10 倍，同时也可提高饲草质量。发展人工草地可有效地解决冬春季饲草不足，牲畜难以度过雪灾这一瓶颈问题。海北站近年来对人工草地建设技术进行了深入研究（赵新全等，2000；张耀生等，2000，2001）。

1. 一年生割草草地

燕麦作为人工草地建设是畜牧业发达国家的共同经验，世界各地都十分重视发展人工草地。燕麦作为一年生割草地的主栽品种，可在大部分高寒草甸地区栽培，并且近年来向青海南部的高寒草甸地区发展。在海拔 3000~3300 m，年降水量 200~600 mm，年平均气温 −2~4 ℃地区燕麦均能很好生长。据海北站试验结果，在 5 月中旬平均气温 4 ℃左右时播种，9 月中旬盛花期至籽粒灌浆期收割，可收获鲜草 2.3~5.5 kg/m^2。若采用箭舌豌豆与燕麦混播（燕麦与箭舌豌豆混播的比例为 3:1，每平方米保苗 800 株），鲜草重可达 6.5 kg/m^2，株高 1.6 m。这种混播草地成为近年来该地区的主要推广栽培模式（赵新全等，2000；张耀生等，2000，2001）。

不论是燕麦、豆草的株高，还是豆禾比、茎叶比以及两类牧草的单位面积产量和混播总产量，均以混播较高。豆科牧草种的择优之所以对混播组合总产量的效应最大，是因为其对混播成员的株高、单位面积产量及牧草总产量的影响最大。所以，以豆科牧草择优作为搭配组合的首选考虑因素是理所当然的。与豆科牧草相比，燕麦株高较高，因而在混播群落中燕麦的高生长对地上生物量的形成起主导作用，豆科牧草则依附燕麦茎秆攀缘伸展。在与混播同期播种的单作栽培草地中，箭舌豌豆和毛苕子平均株高仅分别为 35.5 cm、28.3 cm，远低于它们在混播组合中的株高。两种豆科牧草相比，箭舌豌豆比毛苕子具有明显的高生长优势，单作栽培时株高差 7.2 cm，混播时株高差达 20 cm。根据以上对比，说明巴燕 4 号燕麦与箭舌豌豆、毛苕子混播产量高，混播搭配的组合具有较高的优势。至于两种混作方式，混播优于间播。可能是混播时牧草的空间分布比间播更趋于均匀，有利于对光照及营养物质的利用。此外，由于箭舌豌豆幼苗期耐寒性较差，混播可受到燕麦的保护，使其苗期生长较好，因而形成较大的组合优势。

一年生割草燕麦，在畜牧业生产中起到重要的作用。在高寒草甸区因气候寒冷，每年不同程度发生牧区雪灾。就是不发生雪灾的状况下，每年春季由于在整个冬春放牧活动影响，地表植物现存量急剧减少，牛羊将牧草啃食殆尽，剩下极少的植被现存量也因放牧过程中粪便的污染家畜不食，地表近似裸露，春季家畜正是跑青期，过度的奔跑往往导致家畜体质极差，抵抗自然恶劣环境能力弱，这样将在春季对家畜的正常生长和发育带来极大的危害，严重时期会有大批牲畜死亡。而一年生割草燕麦的种植，在秋季收割并储存，等来年春季草料不足或遇雪灾时进行适时补饲，将大大缓解草料的不足。因此，每年 5 月播种一定面积的燕麦，在秋季收割并储存，对持续发展畜牧业生产有利。

2. 多年生人工草地

适宜建立多年生人工草地的禾本科牧草种类较多。生产中大量应用的高禾草主要是多叶老芒麦、垂穗披碱草，矮禾草主要有星星草、羊茅和冷地早熟禾等。这些牧草耐旱、抗寒冷，适用于不同海拔的高寒草甸地区。一般高禾草在海拔 3000～3800 m、年降水量 300～800 mm，年平均气温 −3～4 ℃的地区均可很好生长，低禾草种植范围较高禾草更广一些，可在海拔 3600～4600 m，年平均气温 −1.9 ℃甚至以下，降水量 260～760 mm 地区可种植。据海北站实验结果（赵新全等，2000；张耀生等，2000，2001），老芒麦在生长末期地上生物量烘干重可达 0.76 kg/m²，中华羊茅达 0.714 kg/m²，冷地早熟禾达 0.382 kg/m²，株高依次可达 68.7 cm、45.2 cm、37.0 cm。

周华坤等（2007）在三江源进行多种类型人工草地建植时发现，2002 年春夏在完全退化地表裸露的原高寒草甸地区建立人工种植的垂穗披碱草，地上生物量从 0 增加到 160 g/m^2 以上，2003 年增长到 480 g/m^2。在重度退化草地上建立人工、半人工草地后，杂草地上生物量下降十分明显，由于 2003 年种植的垂穗披碱草剧增，优良牧草比例增加十分明显，是重度退化草地的 10 倍以上（表 4-15）。播种方式不同，其优良牧草生物量增加有所不同，但生物量增加均较显著。

表 4-15　不同人工草地和对照样地的地上生物量干重

项目	年份	单播人工草地	混播人工草地	半人工草地	重度退化对照
垂穗披碱草（g/m^2）	2002 年	202.56	172.80	206.24	—
	2003 年	739.36	501.76	592.80	
星星草（g/m^2）	2002 年	—	40.48	—	
	2003 年	—	71.52	—	
莎草和其他禾草（g/m^2）	2002 年	—	1.92	5.76	1.92
	2003 年	9.96	28.96	0.80	5.76
杂类草（g/m^2）	2002 年	23.36	3.84	23.04	101.60
	2003 年	13.76	6.24	18.24	135.68
优良牧草比例（%）	2002 年	90.99	98.18	92.15	9.20
	2003 年	98.02	98.94	96.93	4.22
总地上生物量（g/m^2）	2002 年	225.92	219.04	235.04	103.52
	2003 年	763.08	608.48	611.84	141.44

人工草地建设，使牧草产量大幅提高，进而有利于草地生产与家畜生产季节不平衡矛盾的缓解。不仅如此，人工植被建立，由于其生物生产力大大提高，进而将增加吸收大气 CO_2 的能力，固碳能力增强，对缓解气候变暖有利。因此，大力发展人工草地，增强对草地畜牧业的物质和科技投入，实行集约化经营为草地畜牧业持续发展的必由之路。以老芒麦、垂穗披碱草、星星草、羊茅和冷地早熟禾等禾本科牧草为优势种的多年生人工草地具有一年建植多年受益的特点，可以充分利用当地特有的优良牧草资源，是高寒草甸地区主要的多年生人工草地推广栽培方式。但是，生产实践中发现，这种草地普遍存在建植 3~5 年后急速退化的现象，成为进一步示范推广的严重障碍。研究这类草地的退化原因、恢复措施和持续利用技术是亟待解决的重要课题。

第五节　未来气候变化对高寒草甸
生态系统生产力的影响

来自 GCM 模拟全球变化输出的结果表明，全球气温确实在升高（IPCC，2007；王绍武，叶瑾琳，1995）。由于 GCM 已成为模拟全球变化的重要工具和手段，其输出结果的完整性、一致性和可操作性等特点，在评价气候变化对农林牧业和水资源、生态系统等潜在影响中有特别的价值。研究结果表明，GCM 输出结果作为一种分析和解释气候变化引起农作物耕作带和植被主要类型交错带分布迁移、农业生产格局演替变化规律等方面的手段是切实可行的。GCM 研究结果表明，CO_2 倍增后的气候条件下，平均气温将升高 2.7 ~ 5.6 ℃，生长季延长 28 ~ 80 d，积温可增加 834 ~ 2055 ℃·d。这些环境参数的改变将导致植物种类组成及其生产力的变化。在实际中，气候的变化是一个缓慢和渐进的过程，相当长的时期内，植被类型不可能发生急剧的转变过程，只有随时间的推移而被逐步取代。青藏高原广大地区分布有高寒草甸植被类型，其植物生长发育、生产力高低以及植被带迁移、植物种类变化等受自然环境的制约极为明显。在草地投入甚少的状况下，其初级生产力高低与环境条件息息相关。全球气候变暖的过程中，目前这种生产格局和生产力水平变化趋势发生何种变化是学者所研究的重要课题。

一、植被气候生产潜力估算

植物物质的生产是植物本身与外界环境进行能量和物质交换的过程。也就是说对于植物生长，光、温、水以及土壤营养成分是必不可少的几个主要因素。因此，不少学者提出了农业气候生产潜力的概念。所谓气候生产潜力，对于高寒植物来说，就是假设植物群落结构合理，土壤肥力、水分和其他条件等达到最佳状态时，在当地自然气候条件下单位面积上植物所能达到的产量上限。而实际生产量由于受环境气候因素的波动，达不到气候生产潜力。不少研究者提出多种计算的数学模型（江爱良，1988；黄秉维，1985）。地区气候生产潜力高低取决于当地的光、温、水的组合状态，因此光、温、水、CO_2 是估算气候生产潜力的基本因子。估算时可分别计算光合生产潜力、光温生产潜力和气候（光、温、水）生产潜力。光合生产潜力是指当温度、水分、CO_2、养分、群体结构等条件得到满足或处于最适状态下，单位面积、单位时间内由当地太阳辐射决定的最高产量。光温生产潜力是指水分、CO_2、养分、群落结构等条件得到满足或处于最适状态下，由太阳辐射和温度所决定的生产力上限。而气候生产潜力则指养分、CO_2、群体结构等条件得到满足或处于最适状态下，单位面积、单位时间内由太阳辐射、温度和水分所决定的生产力上限。一般在通过生产力辐射函数关系式，求出光合生产潜力后，进行温度订正，得出光温生产潜力，然后再对光温生产潜力进行水分订正后得出的数值，即为气候生产潜力，可用阶乘形式给出：

$$W = F_1(Q)F_2(T)F_3(P)F_4(N)F_5(M) \qquad (4-50)$$

式中，W 为植被气候生产潜力（g/m^2）；$F_1(Q)$ 为光合潜力值（g/m^2）；$F_2(T)$ 为温度订正函数（$0 \sim 1$）；$F_3(P)$ 为水分订正函数（$0 \sim 1$）；$F_4(N)$、$F_5(M)$ 分别为土壤养分及生产管理水平所影响下的水平系数（$0 \sim 1$）。

高寒草甸地区地理环境特殊，相当时期内土壤理化性态基本保持不变，社会投入甚微，植被产量的波动变化主要受制于自然环境条件的波动。因此，对天然草地土壤养分及生产管理水平所影响下的水平系数可视为常数，即设定 $F_4(N) = F_5(M) = c$（$0 < c \leqslant 1$）。这样对于植被生产潜力影响可理解为光、温、水这三个主要气候因子所制约。三个因子中我们把光看作最为本质的要素，而把温、水看作是促进或限制光合作用的因素来考虑。由此可在以下三方面分别进行讨论（李英年等，2000）。

（一）植被光合生产潜力的确定

植被光合生产潜力 $F_1(Q)$，可写成如下形式：

$$F_1(Q) = \begin{cases} \int_1^t \dfrac{k}{q} \eta_t Q_t \mathrm{d}t \end{cases} \qquad (4-51)$$

式中，η_t 为植被生长发育期中 t 时刻太阳能转换为生物能的利用系数；k 为除去无机物所占比例后的经济利用系数，对于禾草植被一般为 0.92；q 为干物质发热量；Q_t 为生理辐射总量。

高寒草甸植被在生长发育的过程中，其干物质积累过程遵循自然增长类型规律，服从逻辑斯蒂曲线方程：

$$W = \frac{W_0}{1 + e^{(a+b\sum t)}} \qquad (4-52)$$

式中，W 为任一时刻植被干物质积累量；W_0 为生长过程中最大的干物质积累量，可由前面讨论方法来确定；$\sum t$ 为随时间进程中的自变量参数，本文取为日平均气温稳定通过高于 0 ℃（含 0 ℃）的积温；a、b 是与变量有关的回归系数。

进行标准化处理，得出一标准干物质增长曲线：

$$\frac{W}{W_0} = \frac{1}{1 + e^{(a+b\frac{\sum t}{\sum t_{\max}})}} \qquad (4-53)$$

式中，Σt_{max} 是整个植物生育过程中所需要高于 0 ℃（含 0 ℃）的积温总和。对式（4-53）求导：

$$\frac{dW}{d\sum t} = \frac{-be^{(a+b\frac{\sum t}{\sum t_{max}})}}{(1+e^{(a+b\frac{\sum t}{\sum t_{max}})})^2}\frac{W_0}{\sum t_{max}} \qquad (4-54)$$

令 $V_t = dW/d\sum t$ 为任一时刻的干物质积累速度，任一时刻干物质积累量可以写为 $W_t = \eta_t Q_t/q$，所以有 $dW_t = d(\eta_t Q_t)/q$。

光能利用率在不同生长发育期间是不一致的，但在一定短的时间内可以认为是常数。从而有

$$V_t = \frac{\eta_t}{q}\frac{dQ_t}{d\sum t} = \frac{-be^{(a+b\frac{\sum t}{\sum t_{max}})}}{1+e^{(a+b\frac{\sum t}{\sum t_{max}})^2}}\frac{W_0}{\sum t_{max}} \qquad (4-55)$$

可以看出，光能利用系数的时间动态演变与干物质增长速度的时间演变具有相一致性。由此得出：

$$\eta_t = \frac{-be^{(a+b\frac{\sum t}{\sum t_{max}})}}{1+e^{(a+b\frac{\sum t}{\sum t_{max}})^2}}\frac{q\Delta\sum t}{\Delta Q} \qquad (4-56)$$

时间步长取旬为单位，则 $\Delta\sum t$、ΔQ 分别表示了每旬日平均气温稳定通过高于 0 ℃（含 0 ℃）的积温和生理辐射量。在海北站地区作者以过去几年植被地上生物量的动态变化状况，利用多年植被产量较理想年份的资料，得出 $W_0 = 438.5061$；$\sum t_{max} = 1154.15$ ℃·d；$W_0/\sum t_{max} = 0.3799$。对回归系数 a、b，分别取 2.6072 和 -4.4410（李英年等，2000）。为此，得出光合生产潜力：

$$F_1(Q) = k\sum_{t=1}^{n}\left[\frac{-be^{(a+b\frac{\sum t}{\sum t_{max}})}}{1+e^{(a+b\frac{\sum t}{\sum t_{max}})^2}}\frac{W_0}{\sum t_{max}}\sum t\right] \qquad (4-57)$$

式中，$t = 1, 2, \cdots, n$，为旬的进程序列，自 5 月上旬算起，到高寒草甸植被地上生物量达最高的 8 月下旬为止，共 12 旬。式（4-57）表明，根据每旬日平均气温稳定通过高于 0 ℃（含 0 ℃）的积温 $\Delta\sum t$ 及总积温积累值 $\sum t$ [海北站日平均气温高于 0 ℃（含 0 ℃）积温到 8 月下旬的多年平均为 950.5 ℃·d]，便可以计算出光合生产力。

（二）温度影响订正系数的确定

高寒草甸植被生长发育状况多年观测发现，在水分基本保证的条件下，日平均气温达 0 ℃时植被便可进入萌动发芽，虽然有短时低于 0 ℃ 以下的温度出现，但对植被生长影响微小，特别是土壤充分湿润的情况下，短时 -7 ℃ 的低温不致影响植被生长的正常发育（李英年，1999）。因而可取 0 ℃ 作为植被生长中光合

作用的下限温度，即当日平均气温低于 0 ℃时，植被尚未发芽，叶面积为零，光合作用为零。而植被在生长过程中随叶面积增大光合作用逐渐加大。高寒草甸分布区域，年极端最高气温一般在 25 ℃左右，最热月平均气温多低于 10 ℃。因此，对光合作用达最大时的温度变化可取 20 ℃，此值可理解为光合作用的最适温度，这样有温度影响函数 $[F_2(T)]$ 的表达式：

$$F_2(T) = \begin{cases} 0 & (T < 0 \ ℃) \\ \dfrac{T}{20} & (0 \ ℃ \leqslant T < 20 \ ℃) \\ 1 & (T \geqslant 20 \ ℃) \end{cases} \tag{4-58}$$

式中，T 为平均气温。因光合作用只在白天进行，故这里取白天的平均气温，通过计算海北站 5 ~ 8 月日间（8:00 ~ 20:00）平均气温为 9.8 ℃。

（三）水分影响订正系数的确定

由于高寒草甸地区，自然降水量是植被生长发育的主要水分来源，区域降水相对丰富。植被类型特殊，表现出根系发达、盘根错节，有较强的持水和滞水能力，土壤水下渗微弱，故可不考虑渗漏量的影响。其水分的散失，主要表现在植株蒸腾和地表蒸发上。因此对水分影响函数，可仅考虑降水和蒸散两者的影响，即用降水与蒸发力的比值来确定水分影响系数 $[F_3(P)]$，有

$$F_3(P) = \frac{P}{E_0} \tag{4-59}$$

式中，P 为年总降水量（mm）；E_0 为年总蒸散力（mm），由彭曼（Penman）公式经气压订正后的估计值来确定（欧阳海等，1990）。考虑到植被产量是指植被即将进入枯黄阶段，地上生物量达最高时的产量值，海北站地区一般出现于 8 月下旬到 9 月上旬，所以年界可以取在 8 月底，即降水量、蒸散力为上年度 9 月到本年度的 8 月的合计值。就 1980 ~ 1997 年平均来讲，海北站地区年降水量为 589.2 mm，而蒸散力约为 884.9 mm。即水分订正系数 $[F_3(P)]$ 约为 0.6658。

（四）高寒草甸植被气候生产潜力

通过上述分析，得出高寒草甸植被受光、温、水影响的气候生产力模式：

$$W = F_1(Q)F_2(T)F_3(P)F_4(N)F_5(M)$$

$$= k \sum_{t=1}^{n} \left[\frac{-b \mathrm{e}^{\left(a+b\frac{\sum t}{\sum t_{\max}}\right)}}{\left(1 + \mathrm{e}^{\left(a+b\frac{\sum t}{\sum t_{\max}}\right)}\right)^2} \frac{W_0}{\sum t_{\max}} \Delta \sum t \right]$$

$$\cdot \begin{cases} 0 & (T < 0 \ \text{℃}) \\ \dfrac{T}{20} \cdot 0.6658 & (0 \ \text{℃} \leqslant T < 20 \ \text{℃}) \\ 1 & (T \geqslant 20 \ \text{℃}) \end{cases} \tag{4-60}$$

利用模式采用海北站地区 1980~1996 年平均资料,对草地气候生产力进行模拟计算,$F_1(Q) = 1626.42 \ \text{g/m}^2$,$F_2(T) = 0.491$,$F_3(P) = 0.6658$。植被平均气候生产力 531.69 g/m^2。由于未考虑土壤性态、人为管理等因素的影响,发现气候生产力比多年实际观测的平均植被产量值稍高。但可证实效果是显著的,利用该模式作为估算草地气候生产力是可行的。

二、未来气候变化对植被气候生产力的影响

上面讨论了海北高寒草甸植被的气候生产潜力,并提出了其计算模式。那么在海北高寒矮嵩草草甸地区,假设未来气候变化过程中太阳总辐射不发生变化,那么,温度升高后,日平均气温稳定通过高于 0 ℃（含 0 ℃）的积温（ΣT）由现实状况日平均气温分布值加 2 ℃或 4 ℃来求算。可能蒸散力（E_0）可由海北站地区过去多年观测的气温建立以下回归方程来确定（李英年等,2000）:

$$E_0 = 0.76(2123.78 + 572.91T_a) \tag{4-61}$$

式中,T_a 为年平均气温;0.76 是将水面蒸发量转化为可能蒸散力经气压订正后的转换系数。经显著性检验均达极显著水平。

通过计算,气温上升 2 ℃或 4 ℃时,日平均气温稳定通过高于 0 ℃（含 0 ℃）的积温到 8 月下旬分别可增加到 1226 ℃·d 和 1534 ℃·d 左右（表 4-16）,比现实状况分别增加 275 ℃·d 和 583 ℃·d,分别提高 29% 和 53%。同样对可能蒸散力及水分订正系数可由变化后的温度、降水等幅度在现实状况的基础上叠加来确定,对 $\Sigma t / \Sigma t_{max}$ 及 $W_0 / \Sigma t_{max}$ 的比值由于气候变暖后两者同时在增加,故比例系数仍取和现实状况一样。

表 4-16   现实状况与未来气候变暖后高寒矮嵩草草甸气候生产力变化

气候情景	现实状况	未来状况	
		气温升高 2 ℃,降水增加 10%	气温升高 4 ℃,降水增加 20%
年降水量（R, mm）	582	640	698
年平均气温（T, ℃)	−1.7	0.3	2.3
年蒸散力（E, mm）	686	1745	2616
≥0 ℃的积温（ΣT, ℃·d）	951	1226	1534
牧草气候生产潜力（Y, g/m²）	532	479	538

气候变暖，表面看起来，热量增加，延长了无霜期，可使植被生长期拉长，造成植被产量的提高。但通过利用未来气温上升2℃和4℃，降水分别增加10%和20%的两种可能计算，海北站地区在上述两种气候变暖情景的假设下，高寒草地植被气候生产潜力与现实状况相比有很大的区别（表4-16）。草地气候生产力估算值分别为479 g/m²和538 g/m²。气温上升2℃、降水增加10%时，植被气候生产力下降10%左右；而气温上升4℃、降水增加20%时，植被产量有所提高，但仅提高1%左右。表明在全球气候变暖后高寒草甸植被生产力水平变化格局有所不同，这主要与降水关系较大。当气温上升2℃、降水增加10%时，植被的蒸散力大于降水的补给量，干旱胁迫加重，因而水分成为植被生长的限制因素，略估算只有降水在同期增加15%以上时这种限制才能得到缓解。在气温上升4℃、降水增加20%时，降水量增加较高的假设下，植被产量比现实状况有所提高，但并不明显，只有1%左右。因而，从某种角度来讲，如果气温上升，降水增加的可能较小，将造成高寒草甸分布区域地表及植被蒸散力的加大远比降水量的增加来得快，使其区域干旱现象明显，水分的不足终究将限制草地生产力的提高。

王根绪等（2007）利用长江、黄河源区实测的高寒草甸和高寒草原植被生物量数据以及青藏高原降水、气温以及地温等的空间分布模型，建立了长江黄河源区高寒草甸与高寒草原等主要高寒生态系统地上生物量对气候要素变化的多元回归模型：

$$BP_s = 333.422 - 0.229P + 7.139T_a - 7.451T_s \tag{4-62}$$

式中，P、T_a、T_s分别代表降水、气温和地温年较差。依据模型预测分析表明，未来10年气温增加0.44℃，高寒草甸和高寒草原地上生物量分别递减9.3%和3.3%，未来50年，如果气温增加2.2℃，在降水量不变的情况下，高寒草甸地上生物量平均减少达28%。

三、高寒草甸草场理论载畜量及对未来气候变暖的响应

自然状况下，理论载畜量是依牧草地上年产量的有效利用状况、家畜采食量及对牧草的可利用率来计算。海北站高寒草甸牧草地上产量中约有15%的成分（如杂毒草）难以利用，另外还由于牲畜反复践踏和留存于地表牲畜无法采食的残茬约占20%，加上风吹凋落物被土壤侵蚀等因素，实际最终可利用牧草部分只有45%~50%，这里取48%（周立等，1995），而家畜的日食量以一个羊单位来计算［其中每一头（匹）牦牛和马分别以3个和5个羊单位来计算］，约为1.81 kg/d（皮南林，1982）。利用这些基本参数标准可估算高寒草甸草场的理论载畜量，估算方法为

$$理论载畜量 = \frac{草地地上年净初级生产量×家畜利用率}{家畜(1个羊单位)日食量} × 365 \qquad (4-63)$$

通过式（4-63）计算表明，在高寒草甸地区，现实条件下理论载畜量基本为 2.54 个羊单位/hm²。各方面研究证实，气候的确在逐渐变暖，而且由于模拟方法的不同，所得出的变暖的幅度极不一致。一般认为到 21 世纪中期，气温将上升 1.5~3.5 ℃。这里根据有关气候变暖幅度，假设未来气候气温升高 2 ℃，未考虑降水变化的情景下来讨论高寒草甸牧草产量的变化及理论载畜量变化的情况。对海北站高寒草甸地区候平均气温实测数据的基础上，累加 2 ℃，不考虑降水变化的情况，利用下列产量模式得出未来的牧草产量及理论载畜量：

$$W = \frac{492.557 \cdot \sum T}{\sum T - 945.572} \qquad (4-64)$$

通过模拟估算，未来情景下，气候平均气温高于 0 ℃（含 0 ℃）的积温从初始期到 9 月末将增加 351 ℃·d。此情景下牧产量将有所降低，平均仅为 1414 kg/hm²，比现实状况降低 2028 kg/hm²。看来气候变暖表面上有温度升高、热量资源增加的趋势，但高寒草甸地区若仍维持目前这种牧草的品质和生产结构方式，即使不考虑水分影响，也不能充分利用丰富的热量资源，而且还会导致高寒草甸牧草产量不同程度的减少。原因是温度升高，牧草发育速率加快，生长期缩短，干物质积累相对缓慢。相应在温度上升 2 ℃后，利用上述计算方法发现，理论载畜量将比现实状况每公顷减少 1.50 个羊单位，仅为 1.04 个羊单位。这些结果表明，未来气温升高，在不考虑降水变化的情景下，是对高寒草甸草地畜牧业持续发展很不利的因素，这要求我们重视全球变暖可能带来的影响。虽然上述结果属于模拟值，又没考虑降水变化的影响，但作为问题的讨论仍有一定的参考价值。

就目前来说，气候变暖已成事实。气温升高后热量增加会造成高寒草甸土壤蒸发率的加剧，蒸发量可能大于降水增加的补给量，进而带来新的问题，部分地区可能变得更为干旱，从而加剧沙漠化的进程。此外，趋暖化程度会加大对高寒草甸的利用力度，原生植被将遭受破坏，水土流失更加严重。由于青藏高原为地球第三极，地处欧亚大陆腹地，海拔高，空气稀薄，太阳辐射强烈，受诸因素的综合影响，生态系统十分脆弱，自然植被一旦遭受破坏，其恢复极为缓慢。这些生态环境问题应受到科技部门、政府部门的高度重视。

参 考 文 献

边疆晖等. 1994. 高寒草甸地区小哺乳动物群落与植物群落演替关系的研究. 兽类学报, 14（3）: 209~216

陈佐忠, 黄德华. 1988. 内蒙古锡林河流域羊草草原与大针茅草原地下部分生产力和周转值的

测定. 见：草原生态系统. 第 2 集. 北京：科学出版社

董全民. 2006. 江河源区牦牛放牧系统及冬季补饲育肥策略的研究. 中国科学院西北高原生物研究所博士学位论文

贺庆棠. 2001. 中国森林气象学. 北京：中国农业出版社

黄秉维. 1985. 中国农业生产潜力——光合潜力. 见：地理集刊. 北京：科学出版社

江爱良，张福春. 1988. 中国农业气候生产力的一个模式. 中国农业气象，9（1）：16～18

李林等. 2005. 青海高原冻土退化的若干事实揭示. 冰川冻土，27（3）：320～328

李英年. 1999. 高寒草甸植物地上生物量生长过程的某些特征. 中国农业气象，19（4）：44～47

李英年. 2000. 高寒草甸牧草产量和草场载畜量模拟研究及对气候变暖的响应. 草业学报，9（9）：77～82

李英年. 2001a. 祁连山海北寒冻雏形土不同地形部位的地温状况及诊断特性. 山地学报，19（5）：408～412

李英年. 2001b. 寒冻雏形土不同地形部位土壤湿度及与主要植被类型的对应关系. 山地学报，19（3）：220～225

李英年. 2001c. 高寒草甸地区冷季水分资源及对牧草产量的可能影响. 草业学报，10（3）：15～20

李英年等. 1997. 地温影响高寒牧草产量的效应分析. 草地学报，5（3）：169～174

李英年等. 2000. 气候变暖对高寒草甸气候生产潜力的影响. 草地学报，8（1）：23～29

李英年等. 2003a. 高寒草甸五种植被类型生物量及环境条件的比较研究. 山地学报，21（3）：257～264

李英年等. 2003b. 海北高寒草甸地区能量平衡特征. 草地学报，11（4）：289～295

李英年等. 2003c. 祁连山海北高寒湿地植被气候变化及植被演替分析. 冰川冻土，25（3）：243～249

李英年等. 2004a. 海北高寒草甸生态系统定位站气候、植被生产力背景的分析. 高原气象，23（4）：558～567

李英年等. 2004b. 高寒植被类型及其植物生产力的监测. 地理学报，59（1）：40～48

李英年等. 2006. 海北高寒草甸生态系统定位站辐射气候特征. 山地学报，24（3）：298～305

李英年等. 2007. 高寒湿地生态系统土壤有机物质补给及地－气 CO_2 交换特征. 冰川冻土，29（6）：941～946

李英年，王启基，周兴民. 1995. 矮嵩草草甸地上生物量与气候因子的关系及其预报模式的建立. 见：高寒草甸生态系统. 第 4 集. 北京：科学出版社

李英年，王启基，周兴民. 1996. 矮嵩草草甸年净生产量对气象条件响应的判别分析. 草地学报，4（2）：155～161

李英年，周华坤，沈振西. 2001. 高寒草甸牧草产量形成过程及与气象因子的关联分析. 草地学报，9（3）：232～238

李永宏等. 1999. 草原放牧系统持续管理试验研究. 草地学报，7（3）：173～182

刘季科等. 1991. 藏系绵羊实验放牧水平对啮齿动物群落作用的研究. 见：刘季科，王祖望.

高寒草甸生态系统. 第 3 集. 北京: 科学出版社

刘伟, 周立, 王溪. 1999. 不同放牧强度对植物及啮齿动物作用的研究. 生态学报, 19 (3): 378~382

刘新民, 刘永江, 郭砺. 1999. 内蒙古典型草原大型土壤动物群落动态及其在放牧下的变化. 草地学报, 7 (3): 228~235

欧阳海等. 1990. 农业气候学. 北京: 气象出版社

皮南林. 1982. 高寒草甸生态系统绵羊种群能量动态的研究. 见: 高寒草甸生态系统. 兰州: 甘肃人民出版社

蒲继延等. 2005. 矮嵩草草甸生物量季节动态及其与气候因子的关系. 草地学报, 13 (3): 238~241

宋永昌. 2001. 植被生态学. 上海: 华东师范大学出版社

汪青春等. 2007. 青海高原近 40a 降水变化特征及其对生态环境的影响. 中国沙漠, 27 (10): 153~157

汪诗平等. 1999. 内蒙古典型草原草畜系统适宜放牧率的研究 I: 以绵羊增重及经济效益为管理目标. 草地学报, 7 (3): 183~191

王根绪等. 2007. 青藏高原多年冻土区典型高寒草地生物量对气候变化的响应. 冰川冻土, 29 (5): 671~679

王启基等. 1995a. 高寒小嵩草草原化草甸植物群落结构特征及其生物量. 植物生态学报, 19 (3): 225~235

王启基等. 1995b. 高寒藏嵩草沼泽化草甸植物群落结构及其利用. 见: 高寒草甸生态系统. 第 4 集. 北京: 科学出版社

王启基等. 1998. 青海海北地区高山嵩草草甸植物群落生物量动态及能量分配. 植物生态学报, 22 (3): 222~230

王绍武, 叶瑾琳. 1995. 近百年全球气候变暖的分析. 大气科学, 19 (4): 549~553

薛白, 赵新全, 张耀生. 2005. 青藏高原天然草场放牧牦牛体重和体成分变化动态. 动物营养学报, 17 (2): 54~57

杨福囤, 王启基, 史顺海. 1989. 矮嵩草草甸生物量季节动态与年间动态. 见: 高寒草甸生态系统国际学术讨论会论文集. 北京: 科学出版社

姚檀栋, 朱立平. 2006. 青藏高原环境变化对全球变化的响应及其适应对策. 地球科学进展, 21 (5): 459~464

张法伟等. 2006. 高寒矮嵩草 (Kobresia humilis) 草甸能量平衡及其闭合状况的初步研究. 山地学报, 24 (增刊): 258~265

张家诚. 1991. 中国气候总论. 北京: 气象出版社

张耀生, 赵新全, 周兴民. 2001. 高寒牧区三种豆科牧草与燕麦混播的试验研究. 草业科学, 10 (1): 13~19

赵新全, 张耀生, 周兴民. 2000. 高寒草甸畜牧业可持续发展: 理论与实践. 资源科学, 22 (4): 50~61

赵新全, 周华坤. 2005. 三江源区生态环境退化、恢复治理及其可持续发展. 中国科学院院

刊, 20 (6): 471~476

郑度. 2003. 青藏高原形成环境与发展. 石家庄: 河北科学技术出版社

周华坤. 2004. 江河源区高寒草甸退化成因、生态过程及恢复治理研究. 中国科学院西北高原生物研究所博士学位论文

周华坤等. 2007. 高山草甸垂穗披碱草人工草地群落特征及稳定性研究. 中国草地学报, 29 (2): 13~25.

周立等. 1995. 高寒草甸牧场最优放牧的研究 I: 藏系绵羊最大生产力放牧强度. 见: 高寒草甸生态系统. 第4集. 北京: 科学出版社. 365~376

周兴民. 2001. 中国嵩草草甸. 北京: 科学出版社

周兴民, 吴珍兰. 2006. 中国科学院海北高寒草甸生态系统定位站植被与植物检索表. 西宁: 青海人民出版社

周允华, 项月琴, 单福芝. 1984. 光合有效辐射 (PAR) 的气候学研究. 气象学报, 42 (4): 387~396

IPCC. 2007. Climate change 2007: the physical science basis. Contribution of Working Group I to the Fourth Assessment [Solomon S D *et al*]. Cambridge University Press, Cambridge, United Kingdom and New York, NY, USA

第五章　高寒草甸生态系统碳元素生物地球化学循环

　　全球变暖的根本原因是由人类活动影响下的生物圈碳循环过程的改变所引起的。草地生态系统碳水通量之间的平衡关系的改变是导致生态环境问题的根本原因。因而，科学界想知道：青藏高原高寒生态系统碳、水循环过程将如何改变？这种变化将会怎样影响生态系统的服务，将会怎样反馈影响全球气候变化，以及碳水耦合机制；社会公众以及政治决策者想知道：人类社会是否可能以及如何通过对生态系统/温室气体的管理来减缓气候变化进程，以及应对措施对生态系统碳、水循环过程的影响。为此本章就近年来对青藏高原高寒草甸 CO_2 通量动态和碳收支状况进行的长期监测和研究结果作一概述。

　　由于植被类型及其群落结构和叶面积指数的综合调节作用，不同生态系统的植物光合能力和光合效率存在差异，致使不同生态系统的碳吸收能力存在不同。青藏高原高寒草甸生态系统的 CO_2 通量的季节变化非常显著，在一年内出现两个 CO_2 释放高峰；一年内，CO_2 吸收维持时间小于释放 CO_2 的时间，但是单位时间的吸收量大于单位时间的释放量；生长季内较大的昼夜温差有利于生态系统的碳获取和碳汇的形成；降水的季节分配格局对土壤的湿度和生产力的形成具有重要的限制作用；在非生长季，具有适中降雨量的降雨事件会促进生态系统的碳排放，消耗了生态系统的碳吸收，很大程度上成为生态系统碳收支的决定因素；放牧使 CO_2 释放速率降低；开垦将大大降低高寒草甸作为碳汇的功能，使其逆转为碳源；人工草地长期种植大大降低了高寒草甸土壤生态系统的碳汇效应。

　　青藏高原的碳循环过程在时间尺度上由短期控制（包括光、昼夜温差、降雨、季节长度和叶面积）和长期控制（包括生态区、时间和人类活动）两条途径控制；在空间尺度上，由自下而上的气候因子（温度、降雨）和自上而下的生物因子（叶面积和放牧）两条途径控制。

　　大气中 CO_2、CH_4 等温室气体浓度不断升高所引起的全球变暖、极地冰盖消融、海平面上升、生态系统的物种组成改变等全球变化已成为人类最为关注的环境问题，研究地球系统的碳循环机理和全球陆地生态系统碳收支及其对环境变化的响应已成为当前一系列大型国际研究计划共同关注的核心问题。在全球碳循环和碳收支研究中人们发现了著名的"碳失踪"问题，并且推测这些"失踪的碳"

可能被蓄积于陆地生态系统之中（Schimel, 1995）。因此，如何准确地观测地球陆地生态系统与大气间净 CO_2 通量，分析其时空分布格局，便成为全球生物地球化学专家们一直致力解决的重大科学问题。被称为地球第三极的青藏高原，是世界上海拔最高、面积最大、形成最晚，也是中国天然草地分布面积最大的一个区域。正如前面所述，高寒草甸是青藏高原地区分布最为广泛的植被类型之一，面积约 70 万 km^2；它不仅是亚洲中部高寒区域的典型生态系统之一，在世界高寒地区也极具代表性，高寒草地生态系统在区域生态系统碳平衡中起着极为重要的作用。

第一节　高寒草甸群落碳元素循环的特点

一、高寒草甸群落碳元素

碳元素是地球上生命有机体的关键成分，碳循环是生物圈健康发展的重要标志；植物对碳元素的固定几乎是大气中产生 O_2 的唯一来源，决定了整个生态系统环境的氧化势。碳是一切有机物的基本成分，它大约占生物体干重的 49%，没有碳就没有生命。高寒草甸的碳元素包括绿色植物通过光合作用所固定的大气碳元素、植物根系死亡分解碳元素在土壤中的再分配、土壤中有机物质在微生物作用下分解释放使得碳元素重新释放到大气中等。

（一）高寒草甸初级生产力的碳元素储量

高寒草甸分布地区生态环境严酷，土壤中自养动物和微生物数量较少，作为碳元素累积者，其绝对数量和相对比例均处于次要地位。而绿色植物通过光合作用合成糖类以后，再将糖类与其他有机物合成脂肪和蛋白质而储存在体内，是系统碳元素的主要累积者。高寒草甸植物碳元素的年生产量平均为 0.35 ± 0.059 kg/m^2，年间变异系数为 0.17%，其中地下部分和地上部分年生产量分别为 0.23 ± 0.04 kg/m^2、0.12 ± 0.33 kg/m^2，地下部分是地上部分的 1.92 ± 0.36 倍。高寒草甸植物体碳元素含量为 34% ~ 38%（枯黄期），远低于一般文献报道的牧草植物碳元素含量为 49% 的结论。

（二）高寒草甸碳元素的现存量

高寒草甸碳元素的现存量是指高寒草甸土壤、植物中以有机或无机态固定的碳元素，它包括：

（1）植物有机态碳，分为植物地上部分和地下部分，分别为 0.12 kg/m^2 和

$0.89 \ kg/m^2$。植物地上部分碳元素的现存量随生长季节的延长而增加，至生长季末，其现存量达最大值，它的量等于植物地上部分年净增量。随着植物生长季的结束，植物地上部分枯黄、死亡，形成立枯，它们在冬季放牧中大部分作为动物饲草而被消耗，少部分虽以凋落物归还土壤，但在区域多风的条件下，其中仍有部分被风吹扬而再分布至低洼的沼泽地，损失殆尽（鲍新奎等，1995）。植物地下根系活体接受了部分地上光合产物，固定了大量的碳元素。嵩草草甸植物地下根系的世代周期为 $3 \sim 4$ 年，其碳元素现存量是年生长量的 $2.8 \sim 5.9$ 倍。

（2）土壤有机态碳，包括土壤中粗有机物（不同分解程度的植物死根）所含的碳和土壤微生物重新合成的腐殖质态碳，为 $14.03 \ kg/m^2$。

（3）土壤无机态碳，主要是土壤中的碳酸盐所包含的碳，为 $10.68 \ kg/m^2$。

高寒草甸的最大现存量出现在植物生长季末的 9 月上旬，为 $25.72 \ kg/m^2$，其中，以腐殖质态碳和无机碳酸盐态碳为主，两者分别占最大现存量的 53.34%、42.22%，各类植物有机态碳（包括土壤中半分解的根系残屑）仅占最大现存量的 4.44%，高寒草甸土壤是碳元素的巨大储存库。

由于受植物根系在土壤中的分布状况和土壤发育状况的影响，各种形态碳元素在嵩草草甸土壤剖面中的分布并不均匀，其碳元素现存量在嵩草草甸土壤剖面中的垂直分布见表 5-1（周兴民，2001）。

表 5-1　嵩草草甸土壤碳元素现存量的垂直分布　（单位：kg/m^2）

层次（cm）	0~10	10~20	20~30	30~50	剖面总量
活根有机态碳	0.73	0.09	0.04	0.03	0.89
死根及粗有机态碳	0.28	0.01	0.01	0.01	0.31
腐殖质态碳	3.55	4.29	1.96	3.92	13.72
碳酸盐态碳	1.06	2.01	2.01	5.60	10.68
分层合计	5.62	6.40	4.02	9.56	25.6

由表 5-1 可见，嵩草草甸土壤层间碳元素储量差异较小。但碳元素存在形态有较大差异。各层间碳元素储量为 $5.12 \pm 0.91 \ kg/m^2$，变异系数为 17.82%，$0 \sim 10 \ cm$、$10 \sim 20 \ cm$ 土层碳元素以腐殖质态为主，分别占该土层碳元素储量的 63.17%、67.03%，而 $20 \sim 30 \ cm$、$30 \sim 50 \ cm$ 土层以碳酸盐态碳为主，分别占该层土壤碳元素储量的 50.00%、58.58%。

土壤有机质是指以各种形态和状态存在于土壤中的有机含碳化合物，而土壤腐殖质是土壤有机质中暗色无定形的高分子化合物。它们或者是植物物质的微生物降解产物，或者是微生物的再合成产物，土壤腐殖质仅仅是土壤有机质中的一部分。根据土壤腐殖物质在酸碱溶液中的行为，可以把腐殖物质划分为胡敏素、胡敏酸、富非酸三个亚组。嵩草草甸土壤腐殖质态碳元素以胡敏素态碳为主，约占各土层腐殖质态碳元素的 72.13% ~ 83.89%，胡敏酸态碳和富非酸态碳仅占 16.61% ~ 27.87%。在各土层间胡敏酸态碳均高于富非酸态碳，且随土层加深，胡敏素态碳与富非酸态碳的比值逐渐增大（表 5-2）（周兴民，2001）。

表 5-2　土壤腐殖质态碳元素的化学分级　　　（单位：kg/m^2）

深度（cm）	腐殖质态碳	胡敏素态碳	胡敏酸态碳	富非酸态碳	分层合计
0 ~ 10	4.47	3.75	0.37	0.35	4.47
10 ~ 20	3.05	2.20	0.62	0.23	3.05
20 ~ 30	3.05	2.20	0.62	0.23	3.05
30 ~ 50	2.63	1.94	0.40	0.29	2.63

二、高寒草甸群落碳元素循环过程

（一）基本概念

高寒草甸生态系统生产力是高寒草甸生态系统与大气间进行碳元素交换的主要途径，主要包括高寒草甸生态系统总初级生产力（gross primary production，GPP）、净初级生产力（net primary production，NPP）和净生态系统生产力（net ecosystem production，NEP），以及由于自然和人为干扰引起的碳元素释放。生态系统总固碳量（GPP）是指单位时间内生物（主要是绿色植物）通过光合作用途径所固定的有机碳量，又称总第一性生产力。净初级固碳量（NPP）表示植被所固定的有机碳中扣除本身呼吸消耗的部分，这一部分用于植被的生长和生殖，也称净第一性生产力。净生态系统固碳量（NEP）指生态系统净初级固碳量中减去异养生物呼吸消耗（土壤呼吸）光合产物之后的部分。陆地和大气系统间的 CO_2 通量与 GPP、NPP 和 NEP 是相对应的，在某些假定条件下所观测的陆地生态系统的 CO_2 通量与其中的某个概念是一致的。通常条件下，在通量观测塔的植被上部所观测的 CO_2 通量相当于生态系统的 NEP，也就是陆地与大气系统间的净生态系统 CO_2 通量（NEE），GPP 为 NEE 和生态系统呼吸（ecosystem respiration，R_{eco}）之和；本章节中所涉及的 NEE 和 GPP 是基于以上两个概念。

（二）碳元素循环过程

高寒草甸生态系统与其他陆地生态系统一样，碳循环包括许多复杂的过程。植物通过光合作用吸收大气中的 CO_2，将碳储存在植物体内，固定为有机化合物。其中，一部分有机物通过植物自身的呼吸作用（自养呼吸）和土壤及枯枝落叶层中有机质的腐烂（异养呼吸）返回大气，形成了大气—陆地植被—土壤—大气整个高寒草甸生态系统的碳循环（图 5-1）。

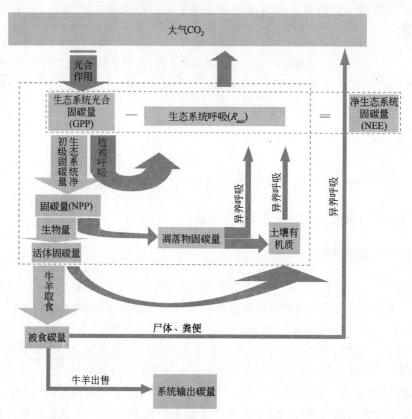

图 5-1　高寒草甸碳循环过程

　　植被通过光合作用同化 CO_2，同时，其自养呼吸消耗 CO_2，两者的差值为净初级生产量（NPP）；进一步的损失主要发生在死亡有机物残体和土壤微生物分解上，即异养呼吸，净初级生产量与这一部分的差值为净生态系统生产量（NEP）；附加损失是由各种扰动，如火灾、水灾、风灾、干旱、病虫害以及各种人类活动造成的，NEP 减去由于各种扰动造成的碳排放则得到净生物群落生产量（NBP）。这一系列过程是在不同时间和空间尺度上发生的，包括从瞬间的 GPP 反应到生态系统长期的碳平衡以及从个体、生态系统到景观或更大尺度上的生物群系。

　　高寒草甸碳库的增加或减少取决于光合作用量、分解量及有机质燃烧量。高寒草甸表层中的植被生物量、凋落物量、土壤腐殖质三大碳库，构成了高寒草甸表层碳循环的主要组成部分。它们之间的相互联系构成了高寒草甸表层碳循环的最基本模式：大气中的 CO_2 通过光合作用被植被吸收，形成有机碳；植物枯死之后落于土壤表面，形成残落物层，经腐殖质化后，形成土壤有机碳；土壤有机碳经微生物分解产生 CO_2，重新释放到大气中。由此可以看出，在这个 CO_2 吸收释放过程中包括多个快速和缓慢的子过程，这些子过程主要包括植被/土壤—大气交换过程、植被—土壤交换过程。其中植物的光合作用和呼吸作用不仅是植被—大气间碳交换过程的基础，而且在全球碳循环中发挥着十分重要的作用。在自然条件下，高寒草甸生态系统的植被/土壤、大气间的碳交换过程是决定大气 CO_2 浓度变化和气候变化的根本因素。植被—大气碳交换的主要过程包括：大气边界层内的气体传输；植物—大气界面的气体扩散；植物光合作用碳固定；植物自养呼吸的碳排放、土壤微生物和动物的异养呼吸和碳释放等。土壤—大气的碳交换过程与植物—大气的碳交换过程基本相同，主要包括：大气边界层内的气体传输，土壤—大气界面的气体扩散；土壤微生物和动物异养呼吸的碳排放；植物凋落物的凋落与分解；土壤腐殖质的形成与分解；植食性动物和微生物的转移等。土壤的 CO_2 排放主要是通过土壤微生物、植物根系以及土壤动物的呼吸分解有机质而产生。

三、生态系统 CO_2 通量（NEE）的变化特征

与其他生态系统一样，高寒草甸生态系统 NEE 的变化是受土壤释放和植被对 CO_2 吸收影响共同作用的结果。但是在青藏高原受高海拔条件的制约，同时大气清洁，透明度高，区域温度低，干湿季分明，又因植被类型截然不同，故不同类型生态系统不论是土壤排放 CO_2，还是植被对大气 CO_2 的吸收，有着与其自身相联系的变化特点。虽然其日、年变化有着相似的变化规律，但因植被类型及所处的环境不同，土壤微生物分解、土壤呼吸、植被的光合作用差异显著，进而NEE 的日、年变化振幅以及与环境要素之间的关系均有显著的不同。

（一）NEE 的日变化

因植物对大气 CO_2 的吸收和土壤 CO_2 排放的季节变化不同，NEE 日变化在不同季节的变化差异明显（Kato et al., 2004；Xu et al., 2005；Zhao et al., 2005b, 2006）。以金露梅灌草甸为例，图 5-2 给出了 1 ~ 12 月月平均 NEE 的日变化情况（Xu et al., 2005）。图 5-2（a）表明，在植物非生长期的 10 月至翌年 4 月，土壤冻结，植物处于冬眠状态，下垫面对大气 CO_2 的吸收微弱，但仍有土壤呼吸释放 CO_2，特别是日间太阳辐射加强，导致地表受热后释放明显，所产生的日变化在午后 14：00 ~ 15：00（北京时，下同）释放较高，夜间低而平稳。而且这种日变

化在 1~2 月最为明显。

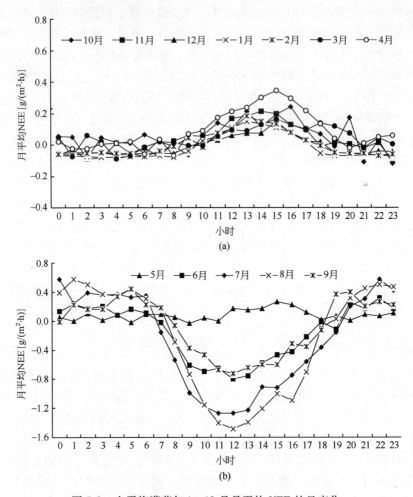

图 5-2　金露梅灌草甸 1~12 月月平均 NEE 的日变化

　　4~5 月和 9 月下旬至 10 月，特别是 10 月和 5 月，高寒植物处于营养生长阶段，植被在生长过程有一定的光合现象，但较微弱，虽有一定吸收大气 CO_2 的能力，但该阶段土壤呼吸强烈，土壤释放 CO_2 明显大于植被吸收 CO_2，致使 NEE 日变化复杂。在中午前后土壤呼吸强可掩盖 NEE 的吸收过程，日变化波动性大，如 5 月其日变化在下午 15∶00 为强的释放期，而在晚间 19∶00 为吸收期。

　　如果说在植物非生长期及营养生长阶段，NEE 处于释放阶段，且不同时期日变化稍有差异，那么在植物生长季，除 5 月外，植物旺盛生长期的 6 月至 9 月中旬，日变化规律非常明显，表现出明显的夜间排放、白天吸收的昼夜变化［图 5-2（b）］。在植物生长季日出半小时后 NEE 由正值（释放）转换为负值（吸收)，中午前后的 11:00～14:00 吸收量达到最大，以后随太阳高度角降低，吸收量开始减少，傍晚 NEE 由负值转为正值。这种变化过程与太阳高度角在一日中变化所引起的太阳总辐射以及光合有效辐射的日变化相联系。

日间最大吸收率和最大排放率分别出现在 11:00～12:00 和 4:00～5:00。但正负转换时间随月份不同变化明显（表5-3），主要与植物生长期内的日出、日落时间而引起的白昼间植物发生光合呼吸时间有关，在太阳高度角高、日出时间提早、日落时间滞后、光合有效辐射强的 6～7 月，日 CO_2 释放（正值）时间缩短，负值维持时间延长；太阳高度角相对较低，日照时间缩短的植物生长前期和后期阶段（如 5 月或 9 月），正值出现时间延长，负值维持时间缩短。当然，就是在相同月份，因受天气气候条件影响，以及每日日照时间长短的不一致，日间 NEE 正负值转换时间也略有差异。

表 5-3　在生长季不同草甸类型 NEE 正负转换时间的月际变化（Zhao et al.，2005b）

		5 月	6 月	7 月	8 月	9 月
高寒嵩草草甸	正→负	9:00～10:00	7:00～8:00	7:00～8:00	7:00～8:00	8:00～9:00
	负→正	17:00～18:00	20:00～21:00	20:00～21:00	19:00～20:00	18:00～19:00
高寒灌丛草甸	正→负	—	7:00～8:00	7:00～8:00	7:00～8:00	8:00～9:00
	负→正	—	19:00～20:00	19:00～20:00	19:00～20:00	18:00～19:00
高寒沼泽化草甸	正→负	—	7:00～8:00	7:00～8:00	7:00～8:00	8:00～9:00
	负→正	—	19:00～20:00	19:00～20:00	19:00～20:00	18:00～19:00

就矮嵩草草甸、金露梅灌草甸和藏嵩草沼泽化草甸三种草甸类型在植物非生长期的 9 月至翌年 4 月的时段平均来看，因 4 月和 9 月生态系统释放量级较大，统计时掩盖了其他月份的日变化规律，表现为植物非生长季平均日变化复杂。三种植被类型的释放速率因植被类型的不同而不同，表现为藏嵩草沼泽化草甸＞矮嵩草草甸＞金露梅灌草甸。主要表现在：在藏嵩草沼泽化草甸，虽然日平均气温很低，地表面被冰层所覆盖，但土层冻结在 50 cm 范围。一定层次内的土壤处于非冻结层状态，因非冻结层温度高于 0 ℃，土壤呼吸仍可得到维持，土壤呼吸释放的 CO_2 将通过上层浅薄的冻结层结冰和冰晶状的孔隙大量释放到大气中。当然沼泽植物根系生长发达且扎根至 100 cm 左右，非冻结层范围的植物根系在相对较高的温度条件下仍可得到发育，而对大气 CO_2 的吸收非常微小，同时在沼泽化草甸冷季虽然气候严寒，但岛状草丛上仍有大量的苔藓处于绿色状态，仍有生长且发生光合现象的可能，但对 CO_2 的吸收也是微乎其微的，最终导致在该阶段藏

嵩草沼泽化草甸具有很高的 CO_2 释放量；矮嵩草草甸和金露梅灌草甸区，在上述阶段具有等同的气候效应，由于土壤冻结，冻土深度可达 200 cm，深冻土限制了金露梅灌草甸区的土壤 CO_2 的排放，导致 CO_2 释放均小于藏嵩草沼泽化草甸。

在植物生长季的 5~9 月，虽然 5 月仍有很高的 CO_2 释放量，但其他月份因处于强太阳辐射以及适宜温度、湿度条件下，植物光合作用强，将强烈吸收大气 CO_2，导致时段内 NEE 日平均变化极为明显。而且其日变化振幅表现出矮嵩草草甸 > 金露梅灌草甸 > 藏嵩草沼泽化草甸。主要表现在矮嵩草草甸植被盖度大，土壤相对干燥，因在三植被类型中海拔较低，植物非生长季温度最高，利于植物碳水化合物的形成，日间导致较高的 CO_2 吸收；金露梅灌草甸植被类型处在土壤湿度相对较高的阴坡、半阴坡，植被盖度相对较低，区域温度因受海拔高的影响较低，但相对藏嵩草沼泽化草甸高而干燥，使该地在日间对 CO_2 的吸收降低；藏嵩草沼泽化地表积水明显，水体热导率低，温度变化相对平稳，且在三种植被类型区保持较低的温度，日间对大气 CO_2 的吸收更低。对三种不同植被类型 NEE 由正值（释放）转换为负值（吸收）比较来看（表5-4），植被类型不同，因地区所处的环境差异明显，造成日出后植物产生光合现象时间的不一致性，植物对大气 CO_2 吸收和释放时间均有所不同（Zhao et al.，2005b）。

表5-4　不同草甸类型 NEE 正负转化、最大排放量和最大吸收量出现日期

	高寒嵩草草甸	高寒灌丛草甸	高寒沼泽化草甸
NEE 负→正日期	9 月下旬	9 月中旬	9 月上旬
NEE 正→负日期	5 月中旬	6 月上旬	7 月上旬
最大排放量出现日期	4 月下旬	5 月下旬	6 月下旬
最大吸收量出现日期	8 月上旬	7 月中旬	8 月上旬

（二）NEE 的季节变化

青藏高原高寒草甸生态系统地-气 CO_2 的 NEE 具有明显的季节变化。随着时间变化在年内出现两个 CO_2 释放高峰期和一个 CO_2 吸收期（Kato et al.，2004；Zhao L et al.，2005b，2006；Zhao X et al.，2005；石培礼等，2006），如：金露梅灌丛草甸 1~4 月日交换释放量逐渐加大，4 月形成年内的第一个高释放期，5 月释放量降低，6 月上旬开始转为吸收，7 月、8 月其吸收量达最大后逐渐降低，9 月末出现由吸收转为释放，且释放速率明显加大，10 月进入年内第二个较强的 CO_2 释放期，11 月以后 CO_2 释放量又降低，且平稳变化至次年 3 月（图 5-3）。当然这种变化过程随年景气象条件影响，年际差异较为明显（Zhao et al.，2006）。

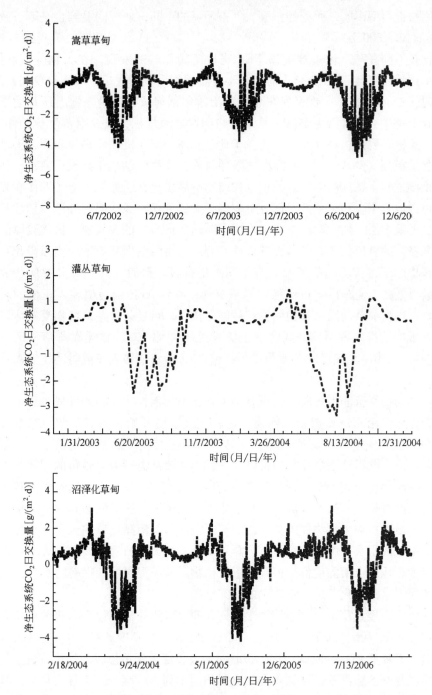

图 5-3　2003～2005 年高寒金露梅灌丛草甸、矮嵩草草甸和藏嵩草沼泽化草
甸净生态系统 CO_2 日交换量的季节变化

同时因植被类型不同，所处的土壤、气象环境的不同，地区间差异也是不一致的（Zhao et al.，2005b）。

比较不同高寒草甸植被类型 NEE 正负值转化时间发现，在植物生长后期，藏嵩草沼泽化草甸 NEE 负→正时间最早，金露梅灌草甸次之，矮嵩草草甸最晚，相差时间 15 d 左右。主要表现在藏嵩草沼泽化草甸植物不论是地上还是地下对土壤有机物质补给量极为丰富，每年植物倒伏地表累积，以及根茎生长和伸展，活根、死根和残留物相互交织，覆盖于地表，使土壤有机物质大量积存，土壤有机质含量最高（约 25%）。受高海拔条件制约，该地区冬半年漫长而寒冷，加之湿地土壤过湿，嫌气性强，致使植物残留物不易矿化，还原能力差。即使在夏半年，也因地温不高和过分潮湿而分解较弱，大部分死根保持原有外形与韧性长期储留在近地表层。随时间的推移，形成了厚达 2 m 左右的泥炭层。这些较厚的泥炭层和极高的有机物质利于向大气排放 CO_2，在相同温度环境下，当沼泽化草甸与金露梅灌草甸和矮嵩草草甸具有相同的植被吸收量时，其呼吸分解所释放的 CO_2 量明显高于金露梅灌草甸和矮嵩草草甸，导致 NEE 由负值转入正值的时间提早。金露梅灌草甸因比其他两类植被区海拔高，热量条件差，植物受霜冻影响以及土壤冻结均来得提前，同时其土壤有机质（约 7%）比矮嵩草草甸区仅高 1% 左右，土壤向大气释放 CO_2 量降低，使 NEE 由负值转入正值时间比矮嵩草草甸早。

在植物初期营养生长阶段，也就是生长旺季初期，在有利的气候条件下，植物进行光合作用而迅速累积干物质。也就在该阶段开始，高寒草甸生态系统的 NEE 发生吸收现象，一般 NEE 由正值转向负值的时间矮嵩草草甸最早，金露梅灌草甸次之，藏嵩草沼泽化草甸最晚，三种高寒植被类型由正转负的时间与由负转正的时间相反，相差时间延长到 20~30 d（表 5-4）。这种变化同由负转正的影响机制刚好相反，与所处的地理环境条件关系密切。所不同的是在藏嵩草沼泽化草甸，虽然植物生长物候期与另两类地区雷同，但沼泽化草甸因冬季土壤冻结浅薄，虽地表积水，水体热容量大，热导率低，与金露梅灌草甸和矮嵩草草甸的土壤深度相比，土壤温度低，但高土壤有机物质及厚泥炭层有很高的 CO_2 排放能力，使藏嵩草沼泽化草甸由正转负的时间推迟。

一年内，矮嵩草草甸、金露梅灌草甸和藏嵩草沼泽化草甸 CO_2 吸收维持时间分别约 133 d、106 d 和 74 d，释放时间分别约 232 d、249 d 和 291 d，其吸收时间明显小于释放 CO_2 的时间，但单位时间的吸收量大于单位时间的释放量。就净生态系统月交换量来看，矮嵩草甸和金露梅灌草甸 NEE 在 6~9 的 4 个月时间均处于吸收阶段，10 月至翌年 5 月长达 8 个月的时间为释放阶段；藏嵩草沼泽化草甸只有 6 月、7 月和 8 月 3 个月的时间为吸收期，其他 9 个月为释放期。在金露梅灌草甸，7 月 CO_2 吸收量最大，为 204 g/m^2；而矮嵩草草甸和藏嵩草沼泽化草甸出现在 8 月，分别为 281 g/m^2 和 260 g/m^2。矮嵩草草甸和金露梅灌草甸在 4 月的 CO_2 释放量最大，分别为 121 g/m^2、96 g/m^2，而藏嵩草沼泽化草甸出现在 5 月，为 171 g/m^2。比较三种植被类型月最大释放量（NEE > 0）发现，藏嵩草沼泽化草甸最大，金露梅灌草甸最小，矮嵩草草甸居中；月最大吸收量（NEE < 0），则是矮嵩草草甸最大，其次为藏嵩草沼泽化草甸，金露梅灌草甸最小。

（三）NEE 最大交换量

矮嵩草草甸、金露梅灌草甸和藏嵩草沼泽化草甸 CO_2 最大吸收率分别为 0.74 $mg/(m^2 \cdot s)$、0.46 $mg/(m^2 \cdot s)$ 和 0.73 $mg/(m^2 \cdot s)$，最大排放率分别为 0.36 $mg/(m^2 \cdot s)$、0.34 $mg/(m^2 \cdot s)$ 和 0.82 $mg/(m^2 \cdot s)$（Zhao et al.，2005b），表明青藏高原同一地区不同植被类型之间的 CO_2 最大交换量存在着较大差异。CO_2 最大吸收表现有高寒矮嵩草草甸和藏嵩草沼泽化草甸基本相同，金露梅灌草甸最小。而 CO_2 最大排放率表现出藏嵩草沼泽化草甸 > 矮嵩草草甸 > 金露梅灌草甸。比较这三个类型的 CO_2 最大吸收率与排放率之比，发现藏嵩草沼泽化草甸的这一比值为 0.88，小于 1，而矮嵩草草甸和金露梅灌草甸分别为 2.04 和 1.35，均大于 1，从而说明藏嵩草沼泽化草甸具有较高的排放潜能。

比较发现，青藏高原矮嵩草草甸和藏嵩草沼泽化草甸的 CO_2 吸收量最大值与美国俄克拉何马州 C_3/C_4 草原 [0.68 $mg/(m^2 \cdot s)$（Sim，Bradford，2001）] 和美国科罗拉多州森林 [0.68 $mg/(m^2 \cdot s)$（Monson et al.，2002）] 的最大值基本相同，而金露梅灌草甸的 CO_2 吸收量最大值是这两地区的 2/3；与其他一些 C_4 草原 [1.1 $mg/(m^2 \cdot s)$（Hum，Knapp，1998）；-1.40 $mg/(m^2 \cdot s)$（Suyker，Verma，2001）；-2.50 $mg/(m^2 \cdot s)$（Li，Oikawa，2001）] 相比，青藏高原三种植被类型的最大值较小，甚至只是上述地区的 20% ~ 25%。青藏高原矮嵩草草甸和金露梅灌草甸 CO_2 最大排放量小于其他草地的最大值 [0.35 ~ 0.40 $mg/(m^2 \cdot s)$（Sim，Bradford，2001）；0.44 $mg/(m^2 \cdot s)$（Monson et al.，2002）；0.50 $mg/(m^2 \cdot s)$（Suyker，Verma，2001）；0.95 $mg/(m^2 \cdot s)$（Hum，Knapp，1998）]。而沼泽化草甸的最大 CO_2 排放量与美国科罗拉多州森林（Sim，Bradford，2001）、堪萨斯州 C_4 草原（Monson et al.，2002）和俄克拉何马州高草草原（Suyker，Verma，2001）相比要高出 1/3，比日本的 C_3/C_4 草原（Li，Oikawa，2001）低 1/3。因此认为，青藏高原矮嵩草草甸和金露梅灌草甸比 C_4 草原和一些低海拔草原和森林具有较低的 CO_2 吸收和排放量潜能，而藏嵩草沼泽化草甸具有较高的排放潜能。

四、生态系统的碳汇功能

在过去的几年里已经研究证实了陆地生态系统中存在碳积累，尽管不同的分析中陆地生态系统碳积累的多少和位置有所不同，但许多研究都指出了在北半球中纬度地区的陆地生态系统中存在一个较大的碳汇，其强度最高可达 3.5 Pg C/a（王效科等，2002）。也有一些研究指出了陆地生态系统的碳汇可能分布在北半球的中纬度地区和热带地区（方精云等，2001）。还有研究发现热带陆地生态系统的碳基本是平衡的，即有一个热带碳汇来平衡热带森林砍伐释放出的碳（王效科等，2001）。无论如何，目前能够证明这些可能碳汇的直接证据还不够充分。Zhao 等（2005b）对高寒草甸不同生态系统的 CO_2 通量研究发现，下垫面与大气间 CO_2 的全年交换量因植被类型的不同而不同，与此相对应的生态系统碳的源汇功能也不同。青藏高原高寒草甸生态系统在碳的生物地球化学循环方面具有低强度、高循环的特点，同时也表现出明显不同的碳源/汇特征，不同植被类型的碳源/汇差异明显。矮嵩草草甸 [78.5 ~ 192.5 g/($m^2 \cdot$ a)（Kato et al.，2006）] 和金露梅灌丛草甸存在较强的 CO_2 吸收潜力 [58.5 ~ 75.5 g/($m^2 \cdot$ a)（Zhao et al.，2006）]，而藏嵩草沼泽草甸存在较强的 CO_2 排放潜力 [16.10 ~ 76.73 g/($m^2 \cdot$ a)（Zhao et al.，2005b）]。西藏高原当雄的草原化嵩草草甸的年净生态系统碳交换量为 -9.52 ~ 14.84 g/($m^2 \cdot$ a)（石培礼等，2006）。

第二节　生物过程对高寒草甸碳元素循环的影响

土壤呼吸被认为是草地生态系统碳循环最为重要的环节而备受关注，也是草地生态系统碳排放的重要方面。土壤呼吸强度是土壤微生物对土壤有机物分解能力强弱的反映，是衡量土壤中总的生物活性的重要指标。土壤呼吸主要是微生物活动及植物根系、土壤动物、土壤昆虫等呼吸作用的产物。因此，凡能影响它们的生命活动和土壤气体扩散的因素，如温度、水分和土壤的各种理化性状等的改变，都能导致土壤呼吸强度的改变。

一、土壤呼吸 CO_2 释放速率日变化特征

高寒矮嵩草草甸和金露梅灌草甸对应土壤为草毡寒冻雏形土和暗沃寒冻雏形土，它们是广泛分布于青藏高原高寒草甸植被地带的特有类型。土壤有机质含量高，达 10% ~ 17%。寒冻雏形土所特有的寒冻性温度特点决定了土壤呼吸在寒冷低温环境条件下呼吸速率低，土壤微生物活动弱，对大气排放 CO_2 贡献小的基本生态特点。但在气候温暖化和人类活动加剧的影响下，势必加大土壤呼吸强度，

大量的土壤痕量温室气体释放于大气，进一步加大气候温暖化效应。吴琴等（2005）利用箱式法，通过对草毡寒冻雏形土按草甸系统呼吸（FC）、土壤呼吸（FJ）、土壤微生物呼吸（FL），暗沃寒冻雏形土按灌丛（GG）、灌丛内草甸（GC）、次生裸地（GL）等不同处理进行观测。结果表明，草毡寒冻雏形土和暗沃寒冻雏形土 CO_2 释放速率的日变化具有相似趋势，均呈现明显的单峰型特点。两种土壤（植被）类型日释放速率最高最低出现时间及释放速率大同小异，随土壤（植被）类型的不同而有一定的分异性。在高寒矮嵩草草甸区的草毡寒冻雏形土，最大释放速率出现在 13：00 左右，最小值在凌晨 4：00 前后，4：00～13：00 为 CO_2 释放速率的上升期，13：00 至次日 4：00 为下降期，白天均高于夜间（图 5-4）。以 2003 年 7 月 19 日 9：00 至次日 9：00 测定结果为例，草毡寒冻雏形土 FC、FJ、FL 所释放 CO_2 的日平均释放速率分别为 756.52 ± 283.50 mg/(m²·h)、472.71 ± 149.28 mg/(m²·h) 和 316.48 ± 115.95 mg/(m²·h)；最大值分别为 1357.80 mg/(m²·h)、775.54 mg/(m²·h) 和 525.61 mg/(m²·h)；最小值分别为 493.88 mg/(m²·h)、325.83 mg/(m²·h) 和 185.42 mg/(m²·h)。FC、FJ、FL 的 CO_2 释放速率白天分别为夜间的 1.61 倍、1.36 倍和 1.67 倍，可见高寒草甸 CO_2 释放速率的日较差较大。

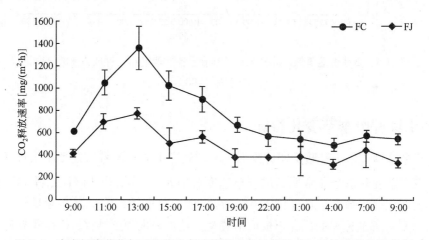

图 5-4　高寒矮嵩草草甸区的草毡寒冻雏形土各处理组 CO_2 释放速率的日变化
（吴琴等，2005）

　　金露梅灌草甸区的暗沃寒冻雏形土，CO_2 释放速率日最大值出现在午后的 15：00～17：00，最小值出现在 7：00 前后；7：00～15：00 为 CO_2 释放速率上升时段，15：00 至翌日 7：00 为 CO_2 释放速率下降时段，释放速率白天大于夜晚，日变化规律与矮嵩草草甸植被区相同（图 5-5）。以 2003 年 7 月 17 日 9：00 至翌日 9：00 测定结果为例（李东等，2005），发现 GG、GC、GL 释放速率最大值分别为 2015. 23 mg/(m²·h)、1114. 30 mg/(m²·h) 和 388. 56 mg/(m²·h)；最小值分别为 491. 23 mg/(m²·h)、418. 61 mg/(m²·h) 和 225. 78 mg/(m²·h)。白天 (9：00 ~ 19：00) GG、GC、GL 的 CO_2 平均释放速率分别为 1150. 01 ± 135. 75 mg/(m²·h)、838. 63 ± 115. 8 mg/(m²·h) 和 306. 16 ± 147. 33 mg/(m²·h)，夜晚 (20：00 至翌日 9：00) 分别为 487. 16 ± 263. 11 mg/(m²·h)、470. 27 ± 43. 48 mg/(m²·h) 和 248. 25 ± 106. 37 mg/(m²·h)。白天释放速率分别是夜间的 2. 4 倍、1. 8 倍和 1. 2 倍。

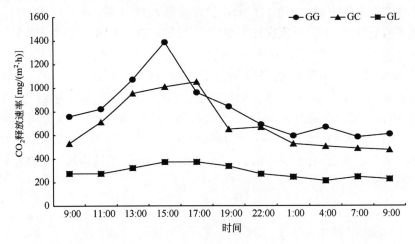

图 5-5　金露梅灌草甸区的暗沃寒冻雏形土各处理组 CO_2 释放速率的日变化
(李东等，2005)

二、土壤呼吸季节变化特征

草毡寒冻雏形土和暗沃寒冻雏形土不同处理下的 CO_2 释放速率不仅日变化明显，其季节变化也是非常明显的。草毡寒冻雏形土 FC、FJ 和 FL 三者 CO_2 释放速率的变化趋势基本一致（图 5-6）；在整个观测期间，除个别实验日外，植物生长期 CO_2 释放速率明显高于植被枯黄期，且均表现为正排放；CO_2 释放速率最高值均出现在 8 月，最低值出现在 1 月；6 ~ 8 月下旬为 CO_2 释放速率的上升期，8 月下旬至 1 月 CO_2 释放速率持续下降。各处理 CO_2 释放速率最高值出现时间与该地区微生物数量的高峰期是相吻合的。FC 最大值出现在 8 月 7 日，为 917. 89 mg/(m²·h)；FJ、FL 的最大值分别在 8 月 26 日和 8 月 28 日，其值分别为 860. 00 mg/(m²·h) 和 686. 26 mg/(m²·h)；FC、FJ 的 CO_2 释放速率最低值出现在 1 月 28 日，分别为 26. 82 mg/(m²·h)、61. 53 mg/(m²·h)，FL 的最低值出现在 1 月 7 日，为 53. 06 mg/(m²·h)。三者所出现最大值及最小值日期的差异，可能是由于植物生长状况和土壤微生物活性在时间上的不一致所引起的。

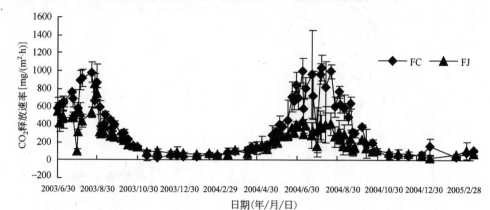

图 5-6　高寒矮嵩草草甸区的草毡寒冻雏形土各处理组 CO_2 释放速率的季节变化

(吴琴等, 2005)

统计植物生长期、枯黄期以及整个观测期间, FC、FJ 和 FL 三者处理 CO_2 释放速率的季节变化范围、平均值、标准偏差、变异系数等发现, 整个观测期间三者的变异系数都较大, FC 枯黄期的变异系数明显高于生长季, 而 FJ、FL 的变异系数在植物生长季与枯黄期的差异不十分显著; 植物生长季及整个观测期间 CO_2 平均释放速率依次为 FC > FJ > FL, 然而植物枯黄期三者处理 CO_2 释放的速率比较接近 (吴琴等, 2005)。

暗沃寒冻雏形土 CO_2 释放速率同草毡寒冻雏形土一样, CO_2 释放速率在植物生长期明显高于枯黄期, 且均表现为正排放 (图 5-7) (李东等, 2005)。以 2003年 7 月至 2004 年 2 月为例, GG、GC 和 GL 最高释放速率均出现在 8 月上旬, 分别为 1168.23 mg/(m²·h)、1112.38 mg/(m²·h) 和 646.73 mg/(m²·h); 最低排放速率出现在 2004 年 2 月 16 日、2003 年 12 月 28 日和 2004 年 2 月 28 日, 分别为 34.21 mg/(m²·h)、28.31 mg/(m²·h) 和 20.49 mg/(m²·h)。研究表明, 暗沃寒冻雏形土在植物枯黄后期 (11 月至翌年 2 月) GG、GC 和 GL 的 CO_2 释放速率明显低于盛草期和枯黄初期 (9~10 月), 且变异较大。GG、GC 和 GL 的 CO_2 释放速率均表现为盛草期 > 枯黄初期 > 枯黄后期 ($P < 0.01$), 而 GG、GC 和 GL 间则表现为 GG > GC > GL (枯黄后期 GL > GG > GC)。枯黄后期 GG、GC 和 GL 之间 CO_2 释放速率的差异明显减小, 基本上以微弱的基础土壤呼吸为主。而 GG、GC 和 GL 间则表现为 GG > GC > GL (枯黄后期 GL > GG > GC)。枯黄后期 GG、GC 和 GL 之间 CO_2 释放速率的差异明显减小, 基本上以微弱的基础土壤呼吸为主。

不论是草毡寒冻雏形土还是暗沃寒冻雏形土, 因均处在海拔高、温度低、降

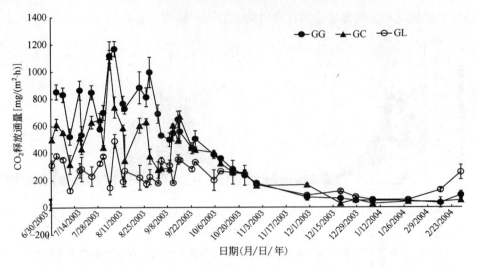

图 5-7　金露梅灌草甸区的暗沃寒冻雏形土各处理组 CO_2 释放速率的季节变化

水相对丰富的地区，土壤 CO_2 释放速率在水热协调配合良好的暖季高，在气候寒冷、降水稀少的冷季低。如前所述，在暖季季节冻土融化，土壤温度、湿度提高，加剧了土壤微生物活动，对土壤有机物质的分解和矿化提供了有利的条件，进而对土壤 CO_2 释放速率提高有利。同时，由于土壤温度受土壤层次的影响，热量传输滞后性明显，表现出 8 月土壤温度高于 7 月，从而导致 8 月的土壤 CO_2 释放速率可能高于 7 月。在冷季，土壤冻结深厚，而且受高海拔因素影响区域温度极低，土壤冻结坚实，冷季又是降水稀少的干旱时期，在土壤表面形成一定的干土层，这些环境因素导致了冷季土壤 CO_2 释放速率的降低，同样受土壤热量传输性滞后的影响，2 月土壤季节冻土厚度大于 1 月，较深层土壤温度比前期更低，致使 2 月的土壤呼吸速率可能比 1 月更低。

三、土地利用格局对高寒草甸生态系统碳元素循环的影响

土地利用通过改变生态系统的结构（物种组成、生物量）和功能（生物多样性，能量平衡，碳、氮、水循环等）来影响生态系统碳循环过程。土地利用的改变对于生态系统的结构能够产生很大影响。生态系统的物种组成和生物多样性将会产生很大变化，比如，草地变为农田后，生物多样性下降。土地利用覆盖类型的转变也会显著影响生态系统各部分（比如地上部分、土壤、根系、凋落物等）的碳分配状况，比如森林转化为农田，地上部分的碳将会大量减少，而地下部分碳含量（根系和土壤）也会逐渐降低，从而造成碳在生态系统中的分配发生变化。

土地利用也会影响陆地生态系统的功能，改变生态系统的小气候状况以及物理化学性质，从而影响凋落物的质量（碳氮比、单宁和纤维素含量等）和分解速率，

土壤生物（动物和微生物）组成，土壤物理结构（砂砾、黏粒、粉粒组成以及土壤黏聚体结构），土壤碳、氮、水含量，土壤有机质质量（易分解和不易分解的有机质比例）等。这些因素进而影响生态系统碳循环过程，进一步影响到生态系统的碳储存和释放。因此，土地利用格局改变将会对生态系统的碳循环产生巨大影响，而不同类型的土地利用格局对于生态系统碳循环的影响是截然不同的。

（一）种植制度对土壤碳库的影响

1. 开垦后种植春油菜

天然高寒草甸开垦为农田（种植春油菜）后，经过 30 年的种植，0~40 cm 土体中（图5-8），土壤总有机碳（SOC）含量下降，由开垦前的 1.4×10^5 kg/hm^2 减少至 1.1×10^5 kg/hm^2，轻组有机碳（LFOC）含量由 10 046.16 kg/hm^2 下降至 9542.33 kg/hm^2，重组有机碳（HFOC）由 1.0×10^5 kg/hm^2 减小至 0.6×10^5 kg/hm^2。 0~10 cm 、10~20 cm、20~30 cm 和 30~40 cm 的 SOC 占整个 40 cm 土体 SOC 的比例分别为 28.3%、28.2%、23.1% 和 20.3%，LFOC 分别占 45.07%、29.59%、16.06% 和 9.21%，HFOC 分别占 28.27%、28.37%、23.33%、20.03%。随着土层深度的增加，SOC、LFOC 和 HFOC 含量呈逐渐下降趋势。开垦为农田后 20 年内 SOC 含量剖面分布改变为 10~20 cm > 0~10 cm > 20~30 cm > 30~40 cm。高寒草甸开垦为农田后土壤表层（0~10 cm）的 SOC 下降较为迅速（图5-9），在 30 年内下降了 37.63%。随着开垦年限的增加，下降趋势一直延续，只是下降速率有所减缓，10 年、20 年和 30 年内 SOC 下降速率依次为 1282.94 kg/(hm^2·a)、763.82 kg/(hm^2·a) 和 625.82 kg/(hm^2·a)，LFOC 下降速率依次为 644.90 kg/(hm^2·a)、187.62 kg/(hm^2·a) 和 115.19 kg/(hm^2·a)。HFOC 在开垦 10 年内有一增加过程，增加速率为 380.93 kg/(hm^2·a)，其后随着开垦年限的增加呈下降趋势，开垦 20 年和 30 年时下降速率分别为 163.19 kg/(hm^2·a) 和 434.20 kg/(hm^2·a)。0~40 cm 土体内，SOC、LFOC 和 HFOC 亦呈下降趋势，开垦 30 年，它们的下降速率分别为 785.77 kg/(hm^2·a)、16.79 kg/(hm^2·a)、460.29 kg/(hm^2·a)（图5-9）。开垦为农田降低了高寒草甸作为碳汇的功能，土壤碳库的总贮量由 143.52 t/(hm^2·a) 下降至 114.29 t/(hm^2·a)，使其逆转为碳源（李月梅等，2006）。

2. 开垦后种植燕麦

天然高寒草甸开垦为人工草地（种植燕麦）后，土壤有机碳的变化主要发生在 0~10 cm 土层，土壤中 SOC、LFOC 和 HFOC 呈下降趋势（图5-10、图5-11），

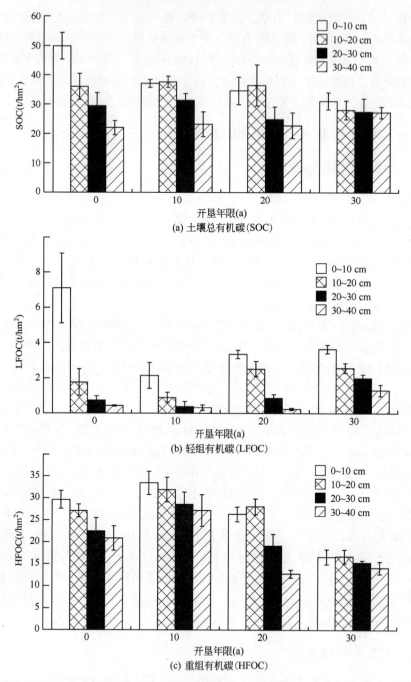

(a) 土壤总有机碳(SOC)

(b) 轻组有机碳(LFOC)

(c) 重组有机碳(HFOC)

图 5-8　开垦为农田的有机碳含量（李月梅等，2006）

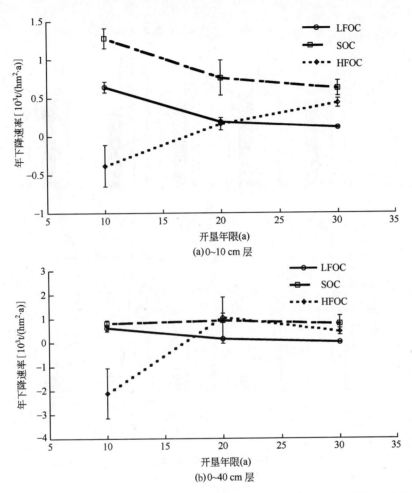

图5-9　开垦为农田的SOC、LFOC和HFOC在0～10 cm和0～40 cm层的年下降速率
（李月梅等，2006）

至20年时分别下降了10.5%、26.7%、8.1%。在开垦初期的1～20年的时间内，SOC年下降速率由开垦初期的4.33t/（hm²·a）减小至0.20 t/（hm²·a），LFOC年下降速率则由1.17 t/（hm²·a）下降至0.02 t/（hm²·a），HFOC则由2.92 t/（hm²·a）减小为0.09 t/（hm²·a）。而0～40 cm土体内，SOC、LFOC和HFOC略有增加，开垦20年，它们的累积速率分别为0.08 t/（hm²·a）、0.07 t/（hm²·a）和0.14 t/（hm²·a）。即高寒草地开垦为一年生人工草地后，仍为一个碳汇，但相对于天然草地来说，其碳汇的容量大大降低（李月梅等，2005）。

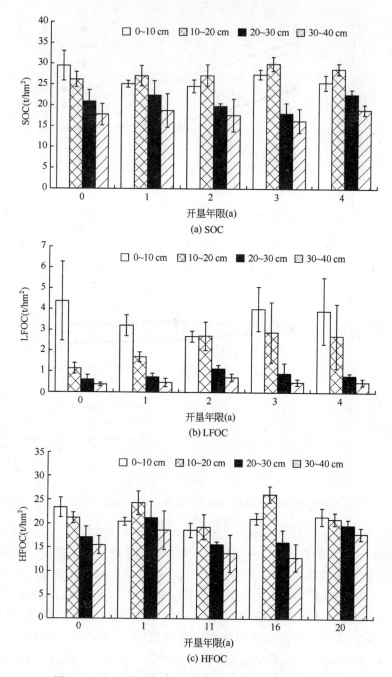

(a) SOC

(b) LFOC

(c) HFOC

图 5-10　人工草地中有机碳的含量（李月梅等，2005）

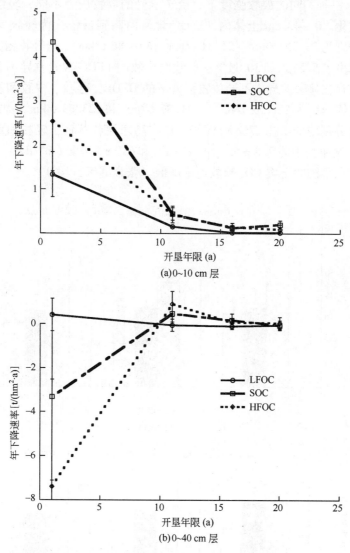

图 5-11　人工草地的 SOC、LFOC 和 HFOC 在 0～10 cm 和 0～40 cm 层的年下降速率
（李月梅等，2005）

（二）放牧强度对土壤碳库的影响

近 20 多年放牧强度处理实验发现，0～40 cm 土层内，轻度放牧、中度放牧和重度放牧条件下，SOC 含量没有明显变化，分别为 169.63 t/hm²、162.59 t/hm² 和 160.73 t/hm²，中牧和重牧条件下与轻牧相比只减少了 4.15% 和 5.24%

（图 5-12）。三种不同的放牧强度下，由于承受的放牧压力不同，轻组有机碳发生相应的变化。0～40 cm 土体内，LFOC 含量由高到低依次为轻牧 > 中牧 > 重牧，其值分别为 23.55 t/hm²、21.31 t/hm² 和 16.46 t/hm²，与轻牧相比，中牧和重牧分别减少了 9.51% 和 30.11%。轻牧与中牧间 LFOC 含量差异不显著，但轻牧与重牧间存在显著差异。不同放牧强度下的 HFOC，轻牧、中牧和重牧间无明显差异，其值分别为 136.52 t/hm²、131.37 t/hm² 和 123.83 t/hm²，与轻牧相比，中牧和重牧分别减少了 3.77% 和 9.29%。在高寒灌丛草甸，轻牧和重牧区土壤日释放 CO_2 速率分别为 7.8 ±5.7 g/(m²·d) 和 6.9 ±5.0 g/(m²·d)，放牧使高寒灌丛草甸生态系统的土壤 CO_2 释放速率降低（张金霞等，2001）。

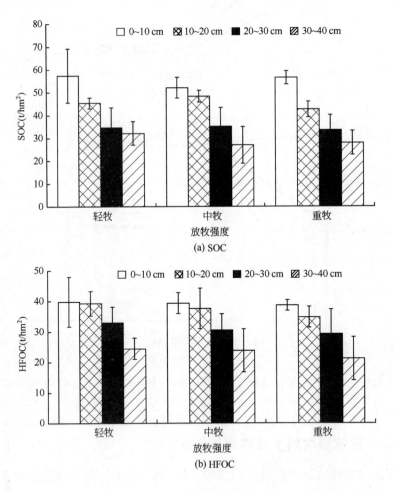

(a) SOC

(b) HFOC

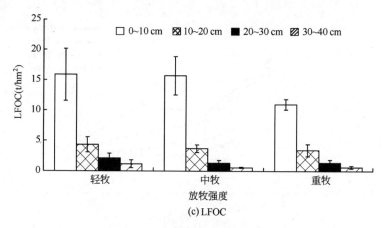

图 5-12　不同放牧强度下有机碳含量

四、演替阶段与高寒草甸土壤碳库效应

高寒草甸地区不同草甸生态系统在不同退化阶段土壤 CO_2 释放数量的差异及季节变化，不仅与气象条件（特别是温度）及土壤冬季冻结期长短关系极为密切，而且与不同草甸生态系统在不同退化阶段的土壤生物活性及土壤物理化学性状有关（曹广民等，2001）。在其退化演替中，随着退化程度的加剧，其土壤 SOC、LFOC、HFOC 均呈下降趋势（图 5-13）。其 0~40cm 土层的 SOC 分别为：高寒草甸为 141.72 t/hm^2，轻度退化为 85.58 t/hm^2，中度退化为 80.84 t/hm^2。重度退化采样深度在 0~30 cm，其含量为 83.04 t/hm^2；随着高寒草甸生态系统的退化，其土壤碳库的储量将大大降低，使其逆转为碳源。曹广民等（2001）分析高寒草甸不同草甸生态系统在不同退化阶段土壤 CO_2 的释放量大小表明，在植物生长季的 5~9 月，土壤 CO_2 释放量大小排序为：金露梅灌丛草甸（1871.40 g/m^2）＞矮嵩草草甸（1769.63 g/m^2）＞退化金露梅灌丛草甸（1495.60 g/m^2）＞退化矮嵩草草甸（1191.26 g/m^2），而在植物非生长季的 10 月到翌年 4 月，其土壤 CO_2 释放量大小与植物生长季略有差异，表现出矮嵩草草甸（661.46 g/m^2）＞金露梅灌丛草甸（550.90 g/m^2）＞退化矮嵩草草甸（502.50 g/m^2）＞退化金露梅灌丛草甸（384.50 g/m^2）的特点；全年内表现为矮嵩草草甸（2431.09 g/m^2）＞金露梅灌丛草甸（2422.30 g/m^2）＞退化金露梅灌丛草甸（1880.10 g/m^2）＞退化矮嵩草草甸（1694.06 g/m^2）。

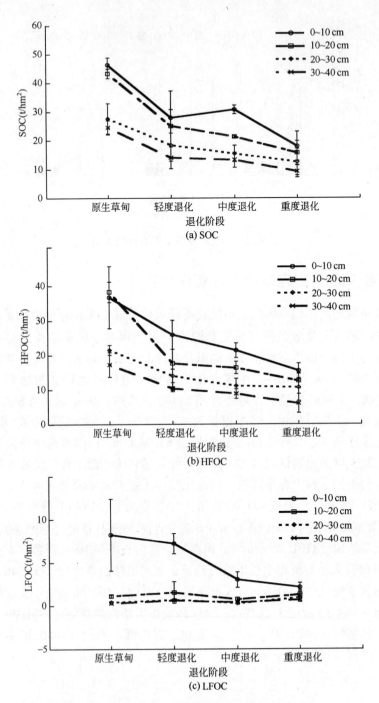

图 5-13　高寒草甸不同退化演替阶段有机碳含量

在"黑土滩"型次生裸地上，建植人工草地，进而演变为地带性植被，其土壤SOC、LFOC和HFOC呈现出先降再升的变化趋势，即人工草地的建植，由于耕作而导致土壤SOC、LFOC和HFOC的损失，成为大气温室气体的来源，但当其随后向地带性植被演替，又会由于土壤SOC、LFOC和HFOC大幅度地增加，逆转为大气温室气体的汇（图5-14）。"黑土滩"型次生裸地、退化人工草地、地带性植被0~40 cm土体中，SOC分别为85.02 t/hm^2、55.57 t/hm^{2}和50.21 t/hm^2；LFOC分别为5.14 t/hm^2、3.30 t/hm^{2}和9.14 t/hm^2；HFOC分别为75.39 t/hm^2、44.87 t/hm^{2}和41.82 t/hm^2。

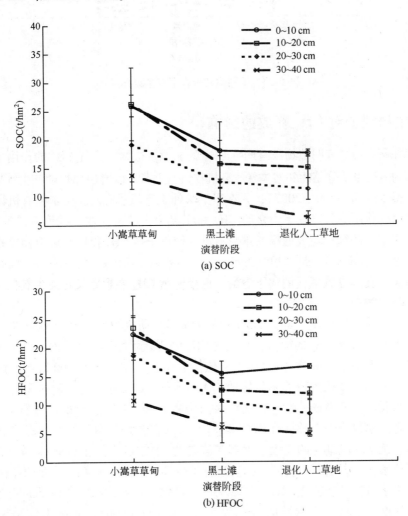

(a) SOC

(b) HFOC

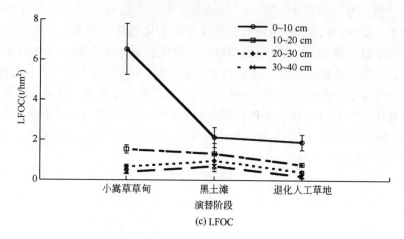

(c) LFOC

图 5-14　不同演替阶段下有机碳含量

五、生物因子对 CH_4 释放的影响

以往研究结果表明植物没有产生 CH_4 的能力，植物对大气 CH_4 的作用主要表现在植物通过根系分泌物和残体释放有机物质给土壤，以增加 CH_4 的产生（Weixin et al.，2005；Tom et al.，2007）；只有当土壤处于还原状态时，土壤中有机物质在 CH_4 细菌的作用下，产生了大量的 CH_4 并积聚于土壤，存在于维管束植物根系、茎、叶中丰富的气孔构成通畅的排放通道，使得土壤 CH_4 得以通过植物气孔而传导出土壤（Stephen et al.，1998；Katie et al.，1995；Kristy et al.，2005）；同时由于植物根系气孔亦导致氧气的向下渗漏，而使土壤 CH_4 在根际又可发生氧化（Watson et al.，1997）。

然而，德国科学家 Frank Keppler 等（2006）研究发现，在有氧条件下热带雨林树木具有排放 CH_4 的能力，对大气 CH_4 的贡献粗略估计为 10%～30%（62～236 Tg/a）。Kirschbaum 等（2006）对此值作了修正，估算为 10～60 Tg/a。这一发现与过去人们一直认为植物可以吸收 CO_2 从而有效抵制大气变暖的理论正好相反。随后我国学者 Wang 等（2007）对内蒙古草原 44 种陆地植物进行了研究，发现 9 种灌木植物中 7 种具有 CH_4 排放能力，而 27 种草本植物并没有显著的排放能力。这些研究结果的发表，引起了科学界的质疑与争论。Dueck 等（2007）应用同位素标记方法对 6 种陆地植物进行了持续 6 d 的有氧条件下的 CH_4 排放实验，得出了植物没有明显 CH_4 排放能力的相反结论，认为有氧条件下的陆地植物在全球尺度上不是一个重要的 CH_4 发生源。Quirin（2007）依据上述结果推测"也许只有木本植物而非草本植物具有排放温室气体的能力"。

2008 年，中国科学院西北高原生物研究所在对高寒矮嵩草草甸和高寒金露梅灌丛草甸生态系统对大气 CH_4 的排放作用为期 3 年的研究中发现，在高寒矮嵩草草甸和金露梅灌丛草甸两个系统中，高寒矮嵩草草甸和金露梅灌丛草甸土壤含水量分别为 35% 和 40%，远低于其土壤田间持水量 99.6% 和 53.6%（曹广民等，1998），土壤处于氧化条件，没有形成 CH_4 的环境条件（Khalil，2005）。"随着草本牧草群落的发育，土壤 CH_4 汇的作用被削弱约 20%~50%；而随着木本灌丛植物群落的发育，这种汇的作用被加强约 20%"，即高寒草甸草本植物群落具有排放 CH_4 的能力，其排放通量为 26.2 ± 1.2 $g/(m^2 \cdot h)$（高寒嵩草草甸）和 7.8 ± 1.1 $g/(m^2 \cdot h)$（高寒金露梅草甸中的草地斑块）。而木本灌木群落具有氧化大气 CH_4 的能力，其氧化能力为 5.8 ± 1.3 $g/(m^2 \cdot h)$。在青藏高原高寒嵩草草甸占高寒草甸的 60% 以上，以此粗估青藏高原高寒草甸植物对大气 CH_4 的贡献为 0.13 Tg/a（Cao et al.，2008）（图 5-15）。

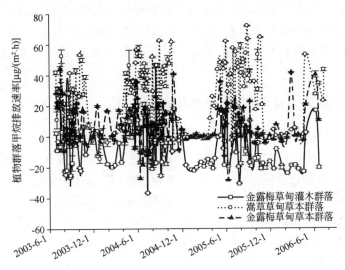

图 5-15　植物对高寒草甸 CH_4 排放的影响

胡启武等（2004）报道海北定位站乱海子湿地四种优势种植物分布区的 CH_4 日释放速率存在较明显的差异，杉叶藻区 > 窄穗薹草区 > 灯心草区 > 蓖齿眼子菜区，认为四种优势种植物分布区 CH_4 释放差异除了 CH_4 传输机制的不同，可能还与四种植物地下根系的分布有关，蓖齿眼子菜地下根系分布较浅，相比而言，其他三种优势种地下根系则分布较深。植物通过根系分泌物以及枯枝落叶等的产生为土壤产 CH_4 菌提供有机质底物，有机质的数量与植物生产力有关。随着植物的生长，各优势种植物分布区土壤 CH_4 释放有所增加，CH_4 日释放速率与地上生物量之间存在密切的相关关系，植物生物量变化能较好地解释 CH_4 释放的时空差异。

由此可见，植物可以释放大量的 CH_4 气体，但是特定的植物在不同研究中释放 CH_4 的能力存在较大差异，植物排放 CH_4 量因物种及其生长的自然环境而异（James，2008）。同时，对植物释放和吸收 CH_4 的研究还须谨慎，需要进一步完善其基础生物学和产生机理的研究，不可贸然推测其对全球温暖化的效应（Qiu，2008）。在进行高寒草甸生态系统对大气 CH_4 的贡献作用研究中须将植物类群和生长环境的不同纳入考虑因素。

第三节　环境因子对生态系统碳平衡的影响

高寒草甸生态系统与其他生态系统类型一样，系统碳固定是绿色植物通过光合作用来实现的，系统碳释放是通过植物根系死亡分解碳元素在土壤中的再分配，及土壤中有机物质在微生物作用下分解释放使得碳元素重新释放到大气中实现的。高寒草甸 NEE 取决于组成高寒草甸的植物种类的生理生态、光合作用特征以及它们的遗传特征、土壤机理，同时亦取决于组成高寒草甸的植物群落结构。

一、土壤温度和湿度对生态系统呼吸（R_{eco}）的影响

草地生态系统放出的 CO_2 常常主要来自土壤，土壤呼吸强弱因植被群落类型和地理位置的不同而有较大的分异，更大程度上受土壤水热的影响。Rey 等（2002）指出植物根系呼吸以及土壤微生物活性对土壤温度的变化都很敏感，土壤水分充足且不成为限制因素的条件下土壤呼吸与土壤温度呈正相关，而在水分含量成为限制因子的干旱、半干旱地区，水分含量和温度共同起作用。Mielnick 和 Dugas 对美国高草草原的研究指出：土壤呼吸与土壤温度显著相关，如果只考虑温度因素，则46%的土壤呼吸变异是由土壤温度的变化造成的，只考虑土壤水分影响，则26%的土壤呼吸变异是由土壤水分引起的，综合考虑土壤温度和水分的影响，则可以解释52%的土壤呼吸变异（Mielnick et al.，2000）。高寒草甸土壤温度虽没达到微生物活性的最适温度，但土壤微生物活动长期适应于寒冷湿润的环境，因而当土壤温度稍有升高时，微生物活动便会急剧加强。在不考虑土壤水分时，青藏高原高寒草甸 CO_2 通量与土壤温度呈正相关关系，但考虑土壤水分时，CO_2 通量与土壤温度关系因土壤水分条件不同而不同，并且还因植被类型不同分布而存在差异（Zhao et al.，2005a）。如图 5-16 所示，在较低或过高的水分条件下，矮嵩草草甸和金露梅灌草甸土壤呼吸对土壤温度比较敏感，但两者响应趋势截然相反，矮嵩草草甸的土壤呼吸依土壤温度增高而增大，金露梅灌草甸则相反。因此，温度和土壤湿度被认为是控制 R_{eco} 的主要因子，并且 R_{eco} 和土

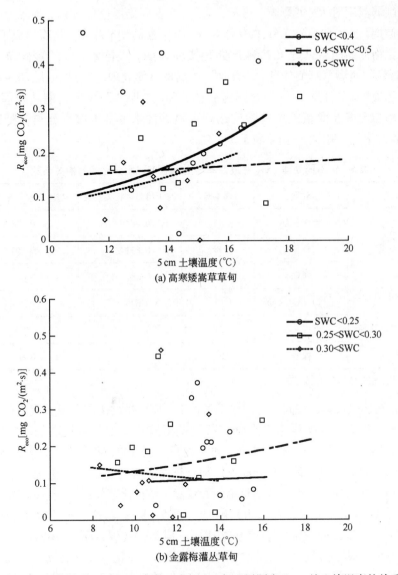

(a) 高寒矮嵩草草甸

(b) 金露梅灌丛草甸

图 5-16 不同水分（SWC）条件下夜间 R_{eco} 与土层厚度 5 cm 处土壤温度的关系

（Zhao et al.，2007）

壤呼吸通常随温度升高呈指数曲线关系。此外，R_{eco} 和叶面积指数（LAI）呈正相关关系，这表明生态系统的光合生产力越高，R_{eco} 就越高。相比之下，光合生产力常常会削弱温度对 R_{eco} 的影响。可见，R_{eco} 虽然主要受温度的控制，但在生长季的不同物候期，土壤湿度和 LAI 的变化对 R_{eco} 有很强的调节作用，从而形成了 R_{eco} 的季节变化格局。胡启武等（2004）处理实验表明，"土壤＋草"矮嵩草草甸处理、"剪草"矮嵩草草甸处理、"裸地"矮嵩草草甸处理、"土壤＋灌丛＋草"金露梅灌丛处理、"土壤＋草"金露梅灌丛处理、"裸地"金露梅灌丛处理的 CO_2 释放速率与土壤温度相关性检验均达到了显著性水准。土壤水分与各处理组的 CO_2 释放速率呈负相关关系（表 5-5）。

表 5-5　不同处理 CO_2 释放速率与土壤温度、水分之间的相关系数

草甸类型	处理	样本数	与土壤温度相关系数	与土壤水分相关系数
矮嵩草草甸	土壤＋草	48	0.884 * *	− 0.636 * *
	剪草	48	0.831 * *	− 0.597 * *
	裸地	48	0.685 * *	− 0.651 * *
金露梅灌丛草甸	土壤＋灌丛＋草	51	0.696 * *	− 0.011
	土壤＋草	51	0.722 * *	− 0.130
	裸地	51	0.484 * *	− 0.605 * *

＊＊表示相关性达 0.01 水平。

在植物非生长季，在同一温度水平条件下，CO_2 排放速率表现为藏嵩草沼泽化草甸＞矮嵩草草甸＞金露梅灌草甸。藏嵩草沼泽化草甸具有较高的呼吸敏感性（Q_{10} 为温度敏感系数，也称呼吸熵，即温度每上升 10℃ 时呼吸速率增加的倍数，$Q_{10}=4.6$），是矮嵩草草甸（$Q_{10}=2.9$）和金露梅灌草甸（$Q_{10}=2.3$）的 1.5～2 倍（图 5-17）。在植物生长季，矮嵩草草甸和藏嵩草沼泽化草甸的 Q_{10} 基本相同，约为 2.5，比金露梅灌草甸（$Q_{10}=2.9$）略低（图 5-18），而这三种不同植被类型生态系统的 CO_2 排放量对温度响应基本相同。但是，在温度低于 10℃ 时，三种生态系统的 CO_2 排放量具有一定的差异性，藏嵩草沼泽化草甸＞矮嵩草草甸＞金露梅灌草甸。在青藏高原，高海拔导致高寒草甸地区的温度往往低于 10℃，这也决定了藏嵩草沼泽化草甸在植物生长季有一个较高的排放量，进而导致藏嵩草沼泽化草甸在生长季有一较低的净吸收量。

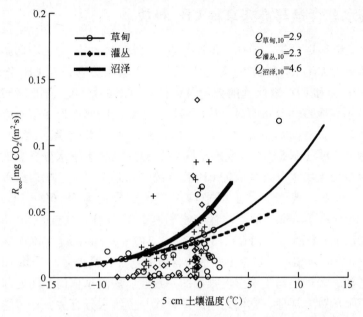

图 5-17 植物非生长季矮嵩草草甸、金露梅灌草甸、藏嵩草沼泽化草甸的
R_{eco}与土层厚度 5 cm 处土壤温度的关系（Zhao et al.，2005b）

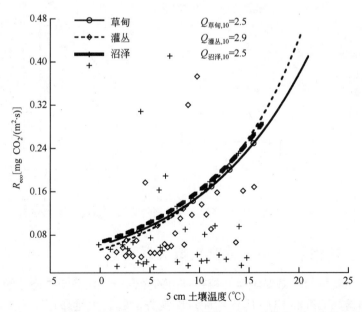

图 5-18 植物生长季矮嵩草草甸、金露梅灌草甸、藏嵩草沼泽化草甸的
R_{eco}与土层厚度 5 cm 处土壤温度的关系（Zhao et al.，2005b）

二、土壤水分含量与高寒草甸 CH_4 释放

CH_4 释放是 CH_4 产生、消耗、传输等诸多过程的综合结果，因而影响这些过程的因素都会对 CH_4 的释放产生影响。其中，土壤水分含量对 CH_4 产生和消耗过程中产 CH_4 菌和 CH_4 氧化菌的数量及活性有重要的影响。海北高寒草甸定位站地区植被垂直地带性分布明显，从山前洪积扇到山间凹地形成了一条水分含量梯度带，依次发育着灌丛草甸（GC）、矮嵩草草甸（FC）、藏嵩草草甸（ZC）、季节性湿地（SD）（图5-19）。高寒土壤 CH_4 释放随着土壤水分含量的增加，由吸收转为排放，土壤水分含量成为 CH_4 释放的主要影响因子（胡启武等，2005）。SD 处于淹水状态，其他三种土壤平均水分含量分别为 39.6%（GC）、38.4%（FC）、65.9%（ZC），而 CH_4 平均释放速率为 0.031 ± 0.030 mg/$(m^2 \cdot h)$（GC）、0.026 ± 0.018 mg/$(m^2 \cdot h)$（FC）、1.103 ± 0.240 mg/$(m^2 \cdot h)$（ZC）和 6.922 ± 4.598 mg/$(m^2 \cdot h)$（SD），随着土壤水分含量的增加，高寒草地土壤 CH_4 释放由吸收转为排放，表现出与土壤湿度很好的一致性。矮嵩草草甸不同处理 CH_4 吸收强度未剪草＜剪草＜裸地，它们之间的差异除与土壤水分有关，还可能与处理引起的 CH_4 传输途径不同有关（胡启武等，2005）。

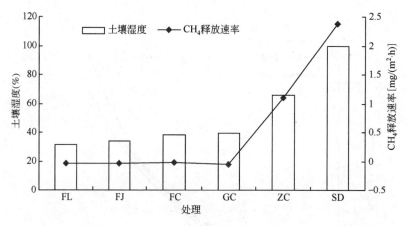

图5-19 土壤湿度与 CH_4 释放速率之间的关系（胡启武等，2005）

三、光合有效辐射与 CO_2 的交换量关系

光照是植物生长的必要因素，植被群落的光合作用在确定生态系统初级生产力和调节植被与大气间 CO_2/H_2O 和能量交换方面起着关键作用，影响陆地生态系统的碳循环。分析不同天气状况下（多云或少云）光合有效辐射（PPFD）与

总碳吸收量（GPP）之间的关系时发现，一方面，不同植被类型区，在不同的天气状况下，GPP 对 PPFD 响应趋势是一致的，均为 GPP 随 PPFD 的升高而增大。另一方面，在较低 PPFD 条件下，GPP 随 PPFD 增加而迅速增大（图 5-20）。然而，在较高的 PPFD 条件下，GPP 几乎不随 PPFD 增大而增大，两者相互独立。在相同的 PPFD 的条件下，矮嵩草草甸 GPP ［25.81 g CO_2/($m^2 \cdot d$)］ 大于金露梅灌草甸 ［20.02 g CO_2/($m^2 \cdot d$)］。少云天气状况下，GPP 日平均量大小因植被不同而不同，矮嵩草草甸区少云天气状况下，GPP 日平均量 ［26.41 g CO_2/($m^2 \cdot d$)］ 显著高于多云天气状况下的日平均量 ［25.28 g CO_2/($m^2 \cdot d$)］；在金露梅灌草甸，少云天气状况下 GPP 日平均量 ［19.39 g CO_2/($m^2 \cdot d$)］ 显著低于多云天气状况下的日平均量 ［20.61 g CO_2/($m^2 \cdot d$)］。在 PPFD > 1200 μmol/($m^2 \cdot s$) 时，净 CO_2 通量显著降低，嵩草草甸的降低速率大于灌丛草甸的降低速率。较高的 PPFD 水平下，温度对呼吸的影响比 PPFD 对呼吸的影响更大，并且不同的植被类型区对温度的响应程度是不一样的（图 5-21）。在相同的 PPFD 条件下，三种高寒草甸植被类型区的净 CO_2 通量大小顺序为矮嵩草草甸 > 金露梅灌草甸 > 藏嵩草沼泽化草甸。在生长季，PPFD 能解释这三种类型的光合作用变化的 64% ~ 80%（表 5-6），进一步说明，生长旺季的高寒草甸生态系统光合生产力受辐射条件的强烈控制。

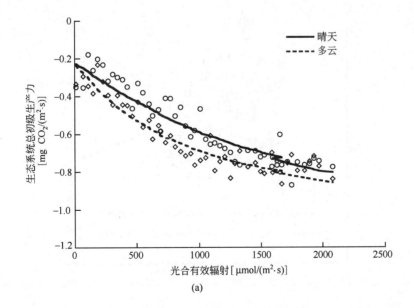

(a)

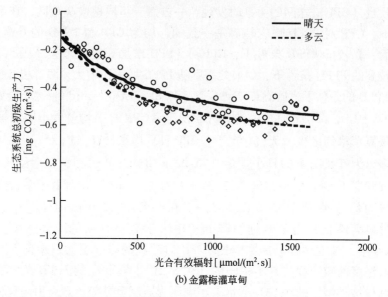

(b) 金露梅灌草甸

图 5-20　不同天气状况下矮嵩草草甸和金露梅灌草甸生态系统总初级生产力与
光合有效辐射之间的关系（Zhao et al., 2007）

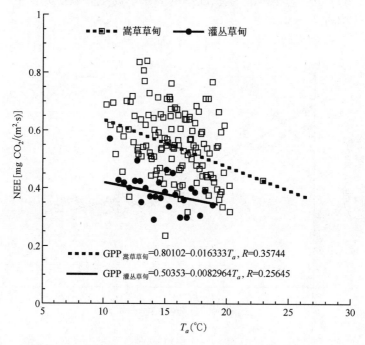

图 5-21　PPFD > 1200 μmol/(m$^2\cdot$s) 条件下空气温度 (T_a) 与
NEE 之间的关系（Zhao et al., 2007）

表5-6　各草地生态系统在不同的光合作用的光响应特征参数（伏玉玲，2006）

草甸类型	时间	α （$\mu mol\ CO_2/\mu mol$ photon）	P_{max} [$\mu mol\ CO_2/$ （$m^2 \cdot s$）]	R^2	样本数
海北矮嵩草草甸	2002 年	0.0257	18.45	0.688	1048
	2003 年	0.0389	20.34	0.771	1412
	2004 年	0.0361	21.59	0.772	1413
海北金露梅灌丛草甸	2003 年	0.0357	14.75	0.750	1353
	2004 年	0.0348	18.36	0.795	1318
	2005 年	0.414	18.50	0.752	1358
海北沼泽草甸	2003 年	0.0407	13.91	0.637	1405
	2004 年	0.0332	14.82	0.731	1329
	2005 年	0.0393	16.52	0.715	1086

表5-6 中，α 和 P_{max} 是表征植物叶片光合作用的两个关键参数。α 又称低光强下的量子效率，主要反映光合作用中的生物物理特性，而且很稳定。P_{max} 是光饱和下的最大光合速率，取决于植物特性和环境条件，尤其反映了生物化学过程和生理条件。高寒草甸生态系统的光合特征参数随生长季各物候期发生变化（表5-7），这是光照、降水、温度、植物生长特性等多个因素综合作用的结果。

表5-7　不同草甸类型的光合特征参数

草甸类型	地点	月份	α [$\mu mol\ CO_2/$ μmol photon]	P_{max} [$\mu mol\ CO_2/$ （$m^2 \cdot s$）]	引自文献
海北矮嵩草草甸	101°18E, 37°36N, 海拔 3250 m	6 月	0.0044	10.46	Kato et al., 2004
		7 月	0.0032	20.37	
		8 月	0.0049	18.29	
		9 月	0.0024	8.20	
海北金露梅灌丛草甸	101°18E, 37°36N, 海拔 3400 m	6 月	0.0021	6.41	Zhao et al., 2006
		7 月	0.0056	17.93	
		8 月	0.0082	20.54	
		9 月	0.0022	6.46	
当雄高寒草甸	91°05E, 30°25N, 海拔 4333 m	7 月	0.0211	10.07	徐玲玲等， 2005
		8 月	0.0244	10.09	
		9 月	0.0177	9.36	

8 月植物生长进入旺盛期，地上生物量达到最大，适宜的温度、充足的水分使其 α 和 P_{max} 值最高，9 月气温开始下降，部分植物在下旬也开始缓慢衰老，光合能力减弱，这使得 α 值迅速降低。但是，逐渐恶劣的环境只是导致群落枯黄速率

开始相对增大，叶面积增长减缓并开始降低，而群落地上净生物量的绝对值仍然很高，因而，此时的 P_{max} 和日均 CO_2 吸收最大速率仍然可以维持在一个比较高的水平。到了 10 月，植物开始全面枯黄衰老，整个生态系统的光合作用已经变得很弱，α 和 P_{max} 值均降为最低。

高寒草甸生态系统在生长季的光合生产力主要受到温度和水分条件的影响。受海拔的影响，适宜的温度是高寒草甸植被进行光合作用吸收碳的必要条件，而在温度较适宜时，水分则成为限制和影响高寒草甸植被生长的主要因素。海北站在生长季降水充分且季节分配均匀，该地区的植被生长的季节变化主要受温度变化的控制（Kato et al.，2004；Zhao et al.，2006）；在当雄因海拔高太阳辐射强，同时纬度较低，全年的气温都比海北站高，因此在生长季内的植被生长和发育受温度的限制较少，反而更易受到水分的制约（伏玉玲，2006）。

四、昼夜温差与 NEE 的关系

在青藏高原，高寒草甸植被是长期适应高寒、低温、高湿环境的特殊植物群落，表现出高寒草甸植物具有较强的耐寒抗寒能力，在温度小于 −7 ℃ 的低温环境条件下仍可正常生长和发育，表明在相对较低的温度环境下，高寒植物仍可发生光合作用。观测发现，矮嵩草草甸和金露梅灌草甸区的 8 月白天平均气温比较低，分别为 11.43 ℃ 和 11.02 ℃，夜间平均气温分别为 7.07 ℃ 和 6.07 ℃。高寒草甸生态系统的最大昼夜温差可达 11 ℃ 以上。昼夜温差通常被认为是影响植物生长和有机物积累的重要因素。不少研究表明，生长季昼夜温差大有利于植物光合和光合产物的积累，也有助于生态系统形成碳汇，但是在高寒草甸，昼夜温差对生态系统的碳获取的影响因生长期的不同存在差异。赵亮等（2007）认为，在整个生长季时间尺度上，大的昼夜温差不利于碳汇的形成（Zhao et al.，2005a），但在草盛期，还是有利于碳汇的形成（图 5-22）（赵亮等，2006，2008）。这主要是因为：在生长初期，叶面积小，生态系统固定碳的能力较小，即生态系统光合产物较小，且受温度影响不大，另外由于生态系统呼吸与温度呈指数关系，该地区温度一般在 5 ℃ 以上，这就意味着具有较强的生态系统呼吸，因此，生态系统呼吸增量大于生态系统的固定量，进而生态系统净碳固定量随之减小；在生长末期，由于叶面积指数下降，生态系统光合产物也随之下降，但受温度影响生态系统呼吸仍然比较高，所以生长季较大的昼夜温差对生态系统呼吸影响不大，而对生态系统光合产物影响较大，所以较大的昼夜温差对应于较小的生态系统净碳固定量。在草盛期（7 月和 8 月），由于叶面积指数较大，加之较高的温度，生态系统具有较高的生态系统光合产物，同时最低温度达到 −2.2 ℃，从而限制了生态系统呼吸，因而具有较高的生态系统净碳固定量，较大的昼夜温差有利于生态系统碳的收取（赵亮等，2006）。

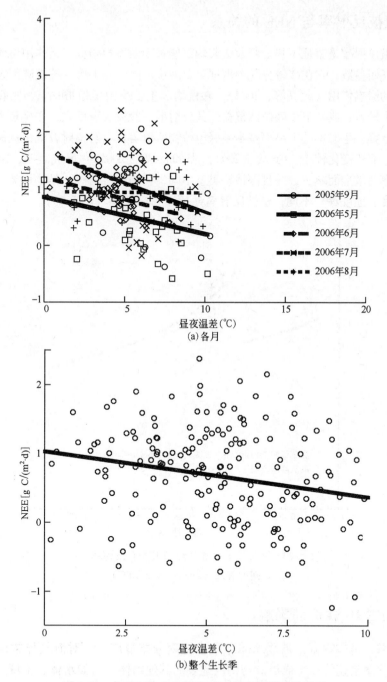

图 5-22　各月和整个生长季 NEE 与昼夜温差的关系

五、植被反射率与 NEE 的关系

植被反射率是表征下垫面吸收太阳辐射能多少的重要指标，是作用层面最为重要的小气候参数，它在能量分配中占据重要地位，同样在土壤－植被碳固定方面有着重要的影响作用（赵亮等，2004）。在植物非生长季由于植被枯黄，吸收太阳辐射的能力较差，或者下垫面被冰覆盖，其反射率一般较大。反之，在生长季中，植被生长旺盛，生态系统下垫面基本被绿色植物所覆盖，反射辐射较低，从而降低了反射率，而且变化较小。Gu 等（2003）和 Zhao 等（2005a）研究表明，NEE 随植被反射率的增加而减少，并且因植被类型不同，植物群落结构（植物种类、层片结构、高度、盖度等）不同，植被反射率对 NEE 影响不同（图 5-23）。

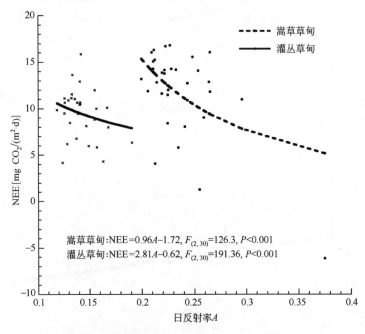

图 5-23 两种植被类型白天 NEE 与日反射率（A）
之间的关系（Zhao et al.，2007）

六、积雪对 NEE 的影响

积雪，也称雪盖，是地球冰冻圈中地理分布最广泛、对海气异常反应最灵敏、变化最迅速的一个成员。与构成地表的其他物体，诸如水体、土壤、植被等相比，它具有高反照率、强热辐射和高绝热特性，并对大气产生热力强迫作用，对气候变化起着显著的放大作用，影响陆面与大气之间的能量交换。青藏高原集中了丰富的冰雪资源，其中冰川面积达 30 831 km²，冬季积雪储量约 121.9 亿 m³，积雪最短时间一般在 40~60 d，大多数生态系统是季节性的积雪。有关季节性的积雪对 CO_2 通量影响已经进行了大量的研究（Zimov et al., 1991；Winston et al., 1995；Solomon, Cerling, 1987；Sommerfeld et al., 1993, 1996）。这些研究认为，当地表有积雪时，土壤温度与 CO_2 通量不存在相关关系，这与青藏高原高寒草甸生态系统的结果一致（赵亮等，2005），当地表有积雪时，CO_2 通量与土层厚度 5 cm 处土壤温度之间不存在相关关系。虽然土壤表层（0~5 cm）的温度对植物和微生物的生命活动有着决定性的影响，直接影响土壤排放 CO_2 的过程，但是当地表有积雪时，积雪的保温作用超过它的冷却作用，积雪时间越长，保温作用愈大，并且积雪降低了土壤温度的变化，使之处于一个稳定的阶段，当地表面有积雪时，土层厚度 5 cm 处的土壤温度比较稳定，在 -0.65~2.22 ℃ 波动，最大值没有超过 5 ℃，这样影响了土壤微生物的活动。

CO_2 通量与积雪时间的相关关系因下垫面不同而不同（图 5-24）。金露梅灌草甸和藏嵩草沼泽化草甸 CO_2 通量与积雪时间相关关系不甚明显。而矮嵩草草甸的 CO_2 通量与积雪时间之间相关性极显著，表明 CO_2 通量随着积雪时间的增长而下降。而在北极的一些研究结果证明，CO_2 通量随积雪时间指数增长（Brooks, 1997）。这是因为在北极积雪时间较长，并且积雪厚度大，不容易融化，随着时间的延长，积雪愈来愈厚，而青藏高原高寒草甸的积雪是周期性的，降雪后一段时间，雪完全融化，积雪厚度随着时间推移而减小。因此，北极的 CO_2 通量随着积雪时间的延长而增加，而青藏高原北部地区的 CO_2 通量随积雪时间的延长而减少。另外，地表有积雪时的 CO_2 通量值显著地高于无积雪时（表 5-8）。

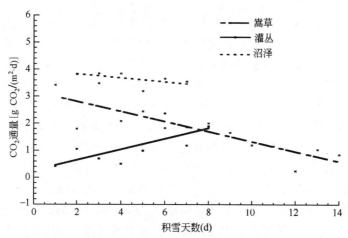

图 5-24　矮嵩草草甸、金露梅灌草甸、藏嵩草沼泽化草甸日均
CO_2 通量与积雪天数之间的关系（赵亮等，2006）

表5-8　不同条件下三种植被类型的平均CO_2通量（赵亮等，2006）

	CO_2 通量 [g $CO_2/(m^2 \cdot d)$]		显著性检验		
	有积雪	无积雪	t	df	P
矮嵩草草甸	1. 17	0. 73	4. 10	3240	0. 0001
金露梅灌草甸	0. 86	0. 60	0. 78	1792	0. 4361
藏嵩草沼泽化草甸	3. 33	2. 45	3. 97	1689	0. 0001

赵亮等（2005）研究表明，积雪对青藏高原高寒草甸生态系统CO_2通量的影响因生态系统的性质不同而不同，矮嵩草草甸CO_2的交换量，随着积雪时间的延长而线性降低，而金露梅灌丛和藏嵩草沼泽化生态系统不随积雪时间的延长而降低。这可能是由于在灌丛草甸植被盖度较高，积雪没有完全覆盖地表，土壤与大气之间存在一定的气体交换通道。沼泽草甸生态系统，在冬季下垫面全是冰面，已经把土壤-大气的物质循环分成了两个较为独立的系统，因而积雪对CO_2通量影响不大。矮嵩草草甸生态系统，植被盖度低，为 10 ~ 15 cm，积雪完全覆盖地表，这样积雪土壤-大气的物质循环隔离开，形成了两个较为独立的系统。虽然积雪把土壤-大气隔离为两个独立系统，但是由于积雪的存在增加了大气中的水汽浓度，地表有积雪条件下的平均水汽通量显著地高于地表无积雪时，这样增加了CO_2的交换速度，从而影响了CO_2通量。这个影响因生态系统类型的不同而不同，沼泽和草甸在地表有积雪条件下的CO_2通量值显著地高于无积雪时，而灌丛在这两个条件下CO_2通量值没有显著性差异。

七、降水对 NEE 的影响

降水可以通过影响土壤中生物活动和根系生长所需的水量、土壤含水量以及土壤温度来影响土壤呼吸；土壤呼吸随着季节降水量的变化而一般呈正相关关系。土壤水分过低，缺少根系或微生物活动所必需的生存环境，产生的CO_2的量将会减少。有研究发现，在降雨之前，土壤CO_2通量的日变化趋势差异很小，可是在降水发生后土壤CO_2通量有明显增加的趋势（Zhao et al., 2006；徐世晓等，2007）。土壤CO_2呼吸量在降雨发生后增大，一方面可能是降水激活了土壤微生物的活性，增加了微生物的种群数量，进而增强了分解活动；另一方面可能是降雨增加了根系的呼吸。一些实验室和野外测定均表明由相对干旱的一段时间导致的土壤呼吸率的低下，在降水改变土壤水分的条件下土壤微生物的呼吸可以快速恢复。当降水过程产生时生态系统呼吸速率受降水胁迫影响略有降低，在降水天气事件过后的短时间尺度内，生态系统呼吸速率迅速增加，增加量大于降水前平衡态下的正常值。说明降水事件前后过程中，生态系统呼吸发生了"平衡态→非平衡态→恢复阶段→平衡态"的过渡形式，表明降水过程将刺激生态系统呼吸率的增大，其大小将强烈作用于 NEE（图 5-25）。

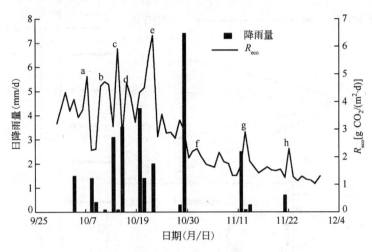

图 5-25　降雨事件与 R_{eco} 之间的关系

第四节　高寒草甸生态系统的碳平衡调控

高寒草甸生态系统的 NEE 是 GPP 和 R_{eco} 之间的微小差异，而 R_{eco} 所需要的有机物质主要来自于生态系统的光合作用，因此，GPP 对 NEE 和 R_{eco} 具有明显的控制作用，许多研究已证明 R_{eco} 和 GPP 之间存在显著相关关系，并且两者的相对大小决定了生态系统的净碳平衡。由前面分析可知，无论是存在水分胁迫，还是无水分胁迫的环境下，不同草甸类型的 NEE 在本质上都受到生态系统光合生产力强烈影响。可见，生态系统光合作用固定碳水化合物的能力及其向植物根系和其他器官转移碳水化合物的量决定生态系统的呼吸量，同时也决定了净生态系统的碳交换量。虽然在日尺度上，光照和温度是影响 GPP 的重要环境因素，但植物叶面积的季节变化、植被类型、土壤有机质同样控制着生长系统的碳收支水平。由于这些环境因素的作用，生态系统的碳收支状况存在着的日、季和年际变化（图 5-26）。

从控制时间上来看，这些变化特征是由短期和长期两种控制过程引起的。例如：NEE 主要受到了光合有效辐射（PPFD）、温度和水分环境等环境因子的影响，在植被的生长季节，白天 NEE 主要受 PPFD 和 LAI 影响，并且午后的时间段在白天中是比较重要的，此时由于生态系统光合作用基本达到饱和，光合能力接近最大值，但是土壤温度仍然升高引起 R_{eco} 升高，因此，此时段生态系统的固碳能力降低（Zhao et al.，2006）；另外，在草盛期，较大的昼夜温差有利于一天中系统的碳固定能力。在不同时间尺度上，NEE 受温度、PPFD 和 LAI 共同控制。

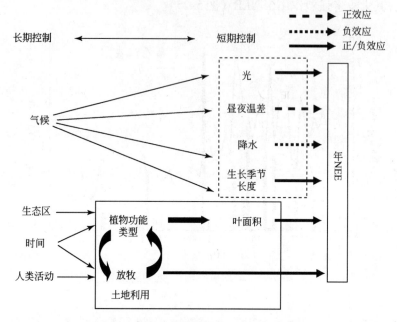

图 5-26　年 NEE 控制过程（赵亮等，2007）

在非生长季与其他生态系统一样受温度控制，但是一个偶然的较为适当的降雨事件也是一个重要控制因子，Zhao 等（2006）报道在一个偶然的较为适当的降雨事件后，R_{eco} 迅速升高 1～2 倍。

作为一个生态系统来说，在理想状态下，存在一个碳饱和阈值，如果碳的积累量超过这个阈值，那么生态系统排放碳是一个碳源；反之，是一个碳汇。在青藏高原海北高寒草甸中，矮嵩草草甸和金露灌丛草甸是一个碳汇（Kato et al.，2006；Zhao et al.，2006），而沼泽化草甸是一个碳源（Zhao et al.，2005b），究其原因除了上述的环境因子控制外，赵亮等（2007）认为还受到放牧的影响。该地区最主要的人类活动是放牧，并且是夏休冬牧的轮牧制度。由于矮嵩草草甸和金露灌丛草甸每年固定的地上生物量的 80%～90% 通过放牧被牲畜取食，只有非常少的比例返回生态系统中，而沼泽化草甸只有 10%～20% 被牲畜取食，大部分的地上生物量返回生态系统中；由于青藏高原高寒草甸生态系统温度低抑制了凋落物的分解，经过长期积累，使得沼泽化草甸生态系统中碳累积速度远远大于矮嵩草草甸和金露灌丛草甸。所以，放牧也是一个非常重要的长期的控制因子。

高寒草甸土地利用方式发生改变后，天然高寒草甸土壤作为碳汇的巨大功能大大降低，并最终逆转成为碳源。这主要通过以下几个途径来实现：耕作的同时增加了土壤透气性和持水性，为好气性微生物的活动创造了有益条件，加快了土壤中植物残体的分解；机械耕作破碎了原来的草毡表层，土壤结构被破坏，从而降低了土壤的物理保护性；另外，随着土地利用方式的改变，减少了土壤中有机物质的补给量，土壤风蚀也是造成土壤碳元素含量下降的一个主要原因；人工草地中种植牧草品种的单一化导致了物种多样性的降低，这些因素使得天然高寒草甸土壤作为碳汇的巨大功能大大降低。因此，土地利用方式同样也是一个非常重要的长期的控制因子。

综上分析，青藏高原的碳循环过程在时间尺度上由短期控制（包括光、昼夜温差、降雨、季节长度和叶面积）和长期控制（包括生态区、时间和人类活动）两条途径控制的；在空间尺度上，由自下而上的气候因子（温度、降雨）和自上而下的生物因子（叶面积、放牧和土地利用方式）两条途径控制。

参 考 文 献

鲍新奎，曹广民，高以信. 1995. 草毡表层的形成环境和发生机理. 土壤学报，32（增刊）：45~51

曹广民，鲍新奎，李英年. 1998. 高寒地区寒冻雏形土的持水特性. 土壤，1：27~31

曹广民等. 2001. 高寒草甸不同土地利用格局土壤 CO_2 的释放量. 环境科学，22（6）：14~19

方精云等. 2001. CO_2 失汇与北半球中高纬度陆地生态系统的碳汇. 植物生态学报，25（5）：594~602

伏玉玲. 2006. 中国草地样带典型草地生态系统碳收支及其环境响应的比较研究. 中国科学院地理科学与资源研究所博士论文

胡启武等. 2005. 不同土壤水分含量下高寒草地 CH_4 释放的比较研究. 生态学杂志，24（2）：118~122

李东等. 2005. 高寒灌丛草甸生态系统 CO_2 释放的初步研究. 草地学报，13：144~149

李月梅等. 2005. 开垦对高寒草甸土壤有机质碳影响的初步研究. 地理科学进展，25（6）：59~65

李月梅等. 2006. 开垦对海北高寒草甸土壤有机碳的影响. 生态学杂志，225（8）：911~915

石培礼等. 2006. 西藏高原草原化嵩草草甸生态系统 CO_2 净交换及其影响因子. 中国科学（D），26（Supp. I）：194~203

孙鸿烈. 1996. 青藏高原的形成演化. 上海：上海科学技术出版社

王效科等. 2001. 中国森林生态系统的植被碳储量及其密度. 应用生态学报，12（1）：13~16

王效科等. 2002. 全球碳循环中的失汇及其形成原因. 生态学报，22（1）：94~103

吴琴等. 2005. 矮嵩草草甸植被-土壤系统 CO_2 的释放特征. 资源科学，27：96~100

徐世晓等. 2006. 青藏高原高寒灌丛非生长 CO_2 通量特征. 西北植物学报，26：2528~2532

徐世晓等. 2007. 降水对青藏高原高寒灌丛冷季 CO_2 通量的影响. 水土保持学报，21（3）：193~195

张金霞等. 2001. 放牧强度对高寒灌丛草甸土壤 CO_2 释放速度的影响. 草地学报，9（3）：183~190

赵亮等. 2004. 海北高寒草甸辐射能量的收支及植物生物量季节变化. 草地学报, 12 (1): 66～70

赵亮等. 2005. 积雪对青藏高原北部高寒草甸的 CO_2 和水汽通量的影响. 草地学报, 13 (3): 242～247

赵亮等. 2006. 青藏高原矮嵩草草甸和金露梅灌丛草甸 CO_2 通量变化与环境的关系. 西北植物学报, 26: 133～142

赵亮等. 2007. 青藏高原高寒草甸生态系统碳通量特征及其控制因子. 西北植物学报, 27: 1054～1060

赵亮等. 2008. 青海省三江源区人工草地生态系统 CO_2 通量. 植物生态学报, 32: 544～554

周兴民. 2001. 中国嵩草草甸. 北京: 科学出版社

Brooks P D, Schmidt S k, Williams M W. 1997. Winter production of CO_2 and N_2O from alpine tundra: environmental control and relationship to inte-system C and N fluxes. Oecologia, 110: 403～413

Cao G M et al. 2004. Grazing intensity alters soil respiration in an alpine meadow on the Tibetan plateau. Soil Biology & Biochemistry, 36: 237～243

Cao Guangmin et al. 2008, Methane emissions by alpine plant communities in the Qinghai-Tibet Plateau. Biology Letters (Online)

Dueck Tom A et al. 2007. No evidence for substantial aerobic methane emission by terrestrial plants: a ^{13}C-labelling approach. New Phytol., 175: 29～35

Frank Keppler et al. 2006. Methane emissions from terrestrial plants under aerobic conditions. Nature, 439 (12): 187～191

Gu S et al. 2003. Short-term variation of CO_2 flux in relation to environmental controls in an alpine meadow on the Qinghai-Tibetan plateau. J. Geophys. Res., 108(D21): 4670～4679

Hall D O, Scurlock J M O. 1991. Climate change and productivity of natural grasslands. Ann. Bot., 67 (suppl.): 49～55

Hum J M, Knapp A K. 1998. Fluxes of CO_2, water vapor, and energy from a prairie ecosystem during the seasonal transition from carbon sink to carbon source. Agric. For. Meteorol., 89: 1～14

James M C. 2008. Grasslands emit greenhouse gas. Chemistry World

Jane Q. 2008. Tibetan meadows emit methane. Field survey confirms that plants can boost levels of the greenhouse gas. Nature news, Published online 20 August 2008, doi: 10.1038/news. 2008. 1053

Katie L et al. 1995. Role of wetland plants in the diurnal control of CH_4 and CO_2 fluxes in peat. Soil Biology & Biochemistry, 28 (1): 17～32

Kato T et al. 2004. Carbon dioxide exchange between the atmosphere and an alpine meadow ecosystem on the Qinghai-Tibetan Plateau, China. Agric. For. Meteorol., 124: 121～134

Kato T et al. 2006. Temperature and biomass influences on interannual changes in CO_2 exchange in an alpine meadow on the Qinghai-Tibetan plateau. Global Change Biology, 12: 1285～1298

Khalil M I, Baggs E M. 2005. CH_4 oxidation and N_2O emissions at varied soil water-filled pore spaces and headspace CH_4 concentrations. Soil Biology & Biochemistry, 37: 1785～1794

Kirschbaum M U F. 2006. A comment on the quantitative significance of aerobic methane by plants. Funct. Plant Biol., 33: 521~530

Kristy N et al. 2005. Physiological control of leaf methane emission from wetland plants. Aquatic Botany, 81: 141~155

Li S G, Oikawa T. 2001. Energy budget and canopy carbon dioxide flux over a humid C_3 and C_4 co-existing grassland. In: Proceedings of the International Workshop for Advanced Flux Network and Flux Evaluation. CGER-REPORT. CGER-M011, 23~28

Monson R K, Turnipseed A A, Sparks J P. 2002. Carbon sequestration in a high-elevation subalpine forest. Glob. Change Biol., 8: 459~478

Quirin Schiermeier. 2007. Methane mystery continues: perhaps only woody plants, not grasses, emit the greenhouse gas. Published online 28 November, Nature, 307

Rey A, Pegoraro E, Tedeschi V. 2002. Annual variation in soil respiration and its components in a coppice oak forest in central Italy. Global Change Biology, 8: 851~866

Schimel D. 1995. Terrestrial ecosystems and the carbon cycle. Glob. Change Biol., 1: 77~91

Scurlock J M O, Hall D O. 1998. The global carbon sink: a grassland perspective. Glob. Change Biol., 4: 229~233

Sims P, Bradford J A. 2001. Carbon dioxide fluxes in a southern plains prairie. Agric. For. Meteorol., 109: 117~134

Sommerfeld R A, Massman M J, Musselman P C. 1996. Diffusional flux of CO_2 through snow: spatial and temporal variability among alpine-subalpine sites. Global Biogeochem Cycles, 10: 473~482

Sommerfeld R A, Mosier A R, Musselman P C. 1993. CO_2, CH_4, and N_2O flux through a Wyoming snowpack. Nature, 361: 140~143

Stephen K D et al. 1998. Root mediated gas transport in peat determined by argon diffusion. Soil Biology & Biochemistry, 30 (4): 501~508

Suyker A E, Verma S B. 2001. Year-round observations of the net ecosystem exchange of carbon dioxide in a native tallgrass prairie. Glob. Change Biol., 7: 279~289

Tom Piceka, Hanažkov B C, Jí Dušeka. 2007. Greenhouse gas emissions from a constructed Wetland-Plants as important sources of carbon. Ecological Engineering, 31: 98~106

Wang Zhiping et al. 2008. Aerobic methane emission from plants in the Inner Mongolia Steppe. Environ. Sci. Technol., 42: 62~68

Watson A et al. 1997. Oxidation of methane in peat: kinetics of CH_4 and O_2 removal and the role of plant roots. Soil Biology and Biochemistry, 29: 1257~1267

Weixin Dinga, Zucong Caia, Haruo Tsurutab. 2005. Plant species effects on methane emissions from freshwater marshes. Atmospheric Environment, 39: 3199~3207

Xu S X et al. 2005. Characterizing CO_2 fluxes for growing and non-growing seasons in a shrub ecosystem on the Qinghai-Tibet plateau. Science in China Ser. D., 48 (Supp. I): 133~140

Zhao L et al. 2005a. Carbon dioxide exchange between the atmosphere and an alpine shrubland meadow during the growing season on the Qinghai-Tibetan plateau. J. Integrative Plant Biology, 47: 271~282

Zhao L et al. 2006. Diurnal, seasonal and annual variation in net ecosystem CO_2 exchange of an alpine shrubland on Qinghai-Tibetan plateau. Global Change Biology, 12: 1940 ~ 1953

Zhao L et al. 2007. Relations between carbon dioxide fluxes and environmental factors of Kobresia humilis meadows and Potentilla fruticosa meadows. Frontiers of Biology in China, 2: 324 ~ 332

Zhao L et al. 2005b. Comparative study of the net exchange of CO_2 in 3 type of vegetation ecosystems on the Qinghai-Tibetan Plateau. Chinese Science Bulletin, 50: 1767 ~ 1774

Zhao X Q et al. 2005. CO_2 fluxes of alpine shrubland ecosystem on the north-eastern Tibetan Plateau. Phyton (Horn, Austria), 45 (4): 371 ~ 376

Zimov S A et al. 1991. Planetary maximum CO_2 and ecosystems of the north. In: Vinson T S, Kolchugina T P. 1991. Proceedings of the international workshop of carbon cycling in boreal forest and subarctic ecosystems. United States Environmental Protection Agency, Corvallis, 21 ~ 34

第六章　高寒草甸生态系统的稳定性

青藏高原高寒草甸之高寒性、敏感性、脆弱性造就了世界性的生态系统维系、管理与修复难题。气候变化和人类活动均会影响到高寒草甸生态系统的稳定性，气候变化对生态系统稳定性的影响是缓慢而滞后的，需要经历较长的时间尺度；人类活动是引起高寒草甸生态系统稳定性失衡、动荡，乃至丧失的根本原因，它具有时间短、强度大、影响深刻的特点。

高寒草甸生态系统对气候变化具有较高的稳定性，表现出年际主要气候因子（降水、气温）比较稳定，而年际地上净初级生产量较气候因子更为稳定的特点。长期超载放牧，高寒嵩草草甸经历异针茅＋羊茅－嵩草甸群落、矮嵩草群落、小嵩草群落、杂类草－"黑土滩"型次生裸地四个演替时期。在这个过程中，系统进行了一系列的自我调节，以抵抗放牧干扰，维持系统的稳定性。不同时期，系统对放牧干扰的抵抗和恢复能力具有很大的差异，其系统的变异性、恢复性和变幅异针茅＋羊茅－嵩草群落＞矮嵩草群落＞小嵩草群落，而系统持久性、惯性、弹性、抗性小嵩草群落＞矮嵩草群落＞异针茅＋羊茅－嵩草群落。至杂类草－黑土型次生裸地时期，系统崩溃，稳定性彻底丧失，没有任何放牧价值和对放牧干扰的抵抗能力，其稳定性恢复亦十分困难。

植被的细绒化、低矮化和土壤的草毡化是高寒嵩草草甸抵抗放牧干扰，维持其系统稳定性的主要机制。草毡表层特别是处于小嵩草群落时期的草毡表层，有效地抵制放牧对草地的干扰，使得草地在这个阶段得以维持较长的时间。高寒嵩草草甸是一个速效养分贫乏而全量养分丰富的系统，随着草毡表层的极度发育，大量的速效养分转变为根系有机体组分，长期累积于土壤，加速了系统速效养分的匮乏；同时草毡表层的极度发育和地表生物结皮的老化死亡，也给降水的入渗造成极大的阻力。土壤与牧草之间养分供求关系的失调和系统的生理干旱，是造成高寒草甸生态系统稳定性最终丧失的内在原因，人类活动加剧是导致这一内因诱发的外在因素。

高寒矮嵩草草甸虽然结构简单，但在长期对寒冷的适应进化中形成了一系列特殊的稳定性维持机制，可以承受一定范围内的人为干扰和气候波动，具有较高的系统稳定性与自我调控能力，但系统遭到破坏后的恢复能力极差。今日高寒草甸的大面积退化，是人类赋加于草地的干扰远超过其承载力阈值，而导致系统稳定性的崩溃。

青藏高原不仅是地球上海拔最高、面积最大、形成最晚的高原，也是一个具有全球意义的脆弱生态系统，面积占国土面积的 26%，其中草地生态系统占50.9%。广袤的高寒草地不仅是高原畜牧业的物质基础，同时孕育了众多河流，是黄河、长江、澜沧江的发源地，起着调节下游水量和气候的作用，在保护全国的生态安全方面具有十分重要的地位，是国家级生态功能保护的重点区域（刘敏超等，2005；王启基等，2005；龙晶，2005）。高寒草地植被状况的优劣，对长江中下游平原及黄河和长江流域地下水、地表水的丰歉以及旱、涝、沙尘暴、水土流失等自然灾害的发生及危害程度有极为重大的影响（杨汝荣，2002）。

第一节　生态系统稳定性的基本内涵

一、生态系统稳定性的基本概念

生态系统稳定性是指外界干扰影响没有超过系统的阈值时，系统可以通过自身调节功能而进行自我调节并消除干扰，最终恢复到初始状态的能力。生态系统对干扰反应的两个方面包括：①系统保持现状的能力，即抗干扰的能力；②系统受到干扰后恢复到原来状态的能力，即扰动后的恢复能力（刘增文，李雅素，1997；韩博平，2004）。

生态系统稳定性涉及三个概念：生态阈值、敏感性和恢复力。生态阈值是生态系统在改变为另一个退化（或进化）系统前所能承受的干扰限度；敏感性是生态系统受到干扰后变化的大小和与其维持原有状态的时间；退化生态系统的恢复力就是消除干扰后生态系统能回到原有状态的能力，包括恢复速度和与原有状态的相似程度。在保护生态学中，阈值与恢复力的定义具有广泛的应用，特别是生态系统受到负面的干扰后退化，退化的生态系统逐步恢复的过程可以利用恢复力来测定；而保护的成果就是力图避免干扰超过系统的阈值而达到一个实际的演替（柳新伟等，2004）。

二、生态系统稳定性的内涵

从内涵上来说，描述稳定性的概念主要有（马风云，2002）：

（1）恒定性（constancy）。指生态系统的物种数量、群落生活型或环境的物理特征等参数不发生变化。这是一种绝对稳定的概念，这种稳定在自然界几乎是不可能的。

（2）持久性（persistence）。指生态系统在一定边界范围内保持恒定或维持某一特定状态的历时长度。这是一种相对稳定概念，且根据研究对象的不同，稳定水平也不同。

（3）惯性（inertia）。生态系统在风、火、病虫害以及食草动物数量剧增等扰动因子出现时，保持恒定或持久的能力。此与恒定性概念基本相同。

（4）弹性（resilience）或恢复性（elasticity）。指生态系统缓冲干扰并仍保持在一定阈限之内的能力。此与持久性概念类似，但强调生态系统受扰动后恢复原状的速度，即其对干扰的缓冲能力。

（5）抗性（resistance）。描述系统在给予扰动后产生变化的大小。即衡量其对干扰的敏感性。

（6）变异性（varibility）。描述系统在给予扰动后种群密度随时间变化的大小。

（7）变幅（amplitude）。生态系统可被改变并能迅速恢复原来状态的程度。即强调其可恢复的受扰范围。

具有不同内涵的生态系统稳定性概念中，恒定性、持久性、惯性指的就是系统的抗干扰能力，而弹性、恢复性则是指系统受干扰后的恢复能力，至于抗性、变异性、变幅则反映了系统受扰后的变化大小，标定了生态系统的稳定域。

生态系统是一个自组织的复杂系统，具有复杂系统的特点。在干扰下会发生一定的改变，当这种改变超过一定水平后会导致生态系统功能改变，致使生态系统回复到起始状态比较困难（Knoop，Walker，1985）。不同生态系统承受干扰水平不同，因此具有不同的阈值。识别这个阈值是必需的，通过确定生态系统不同的阈值水平，并将所获得的数据提供给决策者，可以更好地实现决策的科学化（Kristiina et al.，1997）。

第二节　高寒草甸生态系统稳定性的现状

高寒草甸生态系统是生态、生产和生活"三生"服务功能系统。生态是基础，生产是手段，生活是目的（龙瑞军，2007）。高寒草甸分布地区，气候寒冷，牧草生长期短，生态系统结构简单，抗逆性差，对气候变化和人类活动的干扰极为敏感，自我恢复能力极差（Zhao，Zhou，1999）。自20世纪80年代以来，自然气候变化和人类不合理的经济活动，使高寒草甸生态系统的结构和功能过程发生了不可逆转的变化，草地（包括植物和土壤）质量衰退，生产力、经济潜力及服务功能降低，生态环境恶化、牛物多样性及其复杂性程度降低，生态系统的服务功能及稳定性逐渐丧失，直接危及青藏高原本身及其下游社会、经济与生态环境的持续协调发展，对国家的生态安全构成了严重威胁（李家峰，2003；王大明，颜红波，2001；封建民等，2004；摆万奇等，2002；王根绪等，2004；兰玉蓉，2005）。高寒草甸草地退化特征主要表现在以下方面。

一、景观破碎化

高寒灌丛草甸，形成了大小不一、形状各异的灌丛、丛间草地和秃斑斑块，灌丛盖度从原来的 70%～80% 下降到了 50% 左右，夏季帐篷畜牧点附近尤为明显和突出。高寒嵩草草甸由原来顶极的禾草－莎草草甸植被类型演变为今天以莎草科植物为主的植被类型，同时大面积草地草皮斑驳、鼠洞纵横交错，鼠丘比比皆是，成为"黑土滩"型次生裸地。高寒湿地面积急剧减小，低湿沼泽地消失，湿生草甸向中、旱生植被演变，裸露的地表"塔头"和"热融洼坑"由于水分补给减少和植被生长受阻，在自然风蚀、放牧作用下被逐渐夷平。

二、生产力与土壤养分

草地产草量比 20 世纪 80 年代平均下降了一半以上，中度以上退化的草地面积占可利用草地面积的 50%～60%，已沦为次生裸地或利用价值极低的"黑土滩"型退化草地约占退化草地总面积的 40%，并呈逐年加快的趋势（马玉寿等，1998，1999，2003）。退化草地可食牧草产量仅为 400.5 kg/hm^2，仅相当于未退化草地的 13.2%（田剑等，2000；张登山，2000）。同时，由于草地的退化，土壤营养物质流失严重，轻度鼠害地段损失腐殖质 7122 kg/hm^2、氮素 3110 kg/hm^2；中度危害地段，损失腐殖质 21 366 kg/hm^2、氮素 915 kg/hm^2；重度地段，损失腐殖质达 40 358 kg/hm^2、氮素 1760 kg/hm^2（马玉寿等，1999；刘志林，2000）。

三、鼠类活动

草地退化导致青海高寒草地鼠、虫等有害生物滋生迅速，鼠害草地平均每亩有鼠洞 29.4 个，虫口密度高达 80～50 头/m^2。鼠害草地约有鼠兔 3 亿只和高原鼢鼠 0.4 亿只，每年约吃掉鲜草 81 亿 kg，相当于 370 万只羊一年的食草量，造成经济损失 10 多亿元（王湘国，2000；周青平，杨阳，1999）。

四、水土流失与草地涵养水源能力

草地的退化、土地的裸露，导致了水土流失的加剧和自然灾害的频繁发生。以青海省为例，其水土流失总面积达 33.4 万 km^2，占全省土地总面积的 46.24%。其中长江流域水土流失面积 10.7 万 km^2，黄河流域 7.3 万 km^2；每年输入黄河的泥沙量达 8814 万 t，输入长江的达 1232 万 t。近年来，青海省每年新增水土流失面积 0.21 万 km^2，且呈加剧趋势。湖泊数量减少、面积缩小、水质盐碱化。20 世纪 50 年代以来，仅黄河源区玛多县就有近 2000 个湖泊干涸，鄂陵湖、扎陵湖水位平均下降了 2 m 以上；青海湖水位下降 1.2 m，湖滨出现大片沙丘；在过去的 20 多年中，黄河源头地区径流水量减少 23%，1986 年黄河源头曾断流 3 个月，1998～1999 年黄河出现跨年度断流，持续时间长达 8 个月之久（杜铁瑛，2002；辛总秀，2000）。

第三节　气候变化对高寒草甸稳定性的影响

气候变化具有多种不同的时空尺度，相应的植被响应也存在差异。植被系统对外界环境的响应可大致分为瞬时、中期和长期三种时段。瞬时响应指植物叶片、根、茎等器官与环境间水分、热量和气候交换等过程随环境改变而产生的响应；中期响应则是指生长于某一地区的植被群落内部各组分与气候状况相协调的过程；长期响应是指宏观气候环境的改变导致新的植被群落产生并逐步替代原有群落的过程。自然植被系统在自然因素的"正常"条件下是高度稳定的，稳定的时限为 1 万年尺度，但在失稳 - 振荡 - 突变时期，植被系统的变化速度将迅速加快，可达 100 年尺度，甚至为 10 年尺度（安芷生，1990）。

一、气候变化对高寒草甸时空分布稳定性的影响

气候通过温度与水分的耦合作用而影响着高寒草甸生态系统的时空分布。在青藏高原复杂的地形和微气候条件下，高原山地不同地形部位分布着不同类型的高寒草甸，气候变化对高寒草甸生态系统时空分布稳定性会产生强烈影响，但其影响需要经历较长的时间尺度。

（一）高寒草甸的空间分布格局

青藏高原是我国乃至世界上高寒草甸连续分布的主要区域之一，它们的分布受纬度与海拔双重制约，亦与山系的地理位置、走向及地形的切割状况密切相关（周兴民等，2001）。青藏高原主要分布着高寒草甸、高寒草原草甸、高寒灌丛草甸和高寒湿生草甸。

（1）高寒草甸。占据着高山带中、上部的山坡、浑圆山丘、河谷阶地、盆地中排水良好的滩地以及古冰碛平台和侧堤等，其他高山上部也有零星分布，是分布最广、牧业经济产值最高的草场之一。由于纬度的变化，高原北部祁连山地纬度偏北地区，高寒草甸分布下限海拔为 3300 m 或 3400 m，而南部的青南高原，其下限海拔升高至 3800 m 或 4000 m。

（2）高寒草原草甸。草原化嵩草草甸是指由耐低温的旱中生短根茎密丛地下芽嵩草所形成的植物群落，在群落中混生有旱生多年生草本植物，是过渡于典

型嵩草草甸与草原（包括温性草原和高寒草原）的中间类型。它的分布与土壤含水量有密切的联系，一般占据排水良好的滩地、高阶地、山地阳坡或浑圆低丘。土壤为碳酸盐高山草甸土，土层较薄，土体比较干燥，含水量一般低于25%。

（3）高寒灌丛草甸。分布于相对湿润的区域，与高山草甸在同一层带内，两者常呈复合分布。高寒灌丛草甸常占据山地阴坡、偏阴坡地段，上限可达4700 m；分布于高山带下段，森林郁闭线以上区域，气候阴冷湿润，其分布区域地形破碎，切割严重，属深谷地貌，地形复杂多变，对水热条件分配影响明显。

（4）高寒湿生草甸（高寒沼泽草甸）。通常占据浑圆山地中上部阴坡、地形相对低洼且有地表和地下径流补给而下部有不透水层的高寒滩地、坡麓、垭合及山坡中下部缓坡地段、河流宽谷的低阶地和河漫滩、倾斜平原前缘地下水溢出带下方及扇间洼地、湖滨平原和古冰蚀谷等多种地形，主要集中连片分布于高寒冻土发育区，在青藏高原主要发育于大江河及其支流源头，土壤水分除有较多的降水外，常有土壤侧渗补给。

（二）气候变化对高寒草甸空间分布的影响

目前普遍认为，生态系统能够适应温度变化的幅度是每10年0.1度，一旦在10年间温度升高的幅度超过此值，其后果将是严重的，表现在气候异常、作物欠收和对生态系统的破坏等多方面（赵巍，1997）。随着气候变暖，青藏高原的植被垂直性带谱将发生偏移，其偏移是向高海拔移动的，将会对分布在山地顶端的高寒植被带产生巨大影响，有些物种可能不得不面临着灭绝的考验。

植物迁移的速度远低于气候变暖的速度。一般来说，植物每年向上迁移1 m才能适宜气候的变化，而多数植物每10年才能迁移1 m（吉福琳，1997），因而许多高山物种就慢慢地灭绝了。张新时和刘春应（1994）在假定温度上升4 ℃时预测了我国青藏高原植被垂直带的变化，认为山地植被带上升560～1000 m，雪线也随之上升，在某些地区甚至消失。植被垂直带有向荒漠化发展的趋势。

二、气候变化对高寒草甸生产力的可能影响

Peng 等（2002）发现全球变化对高纬度的影响更大于对低纬度的影响。Zheng 等（1997）研究表明不同地区的生产力对不同环境因子的影响也不相同，年平均气温升高2 ℃的情况下，湿润地区的生产力增加幅度最大；而年平均气温升高2 ℃，年降水增加20%的情况下，干旱、半干旱地区生产力增加幅度最大；年平均气温升高2 ℃，年降水减少20%的情况下，湿润地区生产力提高，而干旱、半干旱地区生产力降低。生态系统的敏感因子一般就是生态系统的限制性因

子，寒冷地区的限制因子是温度，温度的升高更能影响生产力；而干旱地区的限制因子是水分，水分的增加更能影响生产力。

最近30年来，青海"三江源"区气候趋于暖干化过程，对该区域退化草甸和湿地草甸产生重大影响，气温增高导致雪线上升，并导致"三江源"区来水量增加，使长江源、澜沧江源区趋于湿化。自2004年以来，三江源区进入了一个明显的湿润周期，降水偏多和全区气温升高，导致草地生长期的延长和草地生产力的提高，造成了退化高寒草甸明显趋于恢复的假象。在草地产量的时间序列上，随着气候变化，"三江源"草地产草量呈现3~5年为周期的波动规律，1989年、1994年、1998年、2002年和2005年出现峰值，特别是2005年，产草量最高（刘纪远，2007）。近期内这对该区退化草地和湿地生态系统的恢复有利，但是以冰川退缩为代价，不可能长期维持。

三、气候变化对高寒草甸稳定性的影响

系统的主要状态变量随时间变化的程度，可以作为系统稳定性的简单度量。变化程度小，称其为稳定性强；反之，稳定性弱。周华坤等（2006）利用中国科学院海北高寒草甸生态系统研究站长期观测数据，定量分析了高寒矮嵩草草甸生态系统的稳定性及其对环境变化的灵敏度。结果表明，高寒草甸生态系统的主要气候因子年际降水与气温都比较稳定（CV值分别为16.55%和28.82%），而年际地上净初级生产量较降水和气温更为稳定（CV值为13.18%）（表6-1）。其净初级生产量关于降水和气温的灵敏度或弹性分别为 $E=0.0782$ 和 $E=0.1113$，高寒草甸生态系统净初级生产量对降水和气温的波动不敏感，具有较高的稳定性。

表 6-1　**高寒草甸生态系统稳定性度量**（周华坤等，2006）

时间区间	变量	CV（%）	B	E
1957~2000 年	年降水量	16.55	0.05（n. s.）	0.0782
1957~2000 年	年均气温	28.82	−24.45（n. s.）	0.1113
1980~2000 年	净初级生产量	13.18	—	—

注：表中 CV 为变异系数的绝对值；B 为净初级生产量关于降水或气温的线性回归斜率系数；E 为净初级生产量关于降水或气温的弹性；n. s. 代表不显著。

将高寒草甸生态系统与世界其他地区五个草地生态系统的稳定性度量值进行横向比较，也显示出该系统的稳定性程度较高。高寒草甸生态系统的较高稳定性，是较稳定的环境和系统适应环境的进化演替结果。

但也有研究表明，气候干旱导致的草场退化虽然缓慢，却是长期而大规模的，有些陡坡地上很少甚至没有放牧，但是草场还是出现了相当程度的退化。干

旱气候对青南牧区"黑土滩"型次生裸地的形成起了推波助澜的作用，并加剧了"超载过牧-草地退化-鼠害危害-草畜矛盾突出"的恶性循环，从而促进了"黑土滩"型次生裸地的形成（张国盛等，1998）。天然草地嵌块数增加而面积减少，破碎化程度呈缓慢增加的趋势（董立新等，2005；黄桂林，2005；顾柄枢，2004）。

第四节 人类活动对高寒草甸生态系统稳定性的影响

人类正以前所未有的规模和强度影响并改变着其赖以生存的地球环境，使地球生命支持系统的可持续性受到极大的威胁。土壤退化现象在全球范围内日益严重，已经成为严重威胁人类生存与发展的全球性农业与环境健康问题，受到世界各国的广泛关注。对自然草地生态系统来说，放牧是对草地最大的外在干扰源。

一、放牧对高寒草地稳定性的影响

放牧对维持天然草地植物群落的多样性、土壤营养物质的周转、生态系统的稳定有不可或缺的作用（Hanne et al.，2004；Isabelle et al.，2006；Navarro et al.，2006）。合理的放牧管理有利于植物群落多样性的增加，能提高牧草产量（Howitt，1995；Milchunas，Laurenroth，1988）。脆弱的生态环境是高寒草地退化的自然内营力，人为干扰和不合理利用是草地退化的主要驱动力（Zhao，Zhou，1999；刘伟等，1999）。超载放牧对高寒草地稳定性的不良影响主要表现在以下方面。

（一）放牧对植物种群稳定性的影响

长期超载放牧，高寒草甸草场的植物优势种群会发生种群替代，其中优良牧草逐渐减少，直至消失殆尽，而毒杂草逐渐占据优势地位，草场利用价值降低直至消失（周华坤等，2002；杨力军，2005）。

在不放牧或轻度放牧条件下，高寒嵩草草甸植物群落中禾本科植物的营养繁殖和种子更新速率加快，逐渐成为群落优势种，形成明显的二层或三层结构，影响杂类草的生长发育（周兴民，张松林，1986），此时禾草占优势，群聚度大，杂类草和莎草等被分割为大小不一的斑块状，整个草场呈镶嵌状。重牧下，适口性好的高禾草、嵩草等由于返青期经家畜的反复啃食和践踏，光合面积减少，根系储存的营养物质大量被消耗，生长发育被严重抑制，呈低补偿性生长，生殖枝比例、种子成熟率均下降。而适口性差的劣质毒杂草如矮火绒草（*Leontopodi um nanum*）、雪白委陵菜（*Potentilla nivea*）、摩苓草等阳生植物，则利用资源和空间得到充分发育，杂类草占优势，群聚度大，禾草和莎草则呈小斑块点缀于广袤的草场内。同时群落优势种矮嵩草在重牧条件下，相对密度和频度最大，在中牧条件下株高和个体生物量最大（周华坤等，2002）。

超载放牧不仅影响到高寒草甸地上植物种群结构的稳定性，同时也会改变其地下结构的稳定性。随放牧干扰强度的减小，0~10 cm 冠层中的生物量比逐渐减少，而10~20 cm 冠层中的生物量比例增大（王启基等，1995）。

（二）放牧对高寒草甸植物繁殖特征稳定性的影响

高寒草甸植物大多行营养繁殖（周兴民等，1986），这是对高寒冷湿气候和极端环境的一种适应，在超载放牧作用下，由于放牧家畜对植物有性繁殖器官的采食，营养繁殖显得更为重要。随着放牧强度的增加，矮嵩草每个无性分株的分蘖数、叶片数和分株个体地上生物量均增加（朱志红等，1994，1996；李希来等，2001）。而对于丛生禾草，放牧干扰使植丛的丛幅缩小，每丛枝条数下降，植丛密度加大（周兴民等，2001）。以典型匍匐茎繁殖的杂类草，随放牧强度加大，鹅绒委陵菜匍匐茎的分枝强度加大，无性分株数目增多，植株由半直立性、直立性变为匍匐性，表现出较强的形态可塑性（周华坤，2001）。

（三）放牧对草地营养物质循环过程稳定性的影响

草地的退化，贯穿到生态系统的各组分与功能过程中，包括植被退化、土壤退化以及连接各功能组分能流的衰减（陈佐忠等，2000）。土壤是生物量生产最重要的基质，是营养的储存库，是动植物分解和循环的场所，是牧草和家畜的载体。土壤退化是草地退化的具体体现，且比植被退化更严重，土壤严重退化后整个草地生态系统的功能会遗失殆尽（高志英等，2004）。过度放牧使土壤养分输出增加，易于发生土壤侵蚀（Pakeman et al.，2000）。

对于高寒草甸生态系统来说，其养分的补充主要依靠降水、土壤有机物质的矿化和土壤矿物质的风化作用，这个数量极为有限。随着牧业生产的进行，系统养分一部分会转化为牧业产品迁入人类社会，一部分作为燃料转变为热能，还有部分牲畜粪便携带养分被运往农区作为厩肥，进入农田生态系统。

张金霞等（1999）和曹广民等（1999）应用分室模型（图6-1、图6-2）对中国科学院海北高寒草甸生态系统研究站地区的高寒草甸生态系统氮、磷收支平衡状况进行了估算，其中，各分室或组分中不带括号的数字为现存量，带括号者为年存留量，带"＊"者为年残留量，分室连线上的数字为流通量。结果表明，经过一个周年，高寒矮嵩草草甸生态系统氮的总输入为 84.73 kg/hm²，而输出量为 159. 35 kg/hm²；大气分室通过降水输入系统的磷量为 0. 36 kg/hm²，土壤净损耗磷素 1. 58 kg/hm²。

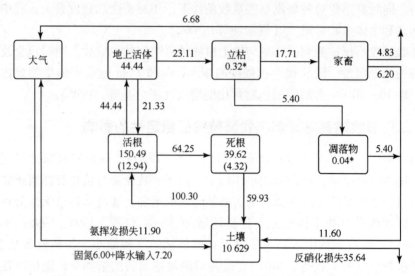

图 6-1　高寒草甸生态系统的氮素循环［单位：kg/（hm²·a）］

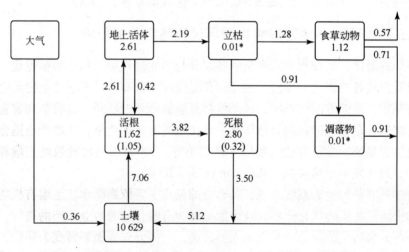

图 6-2　高寒草甸生态系统的磷素循环［单位：kg/（hm²·a）］

　　高寒草甸生态系统中养分主要以有机态储存于土壤库中，放牧干扰对高寒草甸养分循环的影响大小决定于放牧强度，随着放牧强度的增大，流入家畜体内的养分数量增加，畜产品被迁出系统的数量随之增大，长此以往，必然会导致系统养分的失调，引起系统养分循环稳定性的丧失。

（四）放牧对草地土壤稳定性的影响

放牧亦会对草地土壤性状产生强烈的作用，进而对草地土壤稳定性产生不良影响。与未放牧草地相比，牛羊践踏使土壤的孔隙度降低了57%～83%（Nguyen et al.，1998；Singleton et al.，2000），土壤容重增加了8%～17%，土壤渗透率下降了27%～50%（Pietola et al.，2005）。放牧践踏损伤的牧草面积可以占到草地面积的23%，对土壤的压力是链轨拖拉机的2.7～5.3倍（任继周，1995）。

（五）放牧对高寒草甸土壤微生物及活性稳定性的影响

土壤微生物的群落结构及其生物量大小、土壤酶活性是判断土壤质量状况、土壤恢复过程及恢复潜力的重要指标（Harris，2003；Deacon et al.，2006；Giai，Boerner，2007）。其中纤维素酶与土壤碳元素循环有关；多酚氧化酶将土壤中多元酚氧化为醌，促进土壤的腐殖化；土壤脲酶和蛋白酶则参与土壤含氮有机化合物的转化，其活性强度常用来表征土壤氮素的供应强度。磷酸酶是进行有机磷化合物分解的酶类，决定着土壤速效磷的供给强度；蔗糖酶是进行糖类水解的酶类，参与土壤碳元素循环；过氧化氢酶则表征土壤腐殖化强度和有机质积累程度。

王启兰等（2007）对不同放牧强度下的处于小嵩草群落阶段的高寒草甸土壤酶活性进行了研究，结果表明随着牧压的增加，土壤纤维素酶、多酚氧化酶、脲酶、蛋白酶、碱性磷酸酶活性表现出对照＞轻牧＞中牧＞重牧，蔗糖酶为轻牧＞对照＞中牧＞重牧，过氧化氢酶为轻牧＞对照＞重牧＞中牧的梯度变化。随着土层的加深，大多数土壤酶活性逐渐减小，而个别酶类表现出不同的变化规律。如多酚氧化酶在对照样地随着土壤深度的增加，酶活性随之下降，在轻牧、中牧和重牧样地表现出10～20 cm＞0～10 cm＞20～40 cm的变化趋势；重牧样地的纤维素酶活性表现出0～10 cm＞20～40 cm＞10～20 cm；过氧化氢酶活性在不同处理之间呈现一定的差异，而不同层次之间无显著差异（表6-2）。

表6-2 不同牧压下小嵩草草甸的土壤酶活性（王启兰等，2007）

处理	土壤深度 （cm）	纤维素酶 （mg/g，DS）	多酚氧化酶 （mg/g，DS）	脲酶 （NH_4^+-N， mg/g，DS）	蛋白酶 （mg/g，DS）	碱性磷酸酶 （mg/g，DS）	蔗糖酶 （mg/g，DS）	过氧化氢酶 （μg/g，DS）
对照	0～10	2.21±0.02[a]	0.68±0.01[a]	1.21±0.05[a]	1.38±0.01[a]	1.28±0.04[a]	0.79±0.17[a]	76.53±0.88[b]
	10～20	1.54±0.05[b]	0.53±0.03[b]	0.84±0.08[b]	1.04±0.01[ab]	0.60±0.03[b]	0.64±0.07[b]	76.07±0.33[b]
	20～40	1.29±0.03[bc]	0.30±0.01[c]	0.37±0.04[c]	0.83±0.00[c]	0.26±0.03[c]	0.35±0.05[cd]	77.07±0.33[b]

续表

处理	土壤深度 (cm)	纤维素酶 (mg/g, DS)	多酚氧化酶 (mg/g, DS)	脲酶 (NH₄⁺-N, mg/g, DS)	蛋白酶 (mg/g, DS)	碱性磷酸酶 (mg/g, DS)	蔗糖酶 (mg/g, DS)	过氧化氢酶 (μg/g, DS)
轻牧	0~10	2.31 ± 0.02^a	0.50 ± 0.02^b	1.22 ± 0.09^a	0.97 ± 0.00^b	1.37 ± 0.02^a	0.72 ± 0.00^a	95.27 ± 0.33^a
	10~20	1.51 ± 0.02^b	0.62 ± 0.02^a	0.65 ± 0.06^{bc}	0.87 ± 0.00^{bc}	0.55 ± 0.02^b	0.61 ± 0.02^b	95.04 ± 0.38^a
	20~40	0.77 ± 0.01^c	0.27 ± 0.04^c	0.44 ± 0.05^c	0.82 ± 0.00^c	0.19 ± 0.02^c	0.52 ± 0.01^{bc}	96.13 ± 0.31^a
中牧	0~10	2.16 ± 0.05^a	0.43 ± 0.04^{bc}	1.19 ± 0.03^a	0.96 ± 0.00^b	1.25 ± 0.02^a	0.79 ± 0.05^a	67.62 ± 0.58^{bc}
	10~20	1.49 ± 0.02^b	0.52 ± 0.04^b	0.65 ± 0.02^{bc}	0.82 ± 0.01^c	0.52 ± 0.01^b	0.43 ± 0.04^c	67.27 ± 0.23^{bc}
	20~40	0.89 ± 0.02^c	0.28 ± 0.03^c	0.34 ± 0.01^c	0.78 ± 0.01^{cd}	0.18 ± 0.01^c	0.35 ± 0.03^{cd}	55.93 ± 0.21^c
重牧	0~10	1.65 ± 0.04^b	0.41 ± 0.04^{bc}	1.10 ± 0.06^{ab}	0.92 ± 0.00^b	1.21 ± 0.02^a	0.55 ± 0.05^{bc}	75.87 ± 0.33^b
	10~20	1.04 ± 0.02^c	0.44 ± 0.03^{bc}	0.60 ± 0.03^{bc}	0.80 ± 0.00^c	0.53 ± 0.00^b	0.42 ± 0.02^c	75.01 ± 0.00^b
	20~40	1.13 ± 0.02^c	0.14 ± 0.02^d	0.33 ± 0.02^c	0.77 ± 0.00^{cd}	0.17 ± 0.01^c	0.38 ± 0.01^{cd}	76.73 ± 0.31^b

注：同行有相同字母者，则差异不显著（$P > 0.05$）；DS 为干土重。

二、其他人类活动对高寒草甸稳定性的影响

（一）沙金开采对高寒草甸稳定性的影响

20世纪末，除超载放牧外，淘金热也对高寒草甸的稳定性产生极大的影响，超载放牧对高寒草甸稳定性是一个逐渐影响的过程，而沙金的开采是毁灭性的，虽然矿坑所占面积不大，但生产过程生产的废渣、生产机械的碾压，加之矿坑不进行回填，未进行草被恢复处理，对高寒草甸造成毁灭性的破坏。

（二）药材挖掘对高寒草甸稳定性的影响

高寒草甸蕴藏着极其丰富的药用植物，随着藏医药疗效被人们所认可及冬虫夏草价格的飙升，每年春夏之交，成千上万的虫草挖掘者涌入草原，挖掘不仅造成高寒草地地表景观的破坏，同时为鼠类掘洞形成了切入点。同时短促的高强度滥挖乱采，亦造成高寒草甸物种的人为丢失。据周兴民和吴珍兰（2006）报道，1976年中国科学院海北高寒草甸生态系统研究站建站时调查，达乌里秦艽（*Gentiana dahurica*）在盘坡地区比较常见，2004年再次调查时已很难采到标本。药材挖掘给高寒草甸草场的稳定性造成极大威胁。

（三）樵采对高寒草甸稳定性的影响

在广大高寒牧区，分布于山地阴坡与山前洪积扇上的高寒灌丛草甸，大部分

被作为夏季牧场，放牧帐篷主要设置于高寒灌丛分布区，由于缺乏燃料，且正值雨季，牲畜粪便难于晒干，人们便大量樵采灌木作为薪材或引火之物，对长期适应于高寒环境的高寒灌丛草甸稳定性造成影响。灌木被樵采之后，原来灌丛下生长的草本牧草迅速发育，而逐渐演替为嵩草草甸。同时处于山地坡麓地质的高寒灌丛垂直带谱发生断裂和向山地上部与阶地下部的迁移，造成分布带变窄或消失。

（四）　土地利用方式变化对高寒草甸稳定性的影响

天然草地被开垦种植油菜、青稞和药材，是高寒草甸土地利用变化的主要方式。高寒草甸分布地区气候寒冷，农作物及经济作物难以成熟，呈现"十年九不收"的生产状态，但个别年份气候相对较好时会有收获。由于农业生产产值远高于牧业生产，草甸的开垦面积愈来愈大，这在 20 世纪中叶（"大跃进"时代）曾经盛行一时，在今天的农牧交错带仍时有发生。高寒草甸周围或高寒草地中镶嵌分布着大量的农田，长期的农事活动，造成高寒草甸原有物种的彻底丢失，化肥的大量施用与有机肥的缺乏已彻底改变了高寒草甸原来的土壤结构与性状，也使原来土壤作为地球碳汇的功能大大降低或逆转（李月梅等，2005，2006）。

第五节　高寒嵩草草甸稳定性丧失过程及发生机理

自 20 世纪 70 年代以来，高寒嵩草草甸发生退化，形成大面积的"黑土滩"型次生裸地，致使"江河源"区开始出现"生态难民"，少畜户（人均 15 头）、无畜户（人均 5~10 头）、绝畜户（少于 5 头）的人口占 50% 以上，大部分牧民年人均纯收入只有 600 元左右，属于绝对贫困人口。许多牧民迫于生计不得不出走游牧，成为名副其实的"生态难民"，甚至其基本的生活都无法维持；跨边界放牧常常引起牧民之间的械斗，严重影响正常生产活动和民族地区的稳定团结。

一、引起高寒草甸稳定性丧失的超载放牧理论

有关高寒嵩草草甸稳定性的丧失（草地退化）过程，现有研究报道认为，典型高寒嵩草草甸植物群落上层的优势种异针茅、羊茅、紫羊茅等密丛（或疏丛）禾草，其草质柔软，枝叶繁茂，营养丰富，而成为各类牲畜喜食的优良牧草。由于牲畜的反复啃食，并随着放牧时间的推移，植丛逐年变小，株高逐年变低，且一直处于营养阶段，不能完成其生活史，因而逐年消退；而耐放牧践踏、行根茎繁殖的矮嵩草则逐渐占据优势。随后随着鼠害活动的加剧，矮嵩草植被遭

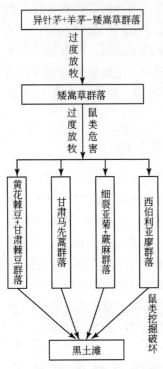

图 6-3　高寒草甸的退化过程

受破坏，此时视草场土壤水分、养分和基质以及破坏程度的不同，可以发生多途演替。在地势平坦、土壤水分适中、营养丰富的地段，黄花棘豆、甘肃棘豆、圆萼刺参等可大量侵入和繁殖，占据群落的优势；而在土壤疏松的地段，甘肃马先蒿可占据优势；在土壤疏松、养分丰富的地段，细叶亚菊和蕨麻可成为优势；在地势稍低、土壤紧实的地段，西伯利亚蓼可成为优势。它们在高原鼢鼠和高原鼠兔的挖掘破坏下，进一步演替为裸露的"黑土滩"型次生裸地，造成高寒草甸生态系统稳定性的丧失（周兴民，吴珍兰，2006），如图 6-3 所示。

二、高寒嵩草草甸的被动–主动退化假说

超载放牧理论对放牧作用、植被演替、鼠类活动和"黑土滩"型次生裸地的发生等草地退化的表观现象之间的关联给予了极大的关注，而忽视了超载放牧作用下，草地内因在维持系统稳定性中的作用，亦无法对草地退化过程中草地中出现大量死亡斑块、裂隙等许多现象与发生机制给予诠释。

曹广民等（2007）通过对"三江源"和中国科学院海北高寒草甸生态系统研究站地区高寒草甸退化过程的长期观测，从高寒草地家畜–植物–土壤–微环境耦合与互馈作用出发，提出了高寒嵩草草甸退化演替的被动–主动退化假说，包括"四个时期、三个阶段、两种动力"（图 6-4）。

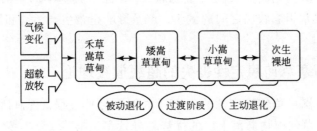

图 6-4　高寒嵩草草甸退化阶段的划分

（1）四个时期。异针茅＋羊茅–矮嵩草群落、矮嵩草群落、小嵩草群落、杂类草"黑土滩"型次生裸地（表 6-3）。

表6-3　高寒草甸不同退化演替阶段植物优势种的变化（杜岩功等，2007）

实验处理	放牧强度 （只羊/hm²）	退化演替时期	优势种
G_3	3.65	异针茅 + 羊茅 – 矮嵩草群落	垂穗披碱草（*Elymus nulans*）、 矮嵩草（*Kobresia humilis*）
G_7	7.5	矮嵩草群落	矮嵩草（*Kobresia humilis*）、 羊茅（*Festuca ovina*）
G_8	8.25	矮嵩草群落	小嵩草（*Kobresia pygmaea*）、 羊茅（*Festuca ovina*）
G_{11}	11.25	小嵩草群落	小嵩草（*Kobresia pygmaea*）、 美丽风毛菊（*Saccssurea superba*）
G_z	—	杂类草群落和"黑土滩" 型次生裸地	雪白委陵菜（*Potentilla nivea*）、 美丽风毛菊（*Saccssurea superba*）

（2）三个阶段。被动退化阶段（异针茅 + 羊茅 – 矮嵩草群落向矮嵩草群落的演替）、主动退化阶段（矮嵩草群落经小嵩草群落到杂类草"黑土滩"型次生裸地的演替）和过渡阶段（矮嵩草群落）。

（3）两种动力。被动退化阶段，家畜的选择性采食和践踏造成的禾本科牧草生长、繁殖受阻，植被群落发生被迫演替是该阶段发生的主要动力；在主动退化阶段，小嵩草群落特殊的生物学特性（高地下与地上比值），造成草毡表层的加厚与极度发育，发生营养元素的生物固定、大气降水入渗速率的降低，致使土壤与牧草间营养供求的失调和生理干旱（表6-4、表6-5），是系统稳定性丧失的终极原因（曹广民等，2004；周青平等，2005；纪亚君，2002；Xu et al.，2004a，2004b）。当然，并不是处于小嵩草群落阶段的高寒草甸就会发生必然退化，只是当草毡表层厚度达到一定阈值时，系统的自我调节能力大大降低，会导致系统稳定性的丧失。这个阈值点尚需进一步研究。

表6-4　高寒草甸不同演替时期根系系统变化（曹广民等，2007）

实验处理	草毡表层厚度（cm）	地上/地下	容重（g/cm³）	根土比（v/v）
G_3	4.03 ± 0.49^C	3	0.75 ± 0.05^b	0.44
G_7	5.76 ± 0.78^B	7	0.59 ± 0.10^c	0.61
G_8	5.95 ± 0.74^B	8	0.58 ± 0.06^c	0.74
G_{11}	10.1 ± 0.38^A	13	0.54 ± 0.04^c	1.54
G_z	—	—	1.00 ± 0.02^a	—

注：同行上角标有相同字母者，差异不显著（大写字母的，$P > 0.01$；小写字母的，$P > 0.05$）。

表6-5 高寒草甸不同退化时期土壤湿度和渗透速率（曹广民等，2007）

实验处理	土壤湿度（%）	渗透速率（mm/min）
G_3	47.82 ± 2.53^A	2.18 ± 0.046^A
G_7	42.00 ± 1.89^B	1.67 ± 0.023^{AB}
G_8	40.68 ± 2.38^B	1.43 ± 0.032^B
G_{11}	27.33 ± 3.22^C	0.37 ± 0.005^C
G_z	26.35 ± 2.78^C	22.20 ± 0.552

注：同行上角标有相同字母者，差异不显著（$P > 0.01$）。

曹广民等（2004）以处于不同退化时期的高寒禾草草甸、禾草＋薹草＋嵩草草甸、嵩草草甸和杂类草草地为研究对象，进行了不同退化阶段高寒草甸牧草生长对氮素需求的研究，计算出处于不同退化时期的高寒草甸牧草生长对氮素的需求及其地下根系对土壤氮素的生物固定量（表6-6）。可见随着高寒草地退化程度的加重，用于牧业生产的氮素（地上部分初级生产所需的氮素）逐渐减少，而地下根系所固定的氮素逐渐增加，成为无效消耗。高寒草甸四个退化演替时期初级生产（包括地上、地下部分）所需氮素量大小顺序为嵩草草甸＞禾草＋薹草＋嵩草草甸＞禾草草甸＞杂类草草地，分别为 37.3 g/m^2、24.87 g/m^2、22.86 g/m^2、14.96 g/m^2。自然条件下高寒草甸的土壤有机氮素矿化能力为 15.68 g/m^2，只有在杂类草草地，其牧草生长对氮素的需求才与其土壤氮素供求相适配，土壤氮素的缺乏可能是高寒草甸植被演替与草场退化的重要驱动因子之一（表6-6）。

表6-6 不同退化阶段高寒草甸牧草生长氮素的需求 （单位：g/m^2）

草场类型	地上部分 生长需氮量	地下根系氮 素现存量	地下根系生长 年需氮量	年生长总 需氮量
禾草、薹草、嵩草草甸	8.78	18.52	14.09	22.86
矮嵩草草甸	5.89	24.95	18.98	24.87
小嵩草草甸	3.69	44.19	33.61	37.30
杂类草草地	2.70	16.12	12.26	14.96

杜岩功等（2008）作了被动－主动退化假说中所述的四个时期高寒草甸氮、磷耦合关系的研究，表明在长期持续过度放牧压力下，高寒嵩草草甸从异针茅＋羊茅－矮嵩草群落向矮嵩草群落、小嵩草群落的演替过程中，系统有限的养分流向会发生极大的改变，其养分大量成为有机态而积聚于牧草根系，在高寒恶劣的气候环境中，分解缓慢，而且随着小嵩草草毡表层的不断加厚，此固定数量愈来

愈大。在整个退化演替过程中，以植物根系有机态固定的氮、磷养分每年增加量分别为 1.40 g/m^2 和 0.16 g/m^2。

三、两种高寒草甸稳定性丧失理论的联系与区别

被动－主动退化假说，并没有否定现有的高寒草甸稳定性丧失的超载放牧理论，是在此理论的基础上从植被演替后嵩草属植物特殊生物学特性引起的土壤－牧草营养、水分供求关系相悖关系来探讨高寒草地的退化，是对原有草地退化发生机理的深化。主要区别在于以下方面。

（一）时期的划分

假说中时期的划分与超载放牧理论相比，增加了一个小嵩草群落时期，而将杂类草和黑土滩两个演替时期合并为杂类草"黑土滩"型次生裸地。

以往人们认为在青藏高原小嵩草植被群落是发育于高原山地阳坡的一个地带性植被。新的野外观测发现，高寒矮嵩草群落经过 3~4 年短期的极度放牧作用，可发生偏途演替而成为杂类草"黑土滩"型次生裸地，但经由高寒矮嵩草群落向小嵩草群落的演替更为普遍。2005~2008 年，在位于中国科学院海北高寒草甸生态系统研究站地区的桌子掌同一地形部分的几户牧民草场上，观测到了这种演替，在 1991~1993 年野外考察时，该地区草场处于典型的高寒矮嵩草群落，其草地小嵩草群落斑块极少，斑块直径不足 10 cm，而现在的部分牧户草场已经全部演变为小嵩草群落。2007~2008 年，位于青海省玉树州巴塘滩的高寒矮嵩草草地，小嵩草斑块直径已达 12~15 cm。

由于"黑土滩"型退化草地并不是不长植物，在夏季其上生长的主要是杂类草，冬季放牧过程中随着家畜的践踏和风蚀，地表枯枝落叶消失殆尽，春季往往表现出地表光秃、土壤裸露的景观，因此将超载放牧理论中的高寒草甸退化的杂类草和"黑土滩"演替时期合并为一个杂类草"黑土滩"型次生裸地时期更为妥切。

（二）退化动力

在异针茅＋羊茅－矮嵩草群落向矮嵩草群落的被动演替阶段，假说继承了超载放牧理论的有关部分，这是它们之间的联系。两种观点的区别体现在嵩草群落成为优势种群之后，超载放牧理论认为该时期之后的草地稳定性丧失是过度放牧和鼠类活动共同作用所致；而假说突出了莎草科牧草高地下与地上比值特殊的生物学特性，认为莎草科植物，特别是小嵩草发育导致的土壤草毡表层的极度发育，造成草毡表层的生理干旱、营养元素生物固定和土壤－牧草营养供求的失调

是导致草地稳定性丧失的最终驱动力；鼠类活动对高寒草甸的破坏，是草地退化到一定阶段的一个附加过程，其发生机理是由于草毡表层的极度发育、死亡、破裂、塌陷、剥蚀，为鼠类活动提供了切入点，而大量的植物地下根系和塌陷地段杂类草的发育，亦为鼠类活动提供了充足的食源。

草毡表层是被动－主动退化假说建立的核心，它是发育于土壤表层的由不同年龄的活根和保持原状的死根交织磐结、草毡状有机土壤物质大量积存的植毡层，是高寒草地植物根系集结之处，约占土壤剖面植物总根系量的65%，是高寒草地物质、能量交换的最活跃层，也是根际微生物富积层。随着发育年限的不同，其厚度、分层颜色也不同，发育成熟后的草毡表层韧性极大，铁铲也不易切割，为高寒草地所特有（鲍新奎，高以信，1994）。草毡表层的发生、发育、演化，是高寒嵩草草甸维持其稳定和其稳定性丧失的物质基础。

第六节　放牧高寒嵩草草甸的稳定性及自我维持机制

高寒草甸分布地区气候严酷，植物生长期短，生态系统脆弱，自我恢复能力极差，成为世界性的生态系统修复、维系与管理的难题（李希来，2002；徐广平等，2005；袁建立等，2004；周华坤等，2003）。然而，长期的野外观测发现，高寒草甸在对抗外力干扰（特别是超载放牧）中，进行了一系列的自我调节过程，形成了一套独特、有效的抵抗机制。高寒草甸具有较高的系统稳定性，但系统遭到破坏后的恢复能力极差。

一、放牧高寒嵩草草甸的稳定性

生态系统一般都不断地被扰动，绝对平衡态几乎是不能达到的（马世骏，1983）。高寒嵩草草甸在四个退化演替时期对放牧干扰的抵抗能力及恢复能力具有很大的差异。

（一）异针茅＋羊茅－嵩草草甸群落

可以认为这是高寒嵩草草甸的原始状态，其植物群落结构比较复杂，一般可以分为上下两层，上层以异针茅、羊茅、紫羊茅（*F. rubra*）等为优势，并有垂穗披碱草（*Elymus nutans*）、藏异燕麦（*Helictotrichon tibetica*）、冶草（*Koeleria cristata*）、冷地早熟禾（*Poa crymophila*）、山地早熟禾（*P. orinosa*）、草地早熟禾（*P. praten*）、湿生扁蕾（*Gentiana paludosa*）、圆萼刺参、瑞苓草（*Saussurea nigrescens*）、重冠紫菀（*Aster diplostephioides*）等，下层草本以矮嵩草为优势，伴生种类主要有美丽风毛菊（*S. pulchra*）、钉柱委陵菜（*P. saundersiana*）、矮火绒草

（*Leontopodium nanum*）、肉果草（*Lancea tibetica*）、海乳草（*Glaux maritima*）、线叶龙胆（*Gentiana lawrencei*）、南山龙胆（*G. grumii*）、刺芒龙胆（*G. aristata*）、麻花艽（*G. straminea*）等。今天的青藏高原，该群落只有在放牧强度较轻、草地进行了严格保护管理控制的个别地段才可以看到，其草地草毡表层厚约 2.4 cm。该时期系统的抗放牧干扰能力（恒定性、持久性与惯性）极差，一般持续超载放牧 2～3 年后，其稳定性就会丧失，演变为矮嵩草群落。然而该时期受干扰后的恢复能力（弹性、恢复性）极强，如果去除牧压，1～2 年就可恢复。如巧遇风调雨顺之年，当年就可恢复。

（二）矮嵩草群落

矮嵩草群落是放牧退化演替的一个中间阶段，此时期草地禾本科牧草基本消失，草地群落以矮嵩草为绝对优势。土壤草毡表层呈现快速发育、加厚的变化过程。此时期草毡表层的厚度在 3.8～4.2cm 之间，系统具有较强的抗干扰和恢复能力，其持续时间与放牧强度的关系极为密切，一般超载放牧 4～5 年，就会转化为小嵩草草甸。在演替初期，由于禾本科牧草的逐渐消失，矮嵩草成丛状凸显于地表，随着退化演替的加剧，小嵩草就会逐渐发展起来，呈现淡黄色绒毛毡状斑块镶嵌于草地之中，与矮嵩草群落构成明显区别，并且随着放牧时间的持续，这种斑块沿边缘逐渐向四周扩散。去除牧压后，矮嵩草群落发育地段的恢复能力较强，5～6 年或更短时间就可恢复，特别是封育后禾本科植物很快就可恢复，但在小嵩草斑块上草地恢复相对困难。这个时期小嵩草斑块直径 10～12 cm，草毡表层厚 3.8 cm 左右。20 世纪 70～80 年代，是高寒草地由异针茅＋羊茅－嵩草草甸群落向矮嵩草群落演替的主要转型期。

（三）小嵩草群落

小嵩草群落是高寒嵩草草甸抵抗放牧干扰的最后一道防线，系统具有特别强的抗干扰能力，草毡表层极富弹性，家畜践踏对它的影响极小。在超载放牧下，一般可维持十多年，但草地生产力较低，年地上生产力仅为 3281.61 kg/hm^2。植株高 2～3 cm，呈绒毡状，牲畜不易啃食，单宁含量较高，难于消化，牧民俗称油性大，容易"抓膘"。此时草地草毡表层厚在 4.5～10 cm 以上，处于剥蚀阶段时，有的甚至可达 30～40 cm，此时期的土壤地表特征极为复杂，地表生物结皮老化、死亡，形成大量黑斑和灰白色菌斑；草毡表层极度发育、加厚，局部死亡并形成大量的裂缝；草毡表层滑塌、剥离，形成塌陷与剥蚀，随着放牧强度的增加，这种变化呈加剧趋势（表6-7）（杜岩功等，2007）。此时期后期的草地几乎没有任何逆转的可能。

表 6-7　小嵩草群落时期地表特征变化

放牧强度 (羊单位/hm²)	黑斑面积 (%)	秃斑面积 (%)	塌陷				裂缝			
			面积 (%)	长度	深度	宽度	面积 (%)	长度	深度	宽度
					(cm)				(cm)	
7	3	0	2	68	4	18				
8	30	14	13	25	1.5	7				
				50	6	8				
				62	4	18				
				53	3	22				
11	35	22	20				5	20	3.5	5
							5	12	6	3
				60	8	11				
							15	55	7	3
				50	3	13	15	64	3	3
				50	7	50	15	50	3	2
							15	46	4	3

　　黑斑是草毡表层发生局部死亡、覆于地表的黑褐色生物结皮亦发生老化死亡而呈现的黑色斑块，在一些黑斑上甚至发育灰白色或灰黄色菌斑。牦牛的舔食行为，易引起草地黑斑的发生，这究竟是由牦牛的舔食行为还是践踏作用引起的恶果，尚缺乏理论支持。在藏系绵羊放牧的地段，这种现象没有发生，危害程度也较轻，实施改牛为羊的生产结构调整，对维持高寒草甸的稳定性、防止草地退化可能会有积极的作用。

　　秃斑是在地表没有植物生长，草毡表层发育极弱，与周围地质相比土壤疏松，地表生物结皮亦缺失的地段，面积一般很小，直径 3 ~ 5 cm。它的发生机理尚不清楚，也许是杂类草斑块死亡所遗留。

　　裂缝是老化的草毡表层由于植物根系的死亡，而失去弹性与拉力，草毡表层发生破裂而形成的不规则裂隙，是草毡表层发生剥蚀与鼠类侵入的切入点。

　　塌陷是土壤坍塌或草地表层发生剥蚀后，形成的底土裸露斑块。它是在人为不合理的草地利用前提下，由于害鼠挖洞作穴、风蚀、水蚀作用而产生和发展的。首先是嵩草属植物的衰退过程，出现不规则的多边形裂缝，裂缝处的植物根系与土层断离，为害鼠挖掘、风蚀、水蚀形成切入点，随后在自然冻融作用下，发生剥蚀。在一些文献报道中，塌陷也称为秃斑（李希来，2002；张国盛等，1998；张芳，1999）。

（四）杂类草"黑土滩"型次生裸地

这是高寒嵩草草甸退化的终极时期，严格来说，已经不能称为高寒嵩草草甸。处于该阶段的草地没有任何放牧价值和对放牧的抵抗能力，土壤养分流失严重，质地变粗，水、风蚀及鼠害残留的老化草毡表层厚达 17 ~ 40 cm，凸立于地表，恢复过程极为艰难，可能需要数十年的时间。而对于草皮已发生剥蚀、底土裸露的地段，必须采取人为干预措施进行系统重建，完全依靠自然恢复几乎是不可能的。

总之，放牧高寒嵩草草甸生态系统退化演替中，系统抗干扰能力和恢复能力具有很大的差异。其持久性、惯性、弹性、抗性强弱顺序为小嵩草群落＞矮嵩草群落＞异针茅＋羊茅－嵩草草甸群落。而系统的变异性、恢复性和变幅强弱顺序为异针茅＋羊茅－嵩草草甸群落＞矮嵩草群落＞小嵩草群落。

二、高寒嵩草草甸稳定性维持机制

稳定的生态系统具有容量性（弹性）和滞后性，对外界的干扰有一定的调节能力（抵抗力和恢复力）（Pimm，1984）。具体表现在植物的生存和生长具有一定的放牧抗性，植物通过改变其空间和机械性结构特征及化学成分等以降低植物的易采食程度和适口性，或在其被牧食后通过改变剩余顶端分生组织的有效性及生理过程以刺激植物生长的能力。植物的抗牧性水平可以通过度量一些特征的质（量）的变化进行比较（汪诗平，2004；Briske，1991）；牧草再生能力的大小是确定合适放牧率、放牧时期和放牧频率的重要指标，也是判断牧草是否有补偿性生产的指标之一（汪诗平等，1998）。在全球气候干暖化的今天，地处青藏高原的高寒草地生态系统是较稳定的自然环境和系统适应环境的进化演替结果，具有较高的稳定性，可以承受一定范围内的外界人为干扰和气候波动，具有较高的系统调控能力和恢复能力，但如果人为干扰程度过大，气候波动明显，稳定性较高的高寒草地也会因为受干扰程度超过了其稳定程度阈值而退化，并且难以恢复（周华坤等，2006）。

随着放牧强度的增大，高寒嵩草草甸植被由异针茅＋羊茅－嵩草草甸群落向矮嵩草群落、小嵩草群落、杂类草"黑土滩"型次生裸地的演替，表面上是一个牧草优势种群的替代，实际上也是草甸植被对放牧压力的一个主动抵抗过程。主要采取了如下的维持机制。

（一）形态适应机制

高寒草甸在持续的放牧压力下，植物采取了植株低矮化、匍匐生长、细绒化和表生毛刺等的形态变化来抵抗过度放牧的干扰，以维持系统的稳定。四个演替时期最典型的代表性物种形态变化分别为禾本科（高大易食）、矮嵩草（地下芽短根茎）、小嵩草（毛绒化）、杂类草（毛刺）。嵩草植物不仅是长期适应高寒而产生的形态特征，如植株低矮、叶线形、密丛根茎、地下芽等，使本类群可以巧妙地度过严寒不利的环境。同时也可以认为是为了抵抗放牧、增加系统冗余、维持系统稳定性的一种机制。

（二）营养适应机制

从不同物种对养分的需求来看，高寒嵩草草甸优势种植物的演替，也是一个植物营养（个体）需求降低的演替过程。对组成高寒草甸的主要植物氮、磷含量的研究结果表明，植物体氮、磷含量禾本科（N 1.077%，P 0.083%）＞矮嵩草（N 0.983%，P 0.046%）＞小嵩草（N 0.782%，P 0.028%）（曹广民等，1995；张金霞等；1995），这可以从营养适应方面说明，随着草地土壤的退化，莎草科牧草比禾本科更能适应贫瘠的环境，而逐渐成为草地优势种群并能维持相对较长时段的原因之一。

（三）干旱适应机制

在持续的超载放牧压力下，随着高寒嵩草草甸发生异针茅＋羊茅－矮嵩草群落、矮嵩草群落、小嵩草群落的演替，植物根系逐渐扩大，植物对水分的需求亦愈来愈多，而草毡表层的逐渐加厚，对降水的入渗阻力越来越大，造成土壤湿度的急剧下降。为了抵抗这种变化，一方面植物采取优势种群演替的策略，由莎草属植物取代禾本科植物成为草地的建群种，对土壤水势来说，莎草＞禾本科（周兴民等，1999），即莎草属植物较禾草具有相对较高的耐旱能力。同时随着莎草属牧草成为优势建群种，植物叶片形态也发生了改变，以针状叶（小嵩草）、表生毛刺或附生绒毛（火绒草）的叶片成为主体，减少了水分的蒸散，增强了抗旱性。另一方面植物根系向土壤深层扩展，以利用土壤下层的水分。

（四）耐践踏适应机制

为了维持草地的稳定性，在嵩草群落（包括矮嵩草群落和小嵩草群落）时期，系统采取了增加草皮层（草毡表层）厚度、增加土壤拉力（通过根系纤维）的方式来抵抗践踏。

（五）化学防卫机制

主要是指毒（杂）草类牧草，通过其生物碱物质，改变牧草的适口性或造成牲畜中毒等来抵抗或减少家畜对其的啃食，以维持系统的稳定性，免遭灭亡。

（六）老化草毡表层的破除机制

现有的研究大多认为鼠类的数量与草地的退化有直接关系，数量越多，危害程度愈重，加剧草地退化，最终导致黑土滩形成。

然而，在高寒草甸退化演替中，随着小嵩草成为优势群落，土壤草毡表层极度发育，最高厚度可达 30～40 cm，它极为坚韧、结实、抗雨淋，牧民常用来作为围栏土墙的建筑材料。进行退化高寒草地的恢复，大量的、极具韧性的残留老化草毡表层的破碎，是系统重建的困难，使用机械也很难实施。自然条件下，这种分解极为缓慢，在位于青海省玉树州巴塘滩的一块 1966 年人为开垦的弃耕地上，历经了 40 多年的自然作用，当年仡立于地表的草毡表层仍然完好，保持原状，仅其草－土的绞织性有所降低，用手撕裂较为容易而已。自然条件下，老化草皮层的彻底解体与破碎却不得不依靠鼠类活动。冻融交替和雨水的冲刷使其斑块结构发生裂隙、塌陷，为鼠类活动创造了切入点；鼠类活动的介入，使这种老化草皮经过 2～3 年即破碎完全。同时，大量的研究报道也表明，鼠类活动也能增加土壤速效养分。因此，高寒草地退化后期鼠类活动的大发生，也许是草地系统进行稳定性恢复的一种自我调节方式与机制。

总之，不同生态系统承受外界干扰的能力不同，具有不同的稳定性阈值。充分了解高寒嵩草草甸的特性，掌握各阶段的稳定性维持机制与发生阈值，根据草地初级生产的过程与规律，控制人类活动强度在草地的承载能力之内，是高寒嵩草草地得以永续利用的关键。

20 世纪的七八十年代，在大力倡导牲畜百万县的政策指引下，人们盲目扩大牲畜种群，取得了一时的高效益，也就是这一指导性的失误导致今日高寒草地的大面积退化。加之随着当今人口数量的增加，人们对畜产品需求增长，草地没有休养生息的机会，导致草地退化趋势仍在加剧。

植物群落的冗余结构决定了其稳定性是抵抗的，或是恢复的，或既是抵抗的又是恢复的。处于高寒小嵩草群落阶段的高寒草甸根系的极度发育，也许是系统采取以器官冗余的方式来保存系统的恢复能力。然而，极度发育的草毡表层又由于固定了大量的养分，阻止了降水的入渗，成为草地退化的终极原因。控制放牧强度，使草地土壤草毡表层厚度保持在适宜的范围（2～3 cm），草地便既具有较高的抗践踏能力，也有较高的草地生产力。

第七节　啮齿动物对高寒嵩草草甸稳定性的影响

啮齿动物是草地生态系统的重要组成部分。在长期演化进程中，啮齿动物和植物相互作用、相互影响，形成复杂而相对稳定的生物群落，维系着草地生态系统结构、功能过程以及两者的协调发展。过度放牧常可引起啮齿动物种群数量的骤然增加（刘伟等，1999；Roger et al.，2003），动物个体所占有的草地食物资源则相对减少，它们为了取得足够的食物资源，尽量提高资源的利用率，使种内竞争加剧，草地植物群落会因动物过度采食和高强度的挖掘行为而发生演替。引起草地退化演替可能是一种种群所致，由两种或两种以上种群共同作用的结果，也可能是在某种情况下，动物只是起到"催化"的作用而加速草地植物群落的退化演替。然而，啮齿动物对维持草地平衡、进行退化草地重建也有积极的作用（Zhang et al.，2003）。

一、高寒草甸草场啮齿动物的种类及破坏行为

啮齿动物对草地植被危害最为严重。青藏高原高寒草甸啮齿动物种类多、分布普遍、密度大，特别是一些群聚性的种类，对微地形、植物和土壤的作用都很显著。最常见的种类有高原鼢鼠（*Myospalsx baileyi*）、高原鼠兔（*Ochotona curzoniae*）、甘肃鼠兔（*O. cansa*）、根田鼠（*Microtus oeconmus*）、喜马拉雅旱獭（*Marmota himalayana*）和灰尾兔（*Lepus oiotolus*）等，其中对草地植被危害最为严重的为高原鼢鼠和各种鼠兔。高原鼠兔和甘肃鼠兔危害贯穿于高寒矮嵩草草地退化的全过程，而高原鼢鼠危害主要发生于禾草＋嵩草草甸和杂类草草甸两个阶段（图6-5）（刘伟等，1999）。

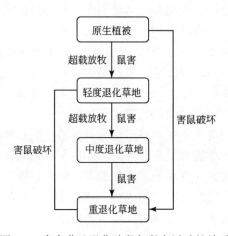

图6-5 高寒草地退化阶段与鼠害活动的关系

草地退化是鼠类活动加剧的诱因。当高寒草甸处于轻度退化阶段时，由于土壤坚实，且土壤中根系发达，不利于挖掘鼠洞，主要害鼠——高原鼠兔数量较少，危害较小，所起作用也轻（Wang et al.，2000）；继续超载放牧，植物群落由

于多种杂类草的侵入，高山嵩草比例下降，土壤表面蒸发加大，由原来的湿润性转变为干旱性，土壤结构疏松，有利于高原鼠兔的生存，种群数量猛增，除啃食牧草外到处掘洞，鼠坑纵横，危害面积增大（表6-8，表6-9）。草皮与鼠坑形成了镶嵌复合体，在风力作用下，尤其是在冬春季节，鼠坑内尘土飞扬，甚至覆盖临近区域的草皮，抑制周围植物的生长发育，演替为重度退化草地，最终导致"黑土滩"型退化草地的发生（刘伟等，2003）。

表6-8　不同程度退化草地高原鼠兔的种群密度及其洞口系数（刘伟等，2003）

退化草地	种群密度（只/hm^2）	有效洞口（洞口数/hm^2）	洞口系数
未退化草地	25 ± 2.08	122 ± 8.72	4.88
轻度退化草地	82 ± 6.66	384 ± 10.12	4.68
中度退化草地	148 ± 19.86	576 ± 10.26	3.89
重度退化草地	48 ± 10.01	258 ± 12.10	5.38

表6-9　不同程度退化草地高原鼠兔危害面积比较（刘伟等，2003）

退化草地	秃斑数（个/0.25 hm^2）	平均秃斑面积（m^2）	破坏面积（m^2/0.25 hm^2）	百分比（%）
未退化草地	132.00 ± 8.72	0.12 ± 0.05	15.84	0.634
轻度退化草地	462.67 ± 13.87	0.15 ± 0.08	69.70	2.788
中度退化草地	467.00 ± 3.46	0.26 ± 0.08	121.42	4.857
重度退化草地	353.00 ± 17.35	1.62 ± 1.23	571.86	22.874

"黑土滩"型退化草地的形成是一个长期的、连续的过程。草地退化则是诱发这一过程的主导因子，高原鼠兔挖掘洞道，破坏草皮及植被，又加剧了草地的进一步退化，最终导致了"黑土滩"型退化草地的形成和不断扩大（刘伟等，1999）。

二、高寒草甸草场啮齿动物的食性

食物资源利用谱可反映草食动物与植物群落的关系，同时也决定了草食动物各种群之间的相互关系（王权业等，1989；王权业，张堰铭，2000）。高原鼠兔主要采食利用的有15种植物，多为植物群落中相对丰富的种类，也是甘肃鼠兔和高原鼢鼠利用较多的植物种类（表6-10）。

表 6-10　高原鼠兔、高原鼢鼠和甘肃鼠兔的食物利用谱与植物相对丰富度（王权业等，1989）

资源位	相对丰富度（%）	利用频率（%）		
		高原鼠兔	高原鼢鼠	高原鼠兔
垂穗披碱草	15.79	21.93	1.47	10.72
羊茅	9.84	8.18	0	0
蕨麻	9.42	2.95	5.88	2.44
早熟禾	8.52	11.95	0	0.24
矮火绒草	7.84	6.22	0.59	0
美丽风毛菊	8.30	3.27	5.88	4.26
花苜蓿	3.12	3.44	0.59	5.24
麻花艽	1.78	0	0	1.83
直立梗唐松草	2.62	0	2.65	0
肉果草	2.44	0	2.06	0
异叶米口袋	2.03	8.02	8.24	9.62
多枝委陵草	1.85	7.53	0	0
细叶亚菊	1.65	0	3.24	0
黄花棘豆	1.65	17.51	12.35	24.73
蒙古蒲公英	1.53	4.58	6.47	15.48
二裂委陵菜	1.34	0.16	1.47	0.73
针茅	0.91	0	0	1.34
矮金莲花	0.86	2.62	0	0
重齿风茅菊	0.64	0	0	0.24
西伯利亚蓼	0.58	0	3.82	0.24
筋骨草	0.53	0	0.29	0
钉柱委陵菜	0.45	0	0	5.36
丽江风茅菊	0.14	0	2.06	3.41
甘肃马先蒿	0.37	0.33	7.06	0.24
异穗薹草	0.36	1.31	0	0
露蕊乌头	0.32	0	0.29	0
南山龙胆	0.23	0	0	2.19
蓝花棘豆	0.23	0	0	6.94
小车前	0.18	0	14.71	0
獐芽菜	0.15	0	1.76	0.12
三裂碱毛茛	0.13	0	0	3.29
线叶龙胆	0.09	0	0	0.24
光果角茴香	0.09	0	8.24	0
莛苈	0.03	0	4.41	0
钝叶银莲花	0.03	0	3.35	0
水葫芦苗	0.02	0	4.12	0
其他19种	15.72	0	0	0

高原鼠兔、高原鼢鼠和甘肃鼠兔彼此的生态位，以高原鼠兔和甘肃鼠兔重叠为多，高原鼢鼠与甘肃鼠兔重叠居中，而高原鼠兔与高原鼢鼠的重叠最少（表6-11）。生态位重叠大表明倾向于选择不同的生境，如分布于草甸上的高原鼠兔和分布于金露梅灌丛的甘肃鼠兔。生态位重叠少表明动物能共同存在于同一生境中，如高原鼢鼠和高原鼠兔共同栖息于草甸中。

表6-11 高原鼠兔、高原鼢鼠甘肃鼠兔生态位重叠（PT 测度）（王权业等，1989）

	高原鼠兔	高原鼢鼠	甘肃鼠兔
高原鼠兔	1.000	0.4786	0.6632
高原鼢鼠	0.4786	1.000	0.5846
甘肃鼠兔	0.6632	0.5846	1.000

三、高原鼢鼠对高寒草地的作用

生活于地下的高原鼢鼠是对高寒草甸破坏性最强的一个鼠种，是高寒草甸成为"黑土滩"型退化草地的主要贡献者。地下鼢鼠生活型、行为、种群结构的特殊性，决定了此类动物对植被、土壤及生态系统作用的多样性。地下挖掘能改变土壤的物理环境，导致土壤类型、发育速率、营养可利用性、微地形等的变化。地下啃食直接影响植物的形态、丰富度、种间竞争、植被类型和物种多样性、生物量及群落结构组成等，植物对植食性动物的防御策略具有更明显的化学防卫特性。地下鼠与其他植食性动物种间竞争、空间利用等关系密切，是食肉动物重要的食物资源。地下鼠对生态系统生产力、空间异质性、营养结构和循环、碳元素储存以及微量气体释放等生物地球化学过程均能产生重要影响，显示出有别于地面植食性动物的重要性和不可替代性（张堰铭，刘季科，2002a）。

（一）高原鼢鼠对高寒草甸植被特征及生产力的影响

高原鼢鼠活动对植物的极大影响，主要表现在对植物地上生物量、双子叶植物在地上生物量中所占百分比、植物群落组成的种数、单子叶植物重要值、双子叶植株内含次生化合物的物种重要值、草地次生植被面积及土丘覆盖植物的恢复速率等（张堰铭，1999）。许多实验表明，地下鼠对杂类草的喜食程度大于禾本科植物，而有多汁营养储存器官的双子叶种类则是其最喜食的植物（Bandoli，1981；Behrend，Tester，1988；Williams，Cameron，1986）。

在高寒草甸地区，高原鼢鼠挖掘造成禾草生物量显著下降，杂类草种群丰富度增加，演替停留于杂类草阶段（肖运峰等，1982）。伴随高原鼢鼠种群数量增加，地下挖掘活动加剧，含有次生化合物的植物大量繁衍，进而有效地抵御高原鼢鼠的过度啃食（张堰铭，刘季科，2002b）。其中，以细叶亚菊、萼果香薷等植物为优势种的群落能显著降低高原鼢鼠的取食量，达到抑制其剧烈的挖掘活动的目的。

高原鼢鼠栖息10年的斑块，植物群落的物种数减少，植物物种多样性指数下降，地上、地下总生物量显著降低，单子叶和可利用双子叶植物生物量显著减少，但不可利用双子叶植物生物量显著增加。高原鼢鼠去除5年后，斑块内植物群落的单子叶植物物种数增加，而双子叶植物下降，植物群落物种多样性指数下降，地上、地下总生物量显著增加，单子叶和可利用双子叶植物生物量增加极为显著，不可利用双子叶植物生物量显著降低。高原鼢鼠栖息10年的斑块，净初级生产量较未栖息地区减少68.98%。高原鼢鼠去除5年后，净初级生产量增加，但仅达到未栖息地区的58.69%（张堰铭，刘季科，1999，2002b）。

（二）高原鼢鼠种群密度对其植被生产力的影响

不同高原鼢鼠种群密度地区，单子叶、双子叶植物地上生物量表现出显著的不同（表6-12），植物地上总生物量、禾草类、莎草类生物量与高原鼢鼠种群密度呈极显著的负相关关系（$r = -0.7860$；$r = -0.8807$；$r = -0.7632$；$df = 29$，$P > 0.01$）。双子叶植物生物量下降，但不存在显著的相关关系（$r = -0.3275$；$df = 29$，$P > 0.05$），而其与地上总生物量的比率，随高原鼢鼠种群数量的升高而增加，其百分比的对数值与鼢鼠种群密度呈极显著的正相关关系（$r = 0.8431$，$df = 29$，$P < 0.01$）。

表6-12　高原鼢鼠不同密度地区植物地上生物量（张堰铭，1999）

鼢鼠密度（只/hm²）	总生物量（g/m²）	禾草类（g/m²）	莎草类（g/m²）	双子叶（g/m²）	双子叶比率（%）
1.33 ± 0.45	372.53 ± 23.49 *	95.51 ± 12.67 *	83.59 ± 7.71 *	193.42 ± 17.58 *	0.518 ± 0.03
3.82 ± 0.58	367.22 ± 28.06	93.53 ± 9.41	77.92 ± 10.75	195.77 ± 20.19	0.532 ± 0.08
8.65 ± 1.77	322.02 ± 38.93	84.73 ± 7.42	50.25 ± 10.59	187.04 ± 36.41	0.562 ± 0.10
14.31 ± 1.83	242.11 ± 43.89	58.52 ± 18.08	13.93 ± 4.53	169.66 ± 26.36	0.719 ± 0.04
21.66 ± 2.74	227.79 ± 19.64	25.68 ± 8.77	3.13 ± 2.46	198.98 ± 13.39	0.878 ± 0.04
32.75 ± 3.85	132.47 ± 15.25	8.52 ± 5.36	0.64 ± 0.64	123.31 ± 18.99	0.918 ± 0.05

* 表示干重（dry weight）。

（三）高原鼢鼠种群密度与植物群落物种组成及重要值

随着高原鼢鼠种群密度的增加，植物群落组成种的种数极显著下降（$r =$

-0.9308，$df=5$，$P<0.01$），物种的重要值也发生了显著的变化（表6-13）。单子叶植物除早熟禾外，重要值与高原鼢鼠种群密度呈显著的负相关关系。高原鼢鼠种群密度较低时，单子叶植物生长发育良好，重要值达到最大，成为群落的建群种和优势种。双子叶植物中矮火绒草、雪白委陵菜、线叶龙胆、高山唐松草、西伯利亚蓼、柔软紫菀、摩苓草、麻花艽、宽叶羌活、甘肃棘豆、大通风毛菊等重要值与高原鼢鼠种群密度不呈显著的相关关系。这些植物中许多为直根类植物，如西伯利亚蓼、摩苓草、麻花艽、宽叶羌活、甘肃棘豆等，其共同特点是根、茎肥大，纤维素含量低，高原鼢鼠较喜食。高原鼢鼠种群密度在5.0~15.0只/hm²范围内，这类植物重要值最大，为群落的共优势种；高原鼢鼠种群密度大于20.0只/hm²，双子叶直根类以及高山唐松草、异叶米口袋、花苜蓿等重要值接近或等于0，而鹅绒委陵菜、二裂委陵菜、萼果香薷、细叶亚菊、乳白香青、兰石草、甘肃马先蒿、三裂叶碱毛茛等重要值增加，与高原鼢鼠种群密度呈显著的正相关关系，成为群落优势种。

表6-13　高原鼢鼠不同密度地区植物群落的重要值（张堰铭，1999）

序号	植物种名	植物重要值						相关系数
		1.33[①]	3.82[①]	8.57[①]	14.31[①]	21.66[①]	32.75[①]	
1	垂穗披碱草（*Elymus nutans*）	14.14	7.30	8.60	10.66	3.34	1.25	-0.8423
2	早熟禾（*Poa* sp.）	4.41	16.36	2.81	14.52	9.17	14.44	0.2209
3	镰草（*Koeleria cristata*）	16.66	12.38	8.43	8.93	5.75	3.41	-0.9194
4	紫羊茅（*Festuca rubra*）	18.30	19.79	9.26	7.09	4.60	0.00	-0.9344
5	藏异燕麦（*Helictotrichon tibeticum*）	12.88	9.21	4.33	0.00	0.00	0.00	-0.8340
6	矮嵩草（*Kobresia humilis*）	22.84	14.37	20.12	11.77	2.46	0.00	-0.9217
7	异针茅（*Stipa aliena*）	25.86	16.72	19.54	18.73	7.46	7.37	-0.8749
8	薹草（*Carex* sp.）	8.11	15.63	9.67	6.66	0.00	0.00	-0.8474
9	二柱头镰草（*Scirpus distigmatics*）	7.54	7.34	6.92	0.00	0.00	0.00	-0.8547
10	小嵩草（*Kobresia pygmaea*）	13.40	9.85	5.83	0.00	0.00	0.00	-0.8517
11	鹅绒委陵菜（*Potentilla anserina*）	3.06	5.77	12.46	32.48	39.67	51.82	0.9773
12	二裂委陵菜（*Potentilla bifurca*）	1.35	0.22	3.60	9.84	23.98	35.52	0.9818
13	雪白委陵菜（*Potentilla nivea*）	3.46	5.58	7.99	2.22	1.10	0.00	-0.7345
14	矮火绒草（*Leontopodium nanum*）	14.47	9.49	21.32	19.60	6.60	3.32	-0.6002

续表

序号	植物种名	植物重要值						相关系数
		1.33[①]	3.82[①]	8.57[①]	14.31[①]	21.66[①]	32.75[①]	
15	西伯利亚蓼 (*Polygonum sibiricum*)	2.95	7.72	9.90	8.76	7.04	9.13	0.4757
16	萼果香薷 (*Elsholtzia calycocarpa*)	0.00	0.00	0.00	6.60	38.72	47.54	0.9407
17	柔软紫菀 (*Aster flaccidus*)	7.25	6.34	16.36	11.49	13.88	12.71	0.5263
18	蒙古蒲公英 (*Taraxacum mongolicum*)	6.35	10.20	14.76	4.26	0.00	0.00	−0.7353
19	摩苓草 (*Morina chinensis*)	11.78	17.22	12.80	20.62	0.00	0.00	−0.7232
20	甘肃棘豆 (*Oxytropis kansuensis*)	5.57	6.79	4.03	8.84	2.36	5.91	−0.1612
21	三裂叶碱毛茛 (*Halerpestes tricuspis*)	0.36	0.47	4.85	5.52	6.78	7.45	0.8943
22	兰石草 (*Lancea tibetica*)	1.56	4.31	3.96	8.85	18.76	20.60	0.9599
23	海乳草 (*Glaux maritima*)	0.00	0.00	3.22	6.51	8.80	6.64	0.8325
24	乳白香青 (*Anaphalis lactea*)	1.74	0.29	5.52	7.39	5.66	10.83	0.8923
25	大通獐牙菜 (*Swertia przewalskii*)	1.11	0.84	0.00	0.00	0.00	0.00	−0.7312
26	毛湿地繁缕 (*Stellaria uda*)	0.00	0.00	6.25	4.98	2.29	0.00	−0.0669
27	细叶亚菊 (*Ajania tenuifolia*)	3.61	6.44	10.77	15.69	17.33	26.70	0.9881
28	直立梗高山唐松草 (*Thalictrum alpinum*)	3.32	0.69	4.55	2.74	0.00	0.00	−0.5346
29	钝叶银莲花 (*Anemone obtusiloba*)	0.66	1.84	3.65	7.06	4.31	2.25	0.2664
30	甘肃马先蒿 (*Pedicularis kansuensis*)	0.00	0.00	6.64	9.33	11.04	14.35	0.9476
31	麻花艽 (*Gentiana straminea*)	6.85	12.39	12.44	14.35	0.00	0.00	−0.6801
32	大通风毛菊 (*Saussurea katochaete*)	2.80	6.05	4.23	8.84	0.00	0.00	−0.5414
33	异叶米口袋 (*Gueldenstaedtia diversifolia*)	1.22	4.03	2.37	3.35	0.00	0.00	−0.6478
34	花苜蓿 (*Trigonella ruthenica*)	7.06	4.50	6.93	1.01	0.00	0.00	−0.8447
35	宽叶羌活 (*Notopterygium forbesiide*)	2.33	3.54	6.66	0.00	0.00	0.00	−0.6155
36	美丽风毛菊 (*Saussurea superba*)	11.37	9.42	8.72	14.49	0.00	0.00	−0.7463
37	线叶龙胆 (*Gentiana farreri*)	2.67	6.74	7.56	9.12	3.35	4.17	−0.1827

① 高原鼢鼠种群密度，单位为只/hm²。

（四）高原鼢鼠种群密度与次生植被面积的关系

随高原鼢鼠种群密度的增加，样地内次生植被斑块面积极显著增加（$r =$ 0.7827，$df = 29$，$P < 0.01$）（表6-14）。高原鼢鼠种群密度小于10.0只/hm² 时，次生植被斑块面积仅占总面积的15%；而高原鼢鼠种群密度大于30.0只/hm²时，次生植被连成片，占总面积的80%以上，原生植被形成独立的小斑块。高原鼢鼠不同种群密度地区，土丘覆盖植被后，土丘植被的恢复也存在显著的差异。单子叶植物随高原鼢鼠种群数量的增加恢复速率极显著下降（$r = - 0.7593$，$df = 29$，$P < 0.01$），双子叶植物亦然（$r = - 0.5473$，$df = 29$，$P < 0.05$），但下降的速率较单子叶植物慢。

表6-14　高原鼢鼠不同密度地区次生植被面积和植物恢复速率（张堰铭，1999）

鼢鼠密度（只/hm²）	次生植被面积（m²）	土丘覆盖面积（m²）	土丘覆盖植物恢复生物量（g/m²）	
			单子叶	双子叶
1.33 ± 0.45	425.65 ± 38.44	32.57 ± 11.02	17.69 ± 6.04	75.38 ± 17.32
3.82 ± 0.58	967.32 ± 101.50	93.56 ± 14.16	15.38 ± 5.85	60.77 ± 12.56
8.57 ± 1.77	1481.07 ± 274.23	209.85 ± 43.25	13.08 ± 4.11	63.08 ± 11.35
14.31 ± 1.83	3269.91 ± 368.04	350.48 ± 44.93	3.85 ± 0.81	71.54 ± 19.44
21.66 ± 2.74	6660.59 ± 442.80	530.50 ± 67.19	0.77 ± 0.26	50.25 ± 9.02
32.75 ± 3.85	8249.33 ± 667.25	802.11 ± 94.28	0.00	41.54 ± 8.72

（五）捕杀高原鼢鼠后植物群落物种重要值及生物量的变化

捕杀高原鼢鼠后，植物重要值的变化主要表现为垂穗披碱草、早熟禾、矮嵩草、异针茅等高寒草甸主要的单子叶植物重要值的增加（表6-15）。双子叶植物依形态、生化等特性而有不同的变化。矮火绒草、蒙古蒲公英、摩苓草、大通獐牙菜、直立梗高山唐松草等重要值增加，鹅绒委陵菜、二裂委陵菜、萼果香薷、细叶亚菊等重要值下降，雪白委陵菜、柔软紫菀、甘肃棘豆、甘肃马先蒿、大通风毛菊等重要值变化不大。植物地上生物量无显著变化（表6-16）（$t = 0.5512$，$P > 0.05$），禾草类极显著增加（$t = 5.4665$，$P < 0.01$），而莎草类增加不显著（$t = 1.9347$，$P > 0.05$）。

表6-15 捕杀高原鼢鼠后高寒草甸植物重要值的变化（张堰铭，1999）

序号	植物种名	1995		1996	
		捕鼠区	对照区	捕鼠区	对照区
1	垂穗披碱草（*Elymus nutans*）	14.89	12.30	16.53	11.72
2	早熟禾（*Poa sp.*）	21.21	16.69	29.51	18.65
3	镰草（*Koeleria cristata*）	8.93	8.04	10.35	7.72
4	紫羊茅（*Festuca rubra*）	9.53	8.09	23.84	7.34
5	藏异燕麦（*Helictotrichon tibeticum*）	9.21	5.31	11.69	5.46
6	矮嵩草（*Kobresia humilis*）	5.00	4.19	11.15	3.60
7	异针茅（*Stipa aliena*）	16.89	10.15	19.22	11.22
8	薹草（*Carex sp.*）	6.35	5.15	11.35	6.45
9	二柱头镰草（*Scirpus distigmatics*）	2.86	1.23	3.10	0.56
10	鹅绒委陵菜（*Potentilla anserina*）	31.21	52.08	22.71	57.63
11	二裂委陵菜（*Potentilla bifurca*）	8.07	20.78	5.47	18.67
12	雪白委陵菜（*Potentilla nivea*）	5.04	4.16	5.38	7.2
13	矮火绒草（*Leontopodium nanum*）	11.06	5.04	18.37	5.38
14	西伯利亚蓼（*Polygonum sibiricum*）	9.50	16.66	9.00	12.53
15	萼果香薷（*Elsholtzia calycocarpa*）	12.84	41.79	1.33	38.87
16	柔软紫菀（*Aster flaccidus*）	8.10	10.31	11.79	14.66
17	蒙古蒲公英（*Taraxacum mongolicum*）	10.37	6.75	15.31	5.51
18	摩苓草（*Morina chinensis*）	12.88	7.31	15.57	3.17
19	甘肃棘豆（*Oxytropis kansuensis*）	3.69	6.58	1.52	4.39
20	三裂叶碱毛茛（*Halerpestes tricuspis*）	4.30	3.28	5.14	2.44
21	兰石草（*Lancea tibetica*）	2.72	2.13	1.92	1.85
22	海乳草（*Glaux maritima*）	8.67	15.03	6.69	13.32
23	乳白香青（*Anaphalis lactea*）	8.04	6.75	5.48	7.71
24	大通獐牙菜（*Swertia przewalskii*）	2.14	5.85	7.78	2.95
25	毛湿地繁缕（*Stellaria uda*）	6.16	8.35	4.67	6.98
26	细叶亚菊（*Ajania tenuifolia*）	21.42	28.85	17.46	26.25
27	直立梗高山唐松草（*Thalictrum alpinum*）	4.51	1.39	9.13	1.71
28	钝叶银莲花（*Anemone obtusiloba*）	7.03	15.2	6.11	4.29
29	甘肃马先蒿（*Pedicularis kansuensis*）	8.74	10.2	4.67	7.51
30	麻花艽（*Gentiana straminea*）	2.52	1.25	4.76	0.00
31	大通风毛菊（*Saussurea katochaete*）	10.39	3.34	8.53	1.25

表 6-16　捕杀高原鼢鼠后草地地上生物量的变化　（单位：g/m²）

时间	捕杀鼢鼠区				对照区			
	禾草类	莎草类	双子叶	总生物量	禾草类	莎草类	双子叶	总生物量
1995 年	56.49 ±8.46	27.27 ±5.31	161.50 ±13.47	245.36 ±16.26	43.08 ±7.02	13.67 ±3.30	176.12 ±10.22	232.87 ±17.71
1996 年	82.71 ±7.35	30.67 ±4.86	162.57 ±11.14	275.95 ±14.19	31.46 ±5.82	17.68 ±4.64	213.73 ±13.35	262.87 ±19.02

资料来源：张堰铭，1999

由于高原鼢鼠和各种鼠兔的生物 - 生态习性以及生态位的差异，草地植被反复遭到破坏。高原鼢鼠营地下生活，高原鼠兔和甘肃鼠兔为地上活动鼠类，它们对草地植被的影响是多方面的：它们均有很强的挖掘功能，挖掘产生的土丘压埋植被；高原鼠兔和甘肃鼠兔取食草地植物的地上部分，而高原鼢鼠则取食草地植物的地下根茎，因三者营养生态位的隔离，可以共同生活在同一地段，对草地植被形成地上和地下双重夹击之势，几乎所有植物均逃脱不了被取食的厄运。长期的反复破坏，必然引起草地植被的退化演替，优良牧草大量死亡，降低草场覆盖率和生产量。

（六）鼢鼠土丘植被恢复演替

高原鼢鼠草地鼠丘比比皆是，新鲜的鼠丘最大直径可达 40 ~ 50 cm。放牧践踏、降水和风蚀作用使鼠丘逐渐被夷平，直径可达 80 cm 左右，造成草地原生植物的死亡。随着时间的推移，鼠丘土壤植被逐渐发生恢复演替。

王权业等（1993）在中国科学院海北高寒草甸生态系统研究站采用建造人工土丘的方法，研究了高原鼢鼠土丘植被的初始形成与土丘覆盖下原有植被的关系。结果证明，由于新建的人工土丘土壤中混杂有原有植被的繁殖体，以及土壤松软，有利于根茎性植物和一年生植物的生长和发育，因而，西伯利亚蓼、细叶亚菊、海乳草、紫花地丁和萼果香薷等成为先锋种，首先占据土丘的中下部；在土丘边缘，因土层较薄，一些植物虽受土壤压埋但在一定时间内仍然存活，如蘑玲草、细叶亚菊、蕨麻、二裂委陵菜等，沿沙丘边缘逐步向土丘中上部生长。

同时，鼢鼠丘在禾草 + 多年生杂类草和多年生杂类草群落两种不同本底植物群落地段时，其初始形成的植物种类之间存在着明显的差异。前者在植物群落的初始阶段并未出现"先侵种植物群落"，而是直接形成一个占有原有植物群落种类成分较多的杂类草群落，特别是在土丘边缘已有莎草科植物出现；后者在植物群落初始阶段，细叶亚菊、西伯利亚蓼、蕨麻、海乳草等大量出现，但禾草和莎草科植物根本不见踪影。这进一步说明，鼢鼠丘植被恢复演替的初始阶段与本底植物种类组成有极其密切的关系。

据长期观测，鼢鼠丘的植被恢复演替是一个比较漫长的过程。随着鼢鼠土丘在风蚀、水蚀和牧畜践踏等外力作用下不断被夷平以及植物种群的扩散和定居，植物群落逐步恢复。在本底植物群落保存较好的地段，禾本科的异针茅、羊茅、紫羊茅、垂穗披碱草等利用种子在土丘上定居、发芽和生长发育，与此同时，原有的这些植物的柱丛不断地扩大，形成了群落的小生境。此时，薹草和矮嵩草亦凭借着根茎，不断地扩大自己的领地，直到禾本科和莎草科植物形成优势后，初始阶段的杂类草因土壤变得坚实和郁闭的环境才逐步变为群落的伴生种类。

在本底植物群落破坏比较严重的地段，随着土丘的夷平和土壤肥力的增加，原有的根茎性薹草逐步侵入，而禾本科植物虽有种子繁殖的特性，但在初始阶段，因杂类草在密度和覆盖度均大的情况下，禾本科植物的幼苗因竞争能力较弱而难以定居。特别是细叶亚菊根部分泌一种挥发油抑制垂穗披碱草种子的萌发和幼苗生长过程中某些关键酶的活性，用 1 ml/m^3 及 0.5 ml/m^3 细叶亚菊挥发油处理垂穗披碱草种子，其萌发率较对照分别降低 29.1% 和 20.2%，柱高分别降低 44.7% 和 42.4%，幼苗根系长度分别减少 30.8% 和 26.4%，萌发种子中的 α-淀粉活性分别降低 57.8% 和 41.0%，β-淀粉酶活性受到不同程度的抑制作用，幼苗叶片中的硝酸还原酶活性降低 22.3%（白雪芳等，1991），推迟了禾草的侵入。矮嵩草则主要营短根茎进行繁殖，其扩大领地的能力亦较弱，因而初始阶段的杂类草群落延续的时间较长。

在高寒草甸地区，土丘早期演替阶段的植物，除少数物种外，大多数植物并不为高原鼢鼠所喜食，如兰石草、乳白香青、细叶亚菊、萼果香薷、甘肃马先蒿、矮火绒草、柔软紫菀、三裂叶碱毛茛等。这些植物在入侵能力、对土壤营养成分和光的利用效率等生理学特性方面存在一定的差别（张堰青，周兴民，1994；王刚，杜国桢，1990；师生波等，1991），但具有一个共同的特点——植株内含有大量的次生化合物。过度放牧可导致高原鼢鼠种群增长，家畜过度啃食能严重地影响植物对光资源的竞争。光资源利用效率高的植物，生长发育受到抑制，植物地上部分的生长趋于低矮型，引起植物物理防卫特性增强。与此同时，植物种间对地下营养物质的竞争加剧，直根类植物在地下营养物质竞争中获得较大优势，但也可为高原鼢鼠提供丰富的食物资源。高原鼢鼠种群增长过程中，直根类的地下根部分或全部被啃食后，其生活能力急剧下降，在与其他植物的竞争中处于明显的劣势，随演替进程的发展，逐渐被其他物种所替代。在高原鼢鼠栖息地区，细叶亚菊、萼果香薷、甘肃马先蒿、鹅绒委陵菜、兰石草等为群落优势种。群落地上部分的冠层高度明显低于原生植被，上层的细叶亚菊、萼果香薷、甘肃马先蒿等植株含有大量次生化合物，对家畜的适口性极差，家畜偶尔误食可引起强烈的中毒反应，下层的鹅绒委陵菜极耐践踏。地下部分浅层以细叶亚菊、甘肃马先蒿、鹅绒委陵菜的根茎为主。其中，细叶亚菊根分泌的单萜类次生化合物对单子叶植物种子萌发有显著的抑制作用（白雪芳等，1991），这有利于增强其在群落中的优势地位，同时可减少群落中植物的可利用性。细叶亚菊对高原鼢鼠取食量有显著的抑制作用，这种作用主要来源于其所含的单萜类次生化合物。显然，高原鼢鼠栖息地植物群落物种在发生重大更替的同时，植物的生理、生态学特征除光合效率高、吸收土壤营养能力较强外，在功能方面，其防御对策具有更明显的化学防卫特性（张堰铭，刘季科，2002b）。

鼢鼠丘植被恢复演替归纳如图 6-6 所示。

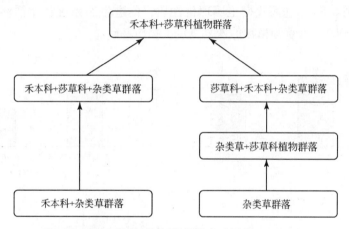

图 6-6　鼢鼠丘植被恢复演替模式（周兴民，2006）

（七）鼠类活动对土壤的影响

地下鼠挖掘及将土壤推至地表形成土丘是此类动物对土壤最直接、最明显的影响。为建造地下洞道系统和维持系统的畅通，地下鼠每年都将挖掘大量的土壤，推至地表，形成土丘。在高寒草甸地区，高原鼢鼠年推土量为 1024 kg/（只·a）（王权业，樊乃昌，1987，2000）。

新生土丘除速效钾的含量与对照区无显著差异外，速效磷、氮的含量显著地高于对照区，旧土丘土壤中的速效磷、氮均低于新土丘，但氮、磷的含量仍高于对照区（表 6-17）（王权业等，1993）。这是由于，高寒草甸地区寒冷的气候条件不利于地下深层微生物的代谢活动和土壤的矿化作用（王启兰，李家藻，1991；王在模等，1991）。推至地表的土壤，易受日光照射，表面温度升高；土壤疏松透气性良好，使微生物活性增强，促进了土壤的矿化作用。

表 6-17　高原鼢鼠土丘土壤中氮、磷、钾的含量

项目	对照	4 月土丘	T 检验	上年秋土丘	T 检验
N （mg/kg）	50.9	78.8	4.54，$P<0.01$	69.3	2.90，$P<0.05$
P （mg/kg）	12.2	18.2	2.45，$P<0.05$	14.7	2.47，$P<0.05$
K （mg/kg）	179.9	192.8	1.07，$P>0.05$	182.7	0.22，$P>0.05$

　　高原鼠兔栖息地区 （48.10±4.3 只/hm²），0~5 cm 及 6~10 cm 土壤层有机质含量和湿度均极显著或显著高于被灭杀地区 （0 只/hm²）；11~30 cm 土壤层，两者无显著的差异；31~50 cm 土壤层，有机质含量差异极显著，而土壤湿度则无显著差异。因此，高原鼠兔活动可增加高寒草甸土壤表层有机质含量和湿度（图 6-7，图 6-8），进而改变土壤理化性质，促进生态系统物质循环（李文靖，张堰铭，2006），为草地植被的恢复奠定了物质基础。

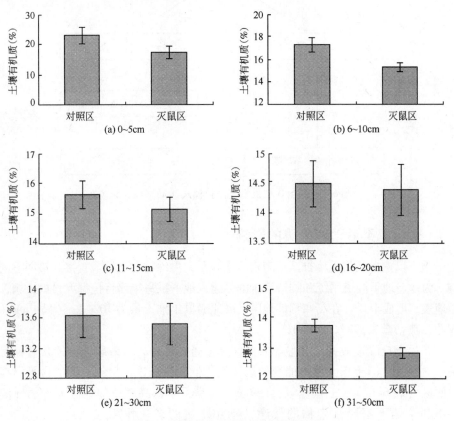

图 6-7　高原鼠兔栖息地不同层次土壤
有机质的含量（%，平均值±标准误差）

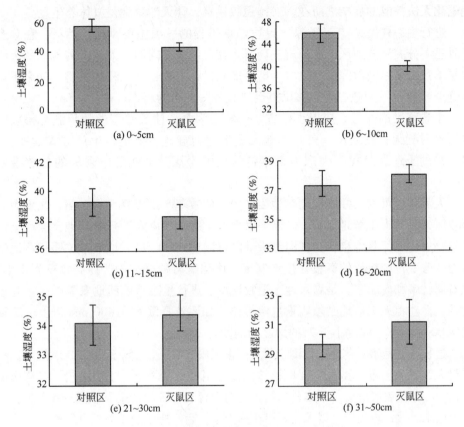

图 6-8 高原鼠兔栖息地不同层次土壤的湿度

（%，平均值±标准误差）

第八节 高寒草甸生态系统稳定性恢复措施

位于青藏高原腹地的"三江源"，不仅是中国海拔最高的天然湿地和生态系统最为敏感的区域，也是我国生态安全、水资源利用、世界高海拔生物多样性保护的关键地区。由于海拔高、气候条件恶劣，在全球变化和人类活动日益加大的背景下，"三江源"地区生态面临危机，冰川后退、雪线上升、湖泊减少、江河断流、草场退化、生物多样性锐减。源区生态环境恶化，使其作为自然生态屏障的功能减弱。

一、退牧还草——自然封育恢复

草地资源短缺与人类生活需求不断增长的矛盾，是引起"三江源"高寒草地退化无法控制的症结之所在。实施退牧还草,让天然草地得以休养生息。

进行生态移民是"三江源"退牧还草工程的一项主要举措,然而,在草畜矛盾已十分突出的地区,如何解决新迁入移民的安置问题,如何保持他们的生活水平不致由于移民而降低,已成为能否顺利进行退牧还草工程的关键。如果不解决这个"瓶颈"问题,生态移民重返"故乡"的行为将不可避免。

生态移民的安置,应以谋生方式的转变为主,使天然草地的承载力得以减轻。而对确无一技之长,离开草地无法生存的群体,要进行生产方式的转变,以少量的土地通过提高生产力来维持他们的生活,可能是应采取的首选措施之一。

人工草地可以大幅度提高草地生产力,使牧草产量提高 5~10 倍。在青海高寒牧区,进行人工草地建设,"建一保十"(建设一亩人工打草基地,保证十亩天然草地得以休养生息,在江河源头地区可以达到 20 亩),增加单位面积草地生产力,改变传统粗放的畜牧业生产制度,优化家畜种群结构,提高牧草利用率、牲畜周转率和商品率,是高寒地区退牧还草、进行生态移民就地安置的一条有效途径。但建植人工草地必须尊重自然规律,如要选择降水在 400 mm 以上、海拔在 4000 m 以下、坡度小于 7° 的地区和地段。

退牧还草是指对草地进行围栏封育,彻底解除牧压,使草地得以自然恢复。围栏封育的"黑土滩"型次生裸地植被恢复应当经历杂类草、生物结皮、莎草属植物入侵、草毡表层形成、禾本科植物入侵与发育五个阶段。这个过程极其漫长,且不可追求时效,应当持之以恒,不可半途而废,否则造成的损失不可估量。

封育下的退化高寒草甸,究竟需要多少年就可以趋于稳定,目前尚未有人做过研究。矮嵩草群落发育的盆栽模拟实验表明,在采取 25 g/$(25 \times 25 \text{ cm}^2)$ 实验处理条件下,大约经过 16 年的时间,该植物群落才能达到正常高寒草甸的基本特征(鲍新奎,1994)。

二、退化草地的人工干预恢复

多年生人工草地的建设对于解决退化草地区牧民生活问题是一个行之有效的途径,但高投入是一个现实的问题。从治理生态环境的恶化与草地的退化来说,依靠多年生人工草地不可能解决。人工草地必然退化,它必然要向地带性植被发生演替,也只有地带性植被才能稳定。

人工草地的建立,可以改善土壤微环境,为地带性植被的入侵创造适宜条件。在"黑土滩"型退化草地上,进行人工草地建设,实行人工草地植被演替与地带性植被自然入侵的连接,可以大大缩短"黑土滩"型退化草地地带性植被的恢复进程。

　　人工措施建植的多年生人工草地，植被群落单一，基本为播种牧草单一品种，最高生产力出现于第2～4年。草地种植后的1～2年内几乎看不到甘肃马先蒿，第3年马先蒿有所入侵，但盖度低于15%，高度15 cm左右，丛径4～5 cm。至第5年草地就开始出现退化现象，种植牧草植株变矮，生物量降低，杂类草大面积发生，其先锋代表种为甘肃马先蒿。如果在人工草地种植后的每两年继续采取人为灭杂、施肥措施，较高生产力亦可相对延长几年（马玉寿等，2006）。

　　当多年生人工草地发育到12年以后，植被分为上下两层结构，禾本科植物＋莎草科植物成为草地的优势种群，地表生物结皮基本连片，土壤草毡表层厚0.5～1 cm，具有了地带性植被高寒草甸的雏形。至16年左右，其土壤的草毡表层在2 cm左右，但其草土绞织度远低于原生草地，可以承载一定的放牧，生物量也较高（王长庭等，2007）。

　　高寒退化草地植被的人工重建，草地的后期管理是关键。现有的用于高寒退化草地恢复的多年生人工草地，在其后期管理上存在两大失误：①草地建植后5～6年，草地退化，甘肃马先蒿大量入侵，株高可达40～50 cm，常常采取重新耕翻、播种的措施，进行人工草地的重建；②在人工草地生产高峰期，就进行高强度放牧，在短期内人工草地就会重新沦为"黑土滩"，中断了人工植被向地带性植被的演替过程，使得治理成效甚微。

参 考 文 献

安芷生. 1990. 关于全球变化研究的几个问题. 第四纪研究，3（1）：64～67

白雪芳等. 1991. 生化他感作用与高寒草甸上人工草场自然退化现象的研究（Ⅵ）：细叶亚菊挥发油对垂穗披碱草种子萌发和幼苗酶活性的影响. 见：高寒草甸生态系统. 第3集. 北京：科学出版社

摆万奇等. 2002. 黄河源区玛多县草地退化成因分析. 应用生态学报，13（7）：823～826

鲍新奎，高以信. 1994. 草毡表层主要特征及鉴别指标. 中国土壤系统分类新论：302～309

曹广民等. 2007. 高寒草甸的被动与主动退化分异特征及其发生机理. 山地学报，25（6）：641～648

曹广民等. 2004. 土壤－牧草氮素供需状况变化对高寒草甸植被演替与草地退化的影响. 生态学杂志，23（6）：25～28

曹广民，张金霞，鲍新奎. 1995. 高寒矮嵩草甸植物库内磷素的储量及其循环特征. 高寒草甸生态系统，（4）：19～26

曹广民，张金霞，鲍新奎. 1999. 高寒草甸生态系统磷素循环. 生态学报，19（4）：514～518

陈佐忠等. 2000. 中国的典型草地生态系统. 北京：科学出版社

董立新等. 2005. 黄河上游玛多县生态环境变化遥感监测及成因分析. 水土保持通报，25（4）：68～72

杜铁瑛. 2002. 青海草地生态环境治理与草地畜牧业可持续发展. 青海草业，11（1）：10～15

杜岩功等.2007.放牧对高寒草甸地表特征和土壤物理性状的影响.山地学报,25(3):338~343

杜岩功等.2008.放牧强度对嵩草草甸草毡表层及草地营养和水分利用的影响.草业学报,17(3):146~150

封建民等.2004.黄河源区土地沙漠化的动态变化及成因分析.水土保持学报,18(3):141~145

高英志等.2004.放牧对草原土壤的影响。生态学报,24(4):790~797

顾柄枢.2004.拯救黄河源.生态经济,(2):26~29

韩博平.2004.生态系统稳定性:概念及其表征.华南师范大学学报(自然科学版),(2):37~45

侯扶江等.2004.放牧家畜的践踏作用研究评述.生态学报,24(4):784~789

黄桂林.2005.青海三江源区湿地状况及保护对策.林业资源管理,(4):35~39

吉福琳.1997.全球气候变化与自然植被.环境导报,(3):44

纪亚君.1997.青海高寒草地施肥的研究概况.草业科学,19(5):14~18

兰玉蓉.2005.青海三江源区生态恢复需要解决的几个问题.国土与自然资源研究,(3):51~52

李辉霞,刘淑珍.2005.西藏自治区北部草地退化驱动力系统分析.水土保持研究,12(6):215~217

李家峰.2003.玉树"三江源"区的水土流失及防治对策.中国水土保持,(3):28~29

李文靖,张堰铭.2006.高原鼠兔对高寒草甸土壤有机质及湿度的作用.兽类学报,26(4):331~337

李希来.1996.高寒草甸草地与其退化产物——"黑土滩"生物多样性和群落特征的初步研究.草业科学,13(2):21~23

李希来.2002.青藏高原"黑土滩"形成的自然因素与生物学机制.草业科学,19(1):20~22

李希来等.2001.不同放牧强度下高寒草甸矮嵩草无性系分株构件的研究.青海畜牧兽医杂志,31(3):9~11

李月梅,王跃思,曹广民.2006.开垦对海北高寒草甸土壤有机碳的影响.生态学杂志,23(8):911~915

李月梅等.2005.开垦对高寒草甸土壤有机碳影响的初步研究.地理科学进展,24(6):59~65

刘纪远.2007.青海省三江源地区生态环境综合监测与评估报告

刘季科等.1991.藏系绵羊实验放牧水平对啮齿动物群落作用的研究(I):啮齿动物群落结构和功能的分析.见:高寒草甸生态系统.第3集.北京:科学出版社

刘敏超等.2005a.三江源地区土壤保持功能空间分析及其价值评估.中国环境科学,25(5):627~631

刘敏超等.2005b.三江源地区生态系统生态功能分析及其价值评估.环境科学学报,25(9):1280~1286

刘敏超等.2005c.三江源地区生态系统服务功能与价值评估.植物资源与环境学报,14(1):40~43

刘伟等.1999.高寒"黑土型"退化草地的成因及生态过程.草地学报,7(4):300~307

刘伟等.2003.高原鼠兔对小嵩草草甸的破坏及其防治.兽类学报,23(3):214~219

刘增文,李雅素.1997.生态系统稳定性研究的历史与现状.生态学杂志,16(2):58~61

刘志林.2000.浅谈三角城种羊场草地生产及草地建设.青海草业,9(3):30~31

柳新伟等.2004.生态系统稳定性定义剖析.生态学报,24(1):2635~2640

龙晶. 2005. 三江源区位置面积及景观生态遥感研究. 林业资源管理, (4): 32~36, 76~77

龙瑞军. 2007. 青藏高原草地生态系统服务功能及其生物组分特征刍议. 科技导报, 25 (9): 26~28

龙瑞军, 董世奎, 胡自治. 2005. 西部草地退化的原因分析与生态恢复措施探讨. 草原与草坪, (6): 3~7

马风云. 2002. 生态系统稳定性若干问题研究评述. 中国沙漠, 22 (4): 401~407

马世骏. 1983. 生态工程—生态系统原理的应用. 生态学杂志, (4): 20~22

马玉寿, 郎百宁. 1998. 建立草业系统恢复青藏高原"黑土型"退化草地. 草业科学, 15 (1): 5~9

马玉寿等. 2003. 施氮量与施氮时间对小嵩草草甸草地的影响. 草业科学, 20 (3): 47~50

马玉寿等. 2006. 人工调控措施对"黑土型"退化草地. 青海畜牧兽医杂志, 36 (2): 1~3

马玉寿, 郎百宁, 王启基. 1999. "黑土型"退化草地研究工作的回顾和展望. 草业科学, (2): 5~9

任继周. 1995. 草地农业生态学. 北京: 中国农业出版社

尚占环, 龙瑞军. 2005. 青藏高原"黑土型"退化草地成因与恢复. 生态学杂志, 24 (6): 652~656

师生波, 贲桂英, 韩发. 1991. 矮嵩草草甸植物群落生长的初步研究. 高寒草甸生态系统, (3): 69~74

田剑等. 2000. 黄河源头区生态环境现状及治理对策. 青海草业, 9 (1): 28~30

汪诗平. 2003. 青海省"三江源"地区植被退化原因及其保护策略. 草业学报, 12 (6): 1~9

汪诗平. 2004. 草原植物的放牧抗性. 应用生态学报, 15 (3): 517~522

汪诗平等. 1998. 不同放牧率对草原牧草再生性能和地上净初级生产力的影响. 草地学报, 6 (4): 275~281

王长庭, 曹广民, 王启兰. 2007. 三江源地区不同建植期人工草地植被特征及其与土壤特征的关系. 应用生态学报, 18 (11): 2426~2431

王大明, 颜红波. 2001. 退牧还草改善草地生态环境. 青海草业, 10 (3): 37~39

王刚, 杜国祯. 1990. 鼢鼠土丘植被演替过程中种的生态位分析. 生态学杂志, 9 (1): 1~6

王根绪等. 2004. 近15年来长江黄河源头区的土地覆被变化. 地理学报, 59 (2): 163~173

王启基等. 2005. 三江源区资源与生态环境现状及可持续发展. 兰州大学学报, 41 (4): 50~55

王启基, 周立, 王发刚. 1995. 放牧强度对冬春草场植物群落结构及功能的效应分析. 见: 高寒草甸生态系统. 第4集. 北京: 科学出版社

王启兰, 李家藻. 1991. 高寒草甸生态系统不同植被土壤真菌生物量的测定. 见: 高寒草甸生态系统. 第3集. 北京: 科学出版社

王启兰, 曹广民, 王长庭. 2007. 放牧对小嵩草草甸土壤酶活性及土壤环境因素的影响. 植物营养与肥料学报, 13 (5): 856~864

王权业, 樊乃昌. 1987. 高原鼢鼠的挖掘活动及其种群数量统计方法的探讨. 兽类学报, 7 (4): 283~290

王权业, 边疆辉, 施银柱. 1993. 高原鼢鼠土丘对矮嵩草草甸植被演替及土壤营养元素的作用. 兽类学报, 13 (1): 31~37

王权业，樊乃昌．2000．高原鼢鼠的挖掘行为及其与土壤硬度的关系．兽类学报，20（4）：277~277

王权业，蒋志刚，樊乃昌．1989．高原鼢鼠、高原鼠兔以及甘肃鼠兔种间关系的初步探讨．动物学报，35（2）：205~212

王权业，张堰铭．2000．高原鼢鼠食性的研究．兽类学报，20（3）：193~199

王湘国．2000．黄河源区草地鼠虫害的现状及防治对策．青海草业，9（2）：19~20

王一博等．2005．青藏高原高寒区草地生态环境系统退化研究．冰川冻土，27（5）：633~640．

王在模，乐炎舟，陈伟民．1991．高山草甸土氨挥发的研究．见：高寒草甸生态系统．第3集．北京：科学出版社

吴宁，罗鹏．2004．长江上游高寒草地生态建设和管理中生态理论的若干质疑．应用与环境生物学报，10（4）：537~542

肖运峰，梁杰荣，沙渠．1982．高寒草甸弃耕地内鼠类的数量配置及对植被演替的影响．兽类学报，2（1）：73~80

辛总秀．2000．青南地区草地生态环境现状与治理对策．青海草业，9（3）：24~26

徐广平，徐长林，蒲小鹏．2005．放牧干扰对祁连山高寒草地植物群落物种多样性的影响．甘肃农业大学学报，40（6）：789~796

杨力军等．2005．青藏高原"黑土滩"退化草地植被演替规律的研究．青海草业，14（1）：2~5

杨汝荣．2002．我国西部草地退化原因及可持续发展分析．草业科学，（1）：23~27

袁建立，江小蕾，黄文冰．2004．放牧季节及放牧强度对高寒草地植物多样性的影响．草业学报，13（3）：16~21

张登山．2000．长江源区土地沙漠化防治对策与措施．青海草业，9（4）：15~16

张芳．1999．泽库县"黑土滩"退化程度及其治理途径的调查．青海草业，8（3）：25~27

张国胜等．1998．青南高寒草甸秃斑地形成的气象条件分析．中国草地，（6）：12~24

张金霞，曹广民．1995．高寒矮嵩草草甸土壤–植物–大气之间的碳、氮、磷、钾循环．高寒草甸生态系统，（4）：11~18

张金霞，曹广民．1999．高寒草甸生态系统氮素循环．生态学报，19（4）：509~513

张新时，刘春应．1994．全球变化条件下青藏高原植被变化图景预测．见：全球变化与生态系统．北京：科学出版社

张堰铭．1999．高原鼢鼠对高寒草甸群落特征及演替的影响．动物学研究，20（6）：435~440

张堰铭，刘季科．2002a．地下鼠生物学特征及其在生态系统中的作用．兽类学报，122（12）：144~153

张堰铭，刘季科．2002b．高原鼢鼠对高寒草甸植被特征及生产力的影响．兽类学报，22（3）：201~210

张堰青，周兴民．1994．鼢鼠土丘植物群落多样性和演替规律的研究．生态学报，14（Supp.）：42~49

赵巍．1997．关于全球变暖的研究报告．39~40

周华坤等．2001．封育措施对不同类型草场影响的初步观察．青海草业，（4）：1~4

周华坤等．2006．高寒草甸退化对短穗兔耳草克隆生长特征的影响．生态学杂志，25（8）：873~879

周华坤，周立，赵新全．2002．放牧干扰对高寒草场的影响．中国草地，24（5）：53~61

周华坤，周立，赵新全. 2003. 江河源区"黑土滩"型退化草场的形成过程与综合治理. 生态学杂志, 22 (5)：51～55

周华坤，周立，赵新全. 2006. 青藏高原高寒草甸生态系统稳定性研究. 科学通报, 51 (1)：63～69

周青平等. 2005. 不同施氮水平对高寒草地牧草增产效益的研究. 土壤肥料, (3)：29～31

周青平，杨阳. 1999. 青海草地资源持续发展道路的探索. 青海草业, 9 (2)：31～34

周兴民. 2001. 中国嵩草草甸. 北京：科学出版社

周兴民，王质彬，杜庆. 1986. 青海植被. 西宁：青海人民出版社

周兴民，吴珍兰. 2006. 中国科学院海北高寒草甸生态系统定位站植被与植物检索表. 西宁：青海人民出版社

周兴民，张松林. 1986. 矮嵩草草甸在封育条件下群落结构和生物量变化的初步观察. 高原生物学集刊, (5)：1～6

朱志红，孙尚奇. 1996. 高寒草甸矮嵩草种群放牧中构件种群的反应特性. 植物学报, 38 (8)：653～660

朱志红，王刚，赵松龄. 1994. 不同放牧强度下矮嵩草无性系分株种群的动态与调节. 生态学报, 14 (1)：40～45

Bandoli J H. 1981. Factors influencing seasonal burrowing activity in the pocket gopher. Thomomys Bottae, Mamma, (62)：293～303

Behrend A F, Tester J R. 1988. Feeding ecology of the plains pocket gopher (*Geomys bursarius*) in east-central Minnesota. Prairie Nat, (20)：99～1071

Briske D D. 1991. Developmental morphology and physiology of grasses. In：Heitschmidt R K, Strth J W. Grazing management：an ecological perspective. Portland, Oregon：Timber Press. 85～108

Bruce A C. 2005. Enzyme activities as a component of soil biodiversity：a review. Pedobiologia, 49 (6)：637～644

Deacon L J et al. 2006. Diversity and function of decomposer fungi from a grassland soil. Soil Biology & Biochemistry, (38)：7～20

Giai C, Boerner R E J. 2007. Effects of ecological restoration on microbial activity, microbial functional diversity, and soil organic matter in mixed-oak forests of southern Ohio, USA. Applied Soil Ecology, (35)：281～290

Hans W P, Timothy F S. 2003. Scaling up：the next challenge in environmental microbiology. Environmental Microbiology, 5 (11)：1025～1038

Harris J A. 2003. Measurements of the soil microbial community for estimating the success of restoration. European Journal of Soil Science, (54)：801～808

Howitt R E. 1995. How economic incentives for growers can benefit diversity. California Agr., 49 (6)：28～33

Isabelle K, Colin D R, Hubert T. 2006. Impact of cattle on soil physical properties and nutrient concentrations in overland flow from pasture in Ireland. Agriculture Ecosystems and Environment, (113)：378～390

Knoop W T, Walker B H. 1985. Interactions of woody and herbaceous vegetation in a Southern Africa savanna. Journal of Ecology, (73): 235~253

Kristiina Vogt, John Gordon, John Wargo. 1997. Ecosystem. Springer-Verlag NewYork, Inc.

Milchunas D G, Laurenroth W K. 1993. Quantitative effects of grazing on vegetation and soils over a global range of environments. Ecological Monographs, (63): 327~366

Navarro T, Aladosb C L, Cabezudo B. 2006. Changes in plant functional types in response to goat and sheep grazing in two semi-arid shrub lands of SE Spain. Journal of Arid Environments, (64): 298~322

Nguyen M L et al. 1998. Impact of cattle treading on hill land: soil physical properties and contaminant runoff. N. Z. J. Res., 41 (2): 279~290

Pakeman R J et al. 2000. Vegetation re-establishment on land previously subject to control of *Pteridium aquilinum* by herbicide. Veget. Sci., 3 (1): 95~104

Peng S L et al. 2002. The possible heat-driven pattern variation of zonal vegetation and agricultural ecosystems along the north-south transect of China under the global change. Earth Science Frontiers (China University of Geosciences, Beijing), 9 (1): 217~226

Pietola L, Horn R, Yli-Halla M. 2005. Effects of trampling by cattle on the hydraulic and mechanical properties of soil. Soil Tillage Res., (82): 99~108

Pimm S L, 1984. The complexity and stability of ecosystems. Nature, (307): 3221~3226

Roger P P et al. 2007. Population dynamics and responses to management of plateau pikas Ochotona curzoniae. Journal of Applied Ecology, (44): 615~624

Singleton P L, Boyes M, Addison B. 2000. Effect of treading by dairy cattle on topsoil physical conditions for six contrasting soil types in Waikato and Northland, New Zealand, with implications for monitoring. N. Z. J. Agric. Res., (43): 559~567

Wang Quanye et al. 2000. The burrowing behavior of myospalax bailey and its relation to soil hardness. Acta Theriologica Sinica, 20 (4): 277~283

Williams L R, Cameron G N. 1986. Food habits dietary preferences of attwater's pocket gopher. Geomys Attwater, 67 (3): 489~496

Xu Xingliang et al. 2004a. Nitrogen deposition and carbon sequestration in alpine meadows. Biogeochemistry, (71): 353~369

Xu Xingliang et al. 2004b. Uptake of organic nitrogen by eight dominant plant species in Kobresia meadows. Nutrient Cycling in Agroecosystems, (69): 5~10

Zhang Yanming, Zhang Zhibin, Liu Jike. 2003. Burrowing rodents as ecosystem engineers: the ecology and management of plateau zokors Myospalax fontanierii in Alpine meadow ecosystems on the Tibetan Plateau. Mammal Rev., 33 (3): 284~294

Zhao Xinquan, Zhou Xingmin. 1999. Ecological basis of alpine meadow ecosystem management in Tibet: Haibei Alpine meadow ecosystem research station. Ambio, 28 (8): 642~647

Zheng Yuanrun, Zhou Guangsheng, Zhang Xinshi. 1997. Sensitivity of terrestrial ecosystem to global change in China. Acta Botanica Sinica, 39 (9): 837~840

第七章 全球变化对草甸生态系统生态安全的影响及对策

全球温暖化已成为不争的事实，青藏高原为全球变化最为敏感的地区之一，是全球变化研究关注的关键区域。研究表明，全球变化已对青藏高原高寒草甸地区生态安全构成威胁，表现在生态系统分布格局发生变化、植物物种多样性迅速下降、生态系统生产力及碳固定能力下降、植被及土壤退化、区域可持续发展能力减弱等。另一方面，高寒草甸物种及生态系统为在恶劣的环境中得以生存而使得自身代谢方式、遗传特性、多样性维持、生态系统稳定性等发生适应性变化，在环境变化的情况下物种和生态系统具有持续生存的能力。

全球变化背景下高寒草甸地区可持续发展对策的制定，应充分考虑区域特点，从保护生态、可持续发展的双重角度出发，针对高原草原地区的特殊性和生态－生产－生活承载力，尊重自然规律和科学发展观，提出区域草地生态畜牧业产业发展的总体定位、发展格局和发展目标。按照"整体、协调、循环、再生"的原则，以确保畜牧资源的低耗、高效转化和循环利用。建立"资源－产品－废弃物－资源"的循环式经济系统，充分利用畜牧业资源、气候资源、光能资源、绿色饲草料生产等资源，形成以饲草料基地建设、草产品加工、牲畜的舍饲育肥、粪便废水无公害及归田处理、太阳能利用、畜产品加工及销售的完整循环生产体系和产业链。把高寒草甸地区牧区建设成为生态、生产、生活共同繁荣的区域、国家级可持续发展实验区和国家生态畜牧业示范区。

第一节 全球变化及其区域效应

一、全球温暖化已成不争的事实

自1750年以来，由于人类活动的影响，全球大气 CO_2、CH_4 和 N_2O 浓度显著增加，目前已经远远超出根据冰芯记录得到的工业化前几千年来的浓度值，其中 CO_2 浓度从工业化前约 280 ml/m^3 增加到 2005 年的 379 ml/m^3，CH_4 浓度从工业化前约 715 $\mu l/m^3$ 增加到 2005 年的 1774 $\mu l/m^3$，N_2O 浓度从工业化前约 270 $\mu l/m^3$ 增加到 2005 年的 319 $\mu l/m^3$。自1750年以来，人类活动对气候的影响总体上是增暖的，其辐射强度为 1.6 W/m^2。IPCC 第三次气候变化评估报告曾认为，气候变暖

66% 以上与人类活动排放的 CO_2 有关，而 IPCC 第四次气候变化评估报告认为过去 50 年全球平均气温升高 90% 以上与人类使用化石燃料排放的温室气体有关。

气候系统的变暖是毫不含糊的，目前从观测得到的全球平均气温和海温升高、大范围的雪和冰融化以及全球平均海平面上升的证据支持了这一观点。最新观测事实包括：

（1）根据全球地表温度器测资料，全球气候呈现以变暖为主要特征的显著变化。最近 12 年（1995~2006 年）中有 11 年位列 1850 年以来最暖的 12 个年份之中，近 50 年平均线性增暖速率（0.13 ℃/10a）几乎是近 100 年来的 2 倍，1850~1899 年到 2001~2005 年总的温度增加为 0.76 ℃。

（2）对探空和卫星资料的分析表明，对流层中下层温度的增暖速率与地表温度记录类似。

（3）至少从 1980 年以来，陆地和海洋上空以及对流层上层的平均大气水汽含量已有所增加。

（4）观测表明，全球海洋平均温度的增加已延伸到至少 3000 m 深度，海洋已经并且正在吸收 80% 被增添到气候系统的热量。

（5）南北半球的山地冰川和积雪总体上都已退缩。

（6）总体来说，格陵兰和南极冰盖的退缩已对 1993~2003 年的海平面上升贡献了 0.41 mm/a。

（7）1961~2003 年，全球平均海平面上升的平均速率为 1.8 mm/a，其中在 1993~2003 年速率有所增加，约为 3.1 mm/a，整个 20 世纪的海平面上升估计为 17 cm。

已在大陆、区域和洋盆尺度上观测到气候的多种长期变化，包括北极温度与冰的变化、降水量、海水盐度、风场以及包括干旱、强降水、热浪和热带气旋强度在内的极端天气方面的广泛变化。近 100 年来北极平均温度几乎以两倍于全球平均速率的速度升高，1978 年以来北极年平均海冰面积以每 10 年 2.7% 的速率退缩；自 20 世纪 80 年代以来北极多年冻土层顶部温度上升幅度已高达 3 ℃。在北半球地区，从 1900 年以来季节冻土覆盖的最大面积已减少了约 7%。从 20 世纪 60 年代以来，两半球中纬度西风在加强；自 70 年代以来在更大范围地区，尤其是在热带和亚热带，观测到了强度更强、持续更长的干旱；强降水事件的发生频率有所上升，并与增暖和观测到的大气水汽含量增加相一致。近 50 年来已观测到了极端温度的大范围变化，冷昼、冷夜和霜冻已变得更为少见，而热昼、热夜和热浪变得更为频繁。热带气旋每年的个数没有明显变化趋势，但从 1970 年以来全球呈现出热带气旋强度增大的趋势（沈永平，2007）。

表 7-1 为 IPCC 第一工作组四次评估报告分别给出的百年全球温度变化趋势。

由于观测资料来源不同以及计算方法不尽相同，因此表中同时给出温度变化的大致范围。近百余年全球温度升高是不容争辩的事实。四次报告显示，升高的趋势平均从 0.45 ℃/100a 到 0.74 ℃/100a，其幅度为 0.30~0.92 ℃/100a。从表 7-1 还可知，随着时间的变化和资料的延伸，温度升高程度加剧，表明近 20 余年的全球变暖是极为明显的，这是值得重视的观测事实。

表 7-1 IPCC 报告提供的观测全球近百年气温变化的趋势（赵宗慈等，2007）

IPCC 评估报告	温度变化（℃/100a）		观测时段
	平均	范围	
第一次（1990 年）	0.45	0.3~0.6	1861~1989 年
第二次（1995 年）	0.45	0.3~0.6	1861~1994 年
第三次（2001 年）	0.60	0.4~0.8	1861~2000 年
	0.60	0.4~0.8	1901~2000 年
第四次（2007 年）	0.74	0.56~0.92	1906~2005 年

利用复杂的气候模式，政府间气候变化专门委员会在第三份评估报告中估计全球的地面平均气温会在 21 世纪末上升 1.4~5.8 ℃。最新的第四份评估将估计值略修改至 1.1~6.4 ℃的可能范围，最佳估计为 1.8~4.0 ℃。全球平均表面气温在 20 世纪上升了 0.6 ℃。过去 12 年中，有 11 年名列自 1850 年有全球表面气温仪器记录以来最暖的 12 年内。近 150 年、100 年、50 年及 25 年气温升高变化率分别为 0.045 ℃/10a、0.074 ℃/10a、0.128 ℃/10a 及 0.177 ℃/10a（图 7-1），过去 50 年的暖化趋势是过去 100 年的近两倍，全球平均表面气温上升变化率增加的趋势非常明显。

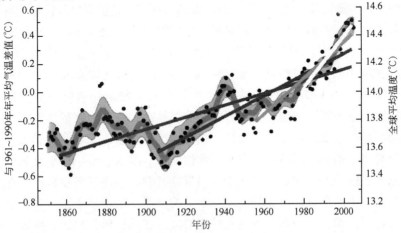

图 7-1 全球平均温度变化及与 1961~1990 年年平均气温差值
（IPCC，2007）

二、亚洲受全球气候变暖之害最严重

IPCC 气候变化评估的最新研究报告指出：亚洲受全球气候变暖之害最严重。亚洲将成为继极地、非洲次撒哈拉地区、小岛屿之后全球变暖最大的受害者之一。评估报告显示，多个亚洲国家将面临水灾、水源严重短缺、传染病等重大危机，而考虑到人口快速增长和城市化因素，一些发展中国家存在饥饿的风险很高。中亚、南亚作物产量可能因气候变化减少 30%。在大气 CO_2 浓度加倍的情况下，预计日本低地灌溉水稻的产量减产将达 40%。当然，在中亚、南亚农作物减产的同时，东亚、东南亚农作物产量可能增加 20%。亚洲东部到 2020 年升温 1 ℃，农业灌溉需水量增加 6% ~10%。预计在升温 3 ℃、降水条件不变的情况下，南亚、东南亚及中国南部多条大河的源头喜马拉雅山将岌岌可危。如果升温速度保持不变，青藏高原的冰川将快速退缩，面积小于 4 km^2 的冰川很可能消失，目前覆盖青藏高原的 50 万 km^2 冰川预计也将消退 4/5。而由于人口增加和气候变化，预计印度人均可利用淡水将从 2001 年的 1869 m^3 降低到 2025 年的 1000 m^3；西亚将因气候变化产生严重的水压力。未来 30 年，由于多重压力与气候变化，亚洲将失去大约 30% 的珊瑚。虽然北亚的森林有可能从 CO_2 的肥效中得益，但综合气候变化、极端气候事件和人类活动的结果，森林火灾的发生频率将增加，预计亚洲寒区草地将会北移。产草量限制、高温胁迫和水量不足等，将引起牲畜产奶量下降和疾病的影响范围扩大。同时，海岸带水温上升将恶化南亚的霍乱病局面。预计东亚和东南亚地区将由于旱涝原因而增加腹泻病的发病率和死亡率。海面气温上升和冰盖融化，将影响到亚洲人口集中的超级三角洲地区，包括中国的长江、黄河及珠江三角洲，越南北部的红河三角洲，以及孟加拉的恒河 - 布拉马普特拉河三角洲。模拟结果显示，如果海平面上升 1 m，亚洲将失去 2500 km^2 的红树林，大约 1000 km^2 的耕地和水产地将可能变成盐沼泽；红河三角洲 5000 km^2 土地和湄公河三角洲 1.5 万 ~2 万 km^2 的土地将被淹没。

第三次科学评估报告的第二部分"气候变暖的影响、适应"分析认为，发展中国家社会系统对气候变化适应力弱，脆弱性高；发达国家较之发展中国家更具适应力，脆弱性低。在亚洲的温带、热带地区，洪水、干旱、森林火灾、热带低压等异常气象增加。因高温、海平面水位上升、洪水、干旱、热带低压造成的农业、水产养殖减产，使亚洲的热带、温带地区的许多国家粮食减产。在亚洲北部地区，农业生产扩大，产量提高。在亚洲的干旱、半干旱地区，径流量和可利用水资源有可能减少，而在北亚则有可能增加。在亚洲部分地区，生物传媒性疾病和热应力疾病发病率增大，会给人类健康带来危机。因海平面上升和热带低压的强度增大，居住在亚洲温带及热带海岸低地的数千万居民要迁移。降雨强度增大将使亚洲温带及热带地区的洪水风险增大。在亚洲的部分地区，因气候变化，能源需求增加，观光地减少，影响运输业。因气候变化引起的土地利用和土地覆盖的变化及人口增加，对生物多样性的威胁增大。因海平面上升，会对红树、珊瑚礁、渔业资源、沿海湿地等沿岸生态系统的安全性带来风险。因气候变化造成永久冻土带的南限北移，热侵蚀等原因会对基础建设设施和产业带来不良影响（张庆阳等，2001）。

根据 IPCC 发布的第四次评估报告《气候变化 2007：影响、适应与脆弱性》（*Climate Change* 2007：*Impacts, Adaptation and Vulnerability*）就未来气候变化对亚洲的影响预测结果来看，未来 20～30 年喜马拉雅山地区的冰川融化，会使洪水和岩崩增加，对水资源造成影响；随着冰川后退，江河径流量将逐步减少。由于来自海洋的浸水以及在某些大三角洲地区来自河流的洪水增加，沿海地区，特别是南亚、东亚和东南亚人口稠密的大三角洲地区将会面临极大的风险。到 21 世纪中叶，东亚和东南亚地区的农作物增产预计可达 20%，而中亚和南亚将减产 30%。考虑到人口的快速增长和城市化的影响，总体上看，在几个发展中国家饥荒的风险水平很高（林而达等，2007）。

三、青藏高原成为全球变化研究关注的焦点

随着全球变暖，青藏高原目前正在发生的环境变化逐渐成为全球关注的焦点。作为中低纬度最大的冰川作用区，全球变暖情形下青藏高原冰川发生的全面和加速退缩（施雅风等，2000），不仅造成地表反射率的改变，可能极大地影响区域气候过程和大气环流运动（Meier et al.，2002），也会影响到区域水循环和水资源条件。温度上升也使占青藏高原 2/3 面积的多年冻土发生融化，对大型道路和工程建设产生严重影响，对区域生态、环境产生了破坏作用（Wang et al.，2003）。由于气候变暖，湖泊的快速退缩造成高原湿地面积急剧减小（陈桂琛等，2002），直接削弱了对生态环境的调节作用，而由于冰川和冻土融化等原因，一些湖泊又发生快速扩张，对高原的生态、环境和经济发展产生严重影响。受青藏高原的严酷气候影响，经常处于脆弱地表系统平衡条件下的环境因子常常处于临界阈值状态，气候变化的微小波动也会对生态系统产生强烈响应（Klein et al.，2004），导致高原生态系统的格局、过程与功能发生改变，表现为林线波动、草场退化、湿地消失等（郑度等，2004），同时还影响到气候、土壤、植被和生物多样性等。青藏高原在现代时间尺度上发生怎样的环境变化，这些变化又将使青藏高原冰冻圈和水资源以及生态系统等方面产生怎样的响应，不仅是青藏高原环境变化研究方面所面临的新的科学问题，也是国家经济发展方面的重大战略需求。

青藏高原的环境变化不仅使区域地表过程具有敏感响应，也在长时间尺度和

大空间范围上影响到整个北半球乃至全球气候环境系统（Bollasina et al., 2004），从而对高原本身以及亚洲的人类生存环境产生直接影响。研究发现，青藏高原夏季加热对大气环流的影响进一步加强了欧亚大陆尺度的加热对大气环流的影响，对中亚的干旱和东亚的季风起着放大器的作用（吴国雄等，2005），而青藏高原荒漠化的加剧与东北亚地区频繁的沙尘暴事件（方小敏等，2004），青藏高原冬季积雪面积的增加与中国东部第二年夏季梅雨时间的延长可能存在着某种联系（Wu et al., 2003），尽管这些联系仍然存在着不确定性，然而这种不确定性所产生的灾害可能会给社会经济的发展带来重大影响。作为亚洲大江大河的发源地，青藏高原的冰川加剧融化在短时间内会导致冰川融水补给量大的河流流量增加，造成中下游的洪水频繁发生（苏珍等，2000），而冰川的持续退缩也会使冰川融水补给的河流流量逐渐减少，特别是对中国西北内陆河流域的影响最大，直接威胁到干旱区绿洲的可持续发展。这些事实表明，青藏高原环境变化不仅从区域本身响应全球变化，而且通过一系列作用过程在周边地区和全球范围产生影响。这种影响引起的连锁反应对人类生存环境的影响更为严重。

第二节　全球变化对高寒草甸地区生态安全威胁

生态安全指自然生态和人类生态意义上生存和发展的风险大小，包括环境、生物、资源、食品、人类和社会的安全。生态安全是区域安全和社会稳定的一个重要组成部分，而且是非常基础的部分。由水、土、大气、森林、草地、海洋、生物组成的自然生态系统是人类赖以生存、发展的物质基础，但是在全球变暖的影响下，青藏高原的生物、资源、食物和人类安全等诸多方面都受到不同程度的破坏，进而威胁到国家的生态安全。

一、气候变化对高寒草甸分布的影响

气候变化将改变牧草分布的高度，导致植物区系组成的变化，即草地类型在景观上的迁移。气候变暖将使中国北方牧区变得更加暖干，目前的各类草原界限将会东移。就青藏高原、天山、祁连山等高山草场而言，如果温度升高，各类草原的分布界限将相应上移。若温度上升 3 ℃，各类草原界限相应就会上移 300 ~ 600 m。牛建明（1999）对中国内蒙古草原研究指出，在温度升高 2 ℃、降水增加 20% 时草原总面积将减少近 30%。气候变暖使内蒙古的草地植被由东南向西北压缩，界线北移。北部，典型草原向大兴安岭推进；南部，典型草原和荒漠草原受到挤压并向北退缩。

模型预测气候变化对西北草原的影响结果表明，气温升高 1 ℃，降水增

10%，天山以北的草原和稀灌木草原的面积将增大；柴达木盆地的大片戈壁、盐壳及风蚀沙地将有 50% 发展为荒漠植被；青海湖周围的草甸和沼泽向北延伸到祁连山下，向西延伸到柴达木盆地边缘；昆仑山山顶水砾石部分被垫状驼绒藜和藏亚菊沙蒿砾代替。当降水增加 10% 时，无论温度上升程度如何，区内的植被变化方向也都是相似的，即与降水增加 10% 的情况相反。据赵茂盛等（2001）应用改进后的 MAPSS 和 HadCM2 对未来排放情形下的气候变化的预测结果，对未来中国潜在植被的变化进行了模拟，气候变暖可能导致我国森林植被带的北移，尤其北方落叶针叶林的面积可能下降很大，以致移出我国境内；华北和东北辽河流域未来可能草原化；高寒草甸分布略有缩小。植被的改变不仅意味着植物物种（种群）发生了变化甚至有的物种灭绝，而且其中赖以生存的动物和微生物都会受到不同程度的影响。

通过对青藏高原四个湿地区气象要素变化趋势及其生态和水文效应的分析认为，全球气候变化是导致青藏高原湿地退化的重要气候背景，而气候变化在高原上的超前和显著的表现使得高原湿地生态系统承受着相对其他地区更为巨大的胁迫压力。与湿地水分平衡有关的气候因素中，能够产生重大不利影响的因素有年度内降水不均匀性的增加、日照时数的延长以及气温与地温的升高。而降水总量和器皿蒸发量的变化则未显示出与湿地退化有明显的关系；全球与区域气候的变化只是为湿地退化提供了一个基本背景，而关键气象要素在中小尺度上时空分配状态的变化和局地气候特征的改变则可能是湿地退化更直接的原因和动力。例如，降水量虽然没有变化，但降水的中小尺度时空分配状况的变化，以及冬季气温和年平均气温的显著升高却可能打破湿地水分平衡，从而对湿地生态系统产生重要影响；保持水分的平衡是湿地稳定存在的前提，在降水量没有显著减少而且人为影响较小的地区（如长江源区），湿地耗水增加的主要原因是气候变暖导致了蒸散发的加剧（罗磊，2005）。若尔盖和拉鲁湿地严重退化的事实表明，在基于气候变化的湿地退化过程中，人为影响因子起着加速器和倍增器的作用。因此，今后在恢复、保护湿地的过程中，必须坚决减少或限制人为活动对当地湿地的干扰，目前在三江源等自然保护区建设中所推行的生态移民计划是一个可行的解决办法。

二、生物多样性迅速下降

生物多样性是指各种生命形式的资源，包括动物、植物、微生物等各个物种所拥有的基因和由各种生物与环境相互作用形成的生态系统。人们的衣、食、住、行都与各种生物息息相关：粮食、蔬菜来自植物，肉蛋奶出自动物；使用的药物多是从植物、动物或微生物中直接提取出的有用物质；工业方面，生物则直接为工业生产提供各种原料。可见，生物多样性是人类社会赖以存在、繁荣昌盛的基础和源泉。中国具有丰富和独特的生物多样性：物种丰富，特有属、种繁多，区系起源古老，栽培植物、家养动物及其野生亲缘的种质资源丰富，生态系统丰富多彩。这不仅为人类的生存发展提供了物质基础，也为生态安全提供了保障。从生态安全的角度讲，生物群落是重要的"基因库"，是构成生态安全的最重要的物质基础，生物物种的丧失或生物多样性的降低对生态安全的破坏将会是致命的、无法挽回的。

然而，自工业革命尤其进入 20 世纪以后，人口激增，人类活动不断加剧，尤其工农业生产、城市扩展、能耗增加和生态环境改变等造成大气温室气体含量增加，加剧了大气的温室效应，使得大气增温幅度超过了自上次冰期以来的任何时候，打破了地球长期以来得以维持的平衡，许多野生物种的生存受到严重威胁，中国也"在劫难逃"。虽然生物多样性的降低受许多其他自然和人为因素的共同影响，但气候变暖加剧了这一影响。自然生态系统由于其适应能力的限制，对气候变化的影响极其脆弱，在此背景下，目前青藏高原的高山生态系统，由于气候变暖引起水热条件的一系列变化，这些系统的优势种及物种的分布格局都会受到不同程度地影响和改变。

中国科学院海北高寒草甸生态系统研究站与美国加利福尼亚大学的合作研究首次为青藏高原高寒草地生态系统对全球变暖响应的科学问题提供了实验证据。OTC 控制实验研究首次报道了气候温暖化导致高海拔生态系统短时间内植物种多样性迅速下降的研究结果，其将有效地支持关于人为气候变化下物种丧失的模型预测研究。气候变暖导致高寒草甸生态系统短时间内植物种多样性迅速下降：1998～2001 年为期 4 年的模拟增温实验结果表明，1999 年增温引起总物种数下降 5～14 种，2001 年增温引起总物种数下降为 9～15 种（随放牧历史的不同而有所差异）。即高寒灌丛对模拟增温的响应在植物物种变化方面呈现为总物种数 16%～30%（1999 年）和 26%～39%（2001 年）的下降趋势；而在较干旱且氮含量较少的实验样点物种丧失得更多。同时，研究还发现气候变化对物种丰富度影响的间接效应可能被植物间的相互作用所减弱；热效应和增温导致的枯草积累是物种对于实验增温反应的有力解释（Klein et al., 2004）。Walker 等（2006）综合国际冻原计划（ITEX）在北欧、北美和青藏高原的 11 个实验点 OTC 增温实验的植物群落反应结果，通过 Meta 分析，认为温暖化对植物多样性的影响具有趋同性。这些实验点中植物冠层增温幅度都为 1～3℃，经过两个生长季后，植物群落都会发生明显反应。总体而言，温暖化效应使落叶灌木和草本的高度和盖度增加，苔藓和地衣的盖度减小，物种多样性和均匀度减少。这与赵建中等（2006）在三江源高寒草甸地区，李英年等（2004）和 Klein 等（2004，2007）

在海北高寒草甸地区的 OTC 增温实验结果，以及北极冻原其他区域增温实验（Moline et al.，2004；Marchand et al.，2005）和相关模型预测（李英年等，2000；徐祥德，2004）的结论一致。温暖化效应至少在短期内将使冻原区域的生物多样性减少，在一定意义上具有普遍性意义，得到该领域研究学者的认可（Walker et al.，2006）。

在青藏高原地区，超过 80% 的降雨量集中在植物生长季，增温通过改变土壤氮素的有效性而影响到生态系统的资源平衡（Julia et al.，2004）；地下资源条件的改善能间接地降低物种多样性（Tilman，1997）；然而，氮的增加可能通过植被生产能力的提高而降低物种多样性（Tillman，1994）。因此，模拟增温改变了地下资源的平衡，间接地减少了高寒草甸物种丰富度（Julia et al.，2004）。该结论是解释实验增温可降低高寒草甸物种多样性的科学证据之一。

长期的定位观测研究也证明了这一论断。20 世纪后期的研究表明，当时环境下高寒湿地 – 藏嵩草沼泽化草甸植被群落生长茂盛，种类组成较少，每平方米有 10~18 种，植被总盖度约 95%。植被群落约由 23 种植物组成，隶属 9 科 21 属，形成了以藏嵩草为优势种的植被类型（王启基等，1995b）。而到 21 世纪初的 11 年间在该地区的研究发现，由于气候的干暖化及人类活动干扰的影响，该地段积水水滩（坑）消退，土壤变得干燥，过去那种以藏嵩草草甸为主的植物景观处于演替阶段。调查发现，原生的适应寒冷、潮湿生境的藏嵩草为主的草甸植被逐渐退化，逐渐转变为以线叶嵩草和黑褐薹草为主的草甸植被，而藏嵩草成为主要的伴生种，表现出湿地植被类型在向阴坡地带性典型植被类型发展。不仅如此，在湿地退化过程中，植物群落地上年净初级生产量也出现大幅度下降，如 1998 年测定为 518.4 g/m²，到 2000 年仅为 350.0 g/m²。这不仅因各气候年景的不同而有所不同，也与气候干暖化和人类活动加剧导致湿地沼泽化草甸植被退化有关。

三、增温对生态系统初级生产力的双重效应

草原地区绝大多数植物为 C_3 植物，温度升高对其生长将产生不利影响（方精云，2000）。观测表明，36 年来祁连山海北州牧草的年净生产量普遍下降（李英年，张景华，1997）；20 世纪 90 年代青藏高原牧草高度与 80 年代末期比较，生长高度普遍下降 30%~50%（张国胜，1999）；天然草地产鲜草量和干草量均呈减少趋势；气候变化使中国内蒙古的草地生产力普遍下降（牛建明，吕桂芬，1999）。在温度升高 2 ℃、降水增加 20% 的情况下，不考虑草地类型的空间迁移，各类草原减产幅度差别很大，其中以荒漠草原的减产最为剧烈，达到 17.1%；计入各类型空间分布的变化，各草地类型生产力减产约三成。Century 模

型模拟表明，气候变化将导致羊草草原和大针茅草原初级生产力和土壤有机质含量的显著下降，羊草草原比大针茅草原对气候的变化更为敏感（肖向明，1996）。

高寒草甸地区植被生长发育、年产量的提高与气温关系密切。在高寒草甸地区，降水丰富，一般年降水量为 400～800 mm，年平均在 500 mm 左右。植被返青开始至成熟的 5～9 月，降水量占年降水量的 75% 以上，基本能满足植物耗水量的需求。虽然在植被萌动发芽到返青前后的时段内，降水量较少，正值我国北方普遍干旱时期，但该时期冻土仍然维持于 20～180 mm 深层，地表 0～20 cm 地温上升至 0～3 ℃ 以上，地温的梯度较大，冻土层内冰晶水以及其他土壤水分受热力条件影响不断地迁移补充给地表层，而且草皮表层因根系发达，盘根错节，有较强的持水和滞水能力。多年观测表明，0～60 cm 土层，土壤湿度达干土重的 38% 以上，0～20 cm 可达 50%，表现出土壤水分含量有较高的水平，年内保持有较长时间的水分湿润状况，一般不出现干旱现象，致使植被在整个生长发育期水分是适宜的。同时高寒草甸植物属湿冷性植物，适宜的水分条件下可以忍耐短时 −8 ℃ 的低气温环境。但高海拔条件的制约，植被生长季气温较低，最热月平均气温低于 10 ℃，5～8 月平均仅为 7.1 ℃，日平均气温高于 0 ℃（含 0 ℃）的积温只有 1100 ℃·d，因而热量显得不足，成为植被产量提高的主要限制因子。从植被生长季（5～8 月）来看，影响植被产量形成的主次气象因子，依次有平均气温、日照时间、水热综合协调的配合，最后为降水量的多少。可见降水量并非是植被产量形成的限制因子，每年可基本满足植被生长发育的水分需求。

在实验增温条件下，矮嵩草草甸植物的生长期被延长，植物群落的衰退期亦被延迟，这有助于矮嵩草草甸获得更高的生物量。增温实验结果发现，禾草地上生物量增加了 12.30%，莎草增加了 1.18%，杂草减少了 21.13%，总量增加了 3.53%（周华坤等，2000）。禾草是青藏高原东部高寒草甸的建群种，在增温和人为放牧条件下，其分蘖能力的增强和资源分配模式的改变延长了对土壤元素的获得时期，其地上生物量增加较多；而莎草科的嵩草及其薹草较禾草耐阴，当禾草植物占据群落上层时，形成郁闭的环境，使它们成为群落下层，同时，莎草一般为短根茎地下芽植物，与禾草竞争吸收氮素的能力不高，所以莎草地上生物量增加较少。杂类草则由于禾草和莎草过分竞争了光照和养分，生长受抑制，使生物量减少。禾草量增加，杂草量减少，莎草量增加很少，正是这种缓冲作用，使群落地上生物量增加仅 3.53%。

然而，高寒草甸植被是青藏高原所特有的植被类型，具有独特严酷的环境条件，长期持续的增温可能使生态系统初级生产力下降。其植被产量高低主要取决于自然环境条件的波动变化。冷季降水资源虽然贫乏，但对草地生产力影响甚为明显，冷季降水较少时一定程度上限制了来年植被的生长发育以致植被产量的提高。虽然土壤水分资源丰富，但土壤水分的高低直接或间接受冷季前期降水及冷季期间降雪波动变化的影响。分析表明，在秋季蓄墒阶段，把降水量大部分储存在土壤中，采取覆盖措施，防止水分损失，通过冬季封冻稳定储水的有利条件，合理利用土壤水分资源，充分发挥秋雨春用的作用，对提高植被产量是有利的。因而也可认为，在高寒草甸地区若条件许可，冷季进行适量灌溉，可提高来年的植被产量。冬季气候寒冷，特别是在冻土稳定形成到3～4月且冻土达很深的这个阶段，土壤冻结速率越快，越易使土壤冻结深厚而坚实，同时受低温环境影响地表蒸散量明显减少，从而会储存较多的土壤水分。虽然温度低将对植物的根茎带来不利的影响，但水分的储存将弥补春季植被萌动发芽时受天气气候胁迫下干旱的影响，对植被初期营养生长阶段有利，终归影响当年植被产量的形成与提高。研究表明（李林等，2005），近几十年来季节冻土分布区地温显著升高，冻结持续日数缩短，最大冻土深度减小，这也证实在未来气候变暖的趋势下，若降水仍保持现有的水平，季节冻土变得浅薄，不利于冬季土壤水分较高的储存，因而高寒草甸植被的净初级生产量将有下降的可能。

最冷的1月平均气温与高寒草甸植被产量关联度最大，为0.8348，同时方差分析还表明，1月平均气温与植被产量有显著的负相关（$P < 0.01$），表现出1月平均气温越低，当年植被产量越高，这是因为1月气温低，土壤冻结厚而坚实，利于土壤内部大量水分储存。植被进入旺盛生长的6～8月水分条件由于降水的供给而充足，但早春植被萌动发芽初期时段，我国北方正值"干旱"，较高的土壤水分可弥补短时"干旱"胁迫的危害，使植被初期营养生长阶段有水分的补给。虽然寒冷的冬季可冻死冻伤植物的根茎，但与土壤水分储存量的作用相比显得次要。

李英年等（2004）采用OTC方法研究表明，在模拟增温初期年生物量比对照高，增温5年后生物量反而有所下降。增温使禾草类植物种增加，杂草减少。从表面来看，增温可使植物生长期延长，利于增大生物量，实际受热效应作用，植物发育生长速率加快，成熟过程提早，生长期反而缩短，减少了气温日较差，限制干物质积累，终究导致生物量减少。这说明小气候的作用，环境条件诱发土壤结构变化，植被的种群结构也随之改变，甚至出现演替的过程，全球变暖不仅对植物的生产力影响较大，而且对植被类型的演替有着不可忽视的作用。

徐世晓等（2001）利用海拔不同造成的温差模拟全球变暖带来的升温效应，研究气候变暖对青藏高原牧草营养含量及其体外消化率的影响。针对五种生长在不同海拔梯度的青藏高原典型牧草中酸性洗涤纤维（ADF）、木质素（ADL）、粗蛋白（CP）、无氮浸出物（NNE）、灰分等营养含量及其经藏系绵羊瘤胃液培养后的体外消化率差异进行对比研究。结果发现，随着温度升高，牧草CP和NNE

的百分含量都呈现降低的趋势；牧草 ADF 和 ADL 百分含量与温度存在正相关关系，随着温度升高牧草 ADF、ADL 百分含量都呈增加的趋势；牧草体外消化率与牧草生长的环境温度存在负相关关联，随着温度升高牧草体外消化率（in vitro digestibility）呈降低趋势。模拟研究表明，就温度这一重要环境因素而言，未来气候变暖尤其是夜间温度的升高引起青藏高原牧草营养品质的变化，牧草 CP、NNE 含量的降低，ADF、ADL 含量的增加，牧草消化率降低，从而不利于反刍动物对牧草的消化利用。

四、生态系统碳汇功能减弱

青藏高原高寒草甸生态系统在碳的生物地球化学循环方面具有低强度、高循环的特点，同时也表现出明显不同的碳源/汇特征，不同植被类型的碳源/汇差异明显。矮嵩草草甸 [78.5 ~ 192.5 g C/(m²·a)] 和金露梅灌丛草甸存在较强的 CO_2 吸收潜力 [58.5 ~ 75.5 g C/(m²·a)]，而藏嵩草沼泽草甸存在较强的 CO_2 排放潜力 [16.10 ~ 76.73 g C/(m²·a)]。

控制青藏高原高寒草甸生态系统的总初级生产量（GPP）主要因子是光合有效辐射（PPFD）和叶面积系数，而生态系统呼吸（R_{eco}）受温度控制，但是由于青藏高原特殊的地理环境和植被类型间的差异对光、水分和温度的响应不一致。在较低 PPFD 条件下，GPP 随 PPFD 增加而迅速增大，然而，当 PPFD 超过光饱和点，GPP 几乎不随 PPFD 增大而增大，两者相互独立，此时，温度对呼吸的影响比 PPFD 对呼吸的影响更大，并且在不同的植被类型区对温度的响应程度是不一样的；在较低或过高的水分条件下，高寒草甸 R_{eco} 对土壤温度比较敏感，表现为矮嵩草草甸的土壤呼吸依土壤温度增高而增大，而金露梅灌丛草甸则相反；NEE 随昼夜温差增加而增大，较高的昼夜温差有利于碳的固定；NEE 随积雪时间的增长而下降；降水事件对 R_{eco} 的影响因下垫面植被类型不同而存在差异，在降水事件过后的短时间尺度内，灌丛草甸的 R_{eco} 迅速增加，而沼泽草甸的 R_{eco} 迅速降低。

由于矮嵩草草甸和金露灌丛草甸每年固定的地上生物量的 80% ~ 90% 通过放牧被牲畜取食，只有非常少的比例返回生态系统中，而沼泽化草甸只有 10% ~ 20% 被牲畜取食，大部分的地上生物量返回生态系统中。青藏高原高寒草甸生态系统温度低，抑制了凋落物的分解，因此经过长期积累，使得沼泽化草甸生态系统中碳累积速度远远大于矮嵩草草甸和金露灌丛草甸。所以，放牧也是一个非常重要的长期控制因子。然而，放牧作为主要的人类活动，强烈影响草甸土壤呼吸，就同一植被类型而言，高的放牧强度具有高的 Q_{10}。

研究结果初步证实，青藏高原草地生态系统每年碳固定能力约 1000 万 t，然而，生态系统碳固定能力存在很大的不确定性，就环境温度而言，高寒草甸地区年平均温度由 -1.53 ℃升至 -0.65 ℃时，每平方米草甸所固定的碳由 192.5 g 下降到 78.5 g。人类活动将对生态系统的碳收支也会产生重大影响。据曹广民等的研究发现，轻度放牧、中度放牧和重度放牧条件下，0～40 cm 土层内土壤总有机碳含量没有明显变化，分别为 169.63 t/hm²、162.59 t/hm² 和 160.73 t/hm²，中牧和重牧条件下与轻牧相比只减少了 4.15% 和 5.24%。高寒草甸在其退化演替中，随着退化程度的加剧，其土壤 SOC、LFOC、HFOC 均呈下降趋势。其 0～40 cm 土层的 SOC 分别为：高寒草甸 141.72 t/hm²，轻度退化 85.58 t/hm²，中度退化 80.84 t/hm²。随着高寒草甸生态系统的退化，其土壤碳库的储量将大大降低，使其逆转为碳源（曹广民等，2001）。天然高寒草甸开垦为农田（种植春油菜）后，经过 30 年的种植，随着开垦年限的增加，下降趋势一直延续，只是下降速率有所减缓，10 年、20 年和 30 年内 SOC 下降速率依次为 1282.94 kg/(hm²·a)、763.82 kg/(hm²·a) 和 625.82 kg/(hm²·a)（李月梅等，2006）。天然高寒草甸开垦为一年生人工草地（种植燕麦）后，土壤有机碳的变化主要发生在 0～10 cm 土层，土壤中土壤总有机碳（SOC），轻组有机碳（LFOC）和重组有机碳（HFOC）呈下降趋势，至 20 年时分别下降了 10.5%、26.7%、8.1%。高寒草地开垦为一年生人工草地后，仍为碳汇，但相对于天然草地来说，其碳汇的容量大大降低（李月梅等，2005）。

五、人类活动对高寒草地生态系统的影响

（一）过度放牧利用是植被退化的主要原因

20 世纪 50 年代以来，随着人口的快速增加，三江源区畜牧业发展迅速，区内各州县家畜数量呈同步波动快速增长模式。各县在畜牧业发展中普遍片面追求牲畜存栏数，1960 年以后数量急剧增长，在 70 年代末 80 年代初达到最高峰。由于天然草场载畜能力有限，出现严重的超载过牧现象，按理论载畜水平分析，甘德、玛沁和达日超载 4～5 倍，冬春草场超载率达 41.5%。三江源区冬春草场普遍存在较为严重的超载过牧现象，尤其在离定居点和水源地接近的滩地、山坡中下部以及河道两侧等地的冬春草场，频繁、集中的放牧，严重破坏了原生优良嵩草、禾草的生长发育规律，导致了土壤、草群结构变化，给害鼠的泛滥提供了条件，进一步加剧了草地退化。周华坤等（2005）利用层次分析法对江河源区草地退化原因的定量分析表明长期超载过牧的贡献率达到 39.35%，位居第一。

（二）鼠害是植被退化的产物

三江源区鼠害的发生与人类活动关系密切，超载过牧所导致的中轻度退化草

地，为鼠害提供了适宜的栖息地和生存环境，为鼠害进一步猖獗创造了条件。三江源区绝大部分退化高寒草甸都不同程度地与鼠害有关，过牧引起的草地退化，若没有伴生鼠害出现，一般不容易演变为裸土地。尽管三江源区人口密度低（小于 2 人/km²）、草地面积大，但由于草场承包到户导致家畜数量的急剧增加，加上草场季节分布不平衡和人为的草场不合理利用，导致该区域绝大部分冬春草场超载过牧严重，造成植被退化，继而引发严重的鼠害。所以，鼠害是该区草地初始退化的一个伴生产物。

（三）高寒草地植被和土壤退化生态过程

随着高寒草甸退化程度加大，植被盖度、草地质量指数和优良牧草地上生物量比例逐渐下降，草地间的相似性指数减小，而植物群落多样性指数和均匀度指数则随着退化程度加大。随着退化程度加剧，杂草生物量增加显著，莎草和禾草生物量减少显著，分布在各层的植物根系量越来越少，地下根系具有浅层化特点。中度退化草地的土壤种子库密度最大，随着草地的退化程度加大，土壤种子库密度减少。土壤中微生物三大类群及微生物总数在未退化高寒草地的数量显著大于退化高寒草地。三种退化草地中土壤微生物数量以细菌占绝对优势，地上植被的变化往往改变了土壤环境特征，进而引起土壤微生物数量变化。

随着草地的退化程度加大，土壤理化性状恶化，其中土壤有机质、速效磷和速效钾的含量以及土壤坚实度、湿度都减小，土壤容重增加，土壤速效氮含量在极度退化阶段不能满足植物生长的需要。随着高寒草甸退化程度的加大，有机质含量在表层土壤中流失严重。

六、对区域社会经济产生深刻影响

气候变暖对经济系统和可持续经济发展具有潜在的影响，对未来工农业生产均有不同程度的影响，由于各部门是相互联系的整体，生产过程中有密切的相互联系，因此，气候变化所带来的影响将波及其他各部门。据气候变暖对工业影响统计模型：气候变暖使各部门总产出有不同程度的减少，而且随着增温幅度的上升，总产出的减少量增加（张永勤等，2005）。气候变暖使人们的生活规律发生很大改变，且对健康造成了直接或间接的影响。气温增加导致"城市热岛"效应和空气污染更为显著，给许多疾病的繁殖、传播提供了适宜的温床，一些热带流行的疾病，如痢疾、血吸虫病等向北传播，增加了防病治病的难度。温室气体中以氟氯烃为主的气体对臭氧层有较大的破坏性，导致阳光中紫外线辐射增加，有可能提高皮肤病的发病率。气候变暖会导致极热天气频率的增加，使心血管和呼吸道疾病的死亡率增高。气候变化导致疾病传播带向高纬度地区扩散，对于那些生活在贫困中的人群来说，疾病的扩散将是致命的。气候变化最直接的影响是较高的温度会导致日死亡人数增加（特别是心脏病患者）。较高的气温会增加近地层的臭氧，导致肺组织的损伤、刺激哮喘及其他肺病。此外，气候变暖还对人类健康产生如下影响：与温度相关的疾病和死亡的影响，与极端天气相关的健康影响，与空气污染相关的健康影响，通过水和食物传播的疾病的影响，心理健康和营养等方面的影响及其他方面的不利影响等。

在气温升高 2 ℃、年降水增加 10% 的状况下，青海各地界限温度积温增加 380 ℃，持续天数延长 20d 以上，草原面积萎缩，林线上升，易农地区扩大，种植业在河畔、谷地水分保证的条件下会有大量发展；森林适宜面积也将有所扩展。但气温升高后热量增加会造成土壤蒸发率的加剧，蒸发量可能大于降水增加的补给量，进而带来新的问题，部分地区可能变得更为干旱，从而加剧沙漠化的进程。此外，趋暖化程度会加大开垦草原的力度，原生植被将遭受破坏，水土流失更加严重。由于青藏高原海拔高、空气稀薄、太阳辐射强烈，受诸因素的综合影响，生态系统十分脆弱，自然植被一旦遭受破坏，其恢复极为缓慢。这些生态环境问题政府部门应给予高度的重视，不可盲目开垦草原，应大力开展植树种草，并制定出区域可持续发展战略方针政策（李英年，王启基，1999）。实验研究结果表明，土壤氮素矿化作用与气温呈正相关关系，气温越高其矿化速度越快，该土壤的氮素净氨化速率、净硝化速率、净矿化速率有明显的增加趋势，气候变暖将加快祁连山草甸草原土壤氮素的矿化作用（车宗玺等，2006）。近几十年来，全球性气候变暖，水平衡处于负平衡状态，在青藏高原东南的黄河源区尤显突出，造成大量湖泊干涸、湿地逐渐消失、多年冻土退化、区域水位下降，引起沼泽草甸大面积沙化和黑土滩化，裸地荒漠面积大幅增加，生态环境恶化趋势明显，不仅危害源区牧民的生存，而且还危及黄河源区的生态安全（曹文炳等，2006）。

第三节　生态系统对全球变化的适应策略

对环境适应的概念来自于种群生态学和进化生态学，这里的"适应"是指物种为在其栖息的环境中得以生存而使得自身遗传特性发生变化。成功的适应并不意味着种群个体都能够存活，而是指在环境发生变化的情况下这些物种或生态系统具有持续生存的能力。

一、高原物种对全球变化的适应

青藏高原作为地球的第三极，与南北两极具有相似的低温环境条件、脆弱的生态系统和突出的气候变化预期，同时青藏高原又具有更为强烈的太阳辐射、（包括紫外辐射）、低气压和剧烈的昼夜温度波动等不同于两极地区的环境特征，从而使得这里的物种对气候变化的响应可能与极地不同。自中国科学院海北高寒草甸生态系统定位研究站建站以来，科学家对这里的植物和动物的环境适应机制和对全球变化的响应进行了多角度的研究，这里从植物对强紫外辐射的适应机制和对增强紫外辐射的响应，植物对强太阳辐射的适应策略和植物的光合特征及其生态意义，以及动物（根田鼠）种群结构与数量对增温的反应几个方面概括了研究的部分成果。

利用青藏高原剧烈起伏的地形特征，在不同海拔处测定紫外辐射的强度和植物的生理特征，进一步证实了青藏高原紫外辐射强度远高于低海拔地区的特点，发现植物的紫外吸收物种含量随海拔升高而增加，而叶绿素含量、叶绿素 a/b、类胡萝卜素含量等的差异与紫外辐射强度的变化无显著相关性。人工增强紫外辐射在数小时内降低了麻花艽的光合能力，但叶片内抗坏血酸过氧化物酶活性的持续上调保护了叶片结构的完整性，使得植物的光合能力逐步恢复。中长期的紫外增强试验也发现几种植物的光合色素与紫外吸收物质含量、光合速率等无明显改变，但是叶片厚度显著增加，表明高寒草甸植物对臭氧层变薄导致的紫外辐射增强有很强的适应能力，植物的光合作用和物质生产可能并不直接受到负面影响，而紫外辐射改变引起的植物物候期变化可能有更为深远的生态意义。

青藏高原太阳辐射强烈，相应地，所研究的高寒草甸植物的光饱和点大多较高，强辐射本身一般不引发植物光合作用的光抑制。高寒草甸植物具有比低海拔地区相似植物更强的强光适应能力，即使共同移栽到较低海拔的地方，在几年内它们之间这种能力的差异仍然存在。

高原光环境的另一个特征是受多云和风的影响形成的植物叶片实际接受持续时间不规则的动态光斑。高寒草甸植物叶片在受强光照射后光化学效率降低，在随后的弱光期内可以得到不同程度的恢复，恢复的程度和速度受强光和后续弱光的强度、持续时间，尤其是光的变动频率影响强烈；持续时间短、变动迅速的光引起光化学效率降低幅度最大。

高寒草甸植物的光合作用虽然通过叶片结构、色素含量、保护性酶的含量和活性等的调整达到对强辐射的适应，但是土壤干旱、午间高 VPD 和高叶片温度、夜间低温后的强辐射等都可能导致光合速率大幅度降低，这些情形在自然条件下经常出现，在未来全球变化的情境下如果这些不利的环境条件发生频率加大，将对植物产生重要的影响。植株高度和叶片角度不同的植物，其适应强光环境的机制也不同。低矮平伏叶片的植物更多地依赖于高的光化学能力，在强光下提高光呼吸速率可以有效地防止强光下的光损伤，但会降低叶片碳的净固定。叶片直立的植物利用热耗散的方式处理吸收的过剩光能的能力强。正是由于植物采取了不同的形态、生理和生化机制，更多的植物能够共存，使高寒草甸群落具有很高的物种丰富度。然而适应机制不同的植物，其光合能力和其他生理生化过程对不同环境因子变化的敏感度也各不相同，这就必然导致它们对全球变化产生不同的响应，进而引起植被的变化。物种的遗传和发育特征可能内在地限制了植物对气候变化的响应模式，在这方面的研究还有待加强。

通过建立开顶式增温小室模拟全球变暖，研究局部增温对根田鼠冬季种群的可能影响发现，局部增温导致海北高寒草甸地区根田鼠的冬季种群密度明显上升，而其性比、存活率、种群平均体重以及年龄结构无明显变化；在冬季，根田鼠有从对照样地向增温样地扩散或迁移的趋势。开顶式增温小室的建立，在根田鼠的栖息地内提供了新的微环境。对局部增温样地中温室内外根田鼠捕获力的研究却发现，相同季节相同生境时，温室内雌雄根田鼠的捕获力没有差异。不同季节不同生境时，温室内雌雄根田鼠的捕获力也无差异。不论是同一季节不同生境，还是同一生境不同季节，温室内雌雄性根田鼠的捕获力间差异很小。全球变暖导致的植被群落结构的改变必然要影响到栖息于此的动物的种类分布和数量，然而，引起根田鼠种群数量波动的调节机制方面的研究还有待加强。

二、物种多样性及其维持机制

增温使枯枝落叶的覆盖度增加了 25%（Julia et al., 2004）。由于枯枝落叶的年输入量的增加和枯枝落叶分解量的减少使得枯枝落叶的量增加，植物枯枝落叶的积累实际上降低了到达植物的光合有效辐射而形成一个机械屏障，这些都影响到植物的生长和植被的形成，因而降低了物种多样性（Foster, Gross, 1998）。Cornelissen 等（2007）对环北极高寒生态系统地区的 33 个全球变化控制实验的结果进行整理分析，认为气候变暖对植被组成和生物多样性有影响，地表枯枝落叶的分解对气候变暖具有负的反馈效应。在禁牧的情况下，高寒草甸凋落物明显增加，这可加剧由于温暖化所引起的高寒草甸物种多样性降低的效应。然而，令人兴奋的是，高原放牧干扰可以追溯到 1 万年之前（Guo et al., 2005），放牧对于减少凋落物的堆积有积极的作用，因此，适度放牧对于维系高寒草甸生态系统的物种多样性有着积极作用，这是协同进化又一典型的范例，在全球变化的大背景下，更具有重要的现实意义。

适度放牧对高寒草甸物种多样性的影响符合"中度干扰理论"，即中度放牧能维持高的物种多样性。在连续三年放牧试验期内，高物种多样性指数均在轻度和中度放牧之间（牧草利用率为 40% ~ 60%）。这是因为适度的放牧通过牦牛对垂穗披碱草和星星草的采食，使一些下繁草品种的数量增加，同时一些牦牛不喜食的杂草类和不可食的毒杂草类数量也增加，提高了资源的利用效率，增加了群落结构的复杂性。在重度放牧下，由于牦牛采食过于频繁，减少了有机质向土壤中的输入，土壤营养过度消耗，改变了植物的竞争能力，导致植物种的重要值和多样性的减少。在极轻放牧时，牦牛选择采食的空间比较大，因而对植物群落的干扰较小，群落的物种丰富度指数、均匀度指数和多样性指数均不高。对照草地由于没有牦牛的采食干扰，群落由少数优势种植物所统治，多样性和均匀度最小。

三、生态系统稳定性、恢复力及其与气候变化的关系

生态系统的主要变量随时间变化的程度，可以作为系统稳定性的简单度量。变化程度小，称其稳定性强；反之，稳定性弱。就不同演替阶段的高寒草甸，其稳定性依次为针茅＋羊茅－嵩草草甸群落＞矮嵩草群落＞小嵩草群落＞杂类草－"黑土滩"型次生裸地。土壤与牧草之间养分供求关系的失调和系统的生理干旱，是造成高寒草甸生态系统稳定性最终丧失的内在原因，而人类活动加剧是导致这一内因发作的外在因素。

利用中国科学院海北高寒草甸生态系统定位站多年来观测的长时间序列数据，运用生态系统稳定性直接分析方法，定量分析高寒矮嵩草草甸生态系统的稳定性及其对环境变化的灵敏度。结果表明，高寒草甸生态系统的主要气候因子如年降水、年均气温都比较稳定（CV 值分别为 16.55% 和 28.82%），而年度地上净初级生产量较降水和气温更为稳定（CV 值为 13.18%）。净初级生产量关于降水和气温的灵敏度或弹性分别为 $E = 0.0782$ 和 $E = 0.1113$，即净初级生产量对降水和气温的波动均不敏感，也说明高寒草甸生态系统具有较高的稳定性。

通过高寒草甸生态系统与世界其他地区 5 个草地生态系统的稳定性度量值横向比较，也显示出该系统的稳定性程度较高。结构相对比较简单的高寒草甸生态系统有较高的稳定性，说明群落稳定性虽然与物种多样性和群落复杂性有关，但未必成正比关系。还有其他一些因素与生态系统稳定性密切相关，如生物群落的外部环境稳定程度等。高寒草甸生态系统的主要气候因子（年降水和年均气温）以 3~4 年的主周期随机低频振荡，在其作用下生态系统的行为呈现同主周期、振幅比较稳定的随机波动。高寒草甸生态系统的较高稳定性，是较稳定的环境和系统适应环境的进化演替结果（周华坤等，2006）。

周华坤等（2008）利用中国科学院海北高寒草甸生态系统定位站多年观测的长时间序列数据，采用定量的方法度量高寒草甸自然生态系统的恢复能力，评估该系统的持久性，并结合系统现状提出避免系统崩溃的对策。结果表明，高寒草甸净初级生产量的动态行为以对降水和气温的即时直接响应为主。无论是净初级

生产量对自身的"记忆"程度，还是主要气候因子对初级生产力的"滞后"作用，都比较微弱，说明高寒草甸生态系统有较强的恢复能力，即有较强的持久能力。与世界其他地区草地生态系统恢复能力度量结果相比较，显示高寒草甸生态系统有较强的恢复能力，但相对而言并不是很强。目前的高寒草甸生态系统正处于退化演替进程之中，科学地利用高寒草地资源，积极恢复治理退化草地，是维持脆弱的高寒草甸生态系统持久的关键。

第四节　基于全球变化背景下的生态系统管理

随着国际全球变化研究战略的调整，全球变化的适应性管理问题已被提升到可持续发展能力建设的高度。全球变化研究不仅需要关注它的科学内涵和学术价值，更要考虑其如何与生存空间的可持续发展以及生态系统科学管理紧密地结合起来，为人类社会的可持续发展提供科学背景和依据。

一、全球变化背景下高寒草甸生态系统管理的原则

出于对全球环境变化可能对人类社会生存造成严重影响的忧虑，自20世纪70年代提出气候变化以及对人类社会所可能产生的影响起，国际科学界和各国政府（特别是发达国家和那些近期内将受到威胁的海岛和沿海国家）就开始讨论人类社会如何响应全球变化并采取相应的对策。具体研究方向从70年代一开始提出的预防和阻止（prevention）到80年代减缓（mitigation），直到目前所普遍认同的适应（adaptation）。阻止或减缓全球变化的行为，所针对的主体是地球系统，发生在全球变化达到某一临界值之前，目的是通过控制或减缓全球变化的某些关键过程而减轻全球变化可能带来的影响；而适应所针对的主体是人类社会，是在承认全球变化不可避免的前提下，通过改变人类生态系统的脆弱性而规避全球变化带来的风险。

将全球变化背景下生态系统管理定义为人类社会面对预期或实际发生的全球变化的系统功能、过程或结构所产生的影响而采取的一种有目的的响应行为。

（1）全球变化适应的认识基础是：全球变化不可能完全避免，但是可认识的，人类对全球变化的反应需要一定的时间。

（2）适应所针对的主体是人类生态系统（包括资源环境系统、支撑系统和人文系统），目的是通过降低人类生态系统对全球变化的脆弱性，减轻不利影响，增强其有利影响，规避风险。

（3）生态系统管理追求的是以有限的投入，换取最大的社会、经济收益或最小的损失。生态系统管理的方式有多种，适应所需的成本和效果因适应方式

的不同而各不相同。

（4）人类有能力选择危害最小/利益最大的管理方式，因此，管理行为可以是自发的或有计划的，适应发生的时间既可以在全球变化达到某一临界值之前，也可以发生在变化发生之后。需要强调的是，IPCC把适应性管理作为减缓气候变化的补充手段，而事实上适应性管理的意义远不只于此。对人类而言，适应性管理不仅与减缓全球变化同等重要，而且从可持续发展的角度看，全球变化的适应不仅仅是人类降低生态系统脆弱性的手段，而且是人类实现社会和自然可持续发展的能力建设（葛全胜等，2004）。

通过人类有序合理的组织活动，能够使生存环境的总体和尽可能多的局部在人类可预见的时间尺度上不发生显著退化，甚至持续好转，同时又能够满足社会经济发展对自然资源的需求。通过有序人类活动的研究，可以使人类了解生存环境变化的规律和机理，更好地实现人类对全球变化的适应，从而实现最佳的经济、社会和环境效益（符超峰等，2006）。

二、全球变化背景下高寒草甸地区可持续发展对策

（一）高寒草甸可持续发展草地畜牧业经营对策

1. 尊重自然规律，制定科学发展规划

高寒草甸地区气候寒冷、潮湿，耐寒的多年生植物形成了一类特殊的植被类型；建群层片主要是适应高原和高山寒冷气候的低草型多年生密丛短根茎嵩草层片、根茎薹草层片和轴根杂类草层片等。在高原与高山严寒气候的影响下，高寒草甸生态系统草层低矮、结构简单、层次分化不明显，一般仅草本一层，草群生长密集、覆盖度大、生长季节短、生物生产量低。受青藏高原严酷气候的影响，脆弱地表系统平衡条件下的环境因子常常处于临界阈值状态。在此背景下，由于气候变暖引起的水热条件的一系列变化以及人类干扰，青藏高原的高寒草甸生态系统的优势种及物种的分布格局都会受到不同程度的影响和改变。

从保护与可持续发展的双重角度出发，针对高寒草甸生态系统的特殊性和生态－生产－生活承载力，尊重自然规律和科学发展观，提出高寒地区草地生态畜牧业产业发展的总体定位、发展格局和发展目标。提出与资源优化配置及生态环境建设相适应的生态型产业体系和产业结构调整与优化布局方案，并对建设方案的实施过程进行动态滚动监测评估，对实施效果进行滚动预警。

2. 以草定畜，优化控制放牧生态系统

高寒草地生态系统是一个受控放牧系统，通过调节放牧强度，即可实现放牧

生态系统的优化控制。选择适宜放牧强度和放牧制度等最优放牧策略，将提高草地初级生产力，维护草地生态平衡，有效防止草地退化。以牧草产量和利用率来衡量高寒草地的放牧强度配置，两季草场均为45%左右的牧草利用率最佳。高寒两季草场轮牧制度下，夏秋草场的不退化最大放牧强度为4.30只藏羊/hm^2，冬春草场为4.75只藏羊/hm^2，年最大放牧利用强度不超过2.5羊单位/hm^2。通过高寒草场优化放牧方案和最优生产结构的研究，认为高寒草场地区藏系绵羊和牦牛的比例为3:1，藏系绵羊的适龄母畜比例为50%~60%，牦牛的适龄母畜比例为30%~40%较为合理。为了解决天然草地牧草生产与家畜营养需要的季节不平衡问题，建议逐渐减少家畜冬季放牧的时间及数量，加大冬季舍饲圈养比例，实现生产方式的转变。

3. 建立稳产、高产的饲草料生产及加工基地

开展种草养畜，建立稳产、高产的人工草地，有效减轻天然草地的放牧压力，这种"以地养地"的模式，是解决草畜之间季节不平衡矛盾的重要措施，也是保证冷季放牧家畜营养需要和维持平衡饲养的必要措施。中国科学院西北高原生物研究所和青海省畜牧兽医科学院在三江源区内玛沁县的大面积黑土滩（海拔4000 m）上种植多年人工草地已经取得了成功，在三江源区严重退化且难以自然恢复的退化草地建植人工植被是可行的也是必要的。据最近的研究表明，在三江源项目区适宜饲草料基地建设的面积达40万hm^2，可提供大约200万t青干草及600万~700万羊单位冷季舍饲育肥草料。目前人工草地以冷季放牧利用为主，牲畜的践踏和牧草营养物质的自然损失，大大减少人工草应有的价值，建议在三江源四个州条件较好的地方分别建立青贮、青干草、草颗粒及全价颗粒饲料加工的饲草料加工和集约化舍饲育肥示范基地。

4. 发挥不同生产系统的优势，实现区域水平上不同生产系统的耦合

系统耦合是指两个或两个以上的具有耦合潜力的系统，在人为调控下，通过能流、物流和信息流在系统中的输入和输出，形成新的、高一级的结构功能体，即耦合系统，它的一般功能是完善生态系统结构、释放生产潜力与放大系统的生态与经济效益。在高寒草地畜牧业生产实践中，草地畜牧业区实施畜群优化管理，推行"季节畜牧业"模式，加强良种培育及畜种改良，在入冬前出售大批牲畜到农牧交错区和农业区，以转移冬春草场放牧压力，充分利用农业区的饲草料资源进行育肥，实现饲草资源与家畜资源在时空上的互补。农牧交错区进行大规模的饲草料基地建设和加工配套技术集成，推行标准化的集约舍饲畜牧业，为转移天然草场的放牧压力提供强大的物质基础，将部分饲草料输送到源区放牧畜

牧业生产基地，为越冬家畜实施补饲及抵御雪灾提供饲料储备。周边河谷农业区充分利用牧区当年繁殖的家畜，种草养畜进行农户小规模牛羊肥育，一部分饲草料进入牧区；农区、牧区的动植物资源产生互作效应，使其资源利用效益超出简单的相加价值，整体经营效益得以提高。

5. 大力发展以畜产品为原料的食品加工业

畜牧业是高寒地区的优势产业，加大以畜产品为原料的食品加工业的支持，有利于草地生态畜牧业的发展，有利于发挥高寒牧区的资源优势，延伸畜牧业生产产业链。

（1）鼓励有实力的畜产品加工企业和个人，通过建立基地、收购点等多种形式，主动加大高寒牧区畜产品的收购力度，一方面减轻草场压力，另一方面减少自然灾害或冬季营养不足给牧民带来的损失。

（2）加快畜产品加工技术的研发和技术、装备的引进。生产优质精品，打造名牌产品，提高产品附加值。

（3）适应国内外对动物源性食品安全卫生质量要求日益严格的发展趋势，积极向生产无公害、绿色畜产品及功能食品方向发展。依靠大型畜产品开发和加工企业，发展肉食品精加工、深加工和生化制剂的开发生产，提高资源的利用率和加工深度也是畜产品增值的有效举措，如开发利用动物脏器生产保健品、医用级胎素产品及血红素、免疫蛋白、活性钙等生化制剂技术。新技术研究和应用为核心的畜产品精深加工在畜牧业经济可持续发展和畜产品增值中具有巨大的生产潜力。依托大型出口生产加工企业，不断提高生产加工的经济效益和畜产品在国内外的知名度和信誉度，发挥其出口生产加工及参与国际市场竞争的主体作用，努力开拓国内外市场，扩大畜产品外销的比重。

6. 建立政府引导、科研院所参与及企业运作的生态畜牧业生产运行机制

生态畜牧业生产模式是一种新的生产模式，它将对广大高寒牧区社会发展产生深远的影响，如何实现生态上合理、经济上可行、社会上可接受是决定畜牧业生产新模式成败的关键。近年来，中国科学院西北高原生物研究所及青海省畜牧兽医科学院等科研院所已进行了有益的探索，基于科技部、中国科学院以及青海省科技厅有关项目的支持，在畜牧业生产新模式的整体设计和关键技术研发等方面进行了系统研究。基于当前三江源区生态环境建设中面临的突出问题，提出以"减压增效"为核心的生态畜牧业发展思路；建议政府将三江源生态建设项目牧民生活补贴及抗灾保畜资金抽出部分统筹，一部分用于饲草料加工企业，企业将

成品饲草料无偿提供给移民用于牧业生产，一部分用于扶持有土地资源牧户专门从事饲草料生产加工及销售。使广大牧民逐渐接受冷季以舍饲圈养为主的生产方式，实现饲草料加产品的商品化，形成以饲草料基地建设、草产品加工、牲畜的舍饲育肥、畜产品加工及销售的完整生产体系和产业链。

（二）建立生态补偿机制

生态补偿（natural ecological compensation）是指通过对损害（或保护）资源环境的行为进行收费（或补偿），提高该行为的成本（或收益），从而激励损害（或保护）行为的主体减少（或增加）因其行为带来的外部不经济性（或外部经济性），达到保护资源的目的。其实质就是通过一定的政策手段实行生态保护外部性的内部化，让生态保护成果的"受益者"支付相应的费用，使生态建设者和保护者得到相应的补偿，通过制度创新解决好生态投资者的合理回报，激励人们从事生态保护投资并使生态资本增值（宋先松，2005）。我国有 4 亿 hm^2 不同类型的草地，约占国土面积的40%。其所具备的气体调节、气候调节、水调节、土壤形成、养分循环、休闲、文化等多方面的生态功能所提供的有形或无形的产品（或称生态产品）价值十分巨大。实施草原生态补偿，建立草原生态补偿机制，对于保护我国已有的草原和治理退化的草原，保护我国北方地区的生态屏障，稳定边疆以及繁荣牧区经济都具有重要意义。青藏高原高寒草甸区，尤其是三江源地区是我国重要的生态源区，也是中东部地区重要的生态屏障，其生态环境的质量直接关系到中下游及全国广大区域，从而影响全国的经济社会发展和生态环境保护。

广袤的高寒草甸区的生态环境保护和建设不仅关系到区域可持续发展，更影响着全国的生态安全。探索不同生态功能区的生态建设补偿机制，制定科学的生态补偿评价体系，客观科学地制定生态建设补偿标准，构建多元的补偿网络，拟定完善的生态建设补偿配套政策，寻求局部利益和全局利益、当前利益和长远利益、脱贫致富对资源需求和生态环境保护的结合点，明确产权关系，充分调动地方政府、企业、农户参与生态环境治理和保护的积极性，建立可持续的高寒草地生态环境建设机制，实现改善生态环境和加快区域发展的双重目标。为保证生态补偿政策的公平合理，可借鉴欧盟的监测评估经验，建立一支社会化的生态补偿政策监管和评估机构队伍。这支队伍既可以从一些科研院所改制而来，也可以从一些非营利的环保组织演化而来，对其基本的资质要求是由多学科专门人才组成，能对生态环境效益、经济效益、社会效益进行全方位的评估。

（三）推进农牧业结构和草地农业种植制度调整

全球变暖的总趋势将使未来农作物的产量和品种的地理分布发生变化。农牧业生产必须相应改变土地使用方式及耕作方式。气候是农牧业生产的重要环境因素，只有把气候变暖纳入农业的总体产业规划，充分利用气候资源，才能最大限度地趋利避害。气候变暖在很大程度上是由人类盲目的生产和生活方式造成的，所以必须改变那种肆意破坏环境的生产和生活方式。人类长期对自然肆无忌惮的掠夺性开发利用和破坏的结果加剧了气候的变化。要因地制宜，改变和调整现有的生产和生活方式，摒弃不合理的、落后的生产方式，积极引进先进的生产生活方式，以使人类活动对环境的影响降到最低。实施一系列产业政策，加快第三产业发展，调整第二产业内部结构，并增加高附加值产品的比重，是减缓 CO_2 排放的一个重要对策。

优化农业区域布局，促进优势农产品向优势产区集中，形成优势农产品产业带，提高农业生产能力。扩大经济作物和饲料作物的种植，促进种植业结构向粮食作物、饲料作物和经济作物三元结构的转变。同时，结合本地的资源优势和地域特色，选育抗逆品种。利用先进的分子技术，培育产量潜力高、品质优良、综合抗性突出和适应性广的优良动植物新品种。通过改进作物和品种布局，有计划地培育和选用抗旱、抗高温、抗病虫害等抗逆品种，以提高草地农牧业在未来各种逆境下的适应性能。

全球变化对高寒草甸地区农牧业结构和草地农业种植制度的大区域尺度上的未来影响显而易见（王馥堂等，2003；郑度等，2004）。为了促进全球变化区域的适应进程，在草地农业区，特别是在农牧过渡带（如青海省海北州门源县、海南州同德县和贵南县），优化农业区域布局，促进优势农产品向优势产区集中，形成优势农产品产业带，提高农业生产能力。通过扩大经济作物和饲料作物的种植，促进种植业结构向粮食作物、饲料作物和经济作物三元结构的转变，实现种植业结构和功能上的互补。在农业区，如青海省河湟谷地，通过调整种植制度，发展多熟制，提高复种指数，增加农田生产力。

（四）遏制草地荒漠化加重趋势

通过加强草地荒漠化过程和机理的研究，探索草地荒漠化驱动机制，为遏制草地荒漠化加剧找到适应策略的理论依据。控制草原的载畜量，实现草畜平衡是草原生态和草原畜牧业发展中的关键控制点，对遏制高寒草地荒漠化意义重大。在自然生产力条件下利用高寒草甸放牧系统的草畜平衡阈点，通过载畜量的合理调控，保证天然草场的生产力与牲畜饲养量之间的平衡。通过一定范围和尺度上的退化和荒漠化草地恢复治理，在适宜地区建设人工草场，快速恢复草原植被，增加草原覆盖度。通过恢复其下垫面的结构和生态功能，影响微气候和系统结构，形成一种良性循环，防止荒漠化进一步蔓延。

1. 综合治理荒漠化草地，有效遏制草地荒漠化加重趋势

在了解和研究清楚草地荒漠化的原因、驱动力和机制的前提下，荒漠化土地治理应以生态学原理为指导，运用草原学、恢复生态学、气候学等知识，集成引用江河源区退化草地综合治理技术模式和相关经验，采用灌木林营造、人工种草和围栏封育等生物和工程措施，因地制宜，进行综合治理（周华坤等，2007）。对于退化严重、荒漠化强烈发展的地区全部实行封闭休牧育草，对沙丘通过补种固沙植物，修建固沙墙，防止沙粒流动，提高植被覆盖度，逐步分片固定沙土，防止再度侵蚀周围草地，对流动沙丘进行灌木林营造，以控制沙丘移动，恢复植被；对固定沙地进行人工补播种草，增加植被盖度；对轻度荒漠化土地要进行围栏封育，减畜育草，以恢复草地生态系统。另外，施肥改良草地效果也很好，在有条件的地区也可以配合。对天然草场实行围栏轮牧，以草定畜，积极改良和合理利用天然草场。采用管理、技术、资金等综合手段，加强宣传，吸引牧民积极参与，共同建设生态健全的高寒草地系统。最终通过减畜育草、封沙育草、人工培育植被、工程固沙、防治鼠害、加强草原灭鼠工作等综合防治措施，使沙化天然植被逐步得到恢复与更新，生物生产力相应提高，草地沙漠化进程得到减缓，生态环境逐步好转。

2. 调整产业结构，控制荒漠沙区放牧

要调整现有牲畜数量，搞好畜牧业的四配套建设，努力改善畜群结构，提高牲畜质量和商品率，建立人工饲草饲料基地，尽量减少在半固定沙丘上放牧。对沙区土地已经进行了草场分户承包的，应尽可能予以重新调整，或者引导、安置这些牧户改事他业，并配合正在实施的三江源生态环境治理工程，做好生态移民工作。在条件许可的地方发展生态旅游业，带动第三产业发展。

以草地农业生态系统的系统耦合理论为核心的农牧耦合型畜牧业生产模式已经在高寒草甸分布区得到成功应用（赵新全等，2005）。多年的定位实验研究表明，草地牧业生态系统内部各生产层之间以及不同类型的系统之间在时间及空间上全方位的耦合，从理论上可使生产力至少提高六倍。农区和牧区两大经济生产系统间既存在显著差别，又相互依存、相互制约与相互促进，它们之间的系统耦合可最大限度地提高和促进各自经济的全面健康发展，并加快产业化进程。利用不同生产和生态功能区的系统耦合效应，通过加强农区畜牧业发展，有效增强整个区域畜牧业生产能力，减轻牧区放牧压力，这对减缓草地荒漠化的发展态势意义重大。

（五） 加强新技术的研发和推广应用

据挪威 AFP 集团 2008 年 4 月 24 日发布的预测报告，清洁发展机制（clean development mechanism，CDM）将促进发展中国家 CO_2 减排，预计可使排向大气的 CO_2 减少 1.35 亿 t。有关专家提出，中国推行 CDM 项目潜力巨大，可以通过环境友好型技术改善保护生态环境。截至 2008 年 2 月，中国的 CDM 项目已近 1200 个；目前，在联合国注册的发展中国家温室气体减排项目中，中国占据的比例达到 16%，年减排量则接近一半。

发展包括生物技术在内的新技术，力争在高寒植物光合作用、生物固碳技术和固碳工程技术、病虫害防治、抗御逆境、设施农业和精准农业等方面取得进展。研究通过调控农牧业生产方式减少温室气体排放的技术，研究改变土地利用方式减少温室气体排放的技术。同时，发展可再生能源不仅可以缓解化石能源的供应压力，优化能源供应结构，改善区域环境，也可以起到减缓碳排放的重要作用。利用青藏高原丰富的可再生资源，通过政府引导和支持在条件适宜的三江源生态移民新村等地区开发利用太阳能、风能等新型可再生能源，有效促进区域可持续发展的能力。

开发和利用高寒草地生态系统生物多样性保护和恢复技术，特别在生态环境相对脆弱的三江源自然保护区，研究与示范湿地生态系统保护与修复、濒危野生动植物物种保护等相关技术，降低气候变化对生物多样性的影响。加强森林、草地、湿地生态系统定位观测与生态环境监测技术，并进一步加强森林和草地环境、荒漠化、黑土滩、野生动植物、森林和草地火灾及病虫害监测，完善生态环境监测网络和体系，提高预警和应急能力。

（六） 加强应对全球变化的对策研究

全球变化研究面临的挑战来自地球系统的复杂性。地球及其各个圈层是一个复杂系统，它们不仅存在着多因子、多系统的复杂的相互作用关系，而且具有一些共同的基本特征：相对封闭性与开放性共存；相对稳定与不稳定、平衡与不平衡的交替出现；连续与不连续、线性与非线性、渐变与突变（或灾变）的交替发生及其交互作用；时间和空间尺度上多种系统嵌套的层次性；内因和外因的交互耦合作用及共振作用等。

1. 加强气候变化相关科技工作的宏观管理与协调

深化对气候变化相关科技工作重要意义的认识，努力贯彻落实"自主创新、重点跨越、支撑发展、引领未来"的科技指导方针和《国家中长期科学和技术发展规划纲要》对气候变化相关科技工作提出的要求，加强气候变化领域科技工作的宏观管理和政策引导，健全气候变化相关科技工作的领导和协调机制，完善气候变化相关科技工作在各地区和各部门的整体布局，进一步强化对气候变化相关科技工作的支持力度，加强气候变化科技资源的整合，鼓励和支持气候变化科技领域的创新，充分发挥科学技术在应对和解决气候变化方面的基础和支撑作用。

2. 推进气候变化重点领域的科学研究与技术开发工作

加强气候变化的科学事实与不确定性、气候变化对经济社会的影响、应对气候变化的经济社会成本效益分析和应对气候变化的技术选择与效果评价等重大问题的研究。加强气候观测系统建设，开发全球气候变化监测技术、温室气体减排技术和气候变化适应技术等。重点研究开发大尺度气候变化准确监测技术，提高能效和清洁能源技术，主要行业 CO_2、CH_4 等温室气体的排放控制与处置利用技术，生物固碳技术及固碳工程技术等。

3. 加强气候变化科技领域的人才队伍建设

加强气候变化科技领域的人才培养，建立人才激励与竞争的有效机制，创造有利于人才脱颖而出的学术环境和氛围，特别重视培养具有国际视野和能够引领学科发展的学术带头人和尖子人才，鼓励青年人才脱颖而出。加强气候变化的学科建设，加大人才队伍的建设和整合力度，在气候变化领域科研机构建立"开放、流动、竞争、协作"的运行机制，充分利用多种渠道和方式提高科学家的研究水平和主要研究机构的自主创新能力，形成具有特色的气候变化科技管理队伍和研发队伍，并鼓励和推荐科学家参与气候变化领域国际科研计划和在相关国际研究机构中担任职务。

4. 加大对气候变化相关科技工作的资金投入

加大政府对气候变化相关科技工作的资金支持力度，建立相对稳定的政府资金渠道，确保资金落实到位、使用高效，发挥政府作为投入主渠道的作用。多渠道筹措资金，吸引社会各界资金投入气候变化的科技研发工作，将科技风险投资引入气候变化领域。充分发挥企业作为技术创新主体的作用，引导企业加大对气候变化领域技术研发的投入。积极利用外国政府、国际组织等的双边和多边基金，支持开展气候变化领域的科学研究与技术开发。

参 考 文 献

曹文炳等. 2006. 气候变暖对黄河源区生态环境的影响. 地学前缘, 13 (1)：40~47

车宗玺等. 2006. 气候变暖对祁连山草甸草原土壤氮素矿化作用的影响. 甘肃林业科技, 31

（3）：1～11

陈桂琛等．2002．青海高原湿地特征及其保护．冰川冻土，24（3）：254～259

陈宜瑜．1999．中国全球变化的研究方向．地球科学进展，14（4）：319～323

刁治民等．2005．青海高寒牧区土壤荒漠化现状及防治对策的研究．青海草业，14（4）：26～31

方精云．2000．全球生态学：气候变化与生态响应．北京：中国高等教育出版社

方小敏等．2004．青藏高原沙尘特征与高原黄土堆积：以拉萨沙尘天气过程为例．科学通报，
　49（11）：1084～1090

符超峰等．2006．全球变化研究进展和面临的挑战及应对策略．干旱区研究，23（1）：1～7

葛全胜等．2004．全球变化的区域适应研究：挑战与研究对策．地球科学进展，19（4）：516～524

国家环保总局．1998．中国生物多样性国情研究报告．北京：中国环境科学出版社

李英年，王启基．1999．气候变暖对青海农业生产格局的影响．西北农业学报，8（2）：102～107

李英年，张景华．1997．祁连山区气候变化及其对高寒草甸植物生产力的影响．中国农业气象，
　18（2）：29～32

李英年等．2007．黄河源区气候温暖化及其对植被生产力影响评价．中国农业气象，28（4）：
　374～377

林而达等．2007．气候变化影响的最新认知．气候变化研究进展，3（3）：125～131

刘纪远等．2006．中国西部生态系统综合评估．北京：气象出版社．814～843

罗磊．2005．青藏高原湿地退化的气候背景分析．湿地科学，3（3）：190～199

牛建明，吕桂芬．1999．内蒙古生命地带的划分及其对气候变化的响应．内蒙古大学学报（自
　然科学版），30（3）：360～366

钱迎倩．1998．生物多样性的几个问题．植物学通报，15（5）：1～15

施雅风，刘时银．2000．中国冰川对21世纪全球变暖响应的预估．科学通报，45（4）：434～438

宋先松．2005．西部地区生态建设补偿机制和评价体系研究．西北大学硕士毕业论文

苏珍，施雅风．2000．小冰期以来中国季风温冰川对全球变暖的响应．冰川冻土，22（3）：
　223～229

王馥堂等．2003．气候变化对农业生态的影响．北京：气象出版社．131～134

吴国雄等．2005．青藏高原加热如何影响亚洲夏季的气候格局．大气科学，29（1）：47～56

肖向明，王义凤．1996．内蒙古锡林河流域典型草原初级生产力和土壤有机质的动态及其对气
　候变化的反应．植物学报，38（1）：45～52

张国胜等．1999．青南高原气候变化及其对高寒草甸牧草生长影响的研究．草业学报，8（3）：
　1～10

张庆阳，胡英，田静．2001．关于气候变化影响的最新评估综述．环境保护，5：39～41

赵茂盛等．2002．气候变化对中国植被可能影响的模拟．地理学报，57（1）：28～38

郑度，姚檀栋．2004．青藏高原隆升与环境效应．北京：科学出版社

周华坤等．2005．层次分析法在江河源区高寒草地退化研究中的应用．资源科学，25（4）：63～69

周华坤等．2007．青海省玛多县草地沙化成因及其防治对策．安徽农业科学，35（32）：397～399

周华坤等．2008．青藏高原高寒草甸生态系统的恢复能力．生态学杂志，27（5）：697～704

Bollasina M，Benedict S．2004．The role of the Himalayas and the Tibetan Plateau within the Asian monsoon system. Bulletin of the American Meteorological Society, 85 (7): 1001

Klein J A, Harte J, Zhao X Q. 2004. Experimental warming causes large and rapid species loss, dampened by simulated grazing, on the Tibetan Plateau. Ecology Letters, 7 (12): 170~179

Meier M F, Dyurgerov M B. 2002. How Alaska affects the world. Science, 297: 350~351

Wang Genxu et al. 2001. Eco-environmental degradation and causal analysis in the source region of the Yellow River. Environmental Geology, 40: 884~890

Wang S L et al. 2003. The thermal stability of road bed in permafrost regions along Qinghai—Tibet Highway. Cold Regions Science and Technology, 37: 25~34

Wu T W, Qian Z G. 2003. The relation between the Tibetan winter snow and the Asian summer monsoon and rainfall: an observational in vestigation. Journal of Climate, 16: 2038~2051